Le parfum du mensonge

Une troublante mission

Un espoir dans la nuit

ALICE SHARPE

Le parfum du mensonge

BLACK ROSE

HARLEQUIN

Collection : BLACK ROSE

Titre original : MY SISTER, MYSELF

Traduction française de PIERRE VANDEPLANQUE

Ce roman a déjà été publié en juin 2011

HARLEQUIN®
est une marque déposée par le Groupe Harlequin

BLACK ROSE®
est une marque déposée par Harlequin

HARLEQUIN

83-85, boulevard Vincent-Auriol, 75646 PARIS CEDEX 13.

Service Lectrices — Tél. : 01 45 82 47 47

www.harlequin.fr

ISBN 978-2-2803-6340-2 — **ISSN** 1950-2753

Prologue

Jonglant tant bien que mal avec son parapluie et son portable, Katie Fields composa le numéro de Ryan, mais son excitation se mua en frustration lorsqu'elle tomba sur sa boîte vocale. Elle raccrocha sans laisser de message. Tant pis ! Elle lui dirait plus tard, et il serait bien forcé de la croire devant les preuves indubitables de l'innocence de son père.

Indubitables ?

Une petite voix au fond d'elle, qu'elle tentait de toutes ses forces d'ignorer, lui rappela qu'il restait à élucider la question troublante du contenu de la valise.

Elle contempla fixement l'appareil. Elle pouvait passer un autre appel… Non. Pas encore. Ça, c'était pour plus tard. Pour le moment, seul le présent comptait.

Rangeant le portable dans sa poche, elle se hâta sur le trottoir glissant, luttant contre le vent de nord-ouest et la pluie d'hiver. Sa voiture n'était qu'à quelques pas. Elle était si absorbée par sa bataille contre les éléments qu'elle ne vit ni n'entendit le danger venir.

C'est une sorte de sixième sens qui lui fit baisser son parapluie au dernier moment.

Un hurlement jaillit de sa gorge tandis qu'elle tombait brutalement sur le macadam mouillé. Puis un voile noir enveloppa sa conscience.

1

De l'aéroport, Tess se rendit directement en taxi à l'hôpital, longeant des rues sombres et inconnues sous une pluie battante, presque en état second.

Le seul bruit qu'elle entendait était dans sa tête, la voix impersonnelle qui, au téléphone, lui racontait cette histoire invraisemblable à laquelle elle ne parvenait toujours pas à croire. Mais elle serait bien assez tôt à l'hôpital, et elle saurait. Son estomac, déjà noué depuis des heures, se crispait encore davantage.

— Nous y sommes, mademoiselle, annonça le chauffeur en s'arrêtant devant un imposant immeuble brillamment éclairé.

Tess paya la course, puis, glissant à l'épaule son sac marin, ouvrit sa portière pour poser aussitôt le pied dans une large flaque d'eau. Son sang californien était trop délicat pour le rude climat de l'Oregon, songea-t-elle en affrontant la pluie pour pénétrer dans le hall d'entrée de l'établissement, son manteau serré d'une main sur sa poitrine.

Sans attendre, elle prit l'ascenseur jusqu'au second étage, puis mit le cap sur la salle d'attente des urgences, où elle enfonça le bouton de l'Interphone.

— Je viens voir Katie Fields, annonça-t-elle, prononçant ce nom à voix haute pour la première fois de sa vie. On m'a dit qu'elle était ici.

— Et vous êtes ? s'enquit la voix de l'autre côté.

— Tess Mays. Theresa Mays. Je crois que… l'on m'attend.

Quelques instants plus tard, elle arrivait devant une alcôve fermée par un rideau bleu clair. Ayant été constamment en mouvement depuis cet étonnant coup de fil reçu quelques heures plus tôt, elle l'écarta sur-le-champ et entra, pour ne s'arrêter que lorsque les pans se refermèrent dans un froissement derrière elle.

Il n'y avait qu'un lit dans l'étroit espace que baignait une lumière douce. Une forme mince, aussi immobile que la mort elle-même, l'occupait. Des témoins clignotaient sur les moniteurs. Quant aux bruits, s'il y en avait, Tess ne les entendait pas tant était puissant le martèlement de son pouls dans ses tympans.

Elle n'eut aucune conscience de laisser glisser son manteau jusqu'au sol, puis son sac marin. Replaçant ses cheveux mouillés derrière ses oreilles, elle s'approcha lentement du lit, des fourmis sous la peau, les nerfs aussi tendus que des cordes de piano.

Un cathéter relié à une poche à perfusion était fiché au-dessus du poignet de la patiente, ses ongles étaient cassés, et des dizaines de vilaines écorchures lui zébraient les bras. Lorsque ses yeux se posèrent sur son visage, Tess se figea et agrippa le garde-fou du lit. Malgré les ecchymoses et le gonflement, le doute n'était pas permis.

On lui avait dit vrai. Sans que rien jusqu'ici ne l'y ait préparée, elle découvrait à vingt-sept ans, elle, fille unique d'une mère isolée vivant à quelque mille trois cents kilomètres au sud de là, qu'elle avait une sœur jumelle, sa copie conforme. Plongée dans le coma.

— Je ne comprends pas…, murmura-t-elle, les jambes en coton, toujours accrochée au garde-fou.

Elle entendit ses propres mots comme à distance, puis lui parvint le bip des appareils, suivi d'un autre bruit depuis l'angle le plus sombre de l'alcôve. Relevant les yeux, elle vit se matérialiser la silhouette d'un homme de haute taille. Surprise, elle recula d'un pas et se couvrit la bouche de la main.

— Vous êtes Theresa Mays, dit-il, son visage apparaissant dans la lumière tamisée.

Tess le fixa un moment, interdite. Puis, se rendant compte qu'il connaissait son nom, elle laissa enfin retomber sa main.

Ce n'était pas un médecin, songea-t-elle, à moins que

ceux de cet hôpital n'aient adopté le look jean, blouson de cuir, barbe de deux jours et coiffure à la diable. Agé d'une trentaine d'années, l'inconnu avait le cheveu noir de jais, les épaules larges et les traits taillés au burin. Le malaise et le trouble qu'exprimait son visage la firent frissonner. Il tenait à la main une feuille de papier plié, dont il caressait le bord d'un doigt distrait.

— Jusqu'à cet instant, je n'y croyais pas vraiment... Vous êtes parfaitement identiques.

— Qui êtes-vous ? demanda Tess. Comment connaissez-vous mon nom ?

— Je vous attendais, répondit-il en contournant le lit sans la quitter des yeux.

Son impressionnante stature lui rappelait la modestie de la sienne, chose qui ne manquait jamais de se produire lorsqu'un de ses patients de grande taille se montrait exubérant, à l'instar de l'énorme terre-neuve répondant au nom facétieux de Plume, et qui n'aimait rien tant que poser son postérieur sur ses pieds.

Mais Tess finit par prendre conscience que la principale émotion qui émanait de cet homme était la confusion.

Bienvenue au club..., songea-t-elle.

Il exhiba une plaque dans un étui en cuir.

— Je m'appelle Ryan Hill. Je suis inspecteur à la police de New Harbor.

Tess reporta son attention sur la femme gisant dans le lit.

— Vous êtes là à cause de... de son accident ?

— Je travaillais avec son père. C'était mon coéquipier. Vous ne le connaissiez pas, je présume.

Tess secoua la tête. Il en avait parlé à l'imparfait, mais son esprit ne cessait de chercher des explications autres que celle qui tombait sous le sens.

— Je crois que vous devriez lire ceci, reprit l'inspecteur Hill en s'approchant d'elle pour lui tendre la feuille.

Les angles en étaient écornés, et les plis étaient marqués dans le papier comme si elle avait été lue et relue des centaines de fois.

Tess s'en saisit presque à contrecœur et la déplia. Il s'agissait d'une lettre manuscrite. Elle jeta un nouveau regard à sa sœur inconsciente, puis orienta la lettre vers la lumière pour mieux la lire.

Ma chère Katie,

Si tu lis ceci, cela voudra dire que je suis mort. Bien sûr, d'avoir appartenu toutes ces années à la police m'a davantage exposé aux risques que la plupart des gens, aussi j'imagine que ce n'est qu'une demi-surprise. Je tiens à te dire que je suis le seul à blâmer pour toutes les fautes que j'ai pu commettre. Cela étant, il faut que tu saches une chose, Katie, une chose que j'avais juré de ne jamais révéler, mais aujourd'hui, je ne sais pas, peut-être était-ce une erreur.

Un brutal sentiment de perte étreignit le cœur de Tess. Levant les yeux de la lettre, elle croisa le regard attentif de l'inspecteur, toujours rivé sur son visage.

— Quand… quand est-il mort ?

— Il y a deux mois et demi. Le 1er décembre.

— Et vous avez lu cette lettre ?

— Katie l'avait sur elle quand elle a été renversée près de la résidence Vista Del Mar, l'immeuble où elle habite. L'un de ses voisins l'a reconnue, mais il ne connaissait pas son nom et il n'y avait aucune pièce d'identité dans son portefeuille. C'est l'agent dépêché sur place qui a trouvé la lettre. Vous remarquerez que Katie avait noté au dos votre numéro de téléphone. C'est ainsi que nous vous avons retrouvée.

Tess retourna le feuillet. Son numéro de San Francisco y était inscrit, d'une main différente.

— En effet, constata-t-elle d'une voix crispée.

— Allez-y, continuez, l'invita-t-il en lui désignant la lettre.

Tess reprit sa lecture.

Je t'ai dit que ta mère était morte en couches. C'est faux. Elle n'est pas morte. Nous nous sommes séparés alors que tu avais six mois. Mais ce n'est pas tout. Tu avais une sœur jumelle, à qui tu ressemblais à s'y méprendre. Quand notre couple s'est désagrégé, nous avons décidé de garder chacun un bébé. Je suis désolé de ne jamais t'en avoir parlé, mais ta mère et moi avions conclu un pacte. Si je le romps maintenant, c'est parce qu'avec ma disparition, tu te retrouves seule, et cela je ne le veux pas. Après le divorce, Caroline a repris son nom de jeune fille, Mays. Le prénom de ta sœur est Theresa. Je crois qu'elles se sont installées en Californie. Si tu décides de les retrouver, eh bien, dis à ta sœur que je regrette de tout mon cœur.

Je te demande pardon, ma Katie.

Papa.

Ignorant les larmes qui lui inondaient les joues, Tess replia la feuille et leva les yeux vers l'inspecteur Hill. Celui-ci la regardait avec une telle compassion que le peu de contrôle qui lui restait s'envola et qu'elle se mit à vaciller sur ses jambes. Il la saisit aussitôt par les deux bras.

— Il y a encore autre chose, déclara-t-il.

Au ton sur lequel il avait dit cela, Tess pressentit qu'il ne s'agissait pas d'une bonne nouvelle. Il la relâcha et fourra ses mains dans ses poches.

— Pas tout de suite, murmura-t-elle en essuyant ses larmes. Donnez-moi un moment.

Elle se tourna de nouveau vers sa sœur.

— Est-elle… Je veux dire, est-ce qu'elle va s'en sortir ?

— Le médecin est optimiste, répondit-il. Son électroencéphalogramme est normal, et les signes vitaux satisfaisants. Elle s'est violemment cogné la tête en tombant, d'où la commotion, mais d'après lui elle devrait reprendre connaissance au plus tard la semaine prochaine. En dehors de cela, elle souffre d'hématomes, d'écorchures et de ligaments déchirés. Ça aurait pu être bien pire.

— La personne que j'ai eue au téléphone m'a dit qu'elle avait été victime d'un chauffard. S'est-il rendu à la police ? L'a-t-on retrouvé ?

L'inspecteur sembla tout à coup embarrassé, comme s'il regrettait de ne pouvoir lui répondre par l'affirmative.

— Nous n'avons pas grand-chose, pour l'instant. Il y a un témoin, un homme qui promenait son chien sous la pluie. Il a entendu le choc et le crissement des freins du véhicule. Il s'est alors mis à crier, mais le chauffeur, qui était descendu, s'est empressé de remonter derrière son volant et de prendre la fuite. Malheureusement, notre témoin est malvoyant, il ne distingue que les formes et les couleurs. Mais il est catégorique sur un point : c'était une fourgonnette blanche. Avec la pluie qui tombait dru, il n'a pu en dire plus. Pas même si le chauffeur était un homme ou une femme. Il y a des centaines de fourgonnettes blanches à New Harbor, mademoiselle Mays. Sans un numéro de plaque…

Laissant sa phrase en suspens, il plongea la main dans ses cheveux noirs lustrés.

— Il y a beaucoup de choses que vous devez savoir.

Tess détourna les yeux, considéra les écrans des moniteurs, puis ce visage à la fois extrêmement familier et étranger. Celui de sa sœur. Elle avait vécu seule toutes ces années, sans savoir qu'elle avait une jumelle. Et un père.

— Ecoutez, mademoiselle Mays…

— Tess. Vous pouvez m'appeler Tess.

— D'accord. Moi, c'est Ryan. Vous devez être épuisée. Laissez-moi vous offrir un café quelque part. Ici ce n'est pas le meilleur endroit pour parler.

— Il faut que j'appelle ma mère. C'est important qu'elle sache… pour Katie. C'est… important.

Les pans du rideau s'écartèrent et une infirmière entre deux âges se glissa dans l'alcôve. Elle salua Ryan de la tête, puis ses yeux s'arrondirent lorsqu'elle découvrit Tess.

— Je suis sa sœur, dit-elle.

Et en entendant pour la première fois ces mots franchir ses lèvres, Tess frissonna.

Ryan Hill observa la femme assise en face de lui. Comment pouvait-on ressembler autant à quelqu'un d'autre ? s'interrogea-t-il. Et comment Matt Fields avait-il pu garder secrète l'existence d'une seconde fille toutes ces années ? Bien que... Tout bien considéré, Theresa Mays était sans doute le moindre de ses secrets.

Quoi qu'il en soit, le double de Katie s'appliquait en cet instant à terminer une pile de pancakes aux éclats de chocolat couverte d'une crème glacée dégoulinant de chocolat liquide. Alors qu'elle essuyait les dernières traces de crème à l'aide du dernier bout de pancake, la serveuse emplit de nouveau leurs tasses de café.

Pressé de sortir de l'hôpital, il avait conduit Tess à la cafétéria du coin de la rue, remerciant le ciel de ce que la pluie d'hiver ait momentanément cessé. Il détestait cet hôpital. Peter y était mort — cliniquement, du moins. Car son véritable décès était survenu dans un squat des bas quartiers. Douze ans auparavant.

Jusqu'à très récemment, Ryan était parvenu à laisser derrière lui la fin sordide de son petit frère ainsi que le rôle involontaire qu'il y avait lui-même joué. Ce qui venait d'arriver à Katie Fields l'avait rappelée à son souvenir, à la manière d'un brutal retour de bâton du destin.

Tess posa enfin sa fourchette et, s'apercevant qu'il la regardait, lui adressa un sourire gêné.

— C'était délicieux, dit-elle.

Il hocha la tête, puis jeta un œil à l'horloge murale. Minuit pile. Dès que l'on entrait au cœur de la nuit, il ne fonctionnait qu'au café noir.

— Qu'est-ce que vous faites ? demanda-t-il. Je veux dire, comme métier.

En son for intérieur, il se demandait comment ce petit bout de femme réussissait ainsi à engloutir une montagne de pancakes garnie d'un tombereau de crème glacée. Peut-être creusait-elle des tranchées. Sauf que sa peau de porcelaine indiquait qu'elle ne travaillait pas en plein air. Ses vêtements n'étaient pas non plus ceux d'un ouvrier. Son pantalon sur mesure tombait à la perfection, mettant en valeur ses formes discrètes bien que très féminines, de même que son ample chemisier rouge d'aspect coûteux. Un jeune cadre d'entreprise ? Si tel était le cas, elle était aux antipodes de la serveuse de bar portée sur la fête qu'était sa sœur.

— Je suis vétérinaire, répondit-elle en écartant une mèche de cheveux de son visage en forme de cœur.

Ses cheveux blonds ondulés étaient coupés à hauteur d'épaules. Il essaya de se rappeler comment étaient ceux de Katie la dernière fois qu'il l'avait vue, mais n'y parvint pas. Pour lui, Katie avait toujours été la fille de Matt, une jeune femme charmante qu'il voyait une ou deux fois par an, mais à laquelle il n'accordait aucune pensée particulière.

— Je soigne surtout des chiens et des chats, ajouta-t-elle avec un sourire attendri.

— J'ai un chat, lui confia-t-il machinalement.

La fille secrète de Matt Fields, docteur pour animaux ? Un tel choix de carrière requérait de l'intelligence, mais également du sérieux et de la motivation. L'intelligence, Katie n'en manquait pas. Pour le reste, elle offrait plutôt d'elle une image d'insouciance. Tess étant au physique sa copie conforme, il s'était plus ou moins attendu à ce qu'elle le soit aussi au mental.

— Pourquoi me fixez-vous ainsi ? demanda-t-elle.

— Excusez-moi.

Elle n'ajouta rien. Elle paraissait un peu mal à l'aise, ce qui était compréhensible. Vingt-quatre heures plus tôt à peine, elle était — se croyait — encore une enfant unique.

— Avez-vous pu joindre votre mère ? demanda-t-il.

Elle prit une gorgée de café, tandis que la serveuse venait enlever son assiette.

— Non.

— Elle n'est pas chez elle ?

— Elle s'est mariée samedi. L'une de ces unions éclairs, si vous voyez ce que je veux dire. Son mari et elle sont partis passer leur voyage de noces à Seattle, mais je crois qu'ils ne sont pas encore arrivés. C'est une longue route. J'imagine qu'ils en profitent pour visiter le pays.

— On dirait que vous n'approuvez pas ce mariage, je me trompe ?

Elle cligna deux fois des paupières, puis baissa les yeux sur ses mains.

— Ma mère a laissé un homme lui briser la vie, répondit-elle. Maintenant elle attend qu'un autre en fasse un champ de ruines.

— Vous ne croyez pas au coup de foudre.

Elle releva la tête. Ses iris étaient d'un bleu de ciel d'été.

— Non. Et vous ?

Il sourit.

— Non plus.

— Nous devons résoudre nous-mêmes nos problèmes, ne compter sur personne. Avoir besoin d'un autre, c'est la porte ouverte aux mauvaises surprises.

Une philosophie de la vie solitaire, s'il en était…, songea Ryan.

— Très bien, allons-y, dit-elle après une profonde inspiration. Racontez-moi le reste. Je suis prête.

Il croisa les mains, et son visage se durcit. Ce qu'il avait à dire n'était pas agréable.

— Commençons par votre père.

— Oui, mon père, agréa-t-elle, son regard s'éclairant d'une lueur de curiosité impatiente. Je veux tout savoir à son sujet. Vous m'avez dit qu'il était votre coéquipier. Je veux savoir à quoi il ressemblait, ce qu'il aimait faire, commencez par là, nous parlerons plus tard de sa mort.

La mort de Matt Fields était précisément ce par quoi il avait eu l'intention de commencer. Serrant son pouce dans son poing, il se plia à sa demande :

— Voyons, votre père avait des cheveux châtains grisonnants, et des yeux verts. Un mètre soixante-dix-sept, soixante-dix-huit kilos. Il n'était pas dans une forme olympique, et se laissait un peu aller. Surtout, euh… vers la fin. Il avait besoin de lunettes pour lire. Je ne connais pas trop ses centres d'intérêt. Il ne se livrait guère. Il aimait son travail…

Sa voix mourut sur ses lèvres. Jusqu'à quel point avait-il vraiment connu le père de cette femme ? Deux mois plus tôt, il aurait répondu à cette question par un grand éclat de rire. Parbleu ! Après quatre ans et demi, un flic connaît son coéquipier sur le bout des doigts.

En réalité, il n'avait pas du tout connu le sien, il le savait à présent. Quelque chose lui revint, qu'il n'avait appris que très récemment.

— Votre père était pianiste amateur. Il faisait partie d'un de ces petits ensembles qui jouent bénévolement dans les hospices, les centres pour handicapés, vous voyez ? C'est après l'enquête que nous l'avons appris.

Cette révélation sembla lui faire plaisir. Elle sourit dans sa tasse de café.

— Et, euh, il adorait votre sœur.

— Il n'a jamais fait allusion à moi ? demanda-t-elle, le clouant de son limpide regard bleu.

Pendant un quart de seconde, Ryan songea à lui mentir. Il pouvait inventer une histoire pour mieux faire passer la pilule. Qui le saurait ? Au lieu de cela, il posa sa main sur la sienne.

— Hélas non.

— Voyez-vous, je nourrissais beaucoup de fantasmes à son sujet quand j'étais petite. Maman refusait de m'en parler, elle le traitait de mufle, disait qu'elle ne connaissait même pas son nom. Elle s'est ensuite servie de lui comme repoussoir pour me dissuader d'avoir des relations sexuelles avant le mariage. Ça ne m'a pas empêchée d'entretenir toutes sortes d'illusions : qu'il n'avait jamais cessé de me chercher, qu'il était à deux doigts de me retrouver. Or, pendant tout ce temps, il savait où j'étais et s'en fichait.

— Je suis désolé…

— Ne le soyez pas, je vous en prie, répliqua-t-elle avant de le regarder au fond des yeux. Dites-moi comment il est mort.

Enfin. Il inspira à fond, soutenant son regard.

— Cette nuit-là, il y a plus de deux mois, un incendie s'est déclaré dans une maison. Une femme invalide s'y est retrouvée piégée, une veuve du nom de Madeline Lingford. Votre père…

— Elle a été sauvée ?

— Oui. Votre père…

— Est mort en héros ? C'est cela que vous vouliez me dire ? C'est merveilleux. Oh, ne vous méprenez pas, je ne dis pas cela parce qu'il est mort, mais parce qu'il a péri en tentant de sauver une vie humaine. Cela étant, je devine combien son décès brutal a dû traumatiser Katie.

Il ne pouvait pas la laisser continuer dans cette direction.

— Non, Tess. Il n'est pas mort en héros.

Dans un flash de mémoire, Ryan se souvint de cette terrible nuit. Au moment de son arrivée, la femme venait d'être chargée dans une ambulance, son petit chien aboyant avec frénésie dans les bras d'un voisin. Matt était déjà mort. Chacun pensait qu'il avait accouru à l'appel radio. C'était avant que l'on sache qu'il était déjà là-bas avant l'incendie.

— Ryan… ?

— Ce que je cherche à vous dire, c'est que votre père n'aurait pas dû se trouver dans cette maison. Elle se situait hors de notre juridiction. Il ne connaissait pas ses occupants.

Le front de Tess se plissa.

— Pourquoi y est-il allé, dans ce cas ?

— Il n'y a aucune certitude, mais tout le monde a des soupçons. Il m'a envoyé sur une fausse affaire. Lorsque j'ai été informé de l'incendie, il était déjà mort. Il faut que vous sachiez qu'un bidon de pétrole a été trouvé sur les lieux. Ce qui signifie incendie volontaire.

Sentant qu'elle commençait à comprendre à quoi cette conversation allait conduire, il dut se faire violence pour continuer.

— Lorsqu'un incendie s'avère de nature criminelle, l'enquête touche toutes les personnes concernées. Y compris les policiers. Votre père avait d'énormes dettes de jeu, Tess. Je ne savais pas qu'il jouait, et moins encore à cette échelle. Il a perdu presque tout ce qu'il possédait. Une fois que la presse a eu vent de son implication, d'autres faits ont été déterrés. Pots-de-vin, extorsion, paris clandestins. J'ignorais tout de ces activités. Je le voyais comme un père tranquille. J'ignorais que c'était un accro au jeu et un ripou.

Les yeux gonflés de larmes, elle le regarda telle une biche prise dans les feux d'une voiture.

— Vous en êtes sûr ?

Il se contenta de hocher la tête.

— Vous croyez que c'est lui qui a allumé le feu ? demanda-t-elle, peinant manifestement à croire à ce qu'elle venait d'entendre. Pourquoi aurait-il fait une chose pareille ?

— On a dû le payer pour cela.

— Qui peut bien payer un policier pour brûler une maison ?

— Une personne qui le sait véreux.

— Telle que… ?

— Dans cette affaire, le suspect logique est le beau-fils de la veuve, Nelson Lingford. Une collection de tableaux de grande valeur a été presque entièrement détruite dans le sinistre. Seules quelques peintures ont été épargnées. Si la compagnie d'assurances ne trouve rien contre Nelson, elle devra payer. La veuve sera alors à la tête d'une vraie fortune. Et vu qu'elle est assez âgée, celle-ci passera bientôt dans les mains de Nelson.

— Mais pourquoi ne pas attendre d'hériter ?

— Parce que la collection était sur le point de partir au musée pour y être expertisée et répertoriée. Mme Lingford avait décidé d'en faire don, jusqu'à la dernière. Une fois le catalogue terminé, Nelson se retrouvait sans rien. Je suppose que personne ne devait soupçonner que l'incendie était volontaire.

— En d'autres termes, mon père était censé faire en sorte qu'il ressemble à un accident. Mais pourquoi ne pas arrêter le beau-fils ?

— Parce que rien ne le lie à l'incendie ni à Matt. Le défunt mari de Madeline, le père de Nelson, était un respectable homme d'affaires de New Harbor. A sa mort, Nelson a repris le flambeau de l'entreprise. Sauf qu'il ne possédait pas la fibre morale paternelle. Certaines de ses opérations se sont faites aux marges de la légalité. Ce qui lui a valu quelques solides inimitiés. D'après mes informations, l'un de ses anciens amis, un certain Vince Desota, y aurait laissé pas mal de plumes. Comme il était notoire que Nelson passait plusieurs soirées par semaine chez sa belle-mère, les spéculations sont allées bon train, comme quoi Vince aurait décidé de rendre à son ancien ami la monnaie de sa pièce.

— En détruisant la maison familiale ?

— Avec tout ce qu'elle contenait de valeur, l'ensemble devant tôt ou tard revenir à Nelson, aura-t-il songé. Mais comme je l'ai dit, ce ne sont que des spéculations.

— Nelson Lingford y était-il cette nuit-là ?

— Non. Il a été invité au dernier moment à un concert. Intéressant, n'est-ce pas ?

Il la considéra quelques secondes en silence avant de poursuivre :

— Tess, votre père avait perdu tout contrôle sur sa vie. Apparemment, il a été pris à son propre piège. Dans son pick-up, on a trouvé un reçu pour un bidon de pétrole du même genre que celui qui a été découvert dans la maison. Et le caissier du magasin où il l'a acheté se souvient de lui. Or, il n'y avait de bidon de pétrole ni chez lui ni dans son véhicule. Le seul que l'on ait trouvé était dans les décombres calcinés de la maison. La vieille dame est invalide, et ne sort pratiquement jamais de chez elle. Un incendie lui était fatal. Votre père devait le savoir. Je ne voulais pas que vous entendiez cela de la bouche de quelqu'un d'autre.

— Il a essayé de tuer une femme ? demanda-t-elle, les yeux écarquillés.

— Je sais que ça doit être un choc pour vous…

— Peu importe ce que je ressens. Pauvre Katie.

A cet instant, pour Ryan, Tess Mays cessa d'être un duplicata de sa sœur pour devenir un individu à part entière. Il se creusa la tête pour trouver des paroles réconfortantes à lui offrir, en vain. Il ne pouvait même pas la rassurer sur la façon dont avait réagi Katie.

Il soupira, résolu à boire le calice jusqu'à la lie.

— Ce n'est pas le pire, marmonna-t-il.

Il formula le souhait que la serveuse revienne avec le pot de café pour le lui verser sur la tête. Il était soudain transi de froid. Tess semblait l'être aussi. Il refoula une envie alarmante de lui prendre les mains, de les approcher de ses lèvres et de souffler dessus pour les réchauffer.

— Dites-le-moi, le pria-t-elle, évitant son regard. Finissons-en une fois pour toutes. Mon père…

— Il ne s'agit pas de votre père, la coupa-t-il, avant d'inspirer à fond. Il s'agit de votre sœur.

— Seigneur. Qu'a-t-elle fait ?

— Rien, ce n'est pas cela.

Par réflexe, il balaya des yeux la salle, avant de se pencher en avant et de baisser la voix.

— Je ne pense pas que son accident en était un, annonça-t-il, la gorge nouée. Je crois qu'on lui a délibérément foncé dessus pour la tuer.

Tess déglutit.

— Qu'est-ce que vous dites ?

— Je pense qu'on a tenté de l'assassiner.

2

Tess se frotta les bras pour se réchauffer, consciente pour la première fois de porter un chemisier si neuf qu'il avait sans doute encore des étiquettes accrochées à l'intérieur du col. Elle était en train de s'habiller pour se rendre au travail lorsqu'elle avait reçu cet appel de la police de l'Oregon. Sa tenue de vétérinaire consistait en un pull léger à col roulé et une blouse médicale. Comment elle avait choisi le chemisier de soie rouge, elle l'ignorait. Sans doute était-ce le premier vêtement qui lui était tombé sous la main.

A présent, il l'enveloppait de son étoffe douce au contact sensuel, et elle regrettait de ne pas avoir opté pour quelque chose de plus habillé, de moins léger… En un mot de plus protecteur.

Douze heures après, voilà qu'elle était assise à cette table de cafétéria, face à un étranger qui lui apprenait sur sa famille — une famille dont elle ignorait jusque-là l'existence — des choses dures, effrayantes. Et l'impitoyable éclairage au néon ne faisait rien pour atténuer la migraine qui commençait à battre à ses tempes.

Elle se leva brusquement. Interloqué, Ryan Hill s'interrompit au milieu de sa phrase.

— Désolée, murmura-t-elle.

Ses mots lui étaient devenus inintelligibles. Elle ne pouvait rester là une seconde de plus. Fouillant dans son sac à main, elle en sortit un billet de dix dollars qu'elle plaqua sur la table, puis elle se dirigea d'un pas pressé vers la sortie du restaurant. Elle poussa la porte, sortit et enfila son manteau tout en marchant, consciente d'être suivie, gênée de s'être comportée de façon aussi dramatique mais n'y pouvant rien.

L'air nocturne était pinçant, humide, salé par les embruns, revigorant comme elle en avait besoin. Elle resserra son manteau de demi-saison sur son corps, traversée de frissons, la tête penchée sous la pluie. Il pleuvait peut-être plus que d'habitude à San Francisco, cette année, mais il n'y faisait pas aussi froid, le vent ne vous y mordait pas les joues et les gouttes glacées ne vous harcelaient pas de la sorte.

L'amplitude des enjambées de Ryan Hill étant probablement double de la sienne, il eut tôt fait de la rattraper. Il ne lui saisit pas le bras, ce dont elle lui fut reconnaissante, mais se contenta d'adopter son rythme de marche et de rester à ses côtés. Sa présence, s'aperçut-elle, avait quelque chose de rassurant.

Arrivée à l'angle de la rue, il lui fallut prendre une décision. A gauche, c'était l'hôpital et sa sœur qui, plongée dans le coma, ignorait qu'elle était venue la voir pour s'assurer de la réalité de son existence. A droite, c'était l'océan, bien qu'à une certaine distance. Elle choisit la seconde option, et se retrouva face au vent qui fouettait ses cheveux trempés, lui cinglait le visage et plaquait ses vêtements mouillés sur son corps tremblant.

— Vous allez mourir de froid, dit Ryan. Nom d'un chien, je suis moi-même frigorifié !

— Je sais, répondit-elle, avant d'ajouter, après quelques pas : Allez-y, parlez.

— Prévenez-moi si vous avez des difficultés à me comprendre, parce que je claque des dents.

Les yeux baissés sur le trottoir luisant, elle sourit.

— D'accord.

— J'étais en train de parler de votre sœur. Qu'avez-vous entendu de ce que je disais ?

— Pas grand-chose.

— Alors je reprends depuis le début, mais pour des raisons évidentes, vous aurez droit à une version abrégée.

Il s'interrompit, le temps de mettre ses pensées en ordre, supposa-t-elle, puis commença :

— Après la mort de Matt, Katie est venue me voir. Elle était convaincue que nous avions pris son père comme bouc émissaire ou qu'il s'agissait d'un coup monté. Elle était dans le déni total, refusant — ou incapable — de regarder la réalité en face. Pour elle, il ne pouvait pas avoir fait une chose aussi abominable. C'était impossible. Elle n'en démordait pas.

Les lèvres de Tess se retroussèrent en un pâle sourire. Peu à peu, sa sœur prenait chair, quittait la forme inerte de l'hôpital pour devenir un être humain. De savoir que Katie était une fille franche et loyale lui faisait plaisir.

— Continuez.

— J'ai refusé de l'aider, avoua-t-il d'une voix altérée. Ma carrière était en jeu. J'étais le coéquipier de Matt, et comme il était véreux, je devenais moi-même suspect. Une enquête interne a été engagée sur l'un et l'autre. Je crois que si Matt m'avait envoyé à la chasse aux fantômes cette nuit-là, ce n'était pas tant pour m'écarter de son chemin que pour m'assurer un alibi. Quoi qu'il en soit, mes supérieurs m'ont enjoint de me tenir à l'écart de cette affaire. Malgré les rumeurs concernant la propreté de leurs pratiques commerciales, les Lingford jouissent d'une certaine réputation dans la ville et le procureur hésitera à pointer le doigt sur eux sans disposer de preuves tangibles. Quant à Vince Desota, il n'a pour l'instant rien fait qui permette de l'incriminer, mais s'il est coupable, tôt ou tard il lâchera une information et l'inspecteur chargé de l'affaire a des antennes partout. Mais il y a d'autres personnes liées à la famille Lingford. Il a pu s'agir d'une tentative de vol d'œuvres d'art qui aura mal tourné. J'ai donc dit à Katie d'être patiente et de faire confiance aux autorités.

Il se tut, et, d'une main sur le coude, lui fit emprunter une rue latérale. Une soudaine bourrasque ouvrit le manteau de Tess, l'exposant au froid vif à travers son chemisier de soie. Une entrée d'hôtel se présentait à quelques mètres. Ryan en poussa la porte et s'écarta. Elle n'hésita qu'un bref instant avant de le précéder à l'intérieur.

La chaleur moite lui tomba dessus comme une chape de béton. Elle s'arrêta et prit une profonde inspiration.

— Allons au bar, proposa-t-il en lui indiquant le salon d'accueil de l'hôtel. Je crois qu'une boisson chaude sera la bienvenue.

Il choisit une petite table ronde et, tandis qu'elle se défaisait de son manteau mouillé, regrettant de ne pas avoir de serviette pour s'éponger les cheveux, il gagna le bar dont il revint avec deux hauts verres d'irish coffee, la crème flottant dessus tel un nuage fondu.

D'un même mouvement, ils plaquèrent leurs mains de part et d'autre de leur verre et en humèrent l'arôme malté.

— Que s'est-il passé ensuite ? demanda Tess.

La conversation reprenait comme si elle n'avait jamais été interrompue.

— Votre sœur a dit qu'elle comprenait.

— Simplement ? Comme ça ?

L'idée traversa Tess que Katie n'aurait pas laissé tomber aussi facilement. Elle le *savait*.

— Oui, comme ça. J'étais soulagé. Mais lorsque j'ai voulu l'appeler la semaine suivante, sa ligne avait été coupée. Je me suis rendu chez elle, pour apprendre qu'elle avait déménagé depuis une semaine. Idem pour le dernier endroit où elle m'avait dit qu'elle travaillait, un bar à la sortie de la ville.

— Un bar ?

— Elle est serveuse. En fait, elle a fait un tas de petits boulots différents. Votre père disait qu'elle était incapable de se fixer, qu'elle ne savait pas ce qu'elle voulait.

Tess demeura immobile, absorbant ces informations. Pour sa part, elle avait toujours su exactement ce qu'elle voulait. L'idée qu'une personne aussi semblable physiquement fût à ce point différente avait quelque chose de… déstabilisant.

— Elle a quitté son emploi et son appartement le même jour. Or, elle n'avait a priori aucune raison de le faire. D'un autre côté, elle venait de perdre son père d'une manière affreuse.

J'en ai conclu qu'elle avait besoin de prendre le large un petit moment.

Tess sirota une lampée de sa boisson, lécha la crème restée accrochée à sa lèvre supérieure, puis reposa le verre en gardant les mains plaquées dessus. Sous l'effet de l'alcool, une douce chaleur se diffusa dans son corps.

— Je ne comprends pas. Pourquoi estimez-vous avoir une responsabilité dans cet accident ? Je veux dire, il est clair qu'elle s'est éloignée pour faire son deuil, avant de revenir à New Harbor…

— J'aurais dû comprendre qu'elle avait cédé trop facilement. Katie croyait dur comme fer à l'innocence de son père.

— Je ne comprends toujours pas.

— L'enquêteur dépêché sur les lieux n'a pas aimé ce qu'il a vu et entendu. D'abord, il n'y avait pas de traces de freinage. Ensuite, le chauffeur est monté sur le trottoir mais a évité un poteau téléphonique qu'en toute logique il aurait dû heurter. Enfin, il ou elle est descendu de la fourgonnette, pour y remonter aussitôt en entendant les cris du témoin.

Tess ferma un moment les yeux. Le whisky lui montait un peu à la tête. Elle essaya d'imaginer sa sœur marchant le long du trottoir, la fourgonnette blanche fonçant sur elle… Katie n'était pas restée là à attendre d'être renversée. Son instinct avait dû l'alerter. Avait-elle compris ce qui arrivait dans la seconde précédant le choc ?

— Je vous ai dit que dans son sac on a trouvé la lettre de son père, mais aucune pièce d'identité ? L'enquêteur a reconnu le nom de Matt sur la lettre. Il s'est écoulé plusieurs heures avant que je ne sois contacté. A ce moment-là, Katie était dans l'état où vous l'avez vue. Inconsciente. Inaccessible.

Tess ne voyait pas trop où il voulait en venir. Son expression devait avoir trahi sa perplexité, car sans attendre qu'elle trouve la bonne question à lui poser, il ajouta :

— Je crois qu'elle furetait à droite et à gauche. Selon moi, elle est tombée sur quelque chose que quelqu'un tenait à cacher.

— Et ce quelqu'un a tenté de la supprimer.

— Oui. Si je ne m'étais pas laissé avoir par son petit numéro ce jour-là, si je m'étais soucié d'autre chose que de ma carrière et si je n'avais pas été aussi fâché contre Matt pour sa trahison, j'aurais peut-être pu l'amener à davantage de raison. J'aurais peut-être pu empêcher cela.

Tess le considéra d'un air grave. Il y avait de la douleur dans son regard. De la douleur et de la culpabilité. Ce qui lui paraissait pour le moins excessif. Un homme exerçant son métier était-il responsable envers tous ceux dont il croisait le chemin ? Pour chaque problème qu'il rencontrait ?

— Mais au moins vous savez par où commencer, n'est-ce pas ? Le coupable doit être le beau-fils, ou ce Desota. Trouvez lequel des deux possède une fourgonnette blanche, arrêtez-le et cuisinez-le. Il vous dira ce qui est arrivé au père de Katie. A *notre* père, s'empressa-t-elle de rectifier. C'est une bonne ouverture, non ?

— J'ai déjà fait tout cela. Il n'y a pas de fourgonnette blanche enregistrée au nom de Nelson Lingford, ni même louée en son nom. Quant à Vince Desota, il en a quelques-unes au nom de son entreprise d'installations électriques. Et elles sont blanches. Mais aucune ne manque, ni ne présente des signes de collision. Je vais également chercher du côté des autres ennemis de Nelson, mais sauf si une enquête officielle est lancée, ça ne servira pas à grand-chose. Il n'existe aucune preuve infirmant la thèse de l'accident. L'enquêteur a bouclé son rapport. Il faisait un temps de chien, et il y a eu de nombreux accidents récemment.

Tess contempla le fond de son verre vide.

— Je vois. Enfin, je pense.

— Il y a une dernière chose, reprit Ryan. Le dernier numéro composé sur son portable était celui de mon bureau. Je n'y étais pas et elle n'a pas laissé de message. Le moment de l'appel coïncide avec celui où, d'après le témoin, s'est produit l'accident. Elle marchait vers sa voiture ou en venait lorsqu'elle a été renversée. Je ne peux m'empêcher de me demander si elle ne cherchait pas à me voir.

— Donc, elle a essayé de vous joindre.

— Oui.

Il prit une gorgée de son irish coffee, avant d'ajouter :

— Ce que j'essaie de vous dire est simple : je suis profondément navré.

Elle croisa son regard et hocha la tête.

Il déposa quelques billets sur la table et se leva.

— Vous devez être morte de fatigue. Vous avez déjà pris une chambre ? Si non cet hôtel est correct. Je vais aller récupérer votre sac à l'hôpital et…

— Je ne veux pas de chambre d'hôtel. Je vais passer la nuit avec Katie.

— Ce n'est pas une bonne idée.

Elle se leva à son tour, toujours forcée de hausser les yeux à cause de leur différence de taille.

— Je ne vous demande pas votre avis, inspecteur Hill.

Il marqua un temps de surprise, comme s'il n'avait pas l'habitude qu'on le contredise. Il donnait de lui l'image d'un homme sain et solide, habitué à prendre les choses en main, bienveillant mais tenace, le genre à trouver naturel de porter les fardeaux des autres. Mais il y avait autre chose en lui. Une blessure secrète, qu'elle voyait au fond de ses yeux gris…

— Il ne m'appartient pas de vous pardonner ou non pour votre attitude lorsque Katie vous a demandé de l'aider, dit-elle en choisissant avec soin ses mots. Je ne suis pas ma sœur. Je ne peux pas parler en son nom.

— Je sais, répondit-il doucement.

— Dans ce cas…

— Je ne vous demande pas de me pardonner, la coupa-t-il. Je sais que j'ai mal agi. Je l'ai laissée tomber. Je n'ai songé qu'à moi… J'aurais dû…

Il s'interrompit, secoua la tête et reprit :

— Je cherche seulement à vous expliquer pourquoi j'ai décidé de mouiller ma chemise dans cette affaire. Si ma position actuelle vis-à-vis de ma hiérarchie ne me permet pas de trouver ce qui est arrivé à Katie, alors je prendrai un congé et j'enquêterai seul. C'est aussi simple que ça.

Elle était bien en mal de savoir que faire de lui. C'était la première fois qu'elle rencontrait un type de ce genre.

— Je vais également veiller à ce que vous restiez en un seul morceau, mademoiselle Mays.

— Je ne suis pas votre problème, répliqua-t-elle d'un ton sec.

— Ne vous a-t-il pas traversé l'esprit que ce qui est arrivé à votre sœur pourrait très bien se reproduire avec vous ?

— Pourquoi donc ? Je ne constitue pas une menace.

— Vous n'en constituez pas une, en effet. Mais il se trouve que vous êtes le sosie parfait d'une femme que quelqu'un a trouvée si menaçante qu'il a tenté de la tuer.

Le ventre de Tess se crispa. Elle était vétérinaire, pas officier de police, ni aventurière, ni téméraire ni rien de la sorte. Elle avait grandi à l'abri de la violence, acceptant tranquillement son rôle de gardienne auprès de sa mère tourmentée, et s'était tournée vers les animaux pour la compagnie et le réconfort qu'ils lui apportaient. Elle ne connaissait même pas sa sœur, et n'avait pas le moindre souvenir de son père. Et pour cela elle devait risquer sa peau ?

Sa vie à San Francisco, la clinique, les animaux, ses collègues, ses amis… Tout cela semblait tout à coup à des années lumières.

Mais où était donc sa mère ? Car elle avait de sérieuses explications à lui fournir.

— Laissez-moi au moins vous raccompagner à l'hôpital, dit Ryan.

Elle acquiesça, évitant son regard, un peu honteuse de sa lâcheté.

Et proprement terrifiée.

Ryan passa sa nuit piégé dans un rêve torturé où il tentait de retrouver son jeune frère, sillonnant une rue déserte après l'autre. Mais chaque fois qu'il croyait toucher au but, la voix terrorisée de Peter s'estompait pour surgir soudainement d'un autre endroit, et Ryan se remettait à courir.

Il avait fait ce même rêve des centaines de fois, et il l'angoissait toujours autant. Il ne retrouvait jamais Peter, et par conséquent ne pouvait le sauver. Son réveil était un soulagement. Personne n'était là pour y assister, à part son chat.

— Salut, Clive.

Comme d'habitude, l'élégant chat noir était perché sur le pied du lit, son regard d'ambre insondable. Il vivait dans un monde secret que Ryan n'entrapercevait qu'à de rares occasions. Clive assumait dans toute sa quintessence le rôle du félin mystérieux.

Ryan songea presque instantanément à Tess. A la dernière image qu'il avait d'elle, assise sur cette chaise d'hôpital près du lit de sa sœur, bâillant dans sa main. L'image d'une femme frêle et seule. Son assurance et sa solidité, soupçonnait-il, n'étaient que de façade. Il avait ressenti une terrible envie de l'emmener chez lui et de la protéger de tous les dangers du monde. Mais s'était forcé à s'en aller.

A présent il savait ce qu'il devait faire. Au poste, il consulterait tous les dossiers sur lesquels il pouvait mettre la main, réglerait quelques affaires en souffrance avec Jason Hyatt, son nouveau coéquipier, puis demanderait un congé cumulé de trois semaines. Sa première tâche serait de veiller à ce que Tess Mays retourne chez elle en toute sécurité et y reste. Ensuite il s'efforcerait de savoir ce qui s'était réellement passé pour Katie, et peut-être même pour Matt. De tout tirer au clair. D'avancer. C'était simple. Il aurait dû le faire plus tôt.

Clive miaula. Un son guttural, étranglé, qui signifiait que l'heure du petit déjeuner avait sonné.

— Je suppose que c'est ta façon de commander tes œufs au bacon, dit-il avec ironie.

Le chat cligna des yeux.

L'énorme hôpital paraissait à Tess de plus en plus petit à mesure qu'avançait la journée. Le moment crucial fut la rencontre avec le médecin de sa sœur, selon qui tous les signes étaient favorables et permettaient d'espérer un complet rétablissement. Mais il refusa de s'engager plus avant.

— Aujourd'hui, demain, dans six mois..., fut la seule prédiction qu'il s'autorisa.

Après cela, Tess tenta de nouveau de joindre le fils du nouveau mari de sa mère. Agé de trente-sept ans, Nick Pierce vivait dans un village perdu de l'Alaska. Malgré les demandes insistantes de sa mère pour qu'il descende en Californie assister au remariage de son père, il n'était pas venu, et la domestique qui avait cette fois répondu au téléphone avait simplement indiqué qu'il n'était pas joignable.

Le mariage, la lune de miel, une nouvelle vie... Pour Tess, tout cela avait quelque chose d'irréel. Jusque-là, l'idée que se faisait sa mère de l'aventure était de commander un repas chinois. Aussi loin que Tess s'en souvenait, elle avait passé son temps à fuir la réalité, à ne rien faire d'autre que travailler, dormir et lire en proportions à peu près égales, figée dans vingt-sept années d'un chagrin que Tess n'avait jamais compris.

Mais elle comprenait, maintenant. La vie de sa mère n'avait été qu'un mensonge hideux. Elle avait séparé ses deux enfants, ses deux petites filles, et pris part à la dissimulation de la vérité, actes qui n'avaient cessé de la ronger. Jusqu'à ce que M. Seattle débarque dans sa vie et lui ouvre de nouveaux horizons.

Pour être honnête, Tess avait éprouvé un intense soulagement quand cet homme était venu prendre une partie de la charge que constituait sa mère, combler quelques-uns de ses insatiables besoins.

Mais ce n'était qu'un faux-semblant, elle le savait, un fantasme créé de toutes pièces pour remplir un vide. *Une femme doit se méfier comme de la peste de son besoin d'homme*, lui répétait à l'envi sa mère. Dommage qu'elle n'ait pas suivi son propre conseil.

Après une douche rapide et un changement de tenue bienvenu dans la salle de bains des infirmières, Tess déambula sans but dans d'interminables couloirs qui se ressemblaient tous, lut d'innombrables magazines et appela la clinique vétérinaire, où on lui dit de prendre tout le temps dont elle avait besoin, que la famille passait avant tout.

La famille.

Le mot recouvrait à présent un tout nouveau concept.

A plusieurs reprises, elle s'était postée devant une fenêtre pour contempler la ville sous la pluie, déplorant de ne pas avoir le courage de mettre le pied dehors. Car si elle restait à l'intérieur, ce n'était pas seulement à cause de l'avertissement de Ryan, mais parce qu'elle était une poule mouillée et qu'elle avait une peur bleue de voir une grande fourgonnette blanche foncer sur elle.

A bien y réfléchir, était-ce une arme intelligente pour tuer quelqu'un ? Un couteau ou un fusil n'étaient-ils pas mieux indiqués ? Après tout, sa sœur n'était pas morte, elle n'était que blessée et se rétablirait tôt ou tard.

En fin d'après-midi, Tess avait trouvé le morceau de papier sur lequel elle avait noté le numéro de téléphone de Ryan. Elle le fixa un moment. Tentée de l'appeler, elle quitta le chevet de Katie mais se morigéna aussitôt. Elle savait pourquoi elle voulait entendre sa voix. Pour être rassurée. Etait-elle en train de se transformer en un être aussi faible, aussi dépendant que sa mère ? L'idée lui déplaisait au plus haut point.

Quelques instants plus tard, elle grimpait dans un taxi en face de l'hôpital.

Il fallut moins de dix minutes à celui-ci pour effectuer le trajet jusqu'à l'immeuble Vista Del Mar. Tess paya la course et descendit, heureuse que la pluie se soit arrêtée et espérant que le vent suive son exemple.

Vista Del Mar… Vue sur la mer. Peut-être à l'origine les fenêtres des appartements ouvraient-elles directement sur l'océan, mais le développement urbain autour de la vieille bâtisse rendait son nom obsolète. C'était une construction de ciment gris à un étage, écrasée entre les tours voisines. Une sorte de cousin pauvre, ratatiné dans le jour finissant, gêné de se trouver là, s'excusant presque d'exister.

Tess examina la rue à sa gauche et à sa droite. Au-delà d'un vaste parc, de nombreuses allées conduisaient à de hauts immeubles résidentiels. Le poteau téléphonique qui, d'après le témoin, avait été évité par la fourgonnette blanche, devait être l'un de ceux qui bordaient le parc, et l'une des voitures garées le long du trottoir était peut-être celle de Katie.

Fermant les yeux, Tess se représenta sa sœur se pressant sous la pluie, la tête baissée. Elle lève la tête en entendant le véhicule arriver. Un flash de métal blanc… Le choc.

Elle rouvrit les yeux, le cœur battant la chamade.

Qu'était-elle venue faire ici ?

La peur qui l'avait cloîtrée de longues heures à l'hôpital lui semblait agréable au regard de ce qu'elle ressentait à présent. Elle, qui avait toujours pris la vie à bras-le-corps, avait travaillé dur, trouvé un bon emploi dès sa sortie de l'université pour travailler plus dur encore, ne s'était pas trouvée ainsi désœuvrée depuis… Elle ne se rappelait pas.

Elle avait éprouvé un besoin irrépressible de venir ici. Mais elle commençait à regretter l'élan de courage qui lui avait fait héler un taxi. Sortant son portable de son sac, elle tenta de nouveau de s'en servir, mais elle se trouvait hors de la zone de couverture du réseau. Comment allait-elle faire pour appeler un taxi ? Et puis pour aller où ?

Encore à l'hôpital ? Non, merci.

Pourquoi pas à l'appartement de Katie, lui souffla une voix dans sa tête. *Tu pourrais t'approcher de sa porte, toucher le bouton qu'elle a tourné tant de fois, et peut-être, peut-être…*

Peut-être quoi ?

Elle se massa les tempes, indécise.

— Hé, comment allez-vous ? lança une femme qui sortait de l'immeuble, tirée par son dalmatien.

Tess déglutit.

— Pardon ?

La femme essayait en vain de contrer la force du chien.

— Je suis surprise de vous revoir déjà. D'après ce que m'a

dit Frances, vous étiez pour plusieurs jours à l'hôpital. Mais qu'avez-vous fait à vos cheveux ?

— Mes cheveux ? répéta Tess en portant machinalement la main à ses boucles blondes, soulevées par le vent.

Mais emportée par l'énergie de l'animal, la femme n'eut que le temps de lui adresser un signe de la main.

Avant que la porte ne se referme, Tess se glissa dans le hall d'entrée. Soulagée d'être enfin à l'abri du vent, elle s'arrêta pour lire les noms sur les boîtes aux lettres. Seules trois en portaient, les autres en étaient démunies. Elle réfléchit un instant, examina le couloir puis secoua la tête. Non, décida-t-elle. Katie n'habiterait pas un rez-de-chaussée.

Grimpant dans l'ascenseur antédiluvien, elle gagna l'étage où elle tomba sur un vieux monsieur qui, les bras chargés de deux grands sacs d'épicerie, peinait à glisser sa clé dans sa serrure.

— Vous avez besoin d'aide ? s'enquit-elle, espérant en retour obtenir qu'il lui indique l'appartement de sa sœur.

L'homme la regarda par-dessus son épaule, son froncement de sourcils le faisant ressembler à une vieille pomme fripée. Une franche hostilité brillait dans ses yeux larmoyants.

— Non ! glapit-il. Fichez-moi la paix.

— Désolée, dit-elle en battant en retraite.

Sa colère était presque palpable, mais elle doutait qu'elle soit tournée vers elle — ou vers Katie. Il semblait en vouloir au monde entier. Parvenant enfin à ouvrir sa porte, il entra chez lui et referma le battant d'un coup de pied.

— Oh, très bien, murmura-t-elle.

Il y avait cinq autres portes. Elle décida de frapper à chacune, l'une après l'autre. Avec un peu de chance, un locataire lui dirait quelle était celle qu'elle cherchait. Sauf qu'il semblait n'y avoir personne. L'une d'elles, découvrit-elle, était garnie d'un heurtoir en forme de dalmatien. Inutile de demander qui vivait là ! Peut-être devrait-elle redescendre et attendre le retour de la femme au chien.

Lorsqu'elle frappa à la dernière porte, au fond du couloir, quelle ne fut pas sa surprise en la voyant s'ouvrir toute seule.

— Eh-ho ? appela-t-elle. Il y a quelqu'un ?

L'appartement était sombre, mais la lumière provenant du couloir éclairait un pan de mur, sur lequel était accrochée une photo encadrée qui attira aussitôt son attention. Elle la contempla, ébahie. Le cliché était celui d'une petite fille de cinq, six ans jouant dans un bassin gonflable, qu'un homme emplissait à l'aide d'un tuyau d'arrosage.

Le cœur de Tess s'arrêta de battre. L'enfant aurait pu être elle, sauf qu'elle n'avait jamais eu de bassin gonflable. L'homme était à l'évidence son père, mais Tess n'avait jamais connu le sien. Touchant le visage du bout du doigt, elle chercha quelque chose d'elle-même dans ses traits. Elle était chez Katie. Et c'était une photo de leur père.

Pendant quelques secondes, Tess songea à ce qui, espérait-elle, l'attendait : le moment où Katie et elle seraient confrontées l'une à l'autre, se raconteraient leur enfance, découvriraient le parent qu'elles n'avaient pas connu de la bouche de cette sœur tombée du ciel. Il leur serait alors possible de construire un avenir où elles seraient enfin jumelles, où elles partageraient enfin leurs vies. Comme ce serait bizarre… Et en même temps merveilleux.

Tess alluma la lumière, et un cri s'étrangla dans sa gorge. Tous les tiroirs avaient été sortis et renversés, les placards étaient grands ouverts, leur contenu répandu sur le tapis, les coussins avaient été éventrés et jetés n'importe où, et les bibelots fracassés sur les murs comme sous un accès de rage.

La peur s'empara de nouveau d'elle, lui glaçant le sang. Que faisait-elle dans un endroit qui avait été retourné de fond en comble avec une telle sauvagerie ? Les paroles d'avertissement de Ryan lui semblèrent soudain réalistes. Elle commença à faire marche arrière, la main sur le bouton de la porte. Et s'immobilisa.

Si elle partait, elle perdait l'avantage précieux d'être la première sur les lieux, apparemment, depuis le saccage. Seule, elle pouvait chercher d'autres photos dans ce capharnaüm, et se faire une idée de la vie de Katie. C'était pourquoi elle était venue, c'était ce qui l'avait attirée jusqu'ici. Si elle s'en allait, peut-être ne pourrait-elle jamais revenir.

Elle regagna l'intérieur de l'appartement, s'arrêta un instant et retint sa respiration. Elle ne percevait aucune présence. Quoi qu'il s'y soit passé, c'était terminé.

Sa décision prise, elle referma la porte derrière elle, notant pour la première fois que le chambranle était fendu là où la serrure avait été forcée. Réprimant un frisson, elle s'avança vers un empilement anarchique de livres au pied d'une étagère. Peut-être s'y trouvait-il un album de photos. Elle se dépêcherait de fouiller et repartirait.

A peine avait-elle commencé sa recherche qu'un bruit de pas lui parvint depuis le couloir. Sans réfléchir, elle enjamba à toute vitesse le chaos jusqu'à l'interrupteur qu'elle pressa, plongeant de nouveau la pièce dans l'obscurité. Elle s'attendait à entendre des voix, des clés, un chien, la porte d'un appartement s'ouvrir et se refermer, mais elle eut beau tendre l'oreille, rien ne se produisit.

Elle recula dans la pièce, marchant sur des tessons d'objets cassés, des plantes renversées, des vêtements, avec l'impression d'être aussi discrète qu'un train entrant en gare. Un picotement dans la nuque l'informa qu'elle avait peur.

Le bruit de pas s'arrêta. Tess se pétrifia pendant ce qui lui sembla une éternité. Puis elle expira tout l'air qu'elle retenait dans ses poumons. Ses nerfs lui semblaient branchés sur du 3000 volts. Elle n'avait aucun avenir dans l'espionnage, c'était clair.

Les pas reprirent. Plus près, cette fois. Furtifs. Elle allait certainement entendre un bruit de porte, tenta-t-elle de se persuader. Ce n'était qu'un voisin qui rentrait chez lui.

Les pas s'arrêtèrent devant la porte de l'appartement.

Le cœur battant avec frénésie, collée au mur, Tess progressa à tâtons jusqu'à la chambre, remerciant le Ciel de ne pas se cogner la tête sur une applique ou un cadre. Tant bien que mal, elle atteignit la penderie, s'y glissa, referma la porte sur elle puis s'aplatit entre les vêtements sur leurs cintres et la paroi du fond.

Les pas étaient à présent à l'intérieur… Un crissement de verre. Un juron étouffé.

Son cœur battait comme un tambour de jungle, cognant avec violence contre ses côtes.

La lumière s'alluma tout à coup dans la chambre, puis les vêtements derrière lesquels elle se dissimulait s'écartèrent.

Tess leva un bras pour se couvrir les yeux.

Une main lui saisit le poignet et le baissa de force.

L'œil d'acier d'un revolver la fixait.

3

— Tess, tout va bien, c'est moi, Ryan.

Elle se jeta contre son torse et se mit à pleurer malgré son soulagement, ou peut-être à cause de lui. Il lui tapota le dos de sa main gauche pour la réconforter, la droite tenant toujours le revolver.

— Vous m'avez fait mourir de peur ! s'écria-t-elle après quelques secondes, s'écartant de lui.

— Je sais, je suis désolé, s'excusa-t-il. Est-ce que ça va ? Vous étiez là quand l'appartement a été mis à sac ? On vous a agressée ?

Il l'avait ramenée contre lui tout en lui posant ces questions. Elle secoua la tête, les larmes roulant sur ses joues, heureuse de ce contact renouvelé.

Si le cuir de son blouson était frais sous sa joue, son corps était solide et chaud par-dessous. Lorsqu'il avait plongé son beau regard gris dans le sien, elle y avait lu une réelle inquiétude, et son expression avait perdu de sa dureté. Son souffle tiède lui caressait les cheveux et le front d'une manière si agréable qu'elle ferma les yeux.

— Je n'étais pas là, dit-elle. Les choses étaient ainsi quand je suis arrivée.

— Attendez. Etes-vous en train de me dire que vous êtes venue ici en sachant que l'appartement avait été cambriolé ?

Elle arrondit les yeux, piquée au vif par son ton autoritaire. Cela étant, elle l'avait plus ou moins mérité. Mais il n'était pas son tuteur, et cette attirance qu'elle avait ressentie malgré elle l'instant d'avant fut balayée par une sourde irritation.

Elle se libéra d'une secousse et chercha autour d'elle quelque chose pour éponger ses larmes.

— Je savais que le visiteur n'était plus là, déclara-t-elle, surprise par la fermeté soudaine de sa voix, alors qu'elle aurait dû être aussi tremblante que ses jambes.

— Comment le saviez-vous ?

— Je… le sentais, répondit-elle.

Repérant une boîte de mouchoirs en papier près du matelas retourné, elle enjamba un couvre-lit rose en tas et s'en empara. Tout en s'essuyant les yeux et les joues, elle jeta un regard circulaire dans la chambre.

Ryan secoua la tête et rangea son arme dans son holster de ceinture, sur ses reins.

— Vous le sentiez ?

— Laissez tomber, soupira-t-elle avec agacement.

Il la regarda sans mot dire.

— Et vous, que faites-vous ici ? s'enquit-elle.

— Vous n'étiez pas à l'hôpital quand j'ai appelé. Je me suis demandé où j'irais si j'étais vous, et voilà.

— Une chance que je ne sois pas cardiaque, répliqua-t-elle.

Ce n'était pas la peur qui parlait, mais l'humiliation d'avoir craqué ainsi devant lui. Seigneur, elle était prête à faire n'importe quoi pour détruire cette plante envahissante, cette dépendance pleurnicharde qui croissait en elle après cette grosse crise de frayeur. Tout sauf ça.

— Mais il n'y a pas mort d'homme, ajouta-t-elle d'un ton sec.

— Parfait, dit-il, une lueur ironique dans les yeux. Parce que j'aurais pu être le cambrioleur revenu jeter un second coup d'œil.

Tess fixa ses pieds. Elle reconnaissait qu'il avait raison, mais elle ne voulait pas le montrer. Il en avait déjà trop vu.

— Je vais nettoyer tout ça, annonça-t-elle. Je ne veux pas que Katie tombe sur ce chaos en rentrant chez elle. Par là même je verrai peut-être ce qui manque.

Il haussa les sourcils.

— Comment diable verrez-vous ce qui manque dans un appartement où vous n'avez jamais mis les pieds ?

— Je n'en ai pas la moindre idée.

Mais elle saurait. Elle n'allait pas tenter de lui expliquer ce qu'elle ne comprenait même pas elle-même. Genre savoir que Katie n'aurait pas abandonné si facilement la recherche de la vérité concernant son père, ou qu'elle n'aurait pas habité le rez-de-chaussée de cet immeuble. Elle le savait, point final.

— Quoique… vous avez raison, c'est souvent une question d'intuition, agréa-t-il en sortant son téléphone portable. Pour autant, ne faites rien tant que les lieux n'auront pas été passés au peigne fin. Trouvez-vous un siège et ne touchez à rien, O.K. ?

Elle le regarda d'un air attristé.

— S'il vous plaît, insista-t-il.

Bien sûr qu'ils devaient être passés au peigne fin.

— Bon, je vais m'asseoir sur ce qui reste du gros fauteuil inclinable.

Il acquiesça, et se mit à parler dans son portable.

A tous ceux qui lui ouvrirent leur porte, Ryan demanda s'ils avaient remarqué un individu ou quoi que ce soit de suspect durant les trente-six heures qui s'étaient écoulées depuis que la fille de son défunt coéquipier avait été renversée par la fourgonnette blanche.

Personne n'avait jamais entendu parler de Katie Fields. Personne ne connaissait le nom de la locataire du 206. Le concierge devait savoir, mais il était à Hawaii. La femme au dalmatien lui confia qu'elle passait de la musique en continu pour couvrir le son de la télévision de sa vieille voisine à moitié sourde. Elle lui conseilla de voir Frances, au rez-de-chaussée, qui était au courant de tout dans l'immeuble, mais qui travaillait de nuit. Le vieux ronchon en face de l'ascenseur grogna qu'il ne se mêlait pas des affaires des autres. Il n'y avait personne dans l'appartement suivant, et dans le dernier, la voisine dure d'oreille avoua qu'elle n'avait aucune idée de qui vivait au fond du couloir.

C'était là le problème. Le logement de Katie était le dernier sur la gauche, et d'après la femme au chien, celui en vis-à-vis était inoccupé depuis des semaines. Quant à celui qui se trouvait au-dessous, c'était le domicile du concierge.

Jason, son nouvel équipier, et deux techniciens du labo étaient en train de terminer leur examen. Celui-ci n'étant pas la première de leurs priorités, ils n'avaient accepté de venir que sur sa demande expresse.

Ryan doutait néanmoins que le visiteur ait laissé le moindre indice derrière lui. Ce qui n'était pas plus mal, décida-t-il, appuyé contre le mur du couloir. Car, dans le cas contraire, cela l'aurait empêché d'enquêter sur l'accident dont avait été victime Katie Fields. Il était préférable que la thèse officielle demeure celle d'un chauffard qui avait pris la fuite, et non une tentative de meurtre en corrélation avec la mort de son père.

Jason sortit de l'appartement et alluma une cigarette, chose qu'il faisait toutes les dix minutes environ quand c'était possible. Plus jeune que Ryan d'un an ou deux, il était hâbleur et bavard, aussi différent de Matt que la nuit l'était du jour.

— Je n'arrive pas à croire que le vieux Fields avait une autre fille, dit-il en exhalant un nuage de fumée.

Ryan s'éventa de la main.

— Il doit y avoir des règles ici pour les fumeurs, observa-t-il, avant de répondre : Nous savons tous que Matt avait ses petits secrets. Tu as trouvé quelque chose ?

— Dans ce foutoir ? Il semble y avoir deux séries d'empreintes. Les unes un peu partout, celles de Katie je suppose. Les autres doivent être celles de sa sœur. Mais tu sais comment ça se passe. Quelqu'un voit la victime emmenée dans une ambulance, et dans l'heure qui suit s'introduit dans son domicile pour faire main basse sur tout ce qu'il trouve. Et comme tout le monde sait qu'il faut porter des gants… Je n'ai vu ni ordinateur, ni chaîne hi-fi, ni télé. Je suppose qu'ils ont été emportés. Pareil pour les bijoux. Des voisins sauront peut-être ce qui manque. Tu les as interrogés ?

— Oui. Personne n'a rien vu, et personne n'a jamais mis les pieds dans l'appartement. L'une des locataires croit savoir qu'il a été loué meublé.

Il donna à Jason le nom et le lieu de travail de Frances, du rez-de-chaussée.

— Tu tires d'elle tout ce que tu peux. Moi je vais attendre encore une heure, le temps que tout le monde soit rentré chez soi, puis j'irai interroger les locataires du rez-de-chaussée. Mais j'imagine que ce sera la même chose, soupira-t-il.

Les techniciens sortirent à leur tour. Les trois hommes devisèrent un petit moment dans le couloir, puis redescendirent et quittèrent l'immeuble. Ryan ne bougea pas, hésitant à retourner dans l'appartement.

Il regrettait un peu sa dureté à l'égard de Tess, mais elle l'avait cherché. Elle lui fichait une trouille bleue, puis l'apitoyait par ses tremblements et ses larmes, et voilà que tout à coup mademoiselle prenait les choses de haut !

Il l'avait remise à sa place, parce que lui-même avait besoin d'être remis à la sienne. Que cela lui plaise ou non, que cela *leur* plaise ou non, il protégerait la fille de Matt. Et il était hors de question qu'il laisse cette jolie vétérinaire, dotée des plus beaux yeux bleus à l'est du Pacifique, lui mettre des bâtons dans les roues.

Mais comme il avait aimé son moment d'abandon ! Comme il avait aimé qu'elle s'agrippe à lui comme une naufragée à un filin. C'était si bon de la serrer dans ses bras, leurs corps s'ajustaient si bien l'un à l'autre… Il avait bien failli déraper. Et quand elle s'était ressaisie, il avait été déçu. Tout cela, il le savait, était carrément fou, totalement contreproductif et sacrément dangereux. Dangereux pour sa sécurité à elle, et pour sa tranquillité d'esprit à lui. Par conséquent, il devait reprendre le contrôle de la situation, et il croyait savoir comment faire.

Inspirant un grand coup, il poussa la porte et entra.

Elle était à genoux par terre et fourrait la bourre des coussins dans un grand sac-poubelle. S'accroupissant à ses côtés, il lui tint le sac pour lui faciliter le travail.

— Je suis désolé pour tout, dit-il.

Elle leva les yeux vers lui.

— Merci.

— Tess, ne vous fâchez pas, mais je crois que vous devriez rentrer chez vous dès demain.

Elle se remit à la tâche, passant de la garniture des coussins aux bibelots cassés au-delà de toute réparation.

— Je crois que Katie n'avait pas l'intention de rester longtemps ici, dit-elle enfin.

Elle avait choisi de faire la sourde oreille. Bon. Peu importait, il aborderait de nouveau la question plus tard sous un autre angle. Elle n'était pas idiote, et n'avait pas a priori le tempérament impulsif de sa sœur. En revanche, elle semblait partager avec cette dernière une obstination qui n'allait guère lui faciliter les choses.

— Qu'est-ce qui vous fait penser ça ?

— L'absence de matériel électronique et de télé a fait conclure à votre collègue qu'ils ont été volés. Je pense qu'il n'y en avait pas. Il n'y a pas de table d'ordinateur, aucun CD, ni câble de raccordement, ni prise péritel, ni rien. Je m'avance peut-être, mais d'après moi soit Katie voyage léger, soit tous ses biens sont entreposés quelque part et elle ne se sert de cet appartement que pour ses escapades amoureuses.

— Vous avez peut-être raison. Elle loue l'endroit sous un faux nom, c'est évident. Et elle ne s'est pas liée avec les autres résidents, qui n'ont d'ailleurs rien en commun avec elle. Elle avait quelque chose en tête.

— Et la maison de mon père ?

— Pardon ?

— Oui, je suppose que Katie ne vivait plus chez lui, mais peut-être y a-t-elle laissé le plus gros de ses affaires. Il a bien dû avoir une maison ?

— Oui. Une belle. Mais elle a été saisie par la banque pour non-paiement des échéances de son prêt hypothécaire. L'une des étapes de sa longue chute. A la fin, tout ce qu'il possédait tenait dans une valise.

— Je vois.

Elle avait pâli. Ryan regretta de ne pas avoir ne fût-ce qu'un dixième des capacités de dissimulation de son ancien coéquipier.

— Je connais mon travail, déclara-t-il d'une voix douce. Vous, rentrez chez vous. Je vous tiendrai informée de l'état de Katie, et je vous promets que j'irai jusqu'au bout dans cette affaire.

Il la débarrassa du sac-poubelle tandis qu'ils se levaient, et pendant une poignée de secondes ils se dévisagèrent. Du coin de l'œil, il aperçut leur reflet dans la fenêtre. Il était beaucoup plus grand qu'elle, mais telle qu'il la voyait à présent, dans son jean délavé et son pull-over, avec ses cheveux blonds défaits, non seulement elle ne semblait pas écrasée, mais elle se tenait droite devant lui avec une élégance quasi parfaite. Le souvenir troublant de son corps collé contre le sien se rappela aussitôt à lui.

Posant le sac, il alla fermer les rideaux sur la nuit.

— Vous ne pouvez pas rester ici, lança-t-il sans se retourner.

— Ne commencez pas, répliqua-t-elle en ramassant plusieurs livres de poche.

— La serrure est cassée. Celui qui a fait ça peut revenir.

Il vit la terreur gagner son visage. Et c'était lui qui l'avait déclenchée. Bougre d'idiot.

— Il faut que je reste, déclara-t-elle. Je veux examiner les affaires de Katie. Je rentrerai chez moi dans un jour ou deux…

— Donc vous êtes d'accord ? demanda-t-il, plein d'espoir, avec néanmoins un pincement de déception.

— Oui, enfin… Oui. Je ne suis pas taillée pour la chasse aux gangsters. Peut-être pourrai-je faire transférer Katie dans un hôpital proche de chez moi, ou bien je viendrai la voir le week-end. Mais c'est ma dernière chance de…

Sa voix mourut sur ses lèvres.

De connaître Katie au cas où elle ne se réveillerait pas ? D'éprouver des sentiments pour un père qui pouvait fort bien avoir été un meurtrier de sang-froid ? De trouver les pièces manquantes de sa propre existence ?

Bon sang, il n'avait pas pu s'empêcher de l'effrayer encore une fois ! Ses sentiments étaient à vif, se bousculaient les uns les autres. Il se sentait aussi gauche qu'un adolescent énamouré. Ses motivations, pourtant, étaient pures : il ne laisserait rien arriver à Tess Mays. Il ne la laisserait pas tomber.

— Si vous restez ici cette nuit, je reste aussi, dit-il, s'attendant à une opposition.

Mais elle ne protesta pas. C'est même avec un certain soulagement dans la voix qu'elle répondit :

— Entendu.

— Et demain matin, vous prenez vos dispositions pour rentrer chez vous à San Francisco.

Elle hocha la tête.

— D'ici là, ajouta-t-elle, nous en saurons peut-être un peu plus sur ce que cherchait Katie.

— Quelqu'un a eu la gentillesse de nous mâcher le travail, ajouta-t-il en observant la pagaille autour de lui.

Sur ces mots, il sortit son portable.

Il devait demander à son voisin de nourrir Clive, leur commander un repas, faire quelque chose, n'importe quoi, plutôt que de garder les yeux posés sur Tess Mays et de nourrir des pensées qui ne le conduiraient absolument nulle part.

Ryan vida sur la table le contenu de l'enveloppe provenant de la salle des indices de la police. Il avait presque terminé son hamburger et ses frites, et bu la moitié de son milk-shake au chocolat. Il avait également parlé à Jason. Frances, du rez-de-chaussée, avait dormi tout l'après-midi. Elle n'avait rien vu ni entendu d'inhabituel.

Le choix du repas avait été celui de Tess. Lui-même aurait préféré manger thaïlandais, mais arguant du fait qu'elle venait de vivre une journée épouvantable, elle avait imposé sa loi.

— Vous voulez me passer une part de tarte, s'il vous plaît ?

Il lui tendit le petit sac en papier et la regarda en retirer la pâtisserie chaude.

— Comment parvenez-vous à rester aussi mince en avalant ce genre de nourriture ? s'étonna-t-il.

Elle attrapa du bout de la langue un morceau de tranche de pomme collé à ses lèvres. A la vue de ce simple geste, il ressentit une crispation de désir dans le bas-ventre.

— Je cours, je fais de la gym, répondit-elle. Vous ne me croirez peut-être pas, mais en temps normal je ne suis pas aussi stressée, de sorte que je mange des choses un peu moins caloriques.

— Je vais débarrasser, annonça-t-il en se levant.

Il fourra à la hâte les reliefs du repas dans un sac en papier, soulagé de pouvoir s'éloigner un moment de la table… et d'elle.

Les objets étaient une montre en or qui tournait toujours, une bague et des boucles d'oreilles en turquoise, un tout petit sac rouge muni d'une longue bandoulière, mais qui ne contenait pas la moindre pièce d'identité. Pareil pour le portefeuille. Il contenait trente dollars et vingt-sept cents, ainsi qu'une courte liste de numéros de téléphone sans noms associés. Il y avait encore un téléphone portable, une paire de lunettes à monture noire et aux verres cassés, un porte-clés garni d'un dauphin avec cinq clés. L'une était celle de l'entrée de l'immeuble Vista Del Mar, expliqua Ryan, qui s'en était servi pour entrer. La seconde ouvrait la boîte aux lettres, la troisième l'appartement, la quatrième était celle de la voiture de Katie. Quant à la cinquième, elle portait un simple numéro, le 119, mais il ignorait à quoi elle servait.

— Elle porte des lunettes ? s'enquit Tess.

— Pas à ma connaissance. Les verres ne sont pas correcteurs, je me demande même si elles sont à elle. En tout cas je ne l'ai jamais vue en porter. L'agent dépêché sur les lieux les a trouvées dans le caniveau, mais pour ce que nous en savons, elles pouvaient s'y trouver depuis des heures.

Tess ouvrit le clapet du téléphone. La batterie était faible, mais lui permit néanmoins d'accéder à l'album photo.

Bien entendu, elle y trouva celle de Katie en compagnie du même homme que celui du cadre accroché dans son couloir — à cette différence près qu'il avait vingt ans de plus. Le cliché semblait avoir été pris dans un parc en été.

— Le pique-nique de la police, commenta Ryan en regardant par-dessus son épaule. Katie m'avait demandé de la prendre. Ils venaient de gagner l'inévitable course à trois jambes.

Tess contempla un moment les deux visages souriants, l'un identique au sien, l'autre disparu à jamais, et sa gorge se serra.

— Avez-vous vérifié ses appels téléphoniques ? parvint-elle à demander.

— Qu'espérez-vous ? Qu'elle ait passé un coup de fil préalable à son agresseur, ou eu le temps de photographier la fourgonnette blanche ?

— Quelque chose comme ça.

— Pas de chance. Elle a passé très peu d'appels. Aucun digne d'intérêt, hormis celui qui m'était destiné. Et la dernière photo est celle-ci.

Il tapa deux touches et l'image d'un trophée sportif apparut.

— C'est un trophée de quoi ?

— Bonne question. Je n'ai pas réussi à déchiffrer l'inscription, il y a trop de reflets.

Tess revint en arrière dans l'album, espérant découvrir quelque chose de plus significatif, et tomba sur la photo d'une adolescente à l'air un peu étrange. Peut-être à cause des yeux, songea-t-elle en l'étudiant de plus près. Une handicapée mentale. Voilà, c'était ça. Affublée d'un chapeau pointu rose, elle regardait l'objectif, la mine réjouie.

— Qui est-ce ?

— Je l'ignore. Quelqu'un que Katie connaît, en tout cas.

Tess hocha la tête d'un air absent et fit revenir la photo de sa sœur et son père, s'abreuvant de leurs sourires jusqu'à ce que l'appareil s'éteigne, la batterie vide.

*
* *

Ce fut pour Tess une tâche douce-amère.

Les objets de la vie de sa sœur gisaient éparpillés dans son appartement, en aussi triste état que celle-ci dans son lit d'hôpital. La différence, c'est qu'ici on sentait la présence de Katie. Elle se reflétait dans des petites choses telles que la boîte pleine de mini paquets de moutarde et de ketchup dans le frigo — apparemment, elles partageaient le même penchant pour la « bouffe express » —, la petite robe blanche dans la penderie, les romans d'occasion.

A son grand regret, il n'y avait pas d'autres photos. Pas un portrait de Katie bébé, pas de séries un peu empruntées de photomaton, rien. Il n'y avait non plus aucun document nominatif : quittance de loyer, bordereau de banque, talon de paiement ou feuille d'impôts. Katie était née et avait grandi à New Harbor, et pourtant Tess n'avait trouvé aucun carnet d'adresses, aucune note de copine, aucun nom de dentiste entouré dans l'annuaire. *Nada.* A mesure que les heures passaient, l'intuition que Katie se servait de cet appartement comme base stratégique pour son enquête se transformait un peu plus en conviction.

Bientôt, le séjour retrouva un aspect qui n'attendait que le remplacement de ce qui avait été détruit pour être normal. Regagnant la chambre, Tess s'assit devant la penderie, et entreprit de ranger dans leurs boîtes respectives la demi-douzaine de paires de chaussures jetées en vrac sur le sol.

Alors qu'elle s'apprêtait à placer des bottes de cuir — de sa pointure et même de son goût personnel — dans la leur, elle s'aperçut qu'une sorte de double fond avait été aménagé dans le carton à l'aide de papier essuie-tout maintenu par de l'adhésif. Elle décolla un angle, et jeta aussitôt un bref coup d'œil derrière elle. Pas de Ryan. Elle referma néanmoins la boîte. Elle avait eu le temps d'apercevoir ce qui y était dissimulé. Vu l'aspect très personnel de ces choses, elle voulait les étudier en toute tranquillité.

De retour dans le séjour, elle découvrit son inspecteur endormi dans le fauteuil inclinable. Des partitions musicales étaient étalées sur ses cuisses, et plusieurs avaient glissé sur le sol. Elle s'approcha sans bruit, ramassa les feuillets, les rassembla puis l'observa dans son sommeil.

Au repos, sa bouche avait un aspect doux, sensuel, et ses longs cils noirs formaient un contraste émouvant sur la peau de ses joues. Il avait replié un bras, de sorte que sa tête reposait sur sa main, et croisé ses longues jambes devant lui.

Sa réaction à ce spectacle la troubla par son intensité. Elle voulut s'arracher à sa vue, mais s'en trouva incapable. Jamais elle n'avait éprouvé cela devant un quasi-étranger. Son cœur flottait dans sa poitrine. Elle était à la fois contrariée et fascinée. Ses doigts lui démangeaient de dessiner la ligne de sa mâchoire, et elle réprima une furieuse envie de poser les lèvres sur une veine qui battait sur son cou.

Il avait dû connaître son lot de femmes, supposa-t-elle, passablement perturbée. Avait-il eu une aventure avec sa sœur ?

Ça semblait peu probable. Mais s'il n'avait pas été attiré par Katie, comment pourrait-il l'être par *elle* ?

« Ressaisis-toi, ma fille », s'enjoignit-elle, résistant au désir d'écarter une mèche qui lui retombait sur les yeux. Elle savait que ce n'était qu'une excuse pour le toucher, et engager quelque chose qu'elle ne pourrait, ne voudrait pas stopper. Tournant les talons, elle repartit vers la chambre et la boîte de chaussures.

Tout en marchant, elle jeta un œil aux partitions.

Elle aussi jouait du piano. Un sourire lui étira les lèvres lorsqu'elle constata qu'elle connaissait certains de ces morceaux. De nombreuses notes étaient griffonnées dans les marges, ainsi qu'une date ou deux qui faisaient remonter ces pages à plus de dix ans.

La musique de son père… Elle se mordit la lèvre, tandis que les larmes lui affluaient aux yeux.

Posant les feuillets de côté, elle se mit à genoux, rouvrit la boîte à chaussures et en décolla avec soin le double fond.

Le premier des objets était un petit calepin relié. Elle

l'ouvrit, le cœur battant. Peut-être sa sœur y avait-elle noté ses découvertes.

Mais ça aurait été trop beau. La première page portait le nom de Matthew Fields. Tournant les feuillets, Tess vit qu'il s'agissait d'un agenda de ses engagements musicaux, dont les premiers remontaient à de nombreuses années. Il y avait aussi des noms et des adresses, sans doute ceux des autres musiciens et de ses contacts, ainsi que des commentaires sur chaque prestation. Elle ouvrit à la page datée de deux mois plus tôt. L'agenda prévoyait des dates sur trois semaines, mais les commentaires avaient disparu.

Son père n'était alors plus là pour jouer.

Après ces trois semaines les commentaires reprenaient, mais l'écriture avait changé. Au nom qu'elle vit inscrit en haut de la page, Tess cessa de respirer.

Caroline Mays.

Sa mère ?

Caroline Mays était le nom de la pianiste qui avait remplacé Matt Fields. Tess comprit alors que ce devait être le pseudonyme utilisé aujourd'hui par Katie. Et ce nom, elle ne le connaissait que depuis la lecture de la lettre posthume de son père.

Tess contempla longuement le calepin, puis le referma et reporta son attention sur le reste. En plus d'un chéquier au nom de Caroline Mays et de quelques autres papiers qui manquaient dans l'appartement, il y avait un permis de conduire de l'Etat de l'Oregon au nom de Katie Fields, ainsi qu'un second au nom de Caroline Mays, vingt-sept ans, cheveux roux flamboyant et lunettes à monture noire. Tess se rappela avoir noté une couleur rougeâtre à la naissance des cheveux de Katie, sous les bandages. Elle avait alors cru que c'était dû au sang de ses blessures. Il ne s'agissait pas de sang, mais d'une teinture.

Quelle forme avait donc prise l'enquête de Katie ? A qui avait-elle parlé ? Qui avait-elle inquiété au point que l'on veuille la tuer ? Que cherchait la personne qui avait saccagé son appartement, et l'avait-elle trouvé ? Pourquoi Katie dissimulait-elle à la fois sa nouvelle identité et l'ancienne ?

Reprenant l'agenda, Tess l'ouvrit à la page du jour de son accident et trouva une note concernant la fête d'anniversaire d'une certaine Tabitha. L'adolescente au chapeau pointu ? C'était plausible. Quelques jours avant, elle avait joué du Mozart dans une certaine Résidence de l'Oiseau Bleu. Le lendemain, elle devait se produire au même endroit, mais cette fois pour interpréter la « Sonate au clair de lune » de Beethoven.

Replaçant le tout dans la boîte, Tess regagna le séjour pour parler à Ryan, mais il dormait toujours. Elle s'installa sur une chaise de la cuisine et l'observa un moment.

Pourquoi lui faisait-il un tel effet ? San Francisco ne manquait pourtant pas d'hommes séduisants. Des hommes qui n'étaient ni autoritaires, ni armés. Des types plus drôles, moins inquiets, et dont le passé ne semblait pas les ronger de l'intérieur comme un cancer.

Elle ne les trouvait pas intéressants. Celui-ci, elle le trouvait fascinant, sexy, infiniment dérangeant, et elle était bien en mal d'y trouver une explication.

Peut-être était-ce parce qu'il était si différent d'elle.

Sortant de sa rêverie, elle se rappela soudain les objets qu'elle avait rangés dans le placard de la salle de bains. Se relevant d'un bond, elle s'y rendit et y retrouva la petite boîte dont elle avait mésestimé l'intérêt. L'étiquette, au nom de Mountain Sunrise, montrait une femme aux cheveux presque rouges escaladant un sommet enneigé au lever du jour.

Tess considéra longuement la boîte, tandis qu'une idée voletait doucement de droite et de gauche, telle une feuille morte dans sa tête, prenait forme peu à peu, se précisait, jusqu'à devenir le plan le plus censé, le plus simple et le plus évident qui lui soit venu à l'esprit.

Le plus dangereux aussi.

4

Peter l'appelait.

Le cœur battant à grands coups sauvages, Ryan courut le long de rues vides jusqu'à ce qu'il arrive devant une vieille maison aux fenêtres condamnées par des planches. La porte d'entrée était grande ouverte, rectangle noir béant sur les murs blanchis à la chaux.

De nouveau la voix de Peter… Plus faible… Venant de l'intérieur… Une supplique désespérée qui le rendait fou.

Ignorant la porte, il s'attaqua aux fenêtres l'une après l'autre. Tandis que la voix de son frère s'amenuisait, il entreprit d'arracher les planches. Les clous rouillés lui écorchaient les doigts, des échardes s'enfonçaient dans ses paumes, le sang coulait le long de ses bras, lui éclaboussait le torse. La dernière planche de la dernière fenêtre céda, et il se figea, pantelant. Au lieu de vitres il trouva du bois dur. Il n'y avait pas d'ouvertures… Il revint vers la porte. Elle avait disparu. « Peter ! » hurla-t-il.

Et il se réveilla en sursaut.

Il demeura immobile quelques instants, se demandant s'il avait vraiment crié, ne sachant trop où il se trouvait. Il était mal à l'aise, courbaturé, et le canon d'une arme s'enfonçait dans ses côtes. Puis tout lui revint d'un seul coup.

C'était son revolver. Il s'était endormi dans ce fauteuil sans même enlever son arme.

La lumière qui filtrait dans le séjour de Katie Fields annonçait une autre de ces journées d'hiver humides dont l'Oregon a le secret. Ses yeux lui piquaient, il avait des crampes dans le dos et il était d'une humeur de chien. Pendant la nuit, quelqu'un lui avait couvert les jambes d'une couverture rose. Ses exceptionnels talents de limier lui soufflèrent qu'il devait en remercier Tess.

En parlant de Tess… Ecartant la couverture, il se redressa dans le fauteuil et fourragea dans ses cheveux. L'appartement étant modeste, il en voyait tout l'espace depuis sa position près de la porte. Sauf, bien sûr, l'intérieur de la chambre. Il avisa la porte fermée, se rappelant celle de la maison de son rêve récurrent, qu'il avait ignorée jusqu'à ce qu'il soit trop tard et qu'elle ait disparu.

Il se leva et plia la couverture, saisi d'un désir impérieux de voir si elle était toujours là. La couverture sous le bras, il s'avança vers la porte et frappa.

— Tess ? Je peux entrer ?

Pas de réponse. Il ouvrit.

Elle avait fini de nettoyer la chambre. Les rideaux avaient été raccrochés, les vêtements, chaussures et livres rangés, et elle avait même trouvé le chargeur du portable qui attendait que sa batterie soit pleine sur la table de chevet. Le lit avait été fait, même s'il présentait l'empreinte d'un corps et l'oreiller une petite dépression. Il se souvint de la supposition de Tess selon laquelle Katie devait voyager léger et n'avait pas prévu de rester longtemps ici. En regardant la pièce d'un œil averti de policier, il reconnut qu'elle avait raison. Il y avait une absence patente de ces mille et un objets qui encombrent d'ordinaire la moindre surface horizontale de la chambre d'une femme.

Un coup d'œil dans la salle de bains déclencha un brutal afflux d'adrénaline dans ses veines. Vide, elle aussi.

Tess était partie.

Laissant la couverture sur le lit, il regagna le séjour, ne sachant trop quelle décision prendre, cherchant des yeux d'éventuels signes de lutte et se morigénant pour avoir dormi pendant qu'il se passait quelque chose, Dieu sait quoi, qui avait poussé Tess à quitter l'appartement sans l'avertir. Il empoigna son portable.

Un bruit dans le couloir lui fit dresser l'oreille. Rempochant l'appareil, il sortit son revolver d'un mouvement fluide. Il était à la porte lorsque celle-ci commença lentement à s'ouvrir. Saisissant le bouton, il tira brusquement le battant à lui. Tess vola dans ses bras.

Surprise, elle le fixa deux secondes d'un air hébété. Sans s'en rendre compte, il lui avait passé un bras dans le dos. Il dut se faire violence pour ne pas faire de même avec l'autre et l'étreindre.

Elle portait un sweat-shirt noir à capuche. Celle-ci était serrée autour de son visage et couverte de gouttes de pluie, ainsi que ses épaules. Le rose frais de ses joues lui donnait un air sain de jeune fille de la campagne.

— Faut-il vraiment que vous braquiez une arme sur moi chaque fois que nous nous voyons ?

Il ramena son bras. Elle s'écarta.

— Désolé, murmura-t-il, avant de laisser éclater sa colère : Mais où étiez-vous, bon sang ? Que faisiez-vous toute seule dehors ? Que faut-il que je fasse pour que vous compreniez que votre vie est peut-être en danger ? Pour une femme intelligente, vous êtes vraiment la plus…

— Vous avez fini ?

En fait, oui. C'était le fait d'avoir dormi pendant qu'elle sortait, supposa-t-il, qui le mettait dans un tel état. Ça, et son apparence. Et le contact sous sa main de son corps mince et vigoureux, de son sweat-shirt humide, de…

— Oui, j'ai fini, soupira-t-il en rangeant son revolver dans son holster.

— Je suis allée voir Katie, annonça-t-elle d'une voix posée, tout en ouvrant la fermeture Eclair de son vêtement. Il n'y a pas de changement. N'ayez donc pas cet air alarmé. J'ai été prudente. Je me suis couvert la tête et je suis sortie de l'immeuble par la porte de derrière. J'ai ensuite couru un moment sur la plage afin que personne ne puisse me suivre et je suis revenue. L'hôpital n'est qu'à un quart d'heure d'ici. Comme c'est sans doute la dernière fois que je pourrai sortir sans certains arrangements, j'ai saisi ma chance.

— La dernière fois ? Certains arrangements ? Je ne comprends pas.

Les yeux dans les yeux, elle dénoua le lacet de la capuche, fit glisser celle-ci sur sa nuque et laissa ses cheveux retomber librement sur ses épaules.

Pendant un moment, il la contempla sans mot dire, se demandant quelle mouche l'avait piquée de teindre en rouge feu sa belle chevelure blonde. Justement maintenant. Elle devait avoir fondu un fusible à un moment donné.

— Ne me regardez pas ainsi, dit-elle en ôtant le sweat-shirt. Je ne suis pas folle.

Au-dessous, elle portait un T-shirt blanc moulant à profonde encolure en V. Pour la première fois, il eut une idée non seulement du modelé de ses hanches, mais également de la troublante plénitude de ses seins. Toutes les émotions malvenues qui l'assaillaient depuis son réveil lui vrillèrent le ventre et il détourna les yeux.

Il ne sut que répondre. Pas folle d'aller jogger sur la plage alors qu'un tueur rôdait à la recherche de son double ? Pas folle de changer à ce point d'apparence ?

— Je dois avouer que je vous préfère en blonde, déclara-t-il en fixant ses cheveux avec insistance. Mais là, c'est autre chose, ça peut compliquer notre affaire. D'un autre côté…

Sa phrase resta en suspens tandis qu'elle pivotait pour se diriger vers la chambre. Elle en revint quelques instants plus tard avec un grand sac d'emplettes dont elle sortit une paire de larges lunettes à monture noire, qu'elle percha sur son nez, ce qui la fit ressembler à une étudiante studieuse.

— Il y a un drugstore ouvert toute la nuit à deux rues d'ici, dit-elle en lui tendant une carte.

— Ouvert toute la nuit… Tess, combien de fois au juste avez-vous franchi cette maudite porte ?

— Je ne pouvais pas dormir et vous étiez… un peu agité. Mais regardez donc ceci.

Baissant les yeux, il vit une carte de permis de conduire,

dont la photo était celle de la fausse myope qui se tenait devant lui. Au nom de Caroline Mays.

— Ce n'est pas au drugstore que vous avez trouvé ça, observa-t-il d'un ton sévère.

— Non, reconnut-elle. Au drugstore, j'ai acheté les lunettes et d'autres petites choses. Ce permis était caché dans une boîte à chaussures, dans la chambre de Katie.

— Il a été établi en Oregon, remarqua-t-il en retournant la carte, la mine perplexe.

— Cela ne nous ouvre-t-il pas une foule de possibilités ?

Son regard passa du document à la nouvelle Tess rousse et à lunettes. Il commençait à avoir un mauvais pressentiment. Elle fouilla de nouveau dans le sac, pour en retirer cette fois un bizarre objet blanc. Retroussant la jambe gauche de son pantalon, elle glissa le pied jusqu'à mi-mollet dans ce qui se révéla être un faux plâtre.

— Je l'ai fait moi-même, expliqua-t-elle. Je sais que la jambe de Katie n'est pas cassée, mais ça ajoute de la crédibilité à mon déguisement, vous ne trouvez pas ?

Son pressentiment s'intensifia.

— Ecoutez, Ryan, reprit Tess avec gravité. Je crois que vous avez raison, je crois que Katie menait sa propre enquête. Elle s'est fait faire un faux permis, sans doute grâce à l'un des clients de son bar. Puis elle a quitté son job, teint ses cheveux, déménagé dans un quartier inattendu de la ville et s'est mise à porter des lunettes voyantes. Ayant découvert le pot aux roses, quelqu'un a tenté de la tuer. La Katie de maintenant, je veux dire Caroline Mays, aurait besoin de preuves de ses blessures. Un pied plâtré, par exemple. Je me banderai également la tête, et quelques touches de maquillage me feront des hématomes plus vrais que nature…

— Attendez un peu, dit-il, luttant pour garder son calme.

Elle haussa les sourcils.

— Oui ?

— Euh, ces lunettes, cette teinture, ce plâtre… C'est pour faire quoi, au juste ?

Elle sourit.

— Vous ne devinez pas, Ryan ?

— Je n'ose pas.

— Eh bien, c'est simple, répondit-elle en détournant la tête comme si elle redoutait sa réaction. C'est pour devenir ma sœur. Pour savoir ce qu'elle a trouvé, découvrir qui lui a foncé dessus, blanchir le nom de notre père.

Il en demeura sans voix.

Tess retira son plâtre et croisa de nouveau son regard.

— Venez vous asseoir, dit-elle. Je vais vous expliquer sur quoi je suis tombée hier soir. Et vous dire exactement ce que j'ai décidé.

Le prenant par la main, elle l'emmena dans la cuisine. Il tenta de se convaincre qu'il était trop abasourdi pour noter la fraîcheur de sa main dans la sienne, mais la douceur de ce contact rayonnait dans tout son bras malgré son irritation. Réprimant une autre réaction tout aussi malvenue dans le bas de son corps, il s'accrocha à sa colère.

Cette femme s'apprêtait à interférer dans *son* enquête, et risquait de lui mettre de sérieux bâtons dans les roues. Il fallait qu'elle reste à l'écart, le laisse faire son boulot et ne cherche pas à jouer les détectives privés.

Le Ryan posé et réfléchi se dit qu'il allait tenter de la raisonner de la manière la plus calme possible. L'autre Ryan, c'est-à-dire les quatre-vingt-dix pour cent restants, eut envie de la jeter sur son épaule, de l'emmener à l'aéroport et de la mettre d'autorité dans le premier vol pour San Francisco.

Ne voyait-elle pas que c'était pour avoir endossé une fausse identité que sa sœur avait failli mourir ? Ne comprenait-elle pas que se faire passer pour quelqu'un d'autre était le plus sûr chemin vers la catastrophe ?

Où était la jeune femme sage et pleine de bon sens de la veille, qui avait accepté de rentrer chez elle et de le laisser s'occuper de cette pénible affaire ?

Il avait l'horrible sentiment que s'il ne parvenait pas à tuer dans l'œuf ce projet insensé, Tess Mays, alias Katie Fields, alias Caroline Mays, allait bientôt passer de vie à trépas.

Quelque chose s'était produit en elle durant la nuit. Assise face à Ryan, Tess chercha le meilleur moyen de le lui expliquer.

Devant son visage fermé et l'intensité implacable de son regard, elle sut qu'elle devait se montrer concise, logique, en un mot convaincante.

Après lui avoir dit de ne pas bouger, elle alla chercher la boîte à chaussures dans la chambre. De retour dans la cuisine, elle la posa sur la table et ôta le couvercle, dévoilant les petits trésors de sa sœur. Il n'y avait là rien de véritablement intime, et elle savait qu'elle ne pouvait rien faire sans lui. Si elle était animée d'une solide détermination, elle n'avait aucune expérience en matière d'investigation criminelle.

— Qu'est-ce que c'est ? demanda-t-il.

Elle se tenait derrière lui, dans son dos. Pendant une seconde, elle fut distraite par la façon dont quelques mèches noires jouaient sur le col de sa chemise. C'était la première fois qu'elle le voyait sans son blouson de cuir, qu'elle avait un aperçu de son ventre plat, de ses biceps, de ses puissantes épaules sous le fin coton. Il n'y avait chez lui pas un gramme de graisse de trop. Il fréquentait à l'évidence les salles de gym.

— Tess ?

— Hein ? Oh, c'est ce que j'ai trouvé dans la penderie de Katie hier soir. Jetez donc un coup d'œil à ce calepin.

Il s'en saisit, l'ouvrit et le feuilleta.

— C'est l'agenda des engagements musicaux de mon père, dit-elle. Les notes en marge sont d'abord de sa main, et après sa mort de celle de Katie.

Elle indiqua du doigt les deux écritures différentes, la main gauche posée sur son épaule, penchée en avant, ses cheveux lui effleurant la joue.

— Et alors ? s'enquit-il en tournant la tête vers elle.

Ce qui les plaça pratiquement nez à nez, leurs yeux si

proches qu'elle pouvait compter ses cils, sa bouche à un souffle de son menton.

Elle s'ordonna de rester concentrée.

— Rappelez-vous, Katie n'a connu le nom de sa mère qu'après la mort de notre père. Le fait qu'elle l'ait choisi comme pseudonyme pour remplacer celui-ci au piano doit signifier qu'elle soupçonnait quelqu'un de son univers de musicien d'être impliqué dans sa mort. Elle ne pouvait donc pas utiliser son vrai nom. Il jouait un peu partout, salles municipales, maisons de retraite, etc. L'agenda fait mention d'une Résidence de l'Oiseau Bleu. Katie devait penser que dans l'un de ces endroits, quelqu'un savait quelque chose, sinon pourquoi prendre un pseudonyme ?

— Peut-être…, convint Ryan.

Tess se redressa, s'éloignant de la tentation. Pivotant sur sa chaise, Ryan planta son regard dans le sien.

— Ou peut-être les raisons de son entrée dans le groupe étaient-elles purement sentimentales. Une façon de marcher dans ses traces, si vous préférez. Et si elle ne tenait pas à ce que l'on fasse le lien entre elle et lui, peut-être était-ce à cause de ce qui se colportait concernant son rôle dans l'incendie. Peut-être les gens qu'il côtoyait dans ces établissements avaient-ils été interrogés par la police à son sujet. Peut-être étaient-ils atterrés que Matt Fields, un homme qu'ils estimaient et en qui ils avaient confiance, ait trahi son serment de servir et de protéger pour se rendre coupable d'incendie volontaire et de meurtre.

Elle reçut cette dernière phrase comme une gifle en pleine figure. Ce qui était pour le moins disproportionné : la seule chose qu'elle connaissait de son père était qu'il l'avait abandonnée à l'âge de six mois, sans un regard en arrière.

« Faux, protesta une petite voix en elle. Durant la nuit, tu en es venue à le connaître à travers les yeux de Katie. Et d'une certaine manière, ses yeux sont les tiens. Il était le papa de Katie, et il était ton papa. Tu crois en son innocence. »

— Tess ?

— Je pense que vous projetez votre propre ressentiment

à son endroit dans cette affaire, déclara-t-elle en s'avançant dans le séjour, augmentant la distance entre eux.

S'asseyant sur le bord de la table basse, elle ôta ses lunettes et les y déposa.

— Je vais assurer l'engagement de ce matin à L'Oiseau Bleu pour la « Sonate au clair de lune », ajouta-t-elle d'une voix posée, sans lever les yeux. Je joue du piano depuis toute petite. Ma mère détestait m'entendre répéter, ça devait lui rappeler mon père. Mais j'avais ça dans le sang, c'était plus fort que moi… Quelqu'un là-bas pourra peut-être m'expliquer…

— Où vous avez laissé votre tête ? termina-t-il en se levant, agitant l'agenda devant lui. C'est ridicule !

— Non, ce ne l'est pas.

— Je me permets de vous rappeler que je connais votre sœur. Je crois que vous vous êtes fait d'elle l'image d'une sorte de Jeanne d'Arc…

Tess faillit glisser de la table en se levant à son tour d'un mouvement si brusque que les lunettes tombèrent sur le tapis.

— Je vous interdis de parler d'elle ainsi ! Je connais Katie. Au cours de la nuit, j'ai vu qui elle était. J'ai touché ses affaires, je me suis couchée dans son lit, j'ai porté ses vêtements.

Elle ne pouvait pas ajouter le reste parce qu'elle savait qu'il la prendrait pour une illuminée. Pourtant, au milieu de la nuit, après avoir teint ses cheveux et abouti à certaines conclusions, elle s'était regardée dans le miroir et avait vu quelque chose à quoi elle ne s'attendait pas. Ce n'était pas seulement à cause des cheveux roux. Il y avait cet éclat dans ses yeux… A présent, elle se sentait investie de l'essence même de sa sœur — même si cela n'expliquait pas tout.

En tout cas, elle savait qu'elle n'avait plus peur.

— Et maintenant vous avez décidé de vous mettre dans sa peau, dit Ryan. Vous êtes aussi rêveuse qu'elle.

Elle s'avança d'un pas, le menton haut, ignorant dans sa colère les verres des lunettes qu'elle écrasa.

— Merci.

— Ce n'était pas un compliment, répliqua-t-il d'un ton hargneux.

Il contempla ses pieds — comptait-il jusqu'à dix ? — avant de relever les yeux vers elle.

— Tess, Tess. Comment allez-vous expliquer que vous ne connaissez aucune des personnes que connaît Katie, que vous n'avez aucun de ses souvenirs ?

Une dernière fois, elle tenta de se l'allier en lui démontrant qu'elle avait réfléchi à tout.

— Pour le cas où l'auteur de l'agression serait à l'Oiseau Bleu ou surveillerait l'appartement, je porterai désormais ces lunettes, ce bandage et ce plâtre. Il sait qu'il m'a renversée, aussi lui montrerai-je ce qu'il s'attend à voir : une fracture à la cheville, des hématomes et une blessure à la tête. Celle-ci présentera l'avantage de justifier mes troubles de mémoire et du comportement. Je ferai en sorte que tout le monde sache que je n'ai aucune idée de ce qui m'est arrivé. Je raconterai aussi que la police est à la recherche d'un 4x4 vert ou d'un pick-up rouge immatriculé dans un autre Etat. Katie sera ainsi en sécurité, et moi je pourrai ouvrir grands mes oreilles et mes yeux.

Ryan se frotta la nuque et se rassit.

— Quand vous dites que Katie sera en sécurité, vous comprenez qu'en réalité il s'agira de vous, et non de votre sœur ? objecta-t-il. Celle-ci se trouve bien à l'abri dans une unité de soins intensifs. En vous promenant en ville sous son nom, vous serez tout sauf en sécurité. Vous le savez, n'est-ce pas ?

— Oui, répondit-elle. C'est pourquoi j'ai besoin de votre aide.

Si elle s'attendait à ce qu'il émette une nouvelle protestation, ou la plante là et quitte l'appartement, elle se trompait.

— Vous le ferez avec ou sans moi, n'est-ce pas ?

— Oui, murmura-t-elle, surprise.

— Quand êtes-vous censée jouer à l'Oiseau Bleu ?

— Dans deux heures.

Il se releva, s'avança vers elle et la regarda au fond des yeux.

— Vous savez que je n'approuve pas ce projet.

— Oui.

— Vous serez prudente ? Vous me tiendrez informé ? Vous ne disparaîtrez pas sans m'avertir ? J'accepte de vous prendre comme coéquipière, mais à la condition que ce soit réciproque, O.K. ?

— O.K.

— Je sens que je vais le regretter.

— Non, vous ne le regretterez pas. Rentrez chez vous faire un brin de toilette.

— Je ne vous laisserai pas seule ici tant que cette porte n'aura pas été réparée.

Tess s'écarta de lui, et respira tout à coup beaucoup mieux. Pendant le court instant où leurs regards s'étaient rivés l'un à l'autre, ils étaient si proches qu'elle avait reçu de plein fouet la chaleur de son corps et qu'elle avait dû faire appel à toute sa volonté pour ne pas se jeter dans ses bras… Et cette fois, pas parce qu'elle avait peur.

Elle replongea la main dans son sac.

— Comme j'ai pensé que vous pourriez refuser de partir, je vous ai acheté ce sous-vêtement, une brosse à dents, un déodorant et même un T-shirt blanc. Vous pouvez vous doucher ici. Si vous voulez.

Il la considéra d'un œil fixe, d'un air de se demander s'il était normal pour une femme d'offrir un slip noir à un homme qu'elle connaît depuis moins de quarante-huit heures.

— J'ai pris au jugé pour la taille, précisa-t-elle. Et, euh, pour le style aussi.

Il accepta les différents objets, visiblement incrédule.

— J'ai la nostalgie de la respectable vétérinaire d'hier, marmonna-t-il.

— Oui, eh bien, pour le moment, elle est ailleurs.

— Je vois ça.

Sur ces derniers mots, il mit le cap sur la salle de bains.

C'est un œil sur la route, l'autre sur le rétroviseur, qu'il la conduisit à la Résidence de l'Oiseau Bleu. De toute sa vie, jamais il n'avait eu une telle conscience de la présence d'une femme à ses côtés, songea Ryan. Son troisième œil, acquis dans la police, était scotché sur elle.

Outre une nouvelle paire de lunettes, Tess portait la bague et les boucles d'oreilles en turquoise provenant des indices, une robe blanche bon marché et un cardigan trouvés dans la penderie de Katie. Ses nouvelles boucles rousses lui balayaient les épaules. Ce que les lunettes ne cachaient pas, le large bandage autour de sa tête le faisait. Celui-ci portait une discrète tache de sang, à peine visible, d'un côté. L'œil orné d'un bel hématome irisé, elle avait enfilé un pull à manches longues pour cacher ses bras. Le plâtre paraissait vrai, et lors de l'arrêt pour remplacer les lunettes cassées, ils en avaient profité pour acheter une paire de béquilles en aluminium.

Elle n'avait plus grand-chose de l'élégante vétérinaire blonde rencontrée trois jours plus tôt. Elle ne ressemblait plus non plus beaucoup à Katie, ce qui était le but du jeu.

L'ennui, c'est qu'il avait eu beau le lui faire remarquer, elle n'avait pas du tout l'air d'avoir peur. Peut-être était-elle plus concentrée qu'angoissée, mais il était mal placé pour le lui reprocher : c'était un credo dans la police.

— C'est encore loin ? demanda-t-elle, d'une voix qui trahissait sa tension.

— Non, nous y sommes bientôt, répondit-il en lui jetant un regard latéral, tandis que le feu passait au vert. Tess, à mon arrivée dans la police de New Harbor, j'ai travaillé en « sous-marin » dans la rue. Pendant trois mois, j'ai porté les mêmes vêtements minables et passé la plupart de mes nuits à dealer dans le but d'infiltrer un réseau local de la drogue et d'en rencontrer le chef. Je m'appelais Brian. Vous noterez que c'est proche de Ryan. C'est un truc de ceux qui travaillent ainsi sous le manteau : prendre un nom qui ressemble au vôtre pour éviter les impairs.

Il sentait son regard fixé sur lui.

— Opérer sous une fausse identité demande de la concentration, poursuivit-il. Le fait que vous endossiez le rôle de votre jumelle est un avantage. Mais vous n'êtes plus Tess Mays, vous êtes Katie Fields. Même pas, vous êtes Caroline Mays. Habituez-vous à vous servir de ce nom.

— Vous oubliez que c'est celui de ma mère. J'ai grandi en l'entendant. Si Katie a pu être Caroline, alors moi aussi je le peux.

— Oui. La différence, c'est qu'elle ne connaissait pas votre mère.

— Que dois-je encore savoir sur Katie ?

Il secoua la tête.

— Elle était jolie, bien sûr, mais trop frivole à mon goût. Et puis elle était la fille de Matt.

— Que voulez-vous dire ?

— On ne batifole pas avec la fille de son coéquipier.

— C'est une règle dans la police ?

— Non, c'est du simple bon sens. Je pense que Matt voulait qu'elle se marie et se pose, ou bien qu'elle fasse des études. Mais après deux ans de fac elle a laissé tomber. Je ne crois pas qu'elle ait les moyens d'y retourner. Matt n'a jamais pu l'aider financièrement. Nous savons maintenant pourquoi, il flambait tout son argent au jeu. De son côté, Katie passait d'un petit boulot à l'autre. Serveuse de bar, par exemple. Je suppose qu'elle y excellait. C'est une fille très sociable. En dehors de cela, je ne vois pas ce que je pourrais vous dire.

Tess était si silencieuse qu'il tourna les yeux de son côté. Elle avait fait défiler les photos du portable de sa sœur et contemplait l'une d'elles, où Katie se tenait à côté de son père.

Les lèvres crispées, elle rangea l'appareil dans la boîte à gants du véhicule.

— Je ne veux pas prendre le risque qu'un de ses amis m'appelle inopinément, expliqua-t-elle, avant de soupirer : d'accord, Katie est une fille au contact facile. Pour ma part, je l'avoue, je m'entends mieux avec les animaux qu'avec les humains. Je ferai donc comme si tous les gens à l'Oiseau Bleu étaient des chiens ou des chats.

Ryan lui adressa un regard inquiet.

— Faites-moi plaisir, dit-il en serrant les mains sur le volant. Au lieu de faire comme si tous les gens à l'Oiseau Bleu étaient des animaux de compagnie, voyez-les plutôt comme des assassins potentiels.

5

Une affichette au dos de la porte informa Tess que la Résidence de l'Oiseau Bleu était un établissement destiné à des personnes handicapées, avec ou sans problèmes de déplacement. La salle qu'on lui indiqua était décorée comme pour un mariage, le piano blanc demi-queue trônant à l'entrée. Un frisson d'appréhension la parcourut lorsqu'elle chercha à se rappeler depuis combien de temps elle n'avait pas joué la « Sonate au clair de lune ».

Le personnel fut à la fois choqué et curieux devant son état, tout comme le furent les deux autres musiciens présents pour l'occasion, un dentiste-violoniste quinquagénaire et un banquier à la retraite qui jouait un peu de tout. Durant leur brève conversation, Tess se montra délibérément vague, se frappant souvent le front du doigt pour bien faire comprendre qu'elle avait subi une commotion et qu'elle ne se rappelait pas tout ce dont ils parlaient. Ils eurent tôt fait de se lasser, ce qui fut un soulagement. Après l'incendie, tous les musiciens du groupe avaient été interrogés pour la forme, Ryan ayant demandé que l'on ne perde pas trop de temps avec eux.

Le public se composait d'une quarantaine de personnes, en majorité des résidents, même si le personnel y était bien représenté. Tess demeura à l'affût de l'adolescente au chapeau rose de l'album de photos. Son intuition lui disait qu'elle était importante pour Katie, et avec un peu de chance, pour leur enquête aussi. D'une manière ou d'une autre, elle en était sûre, la jeune handicapée était liée à la Résidence de l'Oiseau Bleu.

Malgré d'occasionnelles fausses notes, dont elle espérait

qu'elles seraient attribuées à ses blessures, le concert fut très apprécié. Lorsque les dernières notes s'estompèrent, suivies par des applaudissements enthousiastes, une femme en tablier blanc informa l'assemblée que des rafraîchissements étaient servis dans le réfectoire.

Tandis que les gens s'égayaient par petits groupes, parmi lesquels le dentiste et le banquier retraité, Tess imagina son père faisant cela depuis des années. Joueur invétéré d'un côté, musicien bénévole de l'autre. Etrange combinaison d'égoïsme et de générosité.

Et puis Katie l'avait remplacé. Une fille très sociable, avait dit Ryan. Une fois encore, Tess se sentit une réelle connexion avec cette sœur qu'elle ne connaissait pas, et un regain de colère à l'endroit de cette mère qui les avait maintenues séparées.

Ce qui réveillait une brûlante question : où était celle-ci ? Chaque fois que Tess composait son numéro, c'était pour tomber sur sa boîte vocale, et ses SMS de plus en plus insistants n'avaient jusqu'ici reçu aucune réponse. Par ailleurs, quid du fils de son nouveau mari ? Il n'était jamais joignable, jamais chez lui d'après sa gouvernante. Qui était donc cet homme, et pourquoi évitait-il de lui parler ? Sur quel genre de famille sa mère était-elle tombée ?

Tess était en train de ranger ses partitions lorsque quelqu'un la tira par la manche. Elle se retourna, pour découvrir une fille à peine sortie de l'adolescence. Le visage rond, les yeux bleus affligés d'un léger strabisme, elle avait des cheveux blond doré très bouclés, et portait un ensemble de jogging vert à fleurs brodées. Alors qu'elle-même n'était pas très grande, c'est tout juste si la jeune fille lui arrivait à l'épaule.

— Caroline, prononça-t-elle au prix d'un visible effort.

Elle avait des difficultés à parler, ce qui transformait le prénom en « Taloline ».

— Bonjour, dit Tess, la reconnaissant sur-le-champ d'après l'album photo du portable.

Sur son badge était inscrit « Tabitha Woodall ». Ce nom

ne lui était pas inconnu. D'où le connaissait-elle ? Elle ne se souvenait pas.

— Tu as aimé la musique ?

Tabitha hocha la tête avec énergie.

—'tait beau, répondit-elle, avant d'ajouter de sa diction touchante : Merci pou Kitty.

Pour Kitty. Quelle Kitty ? Tess releva les yeux tandis qu'une femme aux cheveux gris vêtue d'un tailleur noir se dirigeait vers elle, ses yeux noisette arrondis de surprise.

— Oh, mon Dieu, Caroline, s'écria-t-elle en lui saisissant la main. Je viens de l'apprendre ! Vous avez été renversée par un chauffard ?

— Tout va bien, assura Tess.

— C'est arrivé mardi juste après votre départ, m'a-t-on dit ? Avez-vous pu vous rendre à votre rendez-vous avec Nelson Lingford ? ajouta-t-elle tout bas.

— Je… Je ne sais pas, bredouilla Tess avec un soudain serrement dans la poitrine. Mes souvenirs sont un peu flous.

Katie avait rendez-vous avec Nelson Lingford le jour où elle avait échappé de peu à la mort ? C'était un point que Ryan ignorait !

— Oh, c'est affreux.

— Merci pou Kitty, répéta la jeune fille, son visage rond grimaçant de frustration. A ma fête… Kitty…

— Oui, oui, Tabitha, dit la femme, avant de se tourner de nouveau vers Tess. Ma fille adore le cadeau que vous lui avez fait.

Se fendant d'un large sourire, l'adolescente lui saisit la main et la porta à sa joue.

Mère et fille ? On ne pouvait trouver plus dissemblables que ces deux-là, songea Tess. L'une était courte et potelée, enfermée à jamais dans l'enfance, avec des yeux bleus transparents et candides, tandis que l'autre était grande et anguleuse, âgée d'une soixantaine d'années, le regard rayonnant d'intelligence. Tess fit de son mieux pour laisser croire qu'elle savait de quoi elles parlaient. Jusqu'à ce qu'elle remarque au cou de Tabitha une médaille en argent en forme de chaton, accrochée à un fin lacet vert.

— Je suis contente que tu l'aimes, dit-elle.

— Très zoli, dit Tabitha en tripotant la médaille.

— Après votre départ de sa fête d'anniversaire, je l'ai ramenée ici, expliqua sa mère. Les émotions trop fortes lui sont néfastes, vous le savez, et elle était très fatiguée. A propos, je suis vraiment désolée : quand vous l'avez prise en photo avec votre portable, elle était tellement excitée que j'ai eu peur un moment qu'elle ne le casse. S'il faut le remplacer, n'hésitez pas à me le dire, d'accord ?

— N'ayez crainte, il est intact, la rassura Tess.

— L'est belle la photo, dit Tabitha. Peux voir encore ?

— Je suis navrée, ma chérie, répondit-elle. Je n'ai pas pris mon portable. La prochaine fois, c'est juré.

Tabitha frappa dans ses mains. Tess ignorait ce que cela signifiait, mais dans l'instant qui suivit, la jeune fille l'enlaçait avec ardeur, lui écrasant les pieds dans l'opération. Prise au dépourvu, Tess déglutit et lui rendit son étreinte. L'émotion qui avait poussé Tabitha à cet élan du cœur en disait long sur la capacité de Katie à communiquer avec toutes sortes de gens. Tess se surprit à en éprouver une certaine fierté.

— Doucement, mon poussin, dit la femme en la libérant gentiment de sa fille. Laisse-nous, à présent. Va te chercher un cookie. Je te rejoins tout de suite.

Tandis que Tabitha se séparait à contrecœur de Tess pour s'éloigner vers le buffet, sa mère alla chercher les béquilles, posées contre un mur.

— Pensez-vous vraiment être en mesure d'aller voir Madeline Lingford aujourd'hui ? demanda-t-elle par-dessus son épaule.

Tess eut un moment d'égarement. Elle était censée voir Madeline Lingford ? Pouvait-elle laisser passer une telle occasion ?

— Bien sûr, répondit-elle en prenant les béquilles pour les glisser sous ses bras. A quelle heure ?

— Oh, n'importe. Je m'apprêtais à la retrouver juste après

avoir grignoté un cookie avec Tabitha. Vous ne pouvez pas conduire, je suppose. Voulez-vous que je vous y emmène ?

Après une brève pensée pour Ryan qui attendait dehors, Tess choisit de saisir la chance qui s'offrait à elle.

— Avec plaisir.

Ryan passa presque tout le temps où Tess se trouvait dans la Résidence de l'Oiseau Bleu à explorer le contenu du téléphone portable de Katie, à la recherche d'un indice qui lui aurait échappé. Un numéro, un contact, un nom… n'importe quoi. Mais il ne trouva rien.

Alors qu'il le remettait dans la boîte à gants, il vit Tess apparaître à la porte d'entrée de la résidence, accompagnée d'une femme plus âgée en imperméable gris. Sans un regard vers lui, elles se dirigèrent toutes deux vers une voiture noire. Il n'en crut pas ses yeux lorsque Tess s'installa sur le siège passager et déposa ses béquilles à l'arrière.

Il frappa son volant du poing. Cette femme avait choisi de coopérer avec lui moins de trois heures plus tôt, et déjà elle brisait les règles !

Le problème, avec son exclusion de l'enquête relative à la mort de Matt, c'est qu'il ne connaissait le visage d'aucun suspect ou presque. Il lui faudrait identifier cette femme par son numéro de plaque d'immatriculation, ce qu'il fit dès sa sortie du parking.

La réponse lui parvint très vite : Irene Sarah Woodall. Il connaissait ce nom, il était lié à la famille Lingford. Elle était marchand d'art. Voilà, c'était ça. Sa galerie se trouvait à l'opposé de la direction qu'elle venait de prendre, et elle semblait être une adepte de la vitesse. Il resta aussi loin derrière elle qu'il le put dans le trafic clairsemé, se sentant aussi visible que le nez au milieu de la figure lorsqu'ils quittèrent la ville.

Quinze ans plus tôt, la campagne au sud de New Harbor était composée principalement de dunes et de petits lacs, jusqu'à ce que Nelson Lingford, en tant que membre d'un consortium, en rachète jusqu'au dernier mètre carré pour un projet de « mise en valeur », transformant ce territoire vierge en bien foncier haut de gamme. Il abritait à présent un country-club, deux parcours de golf et des propriétés privées de haut standing. Rocking Sand Road en était l'une des voies de circulation, route sinueuse longeant l'océan, bordée de dunes d'un côté et de sapins de l'autre. De hautes clôtures et des portails sécurisés protégeaient les résidents des visiteurs indésirables.

Tess avait-elle ne fût-ce qu'une vague idée de l'endroit où elle pénétrait ?

Par sa vitre, Tess regardait le paysage défiler sans le voir tant les idées se bousculaient dans sa tête. Pourquoi Madeline Lingford voulait-elle la voir ?

A l'évidence, Katie avait pris ce rendez-vous avant l'attentat qui avait failli lui coûter la vie. Elle devait avoir une raison précise. Tess lui envoya un message mental : « Réveille-toi, Katie. J'ai besoin de réponses. » Puis elle chassa sa sœur de son esprit et se tourna vers Irene Woodall.

— Tabitha est un ange, dit-elle.

— Ça me fait plaisir que vous pensiez cela, répondit Irene. Je l'ai eue tard. Malheureusement, mon mari est mort alors qu'elle n'avait que sept ans. A cause de ses problèmes de développement, Tabitha vit dans ce centre spécialisé depuis maintenant des années. Elle est sujette à des crises et a parfois un comportement imprévisible, je ne vous apprends rien. Vous n'imaginez pas comme c'est difficile d'avoir un enfant dont vous savez qu'il ne grandira jamais, et qu'il ne vivra pas vieux.

— Qu'il ne vivra pas vieux ?

— Son cœur, expliqua Irene d'une voix lourde d'émotion. Je serai heureuse si je l'ai encore dans cinq ans.

— Je suis tellement désolée. Vous avez déjà dû m'en parler, je suppose.

Irene opina de la tête.

— Oui, vous savez presque tout.

— C’est cette maudite commotion, reprit Tess. Pas assez grave pour me garder alitée, mais assez pour affecter sérieusement ma mémoire. Nous connaissons-nous depuis longtemps ?

— Non, quelques semaines seulement. Vous étiez venue pour la première fois jouer à l’Oiseau Bleu. Tabitha vous a aimée dès la première seconde.

— Et comment ai-je connu les Lingford ?

— C’est moi qui vous ai présentée. Nelson Lingford venait d’acheter un piano. Il cherchait quelqu’un qui puisse donner des leçons à sa belle-mère. Je connais Madeline depuis des années, nous sommes devenues veuves à peu près en même temps. Je peux vous assurer que prendre des cours de piano est loin d’être son souci majeur. Mais comme vous le savez, ce que veut Nelson, en général il l’obtient. En réalité, Madeline ne veut pas le contrarier. D’emblée, vous vous êtes découvert des atomes crochus, lui et vous. Voilà.

— Je vois. Et vous ?

— Je possède une galerie d’art. J’aidais son mari à acquérir des œuvres un peu partout dans le monde. Il avait une collection extraordinaire.

— Il me semble me souvenir que l’homme accusé d’avoir mis le feu à sa maison est mort dans l’incendie, c’est bien cela ?

Irene acquiesça.

— En effet. Et c’est le même homme que vous remplacez aujourd’hui au piano ! Mais j’ai de sérieux doutes concernant sa culpabilité. Je crois qu’on s’est servi de lui comme bouc émissaire. Mais ne vous ai-je pas déjà dit tout cela ?

— Il y a tant de blancs dans ma mémoire, s’empressa d’expliquer Tess.

Cette femme détenait-elle des preuves de l’innocence de leur père ? Etait-ce la raison pour laquelle Katie avait tenté de joindre Ryan ?

— Pardonnez-moi, mais… De quoi avons-nous parlé mardi dernier ?

Irene Woodall la dévisagea un long moment.

— Vous n’en avez aucun souvenir ?

— Aucun.

— Eh bien, c'était l'anniversaire de Tabitha, et nous n'avons guère eu le temps de bavarder. Ce que je sais, c'est que la dernière chose que vous m'avez demandée, c'est de m'enquérir auprès de la bonne de Madeline du nom des employés que Nelson avait pu licencier à l'époque de l'incendie.

— Je me demande pourquoi je voulais savoir ça…

— Vous m'avez dit avoir entendu des rumeurs concernant Nelson, au sujet de l'incendie. Pour être franche, j'ai eu le sentiment que vous vouliez vous assurer qu'il n'était pas tout simplement un escroc avant que les choses n'aillent plus loin entre vous.

— Entre nous ?

Irene lui adressa un nouveau regard appuyé.

— Ne soyez pas embarrassée. Je comprends très bien qu'un homme fortuné comme Nelson Lingford puisse faire tourner la tête d'une femme. Moi aussi j'ai été jeune. Mais soyez prudente. On ne sait jamais ce que Nelson a en tête.

Etait-il possible que l'enquête de Katie n'ait rien eu à voir avec l'établissement de l'innocence de leur père, mais tout avec le désir de se dénicher un riche parti ?

Sous une fausse identité ? Non. Bien sûr que non.

— Je me souviens d'un nom, maintenant, dit-elle soudain. Desota… Vince Desota. C'est un ami de Nelson ?

Cette question lui valut un regard acéré.

— S'ils ont jadis pu être amis, ils ne le sont plus, répondit Irene en s'arrêtant devant un grand portail fermé.

Baissant sa vitre, elle donna son nom dans un Interphone et le portail s'ouvrit. La route aboutit à une sorte de rond-point qui desservait une immense demeure à un étage.

— C'est la nouvelle maison de Mme Lingford ? Elle est magnifique, observa Tess.

— Non, c'est celle de Nelson, rectifia Irene. Après l'incendie, il l'a installée ici afin de l'avoir toujours sous les yeux.

— C'est, euh… très attentionné de sa part.

A aucun moment elle ne s'était doutée qu'elle se rendait

chez Nelson. Elle réprima une forte envie de se retourner sur son siège pour voir si Ryan était derrière elles.

Irene se rangea derrière une petite voiture ordinaire qui paraissait quelque peu déplacée en un tel endroit. Coupant le contact, elle se tourna vers sa passagère.

— Vous faites trop facilement confiance aux gens, Caroline. Je vous en prie, faites très attention. Nelson cache quelque chose, j'en ai la ferme conviction.

La monumentale porte d'entrée se referma dans un bruit d'église tandis qu'une domestique en tenue les débarrassait de leurs manteaux. Elle considéra les béquilles de Tess d'un air inquiet, comme si les embouts de caoutchouc risquaient de laisser des marques sur le parquet poli.

— Dites à Mme Lingford que Caroline Mays est là, dit Irene.

L'entrée, comme ce que Tess pouvait voir du reste de la maison, était décorée de tissus parfaitement coordonnés, de lambris et de meubles sans doute hors de prix. Il y avait même un ascenseur auquel on accédait par une porte de laiton ouvragée. Le lieu faisait penser au hall d'accueil d'un petit hôtel de luxe.

Le silence feutré fut rompu lorsqu'une porte sur la gauche s'ouvrit à la volée, et qu'un homme courtaud, brun, au crâne dégarni, apparut. Vêtu d'un costume gris fripé trop grand pour lui, il suait avec abondance. Tout en s'épongeant le front, il glissa un regard distrait sur les deux femmes.

Un autre homme sortit de la pièce derrière lui, d'un âge à peu près similaire mais la comparaison s'arrêtait là. Grand, séduisant, les cheveux et la moustache d'un blond décoloré par le soleil, il portait un pantalon noir et une veste de cachemire sur un pull blanc léger à col roulé qui rehaussait son bronzage.

— Ne remets plus jamais les pieds ici ! lança-t-il à l'adresse du premier homme.

— Tu as une dette envers moi et tu le sais ! rétorqua celui-ci en fourrant son mouchoir dans sa poche.

Tout en lui proclamait la victime.

— Sors de ma maison, insista le blond, menaçant.

— Je t'ai fait confiance, Nelson. J'ai hypothéqué ma société. Tu m'avais promis…

— Je ne t'ai rien promis du tout. Tu étais cupide, Vince. Tu l'as toujours été depuis le lycée. Cette fois, ça s'est retourné contre toi.

— Darla m'a quitté. Elle a pris les enfants et est allée chez sa mère. Mes affaires sont à l'eau. Les créanciers, la banque me harcèlent. Même la police ne cesse de venir m'interroger…

L'expression de Nelson passa de l'irritation à la colère.

— Si jamais je découvre que tu es derrière cet incendie…

— Moi ? Mais de qui te moques-tu ? s'insurgea Vince. Nous savons tous que…

— Sors d'ici ! aboya Nelson en s'avançant vers lui, l'œil mauvais.

Desota battit en retraite, puis, fixant Tess d'un air surpris, comme s'il venait seulement de noter sa présence, ouvrit la porte d'entrée et quitta la maison.

Pendant quelques instants, seul le tic-tac d'une grande horloge se fit entendre dans l'entrée. Nelson rajusta sa veste et en lissa les revers, quand bien même son altercation n'avait froissé que son humeur. Des crissements de pneus leur parvinrent bientôt depuis l'extérieur.

— Je suis vraiment désolé que vous ayez dû assister à cette scène, dit le maître des lieux, s'adressant aux deux femmes.

Irene secoua la tête.

— Que voulait Vince ?

— De l'argent, quoi d'autre ?

Regardant Tess plus attentivement, il plissa les yeux.

— Seigneur, Caroline, que vous est-il arrivé ?

— Elle a eu un accident, expliqua Irene. Elle a néanmoins tenu à venir donner à Madeline sa leçon de piano.

Manifestement, songea Tess, Katie s'était fait une confidente chez les Lingford en la personne d'Irene Woodall. Elle devait trouver le moyen de se débarrasser d'elle si elle ne voulait pas qu'elle l'entrave dans son enquête.

— Et comme d'habitude, ajouta Irene, moi je suis là pour aider Madeline à sélectionner ses photos.

— J'espère qu'ensemble vous parviendrez à faire éditer ce catalogue. Il y a une clientèle pour les livres d'art. Restreinte, certes, mais elle existe. Au moins cette activité lui occupe-t-elle l'esprit. Elle ne semble guère s'intéresser à ce fichu piano, que j'ai pourtant payé une fortune.

S'approchant de Tess, il ajouta :

— C'est vrai que vous avez été blessée après notre rencontre de mardi ?

Donc, Katie et lui s'étaient vus ce jour-là. De quoi avaient-ils parlé ?

— Caroline ?

— C'est ma mémoire, expliqua-t-elle. Je n'ai conservé aucun souvenir de cet accident. La police pense que c'est un adolescent qui était au volant du véhicule qui m'a renversée.

Elle était contente de sa trouvaille. Les jeunes constituaient la plupart du temps des coupables idéaux.

— Tous des vauriens, renifla Nelson.

La domestique réapparut.

— Mme Madeline vous attend dans la salle de musique, annonça-t-elle.

— Je fais juste un saut à l'étage pour chercher les photos, dit Irene avec un regard entendu à l'adresse de Tess.

Tess croisa les doigts pour qu'elle lui trouve les noms que Katie-Caroline lui avait demandés.

Ryan savait d'expérience qu'aucun plan ne se déroulait jamais sans le fameux grain de sable dans l'engrenage. Il contempla le sien : une gigantesque grille d'acier, flanquée d'un Interphone et d'une caméra de sécurité.

La pluie s'était remise à tomber. Il soupesa ses options devant le va-et-vient hypnotique des essuie-glaces sur son pare-brise. Il pouvait escalader la grille et espérer que la caméra était coupée. Contourner la propriété et chercher une ouverture, chose plausible du côté océan. Presser le bouton de l'Interphone et servir l'histoire convenue avec Tess du cousin serviable, et qu'elle avait tôt fait d'oublier une fois à l'Oiseau Bleu.

Ou il pouvait attendre.

Il détestait attendre.

Depuis son accession au rang d'inspecteur, trois ans plus tôt, il avait dû s'y habituer. Quand il était simple flic, il pouvait toujours se trouver une occupation lorsqu'il s'ennuyait. Mais à présent, il était contraint de se tourner les pouces pendant des heures, à prendre son mal en patience.

Quinze minutes. Trente à tout casser.

Il attendrait, malgré ses aigreurs d'estomac, malgré la crainte tenaillante que quelqu'un meure à cause de lui s'il attendait trop longtemps. C'était un spectre qui l'avait toujours hanté.

Il s'enjoignit cependant à l'immobilisme. Malgré le risque. Malgré ce qui était arrivé à Peter parce qu'il avait attendu…

Madeline Lingford était assise dans une chaise roulante, les jambes couvertes d'un plaid aux tons chauds. Son visage était sec mais harmonieux sous ses boucles blanches permanentées, et son regard amical derrière les verres épais de ses lunettes à fines montures rouges. Le sourire par lequel elle accueillit Tess retomba à la vue des bandages et des béquilles.

La salle de musique, nota Tess, était également une pièce décorée avec goût, mais il était clair que c'était celle qu'avait réquisitionnée Madeline en arrivant : chaque surface était couverte d'objets anciens et de souvenirs, qui lui donnaient un cachet accueillant et familial. Elle était aussi loin de l'entrée. Il était par conséquent peu probable que Madeline ait entendu un mot de la vive explication entre Nelson et Vince Desota.

Après une série d'exclamations apitoyées concernant les blessures de Tess, la vieille dame désigna le piano.

— Nelson m'a acheté ça, dit-elle. Sous prétexte que j'ai besoin d'un hobby. Distingué de préférence… Il ne l'a pas dit, mais il l'a pensé. Il me trouve un peu trop ordinaire pour être une Lingford.

Tess sourit. Madeline Lingford n'était pas l'invalide souffreteuse qu'elle s'était attendue à trouver. Pas plus qu'elle n'était snob.

— C'est donc une bonne nouvelle que, vu votre état, vous ne soyez pas à même de me donner ce cours aujourd'hui. Alléluia ! Asseyez-vous et parlez-moi. La solitude devient très vite pesante dans un endroit aussi éloigné de tout. Ma maison en ville me manque.

Une bouffée de culpabilité fit froncer les sourcils de Tess. Cette femme voudrait-elle de sa compagnie si elle savait que c'était son père qui était accusé d'y avoir mis le feu ? Elle s'installa sur le sofa placé perpendiculairement à la chaise roulante, surprise de voir aussitôt une paire d'yeux sombres la fixer de dessous le plaid.

— C'est un chien ? demanda-t-elle en souriant.

— Oh, c'est Muffy, répondit Madeline en dévoilant ce qui se révéla être un terrier Jack Russel de cinq ou six kilos.

— Il est adorable.

Tess avança un doigt vers son museau. N'importe quel chien l'aurait flairé. Celui-ci n'eut aucune réaction. Il se contenta de la regarder d'un œil morne.

— Il est malade ?

— C'est drôle que vous demandiez cela, dit Madeline, tandis que faisant mine de le caresser, Tess tâtait les ganglions du ventre et du cou. Je disais justement ce matin à Nelson que depuis un jour ou deux, Muffy n'était pas dans son assiette, lui qui est si vif d'ordinaire.

— On ne se sent pas bien, mon joli ? susurra Tess à l'animal, avant de lever la tête vers Madeline : Il a de l'appétit ?

Elle retroussa une babine. Les gencives étaient pâles.

— Non. La cuisinière dit qu'il ne touche à rien, alors que d'habitude c'est un vrai glouton, n'est-ce pas, Muffy ? Mais depuis peu il est comme vous le voyez, sans énergie.

Muffy fit un pâle effort pour lever les yeux vers sa maîtresse, mais reposa aussitôt la tête sur ses pattes.

Tess regretta de ne pas avoir un thermomètre sous la main. Elle toucha la truffe. C'était un piètre indicateur de fièvre, mais que pouvait-elle faire d'autre ? Chaude et sèche. En ajoutant à cela l'aspect mal en point de l'animal, le doute n'était pas permis : il avait quelque chose.

— Etes-vous à jour dans ses vaccins ? s'enquit-elle.

— Bien sûr. C'est mon meilleur compagnon depuis des années. Il m'a même sauvé la vie il y a plus de deux mois quand ma maison a brûlé. C'est grâce à ses aboiements que je me suis réveillée à temps pour appeler les secours.

— Avez-vous pensé à l'emmener chez le vétérinaire ?

— Quand je me suis rendu compte qu'il n'avait plus d'appétit, j'en ai parlé à Nelson, mais celui-ci m'a répondu que Muffy vieillissait, et qu'il n'y avait là rien d'inquiétant.

— Quel âge a-t-il ?

— Six ans.

— Ce n'est pas vieux pour un petit terrier comme lui, assura Tess, ajoutant une nouvelle croix dans la colonne « moins » en face du nom de Nelson Lingford.

Se pouvait-il qu'il en veuille au chien d'avoir sauvé sa belle-mère ?

Tandis que Madeline continuait à parler, Tess récapitula les divers symptômes. Le premier diagnostic qui venait à l'esprit était la maladie de Carré. Mais le chien avait eu ses rappels. Le suivant était moins vraisemblable, mais vu la zone géographique…

— Il aime le poisson ? demanda-t-elle, s'efforçant une fois encore de parler d'un ton détaché.

— Je lui donne parfois du thon, répondit Madeline. Il adore ça. Enfin, jusqu'à ces derniers jours. Car il ne prend plus rien, pas même le saumon fumé que Nelson a commencé à lui donner la semaine dernière. Pourtant il en raffolait au début.

— C'était la première fois qu'il en mangeait ?

— Oui, je crois. Nelson tenait absolument à lui faire partager le sien.

Tess calcula les dates. Si le chien avait ingéré ce saumon

pour la première fois la semaine précédente, le neorickettsia avait eu tout le temps de s'installer dans son organisme.

— Si j'étais vous, je le ferais examiner pour un empoisonnement au saumon.

Madeline Lingford ravala un hoquet, l'air atterré.

Tess lui toucha l'épaule et se pencha vers elle.

— Faites-le cet après-midi. Le vétérinaire lui donnera des sérums, un antibiotique, et Muffy vous reviendra en pleine santé. Il ne s'agit pas vraiment d'un poison mais d'une sorte de virus. Ce sont exactement ces symptômes-là.

— Je lui téléphone tout de suite, dit Madeline d'une voix tremblante, la main déjà sur l'appareil.

— Je ne savais pas que vous connaissiez si bien les animaux.

Tess sursauta et redressa la tête. Nelson Lingford se tenait appuyé avec élégance au chambranle de la porte, affichant une expression perplexe. Qu'avait-il entendu au juste ? Avait-elle laissé son professionnalisme la trahir ? Mais après tout, il ne pouvait pas savoir dans quels domaines Katie, ou plutôt Caroline, possédait une expertise.

— J'en ai de nombreux chez moi, répondit-elle.

— Hmm…

— Le vétérinaire a dit de le lui amener dans une heure, annonça Madeline en serrant l'animal contre elle. Oh, Caroline, je vous suis tellement reconnaissante !

— Je vous en prie, c'est tout naturel.

— Je vais faire prévenir le chauffeur, déclara Nelson. Pour ma part, je suis venu vous enlever Caroline quelques minutes. J'ai… J'ai à lui parler.

— Une petite seconde, déclara Madeline. J'ai décidé de remettre mon cours de piano à plus tard car il m'est venu une meilleure idée. Caroline est une jeune femme intelligente. Je suis sûre que son aide me sera précieuse dans la sélection des photos de la collection de ton père. Je me sens coupable de voler ainsi le temps d'Irène.

— Voler mon temps ? s'étonna l'intéressée en se faufilant entre Nelson et le montant de la porte, chargée de deux cartons.

Pendant qu'elle les déposait sur une table, Madeline lui fit part de la maladie de Muffy et de son intention de mettre Tess à contribution pour les photos. Irene lança à celle-ci un regard inquiet.

— Je ne sais pas si c'est une bonne idée. Je veux dire, c'est un réel plaisir pour moi de vous aider, Madeline. Nous n'avons pas besoin d'embêter Caroline…

— Je ne veux pas que votre affaire périclite parce que vous passez tout votre temps ici avec moi, objecta la vieille dame. J'avais d'abord pensé à George pour ce travail…

— Il est trop pris à la galerie…

— Exactement. Et c'est là que vous devriez être aussi, ma chère. Vous ne devriez pas lui laisser ainsi toute la gestion sur le dos, même s'il est le meilleur des assistants.

— Je suis d'accord avec Madeline, intervint Nelson.

Tess se tourna vers Irene. Du regard, celle-ci l'enjoignait de refuser cette proposition. Qu'aurait fait Katie ? Impossible de savoir. Elle carra les épaules.

— J'accepte, dit-elle.

— Alors c'est réglé, conclut Madeline. Oh, Caroline, si seulement vous aviez pu voir les peintures originales ! La maison leur faisait un si bel écrin, n'est-ce pas, Nelson ?

— Oui, Papa avait une demeure d'exception. Je ne comprends toujours pas comment vous pouvez vous séparer de ces trésors.

— C'était son dernier vœu, répondit-elle avec une pointe d'agacement, comme si le sujet avait été abordé un millier de fois. Caroline, ma chère, merci d'avoir sauvé mon petit Muffy.

Tandis que Tess caressait la tête du chien, Irene s'approcha et lui glissa un papier plié dans la main, l'air soucieux. Se tournant vers Madeline, elle demanda :

— Que voulez-vous dire, sauvé Muffy ?

— Caroline est une fée, répondit la vieille dame. Mais je vous en parlerai plus tard.

— Caroline ? l'interpella Nelson. Vous voulez bien m'accompagner dans mon bureau ?

Fourrant le papier plié dans la poche de son cardigan, Tess le suivit hors de la salle de musique.

6

A peine franchie la porte du bureau, Tess s'arrêta pour admirer une série de photos d'immeubles encadrées.

— Quelques-unes de mes propriétés, expliqua Nelson.

Il semblait posséder la moitié de New Harbor. Elle se retourna, pour découvrir qu'il se tenait beaucoup plus près d'elle qu'elle ne s'y attendait.

— Je crois que je comprends pourquoi il vous déplaisait tant de voir les œuvres d'art de votre père léguées à un musée, déclara-t-elle en s'écartant un peu de lui. Elles auraient été parfaitement mises en valeur sur ces murs.

— Oh, mon bureau est assez décoré comme ça, répliqua-t-il. Mais cette collection valait une fortune. C'était un véritable capital. Lorsque Irène m'a dit ce que Madeline avait en tête, j'en ai été abasourdi. Mais aux yeux de la loi, ma belle-mère est libre d'en faire ce qu'elle veut, j'ai vérifié.

— Les œuvres elles-mêmes…

— De toute beauté. La plupart ont aujourd'hui disparu dans l'incendie, et ce qui reste sera bientôt accroché dans un musée, sur les murs d'une salle baptisée du nom de mon père, Theo Lingford. Bien sûr, celle-ci verra ses dimensions sérieusement réduites. Enfin, en attendant, je n'ai guère le temps de m'ennuyer, croyez-moi.

— Vos investissements…

Il lui désigna une autre série de photos, où l'on voyait un homme faire de la planche à voile.

— Voilà ma nouvelle passion, dit-il. Un sport formidable.

L'homme contre la nature. J'ai un voyage prévu pour Hawaii ce mois-ci.

S'appuyant sur ses béquilles, Tess s'avança vers la fenêtre derrière le bureau pour admirer la vue magnifique sur des kilomètres de dunes et de plages, sur la succession de vagues qui venaient mourir sur la grève, et le ciel immense, au-dessus, qui offrait une infinité de nuances de gris et de bleus. L'espace d'un instant, elle se vit marcher dans le sable, et son imagination lui adjoignit la compagnie d'un grand homme aux cheveux noirs qui penchait la tête vers elle.

Un mouvement dans son dos la ramena brusquement à la réalité. Sans prévenir, Nelson l'enlaça par la taille et, écartant d'une main ses cheveux, posa un baiser sur sa nuque.

Le geste fut si inattendu qu'elle en resta bouche bée.

— Si vous jouez la bonne partition, je vous emmène à Maui, susurra-t-il dans son cou.

Au même instant, un autre mouvement attira son regard, mais à l'extérieur cette fois. Un homme était apparu à la fenêtre, ses cheveux de jais détrempés et le visage ruisselant de pluie. Il jeta un œil dans la pièce, découvrit Tess, ébaucha un sourire, puis son expression se figea. Pendant trois brèves secondes leurs regards se soudèrent l'un à l'autre, puis il disparut sur le côté.

Nelson lui embrassa de nouveau la nuque et resserra son bras sur sa taille.

— Retournez-vous, murmura-t-il, que je puisse vous embrasser comme il faut.

Elle s'exécuta, mais lorsqu'il baissa la tête vers elle, elle se couvrit la bouche de la main.

— Je… suis désolée, dit-elle en laissant retomber son bras. Pas maintenant…

Ryan était-il toujours là ?

— Vous n'êtes pas la même aujourd'hui, observa Nelson, les sourcils froncés. Vous ne m'assaillez pas de questions comme vous le faites d'habitude. Je suppose que je peux en remercier votre petit tête-à-tête avec la mort.

Cette formulation la fit tressaillir.

— Oui, répondit-elle, croisant brièvement son regard un peu trop inquisiteur à son goût. Cela, et Muffy. Votre belle-mère se fait beaucoup de souci à son sujet.

— Ma belle-mère est folle de cette bête sans pedigree.

Tess n'avait qu'une envie : s'écarter de lui, mais elle ne le fit pas. Il aurait été dommage de gâcher les efforts manifestes de séduction déployés par Katie pour tirer les vers du nez de Nelson Lingford, simplement parce qu'elle ne l'aimait pas.

— Dites-moi, minauda-t-elle en caressant la manche de sa veste de cachemire. De quoi avons-nous parlé, mardi ?

Elle était tout sauf à l'aise dans ce rôle. Si elle avait eu plusieurs fois dans sa vie l'occasion de jouer les vamps avec les hommes, ce n'était pas dans sa nature.

Il se fendit d'un sourire, puis leva les yeux vers le bandage qui lui enserrait la tête. Avait-il bougé ?

— Vous m'avez questionné sur l'incendie de la maison de Papa, répondit-il. Vous étiez très désireuse de tout savoir, dans les moindres détails.

— De tout savoir ? répéta-t-elle d'une voix douce, tout en vérifiant du bout des doigts la tenue du bandage.

Il n'avait pas bougé. Nelson se pencha sur elle.

— Sur moi, précisa-t-il sans ambages.

— Je vous trouve si fascinant, dit-elle, l'œil aguicheur derrière ses lunettes. C'est moi qui suis venue chez vous, ou vous qui êtes venu chez moi ?

Il éclata de rire.

— Caroline, à quel jeu jouez-vous ? Vous n'avez jamais voulu me dire où vous habitiez. Vous avez débarqué à mon bureau en ville, pris une photo de mon trophée de windsurf à l'aide de votre portable et êtes repartie presque aussitôt, comme si le diable était à vos trousses.

« Le trophée de la photo ! »

— J'étais fâchée ?

— Difficile à dire avec vous, répondit-il avec un haussement d'épaules. De plus, j'étais au téléphone. Vince m'avait appelé, et je n'étais pas moi-même à prendre avec des pincettes. Les jérémiades de cet idiot ont le don de me mettre en boule.

— En tout cas, il semblait très remonté aujourd'hui.

— Il croit que je lui dois chaque dollar qu'il a perdu. Sa vie part à vau-l'eau, et tout ce qu'il trouve à faire, c'est de m'en tenir pour responsable.

— Vous l'êtes ? demanda-t-elle à brûle-pourpoint.

— Grands dieux, non ! Il m'a supplié de l'associer au projet Parkinson. Je l'ai prévenu que la profitabilité de l'affaire dépendait du classement de la zone. Est-ce ma faute si les commissaires ont eu un brusque sursaut de conscience, ou si Vince a hypothéqué sa société jusqu'au trognon ?

Il plissa soudain les yeux, l'air suspicieux.

— Mais pourquoi toutes ces questions ? Parfois je me demande si Vince et vous n'êtes pas…

Un coup puissant résonna à la porte d'entrée, suivi de tintements impérieux de la sonnette, puis du pas précipité de la domestique.

Tess reconnut le timbre de baryton dans l'entrée. Maudissant Ryan sous cape, elle chercha un moyen de ramener l'attention de Nelson sur leur conversation, mais c'était trop tard. Il avait déjà foncé vers la porte, était sorti et s'enquérait de ce qui se passait.

Elle soupira et le suivit.

— Il était à deux doigts de m'accuser de travailler pour Vince Desota, pesta-t-elle quelques instants plus tard en grimpant dans sa voiture. Vous avez tout fichu en l'air !

Ryan lui lança un regard noir.

Après l'avoir écouté servir le laïus convenu du cousin-venu-chercher-sa-cousine, les Lingford avaient consenti à ce qu'il aille prendre sa voiture pour revenir se garer devant la maison, pour éviter à Tess de remonter sous la pluie le long chemin plein de flaques d'eau avec son plâtre et ses béquilles. Ils n'avaient pas compris pourquoi il n'avait pas utilisé l'Interphone. Ryan avait expliqué qu'il ne l'avait pas vu, et ajouté qu'à la Résidence de l'Oiseau Bleu, quelqu'un lui avait dit avoir vu sa cousine partir avec une certaine Irene Woodall et entendu cette dernière mentionner qu'elle se rendait chez les Lingford.

— Pourquoi m'avez-vous suivie ? grogna Tess, tandis qu'ils revenaient en ville. Ce n'était pas dans notre plan.

— Nous étions convenus que vous ne prendriez pas la tangente sans m'en avertir, et vous l'avez fait, rétorqua-t-il d'un ton cinglant.

Sa petite promenade autour de la demeure des Lingford l'avait laissé trempé de la tête aux pieds. Ce qui ne le rendait nullement ridicule. En fait, ça le rendait encore plus sexy. Il devait avoir cet aspect-là en sortant de la douche, songea Tess avec un papillonnement éloquent dans le ventre. Cette réaction instinctive ne fit qu'accentuer sa colère.

— Parce que, pour vous, interroger Nelson et Madeline Lingford, c'est prendre la tangente ?

— Je suppose que ça faisait partie de l'interrogatoire de vous faire peloter par notre principal suspect.

— Me faire peloter ? Non mais ça ne va pas la tête ?

— Comment appelez-vous ça ? En tout cas c'était très chaud.

— Ne me dites pas que vous êtes obtus à ce point.

Il ne répondit rien, mais la crispation de sa mâchoire parlait pour lui. Se souvenant soudain du papier qu'Irene lui avait glissé dans la main, elle le prit dans la poche de son cardigan et le déplia.

— Pensez-vous pouvoir laisser de côté un instant cette attitude irrationnelle de votre part et répondre à une simple question ?

— Ce doit être dans mes cordes.

— Bien. Est-ce que les noms de Jim Kinsey et Clint Doyle vous disent quelque chose ?

— Ce sont des anciens employés des Lingford, répondit-il après une courte réflexion. Pourquoi ?

— Katie devait avoir une raison de vouloir connaître leur nom. Elle a rendu visite à Irene le matin de son accident, c'était l'anniversaire de sa fille. Après quoi elle s'est rendue au bureau de Nelson, en centre-ville, où ils ont discuté des leçons de piano pour Madeline. D'après ce qu'il m'a dit, elle l'a soûlé de questions. Il m'a aussi expliqué avoir reçu un coup de fil de Vince Desota qui l'a mis de méchante humeur. Pendant qu'il était au téléphone, Katie a pris avec son portable une photo de son dernier trophée de windsurf, pour repartir en coup de vent tout de suite après. Voilà. De notre côté, nous savons qu'elle rentrait chez elle, qu'elle a essayé de vous joindre et qu'elle a été renversée par une fourgonnette blanche.

— Bon travail, dit-il.

Mais sa mâchoire était toujours aussi crispée.

— Aujourd'hui, Desota était chez les Lingford quand nous sommes arrivées, Irene et moi. Nelson et lui se disputaient.

Elle lui relata de son mieux la teneur des paroles échangées, avant de conclure :

— Pas mal pour une débutante, non ? Maintenant, il ne me reste plus qu'à me faire inviter dans le bureau de Nelson pour jeter un coup d'œil à ce trophée.

— Non. Si Nelson vous croit de mèche avec Desota, qui peut dire ce qu'il attend réellement de vous ? Si la situation le permet, moi j'irai.

« Des clous ! »

— Je vais demander à Donovan de se renseigner sur Doyle et Kinsey, ajouta-t-il. C'est lui qui était en charge de l'enquête sur l'incendie.

Il se tut un moment, alors qu'ils pénétraient dans une zone où la circulation était plus dense, avant de demander :

— Il n'y a pas grand-chose à manger chez votre sœur. Vous avez faim ? Ou Nelson vous a-t-il offert des petits-fours ?

Elle se tourna vers lui.

— Ça veut dire quoi, ça ?

— Je ne sais pas, grogna-t-il.

— Vous êtes jaloux. De Nelson.

— Je ne suis pas jaloux.

— Dans ce cas, c'est bien imité.

— Pourquoi le serais-je ?

— Bonne question. Pourquoi ?

— Il y a un fast-food à deux rues d'ici.

— Allez vous faire voir.

Tandis qu'il manœuvrait pour traverser un carrefour particulièrement encombré, elle reprit :

— Irene et Madeline méritent également que nous nous intéressions à elles. Irene nourrit des soupçons sur Nelson, mais peut-être est-ce simplement parce qu'elle est convaincue de sa malhonnêteté. Katie lui a fait croire qu'elle avait en tête de se faire passer la bague au doigt, mais voulait au préalable s'assurer qu'il n'était pas un escroc ou pire. Nelson, quant à lui, est obsédé par l'argent de sa belle-mère. Et si j'en juge par son attitude quand nous nous sommes retrouvés seuls, Katie le travaillait au corps, façon de parler, pour découvrir la vérité.

— Raison de plus pour vous tenir à l'écart de ce type, répliqua Ryan en se garant sur le parking d'un restaurant nommé Sea Shanty. Et cela veut dire aussi bien de son bureau en ville que de sa maison. Mieux encore, tenez-vous à l'écart de tous ces gens !

Le macho directif dans toute sa splendeur.

Sans lui laisser le temps de réagir, il ouvrit sa portière et sortit dans le crachin.

Une demi-minute plus tard, elle commandait un sandwich pour lui et un double *chocolate shake* pour elle pendant qu'il appelait Donovan.

— Il n'est pas au bureau, l'informa-t-il en portant leur plateau jusqu'à une table près d'une fenêtre. Il me rappellera dès qu'il pourra.

Ils mangèrent presque en silence. Tess avait encore en travers de la gorge son comportement de mâle dominant. Il ne perdait rien pour attendre. On verrait quand il apprendrait qu'elle avait accepté un job chez les Lingford…

Le retour chez Katie ne prit que deux minutes.

— Pendant que vous étiez à l'Oiseau Bleu, dit Ryan en s'arrêtant devant l'immeuble, j'ai demandé à un ami de venir réparer la porte de Katie. Il m'a dit qu'il glisserait la nouvelle clé dans sa boîte aux lettres. Je vais monter avec vous et…

— C'est inutile. Celui qui est venu hier cherchait quelque chose. Vu l'état dans lequel il a laissé l'appartement, soit il l'a trouvé, soit il a décidé que ça ne s'y trouvait pas. Et comme la serrure a été changée…

Il la fixa un moment.

— Vous êtes toujours fâchée parce que je vous ai suivie chez les Lingford ?

A quoi bon répondre ?

— Je me permets de vous rappeler que je suis flic.

— Et moi celle qui va découvrir le fin mot de cette histoire, rétorqua-t-elle. Grâce à Katie, j'y ai mes entrées au titre d'assistante au classement des photos de la collection des peintures de Madeline Lingford à fin de publication.

— Vous plaisantez.

Elle ouvrit sa portière.

— Je plaisante ? Regardez-moi, dit-elle en s'extrayant du véhicule à l'aide des béquilles, pour le cas où ils seraient observés.

Elle se pencha vers l'habitacle.

— Si vous voulez m'aider, je pars d'ici demain matin à 9 heures au plus tard.

Sa mâchoire s'était de nouveau crispée.

— Bye-bye, Ryan.

Parvenue tant bien que mal dans le hall de l'immeuble, elle sortit le trousseau de Katie, sélectionna la clé de la boîte aux lettres, puis récupéra la nouvelle clé de l'appartement au milieu de vieux courrier sans intérêt. A sa sortie de l'ascenseur, à l'étage, le vieux grognon l'accueillit une fois encore de son regard larmoyant.

Alors qu'il tenait sa porte entrebâillée, un bâtard de berger allemand pointa son museau blanchi dans l'ouverture.

— Vous avez un chien ? s'étonna-t-elle.

— Hrmpf, bougonna le voisin.

Le chien s'était à moitié avancé dans le couloir. Tess se pencha pour lui tapoter gentiment le crâne.

— Qu'est-ce qu'il a à l'œil ?

— De quoi je me mêle ? marmonna le vieil homme.

D'une main, elle tourna doucement la tête de l'animal pour examiner sous différents angles l'œil qui coulait, et découvrit une minuscule épine qui dépassait de la paupière inférieure.

— Vous avez un vétérinaire ? s'enquit-elle.

— Je n'ai pas d'argent à gaspiller, répondit-il.

Tess nota alors le pull-over tout élimé, ainsi que le mobilier minable qui apparaissait par l'entrebâillement de la porte. Son attitude était compréhensible. Surprenant son regard, il tira le battant contre sa hanche, comme s'il avait honte de sa pauvreté.

— Je crois qu'il a une épine dans l'œil, dit-elle. Il a dû fourrer son nez dans des mauvaises herbes ou quelque chose.

L'homme fronça les sourcils.

— Possible, lâcha-t-il à mi-voix.

— Bon. Ecoutez, vous allez m'apporter deux, trois petites choses : une serviette propre, de l'eau minérale, une pince à épiler ou équivalent, une lampe électrique et un petit bol. Je vous attends ici avec le chien. Il s'appelle comment ?

Il hésita quelques secondes, durant lesquelles Tess craignit qu'il rappelle l'animal et lui referme la porte au nez.

— Nestor, répondit-il, avant de rentrer chez lui.

Tandis qu'elle patientait le dos appuyé au mur, Nestor s'assit à ses pieds. C'était cela qu'elle aimait avec les animaux. Elle lui caressa la tête, et sentit qu'il était content de l'attention qu'elle lui portait.

Au bout d'un petit moment, le voisin revint avec tout ce que Tess lui avait demandé. Elle lui demanda d'éclairer l'œil de sa torche électrique, puis, après avoir nettoyé celui-ci avec soin, bloqua sa respiration et retira délicatement l'épine. Elle effectua un dernier rinçage et épongea le tout avec la serviette. Immédiatement soulagé, le chien lui exprima ses remerciements d'un coup de langue sur la main accompagné de vigoureux battements de queue.

— Et voilà, c'est fini, déclara-t-elle en se levant.

Les doigts arthritiques du vieil homme tripotèrent les oreilles déformées de l'animal dans un geste de tendresse connu d'eux seuls. Il semblait incapable de parler.

— Ce n'était rien du tout, dit-elle en lui touchant le bras, avant de reprendre ses béquilles pour se remettre en route vers l'appartement de Katie.

Deux interventions professionnelles le même jour. C'était la vie qu'elle aimait. *Sa* vie.

Arrivée à la porte de Katie, elle s'arrêta et jeta un œil derrière elle dans le couloir. Nestor et son maître n'étaient plus là. Elle sourit. Mais son sourire retomba lorsqu'elle vit que l'ami de Ryan n'était pas venu réparer la porte. Alors, dans ce cas, que signifiait cette nouvelle clé ? Elle la fourra dans sa poche avec le trousseau, très contrariée.

Non, elle n'appellerait pas Ryan. Pas question. Elle préférait bloquer la porte avec du mobilier plutôt que d'avoir encore affaire à lui maintenant. Poussant le battant du bout de sa béquille, elle alluma la lumière et se pétrifia aussitôt.

L'appartement avait été de nouveau mis à sac !

Avant que son cerveau n'ait eu le temps de digérer l'information, un homme jaillit de derrière la porte, entièrement vêtu de noir, la tête couverte d'un bas, et se jeta sur elle. Sans réfléchir, elle lui lança ses béquilles et recula dans le couloir. L'homme la saisit par son manteau. Elle s'en dégagea, perdant son sac dans l'opération. Glissant avec le manteau, son cardigan déboutonné tomba à ses pieds, manquant de la faire trébucher. Elle s'avança en chancelant dans le couloir, cherchant de l'air.

Elle songea frapper chez le vieil homme, mais qu'aurait-il pu faire ? Le temps qu'elle se pose la question, les doigts de l'homme s'étaient plantés dans son épaule, déchirant sa robe, et la ramenaient en arrière pour la plaquer sèchement contre son torse. Tess sentit le canon froid d'une arme se coller sur sa gorge, tandis que son agresseur lui tordait le bras gauche dans le dos. Elle pria pour que la femme au dalmatien ait choisi ce moment pour le promener.

— Un seul mot et vous êtes morte, souffla l'inconnu.

Ce n'est qu'à cet instant qu'elle se rendit compte qu'elle n'avait pas même lâché un gémissement.

Il lui fit rebrousser chemin et la poussa dans l'appartement de Katie. Ils enjambèrent le manteau, mais d'une bottine noire boueuse, l'homme écrasa son sac à main dont le contenu s'était éparpillé en tombant. Il s'arrêta un instant, et du même pied poussa le tout à l'intérieur de l'appartement. Puis il ferma la porte avec une surprenante délicatesse.

Sa prise sur son bras, néanmoins, demeurait implacable. S'il accentuait un peu sa torsion, il le déboîterait, songea Tess. Mais il ne l'avait pas tuée. Elle avait peut-être une chance de survie.

Sans la lâcher, il la poussa vers la chambre. Au moment où elle se retrouvait face au lit, la porte se referma derrière eux et tout espoir que le vieil homme l'entende et appelle à l'aide s'envola. C'était trop tard.

Une onde de panique la traversa. Elle hurla le nom de Ryan, mais seul un vague couinement s'échappa de sa gorge.

L'homme la fit avancer de côté, puis la projeta avec une telle force contre le mur que son nez fit un drôle de bruit et que les larmes lui affluèrent instantanément aux yeux. Il lui tourna la tête de côté, écrasant les lunettes contre sa tempe et son nez, jusqu'à ce qu'elles tombent sur le sol. Son estomac se glaça de terreur.

— Ecoutez-moi bien, dit-il. Je devrais vous descendre tout de suite, mais je ne le ferai pas. Compris ?

Tout en parlant, il glissait le canon de l'arme de haut en bas sur sa gorge. Elle tâcha d'enregistrer les détails. Un pistolet en métal blanc, le canon d'environ douze centimètres. Il portait des gants chirurgicaux en latex, et qui sentaient même le talc.

Sa joue racla le mur lorsqu'elle acquiesça.

— Vous avez fourré votre nez où il ne fallait pas, reprit-il, enfonçant le pistolet dans sa peau.

Tess cessa de résister. Elle se concentra sur ses paroles, mais avec le martèlement de son pouls dans les oreilles, ce fut difficile.

— Occupez-vous de vos affaires. Reprenez votre petite vie tant que vous en avez encore une. O.K. ?

Elle hocha de nouveau la tête.

Ses doigts se clouèrent dans son bras tandis qu'il se penchait sur elle.

— Où est-il ?

— Je ne sais pas de quoi vous…

Il lui tordit un peu plus le bras et pressa son arme sur sa pommette. Une douleur fulgurante lui traversa l'épaule, l'aveuglant un moment, et les larmes lui brûlèrent les yeux.

— Ne jouez pas à ce petit jeu-là avec moi, Katie.

Tess tressaillit. « Katie ! »

— Bien sûr que je connais votre nom, cracha l'homme. Vous croyez que votre papa ne parlait pas de vous ? Cela dit, il n'a jamais précisé combien vous étiez jolie.

Tess ravala la boule qui lui obstruait la gorge.

— Je veux sa part de l'argent de l'incendie, annonça-t-il. Cinquante mille. Le fric n'est pas ici, où l'avez-vous planqué ?

L'argent de l'incendie ? Il devait y avoir une erreur, une explication…

— Que les choses soient bien claires, ajouta-t-il en mettant de nouveau son bras au supplice, tout en l'écrasant de tout son poids contre le mur. Cet argent m'appartient, désormais. C'est moi qui ai fait le travail, moi qui ai pris les risques. Vous n'avez aucun droit dessus. Je ferai tout ce qu'il faut pour le récupérer. Me suis-je bien fait comprendre ?

— Il me faut du temps, répondit-elle d'une voix cassée, les neurones tournant à toute allure.

— Du temps ?

— J'ai besoin de quelques jours, expliqua-t-elle, jouant le tout pour le tout. Je l'ai confié à quelqu'un. Je ne vous dirai pas qui. Tuez-moi, et vous ne le saurez jamais.

— Ne me tentez pas, grogna-t-il en imprimant une nouvelle torsion à son bras.

Il sembla réfléchir quelques instants, avant de déclarer :

— Vous avez jusqu'à demain, 16 heures. Pas une minute

de plus, sinon vous regretterez que je n'aie pas suivi votre offre. C'est vu ?

La joue en feu, elle acquiesça de nouveau.

— J'ai votre numéro de portable, ajouta-t-il en lui recollant le canon du pistolet sur la gorge. Je vous appelle demain à 16 heures pile. Si vous m'avez blousé, je règle son compte à la veuve. A moins que vous ne préfériez que je descende votre nouveau petit ami. Ou le petit vieux du couloir et son chien. Dans tous les cas, que j'en tue un ou tous, je viendrai vous chercher ensuite.

— J'ai compris.

— Et gardez votre joli petit nez en dehors des affaires des autres, ou je vous le fais sauter d'une balle.

Lui maintenant le bras dans le dos, il recula avec elle dans la chambre, ouvrit la porte de la salle de bains et l'y jeta sans douceur. Tess s'étala sur le linoléum. L'espace d'un court instant, elle eut un aperçu du visage déformé, inidentifiable, de l'homme sous son bas. Il claqua la porte. Après quelques secondes de silence, elle entendit ses pas s'éloigner. Se relevant d'un bond, elle verrouilla la porte et s'adossa au mur juste à côté, retenant son souffle.

Ryan commença par nourrir son chat, puis ôta ses vêtements mouillés et passa quelques minutes à consulter ses e-mails. Après quoi il se mit à marcher de long en large dans son appartement, irrité et nerveux. Son ami avait laissé un message l'informant qu'il avait remplacé la serrure de l'appartement de Katie. Donc Tess était en sécurité. Mais une sourde inquiétude persistait à le tenailler.

Tess l'avait qualifié de jaloux. Et, Dieu le garde, elle avait peut-être raison… Un seul regard à Nelson Lingford la tenant par la taille avait fait s'envoler sur-le-champ tout son professionnalisme.

Pourtant, cela l'aurait-il tuée de le remercier de l'avoir sauvée plutôt que de montrer les crocs comme elle l'avait fait ? Elle n'était pas flic, mais vétérinaire, bon sang de bois ! Son rôle de taupe lui était monté à la tête. Et comme si ça ne suffisait pas, voilà qu'elle lui annonçait sans sourciller qu'elle avait accepté un travail chez les Lingford !

Il ne fallait pas qu'elle y retourne. Il avait vu le visage de Lingford derrière elle, lu la duplicité dans son regard. S'il pensait qu'elle était de mèche avec l'un de ses ennemis, qui savait ce qu'il lui réservait ?

Mais elle irait, il le savait. Et s'il ne lui laissait pas un peu la bride sur le cou, elle l'enverrait paître et agirait seule.

Clive sauta sur la dernière étagère de la bibliothèque, renversant quelques objets. Ryan ramassa une statuette de bois tombée par terre et redressa une photo.

— Tu as perdu de ta souplesse, lança-t-il à l'animal parfaitement indifférent. Je devrais peut-être te mettre au régime.

La photo accrocha de nouveau son attention. Il la reprit et la regarda pour la millionième fois. Peter, à côté de sa première voiture, un coupé rouge d'occasion, cadeau de ses grands-parents pour son diplôme de fin d'études secondaires, et qu'il s'était empressé de revendre le lendemain pour disposer d'argent liquide. Il semblait rayonner de bonheur et de fierté, jeune homme promis à un brillant avenir. A la vérité, il était alors tout sauf heureux, et devait mourir une semaine plus tard.

Replaçant la photo sur la bibliothèque, Ryan croisa le regard doré de Clive posé sur lui.

Alors qu'il sortait de sa poche le portable de Tess, il la revit découvrant les clichés de l'album photo, et chercha celui-ci à travers les divers menus de l'appareil.

Son imprimante tirait la première photo lorsqu'il quitta son appartement.

Il mit d'abord le cap sur l'entreprise d'installations électriques Desota, devant laquelle il était passé à maintes reprises sans jamais y prêter grande attention. En arrivant, il fut surpris de voir sur le portail un panonceau « fermé ». Il appela le standard de la police, et ne tarda pas à obtenir l'adresse de son propriétaire.

Vince Desota vivait dans une banlieue bourgeoise de l'est de la ville. Relativement neuve, sa maison à un étage était de celles qui occupaient presque toute la surface du terrain pour limiter les travaux de jardinage. Il y avait un tricycle cassé et un tuyau d'arrosage enroulé dans l'allée, et un avis d'expulsion était apposé sur la porte.

Desota n'habitait plus là. Son affaire était en faillite, et d'après ce qu'avait dit Tess, sa femme était partie avec ses enfants.

Selon le rapport que Ryan avait consulté avant son congé, Donovan l'avait interrogé à l'époque de l'incendie. Desota était alors en possession d'une grosse somme en liquide. Après vérification, il était apparu que cet argent provenait de ses économies et d'un emprunt bancaire, ce dernier s'étant par la suite avéré insuffisant pour payer sa caution.

Vince Desota ressemblait de plus en plus à un homme n'ayant plus grand-chose à perdre.

Ryan se rendit ensuite chez Katie pour parler à Tess. Toutes les paroles d'excuses qu'il s'était répétées pour s'être comporté en idiot furent oubliées dès l'instant où il découvrit que la porte avait été de nouveau forcée. Empoignant son arme, il poussa avec prudence le battant.

L'appartement avait subi une nouvelle fouille, bien que moins poussée cette fois. Plus alarmant fut le spectacle des béquilles de Tess, de son manteau, de son cardigan, de son sac et son contenu étalés sur le sol. Hormis quelques traces de boue sur la moquette, aucun signe d'une tierce personne. Il jeta un bref coup d'œil dans le placard de l'entrée et le laissa entrouvert.

Il passa ensuite dans la chambre, dont il ouvrit tout doucement la porte, redoutant ce qu'il allait trouver. A première vue, elle avait été attaquée à l'entrée, avant d'être entraînée jusqu'ici. Dieu seul savait ce qui s'était passé ensuite. Elle était là, quelque part, blessée, morte peut-être, et il arrivait trop tard…

Son regard fut immédiatement accroché par la trace de sang sur le mur, puis dériva vers la porte close de la salle de bains.

Son cœur bondit dans sa poitrine.

— Tess ! cria-t-il en frappant le battant de la crosse de son arme, actionnant le bouton de sa main gauche.

Alors qu'il prenait son élan pour lui asséner un grand coup de pied, la porte s'ouvrit brusquement.

Elle se tenait aussi immobile que la mort, des éraflures sanguinolentes sur sa peau blanche, un poing pressé sur sa bouche comme pour s'empêcher de hurler. Sa robe était déchirée à l'épaule, et ses bandages pendouillaient le long de sa joue.

— Que s'est-il passé ? demanda-t-il en s'approchant.

Il s'attendait à ce qu'elle se jette dans ses bras pour y chercher du réconfort, l'espérait de toutes ses forces, mais quelque chose dans son expression le cloua sur place.

— Tess ?

Elle baissa lentement sa main.

— J'ai… J'ai eu… de… la visite, balbutia-t-elle d'une voix éraillée. Un homme.

Un doigt glacé parcourut l'échine de Ryan.

— Ma chérie…

— Grand… avec un bas sur la tête… J'ignore qui c'était. J'ai… j'ai cru que… c'était lui qui revenait.

— Il vous a fait mal ? Vous êtes blessée ?

Elle était si calme qu'il en fut effrayé, même s'il savait que les victimes de crimes violents réagissaient parfois avec le plus grand détachement, comme si elles cherchaient à contenir des émotions qui leur seraient autrement intolérables.

Il rangea son arme dans son étui.

— Que voulait-il ? demanda-t-il d'un ton posé qui contredisait le bouillonnement furieux dans son ventre.

— Il m'a bousculée, c'est tout, répondit-elle en regardant ses pieds, la porte, tout sauf lui.

Il l'inspecta d'un œil clinique. Des ecchymoses sur le cou, la peau écorchée à la joue droite et au front, l'arête du nez enflée. Il fit jouer l'articulation de son épaule gauche.

— Qu'entendez-vous par là, il vous a bousculée ?

— Il m'a tordu le bras dans le dos et m'a collée au mur,

expliqua-t-elle, la voix toujours brisée. Puis il a promené le canon d'un gros pistolet sur mon cou et mon visage en me disant de m'occuper de mes affaires. Il m'a ensuite repoussée brutalement contre le mur. J'ai besoin… Je voudrais prendre une douche. Vous voulez bien rester ici jusqu'à ce que j'aie fini ?

Il la considéra avec gravité. Les victimes de viol aspiraient très souvent à une douche brûlante pour effacer à la fois la perception physique de l'agression et l'odeur du violeur.

— Est-ce qu'il…

— Non, répondit-elle. Ryan, vous allez rester, hein ?

— Bien sûr que je vais rester.

Il mourait d'envie de l'étreindre.

— Merci, murmura-t-elle en hochant lentement la tête.

Tess laissa si souvent tomber le savon qu'à la fin elle le laissa à ses pieds dans la cabine, la tête levée vers le jet, les yeux fermés.

Elle voulait rentrer chez elle.

Elle n'était pas une espionne. Elle n'était pas intrépide comme Katie. Elle voulait se trouver à des milliers de kilomètres d'ici quand le téléphone sonnerait le lendemain.

Mais Katie n'était pas à des milliers de kilomètres d'ici. Tôt ou tard elle sortirait de son coma et aurait à affronter ça. Sauf si elle, Tess, le faisait à sa place.

Restait la question de savoir que dire à Ryan et que garder pour elle des révélations de son agresseur. Si elle dépendait de lui pour traiter ces informations, elle était réticente à lui parler de l'argent. Mais pouvait-elle faire autrement, quand l'homme avait prévenu qu'il viendrait la chercher si elle lui faisait faux bond ? Où allait-elle trouver cinquante mille dollars ? Et si elle ne les trouvait pas, qu'allait-il faire à Madeline Lingford, ou au vieux et à son chien ? Même au chien…

Ou à lui, Ryan ?

Son père avait-il accepté cinquante mille dollars pour tuer

une femme ? N'était-ce pas beaucoup d'argent simplement pour déclencher un incendie ? La tête lui tournait.

Il lui fallait du temps pour réfléchir. Si elle parlait de l'argent à Ryan, il sauterait sur la conclusion la plus évidente : son père avait mis le feu à cette maison dans l'intention de tuer. Ce serait comme le lui livrer pieds et poings liés. Elle ne pouvait imaginer Katie voulant cela.

« Oh, Katie, réveille-toi, réveille-toi. »

Il devait y avoir une autre explication. Il y en avait forcément une. Jusqu'à ce qu'elle l'ait trouvée, elle garderait le silence sur cet argent.

La clé portait le numéro 119. Il fallait qu'elle sache ce qu'elle ouvrait. Etait-ce si difficile ? Elle commencerait par voir un serrurier. Elle avait la voiture de Katie. En écornant un peu la règle qu'elle s'était imposée de porter ce plâtre à la cheville, elle pouvait se rendre n'importe où. Tout ce qu'elle avait à faire, c'était se débarrasser de Ryan.

Son sac marin étant resté à l'hôpital, elle puisa une fois encore dans les vêtements de sa sœur, optant pour un jean et un pull de laine d'aspect moelleux. La vue de ses cheveux rouge feu la faisait sursauter chaque fois qu'elle croisait son reflet dans un miroir, et à présent, son style vestimentaire la surprenait également. Le jean, taille basse et très moulant, n'était pas d'un modèle qu'elle aurait choisi pour elle-même, et la large encolure du pull-over laissait une épaule dégagée. Le goût de Katie ? Ou le déguisement de Katie ?

Quoi qu'il en soit, cette allure différente ne faisait qu'accentuer sa distanciation par rapport à sa vraie vie. Ah, si seulement elle pouvait parler à sa mère, où qu'elle soit… ! Même une amie ferait l'affaire. Mais elle n'avait pas récupéré le portable de Katie, toujours entre les mains de Ryan, et l'idée de sortir téléphoner d'une cabine publique lui donnait la chair de poule.

Il était dehors.

Du reste, comment expliquer ce qui lui arrivait ? Ses amis étaient des gens normaux, des personnes avec lesquelles elle travaillait, dînait, allait au cinéma, riait, complotait et faisait du lèche-vitrines. Pas plus qu'elle, ils n'avaient l'expérience de la violence.

Regagnant le séjour, elle découvrit que Ryan avait tout remis en ordre et se tenait devant l'évier de la cuisine. Il se retourna et la regarda. Sec et recoiffé, il offrait à présent une image de souplesse et de vigueur dans son jean près du corps et son T-shirt marine au logo de la police, dont les manches longues étaient relevées sur ses avant-bras. Le modelé de ses biceps et de ses larges épaules la tétanisa. Toute cette puissance, là, devant ses yeux. Comment réagirait-il si elle se jetait à son cou ? La serrerait-il dans ses bras ? L'embrasserait-il ?

Ne serait-ce pas le manipuler ? Ne serait-ce pas injuste envers lui ? Et ne serait-ce pas céder à cette vulnérabilité qui l'ébranlait en cet instant au plus profond d'elle-même ?

— Vous avez meilleure mine, lui fit-il remarquer en s'essuyant les mains sur un torchon.

S'appuyant des reins au comptoir, il croisa les bras et la contempla un moment, le regard intense.

— Euh, Tess, je suis désolé, dit-il enfin. Je n'aurais jamais dû vous autoriser à revenir seule ici. J'ai laissé mes émotions…

— Parlons plutôt de ce qui s'est passé, le coupa-t-elle.

Il lui tendit la main. Elle fit semblant de ne pas la voir et se détourna. Elle était sur le point de lui mentir par omission, et se détestait pour cela.

Négligeant le sofa et le fauteuil inclinable, elle s'assit sur une chaise à la table. Ryan s'installa dans le sofa. Penché en avant, les coudes sur les genoux, il attendit, sans la quitter des yeux. Il émanait de lui le même mélange de force et de compétence que la première fois où elle l'avait vu. Elle apercevait un bout de la crosse de son arme, ce qui n'était pas pour lui déplaire. Elle espérait presque que son agresseur revienne. Si Ryan le descendait, la menace s'envolerait.

Seigneur, que lui arrivait-il ?

— Tess ?

— Il était dans l'appartement quand je suis arrivée, commença-t-elle.

— Caché, je présume.

— J'étais… préoccupée.

— Vous étiez en colère contre moi.

— J'aurais dû comprendre que quelque chose n'allait pas quand j'ai vu la serrure. Je veux dire, j'avais à la main la nouvelle clé, donc je savais que votre ami était venu, et pourtant je ne suis pas repartie. Pourquoi n'ai-je pas eu le bon sens de le faire ?

— Parce que vous êtes novice en la matière, répondit-il d'une voix douce. Et que vous vous fiez peut-être un peu trop aux apparences.

Ignorant ce que sous-entendait cette deuxième remarque, elle poursuivit :

— Il m'a sauté dessus par surprise, m'a emmenée dans la chambre. Je pensais qu'il allait…

Elle s'interrompit et déglutit. Sa gorge lui faisait mal.

— Il m'a plaquée contre le mur, et m'a dit de me mêler de mes affaires. Il m'a appelée Katie.

Ryan bondit sur ses pieds et se mit à marcher de long en large.

— Katie ! Il vous a appelée Katie ? Si c'est Nelson Lingford qui vous l'a envoyé, grogna-t-il, alors votre couverture est grillée. Vous ne pouvez pas retourner là-bas. Mais, attendez, peut-être vous a-t-il menti. Peut-être est-il tombé sur les documents cachés par Katie dans la penderie ?

— Non, ils y sont toujours. Personne n'y a touché. Il connaissait mon nom avant de venir ici.

— Pas le vôtre, rectifia-t-il. Celui de votre sœur.

— C'est vrai. Parfois je m'embrouille, je ne sais plus où elle finit et où je commence.

— Je sais que vous avez peur, déclara-t-il d'une voix grave. Mais avant d'appeler la police, il faut me dire exactement tout ce qui s'est passé aujourd'hui.

— C'est ce que j'essaie de faire, répliqua-t-elle, des larmes dans la voix. Mais il faut que vous cessiez de me donner des ordres, Ryan. Et je me permets de vous rappeler que, pour vos collègues, l'affaire est close. Je ne veux pas d'intervention des autorités. C'est pour cela que vous êtes là. Je veux seulement savoir qui a piégé mon père. J'ai besoin que vous m'aidiez, pas que vous me harceliez.

Il plongea une main dans ses cheveux, et elle le vit baisser les yeux sur les ecchymoses sur sa gorge.

— Il faut appeler la police, insista-t-il.

— Vous êtes la police.

— Je m'entends. L'accident de Katie aurait pu n'être que cela, un accident. Et la première mise à sac de son appartement le fait de voleurs opportunistes. Mais cette attaque que vous venez de subir, c'est différent. Il n'y a pas dix mille façons de l'interpréter.

— Non. Ils s'en serviront pour enfoncer davantage mon père.

— Pourquoi le feraient-ils ?

Elle en avait trop dit ! Tout ce que Ryan savait, c'était que son agresseur lui avait ordonné de cesser de fouiner partout. Il ignorait tout de ses exigences concernant l'argent.

— Pas de police, dit-elle en joignant les mains devant elle. Nous étions d'accord. Ce qui est arrivé tout à l'heure montre simplement que nous nous approchons de quelque chose.

Ryan ferma les yeux. Elle commençait à deviner ce qu'il pensait.

— Allons chez moi, dit-il en les rouvrant.

Dans son regard se reflétait la tempête qui se déchaînait sous son crâne.

— Je reste, déclara-t-elle, la gorge serrée.

Après l'expérience traumatisante qu'elle venait de vivre, l'idée de dormir dans cet appartement la rendait malade, mais elle ne partirait pas.

Ryan hocha la tête, visiblement à contrecœur.

— Et vous n'appelez pas la police, insista-t-elle. Je ne pourrai de toute façon rien leur dire de cet homme. Il portait des gants chirurgicaux et son visage était déformé par un bas.

— Je ne l'appellerai pas… Pas encore.

Elle se leva brusquement.

— Je veux voir Katie, annonça-t-elle.

— Vous êtes sûre que vous êtes en état de…

— J'ai besoin de la voir, insista-t-elle, les yeux brouillés de larmes. Besoin de savoir qu'elle est en vie, de voir sa poitrine se soulever et s'abaisser. De m'assurer qu'elle va bien. Que personne n'est venu lui faire du mal…

Ryan lui saisit la main.

— Allons-y.

7

Ils s'arrêtèrent au restaurant Lum Yuen, où ils prirent une soupe aux vermicelles et aux œufs, avant de se rendre à l'hôpital. Tess, nota Ryan, avait l'esprit ailleurs. Elle tournait les yeux vers la porte chaque fois qu'un client entrait ou sortait, et lorsqu'un serveur fit tomber un plateau vide, elle sursauta sur son siège. Les nerfs à fleur de peau, elle regardait sans cesse par-dessus son épaule, se mâchonnait les lèvres, avait le plus grand mal à tenir la conversation.

Il aurait dû opter pour une pâtisserie-salon de thé, songea-t-il, pas pour un restaurant chinois.

Une fois l'addition réglée, ils gagnèrent directement l'hôpital. L'état de Katie n'avait pas évolué depuis la veille. Pendant que Tess sortait dans le couloir pour parler au médecin, Ryan étudia sa sœur jumelle. Ses hématomes s'étaient atténués, et les écorchures commençaient à cicatriser. D'une certaine manière, elle avait meilleur aspect que Tess.

Même si leur ressemblance était frappante, il discernait des petites différences entre elles. Tess avait les joues plus pleines, les cils plus longs, les lèvres plus pulpeuses…

Il se découvrait pour Katie une inquiétude nouvelle, qui allait bien au-delà de son sentiment de culpabilité vis-à-vis d'elle. Il commençait à éprouver une réelle compassion pour ce qu'elle avait traversé, ainsi que du respect pour sa volonté de faire la lumière sur la mort de son père. Volonté qui, hélas, l'avait amenée là où elle était à présent.

Les réponses n'allaient pas du tout lui plaire, il le savait.

Il trouva Tess dans le couloir près des téléphones. Elle avait une fois encore essayé de joindre sa mère, et une fois encore en avait été réduite à laisser un message.

— Vous n'avez qu'un mot à dire, et je passe quelques coups de fil, dit-il en la prenant par la main pour l'emmener hors de l'hôpital.

Elle avait laissé les béquilles dans la voiture, garée dans le parking souterrain de l'établissement. C'était parier sur la probabilité que son assaillant ne les avait pas suivis jusque-là, mais elle pouvait difficilement jouer son rôle d'éclopée dans l'hôpital. Quant à ses cheveux roux, elle les avait dissimulés sous un foulard.

Pendant qu'ils regagnaient l'appartement de Katie, l'inspecteur Donovan avait enfin rappelé Ryan. Doyle ainsi que Kinsey avaient l'un et l'autre été blanchis après l'incendie. Donovan voulait savoir pourquoi Ryan s'intéressait à cet aspect de l'affaire quand il avait été établi qu'il s'agissait d'une fausse piste.

Ryan tergiversa un moment, avant de répondre qu'il aidait l'autre fille de Matt Fields à connaître les tenants et les aboutissants de ce qui s'était passé en décembre, et cela incluait lui fournir les informations nécessaires pour la convaincre que l'enquête avait été menée avec rigueur et honnêteté.

— Envoie-la-moi, dit Donovan, ainsi que Ryan s'y attendait.

— Je lui transmets le message, promit-il.

De retour dans l'appartement, Ryan invita de nouveau Tess à lui détailler les événements de la journée. Raide dans son fauteuil, les genoux serrés, les mains jointes sur ses cuisses, elle lui faisait penser à un témoin dans un prétoire.

— J'ai commis deux erreurs chez les Lingford, confessa-t-elle à un moment de la conversation. Madeline a un petit chien, Muffy, dont je pensais qu'il avait été victime d'un empoisonnement au saumon. Sans savoir que Nelson nous observait, je me suis livrée à un petit examen et j'ai posé quelques questions pour établir un diagnostic. Mais Muffy était vraiment malade, au point que j'en ai oublié pourquoi j'étais là.

Il haussa les épaules. Il ne voyait pas en quoi le fait que

Nelson ait été témoin de ses connaissances vétérinaires pouvait porter à conséquence.

— Ensuite j'ai accepté d'aider Madeline pour les peintures.

— Quelles peintures ? Je croyais qu'à part cinq ou six tableaux, toute la collection avait été détruite dans l'incendie.

— C'est vrai. Mais elle semble tenir coûte que coûte à réaliser un catalogue des photos de ces œuvres. J'en saurai davantage demain.

Il ne fit aucune remarque. Elle n'y retournait pas, mais il se garderait bien de reverser de l'huile sur le feu ce soir.

— Après cela, Nelson a voulu me voir. Il s'est montré très avenant avec moi. Je lui ai demandé de quoi Katie et lui avaient parlé le jour de son accident. Sur ces entrefaites vous êtes arrivé, et nous sommes allés déjeuner.

— Laissant à Nelson tout le temps de venir ici pour vous faire mourir de frayeur.

— Sauf qu'il ne pouvait pas être mon agresseur. Vince Desota encore moins. L'homme était beaucoup plus costaud, et avait une voix plus grave.

— Dans ce cas, Nelson aura recruté un gros bras…

— Peut-être Nelson n'a-t-il rien à voir dans tout cela. Desota m'a vue chez les Lingford, et d'après ce que nous savons, Katie lui a parlé également. Peut-être est-ce lui le commanditaire… Ou encore Irene, ou Madeline, ou Muffy tant que nous y sommes !

Il esquissa un sourire.

— Ce type a-t-il dit quelque chose pouvant le relier à quelqu'un d'autre ?

— Non, répondit-elle après une courte hésitation. Mais il agissait comme s'il avait l'habitude de terroriser les gens.

— Ces malfrats à deux sous ont tous les mêmes tics. Ils regardent trop la télévision.

Elle hocha la tête, mais il remarqua qu'elle évitait son regard. Il eut soudain l'intuition qu'elle ne lui disait pas tout.

— Autre chose ?

Elle se tourna vers lui, baissa aussitôt les yeux et fit non de la tête.

— Je suis épuisée, soupira-t-elle.

Il l'étudia un moment, certain qu'elle éludait la question, mais n'eut pas le courage de la pousser dans ses retranchements. Elle arborait à présent un véritable coquard, dû à l'écrasement des lunettes sur le côté de son visage. La tuméfaction colorée de sa joue apportait à son rôle de blessée toute la vraisemblance qui lui manquait le matin. Elle avait l'air rompue, et une fois encore il se rappela l'adorable et courageuse vétérinaire blonde qui était entrée dans la salle d'hôpital où se trouvait sa sœur — en même temps que dans sa vie.

Ces derniers jours avaient dû être passablement éprouvants pour elle : elle ne demandait même plus de pancakes ou de hamburgers.

— Dans ce cas, il ne nous reste plus qu'à aller nous coucher.

Elle acquiesça et se leva. Quelques instants plus tard elle lui apportait un oreiller et une couverture. Alors qu'elle repartait vers la chambre, elle s'arrêta, revint vers lui et lui toucha le bras.

— Merci, murmura-t-elle.

Une folle envie de la prendre dans ses bras s'empara de Ryan. Ses mains lui démangeaient de lui offrir le réconfort dont elle avait besoin. Mais avant qu'il n'ait eu le temps de céder à ces pulsions, elle avait refermé sur elle la porte de la chambre.

Il arrangea sa couche dans le vieux fauteuil inclinable, essayant de ne pas trop penser à Theresa Mays.

Tess était allongée, immobile, écoutant sa conscience.

Comment pouvait-elle dissimuler à Ryan le point le plus important de ce que lui avait dit son agresseur ? Elle devait rectifier cela. Elle ne se voyait pas affronter de nouveau ce dernier sans avoir l'argent, et elle ignorait totalement comment trouver celui-ci.

Par ailleurs, Ryan, qui savait que le trousseau de Katie comprenait une clé supplémentaire, n'avait pas cherché à savoir à quoi elle servait. Cela signifiait-il qu'il le savait ?

« Non, il ne sait rien de l'argent. Il présume, comme toi

jusqu'ici, que cette clé est celle de l'endroit où elle a entreposé ses biens. S'il entend parler d'argent disparu, il aura alors de bonnes raisons de s'y intéresser de plus près.

» Mais Katie, là-dedans ? Si elle a dissimulé cet argent quelque part, cela veut dire qu'elle sait que notre père a participé à une opération criminelle. Or, aurait-elle mené une enquête personnelle dans ce cas ? Certainement pas ! Donc, cela signifie que cette clé ouvre un simple garage, ou plus vraisemblablement un box de garde-meubles, et que lorsque mon tourmenteur reviendra, je serai les mains vides… »

Elle avait besoin d'aide.

Katie était à l'hôpital. Elle-même était dans un état lamentable. Elle avait besoin de Ryan.

L'horloge dans sa tête, qui marquait de son tic-tac obstiné les heures qui s'écoulaient, la propulsa hors de son lit. Elle avait besoin de Ryan parce qu'il était inspecteur de police et qu'elle était vétérinaire, point barre. Il n'y avait là rien de personnel.

« Et Katie ? lui rappela sa conscience. Et l'innocence de ton père ? »

Tant pis. Il fallait qu'elle lui parle.

Ouvrant la porte de la chambre, elle trouva Ryan endormi dans le fauteuil inclinable, la tête penchée de côté. Elle s'approcha sans bruit et observa son visage. Malgré la lumière de dehors qui filtrait par les rideaux, le séjour était plongé dans la pénombre, mais elle commençait à connaître ses traits.

Il semblait agité, et ses yeux roulaient sous ses paupières, comme s'il était plongé dans un rêve pénible. Il avait dormi de la même façon la nuit précédente, et elle se demanda ce qui le tourmentait ainsi dans son sommeil, ce qui le hantait lorsque sa garde était baissée.

Quelle serait sa réaction si elle lui baisait le front et murmurait son nom ?

Quelque chose réveilla Ryan. Un courant d'air, une odeur, un bruit… Aussitôt en alerte, son esprit lui souffla qu'en dépit de toutes les précautions, l'assaillant de Tess avait trouvé le moyen de revenir dans l'appartement. Lançant une main devant lui, il attrapa un poignet et le tira tout en plongeant de côté. Arraché à son sommeil, les veines envahies par un brutal flot d'adrénaline, il ne pensa pas. L'intrus et lui roulèrent sur le sol, et le premier se retrouva bientôt cloué au sol sous son poids.

Ahanant, le souffle court, il lui fallut deux secondes pour humer un parfum délicat et subtil, pour comprendre que ce qui glissait sur ses bras n'était que les boucles soyeuses d'une chevelure, et pour s'apercevoir que le corps qu'il écrasait était celui d'une femme.

Tess.

Il se dégagea aussitôt.

— Je suis désolé, s'excusa-t-il en basculant sur le dos, fixant le plafond.

— T-tout va bien, bégaya-t-elle.

La douceur de sa voix déclencha dans son ventre un tourbillon de sensations brutes. Il tourna les yeux vers elle. Elle s'était redressée sur le flanc, la tête posée sur une main, et le regardait.

— Eh bien, soupira-t-elle, on peut dire que vous avez de sacrés réflexes !

— Surtout lorsqu'il s'agit de jolies vétérinaires, plaisanta-t-il.

— Vous avez cru que c'était quelqu'un d'autre.

Pendant qu'elle parlait, la faible clarté donnait des reflets moirés à ses cheveux et rendait presque luminescent le blanc de ses yeux et de ses dents. Le reste de son corps n'était que courbes sombres sur la moquette. Il refréna une violente envie de se jeter de nouveau sur elle, mais cette fois d'une tout autre manière.

— De quoi rêviez-vous ? s'enquit-elle.

La question le prit de court.

— Quelque chose vous perturbe, insista-t-elle.

— *Vous* me perturbez, murmura-t-il.

— Quelque chose d'autre. Je vous ai observé pendant que vous dormiez.

Il n'avait jamais parlé à personne de Peter. Ni à ses parents, ni à la police. Car ce qu'il avait fait — ou plutôt n'avait pas fait — ne concernait en rien l'enquête sur le décès sordide de son petit frère. Refoulant au fond de lui son sentiment de culpabilité, il s'était tout de suite porté volontaire pour la traque du réseau de trafiquants de drogue qui, d'une certaine manière, étaient responsables de sa mort. Leur arrestation ne lui avait procuré aucun soulagement. Il avait cru qu'après quelques semaines, quelques mois, la honte et les remords s'atténueraient.

Et ça avait semblé être le cas, jusqu'à ce que les mensonges et la trahison de Matt Fields rejaillissent non seulement sur le bateau à la dérive qu'était sa vie, mais sur celle de ses proches.

Aujourd'hui il était de retour à la case départ.

— Vous faites des cauchemars, persista-t-elle.

— Non.

— Oh, Ryan ! Quelque chose vous perturbe tellement que vous ne pouvez y échapper dans votre sommeil. Pourquoi ne voulez-vous pas m'en parler ?

— Parce que ça n'a rien à voir avec vous, répondit-il. Parce que personne ne peut rien y faire et qu'il ne servirait à rien d'entrer là-dedans. Mais au fait, pourquoi êtes-vous ici ? Vous avez entendu quelque chose ?

Elle le fixa sans répondre.

— Qu'est-ce que vous ne m'avez pas dit ? demanda-t-il, se redressant un peu pour mieux la voir.

— Rien, je…

— Allez. Depuis le début de la soirée je sais qu'il s'est passé aujourd'hui quelque chose que vous gardez pour vous. Comment suis-je censé vous aider, comment suis-je censé veiller sur vous si vous n'avez pas confiance en moi ?

— J'ai confiance en vous, protesta-t-elle.

— Non, Tess.

— Si, je vous assure…

— Alors que s'est-il passé ? Ce type a abusé de vous ?

Elle se tut de nouveau. Etait-il tombé juste ? Ses tripes se nouèrent à cette idée.

Avançant la main, il lui caressa la joue. Sa peau était si fine sous ses doigts…

— Il m'a brutalisée et effrayée, répondit-elle, mais il n'a pas abusé de moi.

— Si seulement j'avais été là ! soupira-t-il, jouant avec une boucle de ses cheveux.

Ses doigts dérivèrent sur sa joue, puis glissèrent vers son adorable menton. Il s'attendit à ce qu'elle lui saisisse le poignet et arrête son geste, mais elle n'en fit rien.

— Heureusement que vous n'étiez pas là.

— Hmm… ?

— Il a dû se dire qu'il pouvait aisément m'intimider et me contrôler. Mais il vous aurait tué sur-le-champ, cela ne fait pas l'ombre d'un doute.

— Ce que vous dites là ne me rassure guère, répondit-il avec un demi-sourire.

— Je ne veux pas qu'il vous arrive quelque chose, Ryan, murmura-t-elle.

— Moi non plus je ne veux pas qu'il vous arrive quelque chose. Votre bravoure me terrifie.

— Ma bravoure ? Je tremble comme une feuille à l'intérieur.

— Moi aussi.

A son battement de cils, il sut qu'elle comprenait qu'il ne parlait pas de peur. Son cœur battait de manière erratique dans sa poitrine, et il éprouvait pour elle une envie qu'il lui semblait n'avoir pas connue depuis des siècles.

A tout moment il s'attendait à ce qu'elle mette le holà à ses caresses. Au lieu de cela, elle glissa sa main libre autour de son cou, bascula sur le dos et l'attira à elle jusqu'à ce que leurs lèvres se rencontrent. Le désir bondit dans son corps tel un fauve en cage.

— Il y a quelque chose entre nous, soupira-t-elle contre sa bouche.

— Juste quelques légers vêtements, répliqua-t-il, suivant du doigt l'encolure de sa chemise de nuit.

Il la sentit sourire.

— Je veux dire, quelque chose de physique.

— Je sais.

— Mais ce n'est rien d'autre que ça, ajouta-t-elle, une pointe de tension dans la voix.

« Mon œil », songea-t-il.

Elle déglutit tandis qu'il descendait le doigt le long de son cou. Avant qu'il ne puisse se sermonner sur l'opportunité d'avoir des relations sexuelles avec une femme qu'il avait juré de protéger, la bouche entrouverte de Tess couvrit ses lèvres, chaude et humide, aussi douce que du satin, sa langue trouva la sienne et le grondement dans sa tête oblitéra son ultime parcelle de bon sens.

Elle plongea la main dans ses cheveux, puis lui agrippa la nuque tandis que leur baiser gagnait en profondeur et en intensité, passant en un clin d'œil de la simple exploration à une ardeur sauvage hors de tout contrôle. Il fit courir ses lèvres jusqu'à sa gorge, nichant la tête dans le tendre vallon qui séparait ses seins, qu'il couvrit de la main à travers la mince étoffe de sa chemise de nuit. Il sentit ses tétons se durcir, et sa bouche remplaça bientôt sa main.

Elle poussa un gémissement, et dans l'instant qui suivit se mit à tirer sur ses vêtements. Il se leva, l'entraînant avec lui. Une fois débarrassé de son arme, il ne lui fallut que quelques secondes pour se mettre nu. Elle ne l'imita pas, se contentant de l'observer. Jamais il n'avait connu une femme qui le regarde ainsi se déshabiller avant l'amour. Son attention l'excitait au plus haut point, et le sourire qui flottait sur ses lèvres était aguichant en diable.

S'avançant vers elle, il fit passer sa chemise de nuit par-dessus sa tête, révélant un corps souple, tout entier offert à lui. Mince mais voluptueux, fragile mais plein de vie, il semblait posséder sa lumière propre dans l'ombre caressante de la pièce.

Il posa une main sur sa joue et l'embrassa, avec l'intention de la transporter dans la chambre dès que possible. Mais d'une pression sur ses épaules elle le fit s'agenouiller avec elle, leurs bras entremêlés, leurs bouches soudées l'une à l'autre jusqu'à ce qu'ils touchent la moquette. Avec douceur, elle le renversa sur le dos et se plaça à califourchon sur lui, les hanches sur les siennes, la hampe dure de son sexe entre eux.

La faible lumière extérieure révélait le dessin de son visage, la plénitude de ses seins et les tendres méplats de son ventre, tandis que, déployant les mains sur son torse, elle se penchait sur lui, les cheveux retombant sur ses épaules. Ses lèvres moites brûlaient du même désir que le sien. Il lança les mains dans son dos et lui empoigna les fesses. Elle releva la tête et ferma les yeux. Contournant son bassin, ses doigts se glissèrent vers les replis humides de son intimité. Elle lâcha un petit cri de plaisir et, se penchant davantage sur lui, le gratifia d'un voluptueux et profond baiser. L'étreignant alors avec ferveur, il la renversa sur le dos et plongea profondément en elle. L'orgasme vint très vite la première fois. Plus lentement la suivante.

Lorsque ce fut fini, Tess s'endormit entre ses bras, son corps lové contre le sien. Il l'épousait à la perfection comme s'il avait été conçu spécialement pour lui, plus chaud, plus doux, plus délicieux que n'importe quoi d'autre sur cette terre.

Mais il ne put dormir. Les yeux ouverts dans l'obscurité, son arme à portée de main, il tendait l'oreille, à l'affût de bruits de pas dans le couloir. Et une question tournait en boucle dans sa tête : si Tess lui avait fait l'amour, était-ce parce qu'elle avait été emportée par la même puissante déferlante d'émotions ? Ou parce que c'était un moyen de ne pas lui avouer la raison première de sa venue dans le séjour au milieu de la nuit ?

Tess se réveilla en sursaut, mais se rappela aussitôt où elle était et pourquoi. Pendant quelques instants, elle regarda le bras solide en travers de son épaule. Une agréable chaleur rayonna en elle, pareille à celle de la braise remuée dans un âtre.

Ryan émit un cri étouffé. Il avait la tête calée contre sa nuque, dans son dos. Il refaisait son rêve, et elle comprit que c'était sa détresse inconsciente qui l'avait réveillée.

Doucement, elle se retourna entre ses bras et l'étudia. Sous ses paupières closes, ses yeux bougeaient à droite et à gauche comme s'il cherchait quelque chose ou quelqu'un. Il fronça soudain les sourcils et sa bouche se tordit.

— Peter ! geignit-il d'une voix si déchirante que Tess s'arrêta de respirer.

Elle avança la tête et, délicatement, lui baisa les lèvres.

Il ouvrit les yeux sur un regard tourmenté, qui en la voyant s'apaisa aussitôt.

Elle l'embrassa de nouveau.

— Bonjour.

Il cligna des paupières. Pour une fois, la journée s'annonçait belle. Un soleil hivernal dansait à travers les rideaux, baignant son visage.

— Bonjour, répondit-il en plissant les yeux.

— Qui est Peter ?

Ce fut comme si une porte s'était soudain fermée dans son regard.

— Mon frère, répondit-il après un moment.

— Parle-moi de lui.

— Il est mort, Tess.

— Comment…

— Quelle importance ? Il n'est plus là.

— Comment cela, quelle importance ? Je ne sais rien de toi, Ryan.

— J'ai deux sœurs bien vivantes, Lisa et Heather, un père et une mère, Donald et Connie, deux tantes, trois cousins, quatre oncles, dont Marty qui a pris dix ans de taule pour avoir détourné l'argent de la paye de sa boîte, et six neveux. Pas de nièces, juste des neveux. Si toi et moi devons nous marier et avoir des enfants, alors il faudra concevoir au moins une fille. Si ça ne te semble pas faisable, dis-le-moi, que j'aie le temps de réfléchir à la meilleure manière de l'annoncer à maman.

Elle écarta des mèches noires qui lui retombaient sur le front, feignant d'ignorer les soubresauts que ces mots avaient déclenchés dans son cœur.

— Arrête de plaisanter. Comment Peter est-il mort ?

Il déglutit avec peine.

— D'une overdose, répondit-il. Il avait dix-huit ans.

— Oh. Je suis navrée.

Il hocha la tête.

Ce qu'elle voulait savoir, c'était pourquoi il se sentait responsable de la mort par overdose de son frère, mais elle s'interdit de lui poser la question. Il le lui dirait quand il serait prêt.

— Dis-moi, Katie et toi n'avez jamais, euh… même flirté un tout petit peu ?

— Il n'y a jamais rien eu entre nous, répondit-il.

— Pas de désir brimé, de sentiments non partagés ?

— Il est un peu tard pour se préoccuper de cela, non ?

— J'ai l'impression que tu la connais à peine.

— Tess, cesse de te mettre martel en tête. Je n'ai jamais eu de vues sur Katie, et elle ne s'est jamais intéressée à moi, O.K. ? Maintenant, c'est mon tour de te poser une question. Qu'étais-tu venue me dire, cette nuit ? C'est lié à ton agression, n'est-ce pas ? Tu me caches quelque chose, je le sais. Quelque chose que je devrais savoir.

Remontant la couverture sur sa poitrine, elle se redressa sur son séant et sonda son regard.

— Comment l'as-tu deviné ?

— D'abord je suis flic. Ensuite je commence à te connaître. Enfin, pardonne-moi, mais tu es une piètre dissimulatrice.

Elle acquiesça, sachant qu'il avait raison. Elle prit une profonde inspiration et répondit, la voix tendue :

— Cet homme voulait l'argent qu'il affirmait que mon père avait reçu avant l'incendie. Cinquante mille dollars.

Ryan siffla entre ses dents et se redressa à ses côtés.

— Il a dit que j'avais jusqu'à cet après-midi pour lui remettre la somme, faute de quoi j'aurais la mort de Madeline Lingford, ou du vieux du couloir, sur la conscience. Il t'a également menacé. Il doit m'appeler à 16 heures précises. Il faut que je récupère le portable de Katie, Ryan.

— Tu lui as donné son numéro ?

— Bien sûr que non. Il a dit qu'il le connaissait.

Ryan se mordit la lèvre.

— Je me demande comment il l'a eu. Le portable est dans mes affaires. Je vais te le sortir. Bien. Qu'as-tu dit à cette ordure ?

— Que j'avais confié l'argent à quelqu'un, et qu'il pourrait menacer de me tuer, je ne lui dirais jamais qui. Il n'a pas semblé surpris, ce qui m'a fait présumer que cet argent était en liquide. Si toutefois il existe. Mais peut-être bluffait-il, je ne sais pas… Il a pu se tromper également…

— Bien sûr qu'il est en liquide, marmonna Ryan comme s'il pensait à haute voix. Il faut que nous sachions ce qu'ouvre cette clé sur le trousseau de Katie.

— J'y ai songé aussi. Comme tu l'as dit, avec ce numéro gravé dessus, il doit s'agir d'un box de garde-meubles. L'argent y est peut-être caché avec tous ses biens personnels. Ryan, je me demandais… Es-tu vraiment certain que les noms que m'a fournis Irene soient inutiles ? Je veux dire, il est clair que Katie estimait qu'ils valaient la peine qu'on s'y intéresse. Elle sait peut-être à leur sujet des choses qui auraient échappé à la police. Qui sont ces deux hommes ?

Il sembla revenir de la planète Mars. Mais sa réponse prouvait qu'il n'avait pas perdu un mot de ce qu'elle avait dit :

— A l'époque, Clint Doyle était le garde du corps de Nelson Lingford. Il a été licencié quelques jours avant l'incendie. Donovan a d'abord pensé qu'il avait pu vouloir ainsi se venger, mais ça ne collait pas. Certes, il ne travaillait pas ce jour-là, mais Jim Kinsey et lui ont passé une bonne partie de la nuit à boire dans les bars, ce qui fait qu'ils sont l'alibi l'un de l'autre. Kinsey, lui, était le chauffeur de la veuve. Nelson Lingford l'a viré après l'incendie.

— Elle donne l'impression de vivre en recluse dans cette maison, observa Tess.

— Donovan a également enquêté sur lui, mais l'incendie s'est produit avant qu'il ne perde son emploi. Quel motif aurait-il eu ?

— L'argent n'en est-il pas toujours un ?

Il lui décocha un sourire.

— Très juste, Auguste. Mais n'oublie pas qu'il a un alibi en la personne de Doyle.

— Je persiste à penser que Katie avait quelque chose sur eux. L'un ou l'autre a peut-être fait porter le chapeau à notre père...

Il lui toucha le bras.

— Allons, Tess. Matt a reçu cinquante mille dollars. Si ça, ce n'est pas de la culpabilité...

— Un malfrat à deux sous *a dit* qu'il avait reçu cinquante mille dollars, corrigea-t-elle. Nous ne savons absolument pas si c'est vrai.

— Si tu es tellement convaincue de son innocence, pourquoi ne m'as-tu pas dit tout de suite ce que ce type voulait ? Pourquoi te demandes-tu si cette clé de Katie ne serait pas celle de l'endroit où elle aurait mis l'argent ? Si votre père a été victime d'un coup monté, il n'y a pas d'argent. La vérité, c'est qu'une partie de toi croit à sa culpabilité.

— Je savais que tu verrais les choses ainsi.

— Est-ce que je me trompe ?

Elle serra les dents, avant de répliquer :

— T'est-il venu à l'esprit que mon père effectuait peut-être une mission sous le manteau ?

— A l'insu de sa hiérarchie ? As-tu la moindre idée du protocole qui s'applique dans ces cas-là ?

— D'accord, peut-être a-t-il pris l'argent parce que quelqu'un le faisait chanter ou menaçait Katie. Il peut y avoir de multiples raisons. Katie le connaissait, elle croyait en lui.

Il la considéra un long moment, avant de soupirer :

— Il y a un fil conducteur à tout cela. Quelqu'un a fouillé l'appartement de ta sœur non pas une fois, mais deux, à la recherche de quelque chose. Cette même personne a pris le risque de t'attendre pour te menacer. A mon avis, il est raisonnable de penser que l'argent est là, quelque part, que Katie sait où, et que quelqu'un qui a très peu à perdre est prêt à s'en prendre à elle, c'est-à-dire à toi, ou à Madeline Lingford pour l'obtenir.

— A toi aussi, je te le rappelle.

— Ce qui signifie qu'il ne sait pas encore que je suis flic, et ça c'est la bonne nouvelle. Quoi qu'il en soit, il faut trouver cet argent et nous en servir pour le coincer.

— Ne pouvons-nous pas simplement prétendre que nous l'avons ?

— Si j'étais sûr que tout commence et finit avec cette brute, oui, nous pourrions essayer. Mais ça va au-delà. Nous pouvons utiliser cet argent comme moyen de pression. S'il le désire très fort et que je lui fais suffisamment peur, peut-être nous conduira-t-il au cerveau de l'affaire. Je veux juste que tu sois préparée pour le cas où serait établie une fois pour toutes la preuve de la culpabilité de ton père.

— Je sais, dit-elle, luttant pour ne pas montrer son angoisse à cette éventualité.

— Parfait. Et il y a un second fil conducteur. Celui qui a renversé Katie ne l'a pas fait pour mettre la main sur cet argent, mais pour la réduire au silence. Vu que tu as pris sa place et que tu te promènes à droite et à gauche sans te cacher, il pense avoir raté son coup. Mon petit doigt me dit qu'il s'agit de deux affaires séparées. Garde ça en tête.

— Je dois toujours me rendre chez les Lingford ce matin pour aider Madeline avec ses photos, lui rappela-t-elle, s'attendant à une nouvelle dispute.

Il pouvait lui dire tout ce qu'il voulait, elle respecterait son engagement.

— Et Nelson ?

— Ne te fais pas de souci. Je vais seulement passer en revue une série de photographies des peintures de la collection. Je m'inquiète davantage pour le vieux du couloir et pour Madeline. Mon agresseur les a menacés, eux aussi.

— Pourquoi le vieux ? Madeline Lingford, je comprends, mais lui ?

— Je ne peux que supposer qu'il m'a vue soigner son chien et qu'il aura décidé que ce pauvre monsieur m'était important. Et sur ce point, il a raison. Je refuse que quiconque souffre à cause de moi…

— Aucun d'eux n'est en danger avant 16 heures. Bon,

pendant que tu seras là-bas, j'irai interroger le garde du corps et le chauffeur. Et s'il me reste du temps, me renseigner au sujet de Desota. Même si je vois mal pourquoi il t'aurait attaquée, à moins qu'il ait été de mèche avec ton père pour l'incendie de cette maison.

— Ou avec Nelson pour lui tendre ce piège.

Il réprima un sourire las. Décidément, elle avait de la suite dans les idées.

— Ça me fait plaisir que tu aies pris la décision de vérifier les alibis de Kinsey et de Doyle, reprit-elle.

— Comme je te l'ai dit, à l'époque ce n'est pas moi qui en avais la charge, mais Donovan. C'est un inspecteur consciencieux mais, avec le temps, la vigilance se relâche parfois. Il serait intéressant, par exemple, de voir si l'un ou l'autre aurait changé de standing ces deux derniers mois. Si un pactole de cinquante mille dollars ne lui serait pas soudain tombé du ciel.

Se penchant en avant, il l'embrassa sur le nez.

— Je passe te prendre vers midi, et nous nous mettrons à la recherche de ce garde-meubles. Tess, sois prudente. Si Nelson rentre à la maison et tente de s'isoler avec toi…

— Sois sans crainte, promit-elle.

D'un mouvement souple il fut sur ses pieds, et elle le regarda marcher nu dans la pièce, enfiler son slip — elle ne s'était pas trompée, c'était cela qu'il portait — puis extraire de ses affaires le portable de Katie.

Hmm… sexy.

Elle savait qu'elle ne pouvait se permettre ne serait-ce qu'un simple baiser après leurs merveilleuses étreintes, mais elle n'était pas du genre à dire : « C'était bon, merci et au revoir. » Il ne semblait pas l'être non plus. C'était précisément ce qui l'ennuyait. Ce qu'ils avaient commencé devait prendre fin tout de suite. Elle n'avait pas l'intention d'être dépendante d'un homme. Ni aujourd'hui, ni demain, ni jamais.

Même d'un homme comme Ryan. L'exemple de sa mère avait été plus que convaincant.

Cela n'empêchait pas son corps de répondre admirablement au sien. Cette nuit…

— Ça va ? demanda-t-il en se plantant devant elle.

Elle leva les yeux et s'humecta les lèvres.

— Ça va. Et toi ?

La rejoignant par terre, il écarta la couverture, la chaleur de ses mains trahissant ce qui brillait avec intensité dans ses yeux.

— Tu veux le savoir ? murmura-t-il, ses lèvres traçant un chemin de son omoplate à ses seins et de ses seins à son ventre. Attends, je vais te le dire…

Tess ferma les yeux. Plus tard. Elle penserait plus tard. Pour le moment, elle allait se fier à ce qu'elle ressentait, une dernière fois. Juré.

8

Tess avait beau n'avoir suivi qu'un seul cours d'initiation artistique lors de ses premières années d'université, elle savait reconnaître une œuvre de qualité quand elle en voyait une. La collection Lingford privilégiait les impressionnistes et fauvistes français tels que Renoir, Matisse ou Cézanne, mais elle comprenait également des signatures moins connues.

— Je suis sidérée par la richesse de cette collection, déclara-t-elle tandis que Madeline Lingford disposait devant elles des grands clichés des œuvres détruites, les classant par nom.

Il y avait là une bonne vingtaine d'entre elles, chacune ayant été photographiée plusieurs fois avec des paramètres différents. Il était étonnant de voir combien la lumière ou la distance pouvait modifier la perception d'un tableau. Chaque épreuve était protégée par une pochette de plastique transparent, et l'ensemble était étalé sur une longue table dressée dans la salle de musique.

Nelson ne s'était pas montré, mais Tess n'en était pas surprise : Ryan avait pris la peine de le localiser — il était à son bureau en ville — avant de la déposer devant la demeure des Lingford. C'était peut-être pousser un peu loin la prudence, avait-elle songé. Dans cette maison pleine de domestiques et en compagnie de ces deux femmes âgées, elle était sans doute plus en sécurité qu'elle ne l'avait été depuis des jours. Sa principale contrariété était d'être coupée de Ryan et de l'action.

Un soupir de Madeline la ramena à la réalité.

— N'étaient-elles pas toutes très belles ? Je crois que

ma préférée, c'est celle du petit chien courant au milieu des coquelicots. Elle me rappelle mon Muffy.

— C'est l'œuvre d'un artiste local, précisa Irene. Pourquoi ne pas lui demander de le peindre réellement ?

— C'est possible, vous croyez ?

— Je vais l'appeler pour vous et arranger ça, répondit Irene, avant de s'esclaffer : Je vous reconnais bien là, préférer cette charmante œuvrette à un Monet !

— Je sais ce que j'aime, répliqua Madeline sans se départir de son sourire.

Irene était déjà là à l'arrivée de Tess. Soit pour éviter que Tess soit seule avec la maîtresse des lieux, soit parce qu'elle refusait de passer la main pour l'élaboration du catalogue. Sa présence devenait donc inutile, songea Tess. Valait-il mieux qu'elle s'en aille et en profite pour débarquer à l'improviste au bureau de Nelson ? Elle brûlait d'envie de voir ce trophée, de savoir pourquoi Katie l'avait photographié. Ou valait-il mieux qu'elle reste ?

— Vous voyagez toujours pour acquérir des œuvres ? demanda-t-elle à Irene, se résignant à la situation présente.

— Pas pour moi en tout cas, intervint Madeline. J'ai cessé d'en acheter après le décès de Theo.

— J'ai d'autres clients, expliqua Irene. Et pour être tout à fait franche, j'adore voyager à leurs frais !

— Pas moi, fit son aînée. J'aime trop rester à la maison. Sauf que de maison, je n'en ai plus, et que Nelson estime que ce serait de l'argent jeté par les fenêtres d'en racheter une.

— Vous devriez faire ce qui *vous* plaît, s'insurgea Irene.

— Je sais. Mais voyez-vous, Nelson est la seule famille qui me reste. Je ne voudrais pas le contrarier. Il a fait installer cet ascenseur, m'a acheté un piano, et il est fou de Muffy.

Tess saisit la balle au bond.

— A propos, comment va votre petit terrier ? Etait-ce bien un empoisonnement au saumon ?

— Vous aviez deviné juste, confirma Madeline. D'après le

vétérinaire, il sera très vite rétabli. Il doit d'ailleurs m'appeler d'un instant à l'autre pour me dire quand je peux le récupérer.

Tess prit une profonde inspiration, s'efforçant de cacher sa satisfaction. Sa vraie vie lui manquait, songea-t-elle avec un pincement au cœur. Cette pensée en amena aussitôt une autre : sa vraie vie signifiait dire adieu à Ryan. Ce qu'elle ressentait pour lui était trop fort pour durer, même si elle avait souhaité vivre une aventure sentimentale. Ce qui n'était pas le cas.

Elle chassa Ryan de son esprit. Une sombre idée prit la relève. Si, parce qu'il avait sauvé sa belle-mère, Nelson en voulait assez au chien pour l'empoisonner — le neorickettsia était toujours fatal s'il n'était pas traité —, qui disait qu'il n'ourdissait pas quelque chose pour se débarrasser de Madeline ? Elle se mordit la lèvre à cette idée. Ne restait-il pas une demi-douzaine de tableaux réchappés de l'incendie ? Des tableaux qui valaient très cher ? Rien que pour un ou deux, l'indemnisation de l'assurance serait astronomique. Mais… un instant ! Ils n'avaient pas encore été légués au musée. Si Madeline disparaissait entre-temps, Nelson en hériterait-il ? Eliminer Muffy ne constituait-il pas une première étape ?

— Où gardiez-vous votre collection ? demanda-t-elle.

— Sur mes murs, bien entendu, répondit la vieille dame en lui tendant une série de photos d'un admirable Degas. Mon regretté mari voulait tout placer dans une chambre forte, mais, à sa mort, la collection m'est revenue, et je l'ai accrochée sur chaque surface disponible dans la maison. Nelson disait que c'était risqué. Le faible montant des primes d'assurances signifiait que les œuvres étaient estimées en deçà de leur valeur réelle, mais aucune ne m'a été dérobée. C'était une grande maison vieille et sombre, et ces peintures y apportaient beaucoup de gaieté.

— L'art n'est pas destiné à apporter de la gaieté, mais à provoquer, déclara Irene, sentencieuse.

— Balivernes ! Allons, ma chère, vous savez que je ne suis pas une snob.

Otant une paire de lunettes presque aussi grande que celle que portait Tess, Madeline ajouta :

— Ces peintures me procuraient un grand plaisir. Je les admirais chaque jour que Dieu fait. A présent il ne m'en reste plus que six, et en grande partie abîmées par le feu.

Elle saisit la main de son amie.

— Les experts ont affirmé qu'après restauration quatre seraient sauvées, peut-être cinq. N'est-ce pas, Irene ?

— En effet. Ce n'est pas beaucoup.

— Il y a au moins le préféré de Theo, ce magnifique Renoir. Mais ce Manet, l'enfant sur un banc, disparu à jamais, soupira-t-elle. Quelle tristesse…

Elle en remit la photo à Tess, qui s'émerveilla du procédé par lequel l'artiste restituait la lumière du jour, avant qu'Irene ne la lui prenne des mains pour la placer avec les autres de l'artiste.

— D'où viennent ces splendides photos ? s'enquit Tess.

Madeline rayonna.

— C'est Irene et George qui ont effectué tous les clichés. Ne sont-ils pas sublimes ? Je voulais un portfolio complet avant que la collection ne parte pour le musée à fin d'expertise. George est un photographe de très grand talent. Vous avez beaucoup de chance de l'avoir comme assistant, Irene.

— J'en suis consciente, convint celle-ci.

— Est-ce qu'il va bien ? Je ne l'ai pas revu depuis l'incendie.

— C'est un bourreau de travail. Il est tellement pris par nos projets en cours que j'ai dû engager quelqu'un.

— Ce qui me conforte dans ma conviction que vous devriez être là-bas et non pas ici, déclara Madeline d'une voix ferme. Tiens, s'exclama-t-elle à mi-voix, relevant les yeux d'un paquet de photos. On dirait qu'il en manque.

— J'ai dû oublier une boîte à l'étage, dit Irene.

Tess risqua une nouvelle question.

— Je suppose que Nelson n'était pas ravi à l'idée que toutes ces œuvres fassent l'objet d'une donation.

— C'est un euphémisme, ma chère, répondit Madeline en

souriant. Il a tout fait pour m'en dissuader. Il était obsédé par la fortune que nous en aurions tirée dans une vente aux enchères.

— Quand doit-il rentrer ? demanda Irene.

— Pas avant la fin de l'après-midi. Les réunions, vous savez ce que c'est. Nelson est presque aussi intelligent que son père.

Irene et Tess échangèrent un regard entendu.

— Nelson était-il chez vous la nuit de l'incendie ? demanda Tess, faussement innocente.

— Non, au dernier moment il est sorti assister à un concert. Moi-même je devais me rendre à une soirée caritative, mais je ne me sentais pas trop bien et je suis allée me coucher. Lorsque la fumée a commencé à envahir la maison, Muffy m'a réveillée et j'ai appelé la police. C'est un miracle que je m'en sois sortie vivante. Quand je pense que c'est un des leurs qui a allumé l'incendie ! N'est-ce pas une honte ? Comment un représentant de la loi peut-il faire une chose pareille ?

Elle détourna la tête, les larmes aux yeux.

— Je n'en sais rien, soupira Tess.

N'avait-elle jamais envisagé la possibilité que le coupable soit son beau-fils, qu'il aurait fait cela pour l'argent ? Le chapitre fut clos par l'arrivée impromptue de la domestique.

— Le courrier est arrivé, madame Lingford. Je l'ai déposé sur le bureau de Monsieur. Et le cabinet vétérinaire a appelé. Muffy peut rentrer. Dois-je envoyer le chauffeur le chercher ?

Madeline fit demi-tour sur sa chaise roulante avec une agilité qui étonna Tess. Depuis leur rencontre de la veille, elle ne l'avait pas encore vue se déplacer par elle-même. Ces maigres épaules cachaient à l'évidence une grande vigueur. La nouvelle de la guérison de Muffy semblait avoir dissipé l'atmosphère pesante générée par ses questions.

— Bien sûr, bien sûr, mais j'y vais aussi ! s'écria la vieille dame. Dites-lui d'amener la fourgonnette avec le lève-charge pour mon fauteuil.

Se tournant vers Tess, elle ajouta :

— Nelson a renvoyé mon chauffeur. Le sien n'est pas aussi

bon, mais il m'emmène où je veux, et je veux être là-bas en personne pour mon petit Muffy. Vous comprenez, n'est-ce pas ?

— Absolument. Pourquoi Nelson a-t-il renvoyé votre chauffeur ?

— Pour des raisons toutes simples. Comme je vivais désormais ici, il estimait que c'était un luxe inutile d'avoir double personnel. J'ai juste gardé Ester et mon cuisinier.

— Il est presque 10 h 30, annonça Irene. Caroline et moi pouvons rester une bonne heure encore à travailler. Nous serons certainement encore là à votre retour.

Madeline leur adressa un au revoir de la main tandis que la femme qui était venue leur ouvrir la veille poussait son fauteuil roulant hors de la pièce.

— Comment va Tabitha ? demanda Tess à Irene en lui passant un paquet de photos. Vous la voyez tous les jours ?

— Oui, tous les jours. Sauf lorsque je suis en voyage, mais dans ces cas-là, je lui téléphone. Je prends le petit déjeuner avec elle presque chaque matin, si son état de santé le permet. Ensuite, je m'assois près de son lit et je lui lis des histoires comme je le faisais quand elle était toute petite.

Tess sourit, se rappelant avec nostalgie que sa mère faisait de même avec elle.

— Je n'ai aucune idée du temps qui nous reste à toutes les deux, poursuivit Irene d'une voix émue. Je ne remercierai jamais assez son père, qui avant sa mort a pris toutes les dispositions financières pour assurer son bien-être et sa prise en charge. Quelquefois elle est si malade que je redoute qu'elle ne tienne pas le coup, mais jusqu'ici elle s'est toujours rétablie.

— Elle avait l'air en forme, hier, fit remarquer Tess.

— Elle adore vous voir, vous savez. Elle ne cesse de parler de son Kitty. Mais si nous passions à un sujet un peu moins triste que l'avenir de Tabitha ? Ces deux noms que je vous ai fournis, par exemple ? Vous vouliez savoir quels étaient les employés qui avaient pu être renvoyés à l'époque de l'incendie.

— En effet. A ce propos, pourquoi Nelson avait-il besoin d'un garde du corps ?

Irene leva les yeux de ses notes.

— Je crois qu'il subissait alors un harcèlement en règle de la part d'une ex-petite amie.

Elle griffonna quelques nouvelles indications, puis, alors qu'elle rendait à Tess les photos pour qu'elle les classe, laissa son regard s'attarder sur son visage.

— Vous avez meilleur aspect aujourd'hui, si l'on fait abstraction de ces hématomes aux couleurs de l'arc-en-ciel. Mais n'avez-vous pas de nouvelles écorchures ?

— Les hématomes sont toujours plus vilains en guérissant, dit Tess, restant volontairement évasive. Pardonnez-moi d'être directe, Irene, mais vous n'aimez pas beaucoup Nelson, n'est-ce pas ?

Irene jeta un nouveau regard en direction de la porte, avant de reposer les yeux sur elle.

— Je sais que vous le trouvez formidable, répondit-elle à voix basse. Je comprends qu'il fasse cette impression. Mais je déteste cette façon qu'il a de se croire supérieur à tout le monde. Son père n'était pas ainsi. Nelson ne lui arrive pas à la cheville. Par ailleurs, je l'ai vu s'associer avec des partenaires pas très recommandables, si vous voyez ce que je veux dire. Je le crois capable de tout.

Les premières notes de la « Lettre à Elise », de Beethoven, rompirent le silence embarrassé qui suivit. Irene avisa le sac de Tess.

— Ce n'est pas votre téléphone ?

Tess ne l'avait jamais entendu sonner. Elle le pêcha dans son sac, morte d'angoisse à l'idée que son agresseur ne l'appelle plus tôt que prévu. Le numéro affiché ne lui servait à rien : elle ne connaissait personne ici. Mais il semblait être local, ce qui excluait sa mère.

— Vous ne répondez pas ?

Tess le contempla encore quelques secondes, craignant de presser une touche, redoutant d'entendre une voix de basse gutturale, et de se sentir mal. Parvenant enfin à se calmer, elle retint son souffle et décrocha.

— Salut, fit Ryan.

Elle saisit le coin de la table pour ne pas s'affaisser de soulagement.

— Salut.

— Je viens de passer une heure à faire la tournée des bars. Ce n'est pas chose facile à cette heure de la journée. Il y a quelque chose de louche dans l'alibi Kinsey-Doyle.

— C'est encourageant, non ?

— Peut-être. Je me rends maintenant chez Doyle.

— Je devrais être avec toi.

— Non, tu restes bien à l'abri là où tu es.

Elle se retint de lui exprimer ce que lui inspirait sa réponse, même si elle reflétait son propre sentiment. Elle voulait le questionner sur Vince Desota, mais avec Irene à côté d'elle c'était impossible.

— Et, euh… pour la clé ?

— C'est toi qui l'as, je te le rappelle. Comme tu es la copie conforme de Katie et que tu as ses papiers d'identité, nous nous occuperons de cette question quand je passerai te prendre.

— O.K. On dirait que tu as eu de la chance.

— Ma journée a commencé sous de bons auspices, répondit-il, avec assez de taquinerie dans la voix pour la faire esquisser un sourire à ce rappel de leurs chaudes étreintes.

Comment pourrait-elle le quitter ?

Et comment pourrait-elle rester ?

Elle raccrocha, rangea l'appareil dans son sac et reporta son attention sur Irene. Celle-ci avait les yeux fixés sur elle.

— Est-ce que tout va bien ?

— Mon cousin s'est retrouvé enfermé hors de sa voiture, répondit-elle. Mais ce n'est pas grave, il a un double des clés.

Irene hocha la tête. Elle paraissait préoccupée par les photos.

— Je grimpe à l'étage tenter de mettre la main sur cette boîte qui manque, déclara-t-elle.

— Quant à moi, je vais faire un saut dans la salle de bains, dit Tess en déposant son sac sur le côté.

Irene occupée en haut, Madeline et Nelson absents de la

maison… Quel meilleur moment pour jeter un coup d'œil à l'antre de ce dernier ?

Tels les chats, Clint Doyle était retombé sur ses pattes en se faisant engager comme garde du corps du plus célèbre travesti de New Harbor, un personnage haut en couleur répondant au doux nom de Marcel. Grâce à l'escouade de videurs qui, à l'instar des autres night-clubs du centre-ville, maintenait l'endroit relativement à l'abri du crime, Ryan n'avait jamais eu à mettre les pieds dans la boîte baptisée au nom de son propriétaire.

Il tomba sur Doyle dans l'entrée du cabaret « Marcel's », qui, en cette fin de matinée de vendredi, était dépourvu à la fois de clients et de videurs. Une répétition du spectacle était cependant en cours, en costumes et en musique.

Contrairement aux petits félins, l'homme était un véritable colosse, presque aussi large qu'il était haut, dur comme un roc, le crâne en boule de bowling, le nez de la forme et de la couleur d'une pomme de terre roseval. Vêtu d'un ensemble noir jean, T-shirt et veste, il ne cherchait pas à dissimuler la bosse que faisait son holster d'épaule sous cette dernière.

Ryan avait passé sa matinée de bar en bar, et avait pu interroger une demi-douzaine de serveurs qui avaient tous confirmé l'alibi Kinsey-Doyle. Au fil des heures, le sentiment diffus que les deux hommes étaient de mèche s'était installé dans son esprit. Peut-être Kinsey était-il l'incendiaire et peut-être était-il le chauffeur du véhicule qui avait failli tuer Katie pendant que Doyle fouillait son appartement. Peut-être Doyle cherchait-il à doubler Kinsey en s'accaparant seul l'argent du père de Tess.

— Je ne bougerai pas d'ici, dit Doyle, l'œil fixé sur la scène où Marcel en personne, couvert d'assez de paillettes et de strass pour assurer un show complet à Las Vegas, s'égosillait sur des airs de music-hall.

Trois autres travestis, portant faux seins, perruques et talons aiguilles l'accompagnaient, mais il ne faisait aucun doute que la star, c'était lui. D'une taille d'environ 1,80 m, il arborait en outre une collerette de plumes violettes et une « choucroute » de cheveux d'un tendre rose bonbon. La manière dont il chantait et se déhanchait, songea Ryan, était plus féminine, donc moins féminine, qu'aucune femme qu'il eût connue.

— Marcel me paie un bon paquet d'oseille pour garder l'œil sur lui, et c'est ce que je vais continuer à faire, reprit Doyle. Il y a un tas de guignols en ville qui n'attendent qu'une occasion pour lui faire sa fête, mais ils n'y arriveront pas. Pas tant que Clint Doyle sera là. Demandez-moi ce que vous voulez, inspecteur, mais je ne bougerai pas d'ici.

Ryan s'appuya au mur. Sans qu'il le lui dise, l'homme avait flairé qu'il était policier.

— Bien, dit-il. Commençons par l'endroit où vous étiez hier après-midi entre 14 et 15 heures.

— Facile. Ici.

— Quelqu'un vous y a vu ?

Doyle désigna la scène du doigt.

— Tout le monde.

Ryan regarda le trio du chœur minauder autour de la « meneuse » de revue, réfléchissant à toute vitesse. Le cabaret ne se trouvait qu'à quelques minutes de chez Katie. Doyle pouvait aisément être sorti, avoir roulé jusque-là, retourné l'appartement, attaqué Tess et être revenu par cette même porte en moins d'une demi-heure. Tout vêtu de noir et à peine visible dans l'ombre, qui aurait noté son absence ?

— Vous avez parlé à quelqu'un ?

Doyle plissa un instant le front, avant de répondre :

— Trista. Paulie.

— Qui sont Trista et Paulie ?

D'une brève torsion du poignet, Doyle désigna du pouce le bar qui courait sur tout un côté de l'établissement.

— Elle, c'est Trista. Paulie n'est pas encore là.

Une jeune fille se tenait derrière le bar, le regard passant de la scène à Doyle, essuyant un verre avec une application obstinée.

— Je reviens, dit Ryan, avant de se diriger d'un pas tranquille vers le bar.

Les cheveux bruns divisés en deux tresses, portant un T-shirt rouge au logo « Marcel's », Trista le regarda approcher. Avait-elle l'âge pour travailler dans une boîte de nuit ?

— Nous ne sommes pas ouverts, lança-t-elle.

Sa voix sonnait faux. Trop grave. Remarquant l'ombre qui trahissait un menton rasé de près, Ryan se gifla mentalement.

— J'ai juste besoin d'un renseignement. Avez-vous eu l'occasion de parler à Doyle hier ?

Si, à distance, on ne lui donnait pas plus de dix-sept ans, de près, l'éclat blasé de son regard lui en octroyait certainement dix de plus.

— Ouais. Je lui ai apporté un thé glacé et un sandwich. Nous avons déjeuné en même temps. Puis Paulie est arrivé, et ils sont restés ensemble un bon moment à regarder Marcel répéter. Je ne comprends pas comment Clint ne se lasse pas d'assister à son numéro de folle…

— Quelle heure était-il lorsque vous lui avez apporté son sandwich ?

— Je ne sais pas, 2 heures peut-être. Paulie et lui sont restés une bonne heure plantés là.

Ryan revint vers Doyle. L'alibi pour la veille paraissait inattaquable, mais il doutait qu'un procureur — ou n'importe qui en ville — accorde un grand crédit à un barman travesti et à un dénommé Paulie qui traînait les après-midi dans les night-clubs. En tout cas, lui-même n'en accordait aucun. Pour le moment, cependant, il accepterait l'alibi de Clint Doyle concernant l'après-midi où Tess avait été agressée. Et comme en dehors de sa loyauté, Clint Doyle ne le frappait pas comme étant un modèle d'intelligence, il décida de pousser un peu le bouchon.

— Quel âge a Trista ? demanda-t-il.

— Aucune idée, répondit le colosse.

— Il n'a pas l'air d'être majeur.

— Ça ne me regarde pas.

— Ça pourrait si je voulais, rétorqua Ryan d'un ton détaché. Imaginez que Marcel se mette en tête que vous avez averti l'Office de la Protection des Mineurs et des Débits de Boisson de la présence ici d'un employé n'ayant pas l'âge légal… Je crois que c'en serait fini du bon paquet d'oseille qu'il vous paie.

Pour la première fois, les yeux de Doyle quittèrent la scène pour se poser sur Ryan.

— Si vous arrêtiez de tourner autour du pot et me disiez ce que vous voulez ?

— Je veux connaître votre alibi pour la nuit du 1er décembre dernier. Celle où la maison des Lingford a brûlé de la cave au grenier.

Doyle se tourna de nouveau vers la scène. La musique s'était arrêtée, et une altercation s'était déclenchée entre les artistes. La voix haut perchée de Marcel emplissait le club, vibrante de colère.

— Paraît que c'est quelqu'un de chez vous qui a mis le feu, dit Doyle.

— Donnez-moi seulement votre alibi.

— J'étais sorti m'envoyer quelques verres.

— En compagnie de Jim Kinsey, c'est ça ?

— C'est ça. On a fait une douzaine de rades.

— Je suis allé y faire un tour ce matin. Enfin, ceux qui ouvrent tôt. Les gens que j'ai vus se souviennent de vous, Doyle. Mais ce qui est bizarre c'est qu'aucun ne se souvient de Kinsey.

— Normal, on ne voit que moi, répliqua-t-il avec un sourire en coin.

De l'autre côté, Marcel s'était lancé dans une virulente diatribe contre ses danseurs. Il les renvoya tous, avant de redescendre de scène avec un soupir exaspéré. Une nouvelle musique démarra, et un transformiste incarnant une chanteuse célèbre le remplaça en se dandinant — short rose minuscule, maillot à dos nu et queue-de-cheval jaune canari.

— Dites-moi comment deux types qui n'ont rien à faire l'un avec l'autre se retrouvent soudain ensemble un lundi soir.

— C'est interdit par la loi ?

— Vous m'avez demandé de ne pas tourner autour du pot, alors je le fais, déclara Ryan, avant de baisser la voix : Je ne crois pas que Kinsey était avec vous cette nuit-là. Je crois qu'il faisait joujou avec des allumettes. D'une façon ou d'une autre, je le coincerai. Et j'avertirai le procureur. Vous pourrez toujours frimer, mais cette fois, vous serez inculpé pour fausse déclaration et parjure, ce qui signifie peine de prison. Vous en ressortirez avec un casier, ainsi qu'une interdiction de port d'arme. Difficile d'être garde du corps sans arme, n'est-ce pas ?

Doyle regardait fixement Marcel, qui admonestait un homme à l'air désemparé qui semblait être le chorégraphe.

— Combien Kinsey vous a-t-il donné pour le couvrir ?

Doyle ne répondit pas, les yeux toujours rivés sur Marcel. Ryan observa le transformiste à queue-de-cheval se trémousser sur un tube que les ados connaissaient par cœur.

— Vous croyez que votre patron ne s'est pas rendu compte que vous papotiez tranquillement avec un flic ? Si l'idée de passer devant un jury ne vous dérange pas, imaginez ce que déduira Marcel lorsqu'il verra demain débarquer ces messieurs du commissariat. Supposons qu'il ait donné quelques petites fêtes après l'heure légale, récemment. Il a beau avoir une licence, c'est répréhensible, vous savez. Même servir une simple bière est interdit. Je me demande…

— Mille dollars, grogna Doyle. Je ne sais rien de Kinsey ni de cet incendie. Il savait que j'avais traîné dans les bars ce soir-là, et m'a donné ce fric pour que je raconte à tout le monde qu'il était avec moi. Comme j'étais entre deux jobs, j'ai accepté. Je ne l'ai pas revu depuis.

— Mille dollars, c'est beaucoup pour s'offrir un alibi pour la nuit où la maison de son ex-employeur part en fumée. Il ne vous est pas venu à l'esprit qu'il pouvait être impliqué ?

— Je m'occupe de mes affaires.

— Comment savait-il que vous étiez en virée ?

— Je suis tombé sur lui dans le dernier bar, juste avant la fermeture.

— Et vous l'avez reconnu ?

— Je l'avais déjà vu. Je savais qui il était.

— Je suppose que vous ne vous rappelez pas s'il sentait la fumée.

— Vous supposez bien.

— Une dernière chose. Vous voulez bien me montrer votre arme ?

Cette demande lui valut un nouveau regard du colosse.

— Pourquoi ?

— Je veux la voir.

Doyle glissa la main sous sa veste et en sortit un Beretta 9 mm, crosse en noyer, finition noir mat. Létal. Efficace. Mais pas l'arme décrite par Tess, le revolver d'acier nickelé que son agresseur avait promené sur son visage.

— Il vaudrait mieux pour vous que je ne découvre pas que vous m'avez menti, ajouta Ryan en consultant sa montre, tandis que Doyle rangeait le Beretta dans son holster.

En se dépêchant, il avait le temps de rendre une visite de courtoisie à Kinsey avant d'aller chercher Tess.

Tess dut se rendre à l'évidence : les seules solutions pour accéder aux tiroirs du bureau de Nelson Lingford étaient soit le pied-de-biche, soit le fusil d'assaut. Comme ni l'un ni l'autre n'était à portée de main, elle se laissa aller contre le dossier du fauteuil pivotant et fronça les sourcils. C'est alors qu'elle avisa le courrier déposé sur le plateau. Elle souleva quelques enveloppes aux en-têtes de banques ou d'entreprises, et tomba sur un paquet emballé dans du papier Kraft et scellé à l'adhésif. Sans adresse d'expéditeur, et affranchi à New Harbor.

Oserait-elle… ?

Non. La domestique se rappellerait l'avoir déposé ici, et Irene risquait de remarquer son absence. Elle remit le paquet là où il était et considéra l'ordinateur avec frustration. Elle ne pouvait pas entrer dans les fichiers, et même si elle l'avait pu, le temps lui manquait.

Pourquoi espionner paraissait-il si facile dans les films ?

Faisant pivoter le fauteuil, elle se pencha sur le tiroir du bas, le seul qui n'était pas verrouillé. Il contenait une douzaine de dossiers bien rangés, qu'elle explora rapidement. Tous se rapportaient aux dépenses de la maison. Si les relevés étaient impressionnants au regard de ses modestes moyens, ils ne lui étaient pas d'une grande utilité.

Elle jeta un coup d'œil à sa montre. Cela faisait près de dix minutes qu'elle s'était absentée. Il était temps de regagner la salle de musique avant qu'Irene ne s'inquiète et n'aille frapper à la porte de la salle de bains. Mais si elle la voyait sortir du bureau ? Elle arracha une feuille d'un bloc-notes. « Je vous ai raté, dommage. » griffonna-t-elle. Elle était à mi-chemin de la porte lorsque celle-ci s'ouvrit.

Nelson s'avança d'un pas et s'immobilisa, visiblement surpris de la trouver là. Tess tenait ses grandes lunettes à la main, ses béquilles étaient appuyées à l'armoire à dossiers, et la jambe sur laquelle elle portait son poids était celle garnie du faux plâtre.

— Je vois que vous allez mieux, observa-t-il en refermant la porte derrière lui.

Ses lèvres souriaient, mais son regard était aussi vide qu'un paysage lunaire.

L'homme qui ouvrit la porte du 306, Sand Dollar Court, avait quinze ans de trop pour être Jim Kinsey. Il avait également un rhume carabiné, à en juger par ses yeux larmoyants, son nez qui coulait, et la boîte de mouchoirs en papier qu'il tenait à la main.

— Le gars qui était ici est parti la semaine dernière, expliqua l'homme avant d'éternuer.

Il se moucha, regarda par-dessus l'épaule de Ryan et grommela :

— Bon Dieu, il recommence à pleuvoir. Je n'y crois pas.

— Vous savez où ?

— Non. Je ne l'ai jamais vu. J'ai vu l'affiche « A louer » et j'ai pris l'appart.

Ryan le laissa et se dirigea vers la porte du gérant de l'immeuble. Une femme enceinte d'au moins huit mois lui ouvrit, son tablier en Nylon rouge vif tendu sur son énorme ventre.

— Jim Kinsey est un menteur et un voleur, dit-elle, tandis qu'un enfant d'environ deux ans venait s'accrocher à sa jambe. Il a filé une nuit sans payer ses arriérés de loyer ni laisser d'adresse.

D'une main distraite, elle ébouriffa les cheveux du petit, qui s'écarta d'elle pour s'avancer vers Ryan.

— Vous savez s'il a retrouvé un travail ? demanda-t-il en souriant au gosse.

— Je sais qu'il conduisait la voiture d'une dame. Mais d'après ce que j'ai lu dans le journal, la maison de celle-ci a brûlé et elle est allée vivre ailleurs. C'est à cette époque-là que Jim est devenu bizarre.

— Comment cela, bizarre ?

— Ben, il a cessé de sortir pendant un moment. J'ai pensé que peut-être il était déprimé d'avoir perdu son boulot. Mon mari et moi l'avons laissé tranquille ce mois-là pour son loyer. Mais il a commencé à amener des filles, ce que nous n'approuvons pas, mais qu'y pouvions-nous ? Nous ne sommes que les gérants et il en avait le droit. Il s'est mis à porter des vêtements chers, s'est même acheté une voiture, mais il ne payait toujours pas son loyer. C'est quand Dennis, mon mari, a décidé de le mettre à la porte qu'il a déménagé à la cloche de bois au beau milieu de la nuit. Nous l'avons signalé à notre agence de recouvrement. Si vous le trouvez, faites-le-nous savoir, d'accord ?

— C'est promis. Vous avez une idée d'où il a pu aller ?

— Peut-être à Lincoln City. Il travaillait là-bas avant d'être chauffeur. Il était pompier.

Ce détail, songea Ryan avec surprise, ne figurait pas dans le rapport concernant Kinsey, qu'il avait pourtant lu et relu.

— Pompier ? Vous en êtes sûre ?

Les pompiers savent comment déclencher un incendie.

— Absolument. Il ne cessait de s'en vanter devant ma petite

sœur de quinze ans, Laurie, qui était venue ici passer l'été. Dennis a menacé de lui tanner le cuir, et nous avons renvoyé Laurie chez elle avant qu'elle ne commette une bêtise.

L'enfant levait à présent de grands yeux sur Ryan, qui s'aperçut que son arme était visible dans son holster. Il resserra sur lui les pans de son blouson et tapota l'épaule du gosse, qui regagna presto la protection de sa mère.

— Lui a-t-il dit pourquoi il n'était plus pompier ?

— Son capitaine ne l'aimait pas, soi-disant. Mais il avait un sale caractère, je suppose que ça n'y est pas étranger.

— Est-il resté en contact avec Laurie ?

— Non. Et de son côté, elle ne l'a pas attendu pour se trouver un nouveau petit copain.

Ryan lui remit sa carte en lui demandant de l'appeler si Kinsey la contactait.

Un coup d'épée dans l'eau. Et il était en retard pour aller chercher Tess. Mais l'ordinateur montrerait forcément des liens entre Kinsey, sa famille et ses amis. Il téléphonerait à Donovan pour en avoir la liste, et il procéderait comme au bon vieux temps : pister le bonhomme en se servant de ses proches, dont il avait à diverses reprises utilisé les adresses.

Ryan se dirigeait vers sa voiture lorsqu'il entendit des pas pressés dans son dos. Il fit volte-face, juste à temps pour recevoir entre ses bras une femme à bout de souffle.

— J'habite l'appartement voisin de celui où vivait Kinsey, ahana-t-elle en reculant. Je vous ai entendu parler au nouveau locataire. Vous êtes toujours à la recherche de Jimmy ?

Brune, les cheveux courts très bouclés, elle était du style filiforme et ne devait guère avoir plus de vingt ans. Vêtue d'un pull de laine noir sur une robe grise, elle semblait transie de froid.

— Oui. Vous savez où il est ?

— Peut-être. Pourquoi voulez-vous le voir ?

— J'ai de l'argent pour lui, répondit-il, s'efforçant de paraître le moins « flic » possible.

— Donnez-le-moi, je le lui remettrai.

— C'est cela ! s'esclaffa Ryan.

Il se retourna et se remit en route vers sa voiture.

Descendu sur la chaussée pour ouvrir la portière côté chauffeur, il la vit sur le trottoir, frissonnant dans le vent, les bras serrés sur sa taille, les yeux fixés sur lui par-dessus le toit du véhicule.

— O.K., dit-elle. Je vais vous dire où le trouver, mais il n'y sera pas à cette heure-ci parce qu'il travaille jusqu'à 3 heures et demie.

— Que fait-il comme travail ?

— Il conduit un camion pour une entreprise de gravier de construction. Aujourd'hui, il doit descendre quelque part sur la côte. Il a dit qu'il arrêtait demain parce qu'il attendait une grosse somme d'argent. C'est pour cela que vous êtes là ?

— Possible, répondit Ryan.

— Jimmy en a déjà eu, notez bien, mais il lui brûle les doigts. Les belles voitures, les… Hé, vous n'allez pas lui répéter, hein ? Il serait furieux contre moi.

— Furieux que vous l'aidiez à recevoir l'argent qui lui revient ? Allons donc !

Il scruta son visage, se demandant à quel jeu elle jouait.

— Il n'est pas très commode depuis quelque temps. Bon voilà : il habite une petite maison à l'arrière d'une plus grande sur English Street. Je ne me souviens pas de l'adresse, mais la grande est vide, et elle est peinte en un horrible jaune moutarde. Pour aller chez lui il faut passer par la ruelle de derrière. Mais ne dites pas à Jim que c'est moi qui…

— Pas un mot. Quelle voiture a-t-il ?

— Une 4x4 noire. Il la gare juste à côté.

Ryan ne put s'empêcher de sourire en s'éloignant. Il semblait bien que Katie, en cherchant à connaître ces noms, et Tess, en saisissant intuitivement leur importance, avaient rouvert l'affaire. Il voyait celle-ci se peler tel un oignon, couche après couche, et mourait d'impatience d'en parler à Donovan.

Mais rien de tout cela ne laverait la réputation de Matt Fields.

Ryan avait beau l'espérer de toutes ses forces, il n'existait pas de moyen d'empêcher Tess d'apprendre toute la vérité. Il devait simplement être là pour ramasser les morceaux.

Si toutefois elle l'y autorisait.

9

Tess fit la première chose qui lui vint à l'esprit. Posant sans ménagement son pied « blessé » sur le sol, elle poussa un cri de douleur et s'effondra. Puis, se tenant la jambe, elle se mit à gémir et replaça d'un geste furtif ses lunettes sur son nez.

La suspicion qui se lisait sur le visage de Nelson s'envola devant le spectacle de son apparente souffrance. Il s'agenouilla à côté d'elle et lui saisit le bras.

— Vous avez mal ? Mais que faisiez-vous sans vos béquilles ? Voulez-vous que j'appelle une ambulance ?

— Non, pas d'ambulance, répondit-elle en tâchant de prendre un air misérable.

Ce qui, à dire vrai, ne lui demanda pas un gros effort.

Alors qu'il l'aidait à se remettre debout, Irene arriva en trombe dans la pièce. Elle se précipita aussitôt vers elle.

— Que s'est-il passé ?

— Je pensais pouvoir marcher sans mes béquilles, bredouilla Tess. Je… J'étais venue ici pour laisser un message à Nelson. Ensuite, je me suis demandé si j'allais mieux, si je pouvais me déplacer sans ces trucs, et je suis tombée au moment même où Nelson entrait.

Impossible de savoir jusqu'où Irene la croyait. Mais l'important était que Nelson, lui, la croie.

Le front de celui-ci se plissa.

— J'ai cru un moment que…

— Vous avez cru quoi ? s'enquit Irene.

— Je suis désolé, Caroline. Vous aviez un air coupable, et… j'ai cru que vous étiez venue fouiller dans mes papiers.

— En vous voyant je me suis sentie tellement bête, répondit-elle en prenant les béquilles qu'il lui tendait. Ouf, c'est mieux ainsi ! Tout va bien. Je vous assure, vraiment, tout va bien.

— Madeline pensait que vous seriez absent toute la journée, dit Irene.

— J'avais oublié mon carnet de rendez-vous, expliqua-t-il. Je suis revenu le chercher.

Sortant des clés de sa poche, il déverrouilla le tiroir du haut de son bureau, mit la main sur le carnet en question et reverrouilla. Puis son regard tomba sur le courrier et la boîte emballée dans du papier Kraft. Il la ramassa et la retourna. Sans se soucier de la présence des deux femmes, il se saisit du coupe-papier et coupa l'adhésif.

Tess ne croyait pas à sa chance. Nelson allait ouvrir cette boîte juste sous son nez ! Elle le regarda déposer le papier brun sur le bureau et soulever le couvercle, l'air intrigué. Il devint aussitôt livide et lâcha la boîte. Deux morceaux de charbon de bois roulèrent sur le plateau du bureau.

— D'où cela vient-il ? demanda-t-il d'un ton sec en se tournant vers elle, le regard dur.

Tess tressaillit.

— C'était avec le courrier, dit Irene. Vous pouvez demander à votre bonne.

— Je le ferai, soyez-en sûre.

Mais Tess eut l'impression qu'il savait exactement qui lui avait envoyé cela et pourquoi. Pis, qu'il pensait qu'elle avait quelque chose à y voir. Avant de s'écarter du meuble, Nelson se pencha pour fermer le tiroir du bas et, une fois encore, cloua Tess du regard. Elle détourna la tête, non sans avoir noté la lueur de compréhension dans ses yeux et la ligne crispée de sa bouche.

— Mon cousin sera là d'un instant à l'autre, annonça-t-elle. Il faut que je vous quitte.

— Je vous apporte votre sac, offrit Irene tandis qu'elle effectuait une sortie laborieuse à l'aide de ses béquilles.

— Je m'en occupe, dit Nelson.

— Il est dans la salle de musique.

— Vous êtes sûre que tout va bien ? s'inquiéta Irene dès qu'il eut disparu.

— Oui, rassurez-vous, répondit Tess.

Sa voix tremblait et elle avait les jambes en coton.

— Ça ne vous ennuie pas que je parte si tôt ? demanda-t-elle alors qu'elles atteignaient le hall d'entrée.

— Bien sûr que non, répondit Irene. Pour être honnête, j'en suis même soulagée, ajouta-t-elle en l'aidant à enfiler son manteau. Qui a bien pu envoyer à Nelson cet étrange colis ? Je me fais du souci que vous soyez ici à un moment où vous êtes si faible. Mais pourquoi met-il autant de temps ?

— Et voilà ! fit Nelson en apparaissant au même instant.

Il remit son sac à Tess. Ses doigts s'attardèrent un moment sur les siens lorsqu'ils se touchèrent. Cette fois, ce fut au tour de Tess de le considérer d'un œil méfiant. Avait-elle laissé ouverte la fermeture Eclair de son sac ? L'avait-il fouillé ?

Dans la pochette intérieure se trouvait la vraie carte d'identité de Katie.

— Désolé de m'être montré aussi rude, s'excusa-t-il. La bonne a confirmé que le paquet était avec le courrier.

— Bien sûr, dit Irene. Qui a envoyé ça, Nelson ?

— Eh bien, il n'y avait pas de nom d'expéditeur…

— Mais vous le savez, insista-t-elle.

— Oui, je le sais.

Il se tourna vers Tess, qui se força à soutenir son regard.

— Que diriez-vous de dîner avec moi ce soir ?

Elle eut envie de rire. Dîner avec lui ? Qui pouvait vouloir se retrouver à une table de restaurant face à des yeux aussi froids ? Elle.

— D'accord.

— Je passerai vous prendre.

— Non, c'est moi qui vous rejoindrai à votre bureau, déclara-t-elle, songeant au trophée.

Si elle pouvait mettre la main dessus… Dieu savait ce qu'il recelait. Un code de dossier ? Autre chose ?

— Très bien. J'ai des réunions tardives aujourd'hui. Nous disons 20 heures ?

Tess acquiesça, sentant le regard inquiet d'Irene posé sur elle. Elle aurait voulu la rassurer, et s'en voulait d'ajouter à ses préoccupations.

Mais elle ne le pouvait pas. Pas encore. Pour le moment, elle devait s'échapper de cette maison. L'arrivée soudaine de Madeline dans son fauteuil, un Muffy encore groggy dans les bras, lui fournit l'occasion de se glisser dehors juste à temps pour voir la fourgonnette équipée d'un lève-charge hydraulique repartir vers les garages.

Et de constater qu'elle était gris clair.

— Il y a une fourgonnette, annonça-t-elle avec excitation quelques minutes plus tard.

Ryan était arrivé pile à l'heure. Elle avait dû faire appel à toute sa volonté pour ne pas se jeter à son cou, mais comme n'importe qui aurait pu les voir depuis les fenêtres, elle s'était tenue à une distance décente.

— Comment la police a-t-elle pu passer à côté du fait que Nelson en possède une ? ajouta-t-elle.

— Parce que Nelson n'en possède pas, répondit Ryan, laissant derrière eux la grande demeure des Lingford. Elle appartient à Madeline. Et elle est grise. Et en toute honnêteté, tu vois Madeline Lingford foncer sur Katie pour l'écraser ?

— Non. Mais tu sembles oublier que ce n'est pas elle qui la conduit. C'est le chauffeur de Nelson. Si celui-ci souhaitait que ma sœur soit écrasée, il lui suffisait de lui offrir une prime.

— Quand es-tu devenue aussi cynique ? demanda-t-il en se tournant vers elle, les sourcils froncés. Le chauffeur de Nelson a été interrogé comme tout le monde. Il a cinquante-deux ans, fait le catéchisme à l'école du dimanche et œuvre comme bénévole dans une soupe populaire. Ce n'est pas le genre à rouler sur des jeunes filles innocentes parce que son patron le lui demande.

Mais Tess refusait de baisser les armes.

— Que s'est-il passé ce jour-là pour que Katie doive à tout prix être réduite au silence ? Je vais te dire ce que je crois. Elle a vu Nelson. Elle a voulu en savoir plus sur l'enquête de la compagnie d'assurances et l'endroit où il se trouvait lors de l'incendie, puis elle a pris cette photo du trophée…

— C'est sans doute lui qui le lui a demandé, histoire de l'épater.

— Possible, soupira-t-elle, décidant sur une impulsion de ne pas lui parler de son dîner avec Nelson.

Qui savait ce qu'allaient révéler les prochaines heures ? Une fois qu'ils auraient exploré le box du garde-meubles où Katie avait entreposé ses affaires — si tant est qu'ils le trouvent —, il pourrait se passer à peu près n'importe quoi.

— Mais Nelson a pu conduire lui-même la fourgonnette pour une raison ou pour une autre. Tout ce que nous avons à faire, c'est d'examiner le pare-chocs avant et…

— Le hic, l'interrompit Ryan, c'est que nous volons sous le radar de la police, et que par conséquent nous ne pouvons pas faire appel aux techniciens. Mais je vais passer quelques coups de fil afin de savoir si cette fourgonnette est passée chez un carrossier se faire faire un lifting.

— Ce qui pourrait prouver que l'accident de Katie n'en était pas un. Mais il nous faut d'abord dénicher sa caverne d'Ali Baba. Oh mais, attends un peu. Sa voiture ! Peut-être a-t-elle dissimulé quelque chose dans le coffre, ou…

— J'ai vérifié. Il n'y a rien. N'oublions pas un fait important : Katie est d'abord allée chez Irene Woodall pour cette fête d'anniversaire ce jour-là. Qui sait si ce n'est pas elle qui est derrière tout cela.

— Qu'aurait-elle à y gagner ? Pour autant que je sache, l'incendie lui a fait perdre accès à une collection de peintures extraordinaire, qu'elle adorait.

— Peut-être s'est-elle dit que si elle ne pouvait l'avoir, personne ne l'aurait.

— D’accord, mais d’où lui viendrait l’argent qui a servi à payer l’incendiaire ?

— Bonne question. On a passé son C.V. au peigne fin comme pour tous les autres. La prise en charge de sa fille est entièrement couverte par les arrangements pris par son mari avant son décès. Irene vit modestement des revenus de sa galerie, et n’a qu’un employé.

— Deux, rectifia Tess. George, plus une personne qu’elle a engagée pour le seconder lorsqu’elle assiste Madeline dans son projet de catalogue. Pourquoi éprouve-t-elle un tel besoin d’être aux petits soins avec elle ?

— Je l’ignore, répondit Ryan.

— Est-il possible qu’elle ait trouvé un moyen de puiser dans l’argent laissé par son mari pour Tabitha ? Si elle est assez folle pour vouloir détruire la collection, peut-être se fiche-t-elle de la somme qui reste pour sa fille.

— Je vérifierai cela demain.

Les pensées de Tess se bousculaient dans sa tête.

— Quelqu’un a envoyé à Nelson un paquet contenant deux morceaux de charbon de bois. Il n’y avait pas de note, mais il a reconnu qu’il savait d’où il venait sans vouloir en dire plus. Intéressant, non ? Je me suis également interrogée sur Muffy, le chien de Madeline. Il s’avère que Nelson l’a empoisonné, tout en prétendant qu’il n’avait rien de grave. Et s’il avait en tête de tuer Madeline afin de récupérer les peintures épargnées par le feu ?

— Impossible. Après le sinistre, elle a rédigé un testament dans lequel elle en fait don au musée. La conservatrice est bien heureuse de récupérer ce qu’elle peut. Pour le chien, je pense tout simplement que Nelson n’y connaît rien. Ce qui ne l’innocente pas pour le reste.

— Attends, fit Tess en levant l’index. J’ai une autre idée. Et si Nelson était victime d’un chantage, raison pour laquelle il aurait reçu ce charbon de bois ? Une menace, en quelque sorte : si tu ne paies pas, voilà ce qui restera de ta demeure.

Ou bien : je divulguerai la preuve que tu es le commanditaire de l'incendie de la maison de ta belle-mère.

Ryan la fixa un moment, avant de sourire.

— Pas mal, Sherlock Holmes !

— Merci. Qui pourrait être ce maître-chanteur ?

— Vu notre liste de suspects, n'importe qui.

Une autre idée lui vint à l'esprit.

— Et si c'était Madeline qui était derrière tout cela ?

— Derrière tout quoi ?

— L'incendie, les agressions. Nelson finira par hériter de l'argent, certes, mais elle sera la première à le toucher. Elle est bien plus solide qu'on pourrait le croire, Ryan. Et elle tient beaucoup à Nelson dans la mesure où il est sa seule famille.

— Dans ce cas, pourquoi faire don de ces œuvres ? Et pourquoi diable aurait-elle détruit sa propre maison ?

— O.K. Donc, ce n'est pas elle qui y a mis le feu, mais elle soupçonne Nelson de l'avoir fait et le couvre.

— Hum. Pour le moment, je tiens peut-être quelque chose avec Jim Kinsey, son ancien chauffeur. Il faut aller chez lui avant que sa petite amie ne regrette d'avoir trop parlé et décide de l'avertir que quelqu'un pose des questions à son sujet.

Il paraissait mal à l'aise, nota Tess. Regrettait-il de l'avoir embarquée dans une mission dont il craignait qu'elle ne soit trop dangereuse ?

— Je suis une grande fille, déclara-t-elle. Et tant que tu seras là, crois-moi, je ne crains pas une nouvelle rencontre avec mon agresseur. Si j'ai pu assurer lorsque Nelson a cru que j'avais fouillé dans son bureau…

Ryan lui lança un regard oblique, tout en s'arrêtant derrière un gros camion de livraison.

— Tu es allée dans son bureau ?

— Je cherchais des indices, quelque chose susceptible de le relier à l'incendie. Ce qui me chiffonne, c'est qu'après cela il ait installé chez lui Madeline, qu'à l'évidence il n'aime pas beaucoup, renvoyé son chauffeur et peut-être tenté de tuer le chien qui lui avait sauvé la vie… La prochaine fois, j'entre dans son ordinateur.

— Je n'ai rien entendu, dit-il en se couvrant les oreilles. Tess, tu ne peux pas t'introduire dans le bureau des gens et compulser leurs fichiers. C'est illégal.

— Il ne m'a pas attrapée.

« Enfin, je ne pense pas », ajouta-t-elle in petto.

— Ça n'en demeure pas moins illégal.

Elle hocha distraitement la tête.

Elle fut la première à repérer la maison couleur moutarde sur English Street, et qui semblait en effet inhabitée. La pelouse avait besoin d'être tondue, les rideaux étaient tirés, et il n'y avait pas de voiture dans l'allée du garage. Une palissade côté rue interdisait de voir ce qu'il y avait derrière. Avant d'attirer l'attention d'un couple de personnes âgées qui marchaient bras dessus, bras dessous, Ryan tourna rapidement à l'angle et s'engagea dans la ruelle de derrière.

La petite maison se dressait un peu en retrait du passage. Une aire cimentée avait été aménagée sur le côté, mais aucune voiture ne l'occupait.

— Ça ne ressemble pas à un endroit où voudrait vivre un type qui possède cinquante mille dollars, commenta Tess.

— Si, rétorqua Ryan. S'il flambe tout en vêtements, en voitures et en femmes. Cinquante sacs, ce n'est pas une si grosse somme lorsqu'on veut mener la grande vie. Nous reviendrons plus tard, quand il sera rentré du travail. Peut-être aurons-nous davantage d'informations d'ici là. Le premier garde-meubles ne se trouve pas loin.

— Nous ne pourrions pas juste jeter un coup d'œil par une fenêtre, ou briser une serrure par accident…

— Stop, la coupa Ryan en continuant à rouler sans ralentir pour le cas où ils seraient observés. Je ne sais pas d'où te vient cette soudaine expertise en matière de cambriolages, mais il faut t'ôter ça tout de suite de la tête.

Elle éclata de rire. Il lui adressa un sourire, tout en bifurquant à gauche au bout de la ruelle.

— Qu'est-ce que tu as, aujourd'hui ? demanda-t-il.

— Je crois que j'ai trop peur pour avoir peur.

— Peut-être est-ce le fait d'être aimée d'un homme bien.

Elle tourna la tête vers sa vitre. « Aimée » ? Il avait dit « aimée » ? Après quarante-huit heures, et de remarquables moments de sexe, il parlait d'amour ? C'était fou. Il devait bien le savoir, non ? Elle décida qu'il plaisantait et qu'elle prenait les choses trop au pied de la lettre.

— Tu as faim ?

— Non, je suis trop impatiente de dénicher ce box, répondit-elle.

Ryan s'était garé devant l'entrée d'un garde-meubles nommé « Ace Ministorage ». Il pointa le doigt vers la grille qui séparait le bureau de l'espace où s'alignaient les box.

— Il va d'abord falloir trouver une histoire convaincante pour expliquer comment tu as pu oublier le code d'entrée. A moins que tu ne préfères que j'exhibe ma plaque de police, au risque de mouiller ma hiérarchie.

— Non. Tu peux couper ton moteur. La cavalerie, ce sera pour plus tard.

Comme ils étaient sûrs que Katie aurait loué le box sous sa propre identité plutôt que sous celle de Caroline Mays, Tess se munit du permis de conduire à son nom.

La jeune femme derrière le bureau était plongée dans la lecture d'un roman de gare tout en grignotant des chips et en sirotant un soda lorsque Tess se présenta devant elle. C'est avec l'expression impatiente de quelqu'un qui n'aime pas être dérangé qu'elle leva les yeux.

— Vous désirez ?

— J'ai oublié le code de la grille, répondit Tess, et je dois prendre certaines choses dans mon box.

La fille plia le coin de sa page et posa son livre de côté.

— Votre nom ?

— Katie Fields.

Tout en glissant une chips dans sa bouche, l'employée fit défiler une liste sur son ordinateur.

— Montrez-moi ce permis de conduire.

Tess le lui tendit. La fille vérifia l'orthographe du nom et le lui rendit.

— Vous n'êtes pas sur ma liste.

— Euh, vous avez peut-être le nom de ma sœur. Je veux dire, peut-être a-t-elle donné le sien en venant louer le box pour moi…

— Comment s'appelle-t-elle ?

— Caroline Mays.

Elle vérifia de nouveau sur son écran.

— Non. Et puis on ne fait jamais ça. Les assurances, vous comprenez. Vous devez présenter votre pièce d'identité, et seulement alors vous pouvez demander à ce que d'autres soient autorisés à… Mais, comment se fait-il que vous ayez oublié laquelle des deux est venue ?

— J'ai eu un accident, expliqua Tess.

— Ah. Bon, écoutez, dit-elle en avisant la clé dans sa main. Ici les clients se servent de leur propre cadenas. Il est très difficile de tout contrôler quand on fournit les clés. Les gens gardent la leur en partant, se font faire des doubles… On doit tout le temps changer les serrures. Le seul endroit que je connais qui fait encore ça, c'est Stanley's, sur Hawthorne Street. Je crois que là-bas on se fiche qu'il y ait des vols dans ces vieux box. Oh, attendez. Il y a un autre endroit. C'est nouveau. Il y a un X dans le nom. Axel, ou Excel, quelque chose comme ça… Ben dites donc, il a dû être grave, votre accident, si vous ne vous rappelez même pas laquelle de vous deux a loué le box !

— Grave, en effet, agréa Tess en clopinant jusqu'à la porte. Merci beaucoup !

La fille agita son livre en guise d'au revoir.

— Maintenant, nous essayons un endroit qui s'appelle Excel, ou Axel, annonça Tess en déposant les béquilles sur le siège arrière de la voiture.

— X-Cell, précisa Ryan. Je l'ai vu dans l'annuaire. C'est à quelques rues d'ici, en direction de la rivière.

— Ensuite, il y en a un autre, du nom de Stanley's, sur Hawthorne.

— Jamais entendu parler.

Le garde-meubles X-Cell faisait penser à un complexe d'appartements de plain-pied, avec des rues asphaltées entre les alignements de box, numérotés de 1 à 200. Il n'y avait aucune grille d'accès, mais un bureau en surveillait l'entrée. Ryan passa devant avec cette autorité qu'il affichait, avait-elle noté, en presque toutes circonstances. Ils trouvèrent la bonne rangée et roulèrent jusqu'à ce qu'ils eurent atteint le numéro 119.

Tess inséra la clé dans le cadenas. Ils retinrent leur souffle. Elle tenta de la tourner. Sans succès.

— Et zut, soupira-t-elle, avant de laisser Ryan essayer par lui-même.

Qu'elle ne s'en irrite pas indiquait à quel point leur relation avait évolué, songea-t-elle. Si ses pouvoirs magiques de super flic n'y parvenaient pas, peut-être sa force physique…

Mais ils durent se résigner : X-Cell n'était pas le bon endroit.

— Il ne reste plus que Stanley's. Tu sais où se trouve Hawthorne Street ?

Le regard qu'il lui adressa lui rappela que non seulement il était né et avait grandi à New Harbor, mais qu'il appartenait à sa police municipale et connaissait la ville comme sa poche.

Ils remarquèrent bientôt, à l'entrée d'un chemin gravillonné et parsemé de flaques d'eau, une enseigne bancale rongée par la rouille qui annonçait « Stanley's », avec en dessous, en plus petit : « Vos biens au chaud et au sec. » Le chemin s'enfonçait entre le parking d'un bowling décati et un relais routier qui l'était encore plus, pour aboutir à un parking desservant une construction basse en aluminium. Celle-ci était divisée en une vingtaine de modules munis chacun d'une porte. Il n'y avait ni bureau ni grille de sécurité.

Un gros camion boueux à remorque plate occupait une bonne partie du parking, mais ils n'aperçurent pas âme qui vive.

Dire que le garde-meubles Stanley's n'était pas de première jeunesse était un doux euphémisme. Dès le moment où elle le vit, Tess sut que c'était exactement le genre d'endroit qu'aurait choisi Katie pour mettre en sûreté les objets de son ancienne vie pendant qu'elle s'en créait une nouvelle.

— Je déteste énoncer des évidences, dit Ryan, mais il n'y en a pas 119.

Il y en avait vingt. Et la numérotation commençait par 100. Le box de Katie, si c'était bien lui, était l'avant-dernier.

Ryan s'avança jusque-là et arrêta la voiture. La pluie avait cessé, et pendant une minute, ils demeurèrent immobiles à contempler la porte d'aluminium à glissière.

— Vas-y, dit enfin Ryan, regardant autour de lui comme s'il s'attendait à voir débouler une douzaine de malfrats.

Alors qu'elle ouvrait sa portière pour se glisser dehors, il lui saisit le poignet.

— Ne nourris pas trop d'espoirs.

Ses yeux gris étaient chargés d'inquiétude.

Quels espoirs ? Qu'il y ait dans le box un coffret rempli de dollars qui pourrait leur permettre de remonter jusqu'à l'instigateur du crime ? Ou qu'il n'y en ait pas, au contraire. Cela seul ne laverait peut-être pas la mémoire de son père, mais n'ajouterait pas non plus un clou à son cercueil, songea Tess. Cette métaphore la fit aussitôt frémir.

La clé entra et tourna aisément dans la serrure.

Tess prit une profonde inspiration.

Ryan l'avait rejointe et levait la porte.

Du sol au plafond, le box était rempli par des cartons si serrés les uns contre les autres qu'ils formaient un mur compact, sans le moindre interstice. Cette impressionnante muraille commençait à quarante centimètres du bord, et Dieu seul savait où elle s'arrêtait en profondeur.

— Waouh, lâcha Ryan à mi-voix. Il doit y avoir des centaines de cartons là-dedans.

— Nous n'aurons jamais le temps de tout fouiller, se désola Tess en consultant sa montre.

Il était 14 heures passées.

Introduisant ses doigts entre deux des cartons du milieu,

Ryan tenta d'en extraire un, mais l'ensemble était si ajusté qu'il ne bougea pas d'un millimètre.

Un puissant grondement les fit se retourner en même temps. Un gros chariot élévateur venait de surgir depuis l'arrière du bâtiment, transportant un petit conteneur métallique du genre de ceux que l'on voit sur les navires porteurs.

Le chauffeur était un homme au visage poupin et rougeaud, vêtu d'un coupe-vent bleu, et d'une casquette ornée d'un tracteur dont dépassaient des cheveux gris bouclés. Tess aurait juré que ses yeux s'étaient mis à pétiller en les voyant. Il stoppa le gros engin devant eux et coupa le moteur.

— Où étiez vous passée, ma belle ? demanda-t-il en se penchant vers Tess. Doris et moi commencions à nous faire du mauvais sang. Oh, mais regardez-moi ça. Que vous est-il arrivé ?

— Un accident, répondit-elle, reprenant son rôle de composition. Je suis encore un peu désorientée, et ma mémoire a quelques défaillances.

L'expression de l'homme se fit compatissante.

— Vraiment ? Mon Dieu, Katie…

Il se tourna vers Ryan, l'œil suspicieux.

— Je ne me rappelle pas vous avoir jamais vu avec elle, jeune homme.

— Je suis son cousin, Ryan Hill, répondit-il. Je l'aide pendant son rétablissement. Elle vient juste de se souvenir de ce box, et voulait s'assurer que le loyer était payé et que tout était sec. Avec la pluie de ces derniers jours…

— N'ayez crainte. Nous sommes peut-être négligents sur certains points, mais l'endroit est chaud et sec comme l'affirme notre enseigne, et elle a payé quatre mois de loyer d'avance. Doris sera dans tous ses états quand elle saura que vous avez été blessée, Katie.

— Doris ?

— Doris, ma femme. Nom d'un chien, vous avez dû prendre un sacré coup à la tête !

— Ça commence à aller mieux, répondit-elle. Euh, je sais

que tout cela paraît insensé, mais vous parlez comme si je venais souvent ici depuis que j'ai pris ce box.

— Souvent, en effet.

Il se redressa enfin, et Tess put voir son nom brodé sur sa poche de poitrine. Elle parlait à Stanley en personne.

— Deux ou trois fois par semaine.

Elle tourna les yeux vers le box ouvert.

— Qu'est-ce que je venais faire ?

Il secoua la tête en souriant.

— Je n'en sais fichtre rien ! Je ne suis pas un espion. Du reste, vous refermiez la porte sur vous, et comme vous payiez votre loyer, c'était le cadet de mes soucis. Mais de temps en temps vous faisiez un saut au bureau pour bavarder avec ma femme, qui tient les livres, et déguster ses cookies. Entre deux chargements je venais parfois vous rejoindre. Doris pense que vous êtes une solitaire.

Les yeux de Tess s'embuèrent.

— Allons, ne pleurez pas. Elle va m'écorcher vif si elle apprend que je vous ai fait pleurer.

— Il n'y a pas de mal, intervint Ryan en passant un bras fraternel autour des épaules de Tess.

— Si vous avez le temps, il y a du café frais et des gâteaux au beurre de cacahuète.

— Aujourd'hui je ne pourrai pas, répondit-elle. Mais la prochaine fois ce sera avec plaisir.

— Vous serez toujours la bienvenue, répliqua Stanley avec chaleur, avant de tourner sa clé de contact.

Le moteur du chariot élévateur se mit à rugir. Il la salua d'un bref hochement de tête, et Tess le regarda se remettre en route, un sourire doux-amer sur les lèvres.

Sans s'en douter, Stanley venait de lui fournir un nouvel éclairage sur sa sœur. Une jeune femme accablée par son deuil, qui venait jeter un coup d'œil à ses biens deux ou trois fois par semaine, mangeait des cookies avec un couple entre deux âges, et offrait d'elle une image de solitude.

Elle envoya de nouveau le message : « Katie, réveille-toi ! » Cette fois, ce n'est plus le désespoir qui le motivait, mais l'amour.

— Il nous reste à peu près trente minutes pour trouver cinquante mille dollars, dit Ryan. Je crois qu'il est temps de nous y mettre.

10

— L'ennui, c'est que nous n'avons aucune preuve que Jim Kinsey soit le complice de ton père.

Il la sentit se raidir à ses côtés. Les mots qu'il avait choisis, supposa-t-il. Ils avaient refermé à clé le box du garde-meubles après être parvenus à inspecter six ou sept cartons, qui ne contenaient que des vêtements au-dessus, et des livres en dessous.

C'était l'un des aspects énigmatiques qu'il trouvait à la fois fascinants et déroutants chez Tess. D'un côté elle affirmait haut et fort que son père était innocent et qu'il avait été victime d'un coup monté. Evidemment qu'il n'y avait pas d'argent, arguait-elle, puisqu'il n'avait rien à se reprocher en dehors du fait qu'il s'était trouvé au mauvais endroit, au mauvais moment.

De l'autre, elle fouillait des monceaux de livres à la recherche de factures cachées, au cas où. C'était une femme intelligente et réfléchie, sauf lorsqu'il était question d'un père et d'une sœur dont elle ignorait encore l'existence quelques jours plus tôt. Contre vents et marées, elle s'accrochait à l'idée qu'ils étaient l'un et l'autre des êtres parfaits.

Ne comprenait-elle pas que personne ne l'était ?

— D'après ce que tu m'as dit sur ce type, lui fit-elle observer, il fait un coupable idéal pour l'incendie.

Ils étaient garés à quelques mètres de la grande maison couleur moutarde derrière laquelle se trouvait celle de Kinsey. Selon sa petite amie, ce dernier terminait son travail à 15 h 30 c'est-à-dire dans une poignée de minutes.

— S'il l'est, répliqua-t-il, il ne nous restera qu'à le forcer à nous donner le nom du commanditaire.

— Où vient s'inscrire mon père dans ce méli-mélo ? Quel lien entretenait-il avec Lingford, ou Doyle, ou Kinsey, ou Madeline, ou Desota ? J'ai oublié quelqu'un ?

— Je ne le connais pas, mais il existe. Ce que nous savons avec certitude, c'est qu'il y a un personnage X qui cherche à tout prix à reprendre à Katie Fields l'argent de l'incendie, et un personnage Y qui s'effraye de ce que cette nouvelle femme dans la vie de Nelson Lingford pourrait découvrir. Katie, encore, mais cette fois sous le nom de Caroline Mays.

Redevenant silencieux, Ryan tenta de récapituler les faits dans sa tête, tout en observant la rue par-dessus l'épaule de Tess. Un homme en imperméable et écharpe rayée bleu et blanc remontait tranquillement le trottoir de l'autre côté, un sac d'achats sous le bras. Il salua de sa main libre une femme âgée qui secouait un tapis d'entrée sur le perron d'une maison bleu roi. Déboulant sur le trottoir en sens inverse, deux garçons à vélo bondirent sans regarder sur la chaussée pour l'éviter.

Les gosses. Cet environnement rappelait à Ryan celui dans lequel il avait grandi avec Peter et ses sœurs. Un bon quartier pour les enfants et le troisième âge, mais à cent lieues de ce qu'il envisageait pour lui-même. Alors pourquoi ressentait-il tout à coup ce pincement au cœur devant cette scène ?

Il se tourna vers Tess, qui était plongée dans ses pensées, et il sut. C'était elle. Dès le début de leur rencontre, elle lui avait demandé s'il croyait au coup de foudre, et parce qu'elle n'avait pas caché qu'elle-même n'y voyait qu'une bêtise, il avait dit non. A la vérité, il ne savait pas trop. Et puis un coup de foudre n'est-il pas censé se produire au premier regard ? Ils en étaient loin. La seule chose dont il était sûr, c'est qu'il lui était de plus en plus difficile de concevoir sa vie future sans Tess Mays au centre.

L'aimait-il ? Dieu le protège, il semblait bien que oui. Mais il savait que ce n'était pas réciproque. Enfin, pas encore…

— En *admettant* que tu aies raison, dit-elle, que fait-on ? On attend que Kinsey rentre et on lui tombe dessus ?

— J'adore quand tu parles flic, ironisa-t-il en se penchant pour l'embrasser.

Elle parut surprise par ce baiser.

— Je me demandais… Les peintures rescapées de l'incendie. Les a-t-on expertisées ?

— Tu penses que l'on a pu voler la collection et mettre le feu à la maison pour dissimuler le vol ? Donovan m'a avoué avoir songé à cela en premier lieu. La compagnie d'assurances serait ravie de le prouver. Mais les restaurateurs ont confirmé l'authenticité des œuvres qui ont été sauvées.

Tess fronça les sourcils, pensive.

— Elle est plus forte qu'elle en a l'air, dit-elle après un petit moment.

— Qui donc ?

— Madeline Lingford. Elle se déplace avec beaucoup d'agilité lorsque l'envie lui prend.

— La chaise roulante n'est pas de la frime. Il y a quelques années, elle a eu un accident de voiture, où son premier mari a d'ailleurs perdu la vie. Malgré toutes les attentions dont on l'entoure elle demeure très active, ce qui explique son énergie.

— Tu as fouillé de son côté ?

— Non. Nous n'avons aucune raison d'ouvrir son dossier médical, et puis la loi nous l'interdit. Mais pour le moment, concentrons-nous sur notre première étape : interroger Kinsey, même si je me demande si Doyle n'a pas eu vent de ce qu'il avait fait et décidé d'entrer dans la danse. Qui avons-nous en définitive ? Ton père, qui allume le feu ou fait le guet. Kinsey, qui en tant qu'ancien pompier en connaît un rayon sur les incendies. Et enfin le commanditaire. Ah, et j'allais oublier le visiteur de l'appartement de Katie.

Tess hocha la tête avec raideur. Malgré leur badinage, son visage accusait sa fatigue. Ils avaient fait l'amour la moitié de la nuit, passé une longue journée à enquêter et il venait lui parler froidement de la culpabilité de son père. Elle avait l'air épuisée. Et terrorisée.

Sur une brusque décision, il redémarra la voiture. Contournant le pâté de maisons, il s'engagea dans la ruelle et s'arrêta au fond. De leur position, il apercevait un rutilant 4x4 noir garé sur l'aire cimentée.

— Voilà où sont passés les premiers cinquante mille dollars de Kinsey, dit-il. Regarde ces chromes. Au moins, nous savons qu'il est chez lui. Il a dû rentrer plus tôt que prévu.

Il baissa les yeux sur le portable de Katie, posé sur la console entre eux.

— Si tu l'appelais, pour voir ce qu'il a à dire ?

Il sortit de sa poche le bout de papier sur lequel il avait noté le numéro de Kinsey, relevé par Jason sur un récent P.V. d'arrestation pour conduite en état d'ivresse.

— Non ! s'écria Tess. Je ne veux pas encore lui parler. Je ne suis pas prête. Laissons-le nous appeler le premier.

Se penchant par-dessus le levier de vitesses, il l'embrassa pour calmer sa panique.

— Je vais le faire, dit-il. Nous n'avons pas l'argent. Le moment est venu de changer les règles du jeu.

En recevant son baiser elle avait fermé les yeux. Il en ressentit un drôle de petit flottement dans la poitrine.

— On ne devrait pas attendre ? murmura-t-elle.

— Je déteste attendre, répondit-il en replaçant une mèche rousse derrière son oreille.

Il se languissait de la voir retrouver sa blondeur naturelle, de ne plus lire cette peur dans ses yeux, de pouvoir lui parler d'autre chose que de cette sinistre affaire. Une soudaine contraction, presque douloureuse, le saisit. Il voyait son pauvre vieux cœur sorti de sa cage thoracique tel le moteur d'une voiture, suspendu au-dessus de lui, gros organe pitoyable, affreusement exposé, soupirant après une petite chance de bonheur. Il devait regarder les choses en face : s'il prouvait sans le moindre doute la culpabilité du père de Tess, il ne lui resterait plus qu'à sectionner la chaîne du palan.

Il se frotta les yeux. Tess n'était pas la seule à être fatiguée. Il prit le téléphone.

— Ne prononce pas un mot. Je ne veux pas que Kinsey sache que tu es ici avec moi.

— Mais… que vas-tu lui dire ?

— Je vais lui proposer un marché qu'il ne pourra pas refuser.

Devant son air inquiet, il se radoucit.

— Je vais lui annoncer que nous avons des difficultés pour récupérer l'argent et qu'il nous faut un autre jour. J'ajouterai que je le surveille, et qu'il vaudrait mieux pour lui ne pas toucher à un seul de tes cheveux, ni de ceux de Madeline Lingford ou du vieux. Je lui dirai que dès que nous aurons l'argent, il l'aura, mais à la condition de nous fournir un nom, juste un, et de vous laisser tranquilles toi et les autres.

— Pourquoi accepterait-il ?

— Parce qu'il est cupide. Il t'aurait déjà tuée s'il l'avait voulu. Il ne veut pas ta mort, et en même temps il ne veut pas te pousser à bout de peur que tu appelles la police. Il croit que tu ignores qui il est. Une fois qu'il aura compris que j'ai percé à jour son identité et que je suis prêt à payer pour ne plus entendre parler de lui, il attendra encore quelques heures. Si j'étais à sa place et que j'avançais comme lui sur le fil du rasoir, je serais pressé de quitter la ville, pas toi ?

— Tu n'as aucune certitude.

— On n'a jamais de certitude.

Il composa le numéro sur le portable. L'appareil sonna, sonna…

— Il dort peut-être, murmura Tess.

— Possible. Ou bien il n'est pas là. Reste ici pendant que je vais vérifier s'il n'y a pas d'autre porte. Verrouille les portières.

Sans lui laisser le temps de réagir, il sortit de la voiture et courut jusqu'à la rue. De là, il pénétra dans le jardin du voisin et, par-dessus une haie, examina l'arrière et le mur nord de la maison de Kinsey. Pas de porte.

Il regagna en hâte la voiture.

— Bon, baisse bien la tête. Il est temps d'aller voir ce que fait notre oiseau.

Il redémarra, remonta la ruelle et se gara derrière le 4x4,

lui interdisant toute fuite. Les deux côtés de la petite bâtisse étaient invisibles. La porte donnait sur la ruelle. Malgré la présence du véhicule, l'endroit semblait désert.

— Ne bouge pas, dit-il en se glissant hors de la voiture.

Afin de ne pas faire de bruit, il ne referma pas tout à fait sa portière. Sortant son arme, il la tint calée contre son torse et s'avança vers la maisonnette. Il toucha le capot du 4x4. Il était froid.

Pourquoi diable Kinsey était-il rentré en avance ? La promesse de cinquante mille dollars ? Peut-être prévoyait-il de prendre l'argent et de mettre les voiles. Peut-être la brunette à qui il avait parlé était-elle sur le point de se faire larguer sans s'en douter.

La maison était bien tenue mais minuscule, et peinte de la même couleur que la grande. Elle ne disposait que d'un jardinet isolé sur trois côtés par une haie. Avec la porte fermée et les rideaux tirés, Ryan se retrouvait dans l'impasse.

Il réfléchissait aux diverses possibilités d'y pénétrer sans violer la loi lorsque Tess apparut soudain, les bras serrés sur sa taille et se mordant les lèvres.

— Je n'aurai pas peur, déclara-t-elle dans un murmure tremblotant.

— Si tu le dis.

— Je t'assure. C'est probablement lui qui m'a donné la trouille de ma vie hier, mais aujourd'hui tu es là, et avec ce gros revolver. S'il s'approche de moi, tu tires, O.K. ?

Sur ce, elle passa le bras sous son nez et cogna au battant. Ce qui manquait à cette femme en expérience, elle le compensait en bravoure. Aucune réponse ne leur parvint depuis l'intérieur de la maison. Vu ses dimensions, même si son occupant dormait, il aurait été réveillé. Et puis quel homme pique un somme lorsqu'il s'apprête à vous soutirer cinquante mille dollars sous la menace ?

Si Kinsey était chez lui, il savait qu'ils étaient à sa porte. Des balles pouvaient la traverser, songea Ryan. Il se tourna vers Tess pour la pousser de côté… Trop tard. Elle était déjà en action. Ne s'encombrant ni de ses scrupules à violer la loi, ni de sa crainte que Kinsey ne les accueille par des coups de feu, elle tourna le bouton et entra.

La porte s'ouvrait directement sur un séjour carré, plongé dans la pénombre à cause des rideaux tirés, mais la lumière soudaine provenant de l'extérieur l'inonda aussitôt.

Et au milieu de cette lumière gisait un homme, le visage violet, les yeux exorbités, la langue gonflée dépassant entre des lèvres livides, une corde noire enfoncée dans la peau épaisse de son cou.

Tess se figea sur place et ravala un cri.

Ryan s'avança à son tour, l'arme levée, et d'une main sur sa hanche, la fit passer dans son dos. Tess nicha la tête entre ses omoplates.

L'homme mort était assis dans l'unique fauteuil, en cuir rouge élimé. Juste à côté se trouvait une chaise à dossier droit qui avait dû être amenée là depuis la cuisine. Une bouteille de whisky bon marché était posée sur une petite table ronde entre les deux sièges, voisinant avec un verre à moitié vide. Un second verre était renversé par terre, près du pied droit de Jim Kinsey. Celui-ci portait des bottines noires tachées de boue, un jean noir et une chemise en denim.

D'un rapide tour d'horizon, Ryan enregistra les autres détails de la pièce. Un lit défait, dans un angle, sur lequel trônait un sac marin bourré de vêtements, à côté d'un jean propre et d'un pull. Des mocassins, sur un petit tapis au pied du lit. Une veste, accrochée au bouton d'un placard grand ouvert et vide, comme l'étaient les tiroirs.

Apparemment, Kinsey s'apprêtait à partir en voyage.

Que s'était-il passé ? On frappe à la porte. Entrée d'une personne que l'on connaît, dont on ne se méfie pas. On prend un verre ensemble… Et puis… ?

Il n'y avait pas de traces d'effraction, aucun signe de lutte. Comment cet homme dans la force de l'âge, costaud et en pleine santé, avait-il pu se laisser étrangler sans même lever le petit doigt ?

Rangeant son arme dans son holster, Ryan pivota pour faire face à Tess et lui saisit les épaules. Les joues striées de larmes, elle le fixa d'un air horrifié.

— C'est lui, dit-elle d'une voix hachée. C'est l'homme qui m'a attaquée hier. Je reconnais ses bottines. L'une d'elles a un lacet marron. Je l'ai remarqué quand il a marché sur mon sac.

Ryan vérifia par-dessus son épaule. Il avait en effet un lacet marron au pied droit et un noir au gauche.

— Je voulais qu'il meure, reprit-elle en détournant les yeux. Il me terrorisait, je voulais qu'il meure…

Il lui serra les épaules.

— Ne te fais pas cela, dit-il d'une voix ferme. Tu n'es pas responsable. Sortons d'ici. Ne touche à rien.

Ni l'un ni l'autre ne s'était beaucoup avancé dans la pièce, et en deux pas ils en furent sortis. Ryan veilla à ne pas toucher au bouton de la porte ni à quoi que ce soit.

— Je vais avertir le poste depuis la voiture, dit-il, redoutant déjà les heures à venir.

Le mort, a priori, était Kinsey, mais il serait procédé à une identification. S'il était confirmé que c'était lui, son lien avec les Lingford était connu. C'était l'ex-chauffeur de la fourgonnette de Madeline. En second lieu, ses bottines trahissaient l'homme qui avait brutalisé et menacé Tess, alias Katie. Enfin, l'argent qu'il avait demandé le rattachait à l'incendie — et donc au père des jumelles, mort au cours du sinistre.

Qui l'avait tué ? Le premier nom qui venait à l'esprit était Nelson Lingford. Mais il voyait mal Nelson rouler jusqu'ici, boire du mauvais whisky et se salir ainsi les mains. Ni avoir l… is
dessus sur un individu tel que Kinsey. Encore qu'il …quait
doute en grande forme physique. Tess avait dit … ce sport.
le windsurf. Il faut de la force dans … é, mais faute
… ero un.
Bien sûr, restait la possibilité … d'iça : … incoercibles. Tout en
de mieux, Nelson deme… appeler la cavalerie.

Tess était se…
lui massant le…

— Je cr…

* * *

Tess patientait dans la voiture, tandis que la nuit tombait sur la ruelle. Le secteur était envahi par une demi-douzaine de voitures de police, gyrophares allumés, et une cohorte d'hommes et de femmes en uniforme. Une bande jaune de scène de crime circonscrivait les lieux. A un certain moment, quelqu'un lui avait apporté une tasse de café et une couverture. Au bout d'une heure, un inspecteur moustachu du nom de Sanchez était venu la trouver pour lui demander de lui dire exactement ce qui s'était passé.

On frappa à sa vitre. C'était Ryan, qu'elle avait perdu de vue.

— J'en aurai encore pour un moment, annonça-t-il.

Eclairé par le plafonnier de l'habitacle, son visage accusait sa fatigue, et il avait le regard las. S'attarderait-il ainsi dans la maison d'une victime de meurtre, si ce n'était pour Katie ? Si ce n'était pour elle ?

Elle en doutait.

— Est-ce que… c'était bien Kinsey ?

— Oui. L'un des agents, qui avait participé à l'enquête après l'incendie, se souvenait de lui.

Elle hocha la tête d'un mouvement mécanique.

— Sanchez m'a dit qu'il t'avait déjà interrogée, reprit-il. Il voudra sans doute te revoir demain, mais j'ai obtenu qu'on te laisse partir. Tu peux prendre ma voiture. Voici mon adresse, ajouta-t-il en lui tendant un papier. C'est à cinq minutes de l'hôpital. Il y a une station-service ouverte jour et nuit au coin de la rue. Ils pourront te renseigner si tu te perds. C'est un le[…]euble gris avec des bordures noires. Mon appartement est […]remier étage. Les clés sont sur le trousseau. Va chez moi, […] te plaît, […]a de nouveau réparé la porte de Katie, mais s'il

— Pour[…]

— Parfait[…]e pas.

— Que vas-tu[…]de, répondit-elle avec un frisson.

l'enquête de Katie ?

[…]au sujet de ma reprise de

Il se glissa dans la voiture à côté d'elle et referma la portière, son visage se noyant dans l'ombre.

— Je lui ai déjà résumé les grandes lignes. Il n'en parlera que si ça s'avère absolument nécessaire. Que lui as-tu dit ?

— Que j'étais la seconde fille de Matt Fields, celle dont tout le monde ignorait l'existence. Je lui ai expliqué que Katie n'acceptait pas le verdict de culpabilité rendu à son encontre pour l'incendie, et qu'elle avait lancé sa propre enquête sous le couvert du nom de sa mère. Je l'ai aussi informé que la police ayant refusé de considérer son accident comme une tentative de meurtre, tu avais accepté de m'aider à le prouver.

— Bien. Pour le moment, il est concentré sur la recherche de l'assassin de Kinsey. Toutes ces informations sont importantes dans la mesure où elles peuvent éventuellement apporter un mobile à ce meurtre. Mais elles peuvent aussi être inutiles. Il peut très bien s'agir d'un grand frère qui n'aurait pas aimé que monsieur fricote avec sa petite sœur. En tous les cas, l'assassinat de Kinsey est sa priorité.

— Et quelle est la tienne ?

— Te garder en vie, c'est tout.

Elle glissa sa main dans la sienne, et elle admira son profil tandis qu'il baissait les yeux sur leurs mains unies. Mais une fois encore, son désir de lui entra en conflit avec sa raison qui lui disait de s'en écarter. Il se tourna vers elle, et la prenant de court, l'embrassa. Le contact de sa langue sur la sienne déclencha un frisson délicieux qui lui courut le long de l'épine dorsale.

Il s'écarta de nouveau.

— Je ne serai sans doute pas rentré avant le lever du jour.

D'une certaine manière, elle était soulagée. Elle avait besoin de temps.

— Je doute que Clive accepte de se montrer, mais si tu peux lui mettre quelques croquettes et changer son eau…

— Ton chat ? Bien sûr.

— Et garder mon lit bien chaud ?

Elle ne put retenir un sourire au timbre rauque de sa voix et à l'appel impromptu de sa libido. Mais en son for intérieur, elle s'inquiéta de cette intimité, de ce besoin qu'elle sentait se développer en elle d'être avec lui, à lui.

Sur un autre baiser, il ressortit de la voiture. La dernière vue qu'elle eut de lui fut dans le rétroviseur, grande silhouette en contre-jour dans la lumière des véhicules de police, des gouttes d'eau scintillant sur son blouson de cuir noir et ses cheveux, les mains sur les hanches, la regardant s'en aller.

Tess s'arrêta d'abord à l'hôpital, mue par un sentiment flou, indéfinissable. Après s'être garée dans le parking souterrain, elle longea d'un pas vif les couloirs jusqu'à la salle où se trouvait Katie, y entra et ouvrit le rideau de son alcôve avec la certitude de la trouver assise dans son lit, les yeux ouverts.

Mais ceux-ci étaient clos, et sa sœur était toujours inerte.

Pendant une bonne minute, Tess tint sa main blême dans la sienne et, les yeux fermés, tenta d'établir un lien psychique. Elle plongea aux tréfonds d'elle-même, se concentrant tout entière sur la réception d'un signal provenant d'une autre conscience.

Mais elle n'obtint rien, en dehors des détails de cette journée harassante et de l'image insupportable de Jim Kinsey étranglé dans son fauteuil. Reposant la main de sa sœur sur le drap, elle se pencha sur elle et lui baisa le front.

— Dépêche-toi de te réveiller, murmura-t-elle contre sa peau froide et sèche.

Elle jeta un coup d'œil à l'horloge, un peu étonnée de constater qu'il n'était qu'un peu plus de 20 heures. Elle consulta l'annuaire de l'hôpital pour trouver l'adresse du bureau de Nelson Lingford. C'était à quelques rues de là.

Ils devaient dîner ensemble.

Ryan l'étriperait s'il savait qu'elle le lui avait délibérément caché.

Mais… Nelson serait-il à son bureau s'il venait juste d'assassiner Jim Kinsey ? Bien sûr que non. Donc, s'il y était, cela ne prouvait-il pas…

Non. Il n'était pas difficile d'imaginer Nelson tuant quelqu'un et emmenant ensuite une femme au restaurant. La prudence lui conseillait de s'enfermer quelque part à double tour, de faire profil bas, mais sa curiosité était la plus forte. La photo du trophée ne cessait de la tarauder. Katie ne l'avait pas prise par hasard. Sortant le portable de son sac, elle fit apparaître le menu, puis cliqua sur « album photos ». Tout avait été effacé ! constata-t-elle, atterrée.

Qui avait fait ça ? Qui avait eu accès à son téléphone ce jour-là ? Ryan, d'abord. La veille, il l'avait gardé pendant des heures. Pouvait-il, pour quelque raison, avoir effacé toutes les photos ? Non, bien sûr. Qui, alors ? Irene ? Nelson ? Le seul dont elle était sûre que ce n'était pas lui était Muffy.

C'est tremblant d'un mélange de choc nerveux, de froid et de peur qu'elle gara la voiture de Ryan devant l'immeuble qui abritait le bureau de Nelson. Un vent fort balayait le trottoir mouillé tandis qu'elle s'avançait vers les portes de verre. Fermées. Elle secoua les poignées de métal, agacée.

Alors qu'elle tentait de voir quelque chose dans le hall éteint, elle entendit un « ping ! », suivi d'un sifflement et d'une petite explosion près de son oreille.

Elle contempla le petit trou rond dans le verre à côté de sa tête. Il lui fallut une seconde pour comprendre, hébétée, qu'on venait de lui tirer dessus. Elle se retourna par réflexe et aperçut, sur le trottoir opposé, un homme qui pointait un revolver dans sa direction. Elle n'eut que le temps de plonger derrière la voiture de Ryan. Une seconde balle frappa l'immeuble.

Des balles !

Levant la main, elle actionna la poignée côté passager et ouvrit doucement la portière. Aurait-elle le cran de monter dans la voiture, exposant sa tête au tireur ?

Qui diable pouvait vouloir la canarder ainsi ?

Un bruit de moteur retentit, sur sa gauche. Elle tourna la tête de ce côté-là. Une voiture arrivait. Si elle calculait bien son coup…

Le véhicule passa trop vite, et Tess n'eut le temps de rien faire. Elle avait l'impression d'être collée à l'asphalte. Nouveau grondement. Nouvelle voiture. Cette fois, elle attendit qu'elle soit presque à son niveau, se jeta dans l'habitacle, claqua la portière et rampa derrière le volant. Les clés étaient déjà dans sa main. Elle lança le moteur, la tête sous le niveau du tableau de bord. Sachant qu'elle était le seul véhicule garé là, elle démarra en trombe et fonça droit devant elle. Deux ou trois « ping ! » retentirent sur l'arrière de la voiture, puis, lorsqu'elle leva enfin la tête, ce fut pour se voir percuter une rangée de poubelles disposées le long du trottoir.

Elle tremblait si fort qu'elle eut le plus grand mal à tenir son volant. Elle regarda un million de fois dans le rétroviseur, sans voir de feux derrière elle. Le tireur devait être à pied. Après avoir effectué quelques détours pour s'assurer qu'elle n'était pas suivie, elle chercha l'appartement de Ryan.

Construit en haut d'une côte, de taille modeste, le bâtiment était entouré d'un nombre surprenant d'arbres au regard de la situation relativement centrale du quartier. Trop à son goût, après ce qui venait de se passer. Et le vent persistant accentuait son impression qu'une horde de tueurs — voire le même — l'attendait dans leur ombre dense et mouvante.

Une fois garée, le moteur éteint, elle attendit un moment pour se calmer, puis passa aussi vite qu'elle le put de la voiture à l'immeuble, dont elle gravit les marches en trois enjambées, les béquilles abandonnées dans le véhicule. Elle ne voulait qu'une chose : être à l'intérieur.

Arrivée devant la bonne porte, elle l'ouvrit à la hâte et se faufila dans l'obscurité de l'appartement. Elle farfouilla avec le verrou, et tandis qu'elle cherchait à tâtons l'interrupteur, quelque chose s'enroula sur sa jambe. Son cœur bondit dans sa poitrine.

Le chat.

Elle alluma la lumière et baissa les yeux. Un mince et élégant chat noir la considérait de ses yeux d'ambre.

— Clive, tu as failli me faire mourir de peur, dit-elle en le ramassant pour le tenir contre elle, sous son menton.

S'adossant au mur, elle ferma les yeux. Trois ou quatre kilos de muscle et de fourrure. Clive frotta son museau sur son cou avec un ronronnement râpeux.

— Et Ryan qui prétend que tu es sauvage ! observa-t-elle sur un ton de reproche, savourant son contact.

Tenir des animaux faisait partie de son quotidien dans ce qu'elle avait commencé à appeler sa « vraie vie ». Le corps sain, vibrant et chaud de Clive était un baume apaisant pour ses nerfs à vif. Il miaula et tendit ses pattes antérieures, griffes sorties.

Tess le reposa sur le sol, puis ôta ses chaussures et son faux plâtre. Elle se débarrassa ensuite de son manteau, qu'elle déploya sur le dossier d'un fauteuil de cuir noir. Quittant la lumière de l'entrée, elle s'avança vers une large fenêtre sombre qui occupait presque tout le mur nord.

La vue qu'elle offrait était saisissante. New Harbor n'était pas une très grande ville, mais de nuit elle offrait le spectacle scintillant d'une véritable voie lactée. Il y avait une vaste étendue sombre à distance — l'océan sans aucun doute.

Consciente que de se tenir ainsi devant cette fenêtre faisait d'elle une cible facile, elle ferma les rideaux et promena son regard dans le petit appartement.

Une paire d'haltères, dans un coin, qui expliquait la musculature de Ryan. Une petite télévision, un meuble hi-fi et un porte-CD bien garni. Un ordinateur sur sa table, contre un mur. Plus loin, une bibliothèque. Remarquant une photo encadrée qui y était posée, elle s'en approcha et sourit en reconnaissant un Ryan plus jeune, debout à côté d'une voiture. Son sourire retomba lorsqu'elle se rendit compte que ce n'était pas lui. Trop petit. Les cheveux trop clairs.

Peter.

Clive miaula de nouveau, depuis le couloir plongé dans l'ombre. Pénétrant dans la cuisine, Tess alluma la lumière au-dessus du plan de cuisson et trouva le paquet de croquettes. Elle en versa dans son bol. Se rendant compte qu'elle aussi avait faim, elle ouvrit le frigo. Deux pots de yaourt aux fruits, un morceau de fromage, quelques légumes, des bocaux de condiments, et un pack de six canettes de bière. Le compartiment congélation était vide. Elle prit l'un des yaourts, puisa une cuillère dans un tiroir, puis le mangea debout, appuyée au comptoir, regrettant que ce ne soit pas une crème glacée. Après avoir rincé la cuillère, elle chercha la chambre de Ryan en allumant le moins de lampes possible. Le sentiment d'être épiée depuis l'extérieur ne la quittait pas.

Un couvre-lit bordeaux était la seule note de couleur franche dans la pièce. Deux cannes à pêche étaient rangées debout dans un angle, et une valisette à arme à feu luisait dans le placard ouvert. Elle se tenait à l'entrée de la chambre, Clive se frottant à ses chevilles. Que faisait-elle à se cacher ici dans le domicile de cet homme ?

Devait-elle appeler la police et signaler les coups de feu ? Depuis son arrivée dans l'appartement elle se posait la question. La logique disait oui. Mais la peur lui paralysait le poignet chaque fois qu'elle s'apprêtait à le faire.

Qui lui avait tiré dessus ? Et pourquoi ? Etait-ce Katie ou Caroline que l'on avait visée ? Ou avait-on découvert sa véritable identité ? Il manquait trop de pièces au puzzle, et elle décida d'attendre l'arrivée de Ryan pour lui faire part de ce qui s'était passé.

Ryan. Il serait bientôt là. Il serait à elle.

A la vérité, elle n'avait pas connu beaucoup d'hommes dans sa vie. Etudiante, elle avait eu très peu d'aventures, et les choses n'avaient guère changé depuis lors. Le moment semblait ne jamais vouloir se présenter.

Ce qui lui arrivait avec Ryan était si fort et si soudain que c'était presque aussi effrayant que d'essuyer des coups de feu. D'accord, elle avait peut-être une part de responsabilité, elle ne l'avait jamais découragé. Inutile de nier la puissance de leur attirance mutuelle. Elle était là, tout simplement. Bien réelle.

Vraiment ?

Après avoir pris une douche dans la salle de bains, elle s'enveloppa d'une des serviettes de Ryan, puis dénicha dans un tiroir un T-shirt pour dormir, avec le sentiment persistant d'être une intruse. Tout cela, dans une intimité délicieuse… et terrifiante.

Clive la rejoignit dans le grand lit, bien décidé à ne pas la laisser en paix.

— Tu es seul, hein ? dit-elle.

Il ronronna encore plus fort et posa une patte sur sa main. Elle lui gratta les oreilles. Il semblait y prendre tant de plaisir qu'il lui mordilla le doigt.

Le téléphone sonna alors qu'elle était presque endormie, et, pendant un instant, elle se demanda si elle devait répondre. Si c'était la mère de Ryan ou l'une de ses sœurs ? Que leur dirait-elle ?

D'un autre côté, appelleraient-elles au milieu de la nuit ? Il était plus vraisemblable qu'il s'agisse de Ryan. Poussant le chat de côté, elle décrocha.

— Je voulais m'assurer que tu étais bien arrivée.

Il avait la voix si fatiguée qu'elle décida de lui relater plus tard l'épisode des coups de feu. Peut-être les deux affaires n'étaient-elles pas liées. Le crime était une réalité dans les villes. Des gens se faisaient tuer. Et puis l'homme devait être loin à présent. Que pouvait Ryan ? Plus rien ne pressait.

Clive reprit sa place sur elle.

— Oui, tout va bien. J'aime bien ton chat.

— Il t'a laissé le voir ?

— Le voir ? Je n'arrive pas à m'en débarrasser. A l'instant même, il est allongé sur ma poitrine et me regarde dans les yeux. Il pèse une tonne.

— Je n'ai plus le choix. Il va falloir que je t'épouse.

Cette déclaration fut émise d'un ton léger, mais elle flotta un tout petit peu trop longtemps avant qu'il ne reprenne :

— Je ne sais pas encore quand je rentrerai. Fais comme chez toi, d'accord ?

— Tu as appris quelque chose ?

— Rien que je puisse te dire, surtout au téléphone. Nous en parlerons plus tard. Reste à l'abri, Tess.

Des balles, par exemple…

Après avoir raccroché, elle considéra le chat un long moment puis éteignit la lumière. Elle demeura ensuite les yeux ouverts dans le noir, incapable de dormir, songeant avec une certaine préoccupation à Ryan.

Il avait par deux fois utilisé le verbe « aimer ». Par deux fois également il avait parlé de mariage. En plaisantant, certes, mais elle ne le connaissait que depuis très peu de temps, et dans son monde à elle, des choses comme aimer et se marier ne surgissaient pas, comme ça, inopinément au cours de la nuit.

Sauf chez sa mère, bien entendu.

Ryan et elle étaient deux adultes ayant chacun leur vie — et leur ville. Plus important, ils s'étaient connus dans une situation de stress, dans des circonstances difficiles, et s'ils s'étaient retrouvés liés l'un à l'autre, c'était par un caprice saugrenu et illusoire du destin, qui s'évanouirait tôt ou tard, les laissant, quoi ? Amants ? Moins que cela ? Coquilles de noix disparaissant à l'horizon au petit matin ?

Et pourtant, elle le voulait de toutes ses forces auprès d'elle, plus qu'il n'avait de temps à lui consacrer, et davantage à chaque seconde qui passait.

Et elle ne pouvait chasser de son esprit que c'était parce qu'elle avait peur. Un assassin rôdait dehors quelque part, à l'affût, et Ryan savait comment agir avec un assassin. Elle, non.

Elle soupira.

De toute évidence, c'était un homme rongé par la culpabilité. Culpabilité pour la mort de son frère. Pour le rôle de son coéquipier dans l'incendie. Pour sa légèreté vis-à-vis de Katie le jour de son accident. Et maintenant pour cette agression dont elle avait elle-même été victime.

La culpabilité. Une grande motivation. Un piètre matériau de construction.

Seigneur, où était son écervelée de mère quand elle avait autant besoin d'elle ? En voyage de noces avec un homme qu'elle connaissait depuis trois mois à peine avant de l'épouser ! Disparue de la surface de la terre.

Tess ferma les yeux. Depuis quand courait-elle voir Maman

pour lui demander son avis ? Depuis quand n'avait-elle pas assez de plomb dans la cervelle pour prendre ses propres décisions ? Depuis quand avait-elle perdu son identité ?

Depuis sa rencontre avec Ryan. Depuis ce défi insensé qu'elle s'était donné. Depuis qu'elle avait tourné le dos à ce qu'elle était, à qui elle était, pour devenir cette chose immature et collante, craintive et pleurnicharde, qui essayait de se montrer aussi courageuse que Katie sans même savoir si celle-ci l'était.

Ce n'était pas elle.

Très bien.

Elle pouvait rester dans le lit de Ryan et attendre qu'il revienne, acceptant tacitement ses fantasmes troubles.

Ou elle pouvait quitter ce cocon douillet et s'aventurer dans la nuit. Avec le tireur et l'assassin.

La réponse s'imposa, claire et nette, dans sa tête.

« Sors du lit de Ryan. »

11

Elle décrocha le téléphone et posa le combiné sur le côté pour le cas où Ryan la rappellerait. Elle ne voulait pas qu'il l'entende sonner, sonner encore, et s'angoisser. Après lui avoir rédigé un petit mot, elle quitta l'appartement. C'était le milieu de la nuit, et elle n'avait pas la moindre idée de l'endroit où elle allait.

L'appartement de Katie ? Pas question.

L'hôpital ?

Non plus.

Mais la réponse lui vint à l'instant même où elle rejetait cette idée. Elle irait au box de Katie.

Conduire à cette heure-là dans une ville inconnue n'était pas l'idée qu'elle se faisait d'une petite promenade sympathique. Ces feux dans le rétroviseur, n'y étaient-ils pas depuis trop longtemps ? Ne suivaient-ils pas chacun de ses changements de direction ? Et d'ailleurs, où était ce maudit garde-meubles ? Pourquoi n'avait-elle pas prêté plus d'attention à la route empruntée par Ryan en y allant ?

Elle passa devant une cafeteria qui lui parut familière, bifurqua à gauche, longea un marchand de pneus et une casse automobile, qu'elle crut également reconnaître. En arrivant en vue de l'enseigne faiblarde d'un bowling, elle ralentit. Puis elle aperçut le panneau rouillé « Stanley's » et tourna sèchement à droite dans le chemin. Elle le remonta jusqu'au parking et s'arrêta devant le box 119. Eteignant ses feux, elle jeta un coup d'œil derrière elle pour s'assurer qu'on ne l'avait pas suivie.

Le parking du bowling était plongé dans la nuit, mais

une rangée de lampes qui ornaient la façade du relais routier apportait un éclairage diffus sur le parking du garde-meubles, qui se révéla lui aussi désert.

Sortant la torche électrique de la boîte à gants, Tess descendit, verrouilla les portières derrière elle, s'avança vers le box et l'ouvrit. Un vent fort soufflait, mais, Dieu merci, il ne pleuvait pas.

Ryan avait remis à leur place les cartons qu'ils avaient examinés, aussi choisit-elle l'autre côté pour reprendre la recherche. Se hissant sur la pointe des pieds, elle chercha une prise sur l'un des coins du carton supérieur de la première pile. Ryan avait procédé ainsi, et après quelques efforts, ça avait marché, même si elle avait dû l'aider quand le carton avait commencé à tomber. S'appuyant d'une main sur le mur pour anticiper la chute, elle tira.

Au lieu de voir le carton venir à elle, les quatre cartons de la pile bougèrent ensemble. Elle tira encore. Ils furent bloqués par un morceau de bois qui dépassait du mur. Alors qu'elle s'appuyait dessus pour souffler un peu, ils se mirent à glisser vers l'arrière. Allumant sa torche, elle se rendit compte qu'ils étaient assemblés à l'aide d'adhésif, formant ainsi une sorte de tour. Intriguée, elle poussa celle-ci, s'attendant à ce qu'elle bute contre la pile suivante, mais elle continua à glisser sur le sol cimenté jusqu'à ce qu'elle se détache de ses voisines et qu'une ouverture apparaisse.

Tess y dirigea le faisceau de sa torche… pour découvrir ce qui s'avéra une véritable pièce à l'intérieur du box.

Le secret de Katie.

Une chambre, à l'écart de son appartement. Où elle pouvait entrer sans que Stanley ni sa femme ne se doutent de rien. Un lieu privé. Un sanctuaire.

Tess déplaça lentement sa torche de gauche à droite. Dans l'angle se trouvait un matelas couvert d'une courtepointe. A sa vue, son cœur s'arrêta de battre : elle avait exactement la même, ornée de fleurs dans les mêmes tons de bleu et de mauve, cousues entre elles à l'aide de fil de soie rose. Sa mère l'avait réalisée quand elle était bébé. Apparemment, elle en avait fait deux et laissé la seconde à Katie, qui l'avait gardée.

Il y avait des peintures sur les murs, une petite lampe de chevet à côté du matelas, ainsi qu'un poste de radio, une étagère chargée de livres, d'un album de photos et de photos encadrées, deux chaises de bois, un simple portant pour les vêtements, avec au-dessous plusieurs paires chaussures et des boîtes pleines de ce qui ressemblait à du courrier. Enfin, une valise sanglée à l'aide d'écharpes de couleur, qui, devina Tess, devait contenir les vêtements qui composaient la garde-robe de « Caroline ».

La vie de Katie.

Remisée à un endroit où elle pouvait venir à sa guise. Cachée de tous.

Tess fit demi-tour pour refermer la grande porte à glissière et la verrouiller de l'intérieur. Puis elle s'assit sur le matelas et alluma la lampe de chevet. Une douce lumière baigna la « pièce ». Elle en profita pour étudier les photos sur l'étagère et celles de l'album, s'attardant sur les clichés de Katie dans les bras de leur père, soufflant des bougies d'anniversaire, riant avec des amis… si semblables à ceux qu'elle avait chez elle que son cœur se serra.

Dans une boîte en métal, par terre, elle trouva quelques bonbons et confiseries. Elle choisit une barre au chocolat, et tout en ôtant le papier, se mordit la lèvre. Apparemment, Katie et elle combattaient le stress de la même manière.

Sa barre terminée, elle alla prendre la valise pour la poser sur le lit. Elle était beaucoup trop lourde pour contenir des vêtements. Son intuition s'éveilla aussitôt.

L'argent.

Et là, sous une couche de foulards de soie, étaient disposées des liasses de billets, plus d'espèces que Tess n'en avait jamais vu en une seule fois. Des milliers de dollars. Cinquante, soupçonna-t-elle.

*
* *

Une heure plus tard, elle en eut le cœur net. Cinquante mille dollars exactement.

— Réfléchis, marmonna-t-elle entre ses dents, les poings pressés sur ses tempes.

Le montant ne pouvait pas être une coïncidence. Katie ne possédait pas autant d'argent. Ce qui signifiait soit qu'elle l'avait trouvé après la mort de son père, soit qu'il le lui avait donné avant l'incendie de la maison des Lingford.

Dans l'un ou l'autre cas, ignorant que Kinsey avait reçu la même somme, aurait-elle su quoi en faire ? Sans doute pas.

A moins qu'une autre pièce encore ne manque au puzzle.

Comment Kinsey avait-il retrouvé Katie ? S'il était au courant depuis le début de son personnage de Caroline Mays, aurait-il attendu tout ce temps pour l'approcher ? Non. Il aurait eu trop peur qu'elle dépense l'argent ou le remette à la police. Pour ce qu'en savait Tess, les recherches avaient commencé le jour où Katie avait été renversée. Cela voulait-il dire quelque chose ?

Pour compter l'argent, elle l'avait transféré au fur et à mesure dans un carton vide. Elle couvrit les billets avec les foulards, ferma les rabats, rangea le carton contre les autres, puis posa la valise par-dessus et retourna s'asseoir sur le matelas, les genoux ramenés sous le menton.

— O.K., Katie, murmura-t-elle. Qu'est-ce que c'est que cette histoire ?

Puis elle sut qu'il fallait qu'elle consulte de nouveau l'agenda. Il y avait quelque chose dedans, si seulement elle pouvait se rappeler quoi…

Elle devait retourner dans l'appartement de Katie.

Ryan frappa sur le toit du véhicule de patrouille.

— Merci de m'avoir ramené, lança-t-il à l'agent par sa vitre ouverte.

Puis il chercha des yeux sa voiture et ne la vit pas. Tess devait l'avoir garée plus loin et être revenue à pied.

Il gravit les marches de l'entrée, l'esprit encombré par les événements de la nuit, mais surtout impatient de voir Tess et de la serrer dans ses bras. Il pouvait lui dire que c'était terminé et qu'elle était désormais en sécurité. Ce qu'il ne pouvait pas lui dire, malheureusement, c'était que son père était innocent des actes criminels qui lui étaient reprochés. Il misait sur le fait qu'elle savait depuis toujours qu'il ne l'était pas, mais qu'elle était incapable de s'y résoudre.

L'appartement était silencieux lorsqu'il entra. Avec la lumière pâle du matin qui se diffusait par la fenêtre orientée au nord, l'intérieur était un camaïeu de gris, du plus clair au plus sombre. Silhouette noire se détachant sur le mur, Clive miaula. Il se pencha pour le caresser.

Puis il remonta le petit couloir vers la chambre, le cœur battant plus fort à chaque pas, imaginant Tess dans son lit, les cheveux défaits et étalés sur l'oreiller. L'espace d'une fraction de seconde, il tenta de se souvenir de la dernière femme qui avait passé la nuit chez lui, mais n'y parvint pas. Depuis quelque temps sa vie se résumait au travail. Il était prêt pour un changement.

Tess viendrait-elle en voyage avec lui ? Leur affaire était presque résolue. Lorsqu'ils auraient l'assurance que Katie se rétablirait, accepterait-elle de partir avec lui sur une île ? Le sable chaud, l'eau tiède… Les vêtements réduits au strict minimum. Les longues nuits. Du bon vin, tous les pancakes aux pétales de chocolat qu'elle pourrait manger, le temps de lézarder au soleil et de ne penser à rien.

Il sentit sa fatigue s'envoler. Tess était juste de l'autre côté de la porte. Il allait prendre une douche, la rejoindre et la réveiller de la plus douce des façons…

Trop tard. Le lit était fait avec soin, et dans la salle de bains flottait un parfum frais et propre qui le fit sourire. Il se mit à sa recherche.

Il la trouva dans le séjour, endormie tout habillée dans un de ses fauteuils de cuir, les pieds sur le pouf assorti, une boîte à chaussures sur les cuisses. Elle dut sentir qu'on la regardait, car elle ouvrit les yeux comme si elle ne les avait fermés que quelques minutes plus tôt.

— Qu'est-ce que tu as trouvé ? demanda-t-elle de but en blanc en reposant les pieds au sol.

— Beaucoup de choses, répondit-il.

Saisissant le pouf, il s'installa juste devant elle. Clive se dirigea avec indolence vers eux depuis la cuisine.

— Sur le second verre et la bouteille, il y a des empreintes qui ne sont pas celles de Kinsey.

— A qui sont-elles, dans ce cas ?

— Nous le saurons plus tard. Je penche pour Lingford. Ensuite, sans en avoir encore la confirmation, le légiste est presque sûr que le verre de Kinsey contenait des barbituriques.

— Des barbituriques. Tu veux dire qu'il aurait été drogué avant d'être étranglé ?

— En l'absence de blessures défensives et de traces de lutte, c'est ce qu'il semble. Et maintenant le dessert : l'inspecteur Sanchez est actuellement en route pour la maison de Nelson Lingford.

— Pourquoi ?

— Deux raisons. La première est que sa voiture a été aperçue dans le voisinage de chez Kinsey dans l'après-midi. Tu te souviens de cette femme qui secouait son tapis sur le perron de la maison bleue, lorsque nous étions là-bas ?

— Non, fit-elle en secouant la tête.

— C'est vrai, tu lui tournais le dos ainsi qu'à ce type qui passait sur le trottoir. Bref, nous avons interrogé les voisins pour voir si quelqu'un avait remarqué quelque chose d'inhabituel. A l'agent qui l'a questionnée, cette femme a dit avoir vu une grosse voiture couleur argent, avec sur le pare-chocs un autocollant qui a retenu son attention. Un triangle bleu avec un rond orange. De près, ils représentent une voile de windsurf et le soleil.

— Et Nelson Lingford est grand amateur de windsurf.

— Ce logo est celui d'un club de Californie.

— Dont je suppose qu'il est membre.

— Nous le saurons bientôt.

— Donc, il se trouvait non loin de chez Kinsey.

— Il y a autre chose. La même femme a affirmé qu'un homme qu'elle ne connaissait pas lui avait fait signe hier après-midi, entre 15 et 16 heures. Je l'ai moi-même vu. Je croyais qu'ils se connaissaient, mais d'après elle ce n'était pas le cas.

— Elle pourrait l'identifier ?

— Nous lui présenterons des photos. Je suis prêt à parier que c'était Nelson. Qu'il s'est garé dans une rue latérale, a marché jusque chez Kinsey, l'a tué, puis a regagné sa voiture en passant par la rue.

— Que se passe-t-il maintenant ?

— Les recherches continuent. Si les empreintes sur le deuxième verre sont celles de Lingford, ça le place au cœur de la scène. Et s'il lui a été délivré une ordonnance pour des barbituriques, ça va sentir le roussi pour lui.

— Avec quoi Kinsey a-t-il été étranglé ?

— L'un des cordons de rideaux de sa fenêtre de façade. Tess, il faut que tu saches qu'on a trouvé certains papiers chez Kinsey. Il conservait les tuyaux de son bookmaker. J'ai reconnu le nom. C'était également celui de ton père, ce qui établit un lien entre les deux hommes.

— J'ai trouvé quelque chose, moi aussi, annonça-t-elle en détournant les yeux.

— Que veux-tu dire ?

— Je… je ne pouvais pas dormir. Je ne suis pas restée ici. Je suis retournée au box de Katie.

Seigneur, songea-t-il en plongeant une main dans ses cheveux, se sentant soudain très las. Cette femme était d'une inconscience désespérante ! D'accord, elle avait survécu à son excursion nocturne pendant que Nelson Lingford rôdait Dieu sait où, il en avait la preuve sous les yeux. Mais avait-elle deux sous de cervelle ? Il serra les dents pour s'empêcher de proférer des paroles désagréables, et attendit.

— Les premiers cartons, à droite, sont scotchés ensemble et forment une sorte de porte coulissante. Derrière cette porte a été aménagé un espace où Katie a installé son repaire, avec un matelas, des vêtements, des trucs à grignoter. Un endroit où elle peut se réfugier quand le personnage de Caroline devient trop oppressant. Un endroit sûr.

Il continua à attendre. Il savait ce qui allait venir.

— J'y ai trouvé une valise pleine d'argent. Cinquante mille dollars.

Il hocha la tête.

— Où sont-ils ?

— Toujours là-bas. Dans un carton.

— Très bien. Maintenant, que dis-tu de ça ? Nelson veut l'argent de la collection. Il paie le chauffeur de sa belle-mère pour qu'il mette le feu à sa maison. Kinsey connaît ton père, parce qu'ils ont le même bookmaker et se croisent sans doute dans les mêmes établissements de jeux. Il recrute ton père pour qu'il achète le bidon de pétrole, et peut-être qu'il regarde ailleurs jusqu'à ce qu'il soit trop tard. Je viens juste d'apprendre que le système anti-incendie sophistiqué requis par la compagnie d'assurances était hors-service cette nuit-là. Or cela nécessite des codes et des informations confidentielles. C'est l'élément à charge le plus incriminant pour Nelson Lingford.

— Alors il est coupable.

— Ça y ressemble. Après l'incendie et la mort de ton père, Lingford coupe tout lien avec le chauffeur en le renvoyant, tout au moins en apparence. Ce qu'il n'a pas prévu, c'est l'incapacité de Kinsey à garder de l'argent, même un montant aussi élevé. Ni sa cupidité. Kinsey flambe tout, et commence à s'interroger sur ce qu'il est advenu de la part de ton père. Katie a disparu, mais il la connaît de vue, et, peut-être en la voyant avec Lingford le jour où elle se fait renverser, finit par comprendre que Caroline Mays et elle ne font qu'une.

— N'en aurait-il pas informé Lingford ?

— Je ne le pense pas. Il a dû vouloir d'abord mettre la main sur la part de ton père.

— Donc, d'après toi, ce n'est pas lui qui a tenté d'écraser Katie.

— Non. Je crois que c'est Lingford. Peut-être en empruntant le véhicule d'un associé. Nous avons vérifié les registres de toutes les sociétés de location de voitures, et son nom n'apparaît nulle part. Peut-être, sans s'en rendre compte, Katie a-t-elle dévoilé son jeu en lui parlant. Peut-être a-t-elle cité le nom de Kinsey.

— Mais elle l'ignorait, puisque Irene ne le lui avait pas encore fourni.

— Elle a pu dire autre chose qui l'a trahie. Ou Lingford se renseigner en douce sur elle et découvrir qui était réellement Caroline Mays.

Il lui toucha le bras. Elle tressaillit.

— Désolé, je sais que tout cela n'est pas facile à entendre. Lorsqu'on l'inculpera pour malversations et meurtre au premier degré, Lingford se mettra peut-être à parler.

— Il aurait alors décidé de réduire Kinsey au silence ?

— Soit ça, soit Kinsey a cherché à lui soutirer davantage d'argent, et il s'en sera débarrassé de façon radicale.

— Une tentative de chantage, tu veux dire.

Il lui saisit les deux mains.

— De toute façon, dès qu'ils l'auront arrêté, tu n'auras plus rien à craindre. Katie non plus n'aura plus rien à craindre.

Elle paraissait deux fois plus épuisée que la veille. Il désigna du menton la boîte à chaussures sur ses cuisses.

— On dirait que tu n'as pas chômé, cette nuit.

— Et tu ne sais pas tout, répondit-elle. Il y a deux, trois impacts de balles sur ta voiture. J'étais devant la porte de l'immeuble où Lingford a son bureau lorsqu'on m'a tiré dessus.

Il déglutit, stupéfait.

— Tiré sur toi ? Je ne comprends pas…

— Moi non plus. Mais comme tu vois, je suis toujours en vie. Ensuite je suis venue ici. Comme je ne pouvais pas dormir, je suis allée au box de Katie, puis à son appartement pour consulter de nouveau son agenda. Je savais que j'étais passée à côté de quelque chose. Je suis revenue ici avec l'intention de l'éplucher, mais je me suis endormie.

— Ne t'inquiète pas, dit-il en portant l'une de ses mains

à ses lèvres. Je vais signaler ça au poste. Lingford a peut-être pensé qu'il pouvait te faire taire.

— Il savait que j'irais à son bureau. Nous avions rendez-vous. Je voulais jeter un coup d'œil à ce trophée.

Ryan sentit son ventre se crisper.

— Mais… je ne sais pas, soupira-t-elle.

— Tu ne sais pas quoi ?

— Je l'ai vu maintenant deux ou trois fois, et même s'il est faux et probablement malhonnête, il ne m'a pas donné l'impression d'être stupide.

Il la regarda au fond des yeux.

— Où veux-tu en venir ?

— Je ne crois pas que Lingford se serait promené au volant d'une voiture voyante dans le quartier de la victime, quelques minutes avant ou après son crime. Je ne crois pas qu'il se servirait de ses propres barbituriques pour l'endormir. Je ne crois pas qu'il laisserait ses empreintes sur un verre. La scène du meurtre m'a semblé fabriquée. Et puis pourquoi essayer de me tuer ? Quelque chose ne colle pas.

Il se leva brusquement.

— Je ne cesse d'oublier que tu es flic, dit-il en levant un doigt. Je te crois toujours vétérinaire.

Elle leva les yeux vers lui, l'air pensif.

— Il ne te vient jamais à l'esprit que tu pourrais être manipulé ?

— Par toi ? Quelquefois.

— Pas par moi. Par quelqu'un d'autre. Vince Desota, par exemple. Où se place-t-il dans tout cela ?

— Si tu savais comme moi à quel point les assassins peuvent être bêtes, tu ne serais pas aussi sceptique. La plupart du temps, les gens agissent par désespoir.

— Si Nelson Lingford a pu engager un incendiaire, qu'est-ce qui l'empêchait d'engager un tueur ?

— Qui sait ? Peut-être en avait-il assez de voir les autres bâcler le travail.

— Je n'aime pas ça, marmonna-t-elle.

Ils se turent un instant tous les deux, puis Ryan demanda, de but en blanc :

— Pourquoi ne pouvais-tu pas dormir cette nuit, Tess ? Qu'est-ce qui t'angoissait plus que de te faire tirer dessus ?

Elle ne répondit pas.

— Eh bien, je vais te le dire : être ici, chez moi. Rester dans mon appartement à m'attendre. Ça te faisait plus peur que de risquer ta vie. Avoir besoin de moi t'effraye davantage que de prendre une balle dans la tête, Tess.

Le pager fixé à sa ceinture sonna, les faisant sursauter de concert. Il s'excusa, gagna la salle de bains et prit l'appel de Sanchez. La conversation fut brève, mais satisfaisante.

De retour dans le séjour, il avisa les documents posés à côté de son ordinateur, les photos extraites du portable de Katie. Il les avait tirées sur son imprimante, songeant plus ou moins s'en servir comme gages de paix, puis les avait oubliées. Peut-être pouvaient-elles encore être utiles.

Tess, qui avait sorti de la boîte à chaussures l'agenda de son père, le compulsait, les sourcils froncés.

— Les noms…, marmonna-t-elle. Ça y est. Je me souviens.

— De quoi ?

— De la raison pour laquelle le nom de famille d'Irene m'avait paru familier. Mon père a tenu un répertoire des musiciens avec lesquels il a joué au fil des ans. L'un des tout premiers était un certain I. Woodall. Ce devait être le défunt mari d'Irene, Ian Woodall. Voilà ce qui me turlupinait. Je pensais que ça pouvait être important, mais non.

Elle replaça le calepin dans la boîte et releva la tête.

— Qui était-ce ? demanda-t-elle.

Son regard bleu n'était pas seulement troublé et fatigué, il était méfiant. Depuis son retour, il avait cru percevoir chez elle une certaine distance. Etait-ce son imagination ? Après tout, lui aussi était fatigué.

— Sanchez, répondit-il après avoir chassé la boule qui s'était logée dans sa gorge. Ce salaud arrogant de Lingford les a autorisés à fouiller chez lui, mais lorsqu'ils sont tombés sur l'ordonnance des barbituriques il a changé d'avis et s'est refermé comme une huître. Hélas pour lui, ils avaient trouvé une paire de chaussures tachées de boue dans le garage, dissimulée sous une bâche. Et devine ce qu'il a comme autocollant sur sa voiture ?

— Celui d'un club de windsurf californien.

— Gagné. Ils vont comparer cette boue avec celle qui se trouve devant la maison de Kinsey, procéder aux analyses et tout le toutim, et tu verras, Lingford va se mettre à table. Et comme on trouvera bien une balle logée dans ma voiture quelque part, je leur ai demandé de saisir toutes les armes qu'ils trouveraient chez lui pour analyse. Affaire classée.

— Hmm…

Il fronça les sourcils. Se rappelant les photos, il les lui tendit. Les tirages en format A4 étaient un peu granuleux mais corrects. Il y en avait une dizaine. Elle les examina une par une, puis s'arrêta sur celle de Katie et son père au pique-nique de la police.

— Ce sont celles du portable de Katie ?

— Oui. Je n'avais pas encore eu l'occasion de te les montrer. Je suppose que maintenant que tu as vu toutes les autres photos de ta sœur, elles ont moins d'importance…

— Non. Au contraire. Elle y tenait assez pour vouloir les conserver. Tout l'album a été effacé. C'est toi ?

— Je n'en sais rien. Par inadvertance, peut-être.

Il l'observa encore un instant, puis se jeta à l'eau.

— Bon, que se passe-t-il ? demanda-t-il d'une voix grave et tendue.

— Je te l'ai dit, j'ai comme l'intuition que…

— Je ne parle pas de l'affaire. Je ne parle pas de Katie ni de ton père. Je parle de nous. Qu'est-ce qui ne va pas ?

Elle riva aussitôt son regard dans le sien.

— Ça va trop vite, répondit-elle tout de go.

— Trop vite. Que nous ayons couché ensemble…

— Que tout. Il y a une semaine j'ignorais jusqu'à ton existence, j'ignorais tout des gens de cette ville…

Posant les tirages de côté, elle se leva, serrant les bras sur sa taille comme si elle avait froid.

— Nous irons plus lentement, promit-il. Nous nous verrons entre New Harbor et San Francisco, une fois toi, une fois moi. On se donnera rendez-vous. On prendra le temps de se connaître comme le font les gens normaux.

— Que s'est-il passé pour ton frère ?

Peter. Que venait faire Peter ici ? L'avenir de leur relation dépendait-il de ce qu'il pourrait lui dire du drame majeur de sa vie ? se demanda Ryan.

Peut-être. Mais était-il capable d'en parler maintenant, comme cela, tout à coup, après toutes ces années où il avait gardé cette tragédie enfermée au fond de lui ?

Il demeura figé dans la lumière matinale, les yeux rivés sur cette femme qu'il se soupçonnait d'aimer. Avait-il le choix ?

— Oublie ça, dit-elle en se massant les tempes. Excuse-moi, c'était cruel. C'était juste pour te montrer que nous ne savons presque rien l'un de l'autre. Je peux être impatiente et maladroite. Tu as de sombres secrets enfouis, et Dieu sait quoi d'autre. Et…

— Stop, la coupa-t-il, avant de prendre une profonde inspiration.

Hésitants au début, ses mots vinrent d'eux-mêmes, pour gagner en limpidité et en intensité à mesure qu'il parla.

— En fait, c'est très simple. Je l'ai laissé tomber. Il avait dix-huit ans et m'avait appelé à l'aide. Mais j'étais alors à l'Académie de Police et le lendemain matin, je passais un examen très important. Si je le ratais, mon année était fichue. Je n'y suis pas allé, alors qu'il me suppliait. A midi, il avait succombé à une overdose et c'était trop tard. Voilà toute l'histoire. Elle n'est ni compliquée, ni étrange, ni même exceptionnelle compte tenu du monde où nous vivons. Mais elle est la honte de ma vie, et maintenant tu la connais… Tu es la seule personne qui la connaisse.

— Et tes parents ?

— Je ne leur ai jamais parlé de son coup de téléphone.

— Parce que tu pensais qu'ils t'en auraient voulu ?

— Parce que je savais qu'ils ne m'auraient pas pardonné, répondit-il d'une voix brisée.

Il inspira de nouveau et ajouta :

— Ce n'était pas la première fois que Peter m'appelait à l'aide. Je ne compte pas le nombre de fois où j'ai accouru à son secours. Il gâchait chaque occasion qui se présentait à lui de sortir de l'ornière. Il a usé tous les membres de la famille. J'étais le seul vers qui il pouvait encore se tourner. Mais ce soir-là il avait besoin d'aide. Il a tendu la main vers moi, et je l'ai ignorée.

Tess l'entoura de ses bras.

— Tu es conscient de la contradiction qu'il y a dans tout cela, n'est-ce pas ? murmura-t-elle près de son oreille.

Le contact de ses bras était un fragile morceau de paradis, la caresse d'un ange.

— Je suppose, répondit-il, le cœur douloureux.

Elle l'écarta de lui et plongea son regard dans le sien.

— Tu ne pouvais pas prévoir qu'il mourrait. Tu savais que tôt ou tard il lui arriverait quelque chose de tragique, malgré tous les efforts déployés par ceux qui l'aimaient. Comment aurais-tu pu deviner que c'était sa dernière chance, *ta* dernière chance ? Et même si tu avais mis ta carrière entre parenthèses et t'étais précipité pour le sauver, il y aurait eu une autre fois, et une autre encore, jusqu'à ce qu'il réussisse à se tuer, ou à te couper de lui, ou à reprendre le contrôle de sa vie et sortir de la drogue. Tout cela tu le sais, n'est-ce pas ?

Honteux de sentir les larmes lui affluer aux yeux, il voulut se lever. Elle l'en empêcha et, fouillant son regard, c'est avec une tendresse infinie, qui le prit totalement de court, qu'elle murmura :

— Oh, mon cœur.

Ce fut l'ultime trait. Ce mot affectueux, prononcé avec une douceur et une compréhension infinies. Elle l'attira contre elle. Un spasme souleva le torse de Ryan. C'est à peine s'il se rendit compte qu'il enfouissait sa tête au creux de son cou, s'enfouissait en elle, et se laissait aller à l'impensable : pleurer.

Il n'y avait pas de façon élégante d'arrêter cette crise, et lorsque le pire fut passé, il redouta d'affronter le regard de Tess, accablé par l'illusion qu'il avait toujours entretenue de pouvoir éluder la vérité, de la repousser loin de lui. Dénichant un mouchoir en papier, il entreprit de réparer les dégâts des eaux, les mains d'abord tremblantes, puis s'affermissant à mesure que s'apaisait sa respiration.

La prochaine étape serait de parler à ses parents. Depuis dix ans, ils devaient se demander pourquoi le jour de la mort de Peter ils avaient perdu deux fils, et non un. Son incapacité à aborder le sujet de son frère, supposa-t-il, avait dû leur être aussi pénible qu'à lui, sinon plus.

Pour le moment, il restait toutes ces questions irrésolues qui flottaient entre eux. Il avait présumé que lorsque le personnage qui se cachait derrière la mort du père de Tess serait démasqué, que celui qui avait perpétré l'attentat contre Katie serait identifié, que celui qui avait agressé Tess serait arrêté, ils pourraient passer à autre chose.

Il risqua un regard vers elle. Elle avait toujours les yeux posés sur lui.

— Merci, dit-elle.

Il savait ce qu'elle voulait dire, aussi acquiesça-t-il. Il paraissait stupide de la remercier en retour, mais à la vérité il avait l'impression qu'un poids de trente kilos venait de lui être enlevé.

— Cela explique pourquoi tu as pris la situation de Katie tant à cœur, n'est-ce pas ?

— Sans doute. Mais pas ce qui se passe entre nous, ajouta-t-il en les désignant l'un et l'autre du doigt.

— A présent, au moins, je sais pourquoi tu te protégeais. C'est comme si tu étais enfin prêt à te pardonner et à sortir de ta réclusion volontaire. J'ai peur, terriblement peur que ce soit à cause de moi, et… Je ne sais pas, tout va si vite, il y a quelque chose qui manque dans cette affaire. Katie…

Elle se tut brusquement, les yeux gonflés de larmes. Celles-ci rompirent soudain leurs digues et roulèrent sur ses joues.

Il n'aurait pas été plus interloqué si des ailes lui étaient poussées dans le dos et qu'elle se fût envolée par la fenêtre. A son tour il tendit la main vers elle, mais elle se détourna. Il comprit alors.

— Tu as peur que mes sentiments pour toi soient plus forts que les tiens à mon égard, dit-il. Que si tu changes d'avis, je sombre dans une misère abyssale comme après la mort de mon frère.

Elle le regarda de nouveau et hocha la tête.

Il ne sut qu'ajouter. Il ignorait s'il était le seul fou dans la pièce. Pourquoi s'inquiétait-elle à ce point ? Aucune histoire d'amour n'était jamais fournie avec une garantie.

— Tu refuses même de pleurer ?

Il fut frappé par la douleur qu'il percevait dans sa propre voix. Comme image de virilité rassurante, il se posait un peu là.

— Je ne sais pas ce que je veux, répondit-elle. C'est juste que…

— Il y a autre chose ?

Elle cligna deux fois des paupières, comme si elle hésitait à aller jusqu'au bout de sa phrase.

— Tout ce qui t'intéresse, déclara-t-elle enfin, c'est de trouver le coupable.

— N'est-ce pas le plus important ?

— Non. Le plus important, pour moi, est plus compliqué. Que faisait mon père dans la maison des Lingford ?

— Il mettait le feu.

— Ç'a été prouvé ?

— Il y a le bidon de pétrole, le reçu…

— Ils ont pu être placés là exprès.

— La fausse affaire sur laquelle il m'a envoyé. La commission qu'il a reçue. L'argent, Tess, pour l'amour du Ciel ! insista-t-il en haussant la voix. L'argent que *tu* as trouvé.

— Je ne suis toujours pas convaincue, répliqua-t-elle. Je pense que tu te contentes trop facilement de cette réponse, que puisque tu veux que l'affaire soit bouclée, elle l'est.

Il écarquilla les yeux, incrédule.

— Mettrais-tu en cause mon éthique professionnelle ?

— Je…

— Tu en sais plus tout à coup que toute la police de New Harbor, c'est ça ? Plus que Sanchez, plus que Donovan, et certainement infiniment plus que moi.

Elle ne broncha pas.

— Très bien, dit-il. Va poser toutes les questions que tu veux. Sois Tess Mays, ou Katie Fields, ou Caroline Mays, ou Wonder Woman si tu veux. Nelson Lingford est en prison, il ne peut donc plus faire de mal ni à toi ni à sa belle-mère, et Kinsey est mort, alors va perdre ton temps !

Il leva les deux mains en un geste d'abandon.

Elle prit la boîte à chaussures, l'agenda et les photos, et lui adressa un bref salut de la tête. Il ne se retourna pas lorsqu'elle ramassa le reste de ses affaires ni lorsqu'il l'entendit poser son trousseau de clés sur la table. Ce n'est qu'après avoir entendu la porte de l'appartement se refermer qu'il le fit. Gagnant l'angle de la fenêtre, il tendit le cou pour voir le trottoir. Il attendit, jusqu'à ce qu'il comprenne qu'elle était partie dans l'autre direction.

Il donna un coup de pied dans le pouf et jura.

12

Tess parcourut à pied la distance qui la séparait de l'hôpital. Elle avait laissé son faux plâtre chez Ryan et les béquilles dans sa voiture.

Elle ne penserait plus à lui, décida-t-elle, l'estomac rongé par un mélange amer de honte et de regrets. Elle avait laissé les choses lui échapper. Mais comment pouvait-elle baisser les bras quand Katie dépendait toujours d'elle pour qu'éclate enfin la vérité qui laverait le nom de leur père ?

« Est-ce la seule raison, ou te sers-tu de ta sœur comme prétexte pour occulter ton besoin de lui ? »

Comment pouvait-elle avoir besoin d'un homme qu'elle connaissait depuis aussi peu de temps, quand la règle du jeu était — et avait toujours été — que ça n'arrive *jamais* ?

Son téléphone sonna à cent mètres de l'hôpital. Encombrée par la boîte et les tirages des photos, elle le sortit non sans mal de sa poche.

— Caroline ? C'est Madeline.

Pas Ryan. Ce ne serait peut-être plus jamais lui. Elle avait tout fait pour qu'il la quitte. Bravo, bien joué, ma fille ! Maintenant elle n'aurait plus à le quitter, ou pire, à attendre le jour où il déciderait qu'il en avait assez et s'éloignerait dans le soleil couchant, lui laissant le cœur en capilotade.

Elle n'était qu'une lâche. Comme sa mère…

Et, Dieu lui vînt en aide, elle avait la faiblesse d'être soulagée que ce ne soit pas lui. Elle ne pouvait pas lui parler. Elle ne saurait que lui dire.

— Vous êtes au courant ? Nelson a été arrêté !

— Oui, je l'ai appris, répondit Tess, tandis qu'une nouvelle vague de larmes, qui n'avait rien à voir avec Nelson, lui inondait les joues.

— Je suis effondrée, geignit Madeline. La police affirme qu'il a tué un homme, et que c'est lui qui est derrière l'incendie de ma maison ! Je ne peux plus rester ici. Je pars chez une amie à Portland. Avant cela, je vais déposer toutes les photos chez Irene. Elle est d'accord. George sera là pour me faire entrer. Mais on est dimanche, il a des projets pour la journée et doit partir aussitôt. Ça vous ennuierait de me retrouver là-bas pour y attendre l'arrivée d'Irene ? Elle est avec Tabitha à l'Oiseau Bleu, mais elle ne tardera pas.

— Pas du tout, répondit Tess d'une voix un peu crispée.

Elle devait aux deux femmes une explication. Autant en finir une bonne fois avec cela.

— Je dois d'abord faire un crochet chez… un ami, reprit-elle en regardant la photo imprimée de Tabitha lors de sa fête d'anniversaire.

Elle avait été prise le jour où Katie avait été renversée par la fourgonnette. L'adolescente souriait, des miettes de gâteau collées sur le menton, son chapeau pointu rose sur la tête, et l'on apercevait un tableau en arrière-plan. Elle pourrait demander à Irene de la lui donner. Elle pourrait faire ses adieux.

Le silence se prolongea.

— Caroline ? demanda Madeline. Est-ce que tout va bien ?

— Oui, tout va bien.

— Parfait. L'adresse de la galerie est 100, Broadway Avenue.

Tess reprit son chemin vers l'hôpital. Elle trouva Katie comme elle l'avait toujours trouvée, inerte dans le lit, toujours dans le coma. De nombreux tubes avaient toutefois disparu, et son bandage à la tête avait été modifié de sorte que Tess voyait à présent les racines plus claires de ses cheveux.

Elle se pencha sur elle.

— J'ai des choses pas agréables à te dire sur Papa, murmura-t-elle. Réveille-toi, je t'en prie.

Mais ce n'était pas si facile, et elle savait que sa sœur ne se réveillerait pas. Elle lui embrassa la main. Se regarderaient-elles un jour l'une l'autre dans les yeux ?

Ryan arpenta un bon moment son séjour avant de rappeler Sanchez. Il lui posa quelques questions, écouta ses réponses, puis alla se rafraîchir le visage à l'eau froide et quitta son appartement. Dix minutes plus tard il était au poste de police.

Nelson Lingford s'était remis à parler.

Il jura ses grands dieux qu'il n'avait rien à voir avec la mort de Kinsey. Bien sûr. Il prétendit ignorer comment ses chaussures s'étaient retrouvées sous cette bâche, mais en revanche admit avoir circulé aux alentours de la maison de l'ancien chauffeur de Madeline. Celui-ci lui avait téléphoné pour le voir, et il avait accepté de se rendre chez lui. Mais tout en roulant, il avait trouvé quelque chose de suspect dans cet appel, et était passé devant la maison sans s'arrêter.

La boue sur ses chaussures disait autre chose.

Un fait, néanmoins, ennuyait Ryan. On n'avait trouvé chez lui aucune arme ayant servi récemment. Cela étant, il est très facile de se débarrasser d'une arme encombrante lorsque l'on vit près de l'océan. Quoi qu'il en soit, il était clairement coupable. Tout le monde le savait.

Sauf Tess.

Et elle était dehors à errer Dieu sait où, à poser des questions, à fureter, refusant d'affronter la réalité, niant l'évidence. Seule. Ou peut-être pas… Si Nelson n'était pas celui qui avait tenté de la tuer, alors…

Devait-il s'en inquiéter ?

Ça dépendait. Etait-il sûr à cent pour cent de la responsabilité de Lingford et de celle de Kinsey dans tout ce qui s'était passé ? Si oui, elle ne risquait rien.

Mais s'il conservait ne serait-ce que l'ombre d'un doute, elle était en danger.

Sa sécurité était sa priorité.

« Sauf qu'elle ne veut pas de toi auprès d'elle », lui souffla son amour-propre.

— Ryan ? Ça va ?

Il releva la tête, pour rencontrer le regard curieux de Sanchez.

— Je vais parler à cette voisine, annonça-t-il. Celle qui secouait son tapis.

— A ta guise.

Rassemblant quelques photos, il quitta le bureau. Il s'arrêta d'abord devant l'immeuble de Katie. De nouveau, il frappa aux portes et montra ses photos à ceux qui lui ouvraient, demandant s'ils avaient vu Lingford ou Kinsey.

Il tenta même la porte du vieux grognon. A sa grande surprise, celui-ci prit le temps d'étudier les visages. Il fit non de la tête, referma sa porte mais la rouvrit aussitôt. Un chien pointa le museau entre ses jambes.

— C'est pour aider la petite rousse du fond du couloir ?

— Oui, confirma Ryan. Vous vous rappelez avoir vu l'un de ces hommes ?

— Ce que j'ai vu, c'est une femme qui n'est pas du quartier. Dehors, dans une fourgonnette.

Déconcerté mais ravi par cette soudaine volonté de coopérer, Ryan en profita pour essayer d'en savoir plus.

— Je l'ai vue deux fois, expliqua le vieil homme. La première c'était un matin, il y a plusieurs jours. La seconde hier après-midi. Quant à vous la décrire… Elle avait des cheveux gris, peut-être blancs, ou blonds, difficile à dire avec la pluie. Mais elle avait une écharpe bleue autour du cou. La fourgonnette était de couleur claire, et elle était au volant.

Ryan ne savait que déduire de ces informations. La femme dans la fourgonnette pouvait être l'ex-femme de quelqu'un, un membre de groupe de covoiturage ou n'importe quoi d'autre. Il tenta d'en savoir plus sur l'écharpe. Etait-elle à rayures bleues et blanches ? Il ne s'en souvenait pas. Sa misanthropie reprit bientôt le dessus, et il referma sa porte.

Ryan n'insista pas et réfléchit. Les seules femmes dans l'affaire étaient Irene Woodall et Madeline Lingford. Se pouvait-il que Madeline ne soit pas aussi handicapée que ce que l'on croyait ? Qu'elle soit prête à toutes les extrémités pour protéger son beau-fils ? Etait-il possible qu'Irene veuille par jalousie s'approprier des œuvres d'art qu'elle en était venue à considérer comme son bien ?

Il roula ensuite jusqu'au quartier de Kinsey, se gara dans la rue, puis alla frapper chez la femme au tapis. Celle-ci vint lui ouvrir en personne, et lui relata les détails avec une excitation manifeste. C'était le genre de voisine qui ne perd rien de ce qui se passe chez les autres, et que l'idée qu'un meurtre soit perpétré près de chez elle effrayait et émoustillait à la fois.

— Parlez-moi de cet homme que vous avez vu passer hier sur le trottoir d'en face, celui qui vous a fait signe. Vous avez dit à l'agent qui vous a interrogée que vous ne le connaissiez pas.

— C'est terrible, n'est-ce pas ? Penser que cet homme a été assassiné dans notre rue en plein jour !

— C'est terrible, en effet. Donc, cet homme qui vous a saluée…

— Un parfait inconnu. Vous savez, je connais tout le monde dans le quartier, ne serait-ce que de vue, mais je n'avais jamais vu cette personne-là auparavant. Je m'en serais souvenue, à cause de cette écharpe rayée bleu et blanc, et de, enfin, comment dire… ?

— Oui ?

Elle haussa ses épaules potelées, l'air gêné.

— L'allure qu'ont ces gens…

— Ces gens ? Quels gens, madame Pilsner ?

— Ces hommes qui voudraient être des femmes.

Marcel ? Doyle ? Il n'y comprenait plus rien. Que diable seraient-ils venus faire dans cette histoire ? Doyle, passe encore, en allant chercher loin.

— Qu'est-ce qui vous fait dire cela ?

Elle chercha un moment à noyer le poisson, avant de déclarer avec le plus grand sérieux :

— J'ai tout de suite su que c'était un homme qui essayait d'être une femme habillée en homme.

— Pourquoi n'aurait-ce pu être une femme habillée en homme ? demanda-t-il, persuadé d'avoir raté quelque chose.

Elle haussa les épaules.

— Ce serait trop simple.

Rien n'est jamais simple, songea-t-il. Il lui présenta les photos qu'il avait montrées au voisin de Katie. Elle n'y reconnut personne, en dehors de Nelson Lingford, dont elle avoua qu'elle connaissait son visage depuis des années par les magazines. Oui, il aurait pu être le passant qui l'avait saluée, mais n'en avait aucune certitude.

Ce qu'il lui fallait, songea-t-il, c'était des photos d'Irene et de Madeline. Il repasserait par le poste et demanderait à Donovan s'il en avait.

Une autre idée lui vint. Il sortit son portable et composa le numéro de Katie. Ses pensées se télescopaient sous son crâne pendant qu'il attendait que Tess réponde. Il tomba sur la boîte vocale. Il appela alors l'hôpital, pour apprendre qu'elle était partie quelques minutes plus tôt.

Il se remit à la tâche, frappant aux portes, montrant les photos, en proie à un malaise croissant. Qui était cette mystérieuse femme ? Etait-elle importante, ou s'agissait-il d'un personnage totalement extérieur à l'affaire ?

Et puis il songea à Tess. Où était-elle ?

La reverrait-il jamais ?

La galerie d'Irene Woodall s'appelait « Broadway Art ». Au-dessous du nom, des lettres d'or plus petites indiquaient : « Vente-Achat-Encadrement. » Dans la vitrine était présenté un ensemble de tableaux paysagers de divers formats.

Un panonceau « fermé » était apposé sur la porte. Tess tourna néanmoins la poignée, tout en frappant à la vitre pour s'annoncer. La porte s'ouvrit et elle entra.

L'intérieur était beaucoup plus vaste qu'il n'y paraissait depuis la rue, et rempli d'œuvres d'art : sculptures sur piédestal, peintures dans leur cadre, objets de verre soufflé et autres pièces originales, chacune bénéficiant d'un éclairage étudié et disposant d'un confortable espace de recul. Devant les prix indiqués sur les stickers, Tess faillit s'étrangler.

Irene pointa la tête à la porte de la pièce du fond.

— Venez, je viens d'allumer la machine à café.

Elle disparut, tandis que Tess se frayait un chemin à travers la galerie.

Sur la route depuis l'hôpital, elle s'était interrogée sur la meilleure manière de révéler son identité aux deux femmes. Une partie d'elle regrettait de ne pas avoir ses lunettes, son plâtre et ses béquilles, ce qui aurait permis de différer ce moment délicat.

Après tout, ce n'était pas comme si elle vivait à New Harbor. Elle était venue ici pour Katie, mais lorsque celle-ci serait rétablie, elle pourrait souhaiter déménager à San Francisco. Tess disposait d'une chambre d'ami et avait quelques économies. Elle pourrait ainsi lui permettre de reprendre ses études, de commencer une nouvelle vie, ailleurs. Loin de Ryan Hill.

Mais garder ce genre de secret n'était pas dans sa nature. Quand Nelson Lingford passerait en jugement, certaines choses éclateraient au grand jour, et elle préférait qu'Irene et Madeline apprennent la vérité de sa bouche.

La pièce du fond était à l'évidence le cœur de l'activité professionnelle d'Irene. Du matériel d'encadrement, des rouleaux de toile, de l'outillage divers occupaient plusieurs plans de travail. Les grandes boîtes contenant les photos de Madeline étaient posées sur l'établi le plus proche.

Le mur du fond était percé de deux portes, une haute et large destinée aux objets volumineux, et une ordinaire, présentement ouverte. A l'extérieur, une fourgonnette gris perle était garée juste à côté de la berline noire d'Irene.

Entre l'hôpital et la galerie, Tess avait compté quinze fourgonnettes. Il y en avait partout. Comment un homme officiellement malvoyant pouvait-il faire la différence entre une blanche, une gris clair, une jaune pâle ou une bleu ciel ? A fortiori s'il pleuvait à verse ?

Irene referma la porte et la verrouilla.

— Tabitha ne se sentait pas assez bien pour passer beaucoup de temps avec moi ce matin, dit-elle. Je suis donc venue ici plus tôt et j'ai libéré George. Vous venez de rater Madeline. Elle était très pressée. Je lui ai dit que vous et moi ferions une vitrine spéciale pour honorer sa collection.

Elle haussa soudain les sourcils.

— Dieu du ciel ! s'exclama-t-elle. Où sont vos béquilles et votre plâtre ?

— Je vais mieux, répondit Tess, tandis que les premières notes de la « Lettre à Elise » annonçaient un appel.

— Et vos lunettes ? insista Irene. Votre vue aussi s'est améliorée ?

— Oui, se contenta-t-elle de répondre, tout en consultant le petit écran du portable.

Ryan. A une bouffée d'excitation spontanée succéda le doute. Etait-il sage de lui donner de faux espoirs ? Que pouvait-elle dire ? Que devait-elle dire ? Incapable de prendre une décision, elle coupa l'appareil et le posa sur l'établi.

— Un problème ? s'enquit Irene.

— Non, c'est juste, euh, mon cousin.

— Il est très attentionné.

— Je… Je ne peux pas lui parler maintenant.

S'appuyant à l'établi, Irene joignit les mains sur sa poitrine.

— Cet homme n'est pas votre cousin, dit-elle. Je ne suis peut-être plus de première jeunesse, mais je sais encore reconnaître certains regards chez un homme. Vous vous êtes disputés ?

— Les histoires d'amour ne se concluent pas toujours par un mariage parfait, répliqua-t-elle d'une voix douce.

Irene lui jeta un regard mi-figue, mi-raisin.

— Je n'ai jamais dit que j'avais fait un mariage parfait.

— Pardonnez-moi. Je m'étais imaginé…

— Ian était musicien professionnel, il voyageait donc beaucoup. Il était également membre de votre petite formation locale. Celle où jouait ce policier que vous avez remplacé, accusé d'avoir mis le feu à la maison de Madeline. Mais c'était longtemps avant, bien sûr. Ian était violoniste.

Tout cela, Tess le savait déjà.

— Ça devait être un homme formidable, balbutia-t-elle.

Ouvrant la boîte de photos, elle en sortit plusieurs qu'elle disposa sur l'établi. La première était celle d'un magnifique petit Monet. Un enfant sur un banc, dans un jardin en été. Tess avait déjà vu cette photo chez Madeline.

Par coïncidence, celle du tableau au petit chien qui courait parmi les coquelicots, celui dont Madeline disait que c'était son préféré, se trouvait juste à côté. La différence de qualité sautait aux yeux. Qu'Irene ait ironisé sur le manque de sens artistique de son amie, songea-t-elle, n'était pas étonnant.

— Mais Ian, qu'il repose en paix, ne fut pas le grand amour de ma vie.

Tess releva les yeux. Irene tenait à la main les tirages d'imprimante effectués par Ryan.

— Tabitha n'a-t-elle pas l'air heureuse sur celle-ci ? demanda-t-elle en tendant à Tess la photo de sa fille. Caroline, puis-je vous emprunter votre portable ?

Tess tourna les yeux vers l'appareil sur l'établi.

— Il me faut un portable pour envoyer un SMS, et le mien est resté dans ma voiture.

Tess le lui remit.

Un je-ne-sais-quoi d'indicible avait modifié l'atmosphère de la pièce. Quelque chose n'allait pas. Tess se creusa les méninges pour cerner la nature de ce changement, tandis qu'Irene composait son message.

— Pour tout vous dire, reprit celle-ci lorsqu'elle eut terminé, j'étais folle amoureuse de Theo Lingford.

Tess battit plusieurs fois des paupières.

— Ça vous choque ? Vous pensez que votre génération est la première à avoir des liaisons ?

— Non, admit Tess.

Ce qui la choquait était qu'Irene lui en parle. Pourquoi faisait-elle cela ? Désireuse d'échapper à son regard soudain insistant et à sa bizarre confession, elle reporta son attention sur la photo de Tabitha.

Et cette fois, elle vit ce qu'elle aurait dû voir depuis le début. Elle dut y regarder à deux fois, son cerveau refusant de croire à ce que lui disaient ses yeux, et sa gorge se bloqua.

Derrière Tabitha se trouvait un tableau, que l'agrandissement rendait maintenant plus visible. Elle le reconnaissait. L'enfant sur un banc. Le Monet.

Que faisait une peinture supposée détruite dans l'incendie plus de deux mois auparavant sur une photo prise quelques jours plus tôt ? Katie avait-elle tout de suite compris ce que cela signifiait ? Etait-ce pour lui parler de cela, et non du trophée dans le bureau de Nelson, qu'elle avait tenté de joindre Ryan ce jour-là ?

Tess voyait d'ici comment les choses s'étaient passées.

Katie prend une innocente photo de Tabitha, puis n'y pense plus. Plus tard, dans le bureau de Nelson, elle visionne les photos enregistrées dans son portable pour lui montrer celle qu'elle vient de prendre de son trophée de windsurf. C'est alors qu'elle distingue la petite peinture derrière Tabitha. Comprenant aussitôt, elle quitte précipitamment Nelson pour appeler Ryan en privé…

— Madeline a tort, vous savez, poursuivit Irene. Le préféré de Theo n'était pas le Renoir, mais ce Monet, l'enfant sur le banc. Nous l'avions acheté lors d'un voyage à Paris. Il disait qu'il lui faisait penser à sa fille, ou à ce qu'elle aurait été si elle n'était pas née… différente.

Le regard de Tess vola vers Irene. Avait-elle bien compris ce qu'elle venait d'entendre ?

— Theo Lingford est le père de Tabitha ?

Irene hocha la tête.

— Madeline le sait ?

— Madeline n'est pas la personne la plus éveillée que je connaisse. Elle ne s'est sans doute jamais doutée de ce qui se passait sous son nez. Je suis sûre qu'elle ne s'est même pas rendu compte que c'est moi qui lui ai fait prendre ce vol de dernière minute, moi qui l'ai convaincue de venir ici, et de vous appeler. Pauvre femme sans cervelle…

Quand les problèmes de Katie avaient-ils commencé ? Juste après la fête d'anniversaire au cours de laquelle elle avait pris cette photo de Tabitha. D'après le témoin de son « accident », le chauffeur de la fourgonnette s'était approché de Katie alors qu'elle gisait sur le trottoir. Pour lui venir en aide ? Ou pour chercher quelque chose ? Un téléphone portable, par exemple ? Saisi de panique, était-il ensuite allé fouiller son appartement ? A ce moment-là, l'appareil devait déjà être entre les mains de la police.

Et voici qu'elle, Tess, débarquait, copie conforme de Katie et agissant exactement comme elle, continuant à fureter partout, détenant le portable, mais ignorant l'importance du cliché de Tabitha dans l'album photo. Les photos avaient soudain été effacées. Elle avait songé à Ryan, ou à Nelson. Mais en réalité c'était Irene. A qui elle apportait aujourd'hui, dans sa galerie, un tirage d'imprimante de cette photo si compromettante.

Parmi les chefs d'accusation pesant sur Nelson, lesquels auraient pu ne pas lui être imputés ? s'interrogea-t-elle. Irene avait déjà reconnu qu'elle connaissait Matt, son père, et par son mari était sans doute au courant des rumeurs qui couraient sur ses dettes de jeu. Le lien était donc établi. Elle savait également que la maison était équipée d'un système d'alarme. Etant depuis des années amie proche de Madeline, elle connaissait donc aussi Jim Kinsey, son ancien chauffeur. Encore un lien. Elle livre son nom, et avant que quiconque ne puisse l'interroger, Kinsey est étranglé par quelqu'un en qui il a assez confiance pour trinquer avec lui, assez intelligent pour placer les chaussures boueuses de Nelson dans son propre garage, emporter des verres portant ses empreintes et subtiliser quelques somnifères dans son cabinet de travail. Bref, un intime de la famille.

Tout cela pour couvrir le vol d'un tableau ?

Croisant de nouveau le regard d'Irène, Tess sut qu'elle avait deviné juste. Le problème, c'est qu'elle comprit aussi que cette dernière savait qu'elle savait.

— Assez joué, dit Irene. Ce n'est qu'à la petite fête de Tabitha que j'ai été sûre que derrière l'identité de Caroline, vous étiez en fait la fille de Matt. Vous fouiniez partout, posiez des tas de questions… Puis Tabitha a eu l'une de ses crises, et dans la confusion qui a suivi, le carré de tissu qui recouvrait le Monet a été écarté. Pendant que je préparais ses médicaments dans la cuisine, vous vous êtes occupée de ma fille, et pour l'apaiser avez offert de la prendre en photo avec sa médaille. En revenant dans le séjour, j'ai vu le Monet dévoilé, et j'ai aussitôt pensé à votre portable.

— Vous ignoriez si je l'avais photographié ? Vous avez… tenté de… m'écraser sans avoir de certitude ?

— Je ne pouvais prendre aucun risque. J'aurais dû le placer dans un coffre comme les autres, mais c'était le préféré de Theo. Il me liait à lui. De toute façon, il fallait que je vous arrête avant que vous découvriez ce que vous aviez.

— Vous avez donc tenté de me tuer hier soir.

— Vous tuer ? Sans savoir si vous n'aviez pas fait part de vos soupçons à quelqu'un ? Pourquoi aurais-je fait cela ?

Un éclat déterminé brillait dans ses yeux. Tess fit un pas vers la galerie.

— Mon cousin sait…

— Votre *cousin*, l'inspecteur Ryan Hill est en route. C'est à lui qu'était destiné mon SMS. Il sera là d'un instant à l'autre. Il y aura une querelle d'amoureux. Peut-être au sujet des cinquante mille dollars de votre père, cet argent que Kinsey essayait de vous reprendre avant que je ne le tue, ce salaud cupide. Peut-être le voulez-vous pour vous toute seule, mais Ryan refuse de vous le donner. Vous vous saisirez de mon revolver et tirerez sur lui. Il empoignera le sien et ripostera. L'échange de coups de feu déclenchera un incendie — vous avez vu tout ce matériel inflammable, l'essence de térébenthine et le reste ? Ma galerie sera détruite. J'en réchapperai de justesse.

Tess secoua la tête, mais son cœur battait à grands coups brutaux dans sa poitrine.

— Il ne viendra pas, dit-elle.

Irene leva le pistolet qu'elle tenait et le pointa droit sur son front, une arme bien trop grosse pour sa fine main de femme. Bien que néophyte, Tess reconnut celui de Kinsey. Celui dont il s'était servi pour l'intimider lors de son agression. Les autorités finiraient ainsi par établir un lien de corrélation entre Ryan, elle, Kinsey, la mort de celui-ci, son père, et enfin l'incendie de la maison de Madeline.

Katie se réveillerait dans un nouveau cauchemar.

Sa sœur jumelle, Theresa, dont elle avait été séparée à l'âge de six mois et qu'elle n'avait jamais eu la chance de connaître, serait morte. Considérée comme criminelle.

Ryan, l'inspecteur Ryan Hill, idem.

Non ! Pas Ryan.

Elle devait faire quelque chose.

Ryan essaya la poignée de la porte d'entrée, qui tourna, à sa grande surprise. Une surprise moindre, toutefois, que lorsqu'il avait reçu le message de Tess lui demandant de la retrouver ici.

Sortant son arme, il referma derrière lui et s'avança dans la galerie plongée dans l'ombre.

— Tess ? Où es-tu, ma chérie ? Réponds-moi.

Percevant un bruit depuis l'atelier, il y entra et la trouva debout près d'Irene Woodall, aussi blanche et aussi raide qu'une toile fraîchement apprêtée. Il reporta son attention sur Irene. Vu l'arme qu'elle tenait, il comprit que c'était probablement elle qui lui avait envoyé le SMS.

— On dirait que la situation est bloquée, dit-il.

— Tout dépend de ce que cette fille représente pour vous, répliqua Irene.

— Elle représente tout mon univers.

Il entendit un léger bruit au fond de la pièce. Le tout était d'écarter Tess de la zone à risques. Lançant un bref regard à celle-ci, il ajouta :

— En fait, je l'aime.

Durant une milliseconde leurs yeux se croisèrent, et malgré l'extrême gravité de la situation, il eut un pincement d'espoir. Etait-il possible qu'elle l'aime aussi ?

— Dommage qu'elle doive vous tuer, dit Irene.

Et sans prévenir, elle fit feu. Mais Tess avait profité de ce court moment d'inattention pour lui tirer sur le bras, et la balle se perdit. Les deux femmes s'effondrèrent sur le sol tandis que Sanchez faisait irruption par la porte du fond. Ryan se précipita pour aider Tess, tandis qu'un second coup de feu éclatait. Il l'écarta de son assaillante et d'un coup de pied fit voler le pistolet. Pendant que Sanchez immobilisait une Irene au regard fou, Ryan se tourna vers celle qu'il aimait.

Une tache rouge s'agrandissait sur son pull blanc.

Le regard rivé dans le sien, elle commença à s'affaisser très lentement. Il l'agrippa des deux mains et accompagna son glissement vers le sol.

— Appelez une ambulance ! cria-t-il, les tripes vrillées par l'angoisse, le cœur en larmes.

Non… non…

Quelqu'un lui tendit un morceau de tissu propre, qu'il plaqua sur la poitrine de Tess.

— Reste avec moi, supplia-t-il, les yeux baissés sur elle. Tess, mon amour, reste avec moi.

— Reste… avec… toi…, répondit-elle d'une voix presque inaudible.Puis elle perdit connaissance.

Groggy, désorientée, Tess considéra son environnement et tenta de saisir la signification de ce qu'elle voyait.

Une chambre d'hôpital. Celle de Katie ? Mais il n'y avait pas de Katie.

Une main chaude saisit la sienne. Elle tourna la tête et un coassement s'échappa de sa gorge.

— Ryan.

Ses yeux gris étaient posés sur elle, et l'inquiétude qui s'y lisait fit place au soulagement.

— Je suis là, dit-il. Mieux, *tu* es là.

— Depuis combien de…

— Presque une semaine. Tu as été gravement blessée. Il a fallu t'opérer en urgence, puis tu as fait une forte fièvre. J'ai craint que tu ne me reviennes jamais, Tess Mays.

Des larmes brillaient dans ses yeux.

— Je t'aime, murmura-t-elle. J'ai besoin de toi. Je n'aurais pas dû essayer de rejeter ce besoin. C'était idiot.

— Chhht, fit-il en se penchant pour lui embrasser le front. Je t'aime aussi, ajouta-t-il, les lèvres contre sa peau. Moi aussi j'ai besoin de toi. Avoir besoin l'un de l'autre est une bonne chose. Tu m'épouseras, n'est-ce pas ?

— Bien sûr, marmonna-t-elle. Bien sûr.

Une heure plus tard, lorsqu'elle se réveilla de nouveau, il lui parla d'Irene. Ayant accepté de parler en échange de la vie sauve, elle avait tout révélé. Tess savait déjà une bonne partie de ce que lui relata Ryan. Ce qu'elle ignorait, c'est que très peu de temps après le décès de Theo Lingford, Irene avait commencé à voler des tableaux de la collection pour les remplacer par des faux qu'elle se procurait lors de ses voyages. « Des faux fabuleux, disait-elle. Des copies de génie. » Une à la fois, elle s'est ainsi constitué un trésor d'une douzaine de peintures de petits formats sans que personne ne s'aperçoive de quoi que ce soit. Même Madeline, qui les admirait pourtant chaque jour. Mais lorsque celle-ci avait décidé de faire don de toute la collection, ça avait été la panique. Cela signifiait une expertise des œuvres, et par conséquent la découverte de la supercherie, sa révélation au grand jour, la honte, les poursuites judiciaires… Irene avait alors cherché à gagner du temps, d'où l'idée du catalogue. George, qui avait entre-temps découvert le pot aux roses, avait eu la malencontreuse idée de la faire chanter. Il l'avait payé de sa vie.

— George est mort ?

— C'est pourquoi on ne le voyait jamais. Les enquêteurs ont retrouvé son corps dans un congélateur-bahut à l'étage de la galerie. Il était mort depuis des semaines. Il ne restait plus à Irene qu'une solution : détruire les faux. A cet effet, elle a engagé ton père, qui a fait appel à Kinsey. Or, juste avant de mettre le feu la maison, Matt s'est rendu compte que Madeline était toujours dans la maison. Il a voulu faire marche arrière et tenté d'arrêter Kinsey. Les deux hommes se sont empoignés, Kinsey a mis ton père K.O. et l'a laissé sur place où il est mort brûlé. L'incendie a détruit non seulement les faux, mais presque toute la collection. C'est cela qui a le plus chagriné Irene. Pas la mort de ton père, ni celle de George, ni le mal qu'elle a fait à Madeline et Nelson Lingford. Non. Juste les peintures.

— Et lorsque Katie a pris ce cliché de Tabitha, dit Tess d'une voix faible, Irene a compris qu'elle devait agir vite. Elle devait à tout prix mettre la main sur le portable et effacer la photo avant que Katie ne se rende compte de ce qu'elle avait.

La douleur s'accentuait dans sa poitrine, rendant sa respiration de plus en plus difficile.

— Exact. Elle ignorait simplement que grâce à un article vu dans la presse, Katie avait presque immédiatement reconnu le Monet en arrière-plan. Irene l'a renversée au volant de sa fourgonnette, puis est allée fouiller son appartement, sans résultat. Elle a alors informé Kinsey de qui était réellement Caroline Mays, et l'a engagé pour qu'il la tue. Mais Kinsey était devenu gourmand. Il voulait l'argent avant de supprimer ta sœur — toi en l'occurrence. Irene a compris qu'il devait disparaître, lui aussi. L'occasion était trop belle de faire d'une pierre deux coups, et elle s'est arrangée pour attirer Nelson dans un piège. Après l'avoir fait venir dans le quartier de Kinsey, elle a monté toute cette mise en scène pour le faire accuser du crime. La femme habillée en homme, c'était elle, avec le pardessus et l'écharpe de Nelson. Cela, je l'ai compris deux minutes avant qu'elle n'envoie ce SMS depuis ton portable. C'était l'unique possibilité.

— Comment savais-tu que ce n'était pas moi ?

Il sourit.

— Parce que tu es bien trop têtue pour faire le premier pas. Tu n'as même pas daigné décrocher quand je t'ai appelée. C'est pourquoi j'ai demandé à Sanchez de venir en renfort.

— Mais les tableaux ? Que pouvait-elle en faire ? Il était impossible de les écouler, n'est-ce pas ?

A mesure qu'elle recouvrait sa clarté d'esprit, les élancements se faisaient plus cruels dans sa poitrine, altérant sa voix.

— Elle les a vendus à une société offshore qui doit les conserver vingt ans dans des coffres. Bien entendu, elle n'a obtenu qu'une fraction de leur valeur, mais elle n'a pas d'énormes besoins et a gardé les plus beaux pour elle. Elle voulait juste avoir les moyens d'assurer convenablement le bien-être de Tabitha. Elle savait que dans une vingtaine d'années ni l'une ni l'autre ne serait encore de ce monde, et que ce qui se passerait alors n'aurait plus d'importance. Le FBI et Interpol ont été avertis. Avec un peu de chance, une bonne partie, voire presque tous, seront récupérés.

— Tabitha est la fille de Theo Lingford, murmura Tess, sa souffrance irradiant à présent dans tout son corps.

— Elle n'en a parlé à personne, dit Ryan en écartant d'une main chaude et apaisante les cheveux de son visage.

Elle se souvenait vaguement qu'il la tenait contre lui tandis que la sirène de l'ambulance se faisait entendre au loin. Elle avait éprouvé un sentiment de sécurité, d'intimité, de confiance…

— Le père de Tabitha avait pris des dispositions pour elle, m'a-t-elle confié. Pas son mari. Le père de Tabitha. Elle devait parler de Theo Lingford.

— A mon avis, soupira-t-il, elle a cru pouvoir faire ce que bon lui semblait de ces œuvres d'art. Tess, ça ne va pas ? s'inquiéta-t-il soudain. Tu veux que j'appelle une infirmière ?

Elle ferma les yeux. Que se serait-il passé si Irene avait révélé à Madeline la vérité sur Tabitha ? Madeline était une femme pragmatique. Peut-être lui aurait-elle proposé de l'aider. Irene n'aurait pas eu grand mal à prouver la paternité de Theo et à revendiquer la moitié de ses biens si l'argent avait été sa seule motivation.

Mais qui sait si les choses n'allaient pas au-delà ? Si elle ne tirait pas un plaisir secret de son emprise sur Madeline ? Si elle n'aimait pas manipuler le monde entier à ses propres desseins ?

— Elle a nié avoir tiré sur moi.

— C'est exact. L'honneur en revient à Vince Desota. Il a cru que tu étais la petite amie de Nelson. Il a pensé que s'il te tuait, Nelson souffrirait, et il ne désirait qu'une chose : lui rendre au centuple la monnaie de sa pièce. C'est également lui qui a envoyé ces morceaux de charbon de bois. Pour lui rappeler l'incendie, l'effrayer. Pour qu'il craigne que sa maison soit la suivante sur la liste. En fait, Vince a avoué spontanément avoir tiré ces coups de feu. Je crois qu'un séjour en prison lui fera le plus grand bien.

— Hmm..., approuva Tess, avant de rouvrir brutalement les yeux. Oh, mon Dieu, ma mère ! Ryan, et ma mère ? A-t-elle appelé ? As-tu des nouvelles d'elle ?

Ryan releva les yeux et regarda la porte par-dessus le lit.

— Excellent timing, dit-il à quelqu'un qui s'y tenait.

Reportant son attention sur Tess, il ajouta :

— Elle va te répondre.

Tess tourna lentement la tête, s'attendant à voir sa mère. C'est elle-même qu'elle découvrit.

— Katie !

Katie, les cheveux roux coiffés en queue-de-cheval, l'expression incrédule, s'avança en claudiquant vers le lit.

— Ryan m'a dit que tu avais vécu une drôle d'aventure, déclara-t-elle avec douceur, de l'étonnement plein les yeux.

Elle saisit doucement la main de sa sœur.

— Salut, murmura Tess.

— Tu sais, je t'ai entendue dans mon coma, confia-t-elle d'une voix émue. Dans ma tête. Tu m'enjoignais de me réveiller.

Les jumelles se considérèrent un moment en silence, les larmes coulant sur leurs joues identiques.

— Il faut que je te parle de Papa, dit enfin Tess.

Katie secoua la tête.

— Ryan m'a déjà tout dit. Si seulement tu avais pu le connaître ! Il était faible, mais pas mauvais. Jamais il n'aurait tué qui que ce soit. Il est mort en tentant de sauver Madeline Lingford.

— Je sais.

— Mais je dois te parler de Maman.

Un frisson d'angoisse la traversa. Une infirmière fit irruption dans la chambre avec un plateau.

— Elle a appelé ? demanda Tess en dévisageant sa sœur.

— Non. Et son mufle de beau-fils refuse de me parler. Quelqu'un doit aller en Alaska voir ce qui se passe, Tess. Toi tu ne peux pas. Il ne reste donc que moi.

Tess voulut protester, mais la drogue que lui injecta l'infirmière envahissait son système sanguin à la vitesse d'un bolide, et elle n'eut d'autre choix que d'accepter la sage et inévitable décision de sa sœur.

De toute façon, elle était coincée ici pour un moment.

Leur mère avait disparu. C'était au tour de Katie.

Elle se tourna vers Ryan. Portant sa main à ses lèvres, il lui baisa les doigts, le regard chargé de promesses dont elle savait qu'il les tiendrait.

Des promesses dont elle voulait, dont elle avait besoin qu'il les tînt. Et qu'elle brûlait de lui rendre. Avec intérêts.

Elle n'était pas si lâche que ça, finalement.

« Que dis-tu de ça, ma fille, hein ? »

Et elle s'endormit.

MARIE FERRARELLA

Une troublante mission

BLACK ROSE

HARLEQUIN

Titre original : CAVANAUGH JUDGMENT

Traduction française de FLORENCE BERTRAND

Ce roman a déjà été publié en février 2011

83-85, boulevard Vincent-Auriol, 75646 PARIS CEDEX 13.
Service Lectrices — Tél. : 01 45 82 47 47
www.harlequin.fr

1

Eddie Munro rappelait à Gail O'Brien les raisons pour lesquelles elle était entrée dans la police. Si elle avait rejoint les rangs de la brigade des stupéfiants d'Aurora, c'était dans le but de mettre hors d'état de nuire les individus de son espèce.

Il ne semblait pas éprouver la moindre trace de remords, envers ceux qui avaient été ses victimes pendant qu'il se faisait un nom dans le grand banditisme.

Il était aussi cupide qu'impitoyable.

Gail plongea son regard dans celui, froid et calculateur, de l'homme, et ne put s'empêcher de penser à un reptile.

Là, dans la salle d'audience, elle eut soudain la même impression que le jour où, au terme d'une minutieuse et longue opération de police, elle avait participé à son arrestation.

Son expression hautaine, indifférente, affirmait en silence, comme ce jour-là, que sa situation actuelle n'était qu'une aberration temporaire, un simple obstacle à surmonter.

Il paraissait étrangement sûr de lui.

Comme s'il avait la certitude qu'il serait de nouveau libre bientôt, à la tête de son armée de revendeurs, prêt à répandre la misère et la dévastation parmi les malheureux qui cherchaient un réconfort dans la drogue.

Gail continua à considérer le malfaiteur assis dans le box des accusés, de l'autre côté de la salle.

Il portait un costume.

Sans doute son avocat espérait-il lui donner ainsi l'apparence d'un citoyen respectable, le faire passer pour un pilier de la société, mais son regard ne pouvait tromper personne.

Il était rivé à elle, lourd d'un mépris mêlé de haine.

De haine et de colère.

C'était en bonne partie à cause d'elle qu'il se trouvait là, et il le savait.

L'espace d'une seconde, Gail regretta que l'on ne soit plus à l'époque de la conquête de l'Ouest, où il était permis se faire justice soi-même. Si Munro avait vécu alors, on lui aurait sûrement réglé son compte sans le moindre instant d'hésitation.

Sans prendre la peine d'essayer de lui donner une deuxième chance.

Alors même que cette pensée l'effleurait, elle sut en son for intérieur que si un tel système avait prévalu, elle s'y serait opposée de toutes ses forces.

Elle croyait dur comme fer à la loi et à la nécessité de la respecter, même s'il lui en coûtait parfois de se plier à toutes les contraintes que cela impliquait.

Car il ne suffisait pas de prendre des criminels comme Eddie Munro sur le fait et de les arrêter. Il fallait encore obtenir une condamnation, et c'était toujours compliqué. L'homme avait beau être indéniablement coupable, la décision du jury n'était jamais garantie d'avance. Les avocats entraient en lice et faisaient feu de tout bois. Des avocats qui gagnaient leur vie — et sans doute en éprouvaient-ils une certaine satisfaction — en passant au crible les actions de la police.

Ils étaient à l'affût du détail négligé, du plus insignifiant manquement au règlement, de la moindre faille qui permettrait aux Eddie Munro de ce monde de retourner vaquer à leurs affaires.

Et c'était précisément la raison de sa présence ici, dans ce lieu qu'elle évitait d'ordinaire comme la peste. Elle devait témoigner contre Munro afin qu'il soit mis sous les verrous une bonne fois pour toutes.

Une demi-heure plus tôt, elle avait solennellement prêté serment de dire la vérité, toute la vérité et rien que la vérité.

Elle fuyait les tribunaux non parce qu'ils la rendaient nerveuse, mais parce qu'ils la mettaient en colère.

Que cela lui plaise ou non, les efforts fournis par les hommes et les femmes avec qui elle travaillait à la brigade des stupéfiants pouvaient être réduits à néant, à cause d'un obscur point de procédure.

Le moindre excès de zèle d'un policier débutant suffisait à mettre en péril des mois de travail acharné.

En même temps, elle savait que cela faisait partie du système et qu'il fallait s'en accommoder. Elle était résolue à faire tout ce qui était en son pouvoir pour aboutir à la condamnation de ce soi-disant baron de la drogue, ainsi que Munro aimait à se décrire. Bien sûr, elle aurait voulu qu'il reste derrière les barreaux jusqu'à la fin de ses jours mais, en l'occurrence, elle se contenterait de ce que le jury lui offrirait.

Chaque journée sans Munro en liberté était déjà une victoire. Et toutes les victoires comptaient, aussi minces soient-elles.

Une porte s'ouvrit et se referma à l'autre bout de la salle. Gail jeta un coup d'œil dans cette direction pour voir le chef de la police, Brian Cavanaugh, s'avancer dans l'allée et prendre place dans une rangée presque vide.

Que se passait-il ?

Elle ne put s'empêcher de se demander s'il s'intéressait particulièrement à ce procès ou si sa présence était due au fait que sa fille, Janelle Cavanaugh-Boone, était l'assistante du procureur général chargée du dossier.

A moins qu'il ne soit venu lui apporter un soutien moral, à *elle* ? Après tout, ne venait-elle pas de découvrir que Brian Cavanaugh était son oncle ?

En d'autres circonstances, Gail aurait souri. Mais pas alors qu'elle était à la barre des témoins, soumise au feu nourri de questions que lui posait Hayden Wells, l'avocat de Munro. Courtaud et onctueux, Wells avait beau ne pas ménager ses effets, il n'était guère brillant, en fin de compte.

Comme ses frères, Ethan et Kyle, Gail avait encore du mal à se familiariser avec l'idée que Brian Cavanaugh était son oncle et qu'ils étaient, par conséquent, tous les trois apparentés aux nombreux Cavanaugh qui figuraient parmi les rangs de la police d'Aurora.

En tant que triplés, ils réagissaient souvent de la même façon aux événements qui les affectaient.

Apprendre que leur mère leur avait menti avait été un choc pour eux.

Sur son lit de mort, celle-ci leur avait avoué que l'homme qu'ils avaient cru être leur père, un héros de la guerre abattu sur une terre étrangère en défendant noblement la liberté, n'avait jamais existé.

Il avait été inventé de toutes pièces par Jane O'Brien, pour que ses enfants grandissent en ayant le sentiment d'avoir été désirés et d'appartenir à une famille normale.

En vérité, ils avaient été conçus lors d'une brève liaison avec Mike Cavanaugh, le mouton noir d'une famille par ailleurs hautement respectée, dont elle était tombée follement amoureuse.

Atterré et encore bouleversé, Kyle était allé voir Andrew Cavanaugh, l'ancien chef de la police, dès le lendemain des obsèques de leur mère. Là, sur le seuil de sa porte, il avait annoncé au patriarche l'existence de trois Cavanaugh supplémentaires.

Contrairement à ce qu'il avait imaginé, Andrew ne l'avait pas accablé de son mépris.

Loin de là.

Gail et ses frères avaient été acceptés. Pas sur-le-champ, mais plutôt vite, tout bien considéré.

Accueillis au sein de la famille, les triplés de vingt-six ans avaient dû apprendre à gérer le bouleversement total intervenu dans leur vie. Par certains côtés, ils avaient encore du mal à s'y habituer.

Au moins la blessure s'était-elle refermée.

Marquant une pause, l'avocat de Munro cessa de marcher de long en large devant le box. La légère crispation de son visage indiquait qu'il n'était pas satisfait de la manière dont l'interrogatoire se déroulait. Au début, il avait pensé gagner la partie facilement. A présent, la conclusion ne lui semblait manifestement plus aussi évidente.

Sa voix était devenue de plus en plus perçante à mesure que sa confiance en lui refluait.

Ce silence momentané permit à Gail de jeter un nouveau coup d'œil dans la salle. A sa grande surprise, elle rencontra le regard de Brian Cavanaugh et fut plus stupéfaite encore de voir un sourire approbateur sur les lèvres de son chef.

« Beau travail », articula-t-il silencieusement. Elle crut tout d'abord que Brian s'adressait à sa fille et la complimentait pour ses efforts, mais Janelle tournait le dos à la salle et à son père.

C'était à elle que le compliment était destiné.

Gail se rendit compte qu'un sourire se dessinait sur ses propres lèvres. A l'instar de ses frères, elle s'était toujours efforcée de se persuader qu'elle n'avait besoin de l'approbation de personne.

Or, c'était faux. Elle sentit une douce chaleur se répandre en elle. D'un signe de tête presque imperceptible, elle salua son supérieur.

Son oncle.

L'instant d'après, elle entendit la voix du juge s'élever à sa droite. Aussitôt, elle reporta son attention sur l'audience, en essayant de ne pas s'attarder sur le fait qu'elle se trouvait bien trop près de Blake Kincannon.

Non qu'elle ait quoi que ce soit contre lui.

Au contraire.

A ses yeux, le benjamin des magistrats d'Aurora était un juge modèle, un exemple pour sa profession. Juste, impartial, il savait faire preuve de compassion sans être faible pour autant. C'était le genre d'homme qui vous encourageait à croire que, peut-être, le système pouvait fonctionner. Une partie du temps, tout au moins.

De plus, Blake Kincannon avait le physique de l'emploi. Grand, imposant, avec des traits fermes, des yeux d'un bleu perçant et des cheveux plus noirs que le cœur du criminel le plus endurci, il était à juste titre considéré comme exceptionnellement séduisant et ne manquait pas d'admiratrices.

Le malaise de Gail était cependant sans rapport avec son charme.

Elle était certaine que chaque fois que le juge la regardait, il se souvenait qu'elle avait été la première à arriver sur les lieux de l'accident dont sa femme et lui avaient été victimes deux ans plus tôt.

Qu'elle avait tenté en vain de ranimer son épouse mourante.

Et que, lorsqu'il avait repris connaissance à l'hôpital après avoir été stabilisé par les médecins, c'était elle qui lui avait appris que sa femme était morte.

Ce n'était pas vraiment le genre de chose qu'un homme pouvait oublier, et cela avait été la première pensée de Gail quand son partenaire, l'inspecteur Jeff Carson, lui avait appris le nom du magistrat chargé de l'affaire.

Depuis des mois, elle appréhendait le moment où elle se retrouverait dans la salle de tribunal. Maintenant, grâce au ciel, l'épreuve était presque terminée.

Tous les regards convergeaient vers le juge. Il attendit que le silence se fasse.

— Nous allons nous arrêter là pour le déjeuner.

Sa voix grave résonna dans la vaste salle tel un roulement de tonnerre. Il se tourna vers Gail, ses yeux rencontrant brièvement les siens.

— Inspecteur O'Brien, la cour vous remercie pour votre témoignage.

Sûre qu'il aurait préféré avoir affaire à quelqu'un d'autre, Gail se contenta d'incliner la tête en silence.

Elle se leva en même temps que lui.

Les choses s'enchaînèrent alors si vite, que plus tard, ce soir-là, il lui fallut un bon moment pour reconstituer le déroulement de la scène qui avait suivi.

Un brouhaha s'était élevé. Le public rassemblait ses affaires, discutant à mi-voix tout en s'apprêtant à sortir, quand soudain des cris et des hurlements terrifiés retentirent.

Une fraction de seconde plus tard, le son d'une détonation déchira l'air, mais l'infime intervalle entre les deux événements se révéla décisif.

Gail avait immédiatement détourné les yeux du juge lorsque celui-ci l'avait remerciée. Ce fut heureux pour lui, comme elle s'en fit la réflexion plus tard.

Car si elle ne l'avait pas fait, elle n'aurait pas vu Munro bondir sur ses pieds et renverser la table réservée à la défense, projetant tout ce qui s'y trouvait sur le sol. Profitant de cette diversion, il se rua sur l'huissier qui s'approchait, lui asséna un coup de poing dans l'estomac et se saisit de l'arme de l'homme plié en deux par la douleur.

— Revolver ! hurla Gail.

En un éclair, elle bondit sur le bureau du juge et se jeta sur lui. Kincannon se retrouva étendu par terre avant même d'avoir compris ce qui lui arrivait, Gail couchée sur lui pour lui faire un bouclier de son corps.

Le bureau lui bloquant la vue, Gail ne put qu'écouter ce qui se passa ensuite. Dans la salle, c'était la bousculade. Les gens criaient et couraient dans tous les sens, cherchant à s'abriter. Puis un nouveau coup de feu retentit. Gail se demanda s'il venait de l'arme dérobée à l'huissier ou si le collègue de celui-ci avait tiré. Elle n'avait aucun moyen de le savoir.

A cet instant précis, tout se déroulait en marge de sa conscience.

Enfin presque, car elle avait une conscience aiguë d'être couchée de tout son long sur le juge, étendu sur le dos. Et que le contact était… très intime.

Une poussée d'adrénaline déferla dans ses veines, et son cœur se mit à battre si vite qu'elle se demanda si elle n'était pas en train de pulvériser un record du monde. Elle avait chaud et froid et se sentait étourdie tout à la fois, ce qui ne lui ressemblait absolument pas.

Au prix d'un effort, elle tenta de reprendre le contrôle d'elle-même.

Ses yeux rencontrèrent ceux de Kincannon. Comme si elle

était soudain aspirée dans une autre dimension, tout le bruit et le chaos qui les entouraient, sembla se dissiper l'espace d'une seconde.

Elle cilla.

— Depuis quand vous imaginez-vous que vous êtes un gilet pare-balles, inspecteur O'Brien ? demanda Kincannon d'un ton bourru.

La question ramena instantanément Gail dans l'œil du cyclone qui ravageait la salle du tribunal.

— Je n'ai jamais pensé en être un, s'entendit-elle répondre.

— Dans ce cas, que faites-vous sur moi ?

— Je vous sauve la vie, Votre Honneur, répliqua-t-elle.

Les battements de son cœur s'étaient légèrement ralentis. Il y avait un criminel à appréhender. Cette idée prit lentement forme dans son esprit.

Elle se redressa, et le juge fit mine de l'imiter.

— Restez baissé !

Kincannon ne prêta aucune attention à l'ordre qu'elle venait de lui donner. Il n'avait visiblement pas l'intention d'obéir à ses instructions et de rester recroquevillé derrière son bureau. Il se leva donc, sa robe noire flottant autour de lui telle la cape d'un superhéros.

— C'est ma cour, dit-il fermement, élevant la voix au-dessus du vacarme. C'est moi qui décide.

Sa cour, observa Gail en parcourant rapidement les lieux du regard, était plongée dans la plus totale confusion.

Apparemment, le prévenu s'était volatilisé. Le deuxième coup de feu avait été tiré avec l'arme volée et la balle avait atteint l'huissier à qui elle appartenait. Ce dernier, qui n'occupait ses fonctions que depuis quelques mois, gisait sur le sol. Il avait porté sa main valide à son épaule blessée et du sang coulait entre ses doigts.

Munro n'était pas en vue.

Prisonnier d'une salle sécurisée, dans un bâtiment grouillant de policiers, il avait réussi l'impossible : il s'était évadé.

Gail s'aperçut ensuite que le chef de la police manquait à l'appel lui aussi.

Pendant un bref moment, un scénario terrifiant s'imposa à son esprit. Elle le rejeta aussitôt. Brian Cavanaugh était un policier bien trop expérimenté pour se laisser prendre en otage. Si Munro avait tenté une chose pareille, il n'y aurait pas survécu, elle en était certaine.

A n'en pas douter, il savait qu'il devait à tout prix éviter le chef de la police s'il voulait avoir une chance de sauver sa peau.

Gail se refusait à envisager qu'il puisse être déjà sorti du palais de justice. Il ne s'était pas écoulé assez de temps.

Elle courut vers la porte à double battant qui donnait sur le couloir et n'eut pas besoin de se retourner pour savoir que Kincannon était sur ses talons.

A quoi jouait-il ? se demanda-t-elle, agacée. Avait-il envie de recevoir une balle ?

Dans le couloir, la pagaille était à son comble. Des gens affolés s'étaient réfugiés dans tous les recoins possibles, ou se pressaient contre les murs beiges comme pour se fondre dans le décor, dans l'espoir d'échapper à l'attention du fugitif.

Gail réprima une exclamation de dépit. Comment une telle chose avait-elle pu se produire ?

Elle parcourut de nouveau le couloir des yeux en se disant que quelque chose lui avait peut-être échappé. Qu'Eddie Munro tentait peut-être de se cacher au vu de tous.

Mais non.

De toute évidence, il était beaucoup plus intelligent qu'elle ne l'avait cru.

Elle aperçut enfin son supérieur à quelques mètres de là. Il avait rassemblé les agents accourus au son des coups de feu et les informait que les renforts qu'il avait déjà appelés n'allaient pas tarder à arriver.

— Bouclez tout le secteur, ordonna-t-il aux hommes en uniforme qui l'entouraient. Personne n'entre et personne ne sort. Compris ?

Des murmures d'acquiescement lui répondirent.

Il regarda les policiers l'un après l'autre.

— Je veux qu'on inspecte chaque salle du tribunal, chaque bureau, chaque placard. A chaque étage, continua-t-il. Formez des équipes. Surtout, ne vous laissez pas surprendre. On a eu assez de mauvaises surprises pour aujourd'hui.

Son regard s'arrêta sur l'huissier le plus proche.

— Appelez une ambulance. Votre collègue doit être transporté à l'hôpital.

L'homme partit au pas de course. Alors que les autres se dispersaient, Brian porta son attention sur Gail. Il la scruta longuement, comme pour s'assurer qu'elle était indemne.

— Ça va, Gail ?

Gênée d'être distinguée de cette manière — s'imaginait-il qu'elle était incapable de faire attention à elle-même ? — Gail chassa ses inquiétudes d'un geste.

— Oui, chef. Pourquoi cette question ? ajouta-t-elle avant d'avoir pu s'en empêcher.

Il se mit à rire et secoua la tête.

— Eh bien, pour commencer, je t'ai vue faire un superbe vol plané par-dessus le bureau du juge…

— Elle a eu un atterrissage en douceur, intervint Kincannon en s'approchant.

Gail s'écarta légèrement.

— Pas si en douceur que ça, marmonna-t-elle à sa propre intention.

Elle avait eu conscience de tous les contours avec lesquels elle était entrée en contact, et le mot « douceur » n'était pas précisément celui qu'elle aurait employé pour décrire l'expérience.

Brian, qui venait de voir Janelle sortir de la salle du tribunal, l'appela. Manifestement, il n'avait pas entendu sa remarque.

Mais le juge, si.

2

Au moment où Gail se retourna, ses yeux rencontrèrent ceux de Kincannon.

Il l'avait entendue, elle en était certaine.

Ce qu'elle ne savait pas, en revanche, c'était comment il avait pris la remarque désinvolte qui venait de lui échapper. Décelait-elle un soupçon d'amusement sur ses traits ou s'agissait-il d'autre chose ? Elle n'avait jamais été en sa compagnie quand il était d'humeur à plaisanter — à supposer que cela lui arrive jamais — si bien qu'elle ne pouvait guère deviner ce qui lui passait par la tête à présent.

C'était un peu gênant, mais entièrement sa faute. Un de ces jours, elle allait devoir apprendre à réfléchir avant d'ouvrir la bouche, comme ses frères ne cessaient de le lui faire remarquer.

« Tu as la langue trop bien pendue, l'avait avertie Ethan plus d'une fois. Ça finira par te jouer des tours. »

Elle pouvait à la rigueur accepter ce genre de commentaire de la part d'Ethan, mais lorsque cela venait de Kyle elle accueillait ses paroles comme une critique. Curieusement, elle avait toujours été plus proche d'Ethan que de Kyle, ce qui était étrange vu que tous trois étaient nés à moins de sept minutes d'intervalle.

Selon leur ordre de naissance, Kyle était officiellement l'aîné, suivi de Gail puis d'Ethan, que leur mère appelait affectueusement son « bébé ».

Kyle aussi l'avait surnommé ainsi, jusqu'au jour où cela lui avait valu son premier œil au beurre noir. Seize ans s'étaient écoulés depuis, et le terme de « bébé » n'avait plus été utilisé.

Quoi qu'il en soit, ses frères avaient raison tous les deux. Elle avait tendance à exprimer ses pensées avant d'avoir suffisamment réfléchi. La plupart du temps, cela n'avait pas la moindre importance. Mais la plupart du temps, elle ne se trouvait pas non plus couchée sur un juge au corps solide comme un rocher sous sa robe noire…

S'attendant à être réprimandée, Gail soupira et redressa le menton, stoïque. A sa grande surprise, Kincannon pivota sur ses talons sans prononcer un mot et regagna la salle d'audience.

L'affaire était-elle classée ou comptait-il se plaindre formellement d'elle à son supérieur par la suite ? Jusqu'à présent, son expérience des juges, comme des avocats, n'avait pas été des plus positives.

— Gail !

La voix du chef de la police dominait le brouhaha qui régnait toujours dans le couloir. Elle se tourna vers lui, prête à être affectée à une mission où elle pourrait être efficace. Brian lui désigna d'un mouvement du menton la salle du tribunal.

— Reste avec lui, ordonna-t-il.

Gail ouvrit la bouche pour protester. Sur le point d'arguer qu'elle se rendrait plus utile en participant aux recherches, elle se ravisa brusquement.

Il n'aurait servi à rien de discuter les ordres, même auprès d'un homme aussi sympathique et chaleureux que Brian Cavanaugh. Elle n'allait certainement pas exploiter le fait qu'il soit son oncle. Des années plus tôt, dans la cour de l'école, elle avait appris à choisir judicieusement ses batailles.

— A vos ordres.

Un bruit de pas se fit entendre. Les agents requis en renfort étaient arrivés, mais Gail s'était déjà retournée.

Derrière elle, Brian ne perdit pas de temps pour organiser les nouveaux venus.

Gail n'aurait pas voulu être à la place de Munro quand Brian lui mettrait la main dessus.

La salle était pratiquement vide, à présent. Elle jeta un coup d'œil vers le bureau de Kincannon, mais il n'y était pas.

Elle le repéra presque aussitôt, agenouillé près de l'huissier blessé.

Comme elle s'approchait, elle constata avec surprise que la robe du juge était déchirée en bas. Il avait arraché une longue bande de tissu dont il se servait pour poser un garrot à la victime. De plus, il se chargeait lui-même de l'opération plutôt que de se contenter de donner des ordres à quelqu'un d'autre.

Gail ne put s'empêcher de l'admirer. Trop souvent, les juges adoptaient une attitude supérieure avec les gens qu'ils côtoyaient. Elle se réjouissait de voir que Kincannon faisait exception à la règle.

— Restez allongé, Tim, conseilla-t-il au blessé qui tentait de se redresser.

Il semblait bien le connaître, songea-t-elle. Par le biais du travail, sans doute.

Soulignant ses paroles, le juge appuya le plat de la main sur la chemise ensanglantée du jeune huissier, exerçant juste assez de pression pour l'inciter à rester étendu. Tim n'offrit aucune résistance.

Gail s'agenouilla à son tour et lui adressa un sourire encourageant.

— Si vous voulez continuer à travailler au tribunal, vous avez intérêt à obéir ! lança-t-elle d'un ton enjoué pour le rassurer.

Tim était tout jeune. Il paraissait à peine sorti de l'adolescence. Il avait perdu beaucoup de sang et avait l'air effrayé. A vrai dire, c'était un miracle qu'il n'ait pas perdu connaissance.

Le juge finissait de poser le garrot.

— Joli travail, commenta-t-elle. Je parie que vous avez été scout quand vous étiez petit.

Blake Kincannon noua les extrémités du morceau de tissu aussi solidement que possible, en espérant que cela tiendrait jusqu'à l'arrivée des ambulanciers. Puis il s'assit sur ses talons, sans quitter le blessé des yeux.

— Il n'y a pas de mal à être scout, répondit-il.

— Ah ! j'avais raison ! Mon frère Kyle a voulu être scout, mais il n'est resté qu'un mois.

Kincannon la regarda.

— Laissez-moi deviner... Il pensait que les règles étaient faites pour les autres, mais pas pour lui.

En effet, Kyle n'avait jamais pensé que les règles s'appliquaient à lui. Il inventait les siennes au fur et à mesure, comme cela lui convenait.

Mais bien sûr, tout cela allait changer bientôt. Kyle avait trouvé l'âme sœur et envisageait de se marier.

Qui l'eût cru ?

Gail haussa une épaule.

— On peut dire ça comme ça.

— C'est de famille ? demanda Kincannon d'un ton innocent.

Gail tressaillit.

Pour poser une question pareille, il devait connaître sa famille. Certes, ses frères et elle étaient tous membres des forces de l'ordre d'Aurora, mais elle n'était pas égocentrique au point de penser que le monde tournait autour d'eux. D'autant qu'elle faisait en général profil bas.

— Pourquoi dites-vous ça ? s'enquit-elle, incapable de dominer sa curiosité.

— Sans vouloir faire de mauvais jeu de mots, je suis assez bon juge en matière de caractères.

Il vérifia une fois de plus le garrot qu'il avait confectionné, s'assurant qu'il tenait bien, et hocha la tête d'un air satisfait. Gail s'attendait à ce qu'il se relève, mais il se contenta de la dévisager longuement.

— Plutôt que d'esquiver le coup de feu, comme tout le monde, vous avez sauté sur mon bureau, ce qui faisait de vous la plus belle cible de la salle.

Elle étrécit légèrement les yeux, tout en s'exhortant à ne pas prendre la mouche. Si elle n'avait pas escompté de remerciements, elle ne s'était pas imaginé non plus qu'il lui reprocherait son geste.

— Avec tout le respect que je vous dois, Votre Honneur, je ne cherchais pas exactement la gloire. J'ai sauté sur votre bureau parce que c'était le moyen le plus rapide de vous mettre en sécurité.

— J'ai trente-quatre ans, dit-il calmement. Et je suis parfaitement capable de veiller à ma propre sécurité.

— J'imagine, Votre Honneur, qu'à trente-quatre ans, votre vue est encore parfaite aussi ?

Plutôt que de répondre, Kincannon la dévisagea une fois de plus puis se releva lentement.

— Où voulez-vous en venir ?

Gail prit son temps pour s'expliquer.

— Munro a tiré deux fois. La deuxième balle a atteint cet huissier.

Le regard de Kincannon était toujours soudé au sien, mais son visage impassible ne trahissait rien de ses pensées. Etait-il offensé, amusé, ou lui tendait-il un piège ?

— Vous allez me parler de la première balle, je suppose.

— Exactement, répondit-elle d'un ton badin.

Elle se dirigea vers le bureau du juge et le contourna, allant droit au mur qui se trouvait derrière. Il lui emboîta le pas. Elle lui désigna alors un impact situé juste à hauteur de son cou. Le sens de son geste était clair. S'il avait été encore debout au moment où Munro avait tiré, il ne serait plus en vie à l'heure qu'il est.

— Vous étiez sa première cible.

Il haussa les épaules, comme pour minimiser l'importance de sa conclusion.

— Simple coïncidence.

Gail réprima un soupir exaspéré. Cet homme était têtu comme une mule !

Le moment était cependant mal choisi pour discuter. Elle n'avait rien à gagner en l'affrontant ; mieux valait ne pas gaspiller son énergie.

Cela ne l'empêcha pas de montrer à Kincannon le fond de sa pensée. Elle inclina la tête à la manière d'une servante docile.

— C'est vous qui décidez.

Au lieu de mordre à l'hameçon, il choisit lui aussi d'éviter la confrontation.

— En général, oui, répliqua-t-il.

« Ben voyons ! » se dit Gail en serrant les lèvres pour ne pas riposter par une remarque cinglante. Elle était sur le point de céder à la tentation de rompre son silence quand les portes de la salle s'ouvrirent à la volée, livrant passage à deux ambulanciers en uniforme qui portaient une civière.

— Par ici ! indiqua Kincannon aux nouveaux venus en leur faisant signe d'approcher.

Tous se retrouvèrent auprès de Tim au même moment. Le jeune homme ne saignait plus, mais son visage restait d'une pâleur effrayante.

— Il a reçu une balle dans l'épaule, expliqua le juge. Elle est toujours à l'intérieur. J'ai posé le garrot il y a quelques minutes.

L'ambulancier le plus proche de lui hocha la tête et parut jauger d'un coup d'œil le pansement de fortune.

— Beau boulot, Votre Honneur, dit-il tandis que son collègue dépliait la civière.

Il se tourna vers Tim.

— Nous allons devoir vous soulever pour vous installer sur la civière, monsieur. Ça va sans doute vous faire un peu mal.

Tim semblait à deux doigts de perdre connaissance. Il gémit, l'air perdu.

— A trois. Un, deux…

Le second ambulancier eut un geste gauche et les épaules de Tim heurtèrent le bord du brancard. Son collègue lui lança un regard noir.

— Difficile de trouver des gens compétents de nos jours, marmonna-t-il à l'adresse du juge.

Une fois Tim allongé et attaché sur la civière, les deux secouristes la soulevèrent et se dirigèrent d'un pas rapide vers la sortie.

— Monsieur le juge ! appela soudain Tim, d'une voix faible.

En trois pas, Kincannon le rejoignit et dut trottiner pour rester à sa hauteur. Les ambulanciers n'avaient pas ralenti l'allure.

La blessure devait être plus sérieuse qu'il ne l'avait supposé, songea Blake.

— Qu'y a-t-il, Tim ?

Le jeune homme grimaça.

— Je suis désolé, murmura-t-il. Je suis désolé.

Il s'excusait de ne pas avoir pu empêcher le suspect de s'enfuir. Il semblait au bord des larmes, se dit Gail qui leur avait emboîté le pas. Mais pourquoi regardait-il les ambulanciers avec cet air terrifié ? Sans doute était-il sous le choc…

Blake serra avec chaleur sa main valide pour le rassurer.

— Ne vous en faites pas, Tim. Nous le rattraperons, je vous le promets.

Il n'y avait pas l'ombre d'un doute dans sa voix, remarqua Gail. Soit Kincannon avait beaucoup plus de foi qu'elle dans le système judiciaire, soit il était infiniment plus naïf qu'elle ne l'avait cru.

Pourtant, il était loin d'avoir l'air naïf.

Cela dit, tout le monde pouvait se laisser abuser. Ses frères et elle, par exemple. Ils avaient été dupés, vingt-six ans durant, par la personne qu'ils aimaient par-dessus tout. Ce genre de chose ébranle votre foi dans le monde et vous pousse à remettre en question vos valeurs et vos idées.

Kincannon adressa à Tim un sourire encourageant, puis lâcha sa main pour tenir la porte pendant que les ambulanciers emportaient la civière hors de la salle.

Il avait l'assurance d'un homme qui contrôlait son destin et ce qui l'entourait, observa Gail en le suivant des yeux. Avait-il reconstruit sa vie après la nuit tragique où elle l'avait rencontré ?

Elle l'espérait.

L'homme dont elle se souvenait, celui qu'elle avait vu à l'hôpital, lui avait paru brisé.

— Vous lui avez sans doute sauvé la vie, dit-elle alors qu'il revenait vers elle.

— Parfois on réussit, parfois non.

La remarque semblait s'adresser à lui-même autant qu'à elle.

Peut-être n'avait-il pas surmonté la perte de sa femme, après tout.

Quel autre sens sa réponse aurait-elle pu avoir ? Kincannon lui reprochait-il de ne pas avoir pu sauver son épouse ?

Elle avait pourtant tout essayé, s'acharnant à lui faire des massages cardiaques et du bouche-à-bouche jusqu'au moment où, épuisée, elle avait cru perdre conscience à son tour.

Une fois de plus, elle lutta pour réprimer la protestation qui montait à ses lèvres. Ce n'était absolument pas le moment d'entrer dans une discussion à ce sujet, d'autant que le juge ne l'avait accusée de rien. Peut-être était-elle tout simplement paranoïaque.

Elle se posait encore la question quand Kincannon se dirigea vers l'avocat de Munro. Le petit homme semblait très secoué. Ses mains tremblaient alors qu'il tentait de rassembler ses documents dans son attaché-case. Par deux fois, des papiers lui échappèrent, s'éparpillant sur le sol.

— Jusqu'à ce qu'on m'apporte la preuve du contraire, je vous tiens pour responsable de l'évasion de Munro, maître Wells.

Visiblement dans tous ses états, l'avocat laissa tomber son attaché-case et se mit à bégayer.

— Je n'ai pas… je ne ferais…

Il s'éclaircit la gorge et recommença.

— Votre Honneur, vous ne pouvez pas parler sérieusement.

Le regard du juge devint froid comme l'acier et Gail songea qu'elle n'aurait pas voulu être à la place de son interlocuteur.

— Je le peux, rétorqua-t-il. Et je le fais.

— Mais enfin, monsieur le juge, s'exclama Hayden d'une voix terrifiée, je n'avais aucun moyen de savoir que ces événements allaient se dérouler ! Aucun moyen, répéta-t-il. Je suis tout aussi surpris que vous.

— Très sincèrement, j'en doute, répondit froidement Blake.

Dominant à grand-peine sa frustration, il serra les dents. Cette évasion n'aurait jamais dû se produire. Toutes les précautions avaient été prises. Les mesures de sécurité ne servaient-elles donc à rien ?

Prenant une profonde inspiration, il se détourna de l'avocat véreux et parcourut les lieux du regard.

Maintenant, il regrettait amèrement d'avoir interdit la présence de caméras dans la salle. Il avait pourtant cru bien faire, sachant que les enregistrements risquaient d'être communiqués aux médias. Il aurait suffi qu'un seul journaliste veuille les publier pour compromettre l'issue du procès.

Mais s'il y avait eu ne serait-ce qu'une caméra, elle aurait pu les aider à saisir les événements qui avaient précédé la fuite de Munro. Car Blake avait l'intuition que ce dernier n'avait pas agi seul. Son évasion n'avait pas été décidée sur un coup de tête. Il avait été aidé par un ou plusieurs complices, Blake aurait parié un an de salaire là-dessus.

Wells continuait ses jérémiades, se plaignant maintenant qu'on puisse le soupçonner de s'abaisser à venir en aide à un criminel.

— Cela me vaudrait d'être rayé du barreau ! déclara-t-il avec emphase.

Il commençait à agacer sérieusement Gail qui s'apprêtait à lui dire de se taire, quand Blake Kincannon la devança.

— Je vous en prie, maître Wells. Epargnez-moi votre indignation outragée. Je sais parfaitement à quoi m'en tenir en ce qui vous concerne. Personne n'entre dans ma salle de tribunal sans que je me sois informé à son sujet, au préalable. Et quelqu'un qui perd les affaires pour lesquelles il plaide aussi souvent que vous ne peut certainement pas gagner sa vie dans ce métier sans avoir certains à-côtés.

Les sourcils de Wells se haussèrent jusqu'au sommet de son front, frôlant presque la couronne de cheveux qui cernait son crâne.

— Votre Honneur, je vous donne ma parole…

Gail ne put résister plus longtemps.

— Ça nous fait une belle jambe, ironisa-t-elle.

L'instant d'après, elle se mordait la lèvre. Voilà qu'elle avait recommencé ! Elle n'aurait jamais dû dire cela. Non pas parce qu'elle ne le pensait pas, mais parce qu'elle redoutait la réaction de Kincannon.

Pourtant, quand leurs regards se rencontrèrent, il paraissait presque amusé. Ou, pour le moins, entièrement d'accord avec elle.

— C'est tout à fait ce que je me disais, acquiesça-t-il.

Au-dehors, le vacarme redoubla tout à coup. Avec un peu de chance, c'était pour une bonne raison.

— Ils l'ont peut-être rattrapé, dit Gail avec espoir.

Décidée à en avoir le cœur net, elle se hâta vers les portes avec l'intention de revenir informer le juge de ce qui se passait, dès qu'elle aurait appris quelque chose.

— Peut-être, dit Kincannon en lui emboîtant aussitôt le pas.

Apparemment, il était d'un naturel impatient.

Il se retourna vers Wells, s'adressant à lui par-dessus son épaule.

— Restez ici, ordonna-t-il. Je veux vous parler à mon retour.

En arrivant dans le couloir, Gail s'arrêta net. Deux ambulanciers arrivaient, portant une civière.

Une étrange sensation de déjà-vu s'empara d'elle, accompagnée d'un malaise confus.

Avant même de les avoir rejoints, elle avait l'estomac retourné, la certitude que quelque chose ne tournait pas rond.

Pas rond du tout.

Elle n'entendit pas ce que dit Brian, mais le premier ambulancier s'adressa à lui avec toute l'amabilité d'un bulldog.

— Ecoutez, nous sommes venus aussi vite que possible après avoir reçu l'appel. Le boulevard McArthur est complètement bloqué. Alors, il y a un patient, oui ou non ? Nous manquons de personnel. Je n'ai pas le temps de m'amuser.

Au lieu de répondre, Brian prit sa radio.

— Hallie ? C'est Cavanaugh. Combien d'ambulances nous avez-vous envoyées ?

Il se tut, écoutant la réponse.

— Bon. Décrivez-moi les ambulanciers.

Il fronça les sourcils.

— Comment ça, vous ne pouvez pas être sûre ?

— Chef, intervint Gail en se frayant un chemin parmi la foule. Laissez-moi lui envoyer une photo pour qu'elle puisse les identifier.

Brian marqua une pause. Il regarda son portable d'un air incertain, puis leva les yeux vers elle.

— Ce truc…

Devinant sa question, elle hocha la tête, lui évitant la gêne d'avoir à la poser.

— Oui, assura-t-elle.

Une seconde plus tard, elle avait pris une photo des deux hommes et l'avait transmise à l'interlocutrice de Brian.

La confirmation fut immédiate.

— Vous n'avez pas envoyé d'autre équipe ? insista Brian, bien qu'il connût déjà la réponse.

Le visage sombre, il fronça les sourcils.

— Merci.

Il coupa la communication d'un coup sec et regarda les agents rassemblés autour de lui. Les ambulanciers étaient presque oubliés.

— A notre nez et à notre barbe, marmonna-t-il d'une voix dure et sourde.

En l'observant, Gail ne put s'empêcher de penser à un volcan sur le point d'entrer en éruption.

3

Perplexe, Blake dévisagea tour à tour le chef de la police et la policière visiblement agitée à côté de lui. Il était désormais clair que les ambulanciers venus chercher Timothy Kelly avaient été des imposteurs. Le reste était moins compréhensible.

— Pourquoi auraient-ils enlevé l'huissier ? demanda-t-il. S'ils étaient complices de Munro, pourquoi n'ont-ils pas filé en même temps que lui ?

Gail secoua la tête.

— Ils ne l'ont pas enlevé, expliqua-t-elle. Il faisait partie de la bande.

Blake ne pouvait y croire. Il se souvenait du premier jour de Tim au tribunal. Il s'était montré si désireux de bien faire, si enthousiaste ! Il ne pouvait pas être complice d'un criminel.

— Vous plaisantez ! Ils ont failli le tuer, protesta-t-il.

— « Failli », comme vous dites, répondit Brian Cavanaugh. De toute évidence, le chef de la police luttait pour maîtriser sa colère.

— Vous vous trompez, insista Blake. Je connais Tim. Il m'a montré des photos de sa femme, de leur bébé… Un homme comme lui ne se réveille pas un beau matin en se disant qu'il va aider un criminel à échapper à la justice.

Il avait du mal à le croire, comprit Gail. Loin de s'indigner d'avoir été dupé, le juge Kincannon cherchait des raisons susceptibles d'expliquer la conduite de l'huissier et de l'absoudre de toute culpabilité. Elle dut s'avouer qu'elle trouvait son attitude admirable, même si elle lui paraissait absurde, en l'occurrence.

Cela faisait de lui un être beaucoup plus humain que la plupart de ses collègues.

Elle réfléchit et envisagea soudain un autre scénario, à la fois plausible et acceptable par les deux parties. Plus elle y pensait, plus elle était sûre d'avoir vu juste. Kincannon ne semblait pas être le genre d'homme à se laisser abuser facilement.

— Et si cette décision n'était pas venue de lui ? suggéra-t-elle avec une conviction croissante. Peut-être n'a-t-il pas eu le choix !

Jusque-là, Janelle avait gardé le silence, restant en retrait pendant que son père prenait la situation en main. Elle intervint alors, mettant le doigt sur le point faible de la théorie de Gail.

— Personne ne le menaçait, Gail, fit-elle remarquer d'une voix où perçait la frustration.

Gail savait que Janelle avait passé un temps fou à préparer ce dossier et qu'elle était presque certaine d'obtenir une condamnation. En cet instant, il semblait que tous ses efforts aient été réduits à néant.

— Peut-être menaçaient-ils sa famille, répondit-elle doucement.

Elle sentit aussitôt que son hypothèse emportait l'adhésion du juge. Quoi qu'il en soit, son opinion n'était pas celle qui comptait.

Retenant son souffle, elle se retourna vers son supérieur et attendit.

— Possible, dit lentement Brian Cavanaugh. Ce serait logique.

Il se tourna vers deux des agents venus en renfort.

— Mahoney, Wong, trouvez l'adresse de l'huissier. Allez faire un tour chez lui pour voir ce qui se passe.

— Son nom de famille est Kelly, intervint Blake. Le service du personnel a ses coordonnées. Leur bureau est au troisième étage. Porte 317.

Il voulait que Tim soit lavé de tout soupçon et que son innocence soit reconnue. Dans le cas contraire, il devrait remettre en question son propre jugement. Il était déjà passé par là, et espérait bien ne jamais revivre cette expérience.

Les deux policiers s'éloignèrent.

Avec un temps de décalage, Blake sentit une montée d'adrénaline déferler en lui. Eprouvant le besoin subit d'agir, il s'adressa à Brian.

— Puis-je me rendre utile pour faire avancer les recherches ?

— Malheureusement non, à moins que vous ne puissiez nous sortir un criminel d'un chapeau, répondit Brian. Vous êtes libre de rentrer chez vous.

Devant la mine stupéfaite du juge, Brian dut lui fournir une explication.

— Toutes les séances sont suspendues jusqu'à demain, monsieur le juge. Toutes, répéta-t-il, prévenant la moindre tentative d'objection. Les endroits où Munro aurait pu se cacher ne manquent pas, et il va falloir un certain temps pour faire des recherches complètes. Ce salopard doit bien être ici quelque part.

— Pas nécessairement.

Tous les regards convergèrent sur Gail.

— N'oublions pas que la prétendue ambulance a eu l'autorisation d'accéder aux lieux et d'en partir. Qui nous dit qu'elle ne s'est pas arrêtée en arrivant devant une des entrées secondaires ? Dans la confusion générale, Munro a très bien pu y monter sans que personne ne s'en aperçoive. Les policiers ne peuvent pas être partout à la fois, aussi nombreux soient-ils.

C'était un scénario des plus simples — et des plus logiques. Gail continua.

— Ensuite, les faux ambulanciers emmènent le blessé sur une civière. Une fois tout ce petit monde à bord, ils décampent. Ni vu ni connu. Et pendant ce temps-là, nous sommes toujours en train de chercher Munro dans le bâtiment.

Brian fronça les sourcils. C'était vraisemblable, et cette perspective ne lui plaisait guère.

— Espérons qu'ils ne sont pas aussi futés que toi.

Alors même qu'il prononçait ces paroles, il était clair aux yeux de tous qu'il savait que Gail avait très probablement vu juste. Il lui adressa un bref sourire.

— Je suis content que tu sois de notre côté, commenta-t-il avant de se retourner vers ses hommes pour leur donner des instructions concernant la suite des opérations.

Comprenant que sa présence était superflue, Blake décida de suivre le conseil du chef de la police et de rentrer chez lui. Il lui restait cependant quelques détails à régler avant de s'en aller.

Il regagna la salle du tribunal et alla trouver l'employée qui lui tenait lieu de secrétaire, une femme d'un certain âge adepte des chaussures plates, des tailleurs passe-partout, et qui n'attirait jamais l'attention sur elle. Pour un observateur distrait, Edith Fields incarnait la secrétaire typique.

En le voyant, elle se leva vivement.

— Des nouvelles, Votre Honneur ? demanda aussitôt cette grand-mère de six petits-enfants.

Elle était toujours affligée quand la machine de la justice venait à s'enrayer. Elle aurait voulu voir tous les malfaiteurs jetés en prison et de préférence pour la durée la plus longue possible.

— On nous renvoie dans nos foyers, Edith.

La nouvelle ne fut pas bien accueillie. La secrétaire baissa les yeux sur son ordinateur portable et consulta rapidement le planning affiché à l'écran.

— Je pourrais avancer l'affaire Brown, Votre Honneur.

S'il n'avait tenu qu'à lui, Blake aurait dit oui sans la moindre hésitation, mais il devait se soumettre à l'autorité du chef de la police.

A regret, il secoua la tête.

— C'est impossible. Tout le monde doit évacuer le palais de justice.

Edith se rembrunit. Blake savait qu'elle était loin d'être enchantée. Elle ne faisait pas mystère du fait qu'elle se considérait comme indispensable au bon fonctionnement du tribunal.

— Pensez-y comme à des vacances forcées. Je suis sûr que Joe appréciera d'avoir un coup de main avec Emily et Ross, ajouta-t-il, faisant allusion aux deux petits-enfants qui vivaient avec elle et son mari.

Elle poussa un soupir résigné, telle une écolière punie injustement.

— Si vous le dites, Votre Honneur…

— C'est le chef de la police qui décide, Edith, corrigea Blake.

Il jeta un coup d'œil par-dessus son épaule. Comme il l'avait soupçonné, la policière était toujours là ; elle le suivait comme son ombre. A moins d'avoir recours à des mesures radicales, il ne pourrait sans doute pas se débarrasser d'elle facilement.

— Si vous ne vous sentez pas en sécurité toute seule, Edith, reprit-il, l'inspecteur O'Brien peut vous ramener chez vous.

Gail cilla. Venait-il vraiment de proposer ses services sans même la consulter ? Elle ne faisait pas partie de ses employés. De quel droit lui donnait-il des ordres ? se demanda-t-elle, irritée par son attitude cavalière.

Elle allait protester lorsque la secrétaire la prit de vitesse, repoussant cette offre avec un geste dédaigneux.

— Je suis une grande fille, monsieur le juge. J'ai cessé d'avoir peur des voyous dans le genre de Munro quand j'étais au lycée, déclara-t-elle en refermant son sac.

Puis elle le salua d'un signe de tête.

— A demain.

Blake répondit à peine. Un instant plus tôt, il s'était dirigé vers son bureau. Alors qu'il avait été sur le point de fermer son ordinateur, les caractères en gras affichés sur l'écran avaient attiré son attention.

Et provoqué sa fureur.

Surprise, Gail regarda le juge. Il avait à l'évidence de l'affection pour son employée, pourtant il lui avait tout juste rendu son salut. De plus, son visage était assombri par la colère.

Kincannon pouvait vraiment être intimidant. Un seul de ses regards assassins suffisait à vous glacer. Cependant, la question immédiate était de savoir ce qui avait causé son brusque changement d'humeur. Jusque-là, il avait semblé parfaitement calme, contrairement à elle.

Au lieu de se jeter sur lui, elle aurait mieux fait de se ruer sur Munro et de l'empêcher de filer. Grandir avec ses frères lui avait appris à être intrépide, et elle ne craignait pas la douleur si cela devait mener à des résultats. Dans ce cas précis, elle aurait servi à mettre hors d'état de nuire une des pires ordures.

Elle reporta son attention sur Kincannon. Pas de doute, quelque chose clochait.

— Que se passe-t-il ?

Sans attendre la réponse, elle contourna le bureau et suivit le regard du juge, rivé à l'écran. Dans un premier temps, les mots lui semblèrent trop absurdes pour être réels.

Et tout à coup, ils furent bien trop réels.

Laissez tomber cette affaire, sinon vous êtes mort et votre père aussi. D'une mort lente et cruelle.

Une seconde, elle crut que Kincannon allait se saisir de l'ordinateur et le jeter contre le mur, mais il se maîtrisa.

— Espèce d'ordure ! marmonna-t-il.

Le message venait de Munro, Gail en avait la certitude.

— Il ne fait pas dans la dentelle, commenta-t-elle, avant de sortir précipitamment de la salle du tribunal.

Pendant ce temps, Blake avait tiré son téléphone portable de sa poche. Il se félicita de l'avoir gardé sur lui au lieu de le laisser dans son cabinet. D'ordinaire, il s'en faisait une règle, car il avait horreur d'être interrompu par une sonnerie intempestive. Ce jour-là, il avait oublié et c'était tant mieux, puisque cela lui permettait de gagner un temps peut-être précieux. Il n'allait pas continuer à sous-estimer Munro.

— Allez, réponds ! grommela-t-il, s'adressant à un interlocuteur absent.

Le message qu'il avait enregistré sur l'appareil de son domicile commençait juste à se déclencher quand O'Brien revint, flanquée du chef de la police.

— Allons, papa, grogna Blake, serrant les dents. Réponds !

A l'autre bout du fil, quelqu'un décrocha enfin.

Il remercia silencieusement le ciel.

— Mauvaise journée au boulot ? demanda son père. On ne parle que de cette affaire, à la télé.

Alexander Kincannon, ex-sergent des Marines et grincheux patenté, était encore plus grognon qu'à son habitude.

— On a même repoussé mon émission pour faire un reportage spécial ! Vous n'avez pas de service de sécurité correct ou quoi ? Ils sont incapables de garder un petit malfrat de rien du tout ?

Blake n'était pas vraiment d'humeur à se laisser entraîner dans une conversation sur le laxisme supposé des forces de l'ordre, à l'heure actuelle. Il avait besoin que son père l'écoute avec attention.

— Papa, je ne veux pas que tu ouvres la porte. A personne.

Son père laissa échapper un soupir exaspéré.

— J'ai quoi, douze ans ?

Pendant une seconde, Blake perdit patience.

— Tu as cent vingt ans, mais je voudrais que tu arrives jusqu'à cent vingt et un, d'accord ? N'ouvre pas la porte. Suis-je clair ?

— Pourquoi ? insista la voix rocailleuse, moins combative toutefois qu'un instant auparavant.

Arrivé à hauteur du juge, Brian s'adressa à lui, parlant d'une voix forte pour que son interlocuteur l'entende.

— Dites-lui que j'envoie une voiture de patrouille. Elle sera là dans quelques minutes.

Il rencontra le regard de Blake.

— Nous assurerons sa sécurité.

Blake le remercia d'un signe de tête.

— Papa, la police…

— Oui, j'ai entendu, coupa Alexander. Je ne suis pas sourd.

Puis une certaine excitation perça dans sa voix.

— C'est à cause de ce type qui s'est fait la malle ?

— Peut-être. Je ne sais pas encore.

A vrai dire, il était pour ainsi dire certain que c'était le cas. Son père poussa un dernier soupir théâtral avant de raccrocher. Blake remit son téléphone dans la poche de sa robe. Ensuite, soucieux de lui témoigner sa gratitude, il regarda Brian.

— Merci.

— C'est le moins que je puisse faire, répondit ce dernier en se tournant vers sa nièce. Gail m'a parlé du message que vous avez reçu.

Il baissa les yeux sur l'appareil dernier cri posé sur le bureau.

— Je vais devoir l'emporter, Votre Honneur. Peut-être un de nos experts pourra-t-il remonter à la source du message.

Il savait pertinemment que Brenda, la femme de son fils Dax, était capable de miracles en la matière.

En temps normal, Blake aurait protesté, arguant de la nécessité de maintenir la confidentialité des dossiers, mais dans ce cas précis, il savait que c'était inutile. Brian Cavanaugh était d'une probité légendaire. Il se contenta donc d'acquiescer, et tendit l'ordinateur au chef de la police.

— Comme vous voudrez.

Brian referma l'appareil.

— Dans l'immédiat, nous devons assurer votre protection et celle de votre père, dit-il. Apparemment, Munro a une dent contre vous qui ne date pas d'aujourd'hui. J'ai entendu dire que vous aviez fait condamner plusieurs de ses acolytes à des peines sévères il y a deux ans.

Blake ne voulait pas qu'on lui attribue de mérite particulier. Il avait servi la justice, tout simplement.

— Je n'ai fait que mon travail.

— Et maintenant, c'est à moi de faire le mien, répondit Brian. Vous avez besoin de protection.

La perspective d'être surveillé constamment ne plaisait guère à Blake, mais il devait penser à son père. Il hocha la tête sans protester.

— Une voiture de patrouille pourrait faire une ronde toutes les heures, suggéra-t-il.

— Et pendant les autres cinquante-neuf minutes ? s'enquit Brian innocemment.

Blake fronça les sourcils, s'efforçant de suivre le raisonnement du policier.

— Pardon ?

— Laissez-moi vous expliquer la manière dont je vois

les choses, monsieur le juge. Tant que Munro sera en liberté, vous aurez besoin de protection vingt-quatre heures sur vingt-quatre. Une voiture de patrouille qui passe de temps en temps ne suffit pas.

Blake ne voulait pas discuter, mais pas davantage acquiescer.

— C'est un peu extrême, non ?

— C'est la mort qui est extrême, Votre Honneur. Le reste arrive loin derrière, intervint Gail, sentant que son supérieur avait besoin d'un soutien verbal.

En un sens, elle comprenait que Kincannon veuille préserver son indépendance. A sa place, elle aurait réagi de la même façon. Mais Munro n'hésiterait pas à lui tirer une balle entre les deux yeux, et elle ne pouvait s'empêcher de penser que ce serait criminel de détruire ce profil si beau.

Le chef de la police lui sourit. Elle lui rendit son sourire, sans toutefois parvenir à déchiffrer l'expression de son oncle. Si elle avait fait partie de la famille depuis plus longtemps, elle aurait su que cette petite mimique était celle que Brian adoptait lorsqu'il était sur le point d'avancer un argument imparable.

— Je suis content que tu sois de cet avis, Gail.

Quelque chose dans sa voix avertit Gail qu'elle avait des ennuis. Pas des ennuis du genre disciplinaire, mais plutôt du genre qui signifiait qu'il allait se passer quelque chose de désagréable pour elle.

— Pourquoi, chef ? demanda-t-elle calmement, sans le quitter des yeux.

Alors même qu'elle posait la question, son estomac se noua. Elle ne devinait que trop bien pourquoi Brian avait exprimé sa satisfaction face au point de vue qu'elle avait donné.

— Parce que tu vas être le garde du corps du juge Kincannon.

Il était difficile de dire lequel des deux intéressés parut le plus consterné.

— Il est hors de question que j'aille me terrer dans un coin ! affirma Blake avec véhémence.

— Personne n'a dit que vous deviez en arriver là, répondit Brian.

En prenant les précautions appropriées, le juge pourrait continuer à exercer ses fonctions, expliqua Brian. Naturellement, ce serait compliqué et c'était la raison pour laquelle il avait confié cette mission à Gail. Elle était intelligente, et son indépendance d'esprit serait un atout.

— Ecoutez, dit Blake, choisissant ses mots avec soin. Je vous suis très reconnaissant d'avoir envoyé une voiture de patrouille pour veiller sur mon père, mais contrairement à lui, je ne suis pas un vieillard sans défense…

Il imaginait sans peine la réaction de son père s'il s'était entendu qualifier de la sorte.

A soixante-treize ans, l'ex-sergent était encore en pleine forme, et certainement capable de mettre K.-O. un agresseur à condition que celui-ci ne le dépasse pas de plus d'une tête. Il n'avait vraiment rien d'un vieillard sans défense.

— Les balles ne font pas la différence.

Etait-ce vraiment elle qui avait dit cela ?

Atterrée, Gail baissa la tête.

Alors même qu'elle était irritée de se voir affecter à cette mission, elle se surprenait à se comporter en vaillant petit soldat.

Elle serra les dents, regrettant l'époque où elle était rebelle. Un rebelle n'aurait pas couru le risque de mourir d'ennui en jouant les baby-sitters.

Etre garde du corps était tout juste préférable à faire de la planque dans une voiture. Les deux tâches lui faisaient horreur ; l'inactivité lui était insupportable.

Quoi qu'il en soit, à en juger par l'expression du chef de la police, elle n'avait guère le choix.

Mais elle n'allait pas capituler sans lutter — ou du moins sans faire savoir qu'elle n'était pas enchantée par cette mission.

— En effet, disait Brian.

Il lui sourit, appréciant visiblement le soutien qu'elle lui apportait.

— Bref, conclut-il, c'est réglé. A partir de maintenant, et jusqu'au moment où nous aurons arrêté Munro, tu restes avec le juge.

Gail ne savait pas si elle avait autant foi en la justice que son oncle.

La traque de Munro risquait de durer des jours, voire des semaines sinon des mois. Et elle n'avait pas la moindre envie de passer tout ce temps à faire du baby-sitting.

Même si celui qu'elle était chargée de surveiller était un spécimen particulièrement séduisant de la gent masculine…

Elle était une policière compétente, sa place était sur le terrain. Elle ne voulait pas traîner dans le sillage du juge comme une ombre.

— Chef, puis-je vous dire quelques mots ? demanda-t-elle alors que Brian s'éloignait.

Il ne répondit pas, se contentant de lui faire signe de le suivre tandis qu'il sortait de la salle, l'ordinateur du juge sous le bras.

4

L'observant avec admiration, Gail franchit les portes de la salle à la suite de son supérieur. Malgré la pression qui pesait sur lui, il dégageait une force et une énergie presque palpables.

Pas facile d'être un Cavanaugh, songea-t-elle. Tout le monde s'attendait à ce que l'on soit à la fois intelligent, compétent, et en bonne forme physique.

C'était censé faire partie du patrimoine génétique…

Pour l'essentiel, le calme était revenu dans le palais de justice. Le couloir était relativement désert, à présent. Les témoins avaient été emmenés dans divers bureaux à fin d'interrogatoire, tandis que des policiers patrouillaient dans le bâtiment, inspectant chaque recoin.

Les pensées de Gail étaient toutefois ailleurs. Elle se demandait ce qu'elle allait dire au chef de la police, et surtout comment faire valoir son point de vue…

Elle n'avait vraiment aucune envie d'effectuer cette mission, pour une raison sans rapport avec son absence totale de goût pour l'inactivité. Sa réticence avait des sources beaucoup plus profondes.

Dans de tels moments, elle regrettait de ne pas avoir le talent verbal d'Ethan, sa capacité naturelle à s'exprimer exactement comme il le fallait, quand il le fallait.

Mais à quoi bon se lamenter ? Elle ne pouvait qu'exposer ses arguments de son mieux, en croisant les doigts pour que ce soit suffisant.

Supplier ne servirait à rien, elle le savait. Et quand bien même ce serait le cas, elle doutait de pouvoir s'y résoudre.

Elle n'était pas du genre à supplier et avait toujours assumé ses responsabilités, quelles qu'elles soient, même lorsque la potion était amère à avaler.

Néanmoins, dans ce cas précis, il ne s'agissait pas seulement de ses désirs. Elle était quasiment certaine que le juge ne souhaitait pas lui non plus la côtoyer vingt-quatre heures sur vingt-quatre et sept jours sur sept. Kincannon était contraint d'accepter la présence d'un garde du corps, il s'agissait là d'une mesure absolument nécessaire, mais ce ne serait sûrement pas elle qu'il désignerait si on lui laissait le choix.

Brian s'arrêta net au bout de quelques mètres, prenant Gail par surprise. Tout à ses réflexions, elle faillit entrer en collision avec lui et s'immobilisa juste à temps.

Prenant une profonde inspiration, elle recula précipitamment.

— De quoi voulais-tu me parler ? demanda-t-il d'un ton jovial.

A en juger par son expression, la conversation aurait pu porter sur des sujets personnels ou sans conséquence. Gail resta cependant sur ses gardes. Il avait beau être son oncle, là, en service, il était son supérieur et c'était lui qui commandait. Les liens familiaux n'avaient pas leur place dans ce contexte.

Elle se rappela que, à l'instar du juge, Brian était sévère mais juste ; elle avait cinquante pour cent de chances de le convaincre.

Elle se jeta à l'eau.

— Sauf votre respect, chef, je préférerais que vous choisissiez quelqu'un d'autre pour servir de garde du corps au juge.

— Et pourquoi ça ? s'enquit-il doucement.

Elle s'éclaircit la gorge. Il était hors de question qu'elle donne l'impression de chercher un traitement de faveur, car ce n'était pas le cas.

— Le juge et moi, nous…

Comme elle avait un peu trébuché sur les mots, elle recommença d'une voix plus ferme.

— Le juge et moi, nous avons une histoire.

Brian demeura impassible.

— Vous avez eu une liaison ?

Le souffle coupé, Gail secoua la tête.

— Mais non ! Non, répéta-t-elle plus calmement. Je… c'est-à-dire, il…

Il n'était pas dans la nature de Brian Cavanaugh de chercher à mettre les gens mal à l'aise, à plus forte raison quand il avait affaire à un membre de sa famille, aussi leva-t-il la main, interrompant ses explications laborieuses.

— Si tu fais allusion à ce que je pense, j'ai tout à fait conscience de ton « histoire » avec le juge, Gail.

Elle le dévisagea, stupéfaite et soulagée de ne pas devoir lui faire un compte rendu détaillé des événements en question.

— Vraiment ?

Il hocha presque imperceptiblement la tête.

— J'ai pris soin de me familiariser avec ton dossier — et avec celui de tes frères, ajouta-t-il, sans doute afin qu'elle n'aille pas s'imaginer qu'il avait quoi que ce soit à lui reprocher. J'aime être informé de ce qui concerne ma famille — et les gens qui travaillent sous mes ordres.

Gail prit une profonde inspiration. La conversation s'avérait plus facile que prévu.

— Donc, vous comprenez pourquoi je pense qu'une autre personne ferait mieux l'affaire ?

— Non.

Inattendue, la réponse fit à Gail l'effet d'une bombe.

— Non ? répéta-t-elle, espérant avoir mal entendu.

— Non, confirma Brian.

Son ton était toujours aimable, mais on ne pouvait se méprendre sur la fermeté sous-jacente.

— Tu es la personne la mieux qualifiée. Tu connais le juge, et surtout tu sais parfaitement comment Munro opère. Tu connais sa manière de penser et d'agir, ce qui est crucial. Bref, tu as plusieurs longueurs d'avance sur n'importe quel autre candidat potentiel. Il est donc logique que je te confie cette mission.

Logique pour lui, peut-être, pensa-t-elle sans se sentir mieux pour autant.

— Chef…

Elle ne put rien ajouter. Ce seul mot était en soi un plaidoyer.

Son supérieur la dévisagea longuement, et elle abandonna définitivement l'espoir d'insister davantage. Tout à coup, elle avait la bouche sèche, l'impression d'avoir avalé une poignée de sable.

— Tu n'es pas en train de me demander un traitement de faveur, n'est-ce pas, Gail ? demanda-t-il enfin.

Seigneur ! Elle ne voulait surtout pas qu'il pense une chose pareille. Elle secoua la tête avec vigueur, répondant distinctement à la question qu'il avait posée à mi-voix.

— Non, chef.

Brian lui adressa un sourire détendu.

— Bon. Je pensais bien que ce n'était pas le cas.

Sur le point de se détourner, il se ravisa.

— Combien de temps te faut-il pour rentrer chez toi et préparer tes affaires ?

Quelque part dans sa tête, elle entendit une porte claquer en se refermant. Elle était coincée. Maintenant, il allait falloir faire contre mauvaise fortune bon cœur.

— J'ai une tenue de rechange dans la voiture.

Le sourire de Brian s'élargit.

— Tu es bien une Cavanaugh. Toujours prête.

Son compliment rappela brusquement quelque chose à Gail.

— A propos, chef…, commença-t-elle d'un ton un peu hésitant.

Sept « nouveaux » membres étaient récemment entrés dans la famille Cavanaugh. En plus des quatre enfants de la femme que Brian avait épousée un peu plus d'un an auparavant, il y avait les trois auxquels personne ne s'était attendu, les triplés qui avaient été la famille secrète de Mike, son frère décédé.

Les enfants de Lila, tous adultes et tous membres des forces de police, portaient encore le nom de leur père, tandis que Gail et ses frères portaient celui de feu leur mère.

Tous les sept s'étaient vu proposer de changer de nom pour devenir des Cavanaugh s'ils le désiraient.

Qu'ils décident ou non d'accepter, ils étaient déjà des Cavanaugh, mais c'était à eux de faire leur choix.

Brian attendait.

— Oui ? dit-il enfin.

Gail se lança.

— Pour ma part, la réponse est oui.

— Oui ? répéta-t-il en se demandant ce qu'elle voulait dire par là.

— Oui. J'aimerais devenir une Cavanaugh. Ce serait un honneur.

— Nous en serions ravis, assura-t-il avec un large sourire. Surtout Andrew. Et l'honneur est réciproque.

Il marqua une pause.

— Autre chose ?

— Non, chef. C'est tout.

Gail recula en s'efforçant de ne pas songer à ce qui l'attendait. Le juge n'allait certainement pas faire allusion à leur première rencontre, il semblait beaucoup trop réservé pour cela. En même temps, elle était sûre que ce souvenir était toujours très présent à son esprit, ce qui rendrait forcément la situation gênante entre eux.

Mais personne ne lui avait promis que la vie de policier serait une sinécure.

— Bien, dit Brian. Dans ce cas, tu peux aller annoncer au juge que tu vas t'installer chez lui pour le moment.

Gail acquiesça et prit une profonde inspiration. Elle ne pouvait plus reculer.

Pivotant sur ses talons, elle franchit les portes capitonnées de cuir noir et entra dans la salle du tribunal pour ce qui lui sembla la millième fois de la journée.

Le juge n'était pas en vue.

Une poussée d'adrénaline fusa dans ses veines et elle parcourut rapidement la salle des yeux. Aucun signe de l'homme qu'elle était censée protéger ! Il ne restait plus que la sténographe qui était en train de ranger ses affaires.

Gail se dirigea vers elle.

— Où est le juge ?

S'apprêtant visiblement à partir, la femme referma sa mallette et fronça les sourcils face à cette question inattendue.

— Dans son cabinet, je suppose.

— Espérons-le, marmonna Gail en se hâtant vers le fond de la salle.

Une sortie privée se trouvait sur la droite. Sans doute était-ce par là qu'il était parti.

En se retrouvant dans un couloir étroit, elle réprima une pointe d'agacement. Pourquoi diable cet homme ne pouvait-il rester en place ? N'avait-il pas compris la gravité de la situation ? S'imaginait-il immortel ?

Tournant le coin, elle s'arrêta devant une porte close et dégaina son arme de service. Elle ignorait ce qui se passait de l'autre côté du battant. Pour autant qu'elle le sache, Munro courait toujours et avait pu attendre le retour du juge dans son cabinet. L'homme était assez fou pour cela.

Pistolet au poing, prête à tirer, Gail ouvrit la porte d'un coup de pied.

A l'intérieur, un homme tressaillit et se retourna.

Kincannon.

Seul.

En proie à une colère mêlée de soulagement, Gail laissa échapper un soupir à travers ses dents serrées et abaissa son arme.

Avant son irruption, le juge avait eu le temps de retirer sa robe qu'il était en train de disposer soigneusement sur un cintre. Il fronça les sourcils.

— La plupart des gens frappent avant de défoncer les portes, dit-il d'un ton étonnamment calme.

Gail le dévisagea, bouche bée. Il n'allait tout de même pas lui faire la leçon !

— Premièrement, je n'ai pas défoncé la porte. Elle tient encore sur ses gonds.

— Le service d'entretien vous en sera reconnaissant, ironisa-t-il.

— Et deuxièmement, poursuivit-elle comme si elle n'avait rien entendu, la plupart des gens ne sont pas chargés de veiller sur un juge menacé par un criminel en cavale. Nécessité fait loi.

Elle le foudroya du regard.

— Vous n'auriez pas dû disparaître comme ça !

— Je suis un homme adulte et je dispose de toutes mes facultés, répliqua-t-il sèchement. D'ailleurs, je n'ai pas disparu. Je suis venu ici pour une raison bien précise, ajouta-t-il en accrochant le cintre dans un placard.

— Suspendre votre robe ? demanda Gail incrédule.

— Oui.

Il avait répondu d'un ton de défi, mais elle n'allait pas se laisser impressionner. S'ils devaient travailler ensemble, il fallait qu'il respecte les règles.

— Vous auriez pu attendre.

— J'aurais pu, en effet, acquiesça-t-il. Mais je ne l'ai pas fait. Inspecteur O'Brien, sachez que je traverse la rue tout seul depuis l'âge de six ans. Il ne m'est rien arrivé jusqu'à présent.

Il poussa un soupir, comme s'il s'efforçait de garder son calme.

— De plus, au cas où vous l'auriez oublié, ce n'est pas la première fois que je reçois des menaces.

— Peut-être, mais c'est la première fois que vous êtes sous ma protection, riposta-t-elle.

Puis elle posa la question qui la taraudait.

— Depuis l'âge de six ans ? Vraiment ?

— Mon père ne voulait pas que ma mère m'élève dans du coton. Il disait qu'il était important que je devienne un homme.

— A six ans ? répéta-t-elle.

Devant son air à la fois surpris et atterré, Blake réalisa qu'il n'avait encore jamais remis en question les motivations ou les méthodes de son père. Les choses étaient ainsi, voilà tout.

— Il était dans l'armée, précisa-t-il. Sergent dans les Marines.

— Tout s'explique, grommela Gail.

Il ignora son commentaire.

— Que faites-vous ici, inspecteur O'Brien ? J'avais supposé que quelqu'un d'autre prendrait la relève. N'est-ce pas ce que vous vouliez demander au chef de la police ? De vous dispenser de cette mission ?

La situation était redevenue embarrassante. Gail n'appréciait guère qu'il ait supposé quoi que ce soit la concernant, même s'il avait vu juste.

— Le chef ne veut pas m'en dispenser.

Il la regarda d'un air triomphant. Son aveu venait de lui donner raison.

— Vous avez donc bel et bien protesté.

Elle redressa le menton. Si elle voulait mener sa tâche à bien, mieux valait qu'il n'y ait pas de rancœur et que les choses soient claires entre eux.

— Protester est un terme un peu fort, Votre Honneur.

Il se mit à rire.

— Ne coupez pas les cheveux en quatre, inspecteur O'Brien ! Ce n'est pas votre genre.

Voilà qu'il supposait d'autres choses à son sujet, maintenant ! Elle n'allait certainement pas se laisser ranger dans une petite case bien nette pour lui faire plaisir.

— Et comment sauriez-vous quel est mon genre ?

Blake la regarda.

— C'est sur moi que vous avez sauté, vous vous souvenez ?

Malgré elle, Gail sentit une légère rougeur lui monter aux joues.

— Vous êtes quelqu'un d'entier, ajouta-t-il. Vous allez à l'essentiel plutôt qu'aux détails.

En effet, elle avait toujours été ainsi.

Elle appréhendait la situation dans son ensemble et trouvait agaçant de s'intéresser aux détails. En cet instant précis, elle se sentait affreusement mal à l'aise, vexée que Kincannon l'ait jaugée avec tant de perspicacité. Elle avait l'impression qu'il pouvait lire dans ses pensées, et cela lui déplaisait énormément.

Cette mission n'allait pas marcher, décida-t-elle. Et s'il était exclu qu'elle soulève de nouveau la question de son affectation avec Brian, Kincannon de son côté pouvait parfaitement le faire.

— Si vous préférez avoir un autre garde du corps, Votre Honneur, ne vous gênez surtout pas pour en parler au chef. Je suis sûre qu'il vous écoutera.

— Je préférerais ne pas avoir de garde du corps du tout, répliqua-t-il, mais vous avez vu quel succès ont eu mes objections.

Lasse de tourner en rond, Gail haussa les épaules.

— Peut-être que vous aurez de la chance et que Munro sera arrêté très vite.

— J'en doute fort. Il y a une foule d'endroits où il peut se cacher, par ici, lui fit-il remarquer. Ou ailleurs. Si Munro était doté du minimum d'intelligence, il sauterait sur l'occasion de quitter le pays — le temps que la tempête s'apaise, tout au moins.

— Oh ! ce n'est pas l'intelligence qui lui fait défaut ! assura Gail.

Par le passé, elle avait déjà eu affaire à des individus tels que Munro, trop souvent à son goût. Tous étaient méprisables à ses yeux, mais Munro était différent des autres. Plus intelligent. Plus rusé.

C'était de mauvais augure pour la sécurité du juge.

Blake Kincannon sortit une veste du placard et l'enfila sur sa chemise bleu pâle.

— Dans ce cas, c'est peut-être vous qui devriez faire l'objet d'une protection rapprochée, observa-t-il. Après tout, c'est vous qui avez mené à bien l'opération qui a conduit à son arrestation.

— Mais vous êtes celui qui a mis ses copains sous les verrous, lui rappela-t-elle avant d'ajouter un argument de poids : Et c'est vous qui avez reçu les menaces.

A sa grande surprise, un soupçon de sourire se dessina sur les lèvres du juge — des lèvres qu'en d'autres circonstances, elle aurait certainement qualifiées de sensuelles. Il haussa les épaules à son tour.

— Ça valait la peine d'essayer.

En une fraction de seconde, Gail comprit.

— Vous espériez me persuader de renoncer à vous protéger ?

— Pourquoi pas ? répondit-il sans chercher à nier.

Dans ce cas, il perdait son temps.

— La décision n'est pas de mon ressort.

— Et si elle l'était ? insista-t-il. Vous seriez mon garde du corps ?

Elle sentait l'odeur de son après-rasage. Ou peut-être de son savon. Quoi qu'il en soit, il était un peu trop proche d'elle pour qu'elle soit à l'aise. La proximité troublait le cheminement de ses pensées.

L'air de rien, elle se dirigea vers la fenêtre et fit mine de s'intéresser à ce qu'il se passait dans la rue. Question de survie.

Spontanément, elle aurait répondu à sa question par la négative, mais un minimum de réflexion s'imposait. Le chef de la police ne parlait jamais pour le seul plaisir d'entendre le son de sa propre voix. S'il estimait que le juge avait besoin d'un garde du corps, c'est qu'il en avait besoin. Elle s'inclinait devant son jugement.

Elle pesa soigneusement ses mots.

— S'il n'y avait personne d'autre pour le faire, oui.

Le regard du juge soutint le sien un instant et elle eut l'impression qu'il lisait dans son âme.

— C'est une réponse honnête.

Il y avait une raison à cela, songea-t-elle avec ironie. Kincannon n'était pas de ceux à qui l'on pouvait mentir. Pas sans avoir à en craindre les conséquences.

— J'avais le sentiment que si je mentais, vous vous en seriez aperçu.

Il parut amusé.

— De la flatterie, inspecteur O'Brien ?

— Simple constatation, Votre Honneur.

Elle vit qu'il avait bouclé sa mallette et qu'il était prêt à partir. La devançant, il gagna la porte.

— Ma voiture est garée en bas, dit-il en sortant.

La salle du tribunal enfin vide était aussi silencieuse qu'une tombe. Vigilante, Gail parcourut les lieux du regard, puis passa devant lui.

— Nous prendrons la mienne, l'informa-t-elle d'un ton sans réplique.

Il appuya sur le bouton d'appel de l'ascenseur.

— J'aime bien ma voiture, commenta-t-il calmement.

— Et moi, j'aime bien savoir que vous respirez, répondit-elle sur le même mode.

— Vraiment ?

— Bon, d'accord, admit-elle. Le chef y tient, et le chef obtient toujours ce qu'il veut.

A part lui, Blake songea qu'elle exagérait le danger. Il refusait de se laisser intimider par un malfrat de seconde zone.

— Et vous pensez vraiment que si j'utilise ma voiture, je ne vais plus « respirer » très longtemps ? reprit-il d'une voix moqueuse. Quelle importance accordez-vous donc à ce petit voyou ?

L'ascenseur arriva. Intimant au juge l'ordre d'attendre qu'elle ait inspecté l'intérieur, Gail leva la main. Deux personnes arborant des badges indiquant qu'elles appartenaient au service du personnel se trouvaient dans la cabine.

Elle fit signe à Kincannon d'entrer.

— Le genre d'importance que mérite quelqu'un qui organise l'arrivée d'une équipe de faux ambulanciers sur les lieux bien avant les vrais. D'autres questions ?

— Oui. Vous êtes toujours aussi agaçante ?

La question la prit au dépourvu, mais elle n'en montra rien.

— Non, répondit-elle au bout d'un instant. A en croire mes frères, je suis souvent pire que ça.

Les portes s'ouvrirent au rez-de-chaussée. Elle attendit que les autres passagers soient sortis, puis fit signe au juge de la suivre.

— Allons-y, Votre Honneur.

Résigné à l'inévitable, il régla son allure sur la sienne.

— Je n'ai pas le choix, j'imagine, marmonna-t-il.

— Non.

Ils se dirigèrent vers les portes d'entrée.

Plusieurs policiers, que Gail connaissait tous, procédaient à des contrôles d'identité. L'un d'eux lui fit signe de passer.

Elle s'arrêta juste avant les portes et rencontra le regard de Kincannon.

— Ni vous ni moi n'avons le choix.

Et tous les deux le regrettaient.

5

— Comment cet arrangement va-t-il fonctionner ? demanda le juge lorsqu'ils furent dans la voiture. Faut-il que je vous demande l'autorisation de respirer ?

Gail sortit du parking et s'engagea dans la rue, gardant les yeux devant elle. Dans un sens, elle comprenait son attitude sarcastique. A la place de Kincannon, elle aurait sans doute réagi de la même manière.

« Non, corrigea-t-elle intérieurement. Pas sans doute. Certainement. » Elle avait toujours détesté les restrictions, quelles qu'elles soient. Et vivre avec un garde du corps était la définition même d'une restriction. Cela dit, il avait choisi lui-même sa carrière. Personne ne l'avait forcé à devenir juge.

— Non, répondit-elle paisiblement, comme s'il lui avait posé une question légitime. Vous avez toute latitude pour respirer aussi souvent et autant qu'il vous plaira.

Il poussa un soupir.

Jetant un coup d'œil dans sa direction, elle vit qu'il fixait le pare-brise, les sourcils froncés.

— Vous savez que tout ça est parfaitement superflu, n'est-ce pas ?

Il se trompait, songea Gail. Aucun individu capable d'orchestrer son évasion d'une salle de tribunal ne devait être sous-estimé. Si Munro voulait se venger du juge, comme cela semblait être le cas, celui-ci avait bel et bien besoin d'être protégé.

— Désolée, Votre Honneur, mais je ne suis pas d'accord du tout.

— Je suis capable de me défendre tout seul, inspecteur O'Brien !

Il avait visiblement du mal à contenir son irritation, mais elle feignit de ne rien remarquer.

— Bien. Dans ce cas, cette mission devrait être un jeu d'enfant pour moi.

— Mon père est un ex-militaire, reprit-il, revenant à la charge.

Lui au moins avait connu son père, se dit Gail avec un peu d'amertume. Elle jeta un nouveau coup d'œil vers lui et esquissa un sourire forcé.

— Vous me l'avez déjà dit. Et je suis sûre qu'il était excellent.

— Là n'est pas la question. Si je vous parle de lui, c'est parce que je voulais dire qu'il a insisté pour me donner des cours d'autodéfense.

Elle ralentit, puis tourna à droite. Elle avait tendance à prendre ses virages un peu vite, et ne voulait pas qu'il lui reproche, en plus du reste, de lui avoir donné le mal des transports.

— Il vous a aussi appris à attraper des balles à mains nues ? demanda-t-elle innocemment.

— Non.

Elle hocha la tête.

— Dans ce cas, je crains que vous n'ayez besoin de mes services.

— Pourquoi ? Vous savez attraper les balles à mains nues ?

— Non, mais j'ai un pistolet.

Gail s'aperçut que depuis un moment elle ne pensait plus à lui comme à l'homme dont elle avait échoué à sauver l'épouse. A vrai dire, elle commençait à le considérer comme un casse-pieds de première catégorie.

— Moi aussi.

Tentée de s'arrêter sur le bas-côté, elle se domina. Plus tôt ils seraient chez lui, plus tôt ils seraient sortis de cet espace confiné.

— Votre Honneur, dit-elle en soupirant, les choses seront certainement beaucoup plus supportables pour vous comme pour moi si vous cessez de lutter contre l'inévitable.

Elle accéléra et franchit une intersection à l'orange.

— On m'a désignée pour être votre garde du corps. Je ne vais pas m'en aller avant qu'Eddie Munro ait été arrêté ou que le chef décide de me remplacer. Mieux vaut vous faire à cette idée une bonne fois pour toutes.

Elle gardait délibérément les yeux rivés à la route.

— Je vous promets d'être aussi discrète que possible. Vous ne remarquerez même pas que je suis là.

Il y eut un silence.

Avait-elle gagné la partie ?

Gail jeta un coup d'œil en biais à Kincannon et eut un léger choc en constatant qu'il l'observait. Il promenait lentement son regard sur elle, comme s'il la détaillait de la tête aux pieds.

Elle pressentit une nouvelle salve de critiques.

— Oh ! j'en doute fort ! répondit-il.

Sa remarque la prit complètement par surprise, tout comme la sensation de chaleur aussi soudaine qu'inattendue qui se répandit dans son corps. Le genre de chaleur qui avait déferlé en elle un peu plus tôt, lorsqu'elle s'était jetée sur lui pour lui servir de bouclier.

Sur le moment, elle avait attribué sa réaction à un trop-plein d'adrénaline et à la peur qu'elle avait eue de ne pas pouvoir intervenir à temps. Mais cette fois, personne ne braquait d'arme sur eux. Rien ne les menaçait.

Elle était seule avec le juge, qui la fixait. Qui la voyait en tant que femme…

Cherchant quelque chose à dire pour meubler le silence, elle s'éclaircit la voix.

— Je vous ai entendu dire que votre père habitait avec vous.

Blake ne faisait pas mystère de sa situation domestique. Après l'accident qui avait causé la mort de sa femme, il avait été en proie à un tel chagrin que son père était venu du Maryland pour lui apporter un soutien moral.

Finalement, petit à petit, il avait remonté la pente et son père était resté. Venu pour un mois, il était encore là après deux ans. Le climat lui plaisait, et il ne paraissait guère enclin à repartir. Et bien qu'il soit difficile à vivre, et même carrément insupportable par moments, Blake devait s'avouer qu'il aimait sa compagnie.

— Oui.

Kincannon senior semblait être un homme aux principes plutôt traditionnels, pour ne pas dire d'un autre âge. Gail avait cru comprendre qu'il n'appréciait guère la présence des femmes dans les forces armées, et sans doute ce point de vue valait-il aussi pour la police.

— Vous pensez qu'il sera fâché ?

— Pourquoi ? Parce qu'il n'a pas son propre garde du corps ? Certainement pas. Il se sentirait insulté si on le lui proposait.

Gail secoua la tête et ralentit de nouveau pour amorcer un virage.

— Non. Je voulais dire, à propos du fait que je vais devoir séjourner chez vous pendant un certain temps. S'il est de la vieille école…

C'était une façon diplomatique de présenter la chose, songea Blake. « Misogyne » aurait été plus proche de la réalité.

— Il l'est.

— Dans ce cas, ma présence ne va probablement pas lui plaire.

Pour la première fois, il sourit et Gail ne put s'empêcher de remarquer que son visage en était adouci, presque transformé. Ainsi, il avait l'air plus jeune, presque insouciant. Ce n'était pas l'image qu'il donnait quand il ne souriait pas. Dans ces moments-là, il semblait strict, sévère, le genre d'homme qu'il valait mieux éviter de contrarier.

— Non, admit-il. Vous avez raison. A votre place, je me préparerais au pire, inspecteur O'Brien.

Son sourire s'élargit.

— Vous risquez d'essuyer une tempête, en effet.

Sans doute espérait-il que cela pourrait la pousser à demander à être relevée de sa mission. C'était bien mal la connaître.

— J'en ai vu d'autres.

Kincannon ne discuta pas. Il se contenta de continuer à

sourire, d'un air différent, cette fois. Comme s'il savait quelque chose qu'elle ignorait encore, mais qu'elle ne tarderait pas à découvrir. Ce n'était qu'une question de temps.

— Nous verrons, conclut-il. Nous verrons.

— Que fais-tu ici de si bonne heure ? grommela Alexander Kincannon lorsque Blake franchit le seuil de sa maison, quelques minutes plus tard.

Avant qu'il ait pu répondre quoi que ce soit, Gail entra à son tour.

Kincannon senior, qui était aussi grand que son fils, mais en plus corpulent, esquissa un sourire entendu.

— Oh ! Je vois. On dirait que j'ai ma réponse.

Les paroles étaient destinées à son fils, mais les yeux de Kincannon senior étaient rivés sur Gail.

Il tourna lentement autour d'elle sans chercher à dissimuler son admiration.

— Content de voir que tu recommences à sortir, Blake. Il était grand temps.

Son sourire se fit espiègle.

— Tu n'as pas amené une de ses amies pour me tenir compagnie ?

Blake baissa les yeux sur sa montre. Il n'avait même pas fallu trente secondes à son père pour le mettre dans l'embarras.

— Je crains que tu ne fasses erreur, papa, répondit-il en s'exhortant à la patience.

Il n'avait aucune envie de se quereller avec son père, et encore moins en présence d'une tierce personne. En général, il se considérait comme quelqu'un de réservé. Plus réservé que son père, en tout cas.

— Ah. Qui est cette jeune femme, alors ? s'enquit Alexander.

— Cette jeune femme, répéta Blake, est l'inspecteur Gail O'Brien.

Il marqua une brève pause avant d'ajouter :

— Notre garde du corps.

Les yeux bleu ciel de son père s'écarquillèrent, incrédules, sous ses sourcils broussailleux.

— Garde du corps ? gloussa-t-il.

Le message était clair. Il était persuadé que son fils plaisantait.

— Ben voyons !

Il se tourna vers Gail et l'enveloppa d'un regard approbateur.

— Qui êtes-vous en réalité, mon chou ?

« Mon chou. » L'appellation était un tantinet familière, mais Gail ne s'en offusqua pas. Le vieil homme l'avait appelée ainsi sans arrière-pensée. D'une certaine manière, son attitude était étrangement attachante.

Peut-être parce que, par certains aspects, le père de Kincannon lui rappelait son propre grand-père, du côté maternel. Celui-ci avait été un de ces vieillards grognons mais doté d'un cœur d'or comme il n'en existait que dans les feuilletons télé et dans les livres pour enfants. Elle l'avait aimé de tout son cœur — tout comme ses frères — jusqu'au jour où il était mort. Agée de dix ans à l'époque, elle avait été totalement anéantie.

— Votre fils vient de vous le dire, monsieur, répondit-elle. Inspecteur Gail O'Brien.

Elle lui tendit la main.

— On m'a chargée d'assurer votre sécurité et celle de votre fils.

Le vieil homme la toisa.

— Et qui donc va assurer la vôtre ? demanda-t-il d'un ton rude.

Gail n'hésita pas une seconde.

— Vous, monsieur. Nous pouvons veiller mutuellement l'un sur l'autre.

Aucune réponse n'aurait pu faire davantage plaisir à Alexander. Il hocha la tête, serra avec fermeté la main qu'elle lui tendait toujours, et parut satisfait de constater qu'elle lui rendait la pareille.

— J'ai fait partie des Marines, vous savez, dit-il.

La lueur qui brillait dans son regard apprit à Gail qu'elle avait marqué un point.

— Je l'avais deviné à votre maintien, monsieur. Un Marine reste un Marine.

— Et comment donc ! commenta Alexander.

Lâchant la main de Gail, il se tourna vers son fils.

— Bon. Alors, à part le fait qu'on a tiré sur toi, que tu as perdu un prévenu et que tu as obtenu un garde du corps avec des jambes de rêve, comment s'est passé le reste de ta journée ?

— C'étaient plus ou moins les meilleurs moments, bougonna Blake.

Il retira sa veste et sa cravate et les lança négligemment sur le dossier de la chaise la plus proche alors qu'il se dirigeait vers le bar.

Gail le vit prendre une carafe de whisky et ne put s'empêcher d'intervenir.

— Vous ne devriez pas manger quelque chose d'abord ?

Réprimant un soupir exaspéré, Blake lui jeta un coup d'œil par-dessus son épaule.

— Inspecteur O'Brien, vous êtes mon garde du corps, si je ne me trompe ?

— En effet.

Il reposa la carafe sur le bar.

— Sauf erreur de ma part, vous êtes censée protéger l'extérieur de mon corps. Pas l'intérieur.

Gail réprima un soupir agacé. De toute évidence, il allait s'opposer à elle constamment, quoi qu'elle dise et fasse. Eh bien tant pis ! Elle s'en accommoderait. Après tout, elle n'était pas entrée dans la police en pensant avoir une vie facile.

Elle s'avança vers lui.

— L'alcool a un effet plus puissant quand on est à jeun. Je disais cela pour votre bien.

Leurs yeux se rencontrèrent. Ceux de Blake Kincannon étaient d'un bleu profond, légèrement plus foncé que ceux de son père.

— Ce qui me ferait du bien, ce serait que vous disparaissiez dans la nuit.

Non seulement Gail refusa de mordre à l'hameçon, mais

elle lui adressa un sourire éclatant avec l'intuition que cela l'irritait encore plus.

— Il ne fera pas nuit avant plusieurs heures, Votre Honneur.

— Et vous partirez à ce moment-là ? demanda Alexander en venant la rejoindre.

— Non.

Pour autant qu'elle le sache, il n'y avait pas de relève prévue. Du moins pas pour l'instant. Si la mission devait se prolonger, ce serait différent.

— C'est seulement que le juge a hâte de se débarrasser de moi, ajouta-t-elle.

Désignant son fils d'un mouvement du menton, Alexander laissa échapper un rire dédaigneux.

— Bah ! ne faites pas attention à lui. En dehors du tribunal, Blake n'est pas fichu de faire preuve du moindre bon sens.

— Je suis là, papa, lui fit remarquer Blake un peu sèchement.

Alexander le fusilla du regard.

— Tu mesures plus d'un mètre quatre-vingts, mon garçon, et j'ai encore de bons yeux. Je t'assure que je te vois parfaitement bien.

— Dans ce cas, ne parle pas de moi comme si je n'étais pas là.

— Même quand tu es là, tu es absent la plupart du temps, commenta Alexander.

Il se retourna vers Gail avec un air entendu, et sa voix devint un murmure.

— Son esprit a tendance à divaguer comme celui d'un vieillard. Enfin, non que je sache quoi que ce soit à ce sujet, gloussa-t-il.

Gail acquiesça.

— Je m'en doute, monsieur Kincannon…

Kincannon senior l'interrompit aussitôt.

— Gunny, corrigea-t-il. Appelez-moi Gunny. C'était mon surnom dans les Marines.

Remerciant silencieusement le vieil homme de lui accorder le privilège de l'appeler par le sobriquet commun à tous ceux qui avaient servi comme artilleurs dans ce corps d'armée, elle inclina la tête.

— Gunny, répéta-t-elle. Pourrais-je vous prier de me faire visiter la maison ?

Il sourit de toutes ses dents, puis s'éclaircit la voix et afficha une expression plus sévère.

— Je pense pouvoir me libérer un moment, en effet.

Gail esquissa un sourire à son tour.

— Je vous en saurais gré, Gunny.

L'ex-militaire se redressa et lui fit signe de la suivre vers la pièce voisine.

— Par ici, vous avez la cuisine…

Blake secoua la tête en regardant son père s'éloigner, escorté de leur invitée indésirable. Il était tout sauf ravi par la tournure que prenaient les événements.

Il n'avait pas menti à l'inspecteur O'Brien en affirmant avoir déjà fait l'objet de menaces. A l'époque, il n'en avait parlé à personne et comme il ne l'avait jamais signalé à la police, il avait pu garder le contrôle de sa vie.

D'ailleurs, les menaces n'avaient pas été suivies d'effet. Personne n'avait essayé de l'abattre. Ce n'avaient été que des paroles en l'air, rien de plus.

Et sans doute en irait-il de même cette fois…

Malheureusement, le hasard avait voulu que l'incident ait un témoin, pour ainsi dire. Une fois le chef de la police mis au courant, l'affaire était devenue officielle et la maîtrise de la situation lui avait échappé.

Plus question de déroger au règlement.

Cela ne lui plaisait pas pour autant. De toute manière, il ne s'imaginait pas une seconde que la frêle jeune femme assignée à sa protection soit susceptible de faire la moindre différence. Si le triste individu qu'était Munro avait vraiment décidé de l'éliminer, il ne se laisserait pas impressionner par un garde du corps, quel qu'il soit.

Par ailleurs, il aimait à penser qu'il était tout de même un peu plus intelligent qu'un type comme Munro, en dépit de la fortune que ce dernier avait amassée sur un compte aux îles Caïman.

Mais plus que tout, il ne voulait en aucun cas qu'une innocente, comme l'inspecteur O'Brien, se retrouve prise entre deux feux.

Il n'avait pas besoin d'avoir une autre mort sur la conscience.

Il avait déjà Margaret.

Il se versa deux doigts de whisky et s'apprêtait à en boire une longue gorgée lorsqu'il s'immobilisa et reposa le verre sur le bar.

En soupirant, il en contempla le contenu en secouant la tête.

S'enivrer n'allait pas résoudre son problème ni faire disparaître la policière. En revanche, cela risquait d'altérer son jugement.

Avec un nouveau soupir, il prit le verre et en reversa lentement le contenu dans la carafe.

Il venait de remettre le bouchon quand il entendit la voix de son père et remarqua avec agacement qu'il semblait beaucoup plus jovial que d'habitude.

La présence de l'inspecteur O'Brien avait au moins un effet positif, songea-t-il. Elle semblait être parvenue à apprivoiser l'ours mal léché que pouvait être Alexander Kincannon.

Apparemment, elle avait des talents cachés.

Gail entra dans le salon, jeta un coup d'œil au verre de whisky et s'aperçut aussitôt qu'il était vide.

— Déjà fini ? demanda son père qui avait fait le même constat. Je ne me rendais pas compte que tu pouvais boire si vite ! ajouta-t-il avec une pointe d'admiration.

— Il y a beaucoup de choses dont tu ne te rends pas compte, répondit Blake sans se démonter.

L'instant d'après, sa soi-disant garde du corps s'était approchée de lui, jusqu'à envahir son espace personnel. Il recula légèrement pour remettre un minimum de distance entre eux.

Elle se retourna vers Alexander sans faire mine de l'avoir remarqué.

— Votre fils n'a rien bu.

Blake ne dit rien, mais leurs yeux se rencontrèrent et restèrent soudés un long moment. Allait-elle étayer son affirmation de preuves solides ?

— Il a remis le whisky dans la carafe.

— Et comment le savez-vous ? demanda Blake, intrigué malgré lui.

— Facile. Si vous l'aviez bu aussi vite, votre haleine sentirait encore l'alcool, expliqua-t-elle sans hésiter. Mais ce n'est pas le cas. Et la carafe est toujours pleine, le niveau n'a pas baissé…

— Une vraie Sherlock Holmes ! ironisa Blake.

Gail sourit.

— Plutôt miss Marple, corrigea-t-elle, citant une de ses héroïnes préférées.

Derrière elle, Kincannon senior éclata de rire.

Au moins, elle s'était fait un allié.

6

Gail passa les deux heures suivantes à inspecter minutieusement le rez-de-chaussée, à l'extérieur comme à l'intérieur, s'assurant que la porte d'entrée était l'unique moyen de pénétrer dans la maison.

Le juge s'était doté d'un système d'alarme qu'elle reprogramma, choisissant un nouveau code secret par mesure de précaution. Il n'était pas impossible que quelqu'un ait piraté les archives de la société qui l'avait installé pour se procurer l'ancien code.

A partir de maintenant, informa-t-elle Kincannon, il faudrait en changer la numérotation tous les jours, et ce jusqu'à ce que tout danger soit écarté.

Il n'avait pas paru très enthousiaste à la perspective de devoir mémoriser un nouveau code chaque jour, mais il ne lui avait opposé aucune résistance. Il semblait surtout désirer qu'elle quitte son bureau le plus vite possible, afin qu'il puisse se replonger dans le volumineux dossier sur lequel il travaillait.

Gail décida qu'elle passerait la nuit sur le canapé d'où elle aurait une vue imprenable sur la porte d'entrée. Et comme elle avait le sommeil incroyablement léger, elle ne doutait pas d'être parfaitement réveillée en quelques secondes si un intrus tentait de s'introduire dans les lieux.

Son inspection terminée pour l'instant, elle regagna le salon.

— Qu'est-ce que vous voulez ? Italien ou chinois ? lui demanda Alexander.

Prise au dépourvu par sa question, Gail le regarda sans comprendre.

— Pardon ?

Il brandit le téléphone qu'il tenait, comme pour expliquer qu'il s'apprêtait à commander des plats à emporter.

— A manger. Alors ?

— Vous n'avez pas besoin de faire quelque chose de spécial pour moi, protesta-t-elle, gênée.

— Il n'y a rien de spécial là-dedans, assura-t-il. C'est ce que nous faisons tous les soirs.

Gail absorba lentement ses paroles et plissa les yeux, surprise.

— Vous voulez dire que vous vous faites livrer des plats tout prêts tous les soirs ?

— C'est ça ou mourir de faim.

Gail avait du mal à y croire. Il exagérait sans doute.

— Vous n'avez rien dans le frigo ?

— Si, bien sûr. Il y a quelques restes d'hier, l'informa-t-il tranquillement.

— Des restes de plats à emporter, devina-t-elle, consternée.

Il hocha la tête et Gail frissonna. Ne se rendaient-ils compte ni l'un ni l'autre de l'importance d'avoir une alimentation saine, de manger des produits frais ?

— Evidemment, répondit Gunny.

Poliment, elle lui prit le téléphone et le reposa sur son socle.

— Depuis combien de temps n'avez-vous pas eu de repas préparé à la maison, Gunny ?

Kincannon senior s'accorda le temps de la réflexion, puis il sourit alors qu'un souvenir lui revenait.

— Eh bien, il y a eu cette adorable petite *Fraülein* à Berlin… mais c'était il y a deux ans à peu près.

— Vous plaisantez ? s'exclama Gail interloquée.

— Pourquoi plaisanterait-il ? intervint Blake qui venait de les rejoindre, attiré par le bruit de leurs voix.

Gail se tourna légèrement afin de faire face aux deux Kincannon.

— Corrigez-moi si je me trompe… Si j'ai bien compris, aucun de vous n'a mangé de repas fait à la maison depuis deux ans ?

Elle avait lourdement appuyé sur les deux derniers mots.

— Vous êtes sourde ou quoi ? demanda Alexander avec agacement.

Il tendit de nouveau la main vers le téléphone, mais Gail le devança.

— Non, mais je suis sidérée, admit-elle.

— Pourquoi ? Se faire livrer revient au même, commenta-t-il avec un haussement d'épaules.

— J'en doute, répliqua Gail. C'est mauvais pour la santé de manger tous ces plats préparés.

Curieuse, elle passa devant eux et entra dans la cuisine, se dirigeant droit vers le réfrigérateur.

Il contenait plusieurs bouteilles de bière, un paquet de pain de mie en tranches à moitié vide, et une plaquette de beurre entamée.

— Ce n'était pas une blague, marmonna-t-elle en secouant la tête.

— Alors ? insista Alexander en reprenant le téléphone. Italien ou chinois ?

— Une minute !

Elle se hâta de regagner le salon en sortant de sa poche son téléphone portable et fit défiler les numéros de sa liste de contacts jusqu'à ce qu'elle ait trouvé celui qu'elle cherchait. Elle pressa la touche d'appel et attendit.

La réponse fut presque immédiate.

— Allô ! Oncle Andrew ?

Cela lui faisait encore un drôle d'effet de dire ce mot-là, mais elle s'y habituait peu à peu, et devait s'avouer que la réalité qu'il représentait lui plaisait beaucoup. Elle avait l'impression de faire partie d'un ensemble, de ne plus être seule au monde avec ses frères.

— C'est Gail. Je me demandais si ça t'ennuierait d'avoir trois convives supplémentaires à dîner ce soir.

— Si ça m'ennuierait ? On voit bien que tu ne fais pas partie de la famille depuis longtemps ! répondit son interlocuteur avec un rire affectueux. Bien sûr que vous pouvez venir. Plus on est de fous, plus on rit.

— A quelle heure ?

— A quelle heure pouvez-vous arriver ?

Gail ne chercha pas à dissimuler le sourire qui lui était venu aux lèvres. Son oncle était vraiment le personnage légendaire que l'on décrivait. Plein de chaleur et de générosité, l'ex-chef de la police incarnait le patriarche que toute famille devrait posséder.

— Je voulais t'avertir, ajouta-t-elle. J'amène le juge Kincannon et son père.

— Merci de me le dire, répondit-il. Je vais appeler Callie et lui dire de venir avec Brent.

Callie, la fille aînée d'Andrew, était mariée à un juge. Tous deux s'étaient rencontrés quelques années plus tôt, lorsque la fille de Brent avait été enlevée et que Callie avait été chargée de l'enquête.

— Oh ! Ce n'est pas la peine, assura-t-elle.

— Bien sûr que si, insista Andrew. Comme cela, ton juge pourra bavarder avec un collègue et Rose et moi aurons l'occasion de voir notre fille et sa famille. Tout le monde y gagne.

Il avait raison, songea Gail. On ne pouvait pas tenir tête à Andrew Cavanaugh, ce dont elle n'avait d'ailleurs aucune envie.

— Parfait, alors. Nous serons là dans trois quarts d'heure, dit-elle.

— Quand vous voudrez, répondit-il avant de mettre fin à la conversation.

— Nous serons où dans trois quarts d'heure ? demanda Blake.

Il aurait fallu être sourd pour ne pas déceler la tension qui perçait dans sa voix.

— Chez Andrew Cavanaugh. Nous sommes invités à dîner.

— Vous vous êtes invitée, lui fit-il remarquer sans chercher à cacher son manque d'enthousiasme.

A vrai dire, il n'aimait guère sortir. Depuis longtemps, il passait la plupart de ses soirées à la maison, le nez dans ses dossiers.

— J'ai juste pris oncle Andrew de vitesse, voilà tout, répliqua-t-elle gaiement. Si j'étais restée assez longtemps au téléphone, c'est lui qui nous aurait invités. Il adore recevoir du monde à dîner.

C'était une des premières choses qu'elle avait apprises concernant l'ancien chef de la police.

Andrew Cavanaugh adorait faire la cuisine, et être entouré de parents et d'amis pour partager ses repas. A toute heure de la journée, quelque chose mijotait sur le fourneau, et on pouvait toujours ajouter un couvert à la longue table familiale.

Personne ne partait jamais de chez lui le ventre creux — ou le cœur lourd.

— C'est très bien, répondit Kincannon d'un ton sans réplique, mais je ne viens pas. Il se trouve que j'ai du travail à faire ce soir.

— Vous pourrez travailler tant que vous voudrez quand nous serons rentrés.

Il étrécit les yeux et son regard s'assombrit.

— Inspecteur O'Brien, il me semble que vous êtes là uniquement pour me protéger. Pas pour me donner des ordres.

— Je suis chargée de faire le nécessaire pour que vous restiez sain et sauf. Au cas où vous vous poseriez la question, cette invitation répond à la première exigence.

Blake n'avait aucune intention de céder. Il sentait que s'il capitulait là-dessus, ce ne serait qu'un début.

— Ecoutez, ma vie est déjà assez sens dessus dessous comme ça. J'apprécie votre geste, mais je n'ai pas envie de laisser tout mon travail en plan pour courir chez l'ex-chef de la police.

A la surprise de Gail, Alexander vola tout à coup à son secours.

— Oh ! lâche-toi un peu, Blake ! Tu ne vas courir nulle part. Elle nous emmène. Pas vrai, O'Brien ?

— Exactement.

Elle lui décocha un grand sourire avant de se retourner vers le juge.

— Je vous propose un marché, Votre Honneur. Vous venez avec moi ce soir, et demain, je demanderai à un collègue de faire les courses pour moi et je vous préparerai un repas ici.

— Vous savez faire la cuisine ? demanda Blake, étonné.

Une aussi jolie femme n'avait certainement pas besoin de ce talent. Il imaginait sans peine les hommes se disputant le privilège de l'inviter au restaurant tous les soirs de la semaine.

— Presque aussi bien que mon oncle Andrew, répondit-elle avec juste ce qu'il fallait de modestie.

Blake fit de son mieux pour rester ferme, mais il sentait le sol se dérober sous ses pieds.

Elle ne soupçonnait sans doute pas une seconde qu'il éprouvait pour elle une attirance croissante.

Bon sang ! Dans d'autres circonstances… Mais la situation était ce qu'elle était, il ne devait pas perdre cela de vue. Leur relation était purement professionnelle, et il ne pouvait se permettre de laisser les choses prendre une tournure personnelle. Et encore moins intime.

— Ce n'est pas la peine de vous donner tout ce mal, remarqua-t-il.

— Laissez-moi en être juge — sans vouloir vous offenser, répliqua-t-elle avec un léger sourire.

— Vous ne m'avez pas offensé, bougonna-t-il.

Une demi-heure plus tard, Gail se garait dans l'allée de son oncle. Celui-ci sortit aussitôt de la maison avec son épouse pour accueillir ses invités et serra cordialement la main de Blake et de son père.

— Bonsoir, dit-il avec chaleur. Je suis Andrew Cavanaugh, l'oncle de Gail. Et voici mon épouse, Rose.

Il n'était pas seulement son oncle, loin s'en fallait, songea Gail. Il tenait table ouverte sept jours sur sept et, quand un membre de la famille était en difficulté, c'était vers lui qu'il ou elle se tournait. Il était le roc sur lequel tous les Cavanaugh s'appuyaient.

Toutefois, entendre Andrew dire cela fit naître en elle une agréable sensation de chaleur, comme si, pour la première fois de sa vie, elle avait trouvé sa place.

— Alexander Kincannon, répondit le vieil homme en serrant la main d'Andrew. Gunny pour mes amis.

— J'espère que je compterai parmi eux.

— Faites-moi goûter votre cuisine et je vous dirai ça, répliqua Alexander à demi sérieux.

Blake se présenta à son tour.

— Blake Kincannon, dit-il en se penchant vers son hôte pour ajouter : Je vous prie d'excuser mon père. Il ne sort pas souvent.

Après quoi il lança un regard irrité à ce dernier.

— Tu peux parler, s'esclaffa Alexander. Si tu n'étais pas obligé d'aller au tribunal, tu serais un véritable ermite !

En fin diplomate, Andrew sentit que le moment était venu de détourner la conversation. Il s'avança, se plaçant entre les deux hommes.

— Je me suis permis d'inviter ma fille et mon gendre à se joindre à nous, annonça-t-il en les guidant vers la maison. Brent est juge lui aussi, et je me suis dit que cela vous ferait peut-être plaisir de bavarder avec un collègue.

Blake ne connaissait qu'un seul Brent dans la magistrature de la région.

— Brenton Montgomery ? demanda-t-il alors qu'ils pénétraient dans l'entrée.

— Je suis là, lança une voix sonore depuis une pièce voisine.

L'instant d'après, Brent le rejoignait pour saluer les nouveaux venus.

Envahie par une bouffée de gratitude, Gail rencontra le regard d'Andrew et articula silencieusement « Merci ». Elle savait qu'il existait une certaine tension entre les deux hommes qu'elle avait amenés, et tenait par-dessus tout à éviter une querelle qui aurait gâché la soirée.

Elle aurait dû savoir qu'elle pouvait compter sur Andrew, non seulement pour calmer les esprits, mais aussi pour générer très vite une sensation de bien-être, grâce à sa chaleur humaine et à sa délicieuse cuisine.

*
* *

Avec un soupir rassasié et satisfait, Alexander Kincannon repoussa son assiette. Il venait d'engloutir trois copieuses portions de ragoût d'agneau.

— Vous savez, jusqu'à présent, chaque fois qu'un homme a fait la cuisine pour moi, ça n'a jamais été une réussite, confia-t-il à son hôte. Là, en revanche, c'est une autre histoire.

Il sourit.

— Si je vous disais que ce repas est le meilleur que j'aie jamais fait ? Vous avez un talent fantastique, Andy, affirma-t-il d'un ton émerveillé. Vraiment.

— Merci, Gunny. Voilà ce que j'appelle un compliment. Revenez quand vous voudrez, je vous en prie.

Il se tourna vers l'homme que Gail était chargée de protéger.

— Et vous aussi, Blake.

— Merci beaucoup, répondit Blake avant de jeter un coup d'œil en direction de Gail. Mais j'ai l'impression que je devrai d'abord obtenir la permission.

Callie sourit et regarda sa nouvelle cousine d'un air perplexe.

— Gail ? Tu as quelque chose à nous annoncer ? demanda-t-elle pince-sans-rire.

Un instant, Gail fut décontenancée.

Pour une raison ou pour une autre, la nature exacte de la relation entre le juge, son père et elle n'avait pas été évoquée au cours du dîner.

Elle avait été très soulagée en découvrant que Brent et Blake se connaissaient. Ils s'étaient très vite lancés dans une conversation tournant autour d'une décision de justice récente et fort controversée. Les autres convives y avaient bientôt pris part et eux aussi donné leur opinion.

En somme, cela avait été un dîner typique chez les Cavanaugh, où tous appréciaient à la fois la cuisine et la compagnie.

Elle prit une brève inspiration avant de répondre.

— Je suis chargée de la protection du juge, expliqua-t-elle à Callie d'un ton qu'elle espérait naturel.

Jetant un coup d'œil en direction d'Andrew, elle comprit que le patriarche des Cavanaugh était déjà au courant de l'arrangement, tout comme son épouse.

En revanche, c'était une nouvelle pour leur fille et son mari.

Une seconde, Brent parut abasourdi. Puis il rit de sa propre ignorance.

— Bien sûr ! C'était de toi dont il était question aux informations, n'est-ce pas ? demanda-t-il à Blake.

Blake soupira. Il en avait déjà plus qu'assez de toute cette histoire. Dieu seul savait jusqu'à quand encore il en entendrait parler.

— En effet.

— Vous avez eu de la chance de ne pas avoir été blessé, remarqua Callie.

Blake regarda Gail, se remémorant l'instant où elle s'était jetée sur lui.

— La chance n'avait rien à y voir. L'inspecteur O'Brien m'a plaqué au sol pour me soustraire au danger.

— C'est de la chance quand même, commenta Andrew. Elle aurait pu mettre une demi-seconde de plus à réagir et vous seriez à la morgue à l'heure qu'il est.

Le regard d'Alexander passait de Gail à son fils, incrédule.

— Elle t'a plaqué au sol ? répéta-t-il, visiblement impressionné.

Il secoua la tête, comme s'il ne parvenait pas à absorber l'information.

— Mais c'est un bout de chou de rien du tout !

— A votre place, Gunny, je ne la sous-estimerais pas, intervint Andrew en entourant du bras la taille de Rose pour illustrer ce qu'il s'apprêtait à dire. Les femmes de la famille Cavanaugh ont peut-être l'air fragile, mais derrière toute cette douceur, elles sont aussi solides que l'acier.

— Hmm. Je n'irai pas jusque-là, corrigea Brent en échangeant un regard complice avec sa femme.

Il avait raison, songea Blake avant de refouler aussitôt un souvenir inopportun — bien qu'agréable. Il était grand temps de prendre congé et de mettre fin à cette petite réunion. La proximité de l'inspecteur O'Brien troublait étrangement ses pensées.

Il s'éclaircit la voix.

— Comme l'a dit mon père, cela a été un repas délicieux à tous points de vue, monsieur Cavanaugh. Mais j'ai peur que nous ne devions…

Andrew hocha la tête d'un air compréhensif et prit les devants.

— … rentrer chez vous. Bien sûr. Je ne veux pas vous retarder, assura-t-il en se levant.

Rose se leva à son tour et commença à débarrasser la table, aidée de Callie et de Brent.

Un peu embarrassée, Gail se mit en devoir de les imiter, mais Andrew lui retira aussitôt les assiettes des mains pour les tendre à son gendre.

— Ce soir, tu n'es pas seulement un membre de la famille, Gail. Tu es aussi une invitée.

Cela ne l'empêchait pas d'être gênée. Non seulement elle avait quémandé son hospitalité, mais elle lui avait amené deux bouches de plus à nourrir. La moindre des choses qu'elle puisse faire était de donner un coup de main.

— Mais je…

— Pas de discussion, la coupa-t-il fermement. La prochaine fois que tu viendras, je te laisserai débarrasser le double d'assiettes.

Il lui adressa un clin d'œil espiègle.

— Mais pour le moment, il faut que tu ramènes le juge et son père chez eux.

— Et n'essaie même pas de protester, renchérit Rose. A défaut de le porter encore sur sa poitrine, Andrew porte toujours son badge dans sa tête. Il a l'habitude d'être obéi au doigt et à l'œil !

L'intéressé se contenta de sourire.

— On a parfois du mal à perdre ses habitudes, admit-il. Je vous raccompagne à la porte.

Une fois dans l'entrée, il regarda ses invités.

— Maintenant que vous connaissez le chemin de la maison, Blake, j'espère bien que vous reviendrez. Et vous aussi, Gunny.

Blake le regarda et réalisa avec stupeur que son hôte était on ne peut plus sincère ; il espérait vraiment qu'ils reviendraient. Mais pourquoi ? En dépit de la soirée qu'ils venaient de passer ensemble, son père et lui restaient des étrangers pour Andrew Cavanaugh. Pour quelle raison les avait-il accueillis si chaleureusement chez lui ?

Il n'avait pas la réponse à cette question et ne savait pas non plus d'où venait la sensation de bien-être qui vibrait en lui.

Un peu perplexe, il décida cependant de ne pas chercher à l'analyser pour le moment, mais plutôt de la savourer le temps qu'elle durerait.

Il vit Gail embrasser Andrew et celui-ci lui chuchoter quelque chose.

Quelle étrange soirée !

Tandis qu'ils se dirigeaient vers la berline d'O'Brien, Blake eut le sentiment fugace qu'il n'était pas au bout de ses surprises.

7

Sourcils froncés, Alexander Kincannon observait Gail qui retirait les coussins en cuir du canapé.

— Ça me paraît injuste que vous passiez la nuit là-dessus, dit-il enfin. C'est le genre d'endroit qui devrait être strictement réservé aux maris qui ont eu des mots avec leur femme et qui sont punis. Vous savez ce que je veux dire… Non que j'en aie fait l'expérience moi-même.

— Je suis sûre que non.

Gail se détourna pour dissimuler un sourire amusé et continua à débarrasser son lit de fortune.

— Ne vous inquiétez pas, monsieur Kincannon. Je serai très bien.

Il se renfrogna encore un peu plus.

— Vous êtes sourde ou quoi, petite ? Je vous ai dit de m'appeler Gunny.

Gail n'avait guère l'habitude d'user de termes familiers envers les gens de l'âge de Kincannon senior. A vrai dire, elle avait déjà du mal à s'habituer à tutoyer ses nouveaux oncles, Andrew et le frère de ce dernier.

— Pardon, Gunny, dit-elle. Mais je vous assure que le canapé m'ira parfaitement.

— Il n'est pas confortable du tout, insista-t-il en tapant sur l'assise du plat de la main pour confirmer ses dires. Je me suis endormi là un soir, en regardant la télé. C'était comme de coucher sur une planche.

Gail le soupçonnait de s'être assoupi là plus d'une fois, mais elle s'abstint de tout commentaire.

— C'est exactement ce qu'il me faut, lui rappela-t-elle.

A cet instant, le juge entra dans la pièce, les bras chargés de draps, d'une couverture et d'un oreiller.

— Et si cette mission devait durer une semaine ou davantage — ce que je ne souhaite évidemment pas ! — vous comptez rester éveillée tout le temps ? Vous êtes un zombie ou quoi ? demanda-t-il.

Gail se tourna vers lui et sourit.

— Désolée de vous décevoir, mais non.

— Pourtant, vous ne semblez pas avoir l'intention de fermer l'œil.

— Je vais faire comme les chats, dit-elle avant qu'il ne se lance dans un discours. Je me contenterai de petits sommes ici et là.

— De petits sommes ? La plupart des chats que je connais passent tout leur temps à dormir.

Décidément, cet homme était résolu à la contredire quoi qu'elle dise. Sa mauvaise humeur était-elle due uniquement à la présence d'une inconnue chez lui ou s'agissait-il d'autre chose ?

Ils étaient rentrés depuis deux heures et, pour autant qu'elle puisse en juger, rien n'avait changé. Après l'agréable dîner chez Andrew, elle avait pourtant espéré qu'il se montrerait plus conciliant, ce qui leur faciliterait la vie à tous les trois.

Apparemment, elle avait péché par optimisme.

— Eh bien, moi, je ferai de petits sommes, répéta-t-elle avec conviction.

Blake déposa sur la table basse les affaires qu'il était allé chercher dans l'armoire à linge du premier étage. Il y avait un oreiller, une couverture et des draps.

— Vous aurez besoin d'autre chose ? s'enquit-il en désignant la pile.

— Non, merci. Je pense même que je n'aurai pas besoin de la couverture, répondit-elle en la lui rendant. Il ne fait pas froid, à cette époque de l'année.

Il le savait parfaitement, songea Blake avec agacement. Le prenait-elle pour un idiot ?

— Elle était destinée à être posée sur les coussins, sous le drap, expliqua-t-il. Pour que ce soit plus confortable. Mais j'oubliais… Vous ne voulez surtout pas que votre lit soit confortable.

Gail choisit d'ignorer le ton légèrement sarcastique qu'il avait utilisé.

— C'est en tout cas gentil d'y avoir pensé, monsieur le juge.

Alexander, pour sa part, continuait à être préoccupé par son bien-être.

— Vous ne devriez pas être deux ? s'enquit-il.

— Je doute que le monde soit prêt pour faire face à ce genre de cataclysme, marmonna Blake entre ses dents.

Gail l'entendit et ne put s'empêcher de sourire.

— Si la situation devait perdurer, le système sera adapté en conséquence, assura-t-elle à Alexander. On viendra sans doute me relever.

— Une autre femme ? demanda-t-il avec une mimique optimiste.

Gail secoua la tête.

— Navrée de vous décevoir, Gunny, mais mon partenaire n'a absolument rien de féminin.

Elle prit le drap-housse et le cala autour des coussins, achevant ses préparatifs.

— Inutile de changer quoi que ce soit à votre routine, dit-elle aux deux hommes qui n'avaient pas bougé. Faites tout simplement comme si je n'étais pas là. Pensez à moi comme vous pensez à votre système de sécurité.

Blake saisit la perche qu'elle lui tendait et quitta la pièce en annonçant qu'il avait du travail à terminer dans son bureau.

— Je n'ai jamais pensé que notre système de sécurité avait des jambes de déesse, marmonna Kincannon senior en soupirant.

Gail éclata de rire.

— C'est un des plus beaux compliments qu'on m'ait jamais faits !

Il s'éclaircit la gorge et grommela quelque chose d'inintelligible, s'efforçant de cacher qu'il était ravi de sa réaction.

— Vous voulez regarder la télé ? demanda-t-il en s'emparant de la télécommande.

— Pourquoi pas ?

Il s'installa aussitôt sur son coin préféré du canapé. Gail prit place elle aussi.

Une page de publicités défilait à l'écran. Aussitôt, Alexander pressa une touche et se mit à zapper. Au bout d'un petit moment, il parut prendre conscience du fait qu'il n'était pas seul.

A regret, il fit mine de lui confier la télécommande.

Gail secoua la tête.

— Vous vous débrouillez très bien sans moi.

— Ça ne vous ennuie pas que je passe d'une chaîne à l'autre ? s'étonna-t-il.

— Vous êtes chez vous, c'est vous qui décidez, répondit Gail en songeant aux paroles qu'avait prononcées Blake lorsqu'il avait refusé d'attendre dans la salle du tribunal et s'était joint à elle pour s'élancer à la poursuite du prévenu échappé.

Un éclair d'admiration passa dans le regard bleu de Gunny.

— Je dois reconnaître que vous êtes quelqu'un de réglo, O'Brien, glousse-t-il.

— Merci, dit Gail en inclinant la tête. C'est gentil de me dire ça, Gunny.

Il émit un petit bruit dédaigneux, comme s'il était gêné par le moindre témoignage de gratitude.

— De rien, marmonna-t-il d'un ton bourru. Maintenant, regardez le film.

Incapable de se concentrer sur son dossier, Blake renonça à travailler au bout d'une heure à peine. C'était plus fort que lui, ses pensées revenaient toujours vers la jolie jeune femme qui passait la nuit sous son toit.

Réprimant un juron, il referma le traité de droit qu'il était en train de consulter. Bien qu'il ait accès aux ressources de l'internet, il continuait à faire ses recherches à l'aide de livres.

Il avait une prédilection pour le papier dont il appréciait le côté réel, tangible.

Il prit l'épais volume et se leva pour le remettre à sa place dans la bibliothèque, puis se ravisa. Autant le laisser sur son bureau jusqu'au lendemain, puisqu'il devrait s'y replonger. Avec un peu de chance, il serait parvenu à remettre de l'ordre dans ses pensées d'ici là.

Et s'il avait vraiment de la chance, son invitée surprise ne serait plus là.

Il ne pouvait nier qu'en d'autres circonstances, il l'aurait trouvée follement attirante.

A vrai dire, pour être honnête avec lui-même, il était attiré malgré lui. Par moments, il avait l'impression que ses yeux d'un bleu intense lisaient jusqu'au fond de son âme. Elle avait le visage d'un ange — un ange diablement sexy ! — et un corps à se damner…

L'inspecteur O'Brien n'était certainement pas le genre de femme qu'on rencontre tous les jours, et même en cherchant bien, il n'en connaissait aucune autre qui serait prête à recevoir une balle à sa place.

Pourtant, ce geste courageux révélait aussi un caractère impulsif, voire impétueux.

Imprévisible.

Et l'imprévisible s'accordait mal avec sa routine. Plus tôt elle serait partie, plus tôt il pourrait reprendre le cours de sa vie, si on pouvait l'appeler ainsi.

Il soupira.

La présence de Gail O'Brien le troublait à plus d'un titre.

Tout allait bien avant qu'elle ne s'étale de tout son long sur lui. Depuis la disparition de Margaret, il s'était cru incapable d'éprouver le moindre désir charnel et s'en était accommodé. Son corps semblait être mort en même temps qu'elle.

Jusqu'à ce matin.

Un grief de plus à porter au compte de l'inspecteur O'Brien, songea-t-il avec un nouveau soupir.

Il se leva et, d'un pas lourd, sortit de son bureau. Il sentait la tension qui l'avait envahi. Elle s'était répandue dans tout son corps, raidissant les muscles de son cou et de ses épaules, faisant resurgir en lui des besoins oubliés, tant physiques qu'émotionnels.

Ce n'était vraiment pas le moment.

Il avait besoin d'une bonne nuit de sommeil, se dit-il. Peut-être cela suffirait-il à dissiper une partie du trouble qu'il ressentait.

Sur le point de s'engager dans l'escalier, il marqua une pause en entendant le son de la télévision.

On aurait dit un western.

Son père n'était-il pas encore couché ?

Poussé par la curiosité, Blake alla jeter un coup d'œil dans le salon. Ainsi qu'il l'avait soupçonné, le vieil homme était encore debout ou, plus exactement, maintenu en position assise par l'accoudoir du canapé. Il s'était assoupi devant le poste, comme cela lui arrivait souvent.

La chaîne diffusait un western, un classique du genre. Son père les adorait et se plaignait amèrement des réalisateurs contemporains qui, à ses yeux, étaient incapables d'en tourner un qui vaille la peine d'être regardé.

Pour le Noël précédent, Blake lui avait offert la collection complète en DVD des films de John Wayne. Alexander Kincannon en connaissait les dialogues par cœur.

— Vous n'êtes pas obligée de continuer à regarder ça, dit-il à Gail. Mon père dort.

Elle tourna les yeux vers son voisin et sourit.

— Il a tenu le coup un quart d'heure à peu près, annonça-t-elle avec une note d'affection dans la voix. C'est sans doute à cause du repas. Quand on mange autant qu'il a mangé ce soir, ça vous donne envie de dormir.

— Ça et le fait qu'il a soixante-dix ans passés, observa Blake.

A cet instant précis, il était difficile d'imaginer qu'on était en présence d'un ancien soldat. Son père semblait si âgé, si fragile.

— Je vais l'emmener se coucher.

Il se pencha et passa un des bras de son père par-dessus son épaule. Puis il se redressa lentement, entraînant le vieil homme avec lui. Encore à moitié endormi, celui-ci grogna lorsque Blake le mit debout.

— Vous ne voulez pas changer de chaîne ? insista Blake. Je vous ai dit que vous n'étiez pas obligée de regarder ce film.

— Je vous ai entendu, répondit-elle tranquillement. Il se trouve que j'aime bien les westerns.

Blake la dévisagea un instant.

— Vous êtes une femme étrange, inspecteur O'Brien.

Elle lui décocha un sourire.

— Ce n'est pas la première fois qu'on me dit ça… A propos, puisque nous allons devoir cohabiter pendant quelques jours, vous devriez m'appeler Gail. Ça écorche moins la langue.

L'imagination de Blake s'emballa d'un coup. Il se vit soudain caresser de la langue la ligne délicate du cou de Gail, descendre plus bas… Une vague de chaleur l'envahit et il se réprimanda intérieurement. Mais quelle mouche le piquait, à la fin ? Ce n'étaient pas des pensées très appropriées pour un citoyen responsable !

Il devait être fatigué.

— Gail, répéta-t-il.

C'était un nom qui sortait de l'ordinaire. Il lui allait bien. Elle aussi sortait de l'ordinaire, songea-t-il en commençant à s'éloigner, soutenant toujours son père.

— Vous avez besoin d'aide ? demanda-t-elle.

— Non. Ce n'est pas la première fois que je fais ça. Mais merci quand même.

Un sourire se dessina sur les lèvres de Gail.

— De rien.

Kincannon senior entrouvrit un œil ensommeillé.

— Le film est fini ? marmonna-t-il.

Laissant échapper un énorme soupir, il faillit se prendre les pieds dans le tapis. Blake resserra sa prise autour de la taille du vieil homme.

— Oui, mentit-il.

Les paupières d'Alexander retombèrent mollement.

— Qui a gagné ?

— Les gentils, papa, affirma Blake. Aide-moi un peu, veux-tu ? Nous arrivons à l'escalier.

— Escalier, répéta Alexander d'un ton absent en levant toutefois docilement le pied.

Le dos tourné à Gail, Blake ne pouvait pas la voir, mais il aurait juré *sentir* qu'elle souriait de plus belle.

Le sommeil se fit attendre et Blake passa une mauvaise nuit. Malgré tout, il décida de se lever tôt.

Une alléchante odeur de café frais l'accueillit alors qu'il descendait l'escalier, accompagnée d'une autre qu'il ne reconnut pas immédiatement. Il ne savait qu'une chose, et c'était qu'il ne sentait pas cela chez lui le matin.

Pas depuis que Margaret était morte.

Son imagination lui jouait des tours, songea-t-il. Le réveil temporaire de sa sexualité la veille avait dû perturber son équilibre et il semblait bien que cela incluait son sens de l'odorat.

Comme il passait devant le salon, il y jeta discrètement un coup d'œil.

Elle était vide.

Les draps et la couverture qu'il avait remis à l'inspecteur O'Brien étaient pliés avec soin, empilés d'un côté du canapé.

Etait-elle partie ?

Il doutait fort d'avoir cette chance, ce serait bien trop beau.

Il se dirigea vers la cuisine et constata sans surprise qu'il ne s'était pas trompé. Elle était là et bavardait tranquillement avec son père. Sans doute était-ce elle qui avait préparé du café.

Comment avait-elle accompli ce miracle ? Pour autant qu'il le sache, il n'y avait rien dans les placards.

Son père pivota légèrement sur sa chaise à son entrée et le regarda par-dessus son épaule.

— Assieds-toi, Blake. O'Brien nous prépare le petit déjeuner.

Perplexe, Blake baissa les yeux sur l'assiette d'œufs brouillés au bacon que Gail venait de poser devant lui.

— Le petit déjeuner ? répéta-t-il. Avec quoi ? Pour autant

que je sache, aucune recette ne permet de transformer de la bière en œufs brouillés !

Il obtempéra néanmoins et se laissa tomber sur la chaise placée face à celle de son père en tournant vers Gail un regard interrogateur.

— Vous êtes magicienne aussi, Gail ? Ou avez-vous fait une incursion au supermarché à l'aube ?

Elle aurait failli à ses devoirs de policière en les laissant tous les deux sans surveillance, et il le savait aussi bien qu'elle. Gail le dévisagea un instant, songeuse. Essayait-il de lui tendre un piège ?

— Ni l'un ni l'autre, répondit-elle gaiement. Oncle Andrew a demandé à tante Rose de mettre quelques produits de base dans le coffre de ma voiture pendant que nous étions à table. Il me l'a dit juste avant que nous partions, et j'ai tout rangé dans le réfrigérateur en arrivant.

Voilà donc ce que l'ex-chef de la police avait murmuré à O'Brien la veille au soir, comprit Blake avec stupeur. Drôle de famille, décidément !

— Je gagne très correctement ma vie, répliqua-t-il avec raideur. Je n'ai pas besoin qu'on me fasse la charité, aussi bien intentionné soit-on.

Gail éprouva aussitôt l'envie de défendre le patriarche du clan — non qu'il ait besoin de son aide. Sans doute était-elle vraiment en train de devenir une Cavanaugh…

— Oncle Andrew ne considère pas ça comme de la charité. Pour lui, c'est du partage. Ma nouvelle demi-sœur, Patience, m'a dit que ce genre de chose faisait partie de ses habitudes. Refuser serait un affront.

Trop occupé à savourer son petit déjeuner, Alexander était resté silencieux durant cet échange. Il finit d'avaler une bouchée, puis se joignit à la conversation.

— Mange donc, Blake, conseilla-t-il en poussant l'assiette vers son fils. C'est sacrément bon.

Ensuite, il reporta son attention sur la jeune femme qui venait d'entrer dans leur vie de manière si inattendue.

— Vous n'avez pas menti, O'Brien. Vous êtes bonne cuisinière !

— Merci, répondit-elle, contente qu'il semble apprécier ses efforts, contrairement au juge qui n'avait toujours pas touché au contenu de son assiette.

Résolue à se montrer conciliante, elle remplit une tasse de café noir qu'elle posa près de lui.

— Vous êtes mariée, O Brien ? demanda Alexander de but en blanc.

— Non.

Elle avait failli franchir le pas une fois ou deux, avant de reprendre ses esprits et de rompre. Les relations sérieuses la mettaient mal à l'aise. Elles exigeaient un engagement trop entier, et apportaient trop de déceptions.

— Fiancée ? insista Kincannon senior.

— Papa ! s'exclama Blake sèchement.

Celui-ci ne parut pas l'entendre.

— Non, répondit Gail.

Alexander planta son regard dans le sien.

— Que diriez-vous d'un militaire à la retraite ? demanda-t-il, plaisantant à demi.

Gail ne put réprimer plus longtemps le sourire qui montait à ses lèvres.

— Je dirais que j'ai beaucoup de respect pour lui, dit-elle au moment où Blake intervenait de nouveau, d'un ton franchement exaspéré, cette fois.

— Papa !

Mais qu'avait donc son père ce matin ? Certes, Gail était séduisante et oui, il y avait chez elle quelque chose de très attirant. Il était compréhensible que n'importe quel homme digne de ce nom soit tenté, mais son père n'était pas du genre à se conduire comme un adolescent enamouré.

— Il faut bien que je sache si j'ai une chance, riposta Alexander, visiblement irrité que son fils le réprimande comme un enfant.

Il se retourna vers Gail, avec dans les yeux une lueur espiègle prouvant qu'il plaisantait.

— J'en ai une ?

Gail secoua la tête.

— J'ai bien peur que vous ne soyez trop jeune pour moi, Gunny.

Avant que l'un ou l'autre ait eu le temps de réagir, la sonnerie de son téléphone portable se fit entendre. Posant sa spatule, elle sortit l'appareil de sa poche.

— O'Brien, dit-elle en tournant le dos aux deux hommes.

A l'autre bout du fil, son partenaire ne perdit pas de temps en politesses.

— On a retrouvé l'ambulance volée, annonça-t-il d'une voix tendue.

Gail comprit aussitôt qu'il ne s'agissait pas d'une bonne nouvelle. La vision du jeune huissier effrayé surgit devant ses yeux. Elle se raidit.

— Et ?

Elle entendit Jeff prendre une profonde inspiration avant de répondre.

— L'huissier était toujours dedans.

Gail hasarda la seule hypothèse qui lui paraissait logique.

— Mort ?

— Pas tout à fait. Il a tenu le coup jusqu'à l'hôpital. Son cœur a lâché sur la table d'opération.

Malgré elle, Gail baissa la tête. Quel gâchis ! Le malheureux avait signé son arrêt de mort à l'instant où il avait accepté d'être complice de l'évasion de Munro. Son exécution n'était qu'une question de temps.

— A-t-il dit quoi que ce soit ?

— Oui. Il a demandé pardon au juge, mais il a expliqué qu'il n'avait pas eu le choix. Sa femme et son enfant avaient fait l'objet de menaces de mort.

Gail n'éprouva aucune satisfaction en apprenant qu'elle avait vu juste. Cela n'avait pas empêché un innocent de perdre la vie.

— Sont-ils sains et saufs ? insista-t-elle, comme Jeff gardait le silence. Etaient-ils à la maison ?

— Ils y étaient, oui, répondit son partenaire d'un ton sombre avant de marquer une nouvelle pause. La femme a été abattue.

L'estomac noué, Gail se força à poser la question suivante. Sa voix n'était plus qu'un murmure.

— Et le bébé ?

— Apparemment, Munro — ou celui qu'il a chargé du sale boulot — ne va pas jusqu'à tuer les bébés, répondit son collègue. On a retrouvé le petit sain et sauf. Le chef a chargé ton frère de chercher d'éventuels parents à avertir.

— Lequel ?

Il y eut un instant de silence, puis Jeff reprit la parole.

— Que veux-tu dire ?

— Quel frère ?

Son collègue eut un petit rire sans joie.

— Ah, oui ! J'oubliais que tu en as deux. Il s'agit d'Ethan. Mais ce n'est pas tout. J'ai encore d'autres nouvelles, qui ne sont pas meilleures. La voiture du juge était piégée. Elle a explosé quand on a voulu la faire démarrer. L'agent au volant a été tué sur le coup.

Accablée, Gail ferma les yeux. Il y avait des jours où elle détestait son intuition.

— A propos, continua Jeff, tout se passe bien pour toi ?

— Comparé au reste, oui, répondit-elle, abattue. Toujours aucun signe de Munro ?

Elle s'était sentie obligée de poser la question, mais ne se faisait guère d'illusions.

— S'il y en avait, je te l'aurais dit tout de suite.

— J'espérais que tu gardais le meilleur pour la fin, dit Gail en soupirant. Tiens-moi au courant, d'accord ?

— Bien sûr.

L'instant d'après, son partenaire mettait fin à la communication.

Lorsqu'elle se retourna, replaçant l'appareil dans sa poche, Blake la fixait.

— Dites-moi ce qui se passe.

Ce n'était pas une requête mais un ordre.

8

Blake écouta Gail lui raconter brièvement le sort qu'avaient connu Tim Kelly et son épouse, ainsi que ce qui concernait sa voiture piégée. Son expression sombre ne trahissait rien de ses pensées et il ne fit aucun commentaire pendant qu'elle lui résumait la situation.

A vrai dire, il semblait réfléchir, mais Gail le connaissait déjà assez bien pour savoir qu'il avait absorbé et digéré au fur et à mesure toutes les informations qu'elle lui donnait.

— Et la petite fille de Tim ? demanda-t-il d'une voix sourde. Où est-elle ?

Sur ce sujet, au moins, elle pouvait lui annoncer quelque chose de positif.

— Le chef de la police essaie de localiser les autres membres de la famille avant que les services sociaux ne prennent les choses en main.

Blake acquiesça. Ils savaient l'un et l'autre qu'une fois l'enfant happé par le système, il faudrait une procédure longue et complexe pour l'en faire sortir.

— Tim a…

Le juge se tut et Gail comprit que la nouvelle de la mort de Tim l'affectait plus durement qu'il ne voulait en donner l'impression.

Il reprit la parole et se corrigea.

— Tim avait une tante à Santa Barbara. C'est elle qui l'a élevé. Je crois qu'elle s'appelle Donna McClosky.

Gail avait déjà ressorti son appareil.

— Ça devrait faire avancer les choses.

Deux secondes plus tard, elle avait son partenaire en ligne. Elle se hâta de lui transmettre l'information, puis coupa la communication.

— Mon partenaire va informer le chef tout de suite.

Elle marqua une pause, hésitant à poser la question qui la taraudait.

Finalement, la curiosité l'emporta.

— Vous étiez proche de Tim ? demanda-t-elle en l'observant avec attention.

Blake détourna les yeux et haussa les épaules. Il avait décelé de la compassion dans la voix de Gail et cela ne lui plaisait guère. La compassion n'était pas bien éloignée de la pitié.

— Proche ? répéta-t-il, comme s'il soupesait le mot. Je ne sais pas… Il parlait et je l'écoutais. Non, je ne crois pas que nous étions proches, mais il était jeune, enthousiaste et très sympathique. Tout le monde vous dirait la même chose, ajouta-t-il, s'efforçant de ramener la conversation sur un terrain plus général.

Assis à table, sirotant son café, son père le regarda d'un air songeur.

— Ce que tu dis me fait penser à Scottie, remarqua-t-il.

— Scottie ?

C'était la première fois que Gail entendait ce nom.

Elle regarda les deux hommes tour à tour, attendant une explication. A en juger par le visage fermé du juge, celle-ci n'allait pas venir de lui.

— Mon autre fils, précisa Alexander. Le plus jeune.

Il fixait le café qui restait dans sa tasse, évitant soigneusement son regard.

Surprise, elle se tourna vers Blake.

— Vous avez un frère ?

— J'*avais* un frère, rectifia-t-il d'un ton sec, comme s'il prononçait les mots contre son gré.

Gail patienta. Au bout d'un moment, Kincannon senior rompit le silence.

— Scottie a été tué en sauvant sa patrouille en Afghanistan. Il était dans les Marines, ajouta-t-il avec fierté.

— Il est mort en héros, commenta Gail doucement.

Le visage de Blake était resté de marbre.

— Le seul fait qui compte vraiment, c'est qu'il est mort, dit-il d'une voix blanche.

Une bouffée de compassion envahit Gail. Blake Kincannon avait connu sa part de tragédies, songea-t-elle, le cœur serré.

— En héros, répéta Alexander fermement, comme pour mettre son fils survivant au défi de le contredire.

Pour sa part, Blake n'avait aucune envie de se quereller avec lui dès le matin, même s'il n'avait pas oublié que Scottie avait surtout désiré l'approbation de son père. C'était la raison pour laquelle il s'était engagé dès qu'il était sorti du lycée. Tout cela avait été un terrible gâchis.

— En héros, concéda-t-il avec un soupir avant de se tourner vers Gail. Quand vous aurez l'adresse de Mme McClosky, pourrez-vous me la transmettre ?

Gail commençait à penser que cet homme était beaucoup plus attentionné qu'il n'y paraissait.

— Vous voulez lui présenter vos condoléances ?

Blake mit quelques secondes à répondre. Il n'était pas certain de vouloir lui expliquer ce qu'il avait en tête, mais étant donné ce qu'il savait du caractère de son garde du corps, il pressentait qu'elle n'aurait de cesse de l'avoir découvert.

Donc, autant s'épargner des heures d'interrogatoire.

— Il faut beaucoup d'argent pour élever un enfant, commença-t-il. D'après ce que m'a dit Tim, sa tante tire le diable par la queue. Il essayait de lui envoyer un peu d'argent chaque mois.

— Tu veux mettre sur pied une sorte de fonds de placement pour l'enfant ? demanda aussitôt Alexander. Je tiens à y contribuer.

Sachant qu'il ne disposait pour tout revenu que de sa retraite de militaire, Blake le regarda.

— Tu ne roules pas sur l'or, papa.

Son père esquissa un sourire un peu tordu.

— Je sais, mais j'ai un fils qui me laisse vivre chez lui gratuitement. Et j'avais justement mis un peu d'argent de côté pour une occasion spéciale. On dirait qu'elle vient de se présenter, ajouta-t-il avec un hochement de tête.

Profondément touchée par leur générosité, Gail demeura silencieuse.

La gorge nouée par l'émotion, elle songea à l'image qu'elle avait eue de Kincannon, la veille au tribunal. Depuis sa place de témoin, elle l'avait perçu comme un homme sombre, sans le moindre sens de l'humour, devenu froid comme les pierres à cause de la perte qu'il avait subie.

Jamais elle n'aurait imaginé qu'il puisse être à ce point sensible à la détresse des autres.

Ce qui prouvait qu'on ne connaissait jamais les gens aussi bien qu'on le croyait.

— Je vous la donnerai dès que je l'aurai, promit-elle.

— Bien.

Blake se leva et Gail fut aussitôt sur ses gardes.

— Où allez-vous ?

— Eh bien, il se trouve que je possède parmi mes vêtements une longue robe noire, lui fit-il remarquer d'un ton moqueur. Il semble qu'elle fasse partie des accessoires nécessaires dans un palais de justice.

Gail choisit d'ignorer le sarcasme.

— Il est encore tôt, protesta-t-elle avant de désigner son assiette encore presque intacte. Et vous n'avez pas pris votre petit déjeuner.

— Ce ne sera pas perdu, se hâta de dire Alexander, couvant déjà le contenu des yeux. Je le mangerai, moi, s'il est assez bête pour le laisser.

— Il va le manger, affirma Gail en plantant son regard dans celui de Blake. Vous ne voudriez pas m'offenser, n'est-ce pas ?

Blake eut un petit rire bref.

— Je doute que ce soit possible.

— Détrompez-vous.

La réponse avait jailli malgré elle, et Gail se la reprocha

immédiatement. Elle ne tenait vraiment pas à ce que le juge sache qu'elle avait un côté sensible, elle aussi.

— Goûtez-le, au moins, reprit-elle. Je vous propose un marché. Si vous ne l'aimez pas, vous ne serez pas obligé de terminer.

Blake reprit sa place à table avec un soupir résigné.

— Si je refuse, vous allez sûrement me faire manger de force.

— A vrai dire, j'y pensais.

Elle ne put s'empêcher de sourire.

— Ça vous fera du bien, ajouta-t-elle, redevenue sérieuse. Songez-y comme à un moyen de vous aider à supporter la matinée.

Il porta la fourchette à ses lèvres, et rencontra son regard.

— Ce n'est pas la matinée que je trouve difficile à supporter.

S'abstenant de faire le moindre commentaire, Gail se contenta de jeter un coup d'œil en direction du père de Blake. Il semblait franchement amusé par l'échange.

— Votre fils est toujours aussi grognon, le matin ?

Le vieil homme hocha la tête, affectant la tristesse.

— J'en ai peur, O'Brien. Il est comme ça la plupart du temps. Parfois pire.

Elle prit une profonde inspiration, comme si elle cherchait à rassembler ses forces.

— Eh bien, c'est bon à savoir.

— Vous savez que vous n'êtes pas obligée de rester avec nous, intervint Blake. Personne ne vous retient prisonnière, vous.

— Vous n'êtes pas prisonnier ! objecta-t-elle avec vigueur. Il se trouve simplement que votre père et vous faites partie des personnes que la police d'Aurora tient à garder en vie.

Elle désigna son assiette de nouveau.

— C'était comment ?

Il parut perplexe.

— Quoi ?

— Le petit déjeuner.

Comme il ne répondait pas tout de suite, elle comprit qu'il

avait mangé machinalement, sans même se rendre compte de ce qu'il faisait.

— Vous avez terminé, observa-t-elle avec une pointe d'agacement.

Blake baissa les yeux, l'air vaguement surpris.

Il ne se souvenait pas d'avoir mangé, mais il avait dû le faire, puisque l'assiette était vide.

Et la jolie policière attendait visiblement une évaluation de ses talents de cuisinière.

— Pas mal, je suppose. Je suis encore debout.

— Quel compliment ! ironisa Gail. Mais vous faites erreur, monsieur le juge. Vous êtes assis.

Blake repoussa sa chaise et se leva.

— Et maintenant, je suis debout.

Gail éclata de rire et secoua la tête. Si elle cherchait le sens du mot « contrariant » dans le dictionnaire, sans doute trouverait-elle une photo du séduisant visage de Kincannon en guise d'illustration.

— Vous avez réponse à tout, n'est-ce pas ?

Ignorant sa remarque, il tenta sa chance. Après tout, il n'avait rien à perdre.

— Je suppose qu'il n'est pas question que j'aille au palais de justice tout seul ?

Elle lui adressa un sourire serein.

— Absolument pas question, en effet.

— Et mon père ? insista Blake en désignant Alexander, certain d'avoir mis le doigt sur un argument décisif. Il ne peut pas venir avec moi. Comment allez-vous nous surveiller tous les deux ? Vous ne pouvez pas être dans deux endroits à la fois. A moins que vous n'ayez le don d'ubiquité ?

S'il s'imaginait l'avoir piégée, il n'allait pas tarder à être déçu, songea-t-elle.

— Pas à ma connaissance, rétorqua-t-elle sans s'émouvoir, ou du moins ne s'est-il encore jamais manifesté. Mais rassurez-vous. Quelqu'un va venir s'occuper de votre père pendant que nous serons au tribunal.

Un grognement s'éleva derrière elle.

— Ne vous vexez pas, O'Brien, dit Alexander, mais je n'aime guère l'idée de passer de main en main comme un vulgaire paquet de linge sale.

Gail consulta sa montre. Taylor n'allait pas tarder.

— Je sais. Et c'est pourquoi j'ai demandé qu'on m'envoie Taylor MacIntyre pour cette mission.

Elle avait appelé son supérieur la veille au soir, juste après que les Kincannon étaient allés se coucher. Elle avait eu l'intuition que Taylor aurait plus de succès qu'un homme auprès de Gunny. L'ex-militaire de carrière avait beau se plaindre de voir de plus en plus de femmes occuper des postes à responsabilité, il avait indéniablement un faible pour elles.

A cet instant, la sonnette tinta. Dieu merci, la cavalerie était là !

— Et la voici.

— *La* voici ? répéta Alexander, visiblement ragaillardi.

Pas de doute, elle avait pris la bonne décision, songea Gail tout en s'efforçant de réprimer un sourire amusé.

— Oh ! Je ne vous avais pas dit que Taylor était une femme ? demanda-t-elle d'un ton innocent. Elle est aussi la belle-fille du chef de la police.

— Y a-t-il un seul membre des forces de l'ordre qui ne soit pas apparenté au chef Cavanaugh ? s'exclama Blake, stupéfait.

— Eh bien, il doit tout de même y en avoir un ou deux, répliqua-t-elle, impassible, avant de se diriger vers la porte.

Elle ouvrit avec précaution. Certes, elle attendait sa cousine, mais elle savait aussi qu'un des hommes de main de Munro pouvait se trouver sur le seuil.

Par chance, c'était Taylor.

Celle-ci fit de son mieux pour esquisser un sourire. Visiblement, cela exigeait de sa part un effort considérable.

— Je ne suis pas une lève-tôt…, marmonna-t-elle en guise de salut.

Gail jeta un coup d'œil en direction du juge, et se dit qu'elle n'était pas la seule dans ce cas.

— Je sais ce que c'est, dit-elle avant d'ajouter avec conviction : Rassure-toi, tu ne devrais pas te sentir dépaysée ici.

Sur quoi elle se tourna vers les deux hommes et procéda aux présentations.

— Taylor, voici le juge Blake Kincannon et son père Alexander Kincannon, ex-sergent dans les Marines, expliqua-t-elle, espérant que la référence mettrait le vieil homme de bonne humeur et le rendrait plus coopératif. Messieurs, je vous présente l'inspecteur Taylor McIntyre, qui va bientôt devenir Taylor Laredo.

— Cavanaugh-Laredo, rectifia sa cousine avec un bâillement. J'ai décidé de changer de nom légalement.

Devant la surprise de Gail, elle s'expliqua.

— Cela semble normal. Après tout, Brian a été bien plus un père pour mes frères, ma sœur et moi, que celui qui nous a donné ses gènes.

Sans cérémonie, elle s'appropria la tasse de Gail, encore pleine de café, et la vida d'un trait.

— Tu n'en voulais pas, si ? demanda-t-elle un peu tard.

— Pas tant que toi, assura Gail.

— Vous allez vous marier ? intervint Alexander d'un air intéressé, s'adressant à la nouvelle venue.

Taylor sourit jusqu'aux oreilles. Il était clair qu'elle pensait à son fiancé, qu'elle ne faisait pas mystère d'adorer. Elle avait confié à Gail qu'un seul sourire de sa part suffisait à la faire fondre.

— Oui. Dès que nous aurons décidé d'une date, répondit-elle.

Alexander se retourna vers Gail.

— On dirait qu'il va falloir que je vienne à bout de votre résistance, O'Brien ! s'esclaffa-t-il.

Blake décida d'intervenir. Il était hors de question qu'il regarde son père se ridiculiser.

— Il est l'heure de partir, annonça-t-il. Enchanté d'avoir fait votre connaissance, inspecteur McIntyre.

Il adressa un signe de tête à la jeune femme qu'il laissait avec son père en se disant qu'elle avait toute sa compassion.

— Tout le plaisir a été pour moi, répondit Taylor en s'effaçant pour les laisser passer. A ce soir, Gail.

Une lueur pétillait dans ses yeux bleus, trahissant ses pensées. Elle considérait de toute évidence la mission de Gail mille fois plus enviable que la sienne.

Gail fit mine de ne s'apercevoir de rien.

Le procès Munro étant reporté à une date indéterminée, la secrétaire de Blake avait dû remanier entièrement son emploi du temps. D'autres procès avaient par conséquent été avancés.

Ce matin-là, il se retrouva donc face à un malfaiteur dont l'avocat arguait que son client était sous l'emprise de la drogue au moment des faits et n'avait pas eu conscience de la portée de ses actes.

Blake ne fut guère impressionné par l'approche de la défense qu'il trouva plutôt hésitante et il eut du mal à cacher son agacement. Au fond, il croyait fermement que tous ceux qui comparaissaient devant lui avaient droit à la justice et que tous méritaient d'être représentés par un avocat compétent.

Comme tout le monde, il savait que des innocents étaient parfois condamnés à tort. Pour autant qu'il sache, aucun de ceux qu'il avait contribué à mettre sous les verrous n'entrait dans cette catégorie. Il aimait à penser que cela était dû au fait qu'il s'appliquait toujours à être le plus juste et le plus rigoureux possible.

Sans doute la chance avait-elle été de son côté également. Restait à espérer qu'elle ne l'abandonnerait pas.

La journée avait été interminable. Blake n'avait pu faire qu'une courte pause à l'heure du déjeuner, dont il avait consacré une partie à résoudre un conflit juridique opposant deux collègues.

Lorsqu'il put enfin grignoter quelque chose, il avait téléphoné à un café du quartier et s'était fait livrer des sandwichs.

D'ordinaire, il mangeait seul, le plus souvent à son bureau. La plupart du temps, il le faisait en consultant des dossiers.

Il prisait particulièrement ces moments de solitude et de calme, qui lui étaient utiles pour mettre de l'ordre dans ses pensées.

Aujourd'hui, il avait dû partager son temps libre avec son garde du corps, et cela ne lui avait guère plu.

Il lui avait fallu mettre une croix sur sa chère solitude, et sur le silence par la même occasion.

Pendant toute la pause, dès qu'un silence menaçait, Gail O'Brien s'était empressée de le meubler, emplissant l'air de mots au point que Blake avait eu l'impression d'être assailli par un flot continu de paroles. De temps à autre, elle devait s'interrompre pour reprendre son souffle, mais cela ne durait guère plus de quelques minutes.

La journée était enfin terminée, ils étaient dans la voiture sur le chemin du retour, et elle bavardait toujours.

Blake sentait poindre un mal de tête qui risquait fort de se transformer très vite en migraine. Il se tourna vers la jeune femme qui conduisait.

— Vous n'avez jamais fait de yoga ?

— Une fois, répondit-elle avec une petite moue. Mais ça ne m'a pas emballée. Je ne suis pas du genre à rester immobile. Je préfère courir ou soulever des haltères.

Il laissa échapper un soupir.

— Je m'en doutais, murmura-t-il, s'adressant à lui-même plutôt qu'à elle.

— La méditation, ce n'est pas mon truc, poursuivit-elle, tout en soupçonnant qu'elle ne lui apprenait rien. Je suis active de nature.

Elle avait toujours aimé l'action, et c'était ce qu'elle préférait dans son travail.

— J'aime être sur le terrain, arrêter des criminels…, ajouta-t-elle.

Il eut l'impression que sa mission actuelle allait la rendre folle si elle devait s'éterniser. Eh bien, ils étaient deux…

— Dans ce cas, que faites-vous ici ? demanda-t-il, prenant

soudain conscience du délicat parfum au jasmin et à la lavande qui imprégnait l'habitacle.

Gail choisit ses mots avec soin. La conversation risquait fort de devenir gênante.

— Le chef a pensé que j'étais la mieux placée pour vous surveiller parce que j'ai étudié le mode opératoire de Munro et parce que…

Elle se tut, cherchant la meilleure manière de formuler ce qu'elle allait dire. La moins douloureuse.

Cette fois, le silence mit Blake mal à l'aise.

— Oui ?

Gail lui jeta un coup d'œil. Se pouvait-il qu'il ne l'ait pas reconnue ?

Il semblait trop intelligent pour cela, mais peut-être avait-il enfoui les souvenirs tout au fond de sa mémoire. Les mécanismes de survie et de deuil ne se faisaient pas nécessairement à un niveau conscient.

Elle prit une profonde inspiration avant de poursuivre.

— Parce que vous et moi avons un passé.

Elle avait prononcé les derniers mots très doucement, avec précaution. Elle ralentit, et regarda de nouveau le juge pour voir s'il comprenait à quoi elle faisait allusion, mais son expression demeura totalement impassible.

— Un passé, répéta-t-il après quelques instants.

Sa voix n'avait trahi aucune émotion, aucune interrogation.

Gail ne savait toujours pas s'il l'avait reconnue.

Sans doute aurait-elle intérêt à le lui demander, même si cela risquait de ramener à la surface une douleur qu'il s'efforçait d'oublier, songea-t-elle, mais il lui déplaisait de le faire. Elle détestait voir souffrir les autres. Toutefois, tant qu'elle ignorerait s'il se souvenait qu'elle avait été la première à arriver sur les lieux de l'accident où sa femme avait trouvé la mort, elle continuerait à marcher sur des œufs en redoutant sans cesse de se trahir au moment le plus inopportun.

Il fallait prendre le taureau par les cornes.

Tout de suite.

— C'est comme ça qu'on dit ? s'enquit-il soudain alors qu'elle essayait de trouver la meilleure manière de poser la question.

Gail tressaillit. Cette fois, sa voix lui disait tout ce qu'elle avait besoin de savoir.

— Alors, vous vous souvenez…

Assailli par le poids des souvenirs, Blake la dévisagea longuement.

Jamais il ne pourrait repenser à cette soirée sans un immense chagrin.

Margaret et lui rentraient du restaurant. Ils fêtaient le dixième anniversaire de leur mariage, et il avait hâte de la ramener à la maison, de lui faire l'amour en se félicitant d'avoir eu la chance de trouver son âme sœur si tôt dans la vie.

Il n'avait fait ni l'un ni l'autre.

— Si je me souviens que c'est vous qui avez découpé ma ceinture et qui m'avez sorti de l'épave ? murmura-t-il. Que vous avez tenté de ranimer ma femme pendant un quart d'heure, jusqu'à l'arrivée de l'ambulance ? Oui, je m'en souviens.

Gail fronça les sourcils.

Comment avait-il su combien de temps elle avait passé auprès de son épouse ?

Lorsqu'elle s'était enfin redressée, après avoir dû admettre le cœur serré que la mort avait gagné, elle avait vu que l'homme — dont elle apprendrait par la suite qu'il s'agissait d'un juge — avait à son tour sombré dans l'inconscience.

Elle le regarda, tandis que la lumière se faisait lentement dans son esprit.

— Vous avez retrouvé les ambulanciers ? Vous leur avez parlé ?

Blake hocha la tête.

Il avait souffert en entendant les deux hommes relater les efforts entrepris pour ramener sa femme à la vie, mais il s'était imposé cette épreuve. Il s'était dit que s'il savait que tout avait été tenté, il pourrait faire son deuil et aller de l'avant.

Cela ne s'était pas encore produit. Il attendait toujours.

9

Un mouvement au fond de la salle d'audience attira l'attention de Blake, en dépit du fait que l'avocat de la défense faisait les cent pas devant lui en interrogeant un témoin.

Pendant une minute, il cessa de se concentrer sur lui pour regarder l'homme qui venait d'entrer. Malgré lui, son pouls s'accéléra.

C'est alors qu'il se rendit compte que ce qui s'était passé lors de l'évasion de Munro l'avait affecté bien plus profondément qu'il ne le pensait.

Certes, il avait déjà eu l'occasion de prendre conscience de la fragilité de l'existence.

Il savait que l'on pouvait mourir n'importe quand, d'un instant à l'autre, sans que rien ne l'ait laissé présager.

Son frère avait été un homme débordant d'énergie et de vitalité. Il avait croqué la vie à pleines dents et nourri de grands projets. Quant à Margaret, elle était l'incarnation même du soleil. Elle avait illuminé sa vie. Tous ceux qui la connaissaient l'adoraient.

Et en un clin d'œil, ils étaient partis tous les deux.

Pour toujours.

Malgré tout, il subsistait encore une part de lui-même qui se croyait invincible. Il avait l'impression qu'il continuerait à vivre, quoi qu'il arrive.

Sans doute parce que rien n'avait plus d'importance pour lui, depuis deux ans. Paradoxalement, ceux qui ne voulaient rien tant que vivre mouraient. Et ceux qui s'en moquaient ou qui même auraient préféré mourir, continuaient leur route interminablement.

Pourtant, la fusillade qui avait eu lieu dans cette même salle l'avait rendu nerveux, ne serait-ce que parce qu'il détestait que l'imprévu fasse irruption dans sa routine. Il aimait que les choses soient planifiées.

Il aimait savoir à quoi s'attendre.

La cour siégeait depuis trois heures, et l'avocat de la défense venait tout juste de commencer le contre-interrogatoire du témoin à la barre. Il n'y avait aucune raison pour que quelqu'un entre dans la salle à ce stade du procès. Aucun témoin supplémentaire n'avait été prié de se présenter.

Or, quelqu'un était entré.

Le nouveau venu se pencha vers O'Brien et lui murmura quelques mots à l'oreille. Blake remarqua, malgré la distance qui les séparait, qu'il semblait avoir un air de famille avec son garde du corps. Sauf qu'il était aussi brun qu'elle était blonde.

Quoi qu'il en soit, O'Brien se leva et quitta son siège du dernier rang. L'instant d'après, l'inconnu s'y installait, prenant sa place.

Avant même qu'il n'ait eu le temps de se demander ce qu'il se passait, O'Brien s'était éclipsée.

Etait-il arrivé quelque chose ?

Munro avait-il été arrêté ? A moins que le chef de la police n'ait décidé qu'il n'avait plus besoin de garde du corps ?

Et qui diable était cet homme assis tout au fond de la salle ?

Le besoin de savoir s'empara de Blake, mais à moins d'interrompre le déroulement du procès pour satisfaire sa curiosité, il savait qu'il n'obtiendrait pas maintenant de réponses aux questions qu'il se posait.

Il ne lui restait qu'à prendre son mal en patience.

En soupirant, il se força à se concentrer sur l'audience. C'était son métier, après tout.

*
* *

Blake abattit son maillet sur le bureau afin d'annoncer la pause déjeuner, et se leva avant même d'avoir terminé sa phrase. Au lieu de se retirer dans son cabinet comme il le faisait d'ordinaire, il se dirigea droit vers le fond de la salle.

Il n'en pouvait plus d'attendre et voulait mettre un terme à ses interrogations.

L'homme qui détenait les réponses était justement en train de s'avancer vers lui. Plus il approchait, plus Blake était frappé par sa ressemblance avec Gail O'Brien. Encore un membre de la tribu Cavanaugh ?

L'évidence s'imposa à lui une fraction de seconde avant qu'ils ne se rejoignent.

— Vous êtes un de ses frères, n'est-ce pas ?

Un sourire amusé s'ébaucha sur les lèvres de l'inconnu, tandis qu'il feignait de s'examiner.

— Ça se voit tant que ça ? Je pensais pourtant avoir bien caché mes cicatrices.

Il plaisantait. Blake tenait une de ses réponses.

— Vous devez être Ethan.

Le sourire de l'homme s'élargit.

— En effet, Votre Honneur. Qu'est-ce qui m'a trahi ? demanda-t-il, visiblement intrigué. La plupart des gens ont du mal à nous distinguer, mon frère et moi.

— Vous êtes souriant, répondit Blake. L'inspecteur O'Brien m'a dit que Kyle était du genre taciturne.

— Plus maintenant, expliqua Ethan avec un plaisir manifeste. Kyle sourit beaucoup, ces temps-ci. Surtout grâce à Jaren. Une nouvelle recrue de la brigade criminelle, précisa-t-il.

Blake acquiesça tout en songeant qu'il n'était pas intéressé par ces détails. C'était curieux comme les O'Brien — ou les Cavanaugh, d'ailleurs — semblaient s'estimer responsables du bonheur de tous ceux qui les entouraient !

— Que faites-vous ici, inspecteur O'Brien ? s'enquit-il. Et où est votre sœur ?

L'espace d'un instant, une bouffée d'espoir naquit en lui. Bizarrement, elle fut aussitôt remplacée par une étrange et désagréable sensation de manque. Il la refoula, attribuant son malaise au fait qu'il avait faim.

— Dois-je en conclure qu'elle n'est plus chargée de me surveiller ?

— Désolé d'avoir à vous apprendre la mauvaise nouvelle, mais Gail va encore rester avec vous. Je suis seulement venu la relever pendant un petit moment, le temps qu'elle puisse rentrer chez elle pour prendre quelques affaires et s'organiser un peu. Elle avait surtout un truc à régler.

Ce que son garde du corps faisait ne le regardait en rien et il savait qu'il n'aurait pas dû s'en soucier, mais Blake ne put maîtriser sa curiosité.

— Ah bon ? Quel genre de truc ? demanda-t-il, consterné par sa propre attitude.

Autour d'eux, le public quittait la salle d'audience.

Ethan s'effaça pour laisser passer l'assistante du procureur à laquelle il adressa un sourire charmeur.

— Gail avait besoin de trouver quelqu'un pour prendre soin de Hussy, expliqua-t-il avec un petit rire. Elle croit que Kyle et moi en sommes incapables.

— Hussy ? répéta Blake, perplexe.

S'agissait-il d'un enfant ? D'un chat ? D'un chien ?

— Hussy est un chien que ma sœur a sauvé.

— Il était dans un refuge ?

Blake ne comprenait pas lui-même pourquoi il avait posé la question. Tenait-il vraiment à être inondé de détails sur la vie privée d'O'Brien ? Quelle importance cela avait-il de savoir où elle avait récupéré cet animal ?

Pourtant, il était intrigué.

— Non. Il était menacé par deux coyotes qui s'apprêtaient à le dévorer. Quand Gail l'a ramené à la maison, il était maigre comme un clou. Elle a dû se donner un mal fou pour qu'il finisse par lui faire confiance.

Blake rencontra le regard du policier. Bizarrement, il avait l'impression que les paroles de celui-ci en disaient plus long sur Gail que la simple anecdote qu'il relatait.

— Il faudrait que vous voyiez Hussy maintenant ! On ne croirait pas que c'est le même chien. Ne le répétez pas à Gail, mais Kyle et moi pensons qu'elle a un don, ajouta Ethan en baissant la voix.

Que voulait-il dire par là ?

Blake se demanda si l'histoire était bien vraie. Il avait du mal à y croire.

— Comment une femme aussi menue a-t-elle pu faire peur à deux coyotes ?

D'après ce qu'il avait entendu dire, la faim pouvait rendre ces animaux plutôt agressifs.

— Je ne pourrais pas vous l'expliquer comme il faut. Demandez plutôt à Gail de vous raconter ça un de ces jours.

Certainement pas ! se dit Blake. Il n'était pas d'humeur à écouter O'Brien se vanter de ses exploits.

— Je vais me retirer dans mon cabinet pour déjeuner, marmonna-t-il pour couper court.

Ethan hocha la tête et lui fit signe de passer devant.

— Je vous suis, Votre Honneur.

Blake ne bougea pas. Les mesures de sécurité avaient été renforcées dans le palais de justice. Un rat doté d'un plombage n'aurait pu franchir le portique de détection de métaux, donc encore moins un truand muni d'une arme à feu. Comment O'Brien pouvait-il s'imaginer qu'il risquait quoi que ce soit ? Il avait droit à un peu de solitude, tout de même !

— J'aimerais mieux être seul, dit-il enfin.

— J'en suis certain, répondit Ethan d'un ton enjoué. Et vous avez toute ma compassion, monsieur le juge, je vous assure. Mais le chef me réduirait en charpie si je vous laissais hors de ma vue — et Gail aussi.

Il inclina la tête et fit mine d'observer ses chaussures avant d'ajouter :

— Et à vrai dire, j'ai plus peur d'elle que du chef. Gail ne ménage pas ses coups.

Blake comprit que la partie était perdue et capitula. Dominant son exaspération, il fit demi-tour et fit signe au policier de le suivre.

Gail ne reprit son souffle qu'une fois au volant de sa voiture, en route pour le palais de justice. Elle venait de passer une heure à courir d'un endroit à l'autre, en s'efforçant de tout faire aussi vite que possible.

Elle avait mis dans le coffre un sac de voyage contenant tout ce dont elle était susceptible d'avoir besoin durant la semaine à venir.

Si cette mission devait se prolonger, elle n'aurait peut-être pas de sitôt l'occasion de refaire un saut à la maison. Elle avait demandé à sa voisine, Mrs Rosenbloom, de relever le courrier. Curieuse comme une fouine, l'institutrice retraitée serait ravie d'avoir un prétexte pour inspecter le contenu de sa boîte aux lettres.

Ensuite, Gail avait programmé l'arrosage automatique du jardin afin de ne pas trouver la pelouse transformée en paille lorsqu'elle reviendrait. Mais surtout, elle s'était arrangée pour que Patience héberge Hussy. Sa demi-sœur était l'un des deux seuls membres du clan Cavanaugh à ne pas travailler dans les forces de l'ordre, Janelle étant l'autre. Janelle s'était lancée dans une carrière juridique, tandis que Patience était devenue vétérinaire.

Hussy avait peur de tout le monde à part elle. Gail avait fait des recherches et découvert que l'ancien propriétaire de l'animal l'avait maltraitée, l'utilisant pour entraîner les féroces pitbulls qu'il élevait. La chienne avait partiellement perdu une oreille lors d'un de ces cruels combats.

Malgré tout, Hussy s'était tout de suite laissé apprivoiser par Patience. C'est pourquoi Gail avait décidé de la lui confier, plutôt que de demander à l'un de ses frères de passer lui donner à manger et de la faire sortir chaque jour.

D'ailleurs, Patience ne demandait pas mieux que de s'en occuper.

L'esprit ainsi tranquille, Gail se sentait plus disponible pour se consacrer entièrement à la mission dont on l'avait chargée, autrement dit la protection du juge Kincannon.

Elle esquissa un sourire à cette pensée. Il serait sûrement enchanté en apprenant que leur cohabitation forcée allait durer encore ! A vrai dire, elle comprenait sa réticence. Indépendante de nature, elle aurait sans doute eu la même réaction que lui face à cette situation qui ne lui laissait aucune marge de manœuvre.

S'il avait refusé la protection rapprochée qu'on lui offrait, il se serait mis en danger, et personne n'aimait se sentir vulnérable. Sans doute avait-il davantage peur pour son père que pour lui-même.

Les hommes tels que Kincannon n'aimaient guère être contraints à se plier à des règles fixées par autrui. Il ne pouvait que lui déplaire de se savoir coincé, prisonnier. De savoir qu'on l'observait et qu'on le suivait partout.

Il donnait l'impression de s'être toujours débrouillé par lui-même dans la vie, d'être de ceux qui protègent les autres et non l'inverse.

Malheureusement, il arrivait qu'on n'ait pas le choix, songea-t-elle en se garant dans le parking encore à moitié vide, signe que la plupart des gens n'étaient pas encore revenus de leur déjeuner.

Elle mourait de faim. Elle prit le sac contenant son sandwich, avec l'intention de manger dans la voiture les délicieuses tranches de pain de mie généreusement garnies de jambon et de fromage. Ce soir, elle préparerait à dîner pour Kincannon et son père. Elle avait profité de sa sortie pour faire quelques emplettes qu'elle avait déposées chez le juge en cours de route.

Jetant un coup d'œil à sa montre, elle estima qu'elle avait déjà été absente assez longtemps. Ethan lui rendait service, et elle ne voulait pas abuser de sa gentillesse, sans quoi il ne se priverait pas de le lui rappeler à l'avenir. Ethan avait une mémoire à rendre jaloux un éléphant.

D'ailleurs, tout bien considéré, elle préférait déjeuner dans une pièce bien fraîche, comme le cabinet de Kincannon, plutôt que là, dans sa voiture en plein soleil.

Comme elle songeait au juge, Gail sentit une étrange sensation naître au creux de son estomac. Une sensation dérangeante. En d'autres circonstances, elle aurait dit qu'il s'agissait de trac, mais elle n'avait aucune raison d'avoir le trac. Cette mission était une mission ordinaire, en rien différente des autres.

Enfin si, peut-être un peu, mais cela ne changeait rien au fond à l'affaire. Elle était officier de police, chargée de protéger un témoin. Elle n'était pas impliquée en tant que femme, mais en tant que représentante de l'ordre, et les sentiments n'entraient pas en ligne de compte. Son travail consistait à assurer la sécurité du juge.

Point à la ligne.

En son for intérieur, elle aurait tout de même préféré que Kincannon ne soit pas aussi sexy. Cela lui compliquait un peu les choses.

Peu importait qu'il ait des allures de star du cinéma, se morigéna-t-elle. Blake Kincannon était une mission, pas un homme.

Hmm. Et elle, elle était une extraterrestre, peut-être ?

Refoulant ces pensées agaçantes, elle entra dans le hall du palais de justice.

Avant d'accéder aux salles du tribunal — ou à toute autre partie du bâtiment — il fallait passer sous un portique équipé d'un détecteur de métaux, sous les yeux attentifs d'un policier à la mine austère. L'homme lui fit penser à un troll bougon assis sous un pont.

— Qu'y a-t-il dans le sac ? grogna-t-il en la regardant mettre ses deux pistolets et son téléphone portable sur le tapis roulant.

Elle exhiba son badge, mais il ne parut pas impressionné pour autant. On lui avait confié un travail, et rien ne l'en détournerait.

— Un sandwich, répondit-elle gaiement tout en ouvrant le sac en papier pour qu'il puisse constater qu'elle disait la vérité.

Il marmonna quelque chose entre ses dents et lui fit signe de passer.

Gail ramassa ses armes et son téléphone de l'autre côté de l'appareil. Au moment où elle allait s'éloigner, elle entendit gronder bruyamment l'estomac de son collègue.

Elle arqua les sourcils dans sa direction.

— Vous avez faim ?

— Plutôt, grommela-t-il.

Gail avait toujours été douée pour entamer la conversation avec les autres, et bavarder de tout et de rien. Elle aimait que les gens soient détendus autour d'elle.

— Quand est votre pause déjeuner ?

— Difficile à dire, marmonna-t-il. Nous manquons de personnel à cause de la fusillade, et je ne pourrai pas m'absenter avant au moins une heure et demie.

Gail réfléchit un instant. Elle allait sans doute avoir affaire à cet homme pendant une bonne semaine, voire plus longtemps. Il pourrait s'avérer utile de s'en faire un allié.

Elle sortit le sandwich de son sac et sépara les deux moitiés, préalablement tranchées par le jeune employé qui l'avait servie au magasin. Puis elle en remit une dans le sac et tendit l'autre au policier.

— Tenez.

L'agent DeVry — le nom était inscrit sur son badge — regarda le sandwich d'un air soupçonneux. Il ne fit pas un geste pour le prendre.

— Tenez quoi ? demanda-t-il.

Il était assis sur un siège métallique qui disposait de minces accoudoirs. Elle posa sur l'un d'eux la moitié qu'elle lui offrait.

— Ça me ferait plaisir que vous acceptiez ce sandwich. Je déteste gaspiller la nourriture, et il y en a beaucoup trop pour moi. Prenez-le, vous me rendrez service.

Là-dessus, elle tourna les talons et se hâta de s'éloigner avant que le policier surpris ait eu le temps de dire quoi que ce soit.

Un bruit de papier froissé lui parvint alors que l'escalier

roulant l'emmenait au premier étage et elle ne put retenir un petit sourire.

La salle d'audience était déserte quand elle y pénétra. Apparemment, la séance n'avait pas encore repris.

Elle longea l'allée centrale, contourna le bureau du juge et s'engagea dans le couloir qui menait au cabinet du magistrat. La porte était close. Elle frappa une fois et entra sans attendre la réponse.

Kincannon était assis à son bureau, occupé à consulter un document qui lui faisait froncer les sourcils.

Bref, rien de nouveau.

Installé sur le canapé en cuir, son frère lisait le petit volume qu'il avait glissé dans la poche de sa veste deux heures plus tôt, lorsqu'elle lui avait demandé de la remplacer auprès du juge. Il s'agissait sans doute d'une pièce de théâtre. Ethan adorait le théâtre et se produire en public ; il était le cabotin de la famille.

— Salut, je suis de retour ! annonça-t-elle alors que Kincannon levait justement les yeux. Je vous ai manqué ? ajouta-t-elle en plaisantant.

— Ce que dont je me suis rendu compte, ironisa-t-il en retour, c'est que le silence m'avait manqué. Au cours des dernières vingt-quatre heures, j'avais presque oublié qu'il existait.

Décidant de le prendre à son propre jeu, Gail s'engouffra dans la brèche.

— C'est vrai qu'Ethan n'est pas très bavard, acquiesça-t-elle en posant le sac qui ne contenait plus qu'une moitié de sandwich.

Les deux hommes se mirent à rire en même temps.

Gail eut l'impression d'être ramenée en arrière, à l'époque où ses deux frères se liguaient contre elle pour la taquiner. Elle aimait leur faire remarquer qu'ils devaient être deux pour rivaliser avec elle.

— Comparé à vous, un bonimenteur de foire non plus, répliqua Blake.

Il ne lui donnait pas le change, songea-t-elle en souriant. Pas de doute, elle lui avait manqué, qu'il l'admette ou non.

— Merci de m'avoir relevée, dit-elle à son frère. Tu peux retourner à la criminelle, à présent.

Kincannon parut vaguement intéressé.

— Elle donne toujours des ordres à tout le monde ?

Ethan sourit.

— D'aussi loin que je me souvienne, Votre Honneur. Bonne chance.

Il s'adressait à Kincannon, et non à Gail.

— Et je vous dis ça du fond du cœur, ajouta-t-il.

— Oui, enfin… il le ferait s'il en avait un, rectifia Gail.

Blake ne dit rien. Il était trop perdu dans ses souvenirs. Scottie et lui avaient coutume de s'adonner aux mêmes plaisanteries. Cela lui rappela à quel point son jeune frère lui manquait.

— A plus tard, Gail, dit Ethan avant de se tourner vers le juge. Enchanté d'avoir fait votre connaissance. Au revoir.

— Au revoir, répondit Blake distraitement, reportant déjà son attention sur sa lecture en s'efforçant tant bien que mal de ne pas remarquer le parfum frais et léger de son garde du corps.

Car il devait se rendre à l'évidence, l'inspecteur O'Brien avait tendance à lui tourner la tête.

10

— Alors, quel est le menu de ce soir ? demanda Alexander qui était apparu dans l'entrée à l'instant où Gail ouvrait la porte.

Bien que fatiguée, Gail sourit en se dirigeant vers la cuisine. Elle laissa tomber son sac sur la table avant d'enlever son holster et l'arme qu'il contenait. Elle posa le tout à côté de son sac, conservant sa deuxième arme qu'elle ne retirait qu'au moment de se coucher.

Sa mission avait débuté près de trois semaines plus tôt, et Kincannon senior et elle s'entendaient de mieux en mieux.

Après quelques faux départs, elle sentait que l'ex-sergent des Marines commençait à voir en elle la fille qu'il n'avait jamais eue. Son épouse était décédée des années auparavant et, d'après ce qu'il lui avait dit, il n'avait jamais vraiment connu sa belle-fille. Son fils, Margaret et lui se retrouvaient pour les fêtes, mais seulement lorsqu'il était cantonné dans la région, ce qui n'arrivait pas très souvent.

Alexander l'appelait désormais par son prénom, et leur relation était détendue.

Gail aurait aimé pouvoir en dire autant de ses rapports avec le juge. Si ce dernier ne l'avait jamais dit ouvertement, il était néanmoins clair qu'il considérait sa présence comme un poids…

— Etant donné l'heure, répondit-elle, que diriez-vous d'un plat rapide, par exemple des crevettes Alfredo ?

Gail savait que, comme tous les autres Cavanaugh, elle bénéficiait d'une invitation permanente chez Andrew. Si elle avait opté pour cette possibilité le premier soir parce qu'elle avait besoin de briser la glace avec ses hôtes, elle n'envisageait cependant pas de recommencer dans l'immédiat.

A vrai dire, elle aimait faire la cuisine, et il y avait quelque chose d'intime et d'attachant à cuisiner pour ces deux célibataires.

« Ces deux veufs », rectifia-t-elle intérieurement. Les deux hommes avaient souffert de la manière la plus cruelle qui soit, survivant aux femmes qu'ils avaient juré d'aimer, d'honorer et de choyer jusqu'à la fin de leurs jours.

Au moins avaient-ils connu l'amour, songea-t-elle avec une petite pointe de tristesse. Elle ne pouvait en dire autant. Bien sûr, il devenait difficile de tomber amoureux quand on gardait son cœur aussi précieusement qu'elle le faisait, mais elle était bien résolue à ne pas connaître le même sort que sa mère.

Et la seule façon d'éviter cela était de ne pas tomber amoureuse.

— Voilà qui me paraît génial ! s'enthousiasma Kincannon senior. J'adore les fruits de mer, ajouta-t-il, comme si elle n'avait pas déjà eu l'occasion de s'en apercevoir. Vous avez besoin d'aide ?

Inattendue, l'offre prit Gail par surprise.

— J'aimerais bien un peu de compagnie, Gunny. Vous êtes prêt à faire ça ?

— Je crois que c'est dans mes cordes, répondit Alexander aimablement, en se hissant sur un tabouret.

Il la regarda mélanger les ingrédients qu'un autre agent avait livrés plus tôt dans la journée.

— Vous savez, ce n'est pas si terrible, finalement, d'avoir une femme à la maison.

Gail sourit. Venant de lui, c'était un compliment. Lorsqu'elle était arrivée, il avait vécu sa présence comme une intrusion, presque autant que son fils. Il fallait ajouter à cela le fait qu'il estimait que les femmes, dans la police, devaient se cantonner à des emplois purement administratifs. Bref, la situation aurait pu se détériorer très vite.

Dieu merci, ça n'avait pas été le cas.

— J'aimerais que votre fils soit aussi de cet avis, répondit

Gail d'un ton désinvolte, tout en décortiquant les crevettes cuites qu'elle mettait ensuite dans un saladier.

— Il n'est pas si froid qu'il y paraît, assura Alexander. Blake a du mal à exprimer ses sentiments. Il a l'habitude de tout garder pour lui.

Retenant à grand-peine un sourire, elle leva les yeux vers l'homme assis à côté d'elle.

— Vraiment ? Je me demande d'où il peut bien tenir ça.

Alexander secoua la tête.

— Aucune idée.

Gail réprima un rire. Le père de Blake était sérieux. Il ne voyait de toute évidence aucun lien entre sa propre attitude et celle de son fils.

Un léger bruit se fit entendre derrière eux. Alexander pivota sur son tabouret pour voir Blake entrer dans la cuisine.

— Quand on parle du loup…, glousse-t-il. Te voilà, Blake ! Nous parlions justement de toi.

Blake s'arrêta net devant le réfrigérateur, oubliant momentanément la boisson fraîche qu'il était venu chercher. D'un air soupçonneux, il regarda tour à tour son père et la femme qui, sans s'en douter, le troublait de plus en plus.

— Ah bon ? Pourquoi ?

Gail prit les devants, préférant répondre avant que Kincannon senior ne lui cause des ennuis. On ne savait jamais s'il allait dire la vérité.

— Votre père n'est pas gêné que je sois là. J'ai seulement dit que je regrettais que vous ne soyez pas du même avis.

Blake ouvrit le frigo et en sortit une canette de jus de fruits. Il la décapsula tout en refermant l'appareil du coude et regarda Gail un instant avant de répondre.

— Il est difficile d'être à l'aise quand on se sent constamment observé.

Il but une petite gorgée avant de laisser échapper un petit rire bref.

— Je suppose que je devrais m'estimer heureux de pouvoir

dormir seul, sans que vous ayez à me surveiller jusque dans mon sommeil.

Alexander éclata d'un rire franc.

— Ça pourrait être intéressant, commenta-t-il, comme pour lui-même.

Blake soupira. Il n'aurait servi à rien de reprocher à son père ce commentaire intempestif. Gunny risquait fort de prendre la mouche et de riposter par une remarque encore pire.

Il se contenta donc de désigner le plat de crevettes d'un mouvement du menton.

— C'est le dîner ?

— Ça le sera bientôt, répondit Gail.

En général, il n'émergeait de son bureau qu'à l'heure du repas.

Elle avait découvert très vite que le juge appréciait sa routine. Cela présentait certains avantages puisqu'elle était chargée de le surveiller, mais tout autant d'inconvénients si l'on considérait les choses du point de vue opposé. Lorsqu'on se trouvait menacé par un criminel, respecter scrupuleusement les mêmes horaires jour après jour risquait fort de se révéler dangereux.

D'où sa présence dans cette maison, se dit-elle une fois de plus. C'était à elle — et aux agents qui patrouillaient régulièrement le quartier — de garantir la sécurité du magistrat.

— Quelque chose vous préoccupe ? demanda-t-elle doucement tout en remplissant d'eau un faitout qu'elle mit sur le feu.

Un paquet de pâtes attendait sur le plan de travail.

Gail le vit prendre une inspiration, comme s'il se disait que c'était le moment ou jamais de tenter sa chance.

— Serait-il possible que j'aie une soirée libre ?

Elle continua à s'affairer et lui jeta un coup d'œil. Il était impossible de lire dans ses pensées.

— Vous voulez dire une soirée sans travail, ou une soirée sans moi ?

Il n'hésita pas une seconde, mais elle crut néanmoins distinguer l'ébauche d'un sourire sur ses lèvres.

Qu'y avait-il donc ?

— La deuxième.

Pas question ! songea-t-elle. Il pouvait toujours rêver.

— Aucune chance.

Elle souda son regard au sien un instant avant d'ajouter :

— Même pas dans vos rêves.

Il ne parut guère surpris.

— C'est bien ce que je pensais, répondit-il avec un hochement de tête. Je vais leur dire non.

A présent, la curiosité de Gail était éveillée. Elle ajusta la température sous le faitout.

— Dire non à qui ?

Cette fois, Blake hésita un peu. Il aurait pu quitter la pièce en se bornant à hausser les épaules, mais il connaissait bien Gail, maintenant. S'il ne disait rien, elle insisterait jusqu'à ce qu'elle sache à qui il faisait allusion.

Mieux valait couper court à la conversation.

— L'hôpital d'Aurora organise un gala la semaine prochaine. Ils essaient de rassembler les fonds nécessaires pour construire un nouveau bâtiment destiné aux victimes de leucémie.

— Une bonne cause, commenta Gail.

Elle avait parlé à voix basse, mais on ne pouvait se méprendre sur la sincérité de ses sentiments.

— En effet, acquiesça-t-il. On m'a demandé s'il me serait possible de faire un petit discours en vue d'encourager les dons.

Ne comprenant pas la nature de son dilemme, Gail le regarda d'un air étonné.

— Jusque-là, je ne vois pas où est le problème, avoua-t-elle.

Blake la dévisagea et leurs yeux se soudèrent.

— Le problème, inspecteur O'Brien, c'est vous.

Occupé à mâchonner une crevette chipée dans le saladier, Alexander releva tout à coup la tête et vola à la défense de Gail.

— Hé ! Blake ! Doucement, s'il te plaît.

Elle leva la main pour imposer le silence à son valeureux protecteur.

— Pas de problème, Gunny. C'est ma faute. J'ai posé la question, après tout.

Comme l'eau bouillait. Gail ouvrit le paquet de spaghettis et les laissa tomber en pluie dans le récipient. Cela fait, elle les remua pendant un petit moment avec une longue cuillère de bois, le temps que l'ébullition reprenne, puis elle se retourna vers Blake.

— Vous avez peur que je vous fasse honte ? demanda-t-elle tranquillement, comme s'ils parlaient de la pluie et du beau temps.

Blake hésita. A vrai dire, ce n'était pas Gail O'Brien elle-même qui l'embarrassait, mais la situation.

— La plupart des juges ne se promènent pas escortés d'un garde du corps.

— La plupart des juges ne reçoivent pas de menaces de mort sur leur ordinateur personnel, lui fit-elle remarquer tout en épluchant une gousse d'ail.

— Et s'ils ont un garde du corps, poursuivit-il fermement comme s'il n'avait rien entendu, ce garde du corps ressemble à un garde du corps.

Gail remua les spaghettis et reporta son attention sur les crevettes.

Kincannon senior en avait déjà englouti quatre et s'apprêtait à avaler la cinquième. Elle fit fondre un morceau de beurre dans la poêle et ajouta l'ail avant d'y verser les crevettes rescapées.

— Je pourrais éventuellement demander à mon frère de vous accompagner, dit-elle, songeuse, mais je ne pense pas qu'il ait plus que moi le physique de l'emploi.

Réfléchissant à la situation, elle se mordilla la lèvre inférieure.

— Ou alors, je pourrais me faire passer pour quelqu'un d'autre, suggéra-t-elle gaiement.

— Vous voulez dire que vous joueriez le rôle d'une serveuse ?

— Non. Celui de votre petite amie.

Blake s'était attendu à tout, sauf à cela. Il la dévisagea, interloqué.

— Pardon ?

Gail baissa le feu, remua les crevettes et déposa la cuillère de bois sur une assiette.

— Je suppose que les invités ont le droit de venir accompagnés.

L'espace d'une seconde, Blake avait espéré avoir mal compris. Hélas ! non.

— En effet.

— Eh bien dans ce cas, c'est réglé ! s'exclama-t-elle, satisfaite. Vous pourrez assister à la soirée et faire votre discours. Personne n'a besoin de savoir que je suis là pour vous surveiller.

Les spaghettis étaient prêts. Elle éteignit la gazinière et ouvrit le placard pour y prendre une passoire.

— Moi, je le saurai, grommela-t-il.

Gail n'avait aucune intention de se laisser entraîner dans un conflit, aussi se contenta-t-elle de sourire.

— Justement. Comme ça, vous saurez que vous êtes en sécurité et vous pourrez vous détendre.

Une rapide inspection du placard suffit pour confirmer l'absence de passoire parmi les ustensiles.

Les Kincannon père et fils n'avaient pas menti en disant qu'ils ne faisaient jamais la cuisine !

— Votre présence a très précisément l'effet contraire sur moi.

Elle se tourna lentement vers lui.

— Est-ce que vous venez de me faire un compliment, Votre Honneur ?

En effet, réalisa Blake, mais il n'en avait pas eu l'intention. Dépité, il se mordit la lèvre.

— Je retourne dans mon bureau, marmonna-t-il en tournant les talons. Appelez-moi quand ce sera l'heure de dîner.

Gail prit deux torchons, souleva le faitout contenant les spaghettis et retira partiellement le couvercle afin de les égoutter.

— Bien, Votre Honneur !

Sa voix amusée le poursuivit dans le couloir.

Blake ajusta son nœud papillon et jeta un coup d'œil dans le miroir pour s'assurer qu'il était bien droit.

Réflexion faite, il n'était pas convaincu qu'il soit très sage de se rendre à ce gala alors que Munro et ses complices étaient encore dans la nature. Bien sûr, il s'agissait d'une bonne œuvre et il y avait peu de risques qu'il arrive quelque chose dans une salle pleine à craquer, mais il s'inquiétait malgré tout.

Non pour lui-même, mais pour les personnes qui pourraient être des victimes potentielles si Munro essayait de profiter de l'occasion pour attenter à sa vie.

De plus, il était toujours agacé à la perspective de s'y rendre avec son garde du corps. Il ne voulait en aucun cas que les gens pensent qu'il bénéficiait d'un traitement de faveur et encore moins qu'on le dorlotait. Il lui déplaisait déjà suffisamment que les employés du palais de justice soient au courant.

La nouvelle de l'évasion de Munro avait été largement médiatisée, mais la presse n'avait pas été informée des menaces de mort qu'il avait reçues.

Le bruit s'en était cependant répandu comme une traînée de poudre dans le milieu juridique.

Nul besoin d'être un génie pour comprendre la raison de la présence continuelle de l'inspecteur O'Brien dans la salle d'audience, et il ne lui semblait pas très convaincant de prétendre qu'elle l'accompagnait à cette soirée en tant que « sa petite amie ».

Il descendit l'escalier en se disant vaguement qu'il pourrait téléphoner à l'organisatrice de la soirée et s'excuser en prétextant un empêchement de dernière minute.

Gail était descendue avant lui. Il l'entendait bavarder dans le salon avec son père. Ce dernier dit quelque chose qui la fit éclater de rire et le son sembla onduler vers lui, harmonieux et envoûtant.

Blake refoula les images qui lui venaient à l'esprit.

Non, passer cette soirée avec elle n'était vraiment pas une bonne idée.

Il allait lui annoncer qu'il ne se sentait pas bien. Elle ne pourrait protester contre ce genre d'argument, alors que s'il se contentait de dire qu'il avait changé d'avis et décidé de ne pas assister au gala, elle serait bien capable de lui mettre les menottes et de le faire monter de force dans la voiture pour l'y conduire.

Oui. C'était cela. Il était souffrant.

Il s'éclaircit la voix en approchant du salon.

— Inspecteur O'Brien, commença-t-il en entrant. J'ai réfléchi et…

Il se tut brusquement, le souffle coupé à la vue de Gail.

Ses cheveux blonds qu'elle attachait habituellement en queue-de-cheval étaient pour une fois libres et tombaient en boucles soyeuses autour de son visage.

Elle arborait une robe bleu pâle dont l'ourlet effleura le sol lorsqu'elle se tourna vers lui. La partie supérieure — qui s'appelait un bustier, si sa mémoire était bonne — semblait scintiller. Il s'aperçut qu'elle était couverte d'une multitude de perles, qui attiraient la lumière et la reflétaient comme autant d'étoiles.

Le tissu épousait son corps aussi étroitement que Blake aurait aimé le faire, soulignant ses courbes.

Il déglutit en remarquant la fente qui remontait jusqu'à mi-cuisse, dévoilant une jambe superbe, et éprouva brusquement un fourmillement intense au bout des doigts.

Une envie dévorante de la caresser.

Elle l'accueillit d'un sourire sensuel qui acheva de le faire fondre.

Il avait tout à coup l'impression d'avoir été mis K.O.

Gail promena sur lui un regard appréciateur.

— Vous n'êtes pas mal en tenue de soirée, Votre Honneur.

— Vous non plus, s'entendit-il répondre d'une voix sourde.

De nouveau, elle lui décocha un sourire qui lui coupa le souffle.

Alexander, qui les observait sans rien dire semblait s'amuser énormément.

— Vous comptez passer la soirée là à vous regarder bouche bée, tous les deux, ou vous allez à cette petite sauterie ? demanda-t-il enfin.

— C'est un gala de charité, papa, rectifia Blake, reprenant peu à peu ses esprits.

Alexander haussa les épaules avec un petit rire dédaigneux.

— Sauterie, gala de charité... Peu importe, appelle-ça comme tu voudras.

— Ça va, papa, répliqua Blake en s'efforçant de rester calme.

La sonnette de la porte d'entrée tinta avant qu'Alexander n'ait pu riposter.

Gail fut instantanément en alerte. Sa main vola vers le pistolet qu'elle portait dans un étui fixé à sa cuisse et auquel la longue fente de sa robe permettait l'accès.

Les deux hommes la regardaient, fascinés.

— Bon sang, vous êtes absolument magnifique, inspecteur O'Brien ! murmura Alexander, les yeux rivés sur elle. Dommage que je n'aie pas vingt ans de moins !

Si Gail entendit sa remarque, elle n'en laissa rien paraître. Toute son attention était concentrée sur la porte d'entrée.

Son partenaire était censé venir assurer la protection du père de Blake pendant qu'ils seraient absents, mais rien ne prouvait que c'était lui qui se tenait sur le seuil.

Il pouvait aussi bien s'agir d'un des hommes de main de Munro qui aurait sonné pour tromper sa vigilance et la prendre par surprise.

Tenant fermement son arme, elle la braqua sur la porte et s'avança lentement.

A moins de deux mètres, elle s'immobilisa.

— Qui est là ?

— Le grand méchant loup, grand-mère ! répondit une voix grave et masculine de l'autre côté du battant. Ouvre, sinon je vais enfoncer la porte.

— Une minute ! répondit-elle, aussitôt détendue.

Elle abaissa son arme et la replaça dans son étui. Cette fois, elle était très consciente des deux paires d'yeux qui suivaient le moindre de ses gestes.

— Si tu tiens absolument à citer un conte de fées, lança-t-elle à son partenaire en lui ouvrant, essaie au moins de t'en tenir à l'histoire.

— Pardon, répliqua-t-il d'un ton sarcastique. Je te promets de mieux faire la prochaine fois.

Il s'arrêta net en la voyant. Il la détailla longuement de la tête aux pieds, sans faire mystère de son admiration, puis un long sifflement jaillit de ses lèvres, exprimant sa franche appréciation.

— Surtout si tu promets de porter cette robe quand tu reviendras au bureau, ajouta-t-il.

Gail secoua la tête et éclata de rire.

— Tu peux continuer à rêver, Carson !

Blake comprit en un éclair que le célibat qu'il vivait depuis deux ans venait de prendre fin.

L'inspecteur O'Brien serait présente dans ses rêves ce soir. Vêtue précisément de cette robe.

11

Compte tenu des circonstances, Blake ne s'attendait pas à passer une bonne soirée.

Il se trompait.

La soirée se déroula nettement mieux qu'il ne l'avait imaginé, et ce grâce à Gail.

Après la première heure, il avait commencé à se détendre. La nervosité qu'il éprouvait au début s'était peu à peu dissipée, comme s'il se libérait d'un poids.

En même temps, pourtant, il avait ressenti une autre sorte de tension, qu'il eut d'abord du mal à définir.

Il avait cessé de s'inquiéter à l'idée que l'on pourrait reconnaître en Gail une policière chargée de veiller à sa sécurité, et son orgueil masculin avait par conséquent été préservé.

Un seul regard à sa compagne suffisait pour rejeter l'idée qu'il puisse s'agir d'une représentante des forces de l'ordre.

Quant à la possibilité que l'un des serveurs mêlés à la foule des invités soit en réalité un sbire de Munro, Blake ne s'en souciait pas vraiment. Les probabilités qu'il soit pris pour cible dans un tel endroit étaient infimes. Ce genre de chose n'arrivait que dans les films, jamais dans la vraie vie.

D'ailleurs, il était pour ainsi dire certain que Munro avait pris la fuite et quitté le pays.

Non, sa tension était due à une tout autre raison, comme il le comprit en prenant le verre de whisky que venait de lui préparer le barman.

Une raison prénommée Gail.

Il était étrangement troublé par cette ravissante créature qui ne le quittait pas d'une semelle.

Ils n'avaient été séparés qu'à un seul moment, lorsqu'il était monté sur l'estrade, quelques minutes plus tôt, pour faire un bref discours à l'assemblée.

Il avait évoqué avec éloquence et émotion le travail accompli par l'hôpital, l'excellence des soins que l'on y recevait, année après année.

C'était dans ce lieu même, confia-t-il au public, qu'il s'était réveillé deux ans plus tôt pour apprendre qu'il n'était plus un homme marié. C'était là qu'on lui avait annoncé que sa femme était morte. Il avait su, avant même qu'on ne le lui dise, que les ambulanciers avaient tout tenté pour la sauver, en vain. Margaret avait succombé sur la chaussée, à l'endroit où ils avaient été percutés par un chauffard probablement ivre qui avait pris la fuite.

Il demanda aux participants de se montrer généreux, afin que l'hôpital d'Aurora puisse continuer à être à la pointe de la technologie, et à offrir à ses patients tous les services du monde moderne.

En quittant l'estrade sous un tonnerre d'applaudissements, il s'était dirigé vers le bar et avait demandé un autre whisky.

Gail lui avait emboîté le pas.

— Allez-y doucement, Votre Honneur, lui murmura-t-elle à l'oreille, parlant tout bas pour que personne ne puisse entendre. C'est votre troisième.

La chaleur de son haleine caressa le cou de Blake, et sembla se répandre dans tout son corps.

Il réprima l'envie soudaine de la prendre dans ses bras.

De l'embrasser.

— Vous tenez le compte, Gail ?

Il avait failli se trahir en l'appelant « inspecteur O'Brien ». Ce n'était pas ainsi que l'on s'adressait à sa petite amie, songea-t-il avec une pointe d'amusement. A moins d'être dans l'intimité d'une chambre et de se livrer à un jeu de rôles particulier…

— C'est pour votre bien, répondit-elle en souriant. Je suppose que vous tenez à maintenir une façade respectable en public.

Blake but délibérément une longue gorgée du whisky. C'était sans doute un peu puéril, il en avait conscience, mais il tenait à montrer à Gail qu'il n'était pas homme à se laisser mener par le bout du nez. S'il choisissait de poser son verre, ce serait de son propre gré, et non parce qu'elle lui avait conseillé de le faire.

Il se tourna vers elle, et fut une fois de plus frappé par sa beauté. Et par l'attirance de plus en plus vive qu'elle lui inspirait.

Heureusement, ils se trouvaient dans une salle de bal comble. Il ne risquait rien, songea-t-il.

— Vous aimez danser, Gail ?

Un sourire apparut sur ses lèvres, incroyablement sensuel. Il sentit une bouffée de désir l'envahir.

— En général ou ce soir ?

Sa question l'amusa. Peut-être avait-il un peu trop bu, en effet.

Cela aurait été compréhensible, après tout, compte tenu des souvenirs que cet endroit ravivait en lui. Si on y ajoutait la présence de cette jeune femme ravissante à ses côtés… Face à cette combinaison dérangeante, il avait retrouvé son vieux réflexe de l'époque où il était étudiant, autrement dit tendre à noyer ses préoccupations dans l'alcool.

Presque inconsciemment, il repoussa son verre.

— Les deux.

— Oui. Aux deux, répondit-elle en plongeant son regard dans le sien.

Une onde de chaleur traversa l'estomac de Blake. S'efforçant de l'ignorer, il prit Gail par la main et se fraya un chemin vers la piste.

Là, il pivota, gardant la main de Gail dans la sienne tandis qu'il passait un bras autour de sa taille. Il se surprit à penser qu'elle était plus menue qu'il ne l'avait cru ; sa taille était exceptionnellement fine.

Ils oscillaient au rythme de la mélodie, un air lent et doux des années quarante.

Elle avait posé la tête sur son épaule et Blake était enivré par le parfum de ses cheveux, à la fois fruité et délicat. Il éprouvait la sensation bizarre que tout son corps se réveillait, revenait à la vie après un long sommeil. C'est en vain qu'il tentait de dominer le désir qui lui nouait les muscles.

Gail releva la tête et le regarda.

— Vous dansez bien.

— Je suis un peu rouillé, avoua-t-il. Je n'ai pas dansé depuis… Je n'ai pas dansé depuis longtemps.

Il avait terminé sa phrase d'une manière abrupte, et elle comprit qu'il avait été sur le point de dire qu'il n'avait pas dansé depuis la mort de sa femme. Elle n'insista pas. Elle n'avait aucune envie de rouvrir d'anciennes blessures.

Elle sourit et secoua légèrement la tête.

— Il y a certaines choses qu'on n'oublie jamais. Comme faire du vélo ou danser. Ou faire l'amour.

Atterrée, Gail s'interrompit tout à coup et se mordit la lèvre. Même sous la torture, elle aurait été incapable de dire d'où était venue cette remarque ou comment elle avait trouvé le chemin de ses lèvres.

Vu qu'il était trop tard pour se rattraper, elle ne put que feindre une expression désinvolte, comme si elle n'était pas aussi sidérée que lui.

Dans un effort désespéré pour détourner son attention, elle continua à parler.

— Vous aimez Cole Porter ?

Il la dévisagea d'un air hébété, ce qui n'était guère étonnant, sa conversation n'ayant ni queue ni tête.

— Pardon ?

— Cole Porter, répéta-t-elle. Cet air est de lui, il me semble. A moins qu'il ne soit de Jerome Kern… J'ai parfois du mal à les distinguer.

Blake laissa échapper un rire bref.

— J'ai peur de ne pas pouvoir vous aider. Je n'ai aucune culture musicale. Je peux dire si un air me plaît ou non, mais c'est tout.

— Et vous aimez celui-ci ? demanda-t-elle doucement en levant la tête vers lui.

Une vague de chaleur déferla en Blake, qui ne devait rien à une défaillance du système d'air conditionné. Sa bouche lui parut soudain affreusement sèche.

— Vous l'aimez ? insista Gail d'une voix rauque, qui n'était guère plus qu'un murmure.

— Beaucoup, parvint-il enfin à répondre.

— C'est une biguine, une sorte de rumba qui était populaire dans les années quarante. Je le sais parce que je regardais tous les vieux films à la télé quand j'étais petite, expliqua-t-elle.

Gail avait l'impression de manquer d'air, non pas à cause de la danse, mais à cause de cet homme.

Une foule de sensations se succédaient en elle, si bien qu'elle se sentait comme emportée dans un tourbillon.

Un peu comme la fois où elle s'était retrouvée allongée sur Blake, dans la salle du tribunal.

Sauf que, cette fois, c'était une expérience plus forte, plus définie.

Plus intense.

Autour d'eux, les gens se mirent à applaudir et Blake prit brusquement conscience que la musique s'était arrêtée.

Du moins, la musique émanant des instruments. L'autre, la mélodie qui semblait s'être matérialisée dans sa tête, continuait. Il dut se faire violence pour ne pas continuer à danser, pour ne pas répondre au regard lourd de désir que Gail portait sur lui à la dérobée.

Elle n'avait pas conscience qu'il l'avait remarqué, constata-t-il, soulagé qu'ils soient dans un lieu public. Car en d'autres circonstances, s'ils avaient été seuls, il aurait peut-être été tenté de faire quelque chose qui ne lui ressemblait pas du tout.

Quelque chose d'impensable.

Cherchant à combler le silence, il s'éclaircit la gorge.

— Je voulais vous demander… Votre frère m'a dit, il y a quelque temps, que vous aviez sauvé votre chien en chassant des coyotes. Je suppose qu'il plaisantait ?

— Non, pas du tout.

— Comment avez-vous fait ?

— Eh bien… Les coyotes n'aiment pas les bruits perçants ou inattendus. Alors j'ai levé les bras pour paraître plus grande que je ne le suis et j'ai rugi aussi fort que j'ai pu. Ils ont détalé sans demander leur reste ! conclut-elle avec un sourire qui semblait le mettre au défi de la contredire.

— Et l'idée vous est venue comme ça ? s'enquit-il, sceptique.

Elle éclata d'un rire qui fit à Blake l'effet d'une succession de notes de musique.

— Non ! C'est parce que je regarde les documentaires sur les animaux à la télé. On y apprend des tas de choses utiles.

Blake se demanda s'il y avait aussi des documentaires qui vous apprenaient à survivre au contact des gardes du corps trop séduisants.

La soirée s'acheva assez tard. Alors qu'elle arrivait à son terme, la foule se fit moins dense, les invités s'éclipsant peu à peu pour rentrer chez eux ou aller boire un dernier verre en compagnie de quelques amis.

Le juge était apparemment décidé à rester jusqu'à la fin et Gail se demanda s'il se sentait obligé de faire acte de présence jusqu'au bout ou s'il s'attardait parce qu'il en avait envie. Au fond, peu importait. Elle n'était pas là pour lui poser des questions, mais pour veiller à sa sécurité.

Distraite par l'attirance qu'elle sentait grandir entre eux, elle avait du mal à rester vigilante. Quoi qu'il en soit, elle ne devait pas baisser sa garde. Le danger pouvait venir de multiples sources et à n'importe quel moment.

Il y avait encore un grand nombre de personnes dans la salle, et le comité chargé des affaires financières de l'hôpital aurait probablement pu se porter garant de la plupart d'entre elles. Mais comme il aurait fallu des heures pour vérifier de près l'identité de tout le monde, sans parler du personnel de service, Gail ne pouvait se fier qu'à son instinct — et à sa bonne étoile.

Lorsque enfin le juge serra une dernière main et parut prêt à partir, elle réprima un cri de joie. Non que la soirée ait été déplaisante, bien au contraire. Avec son smoking élégant, ses cheveux de jais et ses yeux d'un bleu insondable, Blake Kincannon était follement séduisant.

A vrai dire, il suffisait à Gail de le regarder pour sentir s'accélérer les battements de son cœur.

Cependant, il était épuisant d'être constamment aux aguets, à l'affût du moindre mouvement suspect, du moindre danger potentiel.

Elle se dirigea vers la porte avec lui, s'efforçant de ne pas courir, et eut toutes les peines du monde à ne pas le pousser hors du bâtiment. Afin d'accélérer le mouvement, elle glissa un bras sous le sien et pressa le pas, ne lui laissant d'autre choix que de régler son allure sur la sienne.

— Je vous laisse conduire, dit-il lorsque le voiturier lui eut ramené sa voiture.

Gail lui lança un regard intrigué.

— Je ne tiens pas à me faire arrêter par un policier trop zélé et à rater l'alcootest, expliqua-t-il.

A vrai dire, il faisait toujours attention à sa consommation d'alcool. La tragédie qui avait mené à la mort de sa femme l'avait marqué à jamais et il n'avait pas l'intention de causer à une autre famille le chagrin qu'on lui avait infligé.

Gail acquiesça. Pour sa part, elle n'avait consommé qu'une bière au gingembre puis quelques jus de fruits durant toute la soirée.

— Combien de whiskies avez-vous bus ? demanda-t-elle en s'installant au volant de l'élégant cabriolet gris.

Elle ne voyait aucune objection à conduire, mais cela l'inquiétait qu'il s'estime incapable de le faire. Se pouvait-il qu'elle ait relâché sa surveillance à ce point ?

Blake ouvrit la portière côté passager et prit place à côté d'elle.

— Trois, répondit-il en bouclant sa ceinture.

En cinq heures, se dit-elle, cela ne semblait pas une quantité déraisonnable d'alcool. D'ailleurs, il ne donnait aucunement l'impression d'être en état d'ébriété. Gail discuta d'autant moins qu'elle était enchantée à la perspective de conduire sa voiture de sport.

— Vous m'avez l'air tout à fait sobre. Vous vous tenez parfaitement droit.

Il s'esclaffa.

— D'où le dicton !

Gail lui lança un regard de biais en démarrant. Il n'y avait pour ainsi dire pas de circulation à cette heure, et les feux de circulation semblaient bien disposés à leur égard, virant tous au vert alors qu'ils approchaient.

— Quel dicton ?

— Raide comme la justice, répondit-il avec un sourire amusé.

Hmm. Peut-être était-il un tantinet pompette, après tout, songea-t-elle. Et mieux valait prévenir que guérir.

— C'est une drôle d'expression, observa-t-elle.

— Vous avez raison, répondit-il lentement, comme s'il réfléchissait à la question. Cela fait penser à des personnages austères, lugubres même. Pas vraiment une image qui me plaît.

Il marqua une pause.

— Je préférerais avoir l'air juste et impartial.

Elle le regarda de nouveau et la réponse jaillit d'elle-même.

— C'est le cas, affirma-t-elle.

Le silence s'installa et les accompagna durant le reste du trajet. Gail ne put s'empêcher de remarquer que, même s'il avait paru gêné par sa franchise, un soupçon de sourire s'attardait sur les lèvres de Blake.

L'inspecteur Jeff Carson partit moins de cinq minutes après leur retour.

Kincannon senior était allé se coucher près d'une heure auparavant, expliqua-t-il en réprimant un bâillement. A part cela, il n'avait rien à signaler, hormis que Gunny l'avait battu au poker huit fois de suite.

— J'aurais dû vous avertir, dit Blake. C'est un vrai requin aux cartes.

Il sortit son portefeuille de sa poche, dans l'intention évidente de rembourser le policier.

Gail posa la main sur son bras pour l'en empêcher.

— Carson est un grand garçon, n'est-ce pas, Jeff ? Personne ne l'a forcé à jouer au poker avec votre père.

— Un grand garçon, en effet, acquiesça Carson à regret en se dirigeant vers la porte. Bonne nuit.

— Bonne nuit.

Gail le raccompagna, referma la porte et s'assura que le verrou était tiré. Puis elle se laissa tomber sur le canapé avec un profond soupir.

— Je vais me changer… dès que j'aurai assez d'énergie pour me lever.

Blake considéra le canapé et secoua la tête. L'idée de laisser Gail dormir là-dessus le mettait toujours aussi mal à l'aise.

— Vous pourriez vous installer dans une des chambres d'amis.

Elle haussa les épaules avec indifférence. Bien qu'elle continuât à dormir dans le salon, elle avait rangé ses affaires dans la chambre la plus proche de l'escalier.

— Je me suis habituée au canapé.

Il la dévisagea, marquant une pause avant de répondre.

— Vous mentez aussi naturellement que vous dites la vérité.

Gail sourit sans chercher à le contredire.

— Ça fait partie des choses qu'on apprend dans ce métier. Bonne nuit, monsieur le juge.

Il hocha la tête.

— Bonne nuit.

Il était tard.

Blake avait besoin de s'éloigner d'elle. Dans l'état d'esprit où il se trouvait, elle représentait une tentation beaucoup trop grande.

Il fit deux pas en direction de la porte, puis s'arrêta.

Il n'aurait su dire ce qui l'avait poussé à s'immobiliser.

Peut-être éprouvait-il le besoin de se livrer à cette jeune femme qui semblait arriver à le faire parler si facilement. Peut-être le souvenir de l'intimité partagée durant leur danse était-il encore vif dans sa mémoire, au point même qu'il menaçait d'y rester gravé pour toujours.

Non, vraiment, il n'aurait su le dire.

Tout ce qu'il savait, c'était qu'il restait là, les yeux rivés au sol, et qu'il s'apprêtait à révéler un secret qu'il n'avait jamais confié à personne auparavant.

— Elle voulait avoir des enfants, vous savez.

Il se tourna vers Gail.

— Margaret. Elle voulait des enfants.

Gail se raidit imperceptiblement, se demandant si elle devait couper court à ses confidences avant qu'il ne lui ouvre son cœur. Elle sentait instinctivement qu'il le regretterait le lendemain matin.

Qu'il s'en voudrait de lui avoir révélé les rêves de son épouse disparue.

Mais peut-être ressentait-il le besoin de parler à quelqu'un. Après tout, elle était virtuellement une inconnue à ses yeux, quelqu'un qui sortirait de sa vie aussi vite qu'elle y était entrée.

Et qui ne croiserait sans doute plus jamais son chemin.

Son cœur se serra lorsqu'elle lut la douleur qui voilait son regard.

— Je ne savais pas, dit-elle doucement.

Blake acquiesça. Contournant le canapé, il vint s'asseoir à côté d'elle.

— Elle en voulait, oui. Nous nous étions mariés bien jeunes, et je l'avais persuadée d'attendre un peu.

Le remords et le chagrin perçaient dans sa voix, et elle comprit exactement ce qu'il pensait. Il se reprochait le fait que sa femme soit morte sans jamais avoir connu l'amour d'un enfant.

— Vous ne pouviez pas savoir que vous auriez un accident, ni qu'elle en mourrait. Personne ne peut connaître l'avenir.

Il secoua la tête en songeant qu'elle n'avait pas compris. C'était sa faute. Il ne s'était pas exprimé clairement.

— Il ne s'agissait pas de l'avenir, mais du présent, dit-il dans un soupir.

Elle le dévisageait, visiblement perplexe.

— Elle était enceinte, reprit-il avec émotion. Le soir où elle a été tuée… Margaret était enceinte.

Gail écarquilla les yeux.

Personne ne lui avait jamais révélé cela. Certes, elle n'avait pas été mêlée à l'enquête, ni aux recherches qui avaient été entreprises pour retrouver le chauffard. Elle n'avait été que l'officier de police qui, rentrant chez elle après son service, avait essayé de sauver la vie de deux personnes croisées par hasard.

— Vous en êtes sûr ?

Il hocha la tête.

— C'était la grande nouvelle qu'elle voulait m'annoncer ce soir-là. Elle me l'a dit alors que nous dînions, après que j'avais porté un toast à notre dixième anniversaire de mariage. Elle avait hâte que je le sache. J'aurais dû m'en douter quand elle a refusé de boire son apéritif.

Gail voyait la souffrance sur ses traits tirés. Il luttait pour ne pas s'y abandonner, pour ne pas verser les larmes qui brillaient dans ses yeux.

De son côté, elle croyait fermement aux vertus des larmes pour apaiser la douleur, se purger de ses émotions. Bien sûr, les hommes voyaient souvent la chose différemment, et elle avait l'intuition que Blake Kincannon n'était pas de ceux qui pleurent pour se délivrer.

Accepterait-il le réconfort d'autrui ?

Résisterait-il si elle l'entourait de ses bras, lui offrant la compassion à laquelle tout être humain a droit ?

Cessant de s'interroger, Gail prit dans ses bras l'homme qu'elle était censée protéger. Elle tint bon lorsque, dans un premier temps, il résista, cherchant à se dégager.

Le canapé l'y aida, ne fournissant à Blake aucune possibilité de reculer.

— Parfois, il n'est pas facile d'être celui qui reste, lui murmura-t-elle à l'oreille. Je suis désolée de ne pas avoir pu la sauver ce soir-là.

Blake se souvenait d'avoir perdu connaissance vers la fin, mais il avait pu observer les efforts de Gail durant les premières minutes.

Jamais il n'avait vu personne se donner autant de mal.

— Ce n'était pas votre faute, protesta-t-il en levant la tête vers elle. Vous n'avez rien à vous reprocher, bien au contraire.

Il tenait à l'assurer qu'elle n'était pas responsable de ce qui était arrivé.

Si coupable il y avait, c'était le conducteur de la voiture qui les avait percutés avant de s'évanouir dans le brouillard qui enveloppait ce soir-là la région tel un linceul.

— Si vous n'aviez pas été là, je serais mort moi aussi, ajouta-t-il. Je vous dois la vie.

Leurs regards se soudèrent l'un à l'autre.

L'attirance qu'il éprouvait et contre laquelle il luttait depuis le début le submergeait à présent, presque irrésistible.

Il était à peine capable de respirer.

— J'ai une dette envers vous, dit-il dans un souffle.

Puis sa voix s'éteignit.

L'instant d'après, Blake n'essayait plus de parler.

Gail non plus.

Un incendie s'était déclaré en même temps dans leurs veines, attisé par des sentiments trop forts pour être maîtrisés ou rester à l'arrière-plan.

Peut-être l'alcool avait-il eu raison de ses défenses. Peut-être, au contraire, lui avait-il donné l'impulsion nécessaire pour faire ce dont il avait envie.

Quoi qu'il en soit, Blake prit possession des lèvres de Gail.

Et scella son âme à la sienne.

12

Gail se flattait de ne jamais perdre le contrôle d'elle-même, de ne jamais s'emballer sur un coup de tête.

Durant toute sa scolarité, elle avait été considérée comme une rebelle par ses professeurs mais, même alors, elle avait toujours su rester maîtresse d'elle-même, quelles que soient les circonstances.

Le fait qu'elle aime prendre des risques et vivre sa vie à cent à l'heure ne signifiait pas qu'elle était écervelée. A aucun moment, elle n'avait perdu de vue ses objectifs.

Elle n'avait même jamais envisagé que cela puisse lui arriver.

Et encore moins qu'elle se moquerait alors des conséquences.

Au fond d'elle, Gail était pour toujours la fille d'une femme seule qui s'était consacrée à ses trois enfants, faisant de son mieux pour les élever en dépit des difficultés.

Elle était une petite fille abandonnée par son père. Pendant les deux premières décennies de sa vie, elle avait cru que l'absence de celui-ci était due au destin.

La confession de sa mère sur son lit de mort avait tout changé. Lorsque celle-ci leur avait révélé, à ses frères et à elle, qu'ils étaient le fruit d'une liaison et que leur père biologique les avait quittés, Gail s'était assagie.

Elle s'était appliquée à devenir une citoyenne solide, digne de respect.

Elle était devenue un roc.

Pourtant, en son for intérieur, elle ne faisait confiance à aucun homme hormis ses frères. Parce que les hommes partaient, abandonnaient leurs enfants.

Elle était bien placée pour le savoir.

Enfoui dans sa mémoire, tel un locataire indésirable, demeurait le souvenir de l'existence solitaire qu'avait menée sa mère. Celle-ci avait été une femme affectueuse et chaleureuse, au dévouement exemplaire. Pourtant, Gail avait senti que l'homme qui n'était pas là avait laissé un trou béant dans son cœur.

Cet homme qui avait refusé de rester à ses côtés.

Gail s'était juré de ne pas connaître un tel sort. Par conséquent, elle avait décrété qu'elle ne se permettrait jamais de tomber amoureuse, de se laisser entraîner sur un territoire inconnu d'où il lui serait impossible de revenir.

C'était une résolution toute simple.

Inébranlable.

Que faisait-elle donc là, alors, à se laisser embrasser par cet homme à la bouche si sensuelle ?

Pis encore, pourquoi lui rendait-elle son baiser ?

Et pourquoi désirait-elle davantage ?

Ce n'était certainement pas ainsi qu'elle se protégerait. Au contraire, s'abandonner ne mènerait qu'au désastre. Non seulement elle perdrait la bataille, mais aussi la guerre.

Et pourtant, alors même que sa raison lui hurlait de mettre fin à cette folie, de s'extraire de ces sables mouvants tant qu'il en était encore temps, elle ne pouvait se résoudre à lui obéir.

Elle était incapable de s'éloigner de Blake.

Au contraire.

Elle n'avait qu'une envie, et c'était d'attiser les flammes qui la consumaient.

Elle n'avait jamais rien désiré autant que faire l'amour avec cet homme. Chaque parcelle de son corps le réclamait, l'exigeait.

Elle était en train de perdre la tête, songea-t-elle. Peut-être avait-elle attrapé la grippe ou un quelconque virus qui lui perturbait le cerveau, qui la poussait à se comporter d'une manière qui lui était totalement étrangère.

Peut-être…

Blake se recula alors, créant entre eux un espace qui fit à Gail l'effet d'un gouffre.

Choquée, elle prit une brève inspiration, savourant encore le goût de sa bouche sur ses lèvres.

Puis elle leva les yeux vers lui et s'efforça de mettre de l'ordre dans ses pensées, de retrouver sa résolution en même temps que son souffle. Surtout, elle s'efforça de lutter contre le sentiment de manque qui menaçait de l'engloutir tout entière et de la briser en mille morceaux.

Blake lui parlait.

Elle voyait bouger ses lèvres, mais son cerveau n'enregistrait aucune des paroles qu'il prononçait. Au prix d'un effort, elle se concentra davantage.

— Nous ne pouvons pas faire ça, disait-il.

Elle aurait dû remercier le ciel que l'un d'eux au moins ait encore un semblant de bon sens. Un soupir lui échappa, où se mêlaient le soulagement et une immense déception. Le désir qu'elle éprouvait était presque insoutenable.

— Non, dit-elle d'une voix rauque.

Il se leva mais, au lieu de lui souhaiter bonne nuit et de s'en aller, il la prit par la main, l'encourageant à se lever à son tour.

Pourquoi ?

— Viens avec moi.

C'était à la fois une prière et une question.

Le pouls de Gail s'emballa de nouveau. Elle eut l'impression que le sol se dérobait sous ses pieds et qu'elle tombait en chute libre.

Elle le dévisagea.

— Mais… tu viens de dire que nous ne pouvons pas faire ça.

— J'ai dit « pas faire ça ici », répéta Blake en insistant sur le dernier mot, celui qu'elle n'avait pas entendu la première fois. Nous ne pouvons pas rester ici. Mon père a parfois des insomnies et il lui arrive de descendre dans la cuisine boire quelque chose.

— Oh !

Gail se rendit compte qu'elle tremblait. Que lui arrivait-il ?

Elle avait connu des situations où sa vie avait été en danger, et jamais elle n'avait réagi ainsi.

— Donc, tu ne voulais pas arrêter de m'embrasser ?

— Je préférerais mourir, répondit-il honnêtement.

Puis, soudain, il se demanda s'il avait bien interprété sa question.

— A moins que tu ne veuilles plus que je t'embrasse.

Il lui laissait le choix, ainsi, songea-t-elle. Il lui donnait l'impression qu'il se plierait sans discuter à sa décision, quelle qu'elle soit.

Etait-ce parce que cela n'avait aucune importance pour lui ? Parce que cela lui était égal ?

Gail se refusa à endosser la responsabilité du choix. Elle lui renvoya la balle.

— Tu veux m'embrasser ?

Le sourire sexy qui s'épanouit sur les lèvres de Blake lui donna sa réponse.

Gail éprouva l'envie subite de nouer les bras autour de son cou et de sceller sa bouche à la sienne. Une vague de chaleur la submergea.

— Je crois que j'ai déjà répondu à cette question, Gail.

Pourtant, au lieu de l'embrasser de nouveau, il se contenta de nouer ses doigts aux siens.

— Viens avec moi.

— Où ?

Cette question était-elle vraiment aussi stupide qu'elle semblait l'être à ses propres oreilles ? se demanda-t-elle dès qu'elle l'eut formulée.

— Dans ma chambre, répondit-il doucement.

Elle se laissa emmener.

Elle songea vaguement aux rats et aux petites souris ensorcelés par le joueur de flûte dans la légende. Tout le monde savait ce qu'il leur était arrivé.

Ils avaient péri noyés dans la rivière.

Pourtant, elle ne put résister. C'était comme si son cerveau était paralysé. Elle n'éleva pas la moindre objection. Ne pensa pas même à prétexter, par exemple, qu'il était contraire à l'éthique de dormir avec l'homme qu'elle était censée protéger.

Dormir ?

Comme si elle avait l'intention de dormir !

Perdue dans un rêve, Gail monta les marches avec Blake, le corps vibrant d'impatience et d'excitation à la perspective de passer la nuit avec lui.

Rien ni personne n'aurait plus pu la pousser à faire marche arrière.

Blake ouvrit la porte de sa chambre puis s'arrêta sur le seuil au lieu d'entrer et la regarda.

Une fois à l'intérieur, Gail ne pourrait plus se raviser, elle le savait.

Sans un mot, il attendit sa décision.

Elle prit une profonde inspiration. Elle avait parfaitement conscience qu'elle aurait dû mettre un terme à ce moment de folie, mais se sentait incapable de le faire.

Le cœur battant à tout rompre, elle entra dans la chambre, scellant silencieusement son destin.

Blake la suivit et referma la porte.

Blake se pencha vers Gail pour l'embrasser, promenant lentement les mains sur les courbes de son corps comme s'il cherchait à en graver les contours dans sa mémoire, comme s'il se familiarisait avec un monde nouveau.

Il fit glisser le bustier de sa robe bleue sur ses épaules, la passion et le désir se mêlant en lui, exigeant satisfaction. Pourtant, il n'était pas le genre d'homme à se laisser dominer par des besoins physiques.

Il n'avait jamais eu de goût pour les aventures sans lendemain, même avant de rencontrer Margaret.

Pour lui, il était important de connaître une femme avant d'avoir des relations intimes avec elle. A ses yeux, l'acte d'amour n'était pas une simple succession de gestes mécaniques. Il devait s'accompagner d'une complicité de l'âme.

Sans cela, il ne signifiait rien.

Mais en cet instant précis, il ressentait le besoin de chasser toute pensée consciente de son esprit, comme s'il redoutait d'y voir surgir des images de Margaret et de lui. Il ne voulait pas avoir le sentiment de trahir sa femme décédée, car cela l'empêcherait de se donner entièrement.

Et il tenait à se donner entièrement.

Il avait accompli un long chemin, avec Gail. Il n'était plus question de reculer. Il y avait chez elle quelque chose de différent. Quelque chose qui l'attirait comme un aimant.

Qui lui redonnait la soif de vivre et de se sentir vivant.

Très doucement, il fit descendre la robe bleue jusqu'à la taille de Gail. L'espace d'un instant, il resta immobile, la dévorant des yeux. Puis il tira sur le tissu moulant et le fit glisser sur ses hanches, puis sur ses cuisses. La robe soyeuse tomba sur le sol.

Gail se tint devant lui, portant ses chaussures à talons, un soutien-gorge bleu pâle sans bretelles et un slip minuscule en dentelle assorti.

Son arme était encore dans l'étui attaché à sa cuisse.

Blake déglutit avec peine. Jamais il n'avait vu de scène aussi sexy.

Il se pencha et prit sa bouche.

Il sentit que ses lèvres souriaient contre les siennes et se demanda ce qui l'amusait.

Elle recula juste un peu, les yeux pétillant d'humour.

— Je crois que, par mesure de sécurité, je devrais retirer mon arme.

Il éclata de rire et acquiesça, la lâchant temporairement.

— Bonne idée.

En quelques secondes, elle défit l'étui, puis le posa avec le pistolet sur la table de nuit.

Sans perdre une seconde, Blake l'attira de nouveau dans ses bras et se mit à déposer une pluie de baisers sur ses épaules et au creux de son cou, tout en dégrafant son soutien-gorge en dentelle pour lui embrasser les seins.

A présent, son corps tout entier vibrait de désir. D'une

main tremblante, il fit glisser doucement le slip de Gail sur ses hanches, l'envoyant rejoindre le reste de ses vêtements sur le sol.

Puis il la contempla longuement, le souffle coupé. Elle était incroyablement belle, encore plus belle qu'il ne l'avait imaginé.

— A ton tour, murmura-t-elle en soutenant son regard.

Blake la dévisagea, un instant perplexe. Plutôt que de lui fournir des explications, Gail se mit en devoir de lui retirer sa veste, son nœud papillon, sa chemise blanche, puis ses chaussures, et enfin son pantalon et ses chaussettes.

Elle marqua une pause afin de l'admirer, caressant son torse puissant. Elle s'était doutée qu'il se maintenait en forme, mais pas à ce point. Les muscles de son abdomen et de ses bras étaient comme sculptés dans le roc.

— Tu fais de l'exercice ? demanda-t-elle, curieuse.

Jamais il ne s'était rendu au gymnase depuis qu'elle assurait sa protection et, pour autant qu'elle le sache, il ne disposait pas d'équipement spécial à la maison.

— Des abdos, répondit-il simplement, mettant fin au mystère.

Gail sourit et acheva de le dévêtir en un temps record. Après quoi, elle ôta ses escarpins.

Ils étaient nus l'un et l'autre.

Vulnérables tous les deux.

A peine eut-elle fini de le déshabiller que Blake l'attira à lui, pressant les lèvres au creux de son cou. Le sang se mit à bouillir dans ses veines et un désir violent la submergea.

Ils tombèrent sur le lit, les membres entremêlés par la passion qui les poussait l'un vers l'autre.

Gail gémit de plaisir sous ses caresses. A chacun des baisers de Blake sur ses seins, elle sentait se rapprocher l'extase.

Elle s'abandonna aux sensations, éprouvant un mélange d'impatience et de crainte. Et si le regret et le remords allaient succéder à l'euphorie ?

Puis elle n'eut pas le choix. Son corps avait pris le pas sur sa raison et, brusquement, une explosion de plaisir la secoua. Au lieu de se dissiper aussi vite qu'elle était venue, comme elle s'y attendait, elle fut suivie d'un nouvel orgasme, puis d'un autre encore.

L'espace d'un moment, elle crut que ces vagues de plaisir ne cesseraient jamais.

Elle n'allait pas s'en plaindre.

Partout où Blake posait ses lèvres, c'était comme si un feu d'artifice explosait, se répercutant dans toutes les fibres de son être.

A bout de souffle, elle se demanda combien de temps elle pourrait tenir avant que l'épuisement ne la gagne. Sa peau était moite de sueur. Attirant Blake à elle, Gail parvint à inverser leur position et se mit à califourchon sur lui.

Elle commença à onduler lentement contre lui et le désir intense qu'elle lisait dans les yeux de Blake ne fit que l'exciter davantage.

L'instant d'après, il la saisit par les bras et, dans un mouvement fluide, reprit place au-dessus d'elle. Gail ne le quittait pas des yeux, fascinée. Elle découvrait un homme passionné, dont elle n'avait jamais soupçonné l'existence.

« Vraiment ? » murmura une petite voix ironique au fond d'elle. Gail la fit taire aussitôt.

Il noua ses doigts aux siens, puis lui fit lever les bras au-dessus de la tête. Haletante, elle s'arqua à sa rencontre.

Il la pénétra d'une seule poussée et ils ne firent plus qu'un, unis par un seul et même désir.

Blake se mit à aller et venir, lentement d'abord, puis accentua son rythme. Au comble de l'excitation, Gail épousait chacun de ses mouvements.

Et puis ce fut une course, motivée non par la compétition mais par le désir d'atteindre ensemble le plaisir.

Lorsque l'orgasme les secoua, Gail dut se mordre la lèvre pour ne pas crier.

Elle était hors d'haleine, et Blake aussi.

Elle sentit qu'il l'étreignait, que ses bras se refermaient plus étroitement autour d'elle. Jamais elle ne s'était sentie à ce point en sécurité, protégée de tout et de tous.

Comme si rien ne pouvait lui faire de mal.

Et que son cœur aussi était à l'abri.

Ce n'était qu'une illusion, elle le savait, mais elle s'y cramponna néanmoins. La savoura. L'espace d'un instant, elle feignit de croire que c'était réel et que cela durerait jusqu'à la fin de ses jours.

Au bout d'un moment, Blake changea de position et roula sur le dos, l'entraînant avec lui.

Elle fut surprise qu'il continue à la serrer contre lui. Surprise et heureuse, même si elle n'allait pas le lui avouer. L'expérience lui avait appris que les hommes n'aimaient guère faire la conversation après l'amour. En général, les femmes bavardes leur donnaient plutôt envie de prendre leurs jambes à leur cou.

— Est-ce que tu offres ce service à tous ceux qu'on te charge de protéger ? murmura-t-il d'un ton taquin à son oreille.

Gail aurait dû être épuisée par leurs ébats, mais le souffle de Blake sur son cou suffit à réveiller son désir.

Il attendait qu'elle réponde à sa question. Elle haussa les épaules avec désinvolture.

— C'est ma première mission en tant que garde du corps. J'improvise au fur et à mesure.

— Je vois.

Il la caressa du bout des doigts, pianotant sur sa peau.

— C'est une approche innovatrice.

Elle se demanda s'il parlait sérieusement.

— Tu as des réclamations ?

— Rien ne me vient à l'esprit dans l'immédiat, répondit-il avec un rire. A vrai dire, je suis incapable de penser. C'est comme si tu m'avais court-circuité le cerveau.

Elle se redressa à demi, posa le menton sur son torse et le regarda.

— Peut-être que ton cerveau en a profité pour se reposer, puisqu'il n'avait rien à faire.

— Oh ! Il était très actif, au contraire, assura-t-il. Tu n'as jamais entendu dire que le cerveau était l'organe le plus sexuel du corps humain ?

Elle inclina la tête, et le regarda de nouveau, un sourire espiègle aux lèvres.

— Il me semble avoir entendu dire ça, oui. Tu veux qu'on fasse un test ?

Avant qu'il n'ait eu le temps de répondre, elle reprit :

— Vous voulez penser, monsieur le juge ? Ou préférez-vous agir ?

En guise de réponse, Blake passa une main derrière la nuque de Gail et l'attira vers lui pour prendre possession de sa bouche.

Le baiser la fit vibrer de tout son être.

Dans le même temps, elle sentit le désir de Blake se réveiller, son membre durcir contre elle.

— Je tiens ma réponse, murmura-t-elle contre ses lèvres avant d'aborder le deuxième round.

Et de se perdre complètement en lui.

13

D'ordinaire, Blake dormait mal. Depuis que Margaret était morte, il se réveillait au moins deux fois par nuit. Il avait fini par accepter que les choses soient ainsi, tout comme il s'était résigné à l'idée ne plus jamais éprouver de sentiments pour une femme.

Il s'était trompé sur les deux points.

Après avoir fait l'amour avec Gail une seconde fois, il avait sombré dans le sommeil et dormi jusqu'au matin sans la moindre interruption.

Il n'avait même rien remarqué lorsqu'elle s'en était allée.

Lorsqu'il émergea enfin, il tendit la main vers elle et ne rencontra que le vide. Les draps étaient frais au toucher, ce qui signifiait qu'elle était partie depuis un certain temps.

Il se redressa et s'aperçut qu'elle avait emporté ses vêtements. Elle avait aussi accroché sa chemise et son smoking sur un cintre et plié ses chaussettes et sous-vêtements avant de les poser sur une chaise.

C'était comme s'il ne s'était jamais rien passé.

Peut-être était-ce l'effet qu'elle recherchait, songea-t-il. Peut-être avait-elle éprouvé le besoin de nier ce qui était arrivé entre eux.

Ne sachant au juste ce qu'il ressentait, Blake se passa la main sur le visage. La plupart des hommes auraient été soulagés de constater qu'on n'attendait rien d'eux, qu'on n'allait pas exiger d'eux le moindre engagement, la moindre relation à long terme.

Or, il n'était pas comme la plupart des hommes.

Certes, en faisant comme s'il ne s'était rien passé, il ne

serait pas forcé d'admettre qu'il avait été infidèle au souvenir de sa femme.

Il avait craint que cela ne pèse lourdement sur lui après avoir fait l'amour, une fois son désir et sa passion assouvis, mais pour le moment, bien qu'encore fragile sur le plan émotionnel, il ne se sentait pas écrasé par un sentiment de culpabilité.

Peut-être était-il toujours sous le choc, se dit-il en se levant. Après tout, il avait été prêt à passer le reste de sa vie tout seul. Il ne lui était jamais venu à l'esprit qu'il pourrait aimer quelqu'un d'autre, car il avait cru qu'on ne pouvait espérer rencontrer l'amour qu'une seule fois dans sa vie.

Oui, il s'était bien trompé.

La nuit précédente n'aurait jamais eu lieu s'il n'avait éprouvé des sentiments profonds pour celle avec qui il l'avait partagée.

D'aussi loin qu'il se souvienne, il avait toujours eu besoin de ressentir plus qu'une simple attirance physique pour avoir des relations intimes avec une femme. Même si, bien sûr, le désir comptait beaucoup.

Il se dirigea vers la douche en souriant. La veille au soir, cela avait même été une explosion de désir…

Il fit couler l'eau en se concentrant sur cette idée, s'efforçant de ne pas penser au fait qu'il avait baissé sa garde et laissé entrer la notion d'amour dans son esprit.

Moins d'un quart d'heure plus tard, il était habillé et descendait l'escalier. L'odeur du café l'accueillit à mi-chemin.

Il serait si facile de s'habituer à cela, songea-t-il. Ces deux dernières années, il avait oublié le plaisir qu'il y avait à respirer l'odeur du café et du petit déjeuner qu'on préparait. Depuis que Gail avait été assignée à sa protection, le café et le petit déjeuner étaient redevenus la norme.

Il s'exhorta cependant à la prudence. Gail n'était pas destinée à rester dans sa vie de manière permanente. Dès que Munro aurait retrouvé sa place derrière les barreaux, elle s'en irait et cette pensée le tourmentait plus qu'il n'aimait se l'avouer.

Il atteignit le bas de l'escalier et vit Gail dans le salon, en train de plier la literie qu'elle avait utilisée. Il était évident qu'elle avait terminé la nuit là.

Pourquoi ?

— Tu ne voulais pas rester avec moi ? demanda-t-il en entrant.

Gail tressaillit. Elle n'avait pas rêvé, après tout. Elle avait bel et bien senti sa présence derrière elle.

S'efforçant de ne pas rougir, elle jeta un coup d'œil vers lui par-dessus son épaule. Elle avait quitté le lit de Blake vers une heure du matin, mais des fragments d'images et de sensations s'étaient bousculés dans son esprit jusqu'à l'aube.

Elle avait encore moins dormi que d'ordinaire.

Comment réagirait-il maintenant après ce qui s'était passé entre eux ? Malgré son émotion, elle s'obligea à adopter un ton neutre.

— Je suis censée être ton garde du corps, souviens-toi.

— Tu n'aurais pas pu le garder plus étroitement que la nuit dernière, lui rappela-t-il.

Etait-ce de l'humour qui perçait dans sa voix ? Et si oui, devait-elle y voir un bon ou un mauvais signe ?

Gail s'humecta les lèvres. Dans un cas comme dans l'autre, autant aller droit au but.

Elle s'éclaircit la gorge.

— A propos d'hier soir…

Ne sachant à quoi s'attendre, Blake resta immobile. Il n'était pas habitué à ce genre de situation.

— Oui ?

Elle planta son regard dans le sien.

— Si tu veux changer de garde du corps, tu en as parfaitement le droit.

Il la dévisagea, essayant de déchiffrer ce qu'elle voulait dire exactement.

— Je ne comprends pas. Pourquoi le voudrais-je ?

Elle haussa les épaules.

— Je ne sais pas. Au cas où tu serais mal à l'aise parce que…

Elle laissa sa phrase en suspens, incapable de trouver les mots qu'elle cherchait.

Il demeura silencieux un instant, puis esquissa un léger sourire.

— Il me semble que c'est toi qui n'es pas très à l'aise.

Il avait raison, convint Gail. En fait, elle était plus que mal à l'aise. Gênée par les émotions qu'il avait éveillées en elle la veille au soir, gênée par la facilité avec laquelle elle avait capitulé face à elles. D'ordinaire, elle savait se montrer plus forte.

Elle aurait dû essayer de lui résister, tout de même ! Il n'était de toute évidence pas le genre d'homme qui aurait profité de la situation. Il aurait reculé si elle avait dit non. Elle avait eu plus d'une occasion de l'arrêter avant que les choses n'aillent trop loin. Au lieu de cela, elle avait fait de son mieux pour l'encourager.

— J'aurais dû mieux me contrôler, admit-elle enfin.

Elle eut l'impression qu'il plongeait les yeux dans son âme et y voyait tous ses secrets.

— Tu ne m'as pas violé, répondit-il avec humour. Il me semble que nous étions tous les deux maîtres de nous-mêmes et consentants.

Gail lut entre les lignes. Il était évident que Blake faisait allusion à leurs ébats. Pas elle. Ce qu'elle voulait dire, c'était qu'elle n'aurait pas dû laisser les événements de la nuit dernière se produire.

Le seul fait de penser à ces moments qu'ils avaient passés ensemble suffisait à faire s'accélérer les battements de son cœur. Que diable lui arrivait-il ?

— Vous rougissez, inspecteur O'Brien, reprit Blake d'un ton amusé.

Elle secoua la tête, et ses cheveux volèrent autour de ses épaules.

— Il fait très chaud, ici, marmonna-t-elle vaguement.

De peur de se trahir, elle évita son regard.

— Il faut que j'aille terminer le petit déjeuner, sinon nous allons être en retard, continua-t-elle en passant devant lui pour se diriger vers la cuisine.

Blake lui emboîta le pas.

— Mon père ne les surveille pas pour toi ?

— Non. Je ne l'ai pas encore vu, ce matin. Il a dit à Jeff hier soir qu'il se sentait fatigué, ajouta-t-elle, répétant ce que lui avait confié son partenaire avant de s'en aller. Peut-être qu'il a décidé de faire la grasse matinée.

Blake fronça les sourcils. Son père avait coutume de se lever à l'aube.

— Ça ne lui ressemble guère, commenta-t-il. Mais après tout, je suppose que je n'étais pas moi-même non plus, hier soir.

Elle franchit le seuil de la cuisine et lui lança un regard de biais.

— Tu as des regrets ? demanda-t-elle en s'efforçant tant bien que mal de paraître désinvolte.

— Peut-être.

Cette fois, elle le regarda bien en face.

— Je regrette de ne pas l'avoir fait plus tôt, ajouta-t-il.

Gail faisait de son mieux pour maintenir une distance émotionnelle entre eux mais, en son for intérieur, elle ne pouvait s'empêcher de rêver à une autre nuit avec lui. Etait-elle donc en train de perdre la tête ? Elle ne se conduisait pas ainsi en temps normal. Que lui avait-il fait ?

— Il y a deux ans que…, commença-t-elle.

Réalisant qu'elle l'avait mal compris. Blake ne lui laissa pas le temps de finir.

— Je regrette de ne pas l'avoir fait plus tôt *avec toi*, précisa-t-il en songeant à l'instant où elle s'était élancée par-dessus son bureau pour lui servir de bouclier.

Leurs yeux se rencontrèrent et Gail fut soudain incapable de respirer. La gorge nouée, elle sut qu'elle lui avait donné son cœur.

Malgré tout, elle tenta de se raisonner. Elle ne devait pas s'engager, sans quoi elle ne souffrirait que davantage lorsque tout serait terminé.

A quoi bon se leurrer ?

Le mal était fait ; elle souffrirait de toute façon. Elle était déjà au bord de la douleur.

Elle changea de sujet.

— Peut-être que tu devrais aller dire à ton père que le petit déjeuner sera bientôt prêt.

Il acquiesça.

— Peut-être, oui.

Pourtant, au lieu de s'éloigner, il resta là, cherchant comment formuler ce qu'il s'apprêtait à dire. D'ordinaire, l'éloquence ne lui faisait pas défaut, mais il manquait d'expérience dans ce genre de situation.

Il n'était pas homme à exposer ses sentiments, mais il sentait que Gail avait besoin d'être rassurée.

— Je veux que tu saches que j'ai… beaucoup apprécié la nuit dernière.

Gail prit une longue inspiration, comme si cela allait l'aider à recouvrer son calme. Elle avait failli à son devoir. Point à la ligne.

— Moi aussi. N'empêche que je ne me suis pas conduite de manière appropriée.

S'imaginait-elle qu'il allait se plaindre auprès de ses supérieurs ?

— En ce qui me concerne, tu t'es conduite de manière parfaite, assura Blake.

Sur quoi il tourna les talons et se dirigea vers l'escalier, laissant Gail à ses pensées.

Pourquoi diable fallait-il que la vie soit aussi compliquée ? se demanda-t-elle avec un soupir en commençant à battre les œufs.

Si elle avait rencontré Blake dans des circonstances différentes, la veille au soir aurait pu être le début d'une relation plutôt qu'une simple aventure.

Une aventure qu'elle aurait donné cher pour revivre au moins une fois, se dit-elle en ouvrant le réfrigérateur pour y prendre le beurre.

Mais alors…

Elle se redressa brusquement. Elle aurait juré que quelqu'un venait de crier son nom.

Blake l'appelait-il ou son imagination lui jouait-elle des tours ?

Non, c'était bien la voix de Blake. Pressante. Seigneur ! Que se passait-il ?

En un clin d'œil, elle éteignit la gazinière et repoussa la poêle, puis courut hors de la pièce. En passant devant la console de l'entrée, elle attrapa son arme, au cas où.

Quelques secondes plus tard, elle était à l'étage.

— Blake ?

Elle se mordit aussitôt la lèvre. Elle aurait dû l'appeler « monsieur le juge ». Elle était en mission, tout de même !

Les complications commençaient. Une fois les limites d'une relation devenues floues, il était difficile de les redéfinir.

— Par ici !

Redoutant le pire, elle se hâta dans la direction d'où venait sa voix, braquant son pistolet devant elle, prête à faire feu.

Il était dans la chambre de son père. Gail vit immédiatement Alexander Kincannon, allongé sur le sol, sans connaissance. Les mains rassemblées sur la poitrine du vieil homme, Blake était en train de lui faire un massage cardiaque.

— Appelle une ambulance ! cria-t-il. Je crois qu'il a une crise cardiaque.

Malgré sa stupeur, Gail réagit promptement. Elle téléphona aussitôt au commissariat, citant son matricule et les circonstances de l'incident.

Cela fait, elle referma l'appareil et le remit dans sa poche.

— Les secours arrivent tout de suite.

Elle s'avança vers lui tandis qu'il continuait à essayer de ranimer son père.

— Que s'est-il passé ?

Blake secoua la tête.

— Je ne sais pas. Comme il ne répondait pas quand j'ai frappé à sa porte, j'ai ouvert et je l'ai trouvé là.

Il savait que le temps pressait. Plus tôt son père serait soigné, plus il aurait de chances de s'en sortir.

— J'ignore depuis combien de temps il est inconscient, reprit-il.

Gail se pencha vers le vieil homme et appuya deux doigts contre sa gorge, cherchant le pouls. Il était faible, mais présent.

Elle se redressa, soulagée.

— Il respire.

— Oui, mais il gît peut-être là depuis des heures, dit Blake, visiblement inquiet.

— Pas depuis toute la nuit, assura-t-elle. Quand je suis descendue, je l'ai entendu bouger dans sa chambre. Il devait être entre 1 et 2 heures.

Blake baissa les yeux sur sa montre sans cesser les massages cardiaques.

— Il est 6 heures. Et s'il est tombé à ce moment-là, il y a cinq heures qu'il…

Gail posa la main sur son épaule.

— Ne va pas imaginer le pire, conseilla-t-elle d'un ton apaisant.

Reportant son attention sur Alexander, elle crut discerner un léger mouvement.

Aussitôt, elle se pencha de nouveau vers lui.

— Regarde ! Il essaie d'ouvrir les yeux. Je suis sûre d'avoir vu ses paupières bouger.

Blake se redressa en poussant un soupir de soulagement. Il avait cru voir la même chose que Gail, mais s'était demandé s'il l'avait imaginé.

Dieu merci, son père semblait reprendre conscience. Avec un peu de chance, il allait se rétablir.

Blake songea à l'angoisse qui l'avait étreint lorsqu'il était entré dans la chambre. L'espace d'un terrible moment, il avait cru que le vieil homme était mort.

Sa première pensée avait été que Munro était parvenu à découvrir son adresse.

Si le criminel s'était introduit dans la maison et s'il avait tué son père, Blake n'aurait jamais pu se le pardonner.

Cependant, un rapide examen lui avait suffi pour constater que son père n'avait pas été agressé. Il n'y avait pas de sang, ni aucune trace de lutte. Aussitôt, une autre hypothèse s'était imposée à son esprit, et elle n'était pas vraiment plus réjouissante.

Blake savait que son grand-père paternel était mort d'une crise cardiaque alors qu'il était encore relativement jeune. Gunny s'était vanté quelques jours plus tôt d'avoir déjà vécu plus longtemps que lui. En temps normal, Blake n'était pas superstitieux, mais là, c'était comme si son père avait tenté le diable.

Le hurlement d'une sirène se fit entendre au loin, devenant de plus en plus distinct. Les secours n'allaient pas tarder.

— Papa ? cria Blake en se penchant vers son père. Papa, tu m'entends ?

Les lèvres du vieil homme remuèrent et un murmure lui échappa.

Agenouillée à côté de lui, Gail tendit l'oreille pour comprendre. Il parlait trop bas.

— Vous pouvez répéter, Gunny ? demanda-t-elle d'une voix délibérément forte.

— … pas… sourd…, répondit-il dans un souffle.

Il était évident qu'il faisait allusion au fait que Blake avait crié pour s'adresser à lui.

Blake secoua la tête.

— Il est toujours aussi grincheux, observa-t-il. C'est bon signe.

— Très bon signe, acquiesça Gail en lui tapotant l'épaule avant de se relever. Je vais faire entrer les ambulanciers.

Plus tard, Blake serait incapable de dire s'il avait répondu que c'était une bonne idée ou s'il l'avait seulement pensé. Toute son attention était fixée sur le visage livide de son père. Il ne songeait qu'à le garder en vie.

— Tiens bon, papa. Les secours sont là.

— Pas besoin… de secours… Un peu de… repos… c'est tout.

Les mots venaient péniblement, un à un, comme si on les extrayait à l'aide de pinces rouillées.

— Si tu ne veux pas te reposer pour l'éternité, tu vas devoir accepter l'aide qu'on te proposera, répliqua Blake d'un ton sévère. Je ne suis pas encore prêt à te laisser partir, tu comprends ?

— Pourquoi ? Tu as une jolie… remplaçante… qui attend… en coulisses.

Blake n'allait certainement pas passer aux aveux à un moment pareil.

— Tu ne sais pas ce que tu dis, papa.

Il aurait juré que son père essayait de sourire.

— Je… l'ai vue… sortir… de ta chambre… ce matin.

— Tu as dû rêver, répondit Blake fermement.

Ce n'était vraiment pas le moment d'aborder cette question. Lorsque son père irait mieux, et une fois qu'il saurait si la jolie policière et lui avaient un avenir, ils auraient tout le loisir d'en discuter.

Pour l'instant, une seule chose comptait, et c'était que son père soit hors de danger.

— Garde tes forces pour quelque chose d'important — comme respirer par exemple.

Quelques secondes plus tard, deux ambulanciers entraient en hâte dans la chambre. L'un d'eux portait une civière qu'ils déplièrent à côté d'Alexander.

Blake se leva pour leur faire de la place, observant chacun de leurs gestes.

— Il va se rétablir, assura Gail d'une voix ferme et confiante.

Elle posa la main sur son épaule, lui apportant un réconfort silencieux.

Blake recouvrit sa main de la sienne, comme pour s'imprégner de la foi qui semblait l'habiter.

Un nœud d'angoisse s'était formé au creux de son estomac. Il voulait la croire, mais il avait toujours été réaliste. Et un réaliste sait que la tragédie peut survenir en un instant.

Ça lui était déjà arrivé une fois.

L'histoire allait-elle se répéter ?

14

— Tu vois, je t'avais bien dit que tout allait s'arranger ! rappela Gail à Blake d'une voix enjouée.

Douze heures s'étaient écoulées, et ils rentraient enfin à la maison. Le matin même, Blake était parti dans l'ambulance avec son père tandis qu'elle les suivait au volant de sa voiture.

Dès que le médecin des urgences leur avait fait part de son pronostic, elle avait contacté le commissariat afin d'informer son capitaine, le chef de la police et Jeff des derniers événements. Elle avait ajouté que le juge était inquiet, mais qu'il affrontait la situation avec calme.

Dans l'après-midi, Alexander Kincannon avait été déclaré hors de danger. Ils l'avaient laissé, bien conscient et plus grognon que jamais, dans le service de cardiologie de l'hôpital d'Aurora. La soirée qu'ils y avaient passée la veille semblait bien loin.

Le monde était décidément bien petit, songea Gail en quittant le parking des urgences. Un des cardiologues avec qui ils avaient bavardé lors du gala était justement de service ce matin-là, et c'était lui qui s'était occupé du père de Blake.

Blake ne parut guère impressionné par sa prédiction. Surtout parce que ce n'était pas une prédiction.

— Tu as dit ça parce que c'est ce que tout le monde dit pour rassurer les autres dans ce genre de moments.

— Non, répondit-elle en ralentissant à l'approche d'une intersection. Je l'ai dit parce que je sentais vraiment que ton père allait s'en sortir. Gunny est fort comme un bœuf, et pour l'essentiel, il est en très bonne santé.

— Il y a tout juste trois semaines qu'il s'alimente de

nouveau sainement, commenta Blake. Et ce grâce à toi. Avant que tu n'arrives, nous ne mangions que des plats à emporter. D'ailleurs, tu le sais.

Elle avait cru que cette histoire de plats à emporter n'avait été qu'une aberration temporaire. Il était difficile de croire que deux hommes adultes, intelligents, puissent être incapables de faire un minimum de cuisine.

— Sans blague ?

Blake eut un petit rire.

— Sans blague. Tu as changé sa vie. Notre vie, rectifia-t-il avant de s'interrompre brusquement.

Peut-être en avait-il trop dit. Il n'était pas sûr d'être prêt à faire ce genre d'aveu.

— C'est gentil de me dire ça, murmura-t-elle comme à sa propre intention.

Accélérant de nouveau, elle changea de voie et dépassa une Cadillac beige qui roulait au pas devant eux.

— Ton père devrait être sur pied d'ici à quelques jours, assura-t-elle.

C'était aussi ce qu'avait dit le médecin, mais Blake n'y croyait pas encore vraiment.

— Si c'est le cas, pourquoi ont-ils refusé que je le ramène à la maison ? Pourquoi le maintiennent-ils en soins intensifs ?

— Parce que c'est la procédure habituelle, voilà tout. Chaque personne ayant connu un incident de ce genre est automatiquement placée sous surveillance pendant vingt-quatre heures. Les médecins veulent garder le patient en observation, histoire de s'assurer qu'il n'y a pas de complications.

Blake eut l'impression que Gail savait exactement de quoi elle parlait.

— Tu es déjà passée par là ?

Elle hocha la tête d'un air sombre.

— Avec un de mes collègues, Ray Walker, précisa-t-elle. Il aurait dû prendre sa retraite il y a des années, mais il avait peur de se retrouver entre quatre murs sans personne à qui parler. Il a fini par persuader le chef de le garder un peu plus longtemps. Un jour, il a voulu poursuivre un voleur deux fois plus jeune que lui et il a fait une crise cardiaque. Par chance, il a été transporté à l'hôpital à temps.

Blake la regarda, visiblement intrigué.

— Il travaille toujours ?

Gail secoua la tête.

— Après cela, il a été obligé de prendre sa retraite. Ses supérieurs ne lui ont pas laissé le choix.

Il connaissait d'anciens juges qui, n'ayant jamais eu de passe-temps, s'éteignaient tout doucement à partir du moment où cessait leur activité professionnelle. Leur vie n'avait plus de but. Certains mouraient moins d'un an après avoir quitté le barreau. L'un d'eux y avait à peine survécu deux mois.

— Comment a-t-il réagi ?

Gail sourit.

— Pas trop mal. Je lui ai offert un des chiots de Hussy pour qu'il ait un peu de compagnie.

Elle avait rendu visite à Walker peu de temps avant d'être affectée à la protection du juge. Le maître et son chien se portaient à merveille. Rien n'aurait pu lui faire davantage plaisir.

Blake hocha la tête en souriant lui aussi.

— Si je comprends bien, tu passes ton temps libre à faire le bien autour de toi ?

Gail haussa les épaules. S'employer à rendre les gens heureux ne lui semblait pas être une mauvaise chose.

— La vie est bien assez difficile comme ça. Pourquoi ne pas essayer de la rendre plus supportable pour ceux qui nous entourent ?

Blake ne put s'empêcher de penser que Margaret aurait aimé Gail. Sans doute seraient-elles devenues de bonnes amies. Bizarrement, cette pensée lui fit chaud au cœur.

— Eh bien, tu as réussi avec mon père, commenta-t-il en pensant aux semaines qui venaient de s'écouler.

Puis il hésita un peu avant d'ajouter à mi-voix :

— Et avec moi.

Une fois de plus, le cœur de Gail s'emballa. Il suffisait

que cet homme parle bas pour que son pouls s'accélère. En entendant le timbre sensuel de sa voix, elle était replongée dans les souvenirs de la nuit écoulée, revivait chaque instant de leurs ébats.

Il fallait qu'elle cesse de s'imposer cette torture, songea-t-elle avec irritation. Leur relation était trop intense, trop passionnée pour durer. Au bout d'un certain temps, leur ardeur se refroidirait fatalement.

S'ils s'étaient rapprochés à ce point, c'était uniquement parce que Blake et elle se trouvaient dans une situation qui n'avait rien de naturel. Il était en danger de mort. Une fois la menace écartée, sa vie reprendrait son cours habituel, et il cesserait d'être attiré par elle. L'attraction qui les avait réunis n'était pas de celles qui peuvent survivre au-delà de quelques jours. Dans un mois, dans un an tout au plus, ce serait terminé.

Elle le savait, sans l'ombre d'un doute.

Alors pourquoi priait-elle pour que leur histoire fasse exception à la règle ?

Dans l'immédiat, elle devait chasser cette idée de ses pensées. Elle avait beau être optimiste de nature, elle ne croyait plus au Père Noël depuis longtemps. Et s'imaginer que leur liaison avait une chance de survivre aux circonstances exceptionnelles qui l'avaient provoquée entrait dans cette catégorie.

Elle s'aperçut qu'ils étaient arrivés, sans qu'elle sache au juste comment. Elle se secoua intérieurement et s'exhorta à se concentrer sur ce qui l'entourait.

Dans la rue des Kincannon, des voitures étaient garées des deux côtés de la chaussée, et jusque dans les voies adjacentes. Un bruit de musique et de voix joyeuses provenait de la maison voisine de celle de Blake.

Mal à l'aise, Gail fronça les sourcils.

Elle ralentit en arrivant à la hauteur du véhicule de patrouille qui stationnait avec deux agents à bord devant le domicile du juge.

— Que se passe-t-il ? s'enquit Blake avant qu'elle n'ait eu le temps d'ouvrir la bouche.

— Votre voisin fête son anniversaire, monsieur le juge, expliqua le policier assis sur le siège conducteur. Un camion est venu livrer des cadeaux, tout à l'heure. Je n'ai jamais vu autant de ballons de ma vie…

— … et le gâteau était énorme, intervint son collègue avec enthousiasme. J'avais l'estomac qui grondait rien qu'à le voir.

Agacé d'avoir été interrompu, son collègue lui lança un regard furibond.

— De toute façon, tu ne penses qu'à manger !

Il se retourna vers Blake.

— Les invités ont commencé à arriver à peu près en même temps. Vous voulez qu'on aille leur demander de faire moins de bruit ?

Gail interrogea Blake du regard, le laissant décider. Il secoua la tête.

— Ce n'est pas trop fort, et peut-être qu'ils vont finir par se calmer. De toute façon, il est encore tôt, conclut-il en jetant un coup d'œil à sa montre.

La plupart des gens ne se plaignaient pas de tapage nocturne avant 23 heures, et Blake ne voyait aucune raison d'agir différemment.

L'agent n'insista pas.

— Comment va votre père, Votre Honneur ?

— Le médecin pense qu'il va se rétablir. Merci d'avoir pris des nouvelles.

Les deux hommes sourirent en même temps.

— Nous sommes heureux de l'apprendre.

Blake avait hâte d'entrer et de se détendre. Avec Gail. Il salua les deux policiers d'un signe de tête.

— Bonne nuit, messieurs.

Gail comprit le message et redémarra. Elle se gara dans l'allée de Blake, puis descendit de voiture et lui emboîta le pas.

Le vacarme de la fête semblait les envelopper, à présent. Plusieurs personnes étaient sorties dans le jardin, un verre à la main, et sirotaient leur boisson en bavardant.

— Tu es sûr que tu ne veux pas que j'aille demander à Hogan de leur dire de faire moins de bruit ?

Elle s'était penchée vers lui pour parler sans devoir élever la voix. Aussitôt, elle sentit la température de son corps s'élever de plusieurs degrés. Cela semblait se produire dès qu'elle l'approchait d'un peu près, et l'effet lui paraissait plus prononcé chaque fois.

Blake secoua la tête.

— A vrai dire, ça me fait plaisir de voir des gens s'amuser.

Il jeta un coup d'œil vers la maison voisine.

— J'aurais presque envie de les rejoindre…

Gail réfléchit une seconde. Pour autant qu'elle puisse en juger, rien ne s'y opposait, s'il en avait vraiment envie.

— Je n'y vois pas d'inconvénient.

— Moi, si, répondit-il en souriant. Je ne sais même pas à quoi ressemblent mes voisins !

Il avait été si occupé, si absorbé par son travail pour éviter de penser à Margaret, qu'il n'avait jamais pris la peine de faire leur connaissance.

— Je n'oserais pas m'inviter chez eux comme ça. Je me rends compte que j'ai vraiment vécu comme un ours, ces derniers temps… Avant que cette menace commence à peser sur moi, j'avais même presque oublié qu'il y a des levers et des couchers de soleil.

Gail le dévisagea, perplexe. A l'arrière-plan, une adolescente poussa un cri joyeux et se mit à courir, se dérobant au jeune garçon qui la poursuivait.

— C'est la menace qui t'a rappelé leur existence ?

— Non, répondit-il doucement, ses yeux rivés aux siens. C'est toi.

— Pas de mots doux, monsieur le juge ! s'exclama-t-elle, plaisantant à demi.

Il lui devenait de plus en plus difficile de se dire que cette relation ne mènerait à rien, qu'elle n'avait aucune chance de survivre à l'achèvement de sa mission.

— Ça me fait fondre, et je ne te suis d'aucune utilité comme ça, ajouta-t-elle.

Blake lui caressa lentement la joue.

— Oh ! je n'en suis pas si sûr… Il y a quelque chose d'irrésistible chez une femme dure au-dehors et tendre à l'intérieur.

Elle sourit, s'efforçant de rester forte.

— C'est drôle, mais cette description pourrait s'appliquer à un steak.

Blake émit un léger rire, puis désactiva le système d'alarme le temps de leur permettre d'entrer.

— Ma viande préférée !

— La mienne aussi.

Le sourire de Blake lui tournait la tête.

— Encore un point commun, observa-t-il.

A quoi bon jouer à dresser la liste de leurs points communs, se demanda Gail ? Cela ne ferait que rendre l'inévitable plus difficile à supporter lorsqu'il se produirait. La seule chose qui comptait était qu'elle continue à faire son travail, à veiller sur la sécurité de Blake.

Ils étaient dans l'entrée. Elle devait faire son inspection habituelle, passer de pièce en pièce pour s'assurer que tout était en ordre. Un système d'alarme était une sage précaution, mais même le plus performant d'entre eux pouvait être neutralisé.

— Reste ici, ordonna-t-elle. Je vais jeter un coup d'œil dans la maison.

— Tu ne crois pas que c'est un peu exagéré ? la taquina-t-il.

— Pourquoi ?

Elle ne voyait aucune raison de changer sa manière de procéder à ce stade.

— C'est ce que je fais chaque soir en rentrant du palais de justice. On ne sait jamais. D'après Jeff, l'étau se resserre autour de Munro et de ses acolytes.

Son partenaire l'avait mise au courant des derniers événements lorsqu'elle l'avait appelé pour l'avertir qu'Alexander avait eu une crise cardiaque.

— Un individu traqué peut devenir dangereux. Munro

doit savoir que son temps est compté, et s'il veut mettre ses menaces à exécution, c'est le moment ou jamais.

— Une voiture de police a été garée en face pendant toute la journée, protesta-t-il.

En effet, mais cela ne changeait rien au problème, songea Gail.

— Un homme comme lui peut toujours trouver le moyen de s'introduire dans une maison. Tu ne sais pas que chaque fois qu'on invente un piège à rats plus efficace que le précédent, les rats apprennent à le contourner ?

Blake eut un sourire indulgent.

— Munro n'est pas un rat.

— Non, il est pire, répliqua-t-elle sans s'émouvoir. Reste ici. Je n'en ai pas pour longtemps.

Blake n'avait nulle intention de patienter dans l'entrée comme une héroïne sans défense dans un film muet, pendant que Gail faisait le tour des lieux.

— Tu n'as pas encore appris que si tu m'interdis de t'accompagner, je serai d'autant plus décidé à le faire ?

Les autres soirs, quand ils rentraient à la maison, Alexander était là, et Blake bavardait avec lui. Ce soir, il n'y avait personne pour l'occuper.

— J'irai plus vite toute seule, lui fit-elle remarquer.

Avec un soupir, il capitula.

— Très bien, mais dépêche-toi. J'ai quelques projets très précis pour ce soir.

Elle dégaina son arme.

— Tu vas travailler ?

— Au sens large du terme, répondit-il avec un léger sourire. Je dirais plutôt que j'envisageais une soirée consacrée au plaisir.

Le salon était désert. Elle s'avança dans la cuisine à pas mesurés en s'efforçant de ne pas se laisser distraire.

— Oh ? fit-elle en lui lançant malgré elle un regard par-dessus son épaule. Tu peux être plus précis ?

Une lueur amusée pétillait dans les yeux de Blake. Apparemment, il savourait l'instant.

— Pas vraiment.

Gail abaissa son pistolet.

— Tu ne veux pas me le dire ? On a des secrets pour ses petits camarades ?

Il se mit à rire.

— Je suppose que je peux t'en donner un aperçu, concéda-t-il en la prenant dans ses bras.

Non ! Elle n'allait pas se laisser détourner de sa mission, se dit Gail avec détermination. Même si elle mourait d'envie de l'embrasser.

— Je...

— Oui ? l'interrompit-il d'une voix grave, incroyablement sensuelle. Ne me dis pas que tu veux faire marche arrière maintenant, Gail ?

Ses lèvres recouvrirent les siennes.

Gail avait le vertige. Son cœur battait à tout rompre et une vague de chaleur déferla en elle. Au prix d'un effort, elle posa sa main libre à plat sur le torse de Blake et le repoussa.

— Nous ne devrions pas faire ça ! protesta-t-elle.

— Et pourtant, nous allons le faire.

Puis il l'embrassa de nouveau et toutes ses bonnes résolutions faillirent partir en fumée. Elle n'avait plus qu'un désir, passer la nuit entre ses bras, se perdre totalement en lui.

Alors même que cette pensée l'assaillait, une petite voix intérieure lui soufflait de ne pas céder.

Sa formation, son expérience, tout lui enjoignait de ne pas négliger son devoir. Il n'était pas possible qu'elle se montre aussi imprudente. Cela ne lui ressemblait pas. Elle avait mis sa vie en danger pour sauver celle de Blake et était probablement la seule à pouvoir s'interposer entre lui et le tueur si celui-ci se manifestait.

Elle se secoua. Il fallait qu'elle cesse de penser à elle-même, au plaisir que Blake lui apportait. La seule chose qui importait était d'assurer sa sécurité.

Il était temps qu'elle se conduise comme la policière qu'elle était.

Pour la seconde fois, elle mit la main sur le torse de Blake et le repoussa. Elle ne pouvait pas réfléchir rationnellement, et encore moins s'acquitter de sa mission, alors qu'il l'embrassait. Elle devait s'éloigner de lui pendant qu'il en était encore temps.

Elle laissa échapper un soupir tremblant. Aucun homme ne l'avait jamais troublée à ce point.

— Blake, je t'en prie... Il faut que je vérifie que les fenêtres sont bien fermées et que l'alarme fonctionne partout.

A des lieues de ces préoccupations, Blake haussa les épaules. Gail avait élu domicile chez lui plus de trois semaines auparavant, et il ne s'était rien passé jusqu'à présent. Il n'y avait aucune raison de penser que ce soir serait différent des autres.

Quoi qu'il en soit, il savait qu'il était vain de discuter. Il hocha donc la tête en soupirant.

— Fais ce que tu as à faire.

— Je suis contente que tu te ranges à mon point de vue.

Il haussa les épaules de nouveau.

— Parce que j'avais le choix ?

— Non, admit-elle. Mais j'apprécie que tu sois si conciliant.

Gail passa dans la salle à manger. La pièce était vide, et elle la traversa rapidement.

Dehors, quelqu'un poussa un cri. Tous les sens aux aguets, Gail se tendit brusquement.

Etait-ce bon ou mauvais signe ? Le bruit, bien qu'étouffé par le ciment et le bois qui les entouraient, s'enflait.

Une fois de plus, elle envisagea de demander aux agents de prier les voisins de faire moins de tapage. Tout ce vacarme la mettait mal à l'aise. Munro ou n'importe lequel de ses sbires aurait facilement pu mettre à profit la fête organisée à côté pour se rapprocher des lieux. Les invités étaient si nombreux qu'il n'aurait eu aucun mal à passer inaperçu parmi eux.

Cette pensée ne fit qu'accentuer son malaise.

Et si un des acolytes de Munro y était déjà parvenu ? S'il s'était mêlé aux invités le temps de se glisser dans le jardin et puis dans la maison de Blake ? Cela aurait été un jeu d'enfant.

Le cœur battant, elle réfléchit.

— Si tu mettais du champagne à rafraîchir ? suggéra-t-elle avant de s'engager dans l'escalier.

Tout en gravissant les marches, Gail sortit son téléphone portable. Sans qu'elle sache pourquoi, elle était tourmentée par un mauvais pressentiment. Peut-être à cause de la fête qui se déroulait à côté.

Quoi qu'il en soit, elle se sentirait soulagée si Carson venait. Deux paires d'yeux ne seraient pas de trop.

Au bout de quelques secondes, elle obtint le répondeur de son partenaire et réprima une exclamation de dépit. Bien sûr, on était samedi soir ! Il n'y avait aucune chance que Jeff soit chez lui.

Sur le point de couper la communication, Gail se ravisa et décida de laisser un message. Sinon, son collègue la taquinerait jusqu'à la fin des temps à propos de son appel, y apportant sans doute une interprétation toute personnelle.

— Jeff, c'est Gail. Appelle-moi dès que possible. Je crois que je vais peut-être avoir besoin de renfort. Je suis chez le juge.

Ensuite, elle remit l'appareil dans sa poche et poursuivit son inspection. Après avoir jeté un rapide coup d'œil dans la salle de bains, elle ouvrit la porte de la chambre de Blake et se trouva nez à nez avec le canon d'un revolver.

— Il était grand temps de rentrer à la maison, Cendrillon.

Le sang de Gail se glaça.

Munro !

15

— Lâchez votre arme, ordonna Munro en braquant le revolver sur elle, droit sur son cœur.

Gail retint un juron. Quand donc apprendrait-elle à se fier à son instinct ? Elle avait *senti* que quelque chose ne tournait pas rond…

Une poussée d'adrénaline déferla dans ses veines. Au lieu d'obéir, elle imita la posture de Munro, levant son arme à son tour. Si elle tirait, la balle ferait un trou au beau milieu de la poitrine du criminel.

— De mon point de vue, répliqua-t-elle calmement, nos armes s'annulent mutuellement.

— Je ne vois pas les choses comme vous, riposta-t-il d'un ton mordant. Maintenant, lâchez votre pistolet, sinon mon partenaire dans la pièce voisine va descendre votre cher juge.

C'était du bluff et Gail ne le crut pas une seconde. Munro était doté d'une arrogance incroyable. S'imaginait-il donc qu'il allait pouvoir s'enfuir sans être inquiété ? Et de surcroît après avoir éliminé un juge et un membre de la brigade des stupéfiants sous le nez de la police d'Aurora ?

— Vous n'avez pas de partenaire dans la pièce d'à côté, Munro.

Elle avait parlé sur le même ton calme, sachant que cela exaspérait le malfaiteur. Il aurait voulu qu'elle ait peur, qu'elle soit intimidée.

— Personne ne veut s'associer à un malfrat de votre espèce.

Munro planta sur elle ses yeux marron, froids et durs comme

de l'acier. Elle réprima un frisson. Cet homme n'aurait pas le moindre scrupule à tuer.

— Ah non ? ironisa-t-il. Vous êtes assez sûre de vous pour prendre le risque ?

S'il ne s'était agi que d'elle, Gail n'aurait pas hésité à relever le défi. Mais elle n'était pas la seule concernée. Même si elle n'avait pas été amoureuse de Blake, même s'il n'avait pas été au centre de toutes ses pensées, il était sous sa responsabilité, et elle n'avait pas le droit de jouer avec sa vie.

Un sourire mauvais déforma les traits de Munro. Elle eut l'impression qu'il avait lu dans son esprit.

— Je vous donne deux secondes pour vous décider. Après, le juge ne sera plus qu'un doux souvenir.

Au cours de son expérience dans la police, Gail avait connu des malfaiteurs capables de faire preuve d'humanité. Munro ne figurait pas parmi eux.

— Vous allez l'abattre de toute façon, rétorqua-t-elle.

L'homme avait juré d'éliminer Blake ; elle n'avait aucune raison de croire qu'il avait changé d'avis.

— Peut-être que oui, peut-être que non, chantonna-t-il tout en agitant son revolver. Il m'a coûté cher quand il a nettoyé les rues et mis mes clients sous les verrous. Je pourrais demander une rançon pour sa peau au système judiciaire qui chante si fort ses louanges. Ça s'appellerait obtenir réparation, non ?

Sa bouche se tordit en un sourire sardonique qui fit naître un frisson dans l'échine de Gail.

— Qu'en dites-vous ?

Gail continua à braquer son arme sur lui.

— Je pense que vous mentez.

— Vous êtes plus fine qu'il n'y paraît, répondit-il avec un petit rire qui ressemblait au cri d'une hyène. Quand même, j'aurais bien besoin de l'argent… D'ailleurs, ce type n'est pas facile à tuer. Je le sais, j'ai déjà essayé. J'ai eu sa femme, mais pas lui. Il a eu de la chance.

Gail écarquilla les yeux.

— C'est vous qui avez percuté leur voiture ?

Munro lui adressa un sourire supérieur.

— J'ai des contacts.

Autrement dit, il avait payé quelqu'un pour faire le sale boulot à sa place.

— J'avais oublié que vous êtes un gros bonnet.

Le sourire de Munro s'effaça devant son sarcasme.

— En effet. Maintenant, baissez cette arme, ordonna-t-il froidement. Ou tirez. A l'instant où vous appuierez sur la détente, il y aura une autre détonation et le juge sera mort. Contrairement à vous, il n'a pas de pistolet pour se défendre, ajouta-t-il d'un ton moqueur.

Il tapota sa montre avec le canon de son revolver.

— Allons, allons ! Assez joué.

Gail hésita, torturée. Elle ne pouvait prendre ce risque.

— Très bien, dit-elle d'une voix sonore, de manière à être entendue, soit par Blake, soit par le prétendu complice de Munro. Vous gagnez.

Lentement, elle abaissa son arme et la posa par terre devant elle.

Le sourire de Munro revint.

— Poussez-le vers moi. Tout de suite ! cria-t-il comme elle restait immobile.

— Gail ! Qu'est-ce qui te prend tout ce temps ?

La voix de Blake venait de s'élever, toute proche, apportant à Gail la réponse à la question qui la taraudait. Il n'y avait pas de complice, réalisa-t-elle, maudissant sa décision.

Munro était seul.

L'instant d'après, Blake entrait dans la chambre. Il s'arrêta net et écarquilla les yeux.

Gail réfléchit à toute allure. Munro allait tirer sur lui d'une seconde à l'autre, cela ne faisait aucun doute.

Deux possibilités s'offraient à elle. Soit elle essayait de plonger pour récupérer son arme, soit elle se jetait devant Blake pour le protéger.

Elle n'aurait en aucun cas le temps de faire les deux.

Elle opta pour la seule chose qui importait et se propulsa vers Blake.

— Ma cuisse ! cria-t-elle en même temps avec l'espoir qu'il comprendrait.

Tout se passa très vite.

En se jetant devant Blake, Gail lui sauva la vie, mais non sans en payer le prix.

La balle de Munro se logea dans son épaule, au moment même où Blake s'efforçait de la repousser derrière lui.

En tombant, elle sentit la main de Blake sur sa cuisse et sut qu'il avait compris le message. Il avait saisi le petit pistolet qu'elle gardait dissimulé sous sa jupe.

Il fit feu aussitôt.

La balle traversa le cou de Munro de part en part.

Il tenta de crier, mais déjà le sang jaillissait de sa bouche. Levant les mains dans une vaine tentative pour endiguer le flot, il s'affala sur les genoux avant de s'effondrer complètement.

Etourdie, sous le choc, Gail rampa vers lui et posa ses propres mains sur la blessure. Elle devait tenter d'arrêter l'hémorragie avant qu'il ne se vide de son sang, même si la tâche semblait vouée à l'échec.

— Appelle une ambulance ! cria-t-elle à Blake. Vite !

Blake avait déjà sorti son téléphone portable de sa poche. Sans perdre de temps, il donna à son interlocuteur les détails nécessaires et raccrocha.

Puis, laissant tomber l'appareil sur le lit, il reporta son attention sur Gail, ignorant l'homme qui était en train de mourir dans sa chambre.

— Mais tu es blessée ! s'exclama-t-il, horrifié, en découvrant le sang qui coulait le long de son bras.

— Ah bon ?

Gail se sentait engourdie, comme détachée de son propre corps.

Désorientée, elle baissa les yeux vers sa poitrine. Il avait raison, songea-t-elle confusément. Ce devait être son sang, et non celui de Munro. Elle prit une profonde inspiration et fut secouée par un frisson.

Son regard se tourna vers Blake. Pas de sang sur lui. Bon.

— Ça va ? demanda-t-elle.

— Ne t'inquiète pas pour moi. Je n'ai rien.

Blake était furieux contre lui-même. Furieux d'avoir attendu si longtemps avant de monter, et plus encore à la pensée qu'il aurait pu perdre Gail.

Il mourait d'envie de la prendre dans ses bras, mais il avait peur de la toucher, peur d'aggraver les choses et de lui faire mal.

— Bon sang, Gail ! Quand vas-tu apprendre que tu n'es pas un bouclier humain ?

— Facile. Quand tu auras cessé d'être une cible.

Il lui avait fallu un effort pour parler. Ses forces semblaient tout à coup l'abandonner à une vitesse inquiétante.

Son imagination lui jouait-elle des tours, se demanda Gail, ou discernait-elle le mugissement d'une sirène au loin ?

— Tu crois que tu pourrais me remplacer ? reprit-elle avec difficulté. Je ne suis pas sûre d'appuyer assez fort.

Blake regarda l'homme qui, au cours des quatre semaines qui venaient de s'écouler, avait représenté un danger pour sa vie. Munro ne semblait plus si menaçant, à présent. Ses yeux fixaient le plafond.

Il se pencha et chercha vainement son pouls.

— Tu peux cesser d'appuyer, Gail, dit-il doucement. Il est mort.

Puis il examina l'épaule de Gail. La blessure semblait plus sérieuse qu'il ne l'avait tout d'abord cru et le sang coulait en continu le long de son bras.

— C'est toi qui as besoin qu'on s'occupe de toi.

Comme pour le contredire, Gail se remit debout ; elle chancelait.

— Non, je vais bien, protesta-t-elle.

Sa voix parut faible à ses propres oreilles.

Un vertige soudain s'empara d'elle et la pièce se mit à tourner.

Elle prit vaguement conscience que des gens étaient entrés,

que son épaule était en feu, puis tout disparut alors qu'elle sombrait dans un trou noir.

Gail émergea lentement du néant avec la sensation confuse d'être dans une voiture.

Au bout d'un moment, elle perçut une vague odeur de désinfectant et sentit qu'on lui tenait la main

Elle dut faire un effort pour ouvrir les yeux.

Blake était assis à côté d'elle. C'était lui qui tenait sa main si étroitement entre les siennes.

Quelqu'un qu'elle ne connaissait pas se trouvait près de lui. Il lui fallut un instant pour comprendre qu'il s'agissait d'un ambulancier.

Que s'était-il passé ? Comment était-elle arrivée là ?

— Enfin, tu t'es réveillée, murmura Blake, d'une voix où vibraient le soulagement et l'émotion.

Elle voulut lever la tête mais eut soudain l'impression qu'un troupeau de buffles lui piétinait le crâne. La douleur était si vive qu'elle se laissa retomber contre l'oreiller en grimaçant.

— Je suis... dans une ambulance ? parvint-elle à demander.

— Oui.

Que faisait-elle dans une ambulance ? Elle avait un rapport à rédiger !

— Pourquoi ?

— Parce que l'hôpital est trop loin pour que j'y coure en te portant dans mes bras, répondit Blake avec un léger sourire.

— Je n'ai pas besoin d'aller à l'hôpital ! protesta-t-elle faiblement.

Une fois de plus, elle tenta de se redresser, mais Blake l'en empêcha.

— Tu as besoin de quelqu'un qui veille sur toi, dit-il. Mais il faut que tu ailles à l'hôpital d'abord.

— Vous avez eu beaucoup de chance, inspecteur O'Brien, intervint l'ambulancier. Si la balle vous avait touchée un peu plus à gauche, elle vous aurait transpercé le cœur.

— De la chance…, murmura Gail.

Le troupeau de buffles semblait s'être éloigné, mais la tête lui tournait.

Le trou noir l'aspirait de nouveau.

Elle raffermit sa prise sur la main de Blake, ou du moins essaya. Elle se sentait plus faible qu'un chaton nouveau-né.

— Ne t'en va pas, chuchota-t-elle.

— Je n'en ai pas la moindre intention, répondit-il avec une émotion mal contenue.

Elle n'entendit que le premier mot.

— Ils veulent te garder en observation cette nuit, lui apprit Blake alors qu'elle se rhabillait.

Pour sa part, il était déchiré entre l'envie de la ramener et celle de l'obliger à rester. Elle était encore si faible qu'il ne serait guère difficile de l'y contraindre.

Plusieurs heures s'étaient écoulées depuis leur arrivée. Le médecin de service aux urgences avait extrait la balle, nettoyé la plaie et mis un pansement.

Pendant qu'elle attendait les soins, entre les divers examens qu'on l'avait forcée à subir, Gail avait révélé à Blake ce que Munro lui avait dit lorsqu'elle était seule avec lui. Qu'il était à l'origine de l'accident de voiture dans lequel sa femme avait péri.

Blake était resté silencieux pendant quelques minutes, puis il avait déclaré que la dette avait été payée. Munro était mort à son tour.

— Je crois vraiment que tu devrais les écouter et rester ici ce soir.

Il avait été si près de la perdre et s'était rendu compte à quel point il en était venu à aimer cette femme que le destin avait placée sur son chemin une seconde fois !

— Je ne veux pas, insista Gail. Je vais très bien, à part ce trou dans mon épaule.

— Tu as perdu beaucoup de sang, objecta-t-il patiemment.

— Il est en train de se remplacer alors même que nous parlons, assura-t-elle gaiement.

Elle baissa les yeux sur le slip qu'elle tenait à la main et qu'elle n'allait pas pouvoir enfiler. Avec un haussement d'épaules, elle le fourra dans le sac posé sur le lit.

Blake s'empara du sac.

— Bon sang ! Vas-tu toujours être aussi têtue ?

La réponse ne se fit pas attendre.

— Plus ou moins, mais tu n'as pas à t'inquiéter pour ça.

Elle devait se faire violence pour garder un ton enjoué, car elle s'était promis de ne pas céder à l'émotion lorsque viendrait le moment de la séparation. De ne pas s'abandonner aux regrets. Elle devait aller de l'avant, et Blake aussi.

— Maintenant que Munro est mort, ta vie va pouvoir reprendre son cours, reprit-elle.

— Oui.

Blake avait répondu d'une voix neutre, en dépit de l'émotion qu'il éprouvait. C'était le moment ou jamais d'exprimer ce qu'il ressentait.

— Et si je te disais que je ne veux pas qu'elle reprenne son cours ?

Gail cessa de se débattre avec les boutons de son chemisier.

— Je ne te suis pas. Tu voudrais continuer à vivre sous la menace ?

— Non, mais j'aime ce qui va avec.

Elle le regarda comme s'il parlait une langue étrangère.

Frustré, il laissa échapper un soupir.

— Enfin, Gail ! Tu veux que je te fasse un dessin ?

— Ce serait gentil, répliqua-t-elle. Pour le moment, j'ai le cerveau en capilotade. J'ai peur de mal comprendre.

Elle le faisait exprès, songea-t-il.

— Ce n'est pas facile pour moi.

— Quelqu'un m'a dit un jour que ce qui en vaut la peine n'est jamais facile. Ou peut-être que c'était écrit sur un papier de petit gâteau chinois, je ne m'en souviens plus.

Elle se passa une main sur le front. Elle se sentait encore

un peu étourdie, en partie à cause des calmants qu'on lui avait administrés.

— Tout est un peu embrouillé.

— Bon. Dans ce cas, je vais te faire un dessin.

S'il le fallait, il en passerait par là.

— Mais d'abord, il faut que tu me promettes de ne plus te jeter sur moi.

Gail eut un sourire espiègle.

— Je pensais que tu aimais bien ça.

— Pas quand quelqu'un essaie de me tirer dessus !

Il ne comprenait pas, se dit Gail.

— Si je ne m'étais pas jetée sur toi, Munro t'aurait abattu, lui fit-elle remarquer, et tu n'aurais pas pu prendre mon pistolet. A propos, félicitations pour ta précision.

Elle le dévisagea.

— Tu ne m'avais pas dit que tu savais te servir d'une arme.

Blake haussa les épaules.

— Quand on a un père dans les Marines, c'est le genre de chose qui va de soi.

Pour la première fois de sa vie, il se félicitait que son père ait choisi cette carrière.

— Ne change pas de sujet, reprit-il sévèrement.

Il devait parler maintenant, avant que son courage ne s'envole.

— Ne prends pas ça mal, mais je veux que tu te taises et que tu m'écoutes.

Il posa une main sur le bras valide de Gail, la forçant doucement à se rasseoir.

— Je ne veux pas reprendre ma vie d'avant, répéta-t-il. Je veux ma nouvelle vie, celle que j'ai avec toi.

Elle leva les yeux vers lui mais demeura silencieuse.

Blake fut décontenancé. Pourquoi ne disait-elle rien ? S'était-il trompé ? Il avait cru qu'elle l'aimait en retour, mais à présent...

— Dis quelque chose.

— Tu m'as dit de me taire et de t'écouter, lui rappela-t-elle d'air un innocent.

— Maintenant, je te demande de parler.

Gail hésita. Elle ne voulait pas s'emballer, ne voulait pas risquer son cœur.

— Tu veux continuer à me voir ? demanda-t-elle enfin.

— En un mot, oui. Mais je veux davantage.

— Davantage, répéta-t-elle. Tu veux m'embrasser ? Me toucher ?

— Je veux t'épouser.

Elle ne s'attendait pas à cela.

Le souffle coupé, Gail mit quelques secondes à se ressaisir. Sa première réaction la poussait à se jeter à son cou et à crier « oui », mais son bon sens la retint. Elle avait beau vouloir le croire de toutes ses forces, elle ne pouvait s'y autoriser, au risque de perdre la tête.

— Tu ne parles pas sérieusement, murmura-t-elle.

— Si.

Jamais de sa vie Blake n'avait été aussi sûr de lui. Surtout maintenant que Gail lui avait révélé la vérité concernant Margaret. La vie pouvait basculer en un instant, et il ne voulait plus perdre de temps. Il voulait sentir battre le cœur de Gail contre le sien.

Elle secoua la tête.

— C'est le contrecoup, insista-t-elle, malgré la douleur que lui causaient ses propres paroles. Nous venons de traverser une période de tension. Ta vie était menacée, et toute notre relation est basée sur ce scénario. Tu ne peux pas prendre de décisions rationnelles en ce moment.

— Je sais ce que je ressens, Gail, répondit-il fermement. Je suis amoureux de toi.

Gail se refusa à capituler.

— Non. C'est ce que tu crois ressentir. Dans une semaine, quand tu seras de retour au palais de justice et que tu auras repris ta routine, tu verras les choses autrement.

Très bien, songea Blake. Il allait la mettre au pied du mur, et on verrait.

— Et qu'est-ce que tu ressens, toi ?

Il attendit, conscient que sa réponse serait cruciale, que son destin était dans la balance.

Si elle lui disait qu'elle ne l'aimait pas, cela changerait tout. Non pas les sentiments qu'il lui portait, mais l'avenir qu'il s'était imaginé.

— Ce que je ressens n'a aucune importance.

Là n'était pas la question.

Il lui prit la main, l'obligeant à affronter son regard.

— Ça en a pour moi.

Gail garda le silence. Elle l'aimait. Elle l'avait compris à l'instant où elle avait cru que Munro allait le tuer. Elle avait été prête à mourir à sa place, non par sens du devoir, mais parce qu'elle l'aimait et qu'elle voulait qu'il vive à tout prix.

Il attendait toujours.

— Je ne peux pas te le dire, finit-elle par répondre.

— Pourquoi ?

— Parce que tu t'en servirais comme argument.

Elle vit un sourire se dessiner sur ses lèvres, puis illuminer tout son visage.

— Ne souris pas comme ça.

— Pourquoi pas ? demanda-t-il en enroulant un bras autour de sa taille. Tu viens d'admettre que tu m'aimes.

— Nous ne parlons pas de moi, mais de toi.

— Nous parlons de nous deux, rectifia-t-il. Et tu te trompes. Mes sentiments n'ont rien à voir avec le contrecoup, comme tu dis. J'ai été amoureux par le passé, Gail. Je sais à quoi ça ressemble. Je ne suis heureux que lorsque je te tiens dans mes bras, que je t'embrasse, que je fais l'amour avec toi. Maintenant, une fois pour toutes, dis-moi. Tu m'aimes, oui ou non ?

Gail était acculée. Comment aurait-elle pu lui mentir ?

— Je t'aime, avoua-t-elle.

Comme il faisait mine de l'embrasser, elle posa la main sur son torse, arrêtant son geste.

— Mais je préférerais que tu attendes que la situation soit redevenue normale.

— Je le ferai si c'est ce que tu veux, répondit-il aussitôt. Mais je sais que je ne changerai pas d'avis.

Il prit sa main dans la sienne.

— Nul ne sait ce que lui réserve l'avenir. Il faut profiter du moment présent, Gail. Je ne veux pas perdre une seule seconde loin de toi. Je ne veux pas continuer à mener une vie dépourvue de sens, une vie où seul mon travail compte.

Comme il l'avait fait depuis la mort de Margaret, se dit-il.

— Ce que je veux, c'est toi, et toi seule. Nous pouvons attendre, si tu préfères — personnellement, je n'en ai aucune envie — ou tu peux me donner ta réponse tout de suite et nous pouvons rentrer à la maison et préparer le reste de notre vie ensemble. C'est à toi d'en décider.

Elle le dévisagea, incrédule.

— Et si je te demande d'attendre ?

Il soupira.

— Alors, j'attendrai. Pas de bonne grâce, ajouta-t-il avant de déposer un baiser sur ses lèvres, puis sur son front, et enfin au creux de sa gorge. Mais j'attendrai.

Il savait qu'il la rendait folle en l'embrassant ici et là, songea-t-elle.

Malgré les épreuves qu'elle venait de vivre, son pouls s'accéléra de nouveau. C'était comme si Blake exerçait sur elle un pouvoir magique…

— Tu triches, gémit-elle en se sentant fondre.

Il se mit à rire et l'embrassa dans le cou.

— Je n'ai jamais promis d'être fair-play.

Gail avait le souffle court et les pensées confuses, mais c'était le bonheur qui dominait. Chaque parcelle de son corps vibrait d'allégresse.

— Oui, murmura-t-elle.

— Je n'ai pas bien entendu. Tu veux répéter ?

— Oui, répéta-t-elle. J'accepte de t'épouser.

Une bouffée de joie déferla en Blake et il éclata d'un rire heureux.

— C'est tout ce que je voulais entendre.

Il se leva et lui tendit la main.

— Rentrons à la maison.

— Dans une minute.

Gail se leva à son tour, passa son bras valide autour du cou de Blake et l'attira vers elle, scellant sa promesse d'un baiser ardent.

Qui dura très, très longtemps.

DANI SINCLAIR

Un espoir dans la nuit

BLACK ROSE

HARLEQUIN

Titre original : POLICE PROTECTOR

Traduction française de B. DUFY

Ce roman a déjà été publié en août 2010

83-85, boulevard Vincent-Auriol, 75646 PARIS CEDEX 13.
Service Lectrices — Tél. : 01 45 82 47 47
www.harlequin.fr

1

Les haut-parleurs de la supérette diffusaient des chants de Noël tandis que Lucan O'Shay observait discrètement un gamin descendre l'allée centrale, un gros sac à dos vert suspendu à l'épaule.

Avec les fêtes de fin d'année qui approchaient, les autres clients étaient trop occupés à faire leurs courses pour prêter attention au petit garçon. Agé de huit ou neuf ans, brun et fluet, il avait l'air de ne s'être ni lavé ni changé depuis plusieurs jours. Son jean était de bonne qualité, mais sale et froissé, le reste de ses vêtements étant caché sous un anorak dans lequel il semblait avoir dormi. Le plus intrigant, cependant, c'était les regards furtifs qu'il jetait autour de lui, comme s'il avait peur.

Lucan fronça les sourcils en le voyant prendre tour à tour dans les rayons un paquet de pain de mie, une boîte de céréales et un pot de beurre de cacahuètes, chaque article disparaissant dans son sac à dos à la vitesse de l'éclair. Un petit pack de lait, un paquet de chips et trois Pères Noël en chocolat allèrent ensuite rejoindre les autres denrées.

Vol à l'étalage ? pensa Lucan.

Ce n'était pourtant pas ce que Salman, le gérant du magasin, lui avait dit.

Et, en effet, le petit garçon se dirigea finalement vers la caisse et s'arrêta derrière une femme replète en train de régler ses achats. Il attendit, les yeux fixés sur ses chaussures, et quand son tour arriva, il posa son sac à dos et le vida sur le tapis roulant.

A partir de 18 heures, c'était Salman lui-même qui tenait la caisse, et il lança alors un regard appuyé à Lucan.

Le gérant était un homme cordial, qui discutait volontiers avec ses clients, mais ses efforts pour engager la conversation avec celui-ci ne lui rapportèrent que quelques hochements de tête et un haussement d'épaules.

Le visage tendu du petit garçon et la façon dont il dansait d'un pied sur l'autre trahissaient une grande nervosité. Il avait visiblement hâte de payer et de s'en aller.

Une fois ses emplettes remises dans son sac à dos, il sortit de la poche de son anorak une liasse de billets de banque si épaisse que Lucan, pourtant prévenu par Salman, en resta bouche bée.

Le gamin tendit un billet de cent dollars, fourra la monnaie — sans la compter — dans son sac à dos, puis il en boucla les sangles et le suspendit de nouveau à son épaule, le tout avec une rapidité et une économie de gestes impressionnantes.

Avant de partir, il jeta un dernier coup d'œil autour de lui. Son regard croisa alors celui de Lucan, et une expression de panique se peignit sur ses traits. Il pivota sur ses talons et se rua vers la sortie.

Lucan jura entre ses dents. Ne portant pas d'uniforme, il ne pouvait avoir été identifié comme un policier par le petit garçon, et il n'aurait donc pas dû l'effrayer... Il s'élança derrière lui, mais, le temps de se frayer un chemin au milieu des gens qui circulaient dans les allées, il ne franchit la porte du magasin que pour voir le gamin tourner le coin du bâtiment.

— Hé ! Attends une minute ! cria-t-il en accélérant l'allure.

Le petit garçon ne s'arrêta pas et, quand il se glissa dans une brèche de la palissade qui entourait un chantier de construction, Lucan dut renoncer à le suivre : l'ouverture n'était pas assez large pour lui, et la clôture s'effondrerait sous son poids s'il tentait de l'escalader. Il allait donc devoir faire le tour.

Il n'habitait qu'à quelques rues de là, et ses joggings réguliers lui permettaient de bien connaître le quartier. Il se remit à courir, mais, lorsqu'il arriva de l'autre côté du chantier, le gamin avait disparu. Il ne pouvait pourtant pas être bien loin... Soit il était entré dans un des pavillons qui bordaient la rue, soit il s'était caché quelque part... Lucan partit à sa recherche, en fouillant du regard les vérandas et les jardins des maisons devant lesquelles il passait — sans résultat.

De guerre lasse, il retourna à la supérette. Il n'y avait plus qu'un client à l'intérieur, et Salman attendit que celui-ci soit parti pour demander à Lucan :

— Vous n'avez pas réussi à le rattraper ?

— Non, malheureusement.

— Vous pensez qu'il m'a payé avec un faux billet ?

— Montrez-le-moi !

Après avoir examiné le billet, Lucan le rendit au gérant en déclarant :

— Il m'a l'air vrai. Je ne suis pas expert en la matière, mais comme la banque vous a dit que les précédents l'étaient, il n'y a pas de raison pour que celui-ci ne le soit pas.

— Un gosse de cet âge ne devrait pas avoir autant d'argent liquide sur lui ! Ce n'est pas normal !

— Non, mais aucune loi n'interdit à un mineur de régler ses achats avec une grosse coupure... Ce gamin vient souvent ici ?

— Tous les jours depuis dimanche dernier. Il a commencé par acheter des bonbons et des biscuits, puis ça a été du pain, du lait et d'autres produits de première nécessité.

— Et il vous règle chaque fois avec un billet de cent dollars ?

— Oui, et je ne suis encore pas arrivé à lui tirer deux mots. Il se comporte vraiment de façon très étrange : il enfourne les articles dans son sac à dos à toute vitesse, comme s'il comptait partir sans passer à la caisse, mais il les paie rubis sur l'ongle ! Vous pensez qu'il a volé cet argent ?

— Impossible à dire, mais ce qui est sûr, c'est qu'il a peur de quelque chose... Vous l'aviez déjà vu dans votre magasin avant dimanche ?

— Non, pas que je me souvienne. Beaucoup de gosses du quartier viennent ici, avec ou sans leurs parents, et j'en ai surpris un ou deux à chaparder, mais celui-ci, je ne le connaissais pas.

Lucan réfléchit un instant avant de demander :

— Vous savez s'il y a aux alentours des maisons inoccupées, ou qui ont été récemment mises en vente ?

— Non, je l'ignore. Vous n'habitez pas le quartier ?

— Si, mais je travaille pratiquement jour et nuit, en ce moment, et les rares fois où j'ai le temps de faire un jogging, j'ai trop de choses en tête pour prêter attention à ce qui m'entoure. Je pense cependant que ce gosse n'est pas ici depuis longtemps, sinon vous l'auriez reconnu.

Salman hocha la tête, et Lucan pianota distraitement sur le comptoir. Comment un garçon de huit ou neuf ans pouvait-il être en possession d'une telle liasse de billets de cent dollars ? D'où lui venait-elle, s'il ne l'avait pas volée ?

Trop épuisé pour chercher une autre explication, Lucan sortit une carte professionnelle de son portefeuille, nota son numéro de portable au dos et la tendit à Salman.

— Vous avez là toutes mes coordonnées. Appelez-moi si vous revoyez ce gamin.

— Vous comptez l'arrêter ?

— Non, il n'a a priori commis aucun délit. Je veux juste lui parler, ainsi qu'à ses parents. Il peut avoir une raison valable pour se promener avec autant d'argent sur lui, mais ce n'est pas prudent.

— Il ne l'a donc pas volé, selon vous ?

— Franchement, je n'en sais rien. Je serais plus enclin à le croire s'il l'utilisait pour acheter uniquement des friandises, mais il repart avec du pain, du lait, des céréales… Cela m'évoque plutôt un enfant qui a faim, parce que ses parents le négligent, ou l'ont même carrément abandonné : ses vêtements sont sales, et lui aussi.

— Il portait le même pantalon les autres jours, confirma Salman.

— Vous avez eu raison d'attirer mon attention sur lui, en tout cas, et n'oubliez pas de me téléphoner s'il revient. J'alerterai les services sociaux, si besoin est.

— D'accord.

*
* *

Après avoir quitté le gérant, Lucan remonta dans son véhicule de service et prit la direction de son domicile sans cesser de scruter les alentours du regard. Il ne s'attendait pas vraiment à revoir le petit garçon, mais la fatigue due à une surcharge de travail n'était pas une excuse pour relâcher sa vigilance. La dernière fois que cela lui était arrivé, il avait reçu deux balles dans la poitrine, et mis ensuite des mois à se rétablir.

La police était sur les dents depuis une série de cambriolages dont l'avant-dernier avait coûté la vie à une femme de la haute société, Shereen Nestler. Et la victime du plus récent était Adrian Fisk, riche homme d'affaires et ami proche du gouverneur de l'Etat. Les enquêteurs n'avaient pas encore trouvé la moindre piste concernant l'identité des malfaiteurs, et les médias comme les politiques locaux s'indignaient de cette absence de résultats. Ce n'était pourtant pas faute de se donner du mal : Lucan avait dû annuler un rendez-vous avec Jennifer cinq jours de suite et, maintenant, elle ne répondait plus à ses appels.

Il n'en était pas excessivement peiné : il aimait bien Jennifer mais, si elle ne pouvait pas accepter les contraintes liées au métier de policier, il était temps de lui trouver une remplaçante.

Cette jolie infirmière qui travaillait avec sa belle-sœur Sally, par exemple… Comment s'appelait-elle, déjà ? Nancy ? Nina ? Quelque chose comme ça… A en juger par les œillades qu'elle lui lançait à chacune de leurs rencontres, il était loin de la laisser indifférente…

Mais c'était une amie de Sally, et Lucan avait pour règle de ne s'engager dans aucun type de relation intime avec des femmes proches de membres de sa famille. Cela les aurait inévitablement amenées à penser au mariage, et son divorce, après une union de quelques mois seulement, lui avait ôté l'envie de retenter l'expérience. L'amour éternel n'existait que dans les contes de fées… Il n'était plus question pour lui de se laisser prendre à ce genre d'illusion.

Lucan en était là de ses réflexions lorsqu'il arriva à destination. La vue du petit cabriolet rouge garé dans sa contre-allée lui arracha un sourire désabusé. Impossible de ne pas le reconnaître, et tout aussi impossible de ne pas identifier la jeune femme enceinte jusqu'aux yeux qu'il vit ensuite sortir de la maison et refermer la porte à clé. Il se rangea contre le trottoir, descendit de voiture et alla rejoindre sa belle-sœur.

— Bonsoir, Whitney ! Tu es venue m'apporter, ou me voler quelque chose ?

— Devine ! s'écria-t-elle gaiement avant de l'embrasser sur les deux joues. Mais qu'est-ce que tu fais chez toi à cette heure ?

— Il est 18 h 45, et mon service s'est terminé à 15 heures.

— Tu t'arrêtes de travailler à la fin de ton service, maintenant ?

— Non, et c'est pour ça que je rentre chez moi à 18 h 45… Alors, que m'as-tu apporté ?

— Le dîner que ta mère t'a préparé : pain à l'ail, lasagnes, salade verte et brownies pour le dessert.

Lucan en eut l'eau à la bouche. Sa mère était une excellente cuisinière et, en bonne Irlandaise, elle était convaincue que son seul fils célibataire mourrait de faim si elle ne veillait pas au grain.

— Je suis passée la voir tout à l'heure, poursuivit Whitney, et elle comptait venir ici elle-même, mais comme c'était sur mon chemin, je lui ai proposé de le faire à sa place. Tu ne m'en veux pas de m'être introduite chez toi sans ta permission, j'espère ?

— Bien sûr que non ! s'exclama Lucan avec un grand sourire. C'était pour la bonne cause !

Whitney lui rendit son sourire, puis elle indiqua :

— J'ai mis les lasagnes dans le réfrigérateur, et le reste sur la table de la cuisine, mais si j'avais su que tu rentrerais vers l'heure du repas, j'aurais laissé ta mère venir : vous auriez pu dîner ensemble.

— Merci de me rappeler avec autant de subtilité que je suis un mauvais fils ! J'avais l'intention d'aller voir maman en début de semaine, mais je n'en ai pas trouvé le temps.

— Ma remarque n'avait rien de subtil, car pour se faire

comprendre des O'Shay, il faut mettre les points sur les i. Et je suis bien placée pour le savoir : j'en ai épousé un !

— Ce dont nous nous réjouissons tous, mais tu devrais faire attention : tu commences à attraper l'accent irlandais de maman. Si tu veux dîner avec moi, cependant, tu es la bienvenue : telle que je la connais, maman t'a chargée de m'apporter de quoi nourrir une armée.

— Ou tes trois frères et toi, mais ça revient au même !

— Je ne compte pas les inviter. Ton mari est d'ailleurs de service aujourd'hui, non ?

Flynn, le benjamin de la fratrie, était pompier, et sa permanence le retiendrait à la caserne jusqu'au lendemain matin.

— Oui, répondit Whitney, mais je ne peux pas rester : j'ai promis à mon père de passer la soirée avec lui.

— Tant pis ! Je dînerai devant la télévision…

— Ta mère s'inquiète de te voir toujours célibataire, tu sais, et ce n'est pas son seul sujet de préoccupation : elle trouve aussi que tu travailles trop.

— Va dire ça aux médias ! Ils nous accusent, eux, d'inaction dans cette affaire de meurtre… Et je ne te parle pas des autres formes de pression que nous subissons : le mari de la victime est un personnage en vue, qui connaît tous les membres du conseil municipal.

Percevant l'amertume qui transparaissait dans sa voix, Lucan s'arrêta avant de donner libre cours à sa colère contre tous ceux qui exigeaient des résultats rapides dans une enquête de police particulièrement difficile.

— Maman trouvera toujours matière à se tracasser — pour moi comme pour tout le reste de la famille, enchaîna-t-il. Je suis certain qu'elle te reproche de faire de la voiture dans ton état, par exemple…

— Oui, mais ça ne m'empêche pas de l'adorer et, voiture ou pas, j'accoucherai à terme. Le bébé peut même naître maintenant : il n'aurait qu'une semaine d'avance, et tout est prêt pour l'accueillir.

— Euh… j'aimerais mieux qu'il ne se présente pas là, tout de suite…

Whitney éclata de rire, puis, reprenant son sérieux, elle observa :

— Ta mère a peut-être raison, cette fois, de s'inquiéter, parce que tu as l'air fourbu.

— Je le suis, mais c'est le métier qui veut ça. Toi, en revanche, tu es resplendissante !

— Je ressemble plutôt à une baleine, mais je n'en apprécie pas moins ton compliment.

— Il était sincère : la grossesse te va bien… Mais à propos de voiture, je vois que tu as toujours la même… Je croyais que vous vouliez la vendre et la remplacer par un monospace ?

— On avait un acquéreur, mais il s'est rétracté. Si tu es intéressé, je te ferai un prix d'ami.

— Ne me tente pas…

Lucan avait conduit une fois le cabriolet de sa belle-sœur, et il avait été conquis. Issue d'une famille riche, Whitney avait pu s'offrir ce petit bijou sur ses propres deniers, mais même si elle lui en avait fait cadeau, il aurait refusé : un policier propriétaire d'une voiture aussi luxueuse se verrait automatiquement accoler l'étiquette de ripou.

— Le monospace nous sera livré demain, indiqua Whitney, juste à temps pour l'arrivée du bébé. Je garderais bien mon cabriolet, mais Flynn dit qu'il attire les voleurs comme un aimant.

— Il a raison.

Et c'était un argument supplémentaire pour ne pas l'acheter, songea Lucan. Dans certains quartiers de la ville où son travail l'amenait à se rendre, cette voiture ne resterait pas plus de cinq minutes à l'endroit où il l'aurait garée.

Cela ne l'empêcha pas de lui jeter un regard empreint de nostalgie.

— Réfléchis quand même à ma proposition, reprit Whitney. Désolée, mais il faut que je te quitte, maintenant : mon père m'attend.

— Oui, vas-y... Et merci pour le dîner ! J'appellerai maman dès que je serai à l'intérieur, et j'irai peut-être manger le dessert chez elle. Je suis sûr qu'elle a de la glace à la vanille pour aller avec, et moi, je n'en ai plus.

— Tu es aussi gourmand que ton frère !

— Ça doit être de famille.

— Il faut croire !

Après avoir embrassé sa belle-sœur, Lucan remonta dans sa voiture pendant qu'elle sortait de la contre-allée. Il s'y gara ensuite, puis courut se mettre au chaud dans la maison.

La bonne odeur des lasagnes l'accueillit dans la cuisine, et il téléphona à sa mère pendant que le four chauffait. Elle attendait de la visite, si bien que la conversation fut brève. Whitney serait soulagée d'apprendre qu'elle n'aurait pas pu rester dîner avec lui, se dit Lucan. Cela signifiait aussi, malheureusement, qu'il n'aurait pas de glace à la vanille pour accompagner les brownies — à moins de retourner à la supérette.

Cette dernière pensée lui rappela le petit garçon, et il fronça les sourcils. La situation de ce gosse l'inquiétait, mais il ne pouvait rien faire pour lui dans l'immédiat : il l'avait sans doute effrayé ce soir, au point de le dissuader de revenir s'approvisionner chez Salman avant un bon moment.

Lucan pensait cependant encore au petit garçon le lendemain à l'aube, pendant son jogging. Les rues étaient silencieuses et désertes, comme toujours à cette heure-là, et, à en juger par les décorations de Noël qui ornaient les façades et les jardins, toutes les maisons étaient habitées.

Un temps exceptionnellement doux avait succédé à la vague de froid qui avait frappé la région de Baltimore au début du mois de décembre, mais, d'après la météo, cette douceur n'allait pas durer.

Lucan passa une nouvelle journée à interroger des gens et à chercher des indices — sans plus de résultat que précédemment. Epuisé et frustré, il quitta son bureau un peu avant 19 heures avec pour seule envie de boire une bière, de dîner du reste des lasagnes et d'aller ensuite se coucher.

Parvenu au carrefour près duquel se trouvait la supérette, cependant, il se souvint du petit garçon de la veille. Alors, au lieu de tourner à gauche, ce qui l'aurait conduit chez lui, il prit la direction opposée et longea la rue bordée d'un côté par l'arrière du magasin, et de l'autre par une rangée de pavillons neufs.

Son initiative fut récompensée : il aperçut soudain le gamin, qui marchait d'un pas pressé sur le trottoir, toujours vêtu de son anorak et de son jean sale, avec le même sac à dos vert suspendu à l'épaule.

Jugeant préférable de le suivre à pied, pour plus de discrétion, Lucan se gara et descendit de voiture. Le petit garçon dut malheureusement entendre la portière se refermer, car il se retourna… et prit aussitôt la fuite.

Mais, cette fois, Lucan ne risquait pas de le perdre de vue, et il le rattrapa en quelques enjambées. Il le saisit par le bras, l'obligea à lui faire face, mais il eut ensuite toutes les peines du monde à conserver son avantage : son petit adversaire se débattait comme un beau diable, lui lançait des coups de pied et des coups de poing…

— Tu n'as rien à craindre de moi, lui dit Lucan pour tenter de le calmer. Je veux juste te parler, alors arrête de…

— Lâchez-le ! cria une voix, derrière lui. Au secours ! Police ! A l'aide !

2

Lucan se retourna d'un bloc. Toute son attention concentrée sur le petit garçon, il n'avait pas entendu s'approcher la voiture — un superbe coupé B.M.W. gris métallisé — qui était maintenant arrêtée au milieu de la chaussée. Une jolie brune en était descendue et se ruait vers lui, blême de colère.

Jamais il n'aurait cru une femme vêtue d'une jupe ultra-étroite et de bottes de cuir à talons hauts capable de courir aussi vite !

— Je suis policier, madame ! lui déclara-t-il lorsqu'elle fut arrivée à sa hauteur.

La fureur devait la rendre sourde à toute explication, car elle répéta :

— Lâchez-le ! Lâchez-le tout de suite, sale pervers ! C'est mon neveu !

Puis elle brandit un grand sac à main de cuir marron assorti à ses bottes et le projeta en direction du visage de Lucan. Il leva un bras à temps pour parer le coup, mais cette diversion permit au petit garçon de se dégager et de s'échapper : il prit ses jambes à son cou et disparut au coin de la rue.

Sa tante ne désarma pas pour autant : Lucan lui maintenant au-dessus de la tête le bras qui tenait le sac, elle utilisa l'autre pour lui marteler la poitrine du poing tout en lui lançant de violents coups de pied dans les tibias.

— Continuez comme ça, et je vous arrête pour voie de fait sur agent de la force publique ! s'écria-t-il avant de prendre de sa main libre sa carte de police dans sa poche et de la lui mettre sous le nez.

Ses mots portèrent, cette fois : la jeune femme s'immobilisa et examina le document avec attention. Lucan profita de ce répit pour l'examiner, elle.

Des cheveux bruns coupés court, des traits délicats, de grands yeux bleus… Une veste de tailleur ouverte sur un chemisier blanc très cintré qui faisait ressortir de petits seins ronds et une taille fine… Pas de bijoux voyants, mais ses boucles d'oreilles, la chaîne suspendue à son cou et les bracelets qui ornaient ses poignets étaient de toute évidence en or massif…

— Ainsi, vous êtes vraiment policier ? finit-elle par observer — mais d'une voix encore courroucée.

— Recommencez à me frapper, et je vous le prouverai en vous passant les menottes !

— Qu'est-ce que vous vouliez à mon neveu ?

— J'avais juste quelques questions à lui poser.

— Ce n'est pas l'impression que j'ai eue ! répliqua-t-elle.

Lucan mesurait un bon mètre quatre-vingt-cinq, mais, avec ses talons hauts, la jeune femme avait à peine besoin de lever la tête pour le regarder droit dans les yeux. Et l'expression provocante de ses prunelles d'un bleu profond disait qu'il ne l'impressionnait pas le moins du monde.

— Vous m'avez plutôt donné l'impression d'être un pervers tentant de kidnapper un petit garçon, précisa-t-elle.

Une bouffée de colère envahit Lucan. Il essaya de compter jusqu'à dix pour se calmer, mais ne dépassa pas quatre. La beauté de cette femme aurait pu l'inciter à lui témoigner une certaine indulgence, mais son agressivité lui en enlevait toute envie.

— Montrez-moi votre permis de conduire ! lui ordonna-t-il sèchement.

Les yeux de la belle brune lancèrent des éclairs, mais Lucan soutint son regard, et elle se résigna finalement à ouvrir son sac.

C'est alors que Lucan aperçut, au milieu d'un fouillis d'objets, un revolver calibre 38. Il lui arracha le sac des mains, le laissa tomber sur le sol et la força à se retourner.

— Vous êtes en état d'arrestation !

— Quoi ?

Sans rien dire, Lucan lui passa les menottes aux poignets.

— Vous perdez la tête ! protesta-t-elle. Vous ne pouvez pas m'arrêter juste parce que je vous ai traité de pervers !

— Non, mais je peux le faire pour port d'arme illégal, obstruction à une opération de police et voie de fait à l'encontre d'un représentant de la loi.

Il jeta un coup d'œil en direction de la B.M.W. immobilisée au milieu de la rue et ajouta :

— Et pour entrave à la circulation.

— Vous plaisantez, j'espère !

— Pas du tout ! Vous avez le droit de garder le silence…

— Inutile de me notifier mes droits ! Je les connais : je suis avocate.

Etouffant le juron que cette information lui avait fait monter aux lèvres, Lucan continua de réciter la formule réglementaire.

— Et Kip ? s'écria la jeune femme. Vous ne voyez donc pas qu'il se passe quelque chose d'anormal ?

L'inquiétude qu'exprimait sa voix faillit convaincre Lucan de s'arrêter là, mais il se força à aller jusqu'au bout et demanda ensuite :

— Vous avez bien compris vos droits tels qu'ils vous ont été exposés ?

— Oui !

Lucan s'écarta de sa prisonnière et la laissa se retourner.

— Je vous présente mes excuses, déclara-t-elle sur un ton et d'un air tout sauf contrits, mais vous brutalisiez mon neveu, et ça m'a mise hors de moi.

— Je ne le brutalisais pas ! J'essayais juste de l'obliger à se tenir tranquille, parce qu'il se débattait.

— Evidemment ! La façon dont vous lui avez sauté dessus lui a fait croire, comme à moi, à une agression.

— Je ne lui ai pas…

— Inutile de nier : je vous ai vu !

Son emploi de la force pour se ménager un entretien avec le petit garçon avait pu, en effet, donner lieu à une fausse interprétation, pensa Lucan. Il n'avait cependant pas la moindre intention de l'admettre tout haut.

— Si vous êtes la tante de ce gosse, pourquoi s'est-il enfui, au lieu d'aller se placer sous votre protection ?

Un éclair de douleur inattendu passa dans les yeux de son interlocutrice, mais elle se reprit très vite.

— Kip ne m'a pas reconnue. J'habite à Boston, et nous ne nous étions pas vus depuis plus de deux ans. Vous lui avez fait tellement peur, de toute façon, qu'il n'a songé qu'à mettre le plus de distance possible entre lui et vous… Ecoutez, je suis désolée… Je suis peut-être un peu parano, mais je n'avais aucun moyen de savoir que vous étiez policier !

Là encore, sa voix et son expression disaient que ses excuses étaient de pure forme.

— Nous sommes dans le même camp, monsieur l'agent ! ajouta-t-elle sur un ton de défi.

— Lieutenant, rectifia Lucan.

Cette correction fut accueillie par un haussement d'épaules désinvolte qui acheva de l'irriter. Il ramassa le sac à main et en sortit le revolver.

— Vous pouvez m'expliquer ça ?

— J'avais oublié qu'il était là, mais c'est parfaitement légal : j'ai un permis de port d'armes, *lieutenant*. Vous le trouverez dans mon sac.

Lucan s'exhorta au calme. Il n'était pas question de donner à cette femme la satisfaction de voir qu'elle avait réussi à le déstabiliser. Il jeta un coup d'œil dans le sac, et ce qu'il aperçut au milieu du bric-à-brac qui le remplissait lui fit hausser les sourcils.

— Un revolver chargé *plus* une bombe lacrymogène… Vous craignez donc à ce point pour votre sécurité ?

— Deux précautions valent mieux qu'une.

— Mais vous n'êtes pas policier.

— Non, je vous l'ai déjà dit : je suis avocate.

— Alors vous n'avez pas le droit de vous promener avec une arme à feu.

— Mes papiers sont en règle. Vous pouvez vérifier !

— Je n'y manquerai pas, même si c'est inutile : toute avocate que vous soyez, vous ignorez visiblement que, dans l'Etat du Maryland, seuls les fonctionnaires de police sont autorisés à sortir de chez eux armés.

La réponse fusa, accompagnée d'un regard incendiaire :

— Simple distraction ! Quand j'ai quitté Boston, je n'ai pas pensé à inspecter le contenu de mon sac.

— Cette ville doit être plus dangereuse que je ne le croyais… Qu'avez-vous encore là-dedans ? Un couteau à cran d'arrêt ?

— Bien sûr que non !

— Voyons ça…

Lucan entreprit de fouiller le sac… et tomba sur un passeport qui renforça sa méfiance.

— Vous avez l'intention de quitter le territoire national ? demanda-t-il.

— Ma sœur et moi partons en vacances ce week-end avec ses enfants, si vous voulez le savoir. Nous allons aux Bermudes.

— En décembre ? Juste avant Noël ?

— Oui. Nous avons envie de soleil.

— Votre sœur a un mari, j'imagine ? Il est au courant de ce projet de voyage ?

La jeune femme se raidit, baissa un instant les yeux, mais les planta ensuite dans ceux de Lucan, toute sa hargne revenue.

— Ça ne vous regarde pas !

— Ça me regarde si votre sœur emmène ses enfants à l'étranger à l'insu de leur père.

— Ma sœur est divorcée. Elle s'est remariée, mais ses trois enfants sont nés de son premier mariage, et elle n'a pas de comptes à rendre à leur père.

Une situation familiale conflictuelle pouvait expliquer le comportement déroutant de Kip, et Lucan en serait resté là si le petit garçon n'avait eu autant d'argent en sa possession… Mais cela demeurait un mystère, aussi poursuivit-il son interrogatoire.

— Les billets d'avion sont dans votre sac ?

— Non, nous ne les avons pas encore achetés.

— Au risque de ne plus trouver de place sur aucun vol ?

— Oui, je sais que ça peut paraître bizarre, mais… Ecoutez,

je m'inquiète beaucoup pour ma sœur : elle devait m'appeler dimanche dernier, pour que nous fixions la date exacte de notre départ, et elle ne l'a pas fait.

Le visage de la jeune femme s'était assombri. Toute combativité semblait soudain l'avoir quittée, remplacée par une angoisse qui avait l'air sincère, mais peut-être jouait-elle la comédie ?

— J'essaie vainement de joindre Casey depuis trois jours, continua-t-elle. J'aurais pris la route pour Baltimore en début de semaine si je l'avais pu, mais j'avais un travail à terminer avant de partir… Vous avez trouvé mes permis de port d'armes ?

— Pas encore, mais vous en avez plusieurs ?

— Oui. Ils sont dans une enveloppe.

Lucan se remit à fouiller le sac et en extirpa une enveloppe qui renfermait effectivement des papiers autorisant une certaine Kyra Wolfstead à porter une arme dans le Massachusetts et deux Etats voisins. Le portefeuille que Lucan sortit ensuite contenait un permis de conduire délivré à la même personne, et la photographie était bien celle de la femme qu'il avait en face de lui.

— Vous trouverez aussi là-dedans des cartes professionnelles, indiqua-t-elle.

Mais également une grosse liasse de billets de banque, constata Lucan. Il fixa sur Kyra un regard soupçonneux.

— Je ne voulais pas perdre de temps à aller retirer de l'argent dans un distributeur en arrivant ici, expliqua-t-elle. Laissez-moi partir, maintenant ! Je m'inquiète vraiment pour ma sœur : son ex-mari est sous le coup d'une injonction qui lui interdit de s'approcher d'elle, parce que c'est un homme potentiellement violent.

Cette information étant facile à vérifier, elle était sûrement vraie… Lucan sortit une des cartes professionnelles et déclara, les sourcils froncés :

— Il est dit là-dessus que vous êtes enquêtrice dans une compagnie d'assurances…

— Oui, je travaille pour l'équivalent de la Lloyds britannique — la société Dowling Limited.

— Merci, je sais lire, mais vous êtes enquêtrice ou avocate ?

— Les deux. Je suis spécialiste en droit international, domaine qui intéresse particulièrement une firme dont de nombreux clients possèdent des résidences à l'étranger. Beaucoup de bijoux et d'objets d'art volés aux Etats-Unis sont en outre revendus dans d'autres pays, et ma bonne connaissance de la législation de la plupart d'entre eux est un atout précieux pour mes employeurs... Votre curiosité est satisfaite, à présent ? J'ai le droit d'aller m'assurer qu'il n'est rien arrivé à ma sœur ?

— Non, je n'en ai pas encore terminé avec vous, mais il faut d'abord que j'enlève votre véhicule de la route : il risque de provoquer un accident.

— C'est ridicule ! Si quelqu'un passe et me voit menottée comme une criminelle...

— Allez vous asseoir derrière cet arbre, pendant que je m'occupe de votre voiture, dit Lucan avec un geste en direction d'un orme planté à l'entrée du jardin le plus proche.

— Le sol doit être glacé !

— Mais il est sec, et je n'en ai pas pour longtemps.

Bien que visiblement furieuse, Kyra obéit sans autre protestation. Lucan la suivit des yeux, et il eut l'impression qu'elle tremblait un peu, mais c'était sans doute de colère plus que de peur ou de froid.

Avant de faire demi-tour, il déchargea le revolver, le glissa dans sa ceinture et mit les balles dans sa poche. Il gara ensuite la B.M.W. contre le trottoir, puis en inspecta l'habitacle.

Un grand manteau de laine noire était posé sur la banquette arrière, à côté d'une valise, d'une sacoche d'ordinateur et de deux sacs en plastique remplis de paquets recouverts de papier doré. L'écran du G.P.S. intégré au tableau de bord affichait le plan du quartier et l'itinéraire pour se rendre dans une rue située à une centaine de mètres de là. Une carte de la côte Est, dépliée, occupait tout le siège du passager, et une bouteille Thermos était calée au pied. Lucan la souleva, la déboucha et huma son contenu — du thé à la bergamote, encore chaud. Il y avait aussi, dans le vide-poche de la portière du conducteur, une bouteille d'eau à moitié pleine… Kyra Wolfstead était une femme organisée !

Les papiers du véhicule se trouvaient à l'intérieur de la boîte à gants. Ils étaient en règle et portaient la même adresse que le permis de conduire de la jeune femme.

Tout laissait donc à penser qu'elle avait dit la vérité, mais le revolver et la grosse liasse de billets découverte dans son portefeuille tracassaient Lucan. Et il y avait en plus un petit garçon qui se promenait dans les rues avec lui aussi une énorme quantité d'argent liquide sur lui…

Lucan descendit de la B.M.W., verrouilla les portières et alla rejoindre sa prisonnière. Il lui tendit la main pour l'aider à se relever, mais elle l'ignora et se remit debout avec une aisance confondante. Un corps souple et musclé se cachait donc sous ses vêtements élégants, et Lucan se demanda quel sport elle pratiquait.

— Ma voiture est au bout de la rue, déclara-t-il. Venez !

— Otez-moi d'abord ces menottes !

— Non.

— Vous comptez réellement m'arrêter ?

— Je ne le sais pas encore, répondit-il.

Les talons hauts de la jeune femme ne l'empêchèrent pas de marcher à son rythme. Il en conclut que c'était une joggeuse et, de façon totalement irrationnelle, il se sentit soudain mieux disposé à son égard.

Arrivé à sa voiture, il la fit asseoir à l'arrière pendant qu'il entrait les informations qu'il avait recueillies sur elle dans son ordinateur. Elle était inconnue des services de police, ce qui ne l'étonna pas vraiment, mais ce fut malgré tout à contrecœur qu'il l'autorisa à sortir du véhicule, lui enleva les menottes et lui rendit son sac.

— Et mon revolver ? demanda-t-elle.

— Je le garde. Vous n'avez pas le droit de l'avoir sur vous dans l'Etat du Maryland, et je devrais même vous arrêter pour port d'arme illégal.

— Mais vous n'allez pas le faire ?

— Ça reste à voir. Je vais vous suivre jusque chez votre sœur, et je prendrai une décision après l'avoir interrogée.

Kyra ne dit rien, mais elle pinça les lèvres et, quand elle se dirigea vers sa voiture, sa démarche dénotait une violente colère. Lucan la regarda s'éloigner, et il se surprit à admirer sa silhouette svelte, la façon dont sa jupe ajustée mettait en valeur le galbe de ses hanches et la finesse de sa taille. Furieuse ou non, c'était une femme extrêmement sexy… Il regrettait d'avoir fait sa connaissance dans des circonstances aussi peu propices à l'établissement de bonnes relations.

Elle monta dans la B.M.W., démarra et, une fois dans la rue indiquée comme destination sur l'écran de son G.P.S., elle se gara dans la contre-allée d'un petit pavillon de pierre blanche. Un vieux chêne occupait la majeure partie de la cour, une balancelle et quelques sièges de jardin s'alignaient sous la véranda, et une bicyclette d'enfant avec un pneu dégonflé gisait près d'une plate-bande dépourvue de toute fleur.

Lucan était déjà passé plusieurs fois devant cette maison au cours de ses joggings matinaux. Rien n'y avait alors particulièrement attiré son attention, mais là, il nota que les volets de toutes les fenêtres étaient fermés.

Sans l'attendre, Kyra courut vers la porte d'entrée, et il ne la rattrapa qu'au moment où elle appuyait sur la sonnette. Comme personne ne répondait, elle frappa bruyamment et tourna la poignée.

— C'est fermé à clé, grommela-t-elle.

— Votre sœur doit être sortie.

— Non, il se passe quelque chose d'anormal. Je viens encore d'essayer de la joindre sur son portable, en vain, or elle l'a toujours sur elle et ne l'éteint jamais, à cause des enfants.

— La batterie est peut-être à plat, observa Lucan. Les gens oublient souvent de vérifier si leur portable n'a pas besoin d'être rechargé.

Mais Kyra ne l'écoutait pas. Elle s'était remise en marche et tournait déjà le coin de la maison. Il lui emboîta le pas et la vit tenter sans succès d'ouvrir une porte latérale, puis celle de la cuisine, qui donnait sur la terrasse et le jardin.

— Votre sœur travaille ? demanda-t-il.

— Oui, elle est serveuse.

La jeune femme se dirigea ensuite vers un bâtiment indépendant qui devait servir de garage — et dont la porte, elle, céda à la première poussée. Kyra s'apprêtait à franchir le seuil quand Lucan la rejoignit — juste à temps pour la retenir par le bras : la situation commençait à lui inspirer de sérieuses inquiétudes.

— Lâchez-moi ! protesta Kyra. La voiture de Casey est là, et je veux…

— Non, je vous interdis d'entrer avant que j'aie inspecté les lieux. Attendez-moi ici !

A en juger par le soupir appuyé que cet ordre lui arracha, la patience n'était pas le fort de Kyra Wolfstead — et la docilité encore moins. Elle cessa cependant de résister, et Lucan pénétra dans le garage.

Les portières de la berline d'un modèle ancien qui se trouvait à l'intérieur étaient verrouillées et, en regardant par la vitre, il constata que le véhicule était vide. Il y avait juste, sur la banquette arrière, deux sièges de sécurité pour enfants. Le coffre était sans doute fermé à clé, lui aussi, mais Lucan n'eut pas le loisir de le vérifier, car il vit alors du coin de l'œil Kyra s'éloigner rapidement en direction du pavillon.

Craignant qu'elle ne commette quelque imprudence, il lui courut après en criant :

— Revenez ! Je vais appeler… Mais qu'est-ce que vous faites ? Non !

Il arriva cependant trop tard pour empêcher la jeune femme, qui s'était saisie d'une chaise abandonnée sur la terrasse, de la brandir et de s'en servir pour casser un carreau de la porte de la cuisine.

— Je sais que s'introduire dans une maison par effraction est un délit, dit-elle sans regarder Lucan, mais je suis trop inquiète… Vous m'arrêterez plus tard.

Après avoir utilisé les pieds de la chaise pour faire tomber les morceaux de verre restés dans l'encadrement, elle passa la tête par l'ouverture…

Le cri qu'elle poussa alors donna la chair de poule à Lucan. Pour effrayer une femme dotée d'un caractère aussi fort, le spectacle qui s'était offert à ses yeux devait être particulièrement horrible…

La colère que lui avait causée l'initiative inconsidérée de la jeune femme cédant la place à un élan de compassion, il la prit par les épaules et la tira en arrière.

3

L'odeur pestilentielle qui assaillait les narines de Kyra lui donnait envie de vomir, mais ce n'était rien comparé à l'épouvante qui l'avait saisie devant l'état de la cuisine. Dans son désarroi, elle se rendit à peine compte que deux mains s'étaient posées sur ses épaules et la forçaient à reculer.

Une fois éloignée de la porte, elle respira à fond pour chasser la nausée qui lui tordait l'estomac, mais des larmes lui montèrent alors aux yeux. Ses pires craintes venaient de se matérialiser : sa sœur était morte, elle en avait à présent la certitude.

Le lieutenant O'Shay l'avait lâchée, et il était maintenant au téléphone — sans doute pour demander l'envoi de renforts sur les lieux, mais Kyra était trop bouleversée pour comprendre ce qu'il disait. L'image de la cuisine dévastée l'obsédait. De la vaisselle éparpillée sur le sol, des bocaux de farine et de sucre en poudre renversés, de la viande et des aliments décongelés en train de pourrir par terre… Et, plus terrifiant encore, les petites empreintes de pas qui sillonnaient la pièce.

— Casey est morte…

La jeune femme n'eut conscience d'avoir parlé à voix haute qu'en entendant le policier déclarer :

— Il est trop tôt pour le dire. Asseyez-vous au bord de la terrasse, à présent ! Vous êtes blanche comme un linge, et la situation est déjà assez compliquée sans que vous me fassiez en plus un malaise.

— Je ne vais pas m'évanouir ! répliqua-t-elle, piquée au vif.

— Asseyez-vous quand même !

Cette fois, Kyra obéit. Elle aurait préféré mourir plutôt que de le reconnaître, mais elle tenait à peine sur ses jambes.

— Ma sœur…

— Nous en saurons plus quand nous aurons fouillé la maison.

— Mais Kip ? Où a-t-il disparu ?

— Nous allons passer le quartier au peigne fin, et nous le retrouverons, je vous le promets.

— Et les autres enfants ? Que sont-ils devenus ?

— Combien y en a-t-il ?

— Deux. Brian, qui a cinq ans, et Maggie, qui vient d'en avoir trois.

Le souvenir de ces petites empreintes de pas, dans la cuisine, s'imposa de nouveau à Kyra, et son cœur se serra. Toujours sans nouvelles de Casey le lundi soir, elle aurait dû partir tout de suite pour Baltimore afin de s'assurer que tout allait bien… Elle avait fait passer son travail avant sa famille, et si cela avait coûté la vie à sa sœur…

La voix du lieutenant la tira de ses tristes pensées.

— Kyra ? Ecoutez-moi ! Il faut que je retourne sur le devant de la maison pour accueillir mes collègues, et vous allez m'accompagner : vous ne pouvez pas rester seule ici.

Elle leva les yeux vers lui et faillit fondre en larmes en constatant que toute dureté avait quitté ses prunelles grises, remplacée par une profonde sollicitude. Un sursaut d'orgueil lui permit cependant de maîtriser son émotion. Elle se remit debout et le suivit.

Plusieurs véhicules de police arrivèrent peu après, et la fouille de la maison commença — sans Kyra qui, malgré ses protestations, s'était vu interdire d'y participer. Assise sur la balancelle de la véranda, tremblante de froid et d'appréhension, elle attendit donc le résultat des recherches sous l'œil vigilant d'un agent en uniforme.

Après ce qui lui parut une éternité, O'Shay vint la rejoindre. Il avait le visage sombre, et elle sauta sur ses pieds, la peur au ventre.

— La maison est vide, annonça-t-il.

— Mais alors, où est Casey ? Où sont Brian et Maggie ?

— J'ai envoyé une équipe quadriller le quartier. Nous savons que Kip est dans les environs et, quand nous l'aurons retrouvé, j'espère qu'il pourra nous dire ce qui s'est passé et où sont votre sœur et les autres enfants. Peut-être se sont-ils réfugiés chez un voisin.

— Non, ils n'en connaissent aucun : ils ne sont ici que depuis deux semaines… Il faut que j'aille à l'intérieur, pour voir…

— Désolé, mais je ne peux laisser entrer personne avant que les techniciens aient fini de prendre des photos et de relever les empreintes.

— Toute la maison est dans le même état que la cuisine ?

— A peu près… Ça va aller ?

Pas si Casey était morte…, songea Kyra.

Mon Dieu, faites qu'il ne lui soit rien arrivé !

— Ne vous inquiétez pas pour moi, répondit-elle — mais sans pouvoir réprimer un violent frisson.

— Mettez ça, déclara le lieutenant en enlevant sa veste et en la lui tendant.

— Non, ce n'est pas…

— Mettez ça !

— Vous allez prendre froid.

— Ça vous ennuierait, pour une fois, de m'obéir sans discuter ?

Ces mots s'accompagnèrent d'un sourire qui en gomma l'apparente rudesse, et Kyra se sentit de nouveau au bord des larmes.

— La maison est chauffée, ajouta le policier, et je dois y retourner. Attendez-moi ici !

Kyra enfila la veste avant de se rasseoir. Le vêtement avait gardé la chaleur de son propriétaire, et elle s'emmitoufla dedans. Il s'en dégageait aussi une légère odeur d'eau de toilette, un parfum boisé et très masculin qui, dans d'autres circonstances, aurait sûrement titillé ses sens. Mais Casey était morte… Il ne pouvait en être autrement… Et les enfants ? Qu'étaient-ils devenus ?

De longues minutes s'écoulèrent encore avant que le lieutenant reparaisse. Il s'installa près d'elle sur la balancelle, lui posa la main sur le bras, et elle fut surprise du réconfort que lui causa ce simple geste.

— J'ai appelé la régie d'électricité de la ville, indiqua-t-il. Il n'y a plus de courant dans la maison, et il faut que quelqu'un vienne le rétablir.

— Il a été coupé ?

— Oui.

— Pourquoi ?

— Je l'ignore. Parlez-moi du premier mari de votre sœur, maintenant !

— Il s'appelle Milt Bowman et travaille comme mécanicien dans une entreprise de la région, la société Norris Transportation Systems. Comme je vous l'ai dit, il est sous le coup d'une injonction qui lui interdit de s'approcher de Casey.

— Il la frappait ?

— Seulement quand il était ivre : l'alcool le rend méchant. Ma sœur a supporté ses brutalités pendant des années mais, un soir, il s'en est pris à Kip… Elle s'est interposée, et il lui a fracturé la mâchoire. Elle a attendu qu'il s'endorme, puis elle est allée se réfugier avec les enfants dans un foyer pour femmes battues. Là, quelqu'un l'a emmenée à l'hôpital, et les bénévoles de l'association l'ont aidée à trouver un avocat. Cela lui a permis d'obtenir très vite cette injonction d'éloignement. Elle a ensuite entamé une procédure de divorce, et quand Milt a compris qu'elle ne changerait pas d'avis, il s'est plié à sa décision. En échange, elle a renoncé à porter plainte contre lui.

Kyra aurait aimé voir son ex-beau-frère passer en jugement et recevoir le châtiment qu'il méritait, mais sa sœur n'avait rien voulu entendre.

— Casey a alors rencontré Jordan Fillmont, et ils ont commencé à sortir ensemble, poursuivit-elle. Ils se sont mariés le jour où le divorce a été prononcé.

Et, là encore, Kyra n'avait pas réussi à raisonner sa sœur, à la persuader d'attendre de mieux connaître Jordan pour l'épouser : Casey était têtue, et l'idée d'élever seule ses trois enfants l'effrayait.

— Ce mariage a rendu Milt fou furieux. Il a menacé Casey.

— Elle est allée le dire à la police ?

— Oui, et elle a demandé à la justice des mesures de protection renforcées. Milt, lui, a engagé un avocat pour tenter d'obtenir la garde conjointe des enfants.

— Il y tient vraiment ?

— Bien sûr que non ! Il veut juste punir Casey de l'avoir si vite remplacé. C'est un ivrogne et un abruti fini… Ma sœur manque terriblement de discernement en ce qui concerne les hommes.

Et c'était apparemment de famille…, aurait pu ajouter Kyra.

— Son deuxième conjoint est aussi peu recommandable que le premier ? demanda O'Shay.

— Je n'en sais rien : je ne le connais pas encore. Ils se sont mariés il y a quelques mois seulement.

— Quel métier exerce-t-il ?

— Il travaille dans un centre de loisirs, le Green Forest Country Club, mais j'ignore ce qu'il y fait exactement.

— O'Shay ? appela soudain une voix.

— Excusez-moi, Kyra, il faut que je retourne à l'intérieur, dit le lieutenant.

Elle n'eut conscience qu'il lui avait pris la main qu'au moment où il la lâcha et où elle éprouva une brusque sensation de froid. Et ce froid n'était pas juste dû à la température extérieure : la présence du policier lui avait aussi réchauffé le cœur. Pour une femme qui se targuait de n'avoir besoin de personne, c'était très surprenant !

Une camionnette portant le logo de la régie d'électricité de Baltimore arriva quelques instants plus tard. Deux hommes en descendirent, et l'agent en faction devant le cordon de sécurité installé autour du pavillon le souleva pour les laisser passer.

Une nouvelle attente commença pour Kyra. Ayant donné sa montre à réparer, elle n'avait pas la moindre idée de l'heure qu'il était, mais elle trouvait le temps long, et son anxiété augmentait au fil des minutes. Pourquoi O'Shay avait-il été rappelé dans la maison ? Pourquoi tardait-il tant à revenir ?

Quand il reparut enfin, deux policiers en civil l'accompagnaient. Il s'arrêta sur le seuil et fit signe à la jeune femme de s'approcher.

— Je vous présente le lieutenant Todd Berringer et le capitaine Walsh, lui déclara-t-il lorsqu'elle l'eut rejoint.

Kyra salua les deux hommes d'un simple hochement de tête avant de les contourner et d'entrer dans le séjour... Là, son sang se figea dans ses veines.

La pièce ressemblait à un champ de bataille : meubles renversés, coussins éventrés, lampes, cadres et bibelots fracassés... Un sapin de Noël artificiel gisait près de la cheminée, la boîte des décorations destinés à l'orner écrasée sous lui.

— Pourquoi ? chuchota Kyra.

— Le ou les intrus devaient chercher quelque chose, dit l'un des policiers, derrière elle.

— Ma sœur ne possède aucun objet de valeur. Quelques bijoux, peut-être, mais rien qui explique un tel saccage.

Ses yeux embués de larmes se posèrent sur un petit vase en terre cuite rose qui avait roulé jusqu'à la porte, mais, par miracle, ne s'était pas cassé. Elle alla le ramasser. C'était l'œuvre de Kip quand il était à la maternelle. Il lui avait offert le même en bleu.

Le lieutenant Berringer se pencha pour dégager une photographie de son cadre brisé.

— C'est votre sœur ? demanda-t-il.

Casey et ses trois enfants fixaient l'objectif, tout sourires. Ce cliché avait été pris un an plus tôt, et Kyra avait le même, en plus petit, dans son portefeuille. Les gens à qui elle le montrait étaient toujours frappés par sa ressemblance avec sa sœur aînée.

— Oui, murmura-t-elle, la gorge nouée. Avec Kip, Brian et Maggie.

Le policier lui tendit ensuite un cadre en plastique fissuré contenant une photographie de Casey et de Jordan le jour de leur mariage. Elle en avait également reçu de sa sœur un exemplaire de dimensions réduites.

— C'est Casey et Jordan, son deuxième mari, indiqua-t-elle.

Puis, s'armant de courage, elle enchaîna :

— Vous avez trouvé des traces de sang ?

— Non, répondit O'Shay. Il est impossible de savoir si les occupants de la maison étaient là au moment des faits, ou s'ils en ont découvert le résultat à leur retour, mais Kip est bien vivant, et il y a donc tout lieu de penser que le reste de la famille l'est aussi.

— L'état de décomposition des aliments, dans la cuisine, prouve pourtant que le cambriolage remonte à plusieurs jours, et Casey m'aurait appelée si elle l'avait pu.

Les deux lieutenants échangèrent un regard, et ce fut Berringer qui reprit la parole :

— Vous dites que votre sœur ne possède aucun objet de valeur, mais peut-être avait-elle une grosse somme d'argent liquide caché quelque part ? Certaines personnes ne font pas confiance aux banques.

— Casey est serveuse, et son mari travaille comme simple employé dans un club de loisirs… Ils ne sont pas riches.

O'Shay posa la main sur l'épaule de Kyra, comme pour la préparer à l'annonce d'une mauvaise nouvelle.

— Depuis dimanche dernier, déclara-t-il d'une voix douce, Kip se rend quotidiennement à la supérette voisine. Il y achète de la nourriture, et paie chaque fois avec un billet de cent dollars.

Il fallut plusieurs secondes à la jeune femme pour assimiler cette information.

— Vous… vous en êtes sûr ? bredouilla-t-elle.

— Oui, je l'ai vu hier sortir de sa poche une grosse liasse de billets de banque, et en tendre un au gérant du magasin pour régler ses achats… Vous semble-t-il possible que votre sœur, ou son mari, ou les deux, se livrent à du trafic de drogue ?

— Casey ? Vous plaisantez ! C'est une mère de famille tout ce qu'il y a de respectable !

Les policiers échangèrent un nouveau regard, et Kyra devina ce qu'ils pensaient : connaissait-elle sa sœur si bien que ça ?

Réprimant sa première réaction de colère, elle se força à réfléchir. Cette question était pertinente, et méritait de recevoir une réponse franche.

— Ma sœur a onze ans de plus que moi, finit-elle par dire, et cette différence d'âge nous a empêchées d'être aussi proches l'une de l'autre que je l'aurais souhaité — j'étais encore lycéenne quand elle a épousé Milt Bowman, par exemple… Nous ne nous voyons pas très souvent, parce que je vis à Boston, et elle à Baltimore, mais nous restons en contact.

Cela suffisait-il pour lui permettre de jurer que Casey ne consommait ni ne revendait de la drogue ? Si c'était le cas, le saurait-elle ? Oui, sûrement ! C'était sa sœur !

— Je me porte garante de la moralité de Casey, enchaîna-t-elle d'une voix raffermie. Ne connaissant pas Jordan, je ne peux rien affirmer en ce qui le concerne, mais regardez cette maison… Elle est tout sauf luxueuse, et ils n'en sont même pas propriétaires : ils la louent ! Ma sœur ressort tous les ans depuis la naissance de Kip le sapin de Noël que vous avez sous les yeux… Sa voiture tombe tout le temps en panne et, le mois dernier, j'ai dû lui envoyer de l'argent pour la faire réparer… Son mari a un emploi modeste, et le genre de salaire qui va avec, alors s'il empochait les gains énormes que le trafic de drogue est censé rapporter, ils mèneraient un train de vie différent, non ?

— La drogue coûte cher, et de nombreux toxicomanes se mettent à dealer pour avoir de quoi s'acheter leurs doses, souligna Berringer. C'est peut-être le cas de votre sœur…

— Non, je refuse de le croire ! Et elle a beau être mal inspirée dans le choix de ses compagnons, jamais elle n'aurait épousé un junkie, avec tous les risques que cela aurait fait courir à ses enfants : elle les aime trop.

— Comment votre neveu s'est-il procuré tous ces billets de cent dollars, dans ce cas ?

— Je n'en sais rien !

Percevant une note d'hystérie dans sa voix, Kyra s'efforça de se ressaisir. Si elle voulait aider Casey et les enfants, il lui fallait garder son sang-froid, et fournir aux policiers le plus d'éléments possible pour élucider le mystère de leur disparition. Trop de questions se posaient, hélas, dont elle ne connaissait pas la réponse... Epuisée physiquement et nerveusement, mais refusant de se laisser abattre, elle reprit d'un ton plus calme :

— Je peux faire un tour de la maison ? Avec un peu de chance, je remarquerai quelque chose d'utile pour votre enquête...

— Je m'apprêtais à vous le proposer, dit O'Shay. Je vous accompagne.

Sa présence silencieuse mais attentive rassura la jeune femme pendant qu'ils allaient de pièce en pièce. C'était le rez-de-chaussée et la chambre principale qui avaient subi les plus gros dégâts. L'état des autres chambres témoignait de recherches moins poussées : tiroirs et placards y avaient été fouillés, les matelas, retournés et éventrés, mais les intrus n'y avaient renversé aucun meuble et cassé aucun objet.

— Il n'y a plus ni oreillers ni couvertures dans les chambres des enfants, nota Kyra lorsqu'ils eurent inspecté la dernière. Où sont-ils passés ?

Le lieutenant fronça les sourcils, l'air perplexe, puis il remonta le couloir jusqu'à la chambre principale et alluma la lumière.

— La literie de cette pièce a été saccagée, mais elle est toujours là, indiqua-t-il.

Après être allé jeter un coup d'œil dans chacune des autres chambres, il rejoignit la jeune femme dans le couloir et lui déclara sur un ton admiratif :

— Bravo ! Vous êtes très observatrice ! Cela nous avait échappé.

Compte tenu des circonstances, un compliment n'aurait pas dû suffire à la réjouir, et pourtant Kyra rougit de plaisir. Peut-être parce que celui-ci venait d'un homme qu'elle ne pouvait s'empêcher de trouver extrêmement séduisant... Il avait certes de petites rides au coin des paupières et de la bouche, les joues recouvertes d'une ombre de barbe, et une coupe visiblement récente n'avait même pas réussi à discipliner son épaisse chevelure noire, mais il émanait de lui une aura de force tranquille qui rendait plus fascinante encore l'intensité de son regard. Malgré une fatigue évidente, ses yeux exprimaient par exemple en ce moment une volonté farouche de comprendre ce qui s'était passé, et une compassion sincère pour elle.

— Quelqu'un a pu utiliser les couvertures pour protéger les enfants du froid avant de les emmener ailleurs, dit-il après un bref silence.

— Non, je ne pense pas : pourquoi s'encombrer en plus d'oreillers ? Sans compter que Kip est toujours dans les parages… Attendez, j'ai une idée ! Y aurait-il, pas loin d'ici, une cabane construite dans les arbres, ou une remise abandonnée au fond d'un jardin ?

— Bien vu ! Heureusement que l'un de nous deux est encore capable de réfléchir… Todd !

Berringer gravit l'escalier en courant et, quelques instants plus tard, il partait avec un groupe d'autres policiers à la recherche du genre d'abri accessible à un petit garçon apeuré et livré à lui-même.

Quand Kyra regagna le séjour, elle se mit à fouiller la pièce, et O'Shay lui demanda :

— Qu'est-ce que vous cherchez ?

— Le sac à main de ma sœur.

— Nous ne l'avons pas trouvé.

— Vraiment ? Et ça ne vous semble pas bizarre ?

— Non. Pourquoi ?

— Eh bien, si Casey avait été enlevée, son sac serait toujours là. Je ne vois pas son ou ses ravisseurs lui dire : « N'oubliez pas votre sac à main ! » En l'absence de cadavre et de traces de sang, vous avez sûrement envisagé l'hypothèse d'un kidnapping, mais ce détail la détruit.

— Pas entièrement, si vous voulez mon avis.

Le retour de Berringer et de ses collègues interrompit la conversation. Ils revenaient bredouilles, et O'Shay déclara alors à Kyra :

— Il est tard. Nous reprendrons les investigations demain… Où comptez-vous passer la nuit ?

— Ici.

— Il n'en est pas question !

— Pourquoi ?

— Parce que c'est une scène de crime.

— Vos techniciens ont déjà fait toutes les photos et tous les relevés d'empreintes nécessaires, non ?

Le regard du lieutenant se durcit de nouveau.

— Cette maison est un vrai capharnaüm. Vous ne pouvez pas y rester.

— J'en ai pourtant la ferme intention : si Casey ou les enfants sont dans les environs, c'est là qu'ils finiront par revenir, et je les y attendrai le temps qu'il faudra.

— Vous savez que j'ai légalement le pouvoir de vous l'interdire ?

— Juste pour me contrarier, puisque je ne risque pas de contaminer votre scène de crime ? Ce serait franchement mesquin de votre part !

D'un geste machinal, Kyra leva le bras pour ramener en arrière ses longs cheveux noirs… et se souvint alors qu'elle les avait fait couper le samedi précédent. Il allait lui falloir un peu de temps pour s'habituer à sa nouvelle coiffure…

— Et où dormiriez-vous ? grommela O'Shay. Par terre ?

— Votre sollicitude me touche, lieutenant, mais vous croyez vraiment que je vais arriver à dormir cette nuit ? Je compte plutôt commencer à remettre de l'ordre dans la maison.

— Je vous rappelle que nous avons dû forcer la porte d'entrée, et que vous avez cassé un carreau de celle de la cuisine.

— Il suffit de boucher le trou, et je peux caler une chaise contre la porte principale pour la fermer quand vous serez partis.

Un silence glacial accueillit ces suggestions.

— Allez, lieutenant, soyez gentil ! Laissez-moi m'installer ici !

— Non.

— Pourquoi ?

— Parce que je n'ai pas les effectifs suffisants pour affecter un homme à votre protection.

— Même si vous les aviez, ce serait parfaitement inutile ! Réfléchissez, lieutenant… Soit les cambrioleurs ont mis la maison sens dessus dessous pour rien, et ils savent alors que ce qu'ils cherchaient n'y est pas, soit ils l'ont trouvé, et ils n'ont alors aucune raison de revenir. Je n'ai donc pas besoin de garde du corps.

— La réponse est toujours non.

— Très bien ! Dans ce cas, je vais passer la nuit dans ma voiture.

— Et mourir de froid ?

— Sans doute, et vous aurez ma mort sur la conscience.

Les autres policiers échangèrent des regards amusés. Ils ne devaient pas être habitués à voir quelqu'un — une femme, de surcroît — tenir tête à un homme de la trempe de leur collègue. Kyra s'était cependant tellement battue pour se faire respecter dans une profession essentiellement masculine que personne n'avait plus le pouvoir de l'intimider.

— D'accord, je vous autorise à rester, finit par concéder O'Shay.

Puis, à la grande surprise de Kyra, il retira discrètement de sa ceinture le revolver qu'il lui avait confisqué, et le lui tendit en murmurant :

— Dépêchez-vous de le ranger dans votre sac. Je ne l'ai pas vu, et je ne veux plus jamais le voir… C'est clair ?

— Très clair.

Elle faillit lui demander de lui rendre aussi les balles, mais elle se ravisa au dernier moment. Il avait renoncé à l'arrêter pour port d'arme illégal… Mieux valait ne pas lui donner une raison de changer d'avis.

Il sortit ensuite une carte professionnelle de son portefeuille et griffonna quelque chose au dos avant de la lui remettre.

— Voici mon numéro de portable. A la moindre alerte, appelez-moi, et je serai là dans les minutes qui suivront :

j'habite à deux rues d'ici. Je vais vous aider à ranger la cuisine, maintenant.

Cet homme était vraiment imprévisible ! songea Kyra. Sa défaite dans le bras de fer qui venait de les opposer aurait logiquement dû le mortifier, et voilà que, loin de lui en garder rancune, il lui proposait ses services !

— Merci, mais ce n'est pas la peine.

— Si ! s'écria-t-il. Ma mère me tuerait si j'allais tranquillement me coucher en vous laissant nettoyer seule une telle porcherie… Je peux au moins m'occuper de jeter les aliments avariés, et il faut de toute façon boucher le carreau cassé. J'ai vu un panneau de contreplaqué dans le garage.

Pour la première fois, la jeune femme perçut une pointe d'accent irlandais dans sa voix. Sans doute était-ce la fatigue qui le faisait ressortir. Elle se rappela alors avoir lu son prénom sur sa carte de police. Lucan… C'était un joli nom.

Il mobilisa ses collègues pour lui prêter main-forte et, en moins d'un quart d'heure, la cuisine retrouva un aspect presque normal. Resté ensuite seul avec Berringer, il alla examiner la porte d'entrée.

— Le verrou de sûreté n'était pas mis quand nous l'avons forcée, indiqua-t-il à Kyra au terme de son inspection. La gâche n'a donc pas été endommagée, et cela vous permettra de vous enfermer quand nous serons partis. Je vais m'arranger pour que cette rue soit incluse dans la ronde d'un maximum de voitures de patrouille, mais sachez que le téléphone ne marche pas : la ligne est coupée.

Comme le courant l'avait été, ce qui donnait à Kyra une raison supplémentaire de trembler pour sa sœur…

— Ce n'est pas grave, dit-elle d'un ton qui se voulait dégagé. J'ai mon portable.

— Il y a dans votre voiture quelque chose dont vous avez besoin ?

— Ma valise et mon manteau. J'irai les chercher tout à l'heure.

— Non, je m'en occupe.

De plus en plus déconcertée, la jeune femme attendit avec Berringer que Lucan lui apporte ses affaires. Elle lui rendit ensuite sa veste — dont la chaleur et la légère odeur boisée lui manquèrent aussitôt.

— N'hésitez pas à m'appeler s'il se passe quoi que ce soit, lui déclara-t-il.

— Entendu. Et merci à tous les deux.

Les policiers prirent congé, mais, par la fenêtre du séjour, Kyra les vit s'arrêter sur le trottoir. Ils y restèrent à discuter pendant plusieurs minutes avant de monter chacun dans leur véhicule et de partir, cette fois pour de bon.

La laissant dans une maison dévastée, avec sa peur pour seule compagnie.

Il était évident qu'elle n'arriverait pas dormir cette nuit malgré son épuisement, et elle retourna dans la cuisine pour finir de la ranger. N'ayant pas dîné, elle aurait dû avoir faim, mais l'odeur fétide qui flottait encore dans la pièce lui donnait mal au cœur.

Soudain, elle eut envie d'appeler Simon Testier.

Ce collègue et ancien amant était un excellent enquêteur… Si elle lui exposait la situation, peut-être lui trouverait-il une explication à laquelle elle n'avait pas pensé…

Il était en ce moment en Allemagne, et elle n'avait pas été tendre avec lui, avant son départ. Cela faisait maintenant plus d'un mois qu'elle essayait de mettre un terme définitif à leur relation, mais il était trop vaniteux pour comprendre qu'une femme ne veuille plus de lui.

Elle leva les yeux vers la pendule de la cuisine et calcula qu'il était 5 h 30 du matin en Allemagne. Simon devait être profondément endormi, ce qui rendait encore plus tentante l'idée de lui téléphoner, mais elle y renonça finalement. Mieux valait ne rien faire qui puisse l'entretenir dans l'illusion que les choses allaient s'arranger entre eux.

Le problème que lui posait Simon était toutefois mineur comparé au terrifiant mystère de la disparition de Casey et de ses enfants. Cherchant un dérivatif à son angoisse, Kyra lava à grandes eaux le sol et toutes les surfaces de la cuisine. Elle se mit ensuite en quête de l'aspirateur de sa sœur, le trouva dans un placard et regagna le séjour avec. Après avoir ramassé les objets éparpillés dans la pièce, elle la nettoya entièrement, et cette débauche d'énergie lui détourna en effet l'esprit de ses préoccupations.

Ce répit fut cependant de courte durée : au moment où elle éteignait l'aspirateur, il lui sembla entendre un bruit, et son cœur bondit dans sa poitrine.

Figée sur place, elle tendit l'oreille… Rien. Ce bruit n'avait-il existé que dans son imagination, ou bien y avait-il vraiment quelqu'un dans la maison ?

Non, c'était impossible… Elle avait été fouillée de fond en comble par des policiers expérimentés…

Mais ils n'avaient pas remarqué l'absence des oreillers et des couvertures dans les chambres des enfants, alors si quelque chose d'autre leur avait échappé ?

— Kip ? finit par appeler la jeune femme. C'est moi, tante Kyra… Tu es là ?

Seul le silence lui répondit. Un silence si profond que c'était comme si la maison elle-même retenait son souffle.

— Kip ? Tu peux te montrer… Je suis là pour t'aider.

Toujours pas de réponse.

Le sang lui battant aux tempes, elle resta de longues minutes les yeux fixés sur l'escalier, dont la porte ouverte du séjour lui permettait de voir les premières marches.

Rien. Pas le moindre bruit, pas le moindre mouvement.

Kyra en conclut qu'elle avait pris ses désirs pour la réalité. La fatigue lui brouillait l'esprit. Il était peut-être temps d'essayer au moins de dormir.

Un trottinement, au-dessus de sa tête, la fit soudain sursauter. Sûre, cette fois, de ne pas avoir rêvé, elle courut vers l'escalier, le gravit quatre à quatre en appelant Kip, mais sans obtenir de réponse, et elle trouva le palier de l'étage sombre et désert. Les chambres des enfants, qu'elle inspecta ensuite une à une, l'étaient également.

Dans la chambre principale, tout aussi vide, les volets avaient été ouverts. La pièce donnait sur la rue, et Kyra, en s'approchant de la fenêtre, vit une voiture de patrouille la remonter lentement.

Un signe de sa part, et le véhicule s'arrêterait… Ses occupants accepteraient bien sûr de fouiller la maison avec elle, mais dans la mesure où des recherches approfondies, quelques heures plus tôt, avaient prouvé qu'il n'y avait personne dedans, ils la prendraient au mieux pour une poltronne, au pire pour une folle…

Elle n'avait envie de passer ni pour l'une ni pour l'autre, si bien qu'elle ne bougea pas. Le front appuyé contre la vitre froide, elle laissa son regard errer sur la nuit calme et silencieuse en priant le ciel que sa sœur et ses neveux aient trouvé un abri sûr.

Et en se jurant que, s'il ne leur était rien arrivé, elle leur rendrait désormais visite plus souvent. Son métier la passionnait, mais il lui imposait certains sacrifices : en raison de longues journées de travail et de fréquents voyages à l'étranger, elle était rarement chez elle, et le peu de vacances qu'elle s'accordait lui servait essentiellement à récupérer de la fatigue accumulée au cours des mois précédents.

Sa sœur et elle restaient en contact par téléphone et courrier électronique, mais ce n'était pas suffisant. Casey était sa seule famille proche, et leur différence d'âge n'aurait pas dû l'empêcher de lui consacrer plus de temps.

— Mon Dieu, faites que je la retrouve saine et sauve…, murmura-t-elle.

Puis elle se détourna de la fenêtre, se dirigea vers la porte… et son cœur s'arrêta de battre.

Elle venait de voir une petite silhouette s'éloigner rapidement dans la pénombre du couloir.

4

La porte du pavillon s'ouvrit avant même que Lucan ait eu le temps de sonner, et Kyra Wolfstead apparut, l'air épuisée, mais une expression de défi dans ses grands yeux bleus.

— Je ne suis pas folle ! déclara-t-elle sans préambule.

— Euh… d'accord…

— Ne faites pas semblant de me croire !

— Il est 4 heures du matin… Je ne suis pas assez réveillé pour jouer la comédie.

— Je sais ce que j'ai vu !

— Une ombre.

— Il y avait quelqu'un dans le couloir de l'étage. Un enfant.

— Je peux entrer ?

La jeune femme s'écarta, puis le suivit dans le séjour. Elle avait dû passer la nuit à le remettre en ordre : les meubles et le sapin de Noël avaient été relevés, plus aucun objet ni débris ne traînait sur le sol, et l'aspirateur était encore branché.

— Vous n'avez même pas essayé de dormir ? observa Lucan.

— Non. Je n'ai donc pas pu rêver, et il ne s'agissait pas non plus d'une hallucination.

— D'accord…

— Arrêtez de dire ça !

— Calmez-vous, et racontez-moi le plus précisément possible ce qui s'est passé.

— Vous me promettez de ne pas vous moquer de moi ?

— Je vous le promets.

— Bon… Au moment où j'ai éteint l'aspirateur, il m'a semblé entendre un bruit. J'ai appelé, mais personne ne m'a répondu.

J'ai ensuite entendu des pas, au-dessus de ma tête… Je me suis précipitée à l'étage, mais toutes les chambres étaient vides, et j'ai alors pensé que mon imagination me jouait des tours.

Il y avait un accent de désespoir dans la voix de Kyra. Elle marqua une pause et inspira profondément avant de poursuivre :

— J'ai vu une voiture de patrouille remonter la rue, pendant que je regardais par la fenêtre de la chambre de ma sœur…

— Pourquoi n'avez-vous pas fait signe à ses occupants de s'arrêter ? Ils devaient avoir les yeux fixés sur la façade, et ils auraient alors compris que vous aviez besoin d'aide !

— Je sais, mais j'ai eu peur qu'ils ne me prennent pour une folle, et c'est seulement quelques minutes plus tard que j'ai vu cette silhouette, dans le couloir. C'était Kip, j'en suis certaine… Il a pu entrer pendant que je passais l'aspirateur. Toutes les portes et les fenêtres sont fermées, j'ai vérifié en vous attendant, mais il a sûrement les clés de la maison.

Lucan soupira. Le coup de téléphone de Kyra l'avait tiré d'un profond sommeil, et il se sentait encore l'esprit embrumé.

— Allons de nouveau inspecter l'étage, déclara-t-il en se dirigeant d'un pas lourd vers l'escalier.

— Vous me croyez, alors ?

— Oui, sinon je ne serais pas là.

— Je me demande si ce n'est pas Milt Bowman qui a mis la maison à sac, observa la jeune femme, derrière lui. D'après ma sœur, il lui arrive d'avoir des colères terribles, quand il a bu, et il n'a pas du tout apprécié qu'elle se remarie le jour même de leur divorce. Il a donc pu, par pure malveillance, décider de venir tout casser chez elle… Et, si elle l'a surpris en pleine action, il a pu la tuer, ainsi que Brian et Maggie, Kip étant le seul qui ait réussi à s'échapper.

La voix de Kyra se brisa. Lucan s'immobilisa et se retourna. Elle avait les yeux remplis de larmes et battait désespérément des paupières pour tenter de les refouler. Elle avait jusqu'ici réagi avec beaucoup de courage face à une situation plus qu'inquiétante, mais le manque de sommeil commençait à affaiblir ses défenses.

— Vous vous faites du mal pour rien, lui dit-il doucement. Nous n'avons pas découvert le moindre indice pouvant laisser penser qu'un meurtre — sans parler de plusieurs ! — a été commis ici.

— Et si Milt les avait forcés à monter dans sa voiture, pour aller les assassiner ailleurs ?

— Arrêtez ! s'écria Lucan. Ce n'est pas le moment de flancher ! Je vous l'interdis, même, au nom de votre sœur et de vos neveux !

La douleur et le découragement cédèrent la place à la colère dans le regard de son interlocutrice, et c'était exactement ce qu'il avait cherché en lui parlant aussi durement : cela lui avait donné un coup de fouet salutaire. Elle ferma les yeux et, quand elle les rouvrit, le calme était revenu sur son visage.

— Oui, vous avez raison. Désolée ! Je ne suis pas aussi émotive, d'habitude… Montons !

Pendant qu'ils gravissaient l'escalier, Lucan demanda :

— L'ex-mari de Casey possède une arme à feu ?

— Je l'ignore. Je pense qu'elle me l'aurait dit, si c'était le cas, mais sans pouvoir en être sûre.

— Et elle ?

— Je n'en sais rien.

Cela renforça Lucan dans l'opinion que Kyra n'était pas assez proche de sa sœur pour être crue sur parole lorsqu'elle la déclarait d'une moralité irréprochable. Pour lui, le saccage de la maison et le fait que Kip soit en possession d'une telle somme d'argent liquide avaient de grandes chances d'être liés à un trafic de drogue.

Ce n'était pas la seule possibilité, mais si Kyra s'obstinait à refuser de l'envisager, elle risquait de tomber de haut, et Lucan décida d'aborder de nouveau le sujet — mais plus tard, quand elle se serait reposée. Sans compter que, de son propre aveu, elle ne connaissait pas encore Jordan Fillmont… Elle excluait d'emblée que sa sœur ait épousé un toxicomane mais, là encore, elle pouvait se tromper, et de nombreux dealers se livraient à ce commerce juste par appât du gain, de toute façon.

Kyra n'avait rangé que le rez-de-chaussée, constata Lucan en refaisant le tour des chambres : elles étaient dans le même état que la veille au soir. Il sortit ensuite un tabouret de la salle de bains et monta dessus pour abaisser la trappe pratiquée dans le plafond du couloir. Son ouverture commandait la descente de l'escalier escamotable qui menait au grenier.

— Je n'avais pas remarqué cette trappe, dit Kyra.

— Nous, si.

— Mais, même en grimpant sur ce tabouret, un petit garçon ne pourrait pas l'atteindre.

— Je sais, mais je vais malgré tout jeter un nouveau coup d'œil là-haut.

— Je vous suis.

Lucan dut pratiquement ramper jusqu'au milieu du grenier, le seul endroit où il y avait assez de hauteur pour lui permettre de se tenir debout. Deux ampoules nues projetaient une lumière faible, mais suffisante pour se rendre compte que personne ne se cachait là.

Kyra, elle, s'était contentée de passer la tête par l'ouverture et, quand Lucan redescendit, elle avait disparu. Il la trouva dans la chambre principale, le front appuyé contre la vitre et les épaules tombantes dans une attitude de profond abattement.

Emu par sa détresse, il s'approcha d'elle et vit alors des larmes couler sur ses joues. Son premier réflexe fut de battre en retraite, par discrétion, et puis il changea d'avis.

Les recherches qu'il avait effectuées sur elle avant d'aller se coucher lui avaient appris que son père et sa mère étaient morts quelques années plus tôt, ne lui laissant comme parents proches que Casey et ses enfants. Lucan, lui, appartenait à une famille nombreuse et très unie. Ronan, Neil et Flynn n'étaient pas seulement ses frères, mais aussi ses meilleurs amis ; leurs épouses étaient pour lui comme des sœurs, il adorait ses neveux et nièces… Si un jour il arrivait malheur à n'importe lequel d'entre eux, il en serait anéanti.

Un membre du clan O'Shay pouvait toujours compter sur les autres. Sa belle-sœur Whitney ne s'était-elle pas donné la peine, l'autre jour, de lui apporter le dîner que lui avait préparé sa mère ? Et ce n'était qu'un exemple parmi tant d'autres : dans les petites choses comme dans les grandes, la solidarité était de règle chez les O'Shay.

Kyra, elle, affrontait seule ses angoisses depuis des heures... Alors il lui posa la main sur l'épaule dans un geste de réconfort. Elle se retourna d'un bloc et s'essuya hâtivement le visage, mais il lui dit d'une voix apaisante :

— Il n'y a pas de honte à pleurer... Venez là !

Il l'attira dans ses bras, les referma sur elle et l'entraîna vers le lit. Là, il s'assit, le dos calé contre le mur, et la serra plus fort lorsque ses larmes silencieuses se transformèrent en violents sanglots.

Son orgueil en souffrirait sans doute plus tard, mais tant pis... En cet instant précis, c'était ce dont elle avait besoin. Une légère odeur citronnée s'exhalait de ses cheveux, et Lucan écarta délicatement les mèches soyeuses égarées sur son front.

Ses sanglots finirent par se calmer, et il mesura son épuisement au fait qu'elle ne le repoussa pas, une fois ses larmes taries. De petits frissons la secouaient encore, mais elle se détendit peu à peu et, gagné par une douce sensation de bien-être, Lucan ferma les yeux.

Un bruit les lui fit rouvrir, et il se rendit alors compte qu'il avait dormi. Pendant combien de temps ? Il n'aurait su le dire, mais Kyra était toujours dans ses bras, et elle s'était elle aussi assoupie.

Il retint son souffle pour mieux écouter, mais le silence régnait maintenant de nouveau dans la maison, et il fallut plusieurs secondes à son esprit engourdi pour identifier le bruit qui l'avait tiré du sommeil.

C'était celui d'une chasse d'eau. La salle de bains située de l'autre côté du couloir avait reçu une visite.

Avec d'infinies précautions, il s'écarta de Kyra, mais elle ouvrit aussitôt les paupières et fixa sur lui un regard d'une acuité surprenante pour quelqu'un qui venait juste de se réveiller. Après lui avoir posé un doigt sur les lèvres pour l'empêcher de parler, il lui expliqua à voix basse ce qui s'était produit. Ils traversèrent ensuite le couloir sur la pointe des pieds, mais il n'y avait plus personne dans la salle de bains.

— Où se trouvait la silhouette dont vous m'avez parlé, quand vous l'avez perdue de vue ? murmura Lucan à l'oreille de Kyra.

— Difficile à dire : ça s'est passé très vite.

— Essayez de vous souvenir !

— C'était du côté de la chambre de Maggie, je crois... Il s'agit de Kip, n'est-ce pas ?

Lucan hocha affirmativement la tête. Et, pour avoir disparu aussi vite, le petit garçon ne devait pas se cacher bien loin... Dans la chambre de sa sœur, par exemple ?

Toujours accompagné de Kyra, il s'y rendit. La porte était fermée, et il resta un moment derrière, tous ses sens aux aguets, avant de l'ouvrir et d'allumer la lumière.

La pièce était aussi vide que lors de leur visite précédente. Elle avait dû à une époque faire office de bureau, car une bibliothèque — aux étagères maintenant remplies de poupées, d'albums à colorier et de boîtes de jeux —, en occupait encore presque tout un mur.

Il n'y avait apparemment dedans aucun endroit qui aurait pu servir de cachette, mais Lucan décida de l'inspecter, cette fois, plus attentivement, et une anomalie finit par lui apparaître. Il s'approcha de la bibliothèque, tira légèrement sur un montant et le sentit bouger. Il recula ensuite jusqu'à la porte, évalua l'épaisseur du mur... A en juger par le petit cri d'excitation que poussa Kyra, elle avait compris...

— Chut ! murmura-t-il avant de la prendre par le bras et de regagner la chambre principale avec elle.

— Je savais bien que Kip était dans la maison ! déclara-t-elle, les yeux brillants.

— Oui, il y a une chambre forte derrière la bibliothèque, et le mécanisme d'ouverture ne doit pas être bien difficile à trouver, mais je ne veux pas effrayer votre neveu en le forçant dans sa retraite : il n'a pas gardé un bon souvenir de moi.

— Ma présence suffira à le tranquilliser.

— J'en doute : s'il avait entièrement confiance en vous, il aurait répondu à vos appels, tout à l'heure.

— Qu'allons-nous faire, alors ?

— Attendre qu'il quitte sa cachette de lui-même. Il a dû se rendormir mais, quand il se réveillera, il aura faim et, comme ses provisions doivent maintenant être épuisées, il sortira s'il pense pouvoir passer inaperçu. Et nous lui en donnerons l'impression en restant le plus discrets possible.

— Mais il s'enfuira dès qu'il nous verra…

— Je l'en empêcherai et, à nous deux, nous arriverons à le raisonner. C'est un gamin intelligent… Une fois contraint de nous écouter, il comprendra vite que nous ne lui voulons que du bien.

— Vous avez raison… Merci, Lucan !

C'était la première fois que Kyra l'appelait par son prénom, et cette marque de sympathie lui causa un plaisir dont l'intensité le surprit.

— Je n'ai encore rien fait pour mériter vos remerciements, protesta-t-il mollement.

— Si : vous ne m'avez pas arrêtée, et vous m'avez même laissée pleurer sur votre épaule.

A peine avait-elle prononcé ces derniers mots que la jeune femme rougit et baissa les yeux. Il ne s'était donc pas trompé : le souvenir de son accès de faiblesse blessait son amour-propre.

— Vous en aviez besoin, souligna-t-il. J'aurais eu envie de pleurer moi aussi, à votre place.

— Mais je ne vous vois pas sangloter dans les bras d'une personne que vous connaissez depuis quelques heures seulement…

— Non, j'aurais plutôt été tenté de donner un coup de poing dans un mur, mais ça revient au même. Et, bien que nous ne nous connaissions en effet que depuis hier soir, la situation crée un lien de solidarité entre nous : je ne suis pas seulement policier ; je suis également du quartier, et je me sens personnellement concerné par ce qui arrive à ses habitants…

Retournons dans la chambre de Maggie, à présent ! Le jour ne va pas tarder à se lever, et Kip, à se réveiller.

La sympathie que lui inspirait Lucan O'Shay surprenait Kyra. Jamais elle n'aurait cru possible de nouer aussi vite des relations amicales avec lui. Dans le monde des affaires où elle évoluait, elle prenait toujours soin de garder ses distances avec la gent masculine, afin d'éviter que ses excellents résultats soient imputés à son pouvoir de séduction, et non à ses compétences professionnelles. Simon lui avait dit qu'il avait mis trois mois à trouver le courage de l'inviter à dîner.

Elle essaya de l'imaginer en train de lui offrir du réconfort... et n'y parvint pas. Simon n'était pas très réceptif aux émotions des autres, et le premier contact de Kyra avec Lucan l'avait amenée à penser qu'il ne l'était pas, lui non plus. Elle s'était trompée : un cœur sensible se cachait sous ses dehors de policier intransigeant.

Mais pourquoi comparait-elle les deux hommes ? se demanda soudain la jeune femme. Ils n'avaient rien en commun... La fatigue la faisait divaguer !

Assise près de Lucan sur le lit de Maggie, elle devait en effet lutter pour empêcher ses paupières de se fermer. Il lui avait passé un bras autour des épaules, mais il n'y avait rien d'équivoque dans ce geste : c'était celui d'un ami prévenant et compréhensif.

S'il était marié, cependant, et si son épouse le voyait maintenant, en train de serrer une autre femme contre lui, que penserait-elle ? Il ne portait pas d'alliance, mais cela ne voulait rien dire : c'était le cas de beaucoup d'hommes mariés.

Au bout d'un moment, Kyra comprit qu'en concentrant son attention sur la personnalité et la vie privée de Lucan, elle cherchait un dérivatif à l'angoisse que lui causait le sort de sa sœur.

Une sœur craignant tellement pour sa sécurité qu'elle avait fait aménager une chambre forte dans une maison dont elle n'était même pas propriétaire... Pour se protéger de quoi ? de qui ?

De Milt, probablement... Il avait dû proférer de nouvelles menaces. Casey n'avait pas expliqué à Kyra pourquoi elle lui proposait de partir en vacances avec elle et les enfants, mais ce genre d'initiative était une première, et quand Kyra avait demandé si Jordan les accompagnerait, Casey avait hésité avant de répondre qu'il ne pourrait pas se libérer.

La battait-il, lui aussi ? Kyra ne savait à peu près rien de son nouveau beau-frère... Comment avait-elle pu se laisser accaparer par son travail au point d'être devenue pratiquement étrangère à sa propre famille ? Et si le lieutenant Berringer avait raison ? Si Jordan était impliqué dans un trafic de drogue ?

Plongée dans ses pensées, la jeune femme ne s'aperçut pas tout de suite que le jour commençait de filtrer à travers les volets. Elle n'en eut conscience qu'en voyant Lucan, jusque-là immobile comme une statue, tourner la tête vers la bibliothèque.

Il devait se passer quelque chose... Elle tendit l'oreille et perçut une sorte de bruissement, accompagné de chuchotements. Kip n'était donc pas seul dans la chambre forte... Etait-il possible que Brian et Maggie y soient eux aussi ?

Lucan se leva sans bruit, fit signe à Kyra de ne pas bouger et alla se poster devant la porte. Les bruits se rapprochèrent, et puis, soudain, l'un des montants de la bibliothèque s'écarta du mur. Une petite silhouette apparut... C'était Kip, dont le choc écarquilla les yeux quand ils se posèrent sur Kyra. Il tenait par la main un Brian que la présence de la jeune femme dans la pièce surprit tout autant, mais qui résista aux tentatives de son frère pour le tirer en arrière.

— Je vais faire dans ma culotte ! gémit-il.

Bien que le cœur de la jeune femme batte la chamade, elle parvint à sourire et à dire d'une voix calme :

— N'aie pas peur, Brian : je suis ta tante Kyra... Dépêche-toi d'aller aux toilettes !

Le petit garçon libéra sa main d'une secousse et s'avança dans la pièce, mais il s'immobilisa à la vue de Lucan.

— C'est un ami, lui indiqua Kyra.

Il n'en fallut pas plus pour le rassurer. Lucan lui ouvrit la porte, et il la franchit en courant avant de disparaître dans le couloir.

Kip, lui, ne bougea pas, mais une fillette surgit brusquement à côté de lui, un ours en peluche vêtu d'une robe bleue et d'un chandail rouge vif serré contre sa poitrine. Kyra s'approcha d'elle et lui tendit la main.

— Bonjour, Maggie ! Viens, ma puce !

— Si j'avais su que quelqu'un risquait de nous voir, on serait pas sortis ! annonça Kip sur un ton belliqueux. Maman a dit qu'on devait rester cachés !

— Tu as raison de vouloir protéger ton frère et ta sœur, mais je suis là pour t'aider.

— J'ai pas besoin d'aide !

Maggie regardait tour à tour Kyra et un frère dont l'agressivité envers cette femme inconnue d'elle l'alarmait visiblement.

— Tu as été très courageux, dit Kyra au petit garçon. Ta maman sera fière de toi.

Le menton de la fillette se mit à trembler, et ses yeux se remplirent de larmes.

— Où est maman ?

— Elle va bientôt revenir, ma puce… Je suis tante Kyra, la sœur de ta maman, et je vais m'occuper de vous en attendant son retour. Dans l'immédiat, vous allez tous vous laver et changer de vêtements.

— Et manger ? demanda Brian, qui venait de regagner la pièce.

— Absolument ! répondit Lucan — attirant sur lui le regard hostile de Kip. Je peux m'absenter le temps de passer quelques coups de fil, Kyra ?

— Bien sûr ! Tu vas aller te doucher dans la salle de bains de ta maman, Kip. Moi, j'irai dans l'autre avec Brian et Maggie.

— J'ai pas besoin de me laver ! protesta l'interpellé.

La sollicitude et les compliments n'ayant pas réussi à l'amadouer, Kyra résolut de changer de tactique. Si elle le traitait d'égal à égal, il finirait peut-être par accepter sa présence.

— Je te signale que tu sens mauvais, lui déclara-t-elle d'un ton neutre, mais si ça ne te dérange pas, rien ne t'oblige à te doucher : tu es assez grand pour te passer des conseils des autres.

Elle se tourna ensuite vers Brian, qui lui semblait mieux disposé à son égard.

— Toi, bonhomme, tu vas me montrer où sont les affaires, et quand vous serez tout propres, ta sœur et toi, on ira manger des crêpes dans un fast-food… Qu'en dis-tu ?

— Génial ! Viens, Maggie !

La fillette courut rejoindre Brian, et Kyra leur emboîta le pas, laissant Kip seul dans la pièce. Elle aurait voulu pouvoir lui témoigner son affection en le serrant dans ses bras, mais il lui fallait s'armer de patience, attendre qu'il cesse de voir en elle une ennemie. Et elle était sûre qu'il ne s'enfuirait pas : il prenait manifestement son rôle de protecteur trop au sérieux pour abandonner son frère et sa sœur.

Ils étaient tous les trois sains et saufs, c'était déjà un immense soulagement — même si le mystère de la disparition de Casey s'en trouvait épaissi : qu'avait-il bien pu se passer, pour qu'elle ait caché ses enfants dans une chambre forte… avant de se volatiliser ?

5

Kyra était presque aussi mouillée que Maggie lorsqu'elle l'enveloppa dans une grande serviette et la ramena dans sa chambre pour l'habiller. Kip n'y était plus, mais elle entendait de l'eau couler dans l'autre salle de bains : l'idée de sentir mauvais avait finalement eu raison de son entêtement.

Après avoir assis sa nièce sur le lit, la jeune femme alla jeter un coup d'œil à la chambre forte. Les enfants s'y étaient aménagé une sorte de nid, avec des couvertures, des oreillers et quelques jouets. Leur long séjour dans cet endroit exigu avait cependant dû être très éprouvant… Kyra brûlait de connaître les circonstances qui les avaient contraints à s'y cacher, mais elle n'avait pas posé de questions à Brian et à Maggie pendant qu'elle leur faisait prendre leur bain. Mieux valait leur laisser le temps de se remettre de cette terrible expérience.

En finissant de sécher Maggie, elle lui fit des chatouilles, et ses éclats de rire l'enchantèrent.

— Vous vous amusez bien, toutes les deux ? dit soudain Lucan depuis le seuil de la pièce.

Un sourire chaleureux éclairait son visage, et Kyra ressentit un étrange pincement au creux de l'estomac.

— Très bien, répondit-elle d'une voix mal assurée. Vous pouvez aller voir ce que fait Brian ?

— Je viens de l'envoyer rejoindre ma mère dans la cuisine.

— Votre mère est là ? s'écria Kyra, abasourdie.

— Oui, je lui ai téléphoné pour lui demander d'apporter quelques provisions. Kip aurait pu refuser de nous accompagner au fast-food, et comme il n'était question ni de le laisser seul ici, ni de nous priver de petit déjeuner…

— Je comprends, mais pourquoi déranger votre mère ? Vous habitez tout près, et il aurait donc été plus logique de faire appel à votre femme !

A peine cette remarque avait-elle franchi ses lèvres que Kyra la regretta, mais il était trop tard…

— D'une part, ma mère n'habite pas très loin d'ici, elle non plus, et d'autre part, je suis divorcé, déclara Lucan avant de se diriger vers la chambre forte.

Une minute après, il en sortait un grand sac à main rouge.

— C'est celui de votre sœur ?

— Oui, je le reconnais : c'est le cadeau que je lui ai offert à Noël dernier.

La vue de ce sac donna la chair de poule à Kyra. Le fait que Casey ne l'ait pas emporté en quittant la maison accréditait la thèse de l'enlèvement… Quel sort son ou ses ravisseurs lui avaient-ils ensuite fait subir ?

Glacée d'épouvante, la jeune femme regarda Lucan prendre le portefeuille de sa sœur et en sortir le maigre contenu : neuf billets de un dollar.

Maggie, qu'elle était en train d'habiller, se mit à se tortiller, et elle se rendit alors compte que, dans son effroi, elle lui avait inconsciemment serré les bras comme dans un étau. Elle relâcha aussitôt son étreinte et embrassa la fillette sur la joue pour la rassurer.

— J'ai annulé les recherches effectuées dans le quartier pour retrouver Kip, annonça Lucan. Il est en ce moment sous la douche, et je vais en profiter pour inspecter ses affaires.

Joignant le geste à la parole, il sortit de la chambre forte un sac à dos vert et l'ouvrit. Kyra écarquilla les yeux en voyant le nombre de billets qu'il en retira.

— Je ne comprends pas…, murmura-t-elle. D'où vient tout cet argent ?

— C'est la question que je me pose depuis avant-hier.

— Vous avez dit qu'il payait toujours ses achats avec un

billet de cent dollars… Il devait recevoir beaucoup de monnaie en échange, alors pourquoi ne l'utilisait-il pas d'une fois sur l'autre ?

— Dans sa hâte de quitter le magasin, il se contentait de la fourrer en vrac dans son sac à dos. Et, la fois d'après, il mettait moins de temps à sortir une liasse de billets de sa poche qu'à aller repêcher la monnaie au fond de son sac. L'idée qu'un enfant de son âge en possession d'une telle quantité de coupures de cent dollars attirerait l'attention ne lui a visiblement pas traversé l'esprit.

— Cet argent n'appartient pas à ma sœur.

— Il appartient pourtant bien à quelqu'un !

— Vous pensez qu'il l'a volé ?

— C'est possible, mais, quelle que soit son origine, il faudra que nous le comptions ensemble et que je vous signe un reçu.

— Maman dit que c'est mal de voler, intervint Maggie.

Lucan lui sourit.

— Ta maman a raison, ma puce… Nous poursuivrons cette conversation plus tard, Kyra !

Le petit visage de la fillette se crispa soudain, et elle fouilla désespérément la pièce des yeux.

— Nounours ? Où est Nounours ?

— Il est resté dans la salle de bains, lui rappela Kyra. Viens, on va aller le chercher et, ensuite, on ira déjeuner. Tu dois mourir de faim !

Ce fut le cœur lourd que Lucan regarda Kyra quitter la chambre, la main dans celle de sa nièce. Elle s'inquiétait plus que jamais pour sa sœur, et à juste titre : il y avait de grandes chances pour que Casey Fillmont soit morte, victime d'un règlement de comptes dans le cadre de quelque trafic illicite. Restait à savoir si elle y avait joué un rôle actif, ou si seul son mari y était mêlé. Et ledit mari, où avait-il disparu ? Que lui était-il arrivé ?

Lucan sortit à son tour de la pièce, le sac à dos sur l'épaule et entra dans la chambre principale, dont Kip n'avait pas refermé la porte. Ses vêtements de rechange étaient posés sur le lit, à côté de la liasse de billets que Lucan lui avait vue entre les mains le mercredi précédent.

Il les compta. Vingt-six… Il y en avait donc une trentaine au départ. Etait-ce cela que les cambrioleurs avaient cherché ? Sûrement, et Lucan était de plus en plus convaincu que cet argent était le produit d'une vente de drogue. Il devait avoir été caché quelque part dans la maison, et Kip, lui, l'avait trouvé…

Le bruit de la douche s'arrêta. Lucan mit les billets dans le sac à dos et se dépêcha de regagner le couloir. Il ne voulait pas risquer que Kip lui arrache la liasse des mains et s'enfuie avec.

Il alla ensuite se poster en haut de l'escalier, et il n'eut pas à attendre longtemps : à peine deux minutes plus tard, le petit garçon sortit en trombe de la chambre, ses vêtements collant à sa peau encore humide. Dès qu'il aperçut Lucan, il se rua sur lui en criant :

— Rendez-moi mon argent !

— *Ton* argent ? J'en doute, alors si tu me disais d'où il vient ?

— Ça vous regarde pas, et vous aviez pas le droit de le prendre !

— Parce que tu l'avais, toi ?

Kip serra les poings, mais il semblait à présent plus effrayé qu'en colère.

— Ne t'inquiète pas, je comprends…, enchaîna Lucan d'un ton radouci. Tu n'as pas eu le choix et, sans toi, vous seriez morts de faim, tous les trois. Si tu me racontais, maintenant, ce qui s'est passé ?

Pas de réponse.

— Ta tante se fait beaucoup de souci pour ta maman, reprit Lucan. Toi aussi, sûrement, et, que tu le croies ou non, je suis de ton côté.

— Non, je vous crois pas ! Allez-vous-en !

— C'est hors de question : il faut que je retrouve ta maman. Elle a des ennuis, n'est-ce pas ?

Des larmes apparurent soudain dans les grands yeux bleus

du petit garçon, qui rappelèrent à Lucan ceux de Kyra. Il aurait voulu offrir à Kip le même réconfort qu'à sa tante, mais il savait que tout geste amical serait repoussé.

— J'ai besoin de toi ! insista-t-il. La seule façon d'aider ta maman, c'est de me dire ce qui s'est passé.

Kip garda le silence. Il refoula ses larmes, et son expression se durcit. Il ne parlerait pas. Peut-être Kyra aurait-elle plus de succès…

— Bon, tant pis ! déclara Lucan. Si on descendait rejoindre Brian et Maggie dans la cuisine, maintenant ? Ma mère a apporté de la brioche, des gaufres, et de quoi faire des crêpes mais, si on ne se dépêche pas, il ne restera plus rien pour nous.

— J'ai pas faim !

— Viens quand même ! Je suis sûr que nous regarder manger te donnera de l'appétit.

Comme toujours quand Maureen O'Shay prenait possession d'une cuisine, celle des Fillmont était remplie de bonnes odeurs. Lucan trouva sa mère en train de s'y activer avec Kyra, et les deux femmes n'auraient pas eu l'air de mieux s'entendre si elles se connaissaient depuis des années.

Bien que de mauvaise grâce, Kip avait suivi Lucan. Il se laissa tomber sur la chaise la plus proche, sans rien dire et la mine renfrognée… Il en fallait cependant plus pour décourager Maureen.

— Tu aurais dû te sécher les cheveux, le gronda-t-elle gentiment, mais peu importe ! Je suis Mme O'Shay, la maman de ce grand gaillard… Vous voulez bien leur servir un verre de jus d'orange à tous les deux, Kyra, pendant que je fais d'autres crêpes ? Brian et Maggie ont déjà avalé toute la première fournée !

Après avoir obéi, la jeune femme lança un regard interrogateur à Lucan. Il secoua la tête pour lui indiquer qu'il n'avait rien pu obtenir de Kip, et elle soupira.

— Votre mère est un ange, déclara-t-elle ensuite. Elle a apporté de quoi préparer un petit déjeuner royal !

— Lucan m'avait dit ce qui manquait, expliqua l'intéressée. J'y ai juste ajouté deux ou trois choses.

— Vous comprenez, maintenant, pourquoi je l'ai appelée ! observa Lucan avec un sourire malicieux à l'adresse de Kyra.

Puis il alla déposer un baiser sur les cheveux gris de sa mère, se versa une tasse de café et s'assit à la table.

— Il faut qu'on retourne dans le placard ? lui demanda Brian.

— Non, ce n'est plus la peine.

— Tant mieux ! Quand est-ce que maman va revenir à la maison ?

— Dès que nous l'aurons retrouvée.

— Les vilains monsieurs l'ont emmenée.

Kyra se tourna vivement vers le petit garçon.

— Tais-toi, Brian ! s'écria Kip.

— Quels vilains messieurs ? questionna Lucan d'une voix douce.

— Tais-toi, Brian ! répéta Kip.

— Pourquoi ?

— Maman nous a défendu d'en parler.

— C'est pas vrai !

— Elle vous a dit de rester dans le placard ? demanda Lucan.

— Oui, répondit Brian.

— Tais-toi ! lui ordonna de nouveau Kip.

— Non ! C'est plus toi qui commandes… hein, tante Kyra ? Maman a dit d'ouvrir la porte à personne, mais elle est partie depuis longtemps, maintenant, et je veux qu'elle revienne.

— Elle sera bientôt de retour, intervint Kyra en s'agenouillant près du petit garçon et en le prenant dans ses bras. Lucan va la retrouver.

— Oui, et très vite ! renchérit Maureen. Ne t'inquiète pas, mon grand : il mettra les vilains messieurs en prison, et ils ne pourront plus jamais faire de mal à personne.

Kip sauta brusquement sur ses pieds et se dirigea vers le

séjour en courant. Lucan commença de se lever, mais Kyra lui fit signe de se rasseoir et suivit son neveu.

— Tu veux bien me raconter ce qui s'est passé ? déclara alors Lucan à Brian.

Une expression de peur rétrospective se peignit sur le visage du petit garçon, mais il hocha la tête.

— La lumière s'est éteinte, et maman a dit qu'on devait aller se cacher dans le placard. Elle a dit qu'on devait y rester jusqu'à ce qu'elle vienne nous chercher, et que c'était Kip le chef, maintenant. Il a pas voulu que je sorte quand j'ai eu besoin d'aller faire pipi, mais maman revenait pas, alors…

— On a entendu maman crier, coupa Maggie.

Alarmé, Lucan se tourna vers elle.

— Ah bon ? lui demanda-t-il en s'efforçant de parler sur un ton naturel.

— Oui, elle criait après les vilains monsieurs.

— Vous les avez vus ?

Mais la fillette s'était déjà désintéressée de la conversation. Elle s'était mise à bercer son ours, et ce fut Brian qui répondit.

— On les a pas vus. On était dans le placard, à ce moment-là.

— Tu peux dire combien ils étaient ?

— Non, mais ils faisaient beaucoup de bruit, et maman leur criait d'arrêter. Je voulais aller l'aider, mais Kip a pas voulu.

— Votre maman vous avait placés sous sa responsabilité, ta sœur et toi, et il a eu raison de t'empêcher de sortir. C'est dur d'avoir peur pour quelqu'un qu'on aime et de ne rien pouvoir faire, mais tu n'as pas à te sentir coupable… Tu as eu l'impression que ces hommes connaissaient ta maman ?

— Je sais pas. Au bout d'un moment, on a plus rien entendu, mais maman est pas revenue.

— Ces hommes devaient parler entre eux… Tu n'aurais pas reconnu la voix de ton père, par hasard ?

La question de Lucan avait cependant réveillé l'intérêt de Maggie.

— Papa habite pas ici, déclara-t-elle.

— Papa et maman sont divorcés, précisa Brian. Maman a un nouveau mari, mais on l'aime pas beaucoup.

— Il vous brutalise ?

— Non. Maman le laisserait pas faire.

— Et elle, il la brutalise ?

Brian secoua négativement la tête, puis il indiqua :

— Papa, lui, la battait, et on s'est sauvés pendant qu'il dormait.

— Il était là, quand les vilains messieurs sont arrivés ?

— Non. Jordan a téléphoné quand on est rentrés à la maison. Maman lui a parlé, et on a vu qu'elle avait peur. Après, la lumière s'est éteinte, et c'est là qu'elle nous a emmenés nous cacher dans le placard.

Lucan fronça les sourcils. Etait-ce pour la prévenir d'un danger imminent que Fillmont avait appelé sa femme ? Apparemment, mais comment était-il au courant ?

— Quelle heure était-il, Brian ?

— Je sais pas.

— Vous aviez déjà dîné ?

— Oui, dans un restaurant où on mange des tacos. On y va tous les samedis, parce que c'est le jour de congé de maman.

L'attaque avait donc eu lieu le samedi, et comme Kip n'était allé acheter de la nourriture à la supérette que le lendemain soir, les enfants avaient passé une journée entière le ventre vide… Le cœur de Lucan se serra à cette pensée.

— Il faisait nuit, quand vous êtes partis dîner ? demanda-t-il.

— Je sais pas.

— Les guirlandes de Noël étaient allumées, dans la rue ?

— Oui.

Cette indication ne permettait malheureusement pas de déterminer avec précision quand l'agression s'était produite. Kip pourrait sans doute éclaircir ce point — mais seulement si Kyra arrivait à le faire sortir de son mutisme.

— Maman…, murmura soudain Maggie d'une voix étranglée.

Maureen courut aussitôt la prendre dans ses bras.

— Ta maman sera bientôt de retour, ma chérie ! En attendant, je vais avoir besoin de ton aide : je compte faire des biscuits, ce matin, et on les mangera après le déjeuner… Qu'en dis-tu ?

— Je pourrai t'aider, moi aussi ? s'écria Brian pendant que Lucan adressait à sa mère un regard reconnaissant.

— Bien sûr ! Faire des biscuits, c'est beaucoup de travail, et j'ai de la chance d'avoir deux petits marmitons pour me prêter main-forte !

— Ce sera des biscuits à quoi ?

— Lesquels tu préfères ?

Lucan n'attendit pas la réponse de Brian : il se leva et traversa le couloir pour aller voir où en était Kyra avec Kip.

— Je sais que tu t'inquiètes pour ta maman, dit Kyra à son neveu. Moi aussi, et nous devons la retrouver le plus vite possible.

Kip lui tournait le dos. Comment l'amener à nouer le dialogue avec elle ? Il ne lui faisait pas confiance, et c'était normal : elle n'aurait pas dû laisser passer deux années entières avant de revenir à Baltimore.

— Je n'ai pas été à la hauteur de mon rôle de tante, jusqu'ici, reprit-elle. Les choses vont changer à partir de maintenant, mais il faut que tu aides le lieutenant O'Shay à découvrir ce qui est arrivé à ta maman.

— Je suis sorti du placard…, murmura le petit garçon.

Il se sentait coupable d'avoir désobéi à sa mère ! comprit alors Kyra.

— Et tu as eu raison, déclara-t-elle avec conviction. Ta maman n'avait pas l'intention de vous y laisser aussi longtemps.

— Elle va revenir ? demanda Kip en se retournant enfin.

La gravité de son visage bouleversa Kyra : un fardeau bien trop lourd pour ses jeunes épaules avait détruit l'insouciance de ses huit ans.

— Je l'ignore, répondit-elle, mais je ne vous abandonnerai pas, je te le promets.

Lequel des deux courut-il vers l'autre ? Kyra n'aurait su le dire, mais, l'instant d'après, Kip sanglotait dans ses bras. Elle refoula ses propres larmes et s'efforça de réfléchir aux changements que sa promesse allait l'obliger à opérer dans sa vie.

L'idée de devoir remplacer Casey dans son rôle de mère la terrifiait. Elle n'avait aucune expérience des enfants et, sur un plan strictement pratique, son appartement de Boston était bien trop petit pour en accueillir trois.

Mais elle trouverait une solution... Même si Lucan ne l'avait pas dit de façon explicite, il pensait comme elle que Casey était morte, et elle n'avait pas le droit de se laisser paralyser par la douleur : ses neveux avaient besoin d'elle.

Du coin de l'œil, elle vit soudain Lucan, immobile sur le seuil du séjour. Leurs regards se croisèrent, et il hocha la tête avant de pivoter sur ses talons et de disparaître dans la cuisine.

Les pleurs de Kip finirent par se calmer. Il s'écarta de Kyra et lui demanda en s'essuyant les yeux :

— Maman est morte ?

— Rien ne le prouve. Le lieutenant O'Shay va tout mettre en œuvre pour la retrouver, mais il faut que tu l'aides.

— Tu ressembles à maman...

— Oui, je sais.

— Elle nous a dit qu'on allait partir en vacances avec toi.

— C'était prévu, en effet, et j'espère que ce sera encore possible... Ecoute, tu n'as sans doute pas plus faim que moi, mais nous devrions quand même essayer de manger un peu — pour ne pas inquiéter Brian et Maggie, et aussi parce que nous avons besoin de prendre des forces avant de décider de ce que nous allons faire... D'accord ?

Kip hésita, puis il acquiesça, et il laissa même Kyra lui poser une main sur l'épaule pendant qu'ils regagnaient la cuisine. Là, ils s'assirent à la table, et Maureen plaça en silence devant chacun d'eux une assiettée de crêpes. Lucan, lui, continua sans broncher à raconter à Brian les bêtises qu'il avait faites à son âge.

Bien que muet et le visage fermé, Kip mangea avec appétit, tandis que Kyra dut se forcer pour finir son assiette : trop de pensées angoissantes tourbillonnaient dans son esprit.

— Je peux vous parler une minute ? déclara Lucan quand elle posa sa fourchette.

Cette diversion était la bienvenue… La jeune femme se leva et le suivit à l'étage. Il entra dans la chambre principale et vida sur la commode le contenu du sac à dos de Kip. Ils comptèrent les billets ensemble, puis Lucan les mit dans un sachet en plastique transparent et signa un reçu à Kyra.

— Il faut absolument que Kip me dise où il a trouvé cet argent ! décréta-t-il ensuite.

Le masque sévère du policier était revenu sur son visage, et Kyra répliqua sèchement :

— Sans doute, mais il est un peu jeune pour être soumis à un interrogatoire musclé, non ?

— Vous me croyez capable d'user de violence envers un enfant ?

— Non, excusez-moi… Kip vient de vivre une expérience si éprouvante que je veux le protéger de tout nouveau traumatisme, mais ma remarque était très malvenue.

— Vous seriez prête à assurer la tutelle de vos neveux, si nécessaire ?

— Evidemment !

— Il n'y a rien d'évident là-dedans ! Vous êtes célibataire, vous avez un métier très prenant… La responsabilité de trois enfants bouleversera votre vie, et vous devriez bien réfléchir avant de prendre une décision aussi lourde de conséquences.

La voix de Lucan avait beau s'être radoucie, une nouvelle bouffée de colère envahit Kyra.

— Ma sœur n'est pas encore morte et enterrée, lieutenant ! Quant à savoir si j'accepterais de m'occuper de ses enfants en cas de malheur, la question ne se pose même pas, puisqu'en dehors d'un père alcoolique et violent, je serais alors leur seule famille !

Le sourire éclatant que ces paroles amenèrent sur le visage de Lucan donnait à ses traits une telle séduction qu'un puissant émoi balaya le courroux de la jeune femme.

— Et, de toute façon, cette situation ne se présentera pas,

car vous allez retrouver Casey vivante, ajouta-t-elle — moins par conviction que pour cacher son trouble.

Lucan ne fit pas de commentaire, mais son sourire s'était effacé. Un silence tendu s'installa, que Kyra finit par rompre en disant :

— Comment comptez-vous vous y prendre avec Kip ?

— Il faut que je lui parle, mais je ne le brusquerai pas, je vous le promets. Même si cet argent est d'origine criminelle, ce qui reste à prouver, il l'a utilisé pour assurer la survie de Brian, de Maggie, et la sienne.

— Je sais que vous ne chercherez pas à l'intimider, et je m'excuse encore pour ma remarque de tout à l'heure. Il est évident que vous aimez les enfants : le courant est tout de suite passé entre vous et les deux petits… Alors mettez mes mouvements d'humeur sur le compte de la frustration : je déteste me sentir impuissante.

— Vous, impuissante ? Je vous trouve plutôt d'une pugnacité redoutable !

— C'est un compliment ou une critique ?

Une lueur malicieuse s'alluma dans les yeux de Lucan, mais au lieu de répondre, il changea de sujet :

— Quels sont vos projets ?

— A long terme ?

— Non, pour aujourd'hui… Que comptez-vous faire des enfants ?

— J'y ai déjà réfléchi, et comme il y a encore beaucoup de rangement et de nettoyage à effectuer pour rendre la maison habitable, je vais devoir m'installer dans un motel avec eux. Le motel le plus proche d'ici, au cas où ma sœur…

Kyra dut s'interrompre le temps d'éclaircir une voix que l'émotion avait altérée.

— Si ma sœur en a la possibilité, elle viendra chercher ses enfants, et il faut donc que je reste à proximité.

Lucan ouvrit la bouche pour parler, mais il la referma finalement et posa sur la jeune femme un regard gêné.

— Je sais ce que vous alliez dire, déclara-t-elle. Vous

vouliez me mettre en garde contre un optimisme excessif, mais c'est inutile : je suis assez lucide pour comprendre que je ne reverrai sans doute jamais ma sœur. Je refuse cependant de perdre tout espoir de la retrouver vivante.

— Vous avez raison : rien ne prouve qu'elle soit morte. Maintenant, j'ai une idée à vous soumettre : ma mère propose de vous héberger, vous et vos neveux, jusqu'à ce que les choses se soient un peu tassées.

— Pourquoi ferait-elle ça ? s'exclama Kyra, interloquée. Elle ne nous connaît même pas !

— Il lui suffit de parler à quelqu'un pour qu'elle considère cette personne comme une amie, et elle adore les enfants. Elle en a élevé quatre, et très bien… mais je vous interdis de répéter ça à mes frères !

Le profond attachement de Lucan pour sa famille transparaissait dans sa voix et sur son visage. Kyra en fut émue, et d'autant plus tentée d'accepter l'offre de Maureen O'Shay. Ses neveux se remettraient mieux de leurs émotions dans une ambiance familiale que dans l'atmosphère froide et impersonnelle d'une chambre de motel. Sans compter qu'elle avait tout de suite sympathisé avec la vieille dame.

— La décision vous revient, naturellement, reprit Lucan, mais ce n'est pas la place qui manque dans la maison. Ma mère a en plus gardé tous les jouets que nous ayons jamais possédés, mes frères et moi, ce qui permettrait aux enfants de s'occuper.

— Notre présence n'en constituerait pas moins pour elle une grosse charge de travail.

— Vous seriez là pour l'aider, et elle adore cuisiner, de toute façon.

Lucan venait de détruire le seul argument qui aurait encore pu persuader Kyra de refuser la proposition de Maureen, et il dut s'en rendre compte, car il la considéra d'un air satisfait.

L'ombre de barbe qui recouvrait ses joues s'était épaissie depuis la veille, remarqua-t-elle alors, et il n'avait même pas pris le temps, ce matin, de se passer un peigne dans les cheveux : ils partaient dans tous les sens.

Résistant à une envie aussi forte que stupide de glisser les doigts dedans, Kyra se détourna et annonça :

— Je descends m'entretenir avec votre mère.

6

Maggie et Brian étaient tout excités à la perspective d'aller chez Maureen pour confectionner des biscuits et découvrir les jouets dont elle leur avait parlé. Mais, comme il fallait s'y attendre, l'idée de quitter la maison ne plaisait pas du tout à Kip, et il ne s'en cachait pas : assis en haut de l'escalier, les bras croisés et les mâchoires si serrées que Kyra en avait mal pour lui, il semblait décidé à s'opposer physiquement à toute tentative pour le faire bouger.

Elle finit par monter le rejoindre.

— Je n'ai pas envie de partir, moi non plus, lui dit-elle en s'asseyant sur une marche en dessous de lui.

Il demeura silencieux, mais elle vit un éclair de surprise passer dans son regard.

— Nous ne pouvons cependant pas rester ici, à cause de ton frère et de ta sœur : non seulement le saccage des chambres risquerait de les maintenir dans un état de peur permanent, mais ils n'ont plus de lit pour dormir. Et je doute que même toi, tu aies envie de retourner dans le placard.

— Si on s'en va, maman saura pas où on est.

— J'y ai pensé, moi aussi, mais on lui laissera un mot.

— Et si elle le voit pas ?

— On le collera sur le montant de la bibliothèque. C'est dans la chambre de Maggie qu'elle ira en premier, tu ne crois pas ?

— Ouais…

— Et si tu écrivais toi-même ce mot ? Tu y diras que c'est moi la responsable de ce départ : je vous ai emmenés ailleurs parce que je craignais que les cambrioleurs ne reviennent et vous trouvent.

Une expression de frayeur se peignit sur le visage du petit garçon, et Kyra se dépêcha d'ajouter :

— Je ne pense pas que ça arrivera, mais on ne sait jamais… Je te dicterai l'adresse et le numéro de téléphone de Mme O'Shay, et ainsi, ta maman pourra prendre contact avec nous.

— Mais si les cambrioleurs reviennent, ils vont peut-être voir ce mot !

La vérité sortait de la bouche des enfants…

— Tu as raison, et tu te contenteras donc de dire que vous êtes avec moi. Ce n'est même pas la peine de noter mon numéro de portable : ta maman le connaît.

Kyra se risqua à poser la main sur le genou de son neveu avant de poursuivre :

— J'ai besoin de toi, Kip… Le fait de dormir ce soir dans une maison inconnue risque d'effrayer les deux petits, et il faut que tu sois là pour les rassurer. Ils ont confiance en toi, alors que je suis pour eux une quasi-étrangère… Tu veux bien me rendre ce service ?

— Ouais…, marmonna le petit garçon après un instant de réflexion.

— Merci ! On va rassembler les affaires qui permettront à chacun de vous de faire votre toilette et de vous changer pendant deux ou trois jours, d'accord ? La police ne devrait pas mettre plus de temps à retrouver votre maman.

— Maggie va vouloir emporter toute la garde-robe de son ours !

— Pourquoi ?

— Parce qu'elle le change de tenue au moins trois fois par jour. Il est sale et tout pelé, mais elle l'adore.

— Comment s'appelle-t-il ?

— Nounours.

— J'ai remarqué qu'elle l'habillait en fille… Tu sais pourquoi ?

— Non, mais il faut qu'elle l'ait tout le temps avec elle, sinon elle panique.

— Tu comprends, maintenant, pourquoi j'ai besoin de toi ? souligna la jeune femme.

Il y avait de la fierté dans le regard que Kip lui adressa, et elle se détendit un peu : il commençait à voir en elle une alliée, et non plus une ennemie.

Tous les bagages de la maison ayant été lacérés à coups de couteau par les cambrioleurs, Kyra les remplaça par des taies d'oreiller. Alors qu'elle finissait d'en remplir une avec les habits de Nounours, elle trébucha sur un jouet, et sa cheville heurta le cadre métallique du lit. Un cri de douleur lui échappa, et Kip, occupé à rassembler ses affaires dans sa chambre, accourut aussitôt. Son petit visage exprimait une telle angoisse que la jeune femme se força à sourire et à dire d'un ton léger :

— Ce n'est rien. Je me suis juste cogné la cheville.

Le bas de sa jambe l'élançait cependant affreusement. Le cuir souple de sa botte avait à peine amorti le choc.

— Est-ce que la police va me mettre en prison, tante Kyra ?

Cette question venue de nulle part lui causa un tel saisissement qu'elle en oublia la douleur.

— Bien sûr que non ! s'exclama-t-elle.

— Même si j'ai fait quelque chose de mal ?

— Même pas dans ce cas-là, et je connais la loi : je suis avocate.

— Pour de vrai ?

— Pour de vrai. C'est à cause de l'argent que tu t'inquiètes ?

— Oui. Ce policier veut savoir où je l'ai trouvé.

Ledit policier s'encadra alors dans l'embrasure de la porte, face à Kyra. Venu lui annoncer une demi-heure plus tôt son intention de rentrer chez lui se doucher, se raser et se changer, il portait maintenant, sous un long pardessus déboutonné, un pantalon de flanelle et un pull-over à col roulé. Pour qu'il se soit aussi chaudement vêtu, le temps avait dû se refroidir.

Kip tournant le dos à la porte, il ne voyait pas Lucan. Celui-ci s'était arrêté sur le seuil, et Kyra évita soigneusement de le regarder. Elle s'accroupit pour se mettre à la hauteur du petit garçon et lui prit la main.

— Tu veux bien que je sois ton avocate ?

— Oui !

— Alors tu dois tout me dire. Quelle que soit la provenance de cet argent, tu n'iras pas en prison, je te le promets.

— Je peux pas le rembourser.

— Ce n'est pas grave. Je le ferai, moi, s'il le faut.

Après quelques secondes d'hésitation, Kip se dirigea vers la chambre forte, et Kyra le suivit en boitillant. Il écarta les couvertures, pressa du bout du pied l'extrémité d'une lame de parquet… La planche se souleva, révélant une cavité dans laquelle Kip plongea le bras. Il en retira un sac en plastique transparent rempli de billets de cent dollars et le tendit à la jeune femme.

— C'est de là que vient l'argent que tu avais sur toi ? demanda-t-elle.

— Oui.

— Comment ce sac est-il arrivé là ?

— Je sais pas. C'est Brian qui a trouvé la cachette : il tapait du pied parce que je voulais pas le laisser sortir et, tout d'un coup, cette planche s'est relevée. Il y avait plus rien de mangeable dans la cuisine, et maman avait même pas dix dollars dans son portefeuille, alors j'ai pris des billets dans le sac pour aller acheter de la nourriture.

— Tu as très bien fait. Sans toi, ton frère et ta sœur seraient morts de faim, et toi aussi.

— J'ai quand même volé, et la police met les voleurs en prison, non ?

— Ta tante a raison, Kip : tu n'as rien à craindre de la police.

Le petit garçon sursauta et se retourna en entendant la voix de Lucan.

— Tu as été très courageux, poursuivit ce dernier. Plus courageux que je ne l'aurais été à ton âge dans une situation aussi dramatique… Tu ne sais vraiment pas qui a caché cet argent sous le plancher, et d'où il vient ?

— Non.

— Je vais le compter et signer un reçu à ta tante, comme pour celui qui restait de tes achats, d'accord ? Il faut essayer de découvrir à qui il appartient.

— Je comprends, déclara gravement Kip. Et j'ai plus peur de vous, maintenant que j'ai une avocate.

— Tu peux en effet lui faire confiance pour défendre tes droits ! s'écria Lucan en riant. Tu veux bien nous laisser, à présent ? J'ai un mot à dire à ta tante.

Visiblement soulagé d'un grand poids, Kip quitta la pièce sans discuter, et Lucan demanda à Kyra dès qu'ils furent seuls :

— Pourquoi boitez-vous ?

— Je me suis cogné la cheville contre le cadre du lit.

— Enlevez votre botte et montrez-moi ça !

La jeune femme imagina les grandes mains chaudes de Lucan en train de lui palper la cheville, et un frisson la parcourut.

— Non, ce n'est pas la peine ! Comptez l'argent, plutôt !

— Soyez raisonnable, Kyra ! Si votre pied se met à enfler, il restera coincé dans votre botte... Il faudra alors la découper, et ce serait dommage de rendre inutilisable une paire de chaussures aussi sexy !

Ainsi, il trouvait ses bottes sexy ?

— Allez vous asseoir sur le lit, et je vais évaluer les dégâts... à moins que vous ne soyez trop douillette pour me laisser examiner la blessure ?

— Je ne suis pas douillette !

— Prouvez-le-moi, en m'obéissant !

Comprenant que Lucan ne céderait pas, Kyra s'exécuta, mais, quand il s'agenouilla devant elle et entreprit de lui ôter sa botte, elle s'exclama :

— Je peux le faire moi-même !

Lucan l'ignora, et elle renonça à protester. Il ne voyait sûrement rien d'érotique dans le fait de la déchausser et, s'il la soupçonnait d'en éprouver, elle, un trouble sensuel, elle en mourrait de honte.

Lorsqu'il lui eut retiré la botte et la chaussette qu'elle portait dessous, cependant, la façon dont il suivit le contour de sa cheville du bout du doigt ressemblait tellement à une caresse que la jeune femme eut un doute : et si sa proposition d'examiner la blessure n'était pas si innocente que ça ?

— Alors, qu'en pensez-vous ? demanda-t-elle.

— Que vous avez une très jolie cheville.

— Ce n'était pas le sens de ma question !

— Je le sais, mais c'est la première chose qui m'a frappé.

— Vous vous moquez de moi ?

— A votre avis ?

Refusant de se laisser entraîner sur un terrain aussi glissant, Kyra garda le silence, et Lucan commença de tâter délicatement sa cheville.

— Il n'y a rien de cassé, dit-il au terme de son auscultation, mais j'espère que vous avez apporté une paire de souliers plats.

— J'ai des chaussures de course dans ma valise.

— J'en étais sûr ! Vous pratiquez le jogging, n'est-ce pas ?

— Oui.

— Moi aussi.

Fut-ce la satisfaction d'avoir deviné juste ou le fait de s'être trouvé un point commun avec elle qui amena un sourire sur le visage de Lucan ? Toujours est-il que ce sourire mit tous les sens de Kyra en émoi. Lucan plongea ensuite les yeux dans les siens, et elle vit y briller une lueur de désir.

Allait-il l'embrasser ?

L'odeur boisée de son eau de toilette, plus prononcée que la veille, lui montait à la tête…

S'il l'embrassait, répondrait-elle à son baiser ?

Le temps parut s'arrêter, et puis la voix au fort accent irlandais de Maureen retentit, provenant de la pièce voisine :

— Non, Brian ! Tu ne peux pas emporter tout le contenu de ta chambre !

Le charme était rompu. Lucan se redressa et déclara comme si de rien n'était :

— On va compter l'argent, maintenant.

Pour qu'il se soit repris aussi vite, l'attirance qu'elle éprouvait pour lui était sans commune mesure avec ses sentiments à lui, se dit Kyra. Peut-être même avait-elle seulement *cru* lire du désir dans son regard…

Il vida le sac de billets sur le lit et les compta à haute voix. Il y en avait pour mille huit cents dollars.

— C'est une somme énorme ! s'écria la jeune femme.

— Oui, et il faut y ajouter l'argent que Kip en a soustrait. Il se peut aussi que la chambre forte renferme d'autres cachettes. Je vais la faire passer au peigne fin.

— Je suis sûre que cet argent appartient à Jordan et que Casey ignorait son existence !

— D'après Brian, l'agression s'est produite le samedi, et Fillmont a appelé votre sœur dans la soirée. Ensuite, la lumière s'est éteinte, et elle a emmené les enfants se cacher dans la chambre forte. C'est sans doute à ce moment-là que la ligne téléphonique a été coupée. Nous avons pris contact avec le Green Forest Country Club, et personne, là-bas, n'a vu Fillmont depuis samedi après-midi. Le dimanche est son jour de congé, mais il ne s'est pas présenté à son travail le lundi matin.

— Il a donc disparu, lui aussi ?

— On dirait… Il faut que je vous quitte, à présent : j'ai rendez-vous au commissariat avec le capitaine Walsh dans un quart d'heure.

Lucan partit et, le temps que Kyra se soit douchée et changée, plusieurs autres policiers étaient arrivés.

Faute de mieux, elle avait mis ses chaussures de course, mais elle ne pouvait pas les porter à longueur de journée. Il lui fallait quelque chose d'aussi confortable mais d'un peu plus élégant, et s'acheter également des vêtements chauds : elle n'en avait pas apporté beaucoup. Maureen, elle, avait besoin de faire des courses d'épicerie, et elle proposa de prendre en charge les trois enfants, mais Kip déclara préférer accompagner sa tante.

Une berline garée contre le trottoir démarra au moment précis où la jeune femme s'engageait dans la rue. Lucan avait donc décidé de lui affecter un garde du corps… Cela aurait dû l'agacer, mais force lui fut de reconnaître que cette présence la rassurait. Et il avait sûrement mis en place la même mesure de protection pour sa mère, ce qui évitait à Kyra de s'inquiéter pour Maureen et les deux autres enfants.

Le conducteur maintint ensuite entre son véhicule et la B.M.W. trop de distance pour qu'elle puisse voir son visage. Sans doute était-ce sur ordre de Lucan ; il devait craindre qu'elle ne prenne conscience de cette surveillance et ne cherche à y échapper.

Elle jeta un coup d'œil à son petit passager. Maintenant qu'il n'avait plus peur d'être arrêté, Kip semblait beaucoup plus détendu. Il regardait, fasciné, l'écran du G.P.S., où s'affichait l'itinéraire pour aller au centre commercial le plus proche.

Une fois à destination, Kyra fit deux fois le tour du parking sans trouver de place de stationnement. Par chance, un monospace en libéra une juste devant l'entrée de la galerie marchande au moment où elle entamait son troisième tour. Son garde du corps allait avoir du mal à se garer, mais elle ne comptait pas l'attendre…

Une demi-heure plus tard, ses emplettes étaient terminées, et elle était en train de payer à la caisse du magasin lorsque Kip la tira par la manche. Elle se tourna vers lui ; il avait l'air effrayé, et ce fut dans un murmure qu'il déclara :

— Il y a quelqu'un qui nous observe, dehors.

Suivant son regard, Kyra vit une haute silhouette s'écarter brusquement de la vitrine, puis s'éloigner à grands pas. Et cette hâte lui donna à penser qu'il ne s'agissait pas du policier chargé d'assurer sa sécurité.

Et si ledit policier n'avait jamais existé ? songea-t-elle ensuite. Si c'était l'homme repéré par Kip qui l'avait prise en filature quand elle avait quitté la maison de sa sœur ?

Après avoir signé le reçu de sa carte bancaire, elle demanda à la caissière :

— Vous avez des toilettes ?

— Oui, mais elles sont réservées au personnel. Il y en a dans la galerie marchande, près de…

— Merci.

Kyra rassembla ses paquets, attrapa Kip par la main et

l'entraîna vers le fond du magasin. Arrivée devant une porte munie d'un panneau « Accès interdit au public », elle la poussa et se retrouva dans un entrepôt sombre, mais heureusement désert. Priant pour qu'une alarme ne se déclenche pas, elle se dirigea vers la porte située à l'autre extrémité du local.

— On a pas le droit d'être là, remarqua Kip.

— Je le sais. Raison de plus pour ne pas s'y attarder !

— Où on va ?

— Ne t'inquiète pas : je cherche juste un moyen de regagner la voiture sans passer par la galerie marchande.

— Parce que l'homme de tout à l'heure nous veut du mal ?

— Je n'en suis pas sûre, mais c'est possible.

Aucune sonnerie n'avait encore retenti lorsqu'ils atteignirent la porte. Elle donnait sur un couloir fermé aux deux bouts par une porte de sortie. Calculant que celle de droite menait à la galerie marchande, Kyra tourna à gauche. C'était le bon choix : une cour s'étendait derrière, dans laquelle s'alignaient les bennes à ordure du magasin, et qui communiquait avec le parking.

La jeune femme poussa un soupir de soulagement. Sa B.M.W. était garée de l'autre côté du complexe, mais il suffisait maintenant d'en faire le tour, de remonter dans la voiture et de partir. Peut-être s'était-elle affolée pour rien, d'ailleurs... Peut-être l'homme, derrière la vitrine, était-il un policier... Elle comptait appeler Lucan pour en avoir le cœur net mais, dans le doute, mieux valait se dépêcher de quitter les lieux.

Ignorant les élancements que lui causait sa cheville blessée, elle gagna en courant l'entrée principale de la galerie marchande. Kip, qu'elle n'avait pas lâché, avait du mal à suivre son rythme, et il faillit tomber quand, voyant l'homme de tout à l'heure posté près de sa B.M.W., elle s'arrêta net. L'homme l'aperçut, lui aussi, et le rictus qui tordit sa bouche confirma les craintes de Kyra : il ne s'agissait pas d'un policier.

Un groupe de personnes poussant des chariots passa entre eux, et elle en profita pour s'engouffrer dans la galerie. Il y avait un cinéma, à droite de l'entrée, et une longue file s'était formée devant le guichet.

— Par ici, Kip !

— On va se cacher dans la salle ?

— Non, on va demander de l'aide… Tiens bien ma main ! Il ne faut surtout pas que nous nous séparions.

Kyra contourna la queue et ordonna à l'employé qui contrôlait les billets :

— Allez me chercher le directeur !

— Mais…

— Tout de suite !

— Non, je ne peux pas quitter mon poste…

— Alors dites-moi où se trouve son bureau.

— Derrière le stand de pop-corn.

La jeune femme pivota sur ses talons et se fraya un chemin à travers la petite foule d'adolescents qui se pressait devant le stand. Le comptoir se terminait par un simple abattant, que Kyra souleva sans hésiter — à la grande indignation du jeune garçon qui tenait le stand.

— Hé ! Vous n'avez pas le droit d'entrer ici !

— Il faut que je voie le directeur.

— Il n'est pas là.

— C'est une question de vie ou de mort !

— Je vous répète qu'il n'est pas là, mais je vais appeler le sous-directeur. Attendez là !

L'employé barrait le passage à Kyra et, avant qu'elle n'ait eu le temps de discuter, il alla ouvrir une porte et cria :

— Monsieur Garber ! Il y a une dame qui veut vous voir !

Un petit homme chauve surgit dans l'embrasure.

— Vous désirez, madame ? demanda-t-il d'un air pincé.

— Alertez tout de suite la sécurité, déclara la jeune femme à voix basse. Il y a un homme qui nous suit, et il est peut-être armé.

Garber et l'employé la quittèrent aussitôt des yeux pour fouiller craintivement les alentours du regard. Profitant de leur inattention, elle se glissa dans le bureau, posa ses paquets, puis sortit de son sac son portable et la carte professionnelle de Lucan.

— Fermez la porte ! ordonna-t-elle au sous-directeur.

— Non ! Je n'ai rien vu qui corrobore vos dires, alors sortez d'ici !

Faisant preuve d'une initiative qui remplit Kyra d'admiration, Kip alla fermer la porte mais, juste avant, elle aperçut leur poursuivant ; il était entré dans le hall du cinéma et scrutait les visages à leur recherche.

— Sortez d'ici, répéta Garber, ou j'appelle la sécurité !

— C'est exactement ce que je veux, alors allez-y ! Moi, pendant ce temps, j'appelle la police.

A court d'arguments, Garber contourna son bureau et décrocha un téléphone pendant que la jeune femme composait le numéro de portable de Lucan.

Une sonnerie… Deux… Trois…

— Répondez ! marmonna-t-elle, l'estomac noué.

— O'Shay…

— Lucan ? C'est Kyra.

— Que se passe-t-il ?

— Vous avez chargé un de vos hommes de veiller sur moi ?

— Non. Où êtes-vous ?

— Au centre commercial de Clear Fountain et, plus précisément, dans le bureau du sous-directeur du cinéma qui se trouve à l'entrée de la galerie marchande. Kip, qui est avec moi, a vu un homme en train de nous observer à travers la vitrine d'un magasin. Il nous avait suivis en voiture, et il est maintenant dans le hall du cinéma.

— Restez où vous êtes, et enfermez-vous à clé, si possible ! Le temps de prévenir par radio la voiture de patrouille la plus proche, et j'arrive.

Kyra coupa la communication et alla pousser un verrou qui paraissait malheureusement si peu solide qu'un simple coup d'épaule dans la porte suffirait sans doute à le faire sauter. Garber, qui avait lui aussi raccroché, était manifestement terrifié : il ne la prenait plus pour une fabulatrice, maintenant !

— On nous envoie deux vigiles, annonça-t-il d'une voix étranglée.

— Parfait ! Cette pièce a une autre issue ?

— Non. Ce… cet homme est dangereux ?

— Oui. Va te cacher sous la table, Kip !

— Et toi ?

— Ne t'inquiète pas pour moi.

— Mais…

— Je t'en prie, Kip, obéis ! Ce n'est pas le moment de discuter !

Bien que visiblement à contrecœur, le petit garçon s'accroupit et disparut sous le bureau.

Garber tremblait à présent comme une feuille, et Kyra elle-même n'en menait pas large : si ni la police ni les vigiles n'arrivaient à temps pour mettre leur poursuivant hors d'état de nuire, il finirait par les trouver, et alors…

Elle ouvrit son sac et referma les doigts sur son revolver, mais il ne pouvait lui servir à rien : Lucan avait gardé les balles. Elle le sortit pour atteindre plus facilement sa bombe lacrymogène, et Garber poussa un hurlement.

— Ne me tuez pas ! Je vous en supplie, ne me tuez pas !

Si la situation n'avait été aussi critique, Kyra aurait éclaté de rire.

— Je ne vais pas vous tuer ! déclara-t-elle. Asseyez-vous, maintenant ! Vous avez l'air au bord de l'évanouissement.

Le sous-directeur se laissa tomber dans son fauteuil, mais, l'instant d'après, des coups violents frappés contre la porte le firent se relever d'un bond.

— Monsieur Garber ? La sécurité est là.

Kyra reconnut la voix du vendeur de pop-corn, mais comment savoir si le malfaiteur ne lui avait pas, sous la menace d'une arme, soutiré des renseignements, puis ordonné de mentir pour se faire ouvrir la porte ?

— Dites-lui que les vigiles doivent attendre l'arrivée de la police, murmura-t-elle à Garber.

Il était si pâle qu'elle craignit de le voir défaillir avant d'avoir pu émettre un son… Il parvint cependant à répéter ce qu'elle lui avait soufflé — mais d'une voix si chevrotante que son employé demanda :

— Ça va, monsieur Garber ?

— Ou… oui.

Le jeune garçon se mit alors à parler à quelqu'un sur un ton inquiet mais posé qui rassura la jeune femme : il n'aurait sûrement pas été aussi calme s'il avait eu une arme braquée sur lui. Elle n'en garda pas moins sa bombe lacrymogène levée ; si quelqu'un s'avisait d'enfoncer la porte, il aurait une mauvaise surprise…

— C'est Wilmott, du service de sécurité, monsieur Garber…, dit soudain une autre voix. Vous n'avez vraiment pas besoin d'assistance ?

Le sous-directeur hésita, puis il lança un regard de défi à Kyra et répondit :

— Si ! On m'a pris en otage ! Appelez la police !

La vue du revolver l'avait convaincu qu'elle lui mentait depuis le début, et, dans son affolement, il avait oublié qu'elle avait déjà appelé la police…, comprit Kyra.

Mais elle savait maintenant que la porte du bureau resterait gardée par des personnes sûres jusqu'à l'arrivée de la police. Elle se détendit, remit la bombe lacrymogène dans son sac, et adressa même à Garber un sourire goguenard — qui acheva de le terrifier, mais la vengea, elle, de l'affront qu'il lui faisait en la prenant pour une dangereuse criminelle.

7

Lucan trouva Kyra assise dans le fauteuil du sous-directeur, menottes aux poignets. Elle avait l'air calme, mais son neveu, qui se tenait près d'elle, était visiblement secoué. Lucan remarqua alors pour la première fois à quel point ils se ressemblaient : Kyra aurait pu être la mère de Kip plutôt que sa tante.

— Pourquoi lui avez-vous passé les menottes ? demanda-t-il à l'agent en uniforme posté devant la porte.

— On a trouvé un revolver dans son sac. Et une bombe lacrymogène, aussi.

— D'accord... Donnez-moi les deux, et laissez-nous, ensuite.

— Vous allez nous arrêter ? demanda anxieusement Kip quand Lucan s'approcha du bureau.

— Toi, non, répondit-il, mais pour ta tante, j'hésite : on dirait que le seul moyen de l'empêcher de s'attirer des ennuis est de la mettre sous les verrous... Qu'en penses-tu ?

Au clin d'œil qui accompagna ces mots, le petit garçon comprit qu'il plaisantait, et son visage se détendit.

— Je commence à croire que vous aimez l'action..., murmura Lucan à Kyra en lui ôtant les menottes. Méfiez-vous : je ne serai pas toujours là pour vous éviter une inculpation de port d'arme illégal... Je vous avais dit que je ne voulais plus voir ce revolver !

— Ce n'est pas ma faute ! J'ai dû le sortir de mon sac pour prendre ma bombe lacrymogène, et le sous-directeur en a parlé aux agents quand je leur ai ouvert la porte.

— Admettons... Racontez-moi ce qui s'est passé, maintenant !

— Vas-y, Kip ! Il te croira, toi !

Le crédit que sa tante lui accordait surprit le petit garçon, mais ce fut ensuite avec beaucoup de clarté et de précision qu'il fit le récit des événements.

— Merci, Kip, déclara Lucan. Partons d'ici, à présent ! Ma mère nous attend pour déjeuner.

— Et mon revolver ? demanda Kyra.

— Confisqué jusqu'à nouvel ordre… dans votre propre intérêt !

— Rendez-moi au moins ma bombe lacrymogène !

Lucan lui tendit l'objet, puis il aida Kip à ramasser les paquets, et ils quittèrent tous les trois la pièce.

Le sous-directeur se tenait derrière la porte. Il jeta un regard noir à la jeune femme.

Sans plus s'occuper de Garber, Kyra alla serrer la main à Berringer, qui attendait devant le stand de vente de pop-corn en compagnie des agents arrivés les premiers sur les lieux.

— Je ne savais pas que vous étiez là vous aussi, lieutenant !

— J'étais avec Lucan quand vous l'avez appelé.

— Désolée de vous avoir dérangé…

— Pas de problème. On peut y aller, Lucan ?

— Oui. Il n'y a plus aucun espoir de retrouver notre homme : il a dû s'enfuir dès qu'il a vu le véhicule de police… Où êtes-vous garée, Kyra ?

— Juste devant l'entrée de la galerie marchande.

— Donnez vos clés à Todd, et il me suivra. Vous montez avec moi, vous et votre neveu.

La jeune femme acquiesça gravement de la tête. Après avoir tendu les clés à Todd, elle se remit en marche, et Lucan observa :

— Votre cheville a l'air de vous faire souffrir… Vous devriez passer une radio.

— Non, c'est inutile : il s'agit d'une simple ecchymose. Dans quelques jours, il n'y paraîtra plus.

Le portable de Kyra sonna au moment où ils atteignaient la voiture. Elle le sortit de son sac, et poussa un grognement en lisant le nom qui s'affichait sur l'écran.

— Excusez-moi une minute… Si je ne réponds pas maintenant, il appellera autant de fois qu'il le faudra pour m'avoir à l'usure.

Elle se détourna, et Lucan l'entendit s'exclamer après un petit silence :

— Mais je croyais que tu ne rentrerais pas aux Etats-Unis avant plusieurs jours !

Un autre silence, puis elle rougit et déclara avec un coup d'œil furtif en direction de Lucan :

— Non, Simon, ne viens pas ! Je suis très occupée, ici : ma sœur a disparu, et…

Sa phrase demeura en suspens. Son correspondant l'avait interrompue, et ce fut d'une voix sèche qu'elle reprit :

— Comment ça, raison de plus ? Non, je te répète que… Simon ? Simon !

Ledit Simon avait manifestement coupé la communication. Lucan avait déjà vu Kyra en colère, mais encore jamais embarrassée. Après avoir raccroché, pourtant, elle évita de croiser son regard et marmonna en rougissant de plus belle :

— C'était… un de mes amis. Il a décidé de venir me rejoindre, et j'ai eu tort de lui parler de Casey : il pense maintenant que j'ai besoin de son aide pour la retrouver.

— Il n'y a que trois chambres libres chez ma mère.

— Oh ! Il logera à l'hôtel !

— Pourquoi êtes-vous si opposée à sa venue ?

— Parce que… Parce que sa présence m'empêchera de consacrer aux enfants autant de temps que je le voudrais, mais ne vous fiez pas à ma réaction : c'est quelqu'un de très sympathique. Je suis sûre que vous vous entendrez bien avec lui.

Lucan, lui, était sûr du contraire.

— Ce Simon a un nom de famille ?

— Testier. Il travaille dans la même société que moi.

— Il est avocat, lui aussi ?

— Non, juste enquêteur.

— Je vois…

Des recherches sur Simon Testier et sur la compagnie d'assurances Dowling s'imposaient, songea Lucan. Peut-être y avait-il un rapport entre les activités professionnelles de Kyra et la disparition de sa sœur.

— Pour que Simon vole ainsi à votre secours, vous devez être très proches, tous les deux…, observa-t-il.

Le silence gêné qui accueillit cette remarque en disait plus long que des mots et Lucan en éprouva une contrariété aussi vive qu'inattendue, car il aurait bien dû se douter qu'une femme comme Kyra avait un petit ami.

— Je vous conseille de l'informer qu'il n'a pas le droit de se promener avec une arme à feu dans le Maryland, enchaîna-t-il.

— Ce ne sera pas la peine : il vient d'atterrir à New York, en provenance d'Allemagne, et c'est sur un vol commercial qu'il compte gagner Baltimore. Les armes à feu étant interdites dans les avions, il n'en aura pas sur lui, et vous n'aurez donc pas à lui passer les menottes.

— On ne sait jamais.

L'espoir fait vivre, ajouta intérieurement Lucan.

Une délicieuse odeur de biscuits au chocolat emplissait la maison de la mère de Lucan. Elle accueillit Kyra comme une vieille amie, puis l'emmena à l'étage avec les enfants pour leur montrer les chambres.

Todd Berringer arriva peu après. Il inspira profondément, sourit béatement et déclara d'une voix :

— Lucan, j'adore ta mère ! Je crois que je vais la demander en mariage !

— Si tu fais ça, je te tue !

— Tu ne connais pas ton bonheur ! Ma mère à moi estime que cuisiner est une perte de temps… On reste déjeuner, j'espère ?

Kyra apparut sur le palier, et Lucan la regarda en silence s'engager dans l'escalier.

— Alors ? insista Todd.

— Oui, on reste déjeuner !

— Tu le regrettes sûrement, mais je ne pense pas que ta belle protégée soit au menu.

— Fiche-moi la paix ! grommela Lucan. Elle a un petit ami, et il sera ici dans quelques heures.

Puis, Kyra s'approchant, il reprit d'un ton normal :

— Tu n'as pas eu de problèmes, sur le parking ?

— Non. Personne ne m'a semblé porter une attention particulière à la B.M.W. et, ensuite, je n'ai pas été suivi.

— L'homme qui nous intéresse devait déjà être parti… J'aimerais bien savoir ce qu'il voulait !

— Sans doute l'argent que Kip a trouvé, dit Kyra.

— Comment serait-il au courant de cette découverte ?

— Lui ou un de ses complices a peut-être vu, comme vous, Kip payer ses achats à la supérette avec des billets de cent dollars.

Lucan réfléchit à cette hypothèse. Sans être totalement exclue, elle lui paraissait très improbable.

— On ira parler au directeur du Green Forest Country Club après le déjeuner, annonça-t-il à Todd.

— Désolé, mais tu vas devoir y aller sans moi : Walsh m'a demandé de poursuivre l'enquête sur le meurtre de Shereen Nestler et le cambriolage chez les Fisk. Il faut que j'interroge de nouveau le mari de la première, et plusieurs voisins des seconds. J'en ai pour tout l'après-midi.

— Tant pis… Où as-tu garé la B.M.W. ?

— Devant la maison, pourquoi ?

— Je la mettrai tout à l'heure dans le garage de ma mère, et elle n'en bougera plus.

— Non, je veux pouvoir continuer à m'en servir ! protesta Kyra.

— Après ce qui s'est passé, il n'est pas question que je vous laisse prendre le risque de vous promener seule dans une voiture que votre poursuivant de ce matin est capable de reconnaître, et que sa plaque minéralogique du Massachusetts rend en plus particulièrement facile à repérer !

Les yeux de la jeune femme lancèrent des éclairs, mais l'arrivée de la mère de Lucan mit fin à la discussion.

— Bonjour, Todd ! Il me semblait bien avoir entendu ta voix.

— Bonjour, madame O'Shay ! Ravi de vous revoir.

— Tu restes déjeuner, naturellement… Ce sera prêt dans cinq minutes.

— Où sont les enfants ? demanda Lucan.

— Je leur ai dit de se laver les mains avant de redescendre, et vous allez en faire autant, les garçons, pendant que j'ajoute un couvert pour Todd.

— Je vais vous aider, Maureen, intervint Kyra.

Les deux femmes disparurent dans la cuisine, et Lucan n'eut conscience d'avoir suivi Kyra du regard qu'en se tournant ensuite vers son ami et en le voyant le fixer d'un air narquois.

— Tu la trouves à ton goût, hein, Lucan ?

— Dépêche-toi d'aller te laver les mains, sinon ma mère t'enverra déjeuner ailleurs !

Cette menace porta : Todd se dirigea aussitôt vers la salle de bains du rez-de-chaussée.

Le fait que son attirance pour Kyra soit aussi évidente ennuyait Lucan. C'était la première fois qu'une femme exerçait sur lui une telle fascination. Tout lui plaisait en elle : son intelligence, sa combativité, son sens de l'humour… Et elle était belle, bien sûr… Belle à damner un saint — ce que Lucan n'avait jamais prétendu être.

Il aurait voulu pouvoir effacer le souvenir du moment où il avait tenu le pied de Kyra dans sa main, parce qu'il ne comprenait pas ce qui lui était arrivé alors : jamais encore un pied ne lui avait inspiré des pensées érotiques… Celui-ci l'avait pourtant excité au point qu'il avait failli embrasser sa propriétaire !

Et elle ne l'aurait pas repoussé : il ne la laissait pas indifférente, il le sentait. Le problème étant qu'elle avait un petit ami, et qu'il n'avait, lui, même pas le droit d'essayer de la séduire : les règles de la déontologie lui interdisaient de nouer des relations intimes avec une personne concernée de près ou de loin par une enquête dont il avait la charge. Et, une fois cette enquête terminée, il ne reverrait plus jamais Kyra…

Cette dernière pensée lui causa un violent pincement au cœur.

*
* *

Au Green Forest Country Club, Lucan fut introduit dans un bureau d'une taille et d'un luxe impressionnants.

— Lieutenant O'Shay ? dit l'homme élégamment vêtu qui l'y accueillit. Enchanté ! Je suis Louis Ventner, le directeur.

— Enchanté ! J'aimerais parler à Jordan Fillmont.

— Moi aussi, figurez-vous ! J'imagine que cela a un rapport avec la disparition de sa femme ?

La police avait jusque-là réussi à cacher aux médias les détails de l'affaire, mais elle leur en avait révélé les grandes lignes pour les convaincre de diffuser une photographie de Casey. Même si la vague de cambriolages et le meurtre de Shereen Nestler faisaient toujours les gros titres, Lucan ne fut donc pas surpris que Ventner soit au courant de la disparition de Casey.

— Quand avez-vous vu M. Fillmont pour la dernière fois ? demanda-t-il.

— Samedi matin. Il tenait la boutique du club, et s'occupait aussi des réservations du terrain de golf, des courts de tennis et de la salle de sport. C'est un homme qui présente bien, et il était apprécié de tous. Jusqu'à samedi après-midi, je le considérais comme un employé modèle.

Lucan nota l'usage que faisait le directeur de l'imparfait.

— Et qu'est-ce qui a changé, samedi après-midi ?

— D'après Alice — Alice Dubrowski, qui le secondait ce jour-là et le remplaçait le dimanche —, Jordan lui a brusquement annoncé qu'il ne se sentait pas bien. Il est parti, et nous sommes sans nouvelles de lui depuis. Nous l'avons appelé plusieurs fois sur son portable et à son domicile, mais personne ne répond.

— Avait-il accès à la trésorerie de votre établissement ?

— Juste au contenu journalier de la caisse de la boutique. Tout le reste est géré directement par notre service financier.

— Vous ne reprendrez pas M. Fillmont, j'imagine ?

— Non, sauf si son absence est due à un cas de force majeure.

— J'aimerais interroger Alice Dubrowski… C'est possible ?

— Bien sûr !

Ventner pressa une touche de l'Interphone posé sur sa table.

— Ralph ? Dites à Alice de monter dans mon bureau, et demandez à Robby de la remplacer à la boutique.

— Tout de suite, monsieur.

Alice Dubrowski était une femme d'une quarantaine d'années au visage ouvert et au sourire chaleureux.

— Jordan est quelqu'un de très gentil, déclara-t-elle à Lucan. Tous les gens qui viennent à la boutique s'y attardent un moment pour bavarder avec lui. Cela fait partie de son travail, mais il est spécialement aimable et complaisant.

— Il l'est plus particulièrement envers les membres féminins du club ?

— Non, il sait rester à sa place. M. Ventner ne tolérerait aucun propos déplacé, et moi non plus. Jordan demande aux gens des nouvelles de leur santé, de leur famille... Il parle avec eux du temps, de l'actualité sportive, ce genre de choses...

— Que s'est-il passé exactement samedi dernier, madame Dubrowski ?

— Eh bien, nous avons eu un début d'après-midi très chargé, mais vers 15 h 30, les choses se sont un peu calmées, et juste après, à un moment où nous étions seuls dans la boutique, Jordan, qui regardait par la fenêtre, s'est brusquement tourné vers moi et m'a dit : « Alice, il faut que je m'en aille. Je ne me sens pas bien. » Et, ensuite, il est sorti en courant par la porte de derrière. J'ai pensé qu'il avait un problème digestif.

— Il avait vraiment l'air malade ?

— Oh oui ! Il était tout pâle. Bill Jaff, notre professeur de golf, est alors entré avec un homme qui envisageait de s'inscrire au club et à qui il faisait visiter les installations. Je lui ai alors demandé de prendre des nouvelles de Jordan quand il regagnerait le bâtiment principal : c'est là que je le croyais parti, parce que la boutique n'a pas de toilettes.

— Son attention était fixée sur M. Jaff ou sur quelqu'un d'autre en particulier, pendant qu'il regardait par la fenêtre ?

— Je ne peux pas vous dire. Je me rappelle juste qu'il a salué de la main les Cassio et les Martin. J'ai aussi aperçu

M. Markham et son partenaire qui se dirigeaient vers les courts de tennis extérieurs, mais il y avait foule dehors, ce jour-là : il faisait très beau, et ce temps exceptionnellement doux pour la saison avait attiré beaucoup de gens au club.

Alice Dubrowski hésita un instant, puis elle reprit :

— Il paraît que la femme de Jordan a disparu, elle aussi… C'est vrai ?

— Oui, répondit Lucan. Je voudrais maintenant savoir s'il s'est passé quelque chose d'inhabituel juste avant le départ de M. Fillmont.

— Non, pas vraiment. Il a fallu appeler le nouveau jardinier pour remettre en état la plate-bande de fleurs, devant la boutique, parce que Mme Liu avait roulé dessus avec sa voiturette de golf, mais ça arrive assez souvent.

— M. Fillmont avait déjà rencontré ce nouveau jardinier ?

— Je l'ignore. Moi, c'était la première fois que je le voyais, et il n'y en aura pas d'autre : il n'est revenu travailler ni le lendemain ni les jours suivants. Il a dû se rendre compte que cet emploi ne lui convenait pas, mais il aurait au moins pu se donner la peine de nous informer de sa décision !

— Et l'homme qui était avec le professeur de golf samedi après-midi ? Il s'est inscrit au club, finalement ?

— Je n'en ai pas la moindre idée.

— C'est toujours M. Jaff qui se charge de faire visiter les installations à des clients potentiels ?

— Non, cette tâche revient normalement à Ralph, ou à Sara, mais s'ils sont tous les deux occupés, n'importe lequel d'entre nous peut les remplacer.

Lucan était certain que Jordan Fillmont avait vu quelque chose — ou, plus vraisemblablement, quelqu'un — qui l'avait effrayé, d'où son départ précipité. Mais il avait quitté la boutique vers 15 h 30 et n'avait appelé sa femme que le soir… Qu'avait-il fait dans l'intervalle ? Et où était-il maintenant ?

Après avoir remercié Alice Dubrowski, Lucan alla interroger d'autres membres du personnel. Ces entretiens lui confirmèrent que Fillmont était apprécié de tous, mais personne ne put lui fournir la moindre explication sur sa brusque disparition.

Kyra fixait l'écran de son ordinateur en pianotant distraitement sur la table de la chambre où elle avait décidé de s'installer. Chassée de la cuisine par Maureen après le déjeuner, elle était montée effectuer des recherches sur Jordan Fillmont.

Il avait trente-huit ans et, de sa majorité à l'âge de trente-six ans, il avait mené une existence irréprochable : il n'avait fait l'objet d'aucune condamnation, ni pour détention ou vente de drogue, ni pour une quelconque activité criminelle. Il n'avait même pas eu un P.-V. ! Mais, depuis, il avait multiplié les infractions : dans les archives de la police figuraient six contraventions pour stationnement interdit, deux pour excès de vitesse et une arrestation pour ivresse sur la voie publique — ce dernier délit n'ayant finalement pas donné lieu à poursuites.

Avant de travailler au Green Forest Country Club, Jordan avait tenu un magasin d'articles de sport — aujourd'hui fermé —, puis une boutique de vêtements — elle aussi disparue.

Son portable sonna, et elle l'ouvrit sans quitter l'écran de l'ordinateur des yeux.

— Kyra ?

La voix de Simon la ramena à la réalité.

— Simon ? Où es-tu ?

— A l'aéroport de Baltimore. Tu viens me chercher ?

— Non !

— Tu m'en veux de t'avoir raccroché au nez ? Tant pis, je vais prendre un taxi.

— Prends un avion pour Boston, plutôt ! Je n'ai pas une minute à te consacrer en ce moment.

— Ta sœur n'a donc toujours pas été retrouvée, observa Simon de cette voix caressante qui avait à une époque le don de la faire fondre. Je veux t'aider, mon chou, et tu sais que je le peux.

C'était vrai, et Kyra hésita : n'avait-elle pas failli l'appeler, la veille ? Simon avait beau lui porter sur les nerfs, c'était un enquêteur hors pair.

— Ecoute, enchaîna-t-il, j'ai compris que tu souhaitais marquer une pause dans nos relations, mais la situation est trop grave pour que je te laisse la gérer seule. Où es-tu ?

Bien que certaine de finir par le regretter, Kyra répondit :

— Chez une amie, avec les enfants de Casey.

— J'ignorais que tu avais des amis dans la région, mais donne-moi l'adresse. Je vais prendre une chambre dans un hôtel, et je passerai te chercher à 20 heures. Je connais à Baltimore un excellent restaurant japonais.

— Les enfants dînent plus tôt que ça, et ils préfèrent les fast-foods. On t'attend pour 19 heures.

Après avoir dicté l'adresse de Maureen à son correspondant, la jeune femme raccrocha avec un petit sourire en coin. Simon détestait les fast-foods, et elle le soupçonnait fort de ne pas éprouver non plus un amour immodéré pour les jeunes enfants.

Il avait raison : la situation était grave — et il ne savait même pas encore à quel point —, mais elle allait peut-être pouvoir en retirer au moins un avantage.

Les pensées se bousculaient dans l'esprit de Lucan. Il se dirigeait vers le commissariat, mais, au dernier moment, il décida de retourner chez sa mère. Il avait encore des questions à poser à Kip. Il voulait notamment lui demander si Jordan n'avait pas eu un comportement étrange, ces derniers temps.

Et ce n'était pas une simple excuse pour voir Kyra, se dit-il.

Il était presque arrivé à destination quand sa radio de bord diffusa un message : un policier venait de se lancer à pied à la poursuite d'un individu louche, et Lucan reconnut l'adresse : c'était celle des Fillmont. Il fit aussitôt demi-tour, et apprit en chemin par la radio que le suspect avait réussi à s'enfuir dans une berline verte.

Deux minutes plus tard, il vit la voiture en question déboucher à vive allure d'une rue transversale. Au moment de tourner, le conducteur perdit le contrôle du véhicule, qui fonça droit sur Lucan et percuta l'aile droite de sa voiture.

Sa tête alla heurter la vitre latérale si violemment qu'il ferma les yeux. Quand il les rouvrit, il se rendit compte que le choc avait projeté sa voiture sur le trottoir, et que sa portière était coincée contre un tronc d'arbre. Malgré le sang qui lui coulait sur le visage et lui brouillait la vue, il aperçut le conducteur de la berline. C'était Jordan Fillmont, qui s'était extrait de son véhicule et quittait à toutes jambes le lieu de l'accident.

Un concert de sirènes retentit, de plus en plus proche, mais les renforts arriveraient sûrement trop tard pour rattraper le fuyard, et Lucan, bloqué dans sa voiture, ne put que le regarder disparaître au coin de la rue.

Un sentiment de rage impuissante le submergea, et puis, brusquement, un voile noir s'abattit devant ses yeux. Il perdit connaissance.

8

Lucan tourna la tête vers le rideau du box, qu'une main était en train d'écarter. Sally, la femme de son frère Ronan, apparut et le considéra d'un œil critique.

— Entre toi et Flynn, cet hôpital va devoir affecter un box à l'usage exclusif des O'Shay ! s'écria-t-elle. A moins que tu n'aies démoli ta voiture juste pour te donner l'occasion de flirter avec Tina ?

— Qui est-ce ?

— L'infirmière que je t'ai présentée il y a deux mois, mais peu importe… Quand je pense que je trouvais stressant d'être mariée à un pilote de ligne… Je me rends compte maintenant que je m'inquiéterais encore plus si j'avais épousé un policier ou un pompier… Pourquoi n'êtes-vous pas tous avocats, comme Neil ?

— Notre mère nous pose la même question au moins une fois par jour.

— Je la comprends ! Passons aux choses sérieuses, à présent ! D'après le Dr Phanlo, tu as la tête dure, mais tu souffres quand même d'une légère commotion cérébrale, et l'énorme bleu qui orne ta tempe gauche mettra un bon moment à partir.

— Le responsable de l'accident a été arrêté ?

— Je l'ignore. Il faudra que tu le demandes à Todd et à ton capitaine. Ils sont dans la salle d'attente, en compagnie d'une ravissante jeune femme, une certaine Kyra.

Lucan tressaillit — et tous les muscles de son corps protestèrent.

— Kyra est là ?

— Oui, envoyée par ta mère.

— Maman sait que je suis à l'hôpital ?

— Todd lui a téléphoné, et je l'ai ensuite appelée pour lui dire que tu survivrais… C'est toi qui lui as demandé d'héberger Kyra et ses neveux ?

— Non, l'initiative vient d'elle.

— Quoi qu'il en soit, c'était une bonne idée : le fait que sa maison soit de nouveau pleine la ravit. Elle a même décidé d'y installer un sapin de Noël cette année.

— Tu plaisantes, j'espère ! La dernière fois que je suis allé en couper un avec elle, il lui a fallu trois heures pour en trouver un à sa convenance, et j'ai failli mourir de froid.

Un sourire espiègle éclaira le joli visage de Sally.

— Je te conseille de t'habiller chaudement, quand tu iras : la température ne cesse de baisser, et la météo annonce de la neige… Je dois retourner travailler, maintenant, mais je vais dire à tes collègues qu'ils peuvent venir te voir.

Une fois seul, Lucan entreprit de remettre son pantalon. Jamais il n'aurait cru avoir un jour autant de mal à faire quelque chose d'aussi simple, et il finissait tout juste d'attacher sa ceinture quand Todd et le capitaine Walsh entrèrent dans le box.

— Mon pauvre vieux ! s'écria Todd. Tu es vraiment en piteux état ! Tu ne souffres pas trop ?

— Si, j'ai mal partout, mais autrement, ça va… Le conducteur de la berline a été retrouvé, capitaine ?

— Non, répondit sombrement Walsh. Qu'est-ce qui vous a pris de vous mettre en travers de sa route ? Vous auriez pu y rester !

— Je ne me suis pas mis *volontairement* en travers de sa route ! Il a perdu le contrôle de son véhicule et m'a foncé dessus… Je n'avais aucun moyen d'éviter la collision ! Il s'agissait de Jordan Fillmont.

— Vous en êtes sûr ?

— Oui.

— Tant mieux, parce que nous savions déjà que cette berline lui appartenait, mais l'agent qui l'avait surpris en train d'essayer de s'introduire dans la maison ne l'a jamais vu que de dos, et nous ne pouvions donc pas être certains que c'était lui… Et, à propos de maison, on y a encore découvert près de quarante mille dollars en liquide.

Lucan émit un petit sifflement.

— Avec autant d'argent en jeu, je comprends pourquoi Fillmont est revenu ! Il y avait aussi de la drogue cachée quelque part ?

— On n'en a pas trouvé, mais la brigade des stupéfiants participe désormais à l'enquête.

Ignorant la moue de contrariété de Lucan, Walsh poursuivit :

— Cet argent peut cependant avoir une autre origine : vol, chantage… Ou alors Fillmont ne fait pas confiance aux banques, tout simplement… Qu'a donné votre visite au Green Forest Country Club ?

Lucan raconta ce qu'il y avait appris tout en reboutonnant maladroitement sa chemise.

— Berringer va se mettre à la recherche du jardinier dès demain, déclara Walsh.

— Non, c'est à moi de…

— Le médecin vous a prescrit quatre jours d'arrêt de travail, et je n'ai pas d'autre voiture de service à vous affecter dans l'immédiat, de toute façon.

— La tienne n'est plus qu'un tas de ferraille, indiqua Todd. Il a fallu découper l'habitacle à la scie à métaux pour t'en sortir.

— Ménagez-vous, O'Shay, pour être pleinement opérationnel quand vous reviendrez ! ordonna Walsh. J'ai besoin d'hommes valides, si je veux enfin arrêter cette série de cambriolages !

— Il y en a eu d'autres ?

— Non, Dieu merci ! Reposez-vous, O'Shay, de façon à être sur pied le plus vite possible.

— Merci, capitaine… Todd, tu peux aller me chercher le Dr Phanlo ? S'il refuse de me laisser partir, je lui signerai une décharge, mais je ne compte pas rester ici cinq minutes de plus !

De nouveau seul, Lucan s'assit au bord du lit et se pencha pour enfiler ses chaussures. Un brusque vertige le prit alors, sa vue se brouilla, et il aurait basculé en avant si deux mains fermes ne l'avaient retenu par les épaules.

— Comme tous les hommes, vous refusez d'admettre que vous êtes diminué, et vous présumez de vos forces !

Lucan aurait reconnu cette voix entre mille…

— Kyra ? Qu'est-ce que vous faites là ?

— Pour l'instant, je vous empêche de tomber par terre la tête la première.

— Je vous avais interdit d'utiliser votre voiture !

— Oui, mais pas celle de votre mère… Il paraît que la vôtre est bonne pour la casse ?

— Qui vous a dit ça ?

— Todd.

Depuis quand Berringer et Kyra s'appelaient-ils par leur prénom ?

— Je n'ai besoin de personne pour mettre mes chaussures ! s'écria Lucan en voyant la jeune femme s'agenouiller et lui soulever une jambe.

— Vous venez de prouver que vous ne le pouviez pas sans perdre l'équilibre, alors laissez-moi faire ! Vous m'avez déchaussée, ce matin, maintenant, je vous rechausse… Echange de bons procédés !

Les sens de Lucan s'enflammèrent brusquement. Mais que lui arrivait-il ? Il ne perdait jamais son sang-froid… Son ex-femme lui avait même souvent reproché de ne pas être assez démonstratif !

Et les choses empirèrent encore lorsque Kyra lui caressa délibérément le dessus du pied avant de lui mettre une première chaussure et de nouer ses lacets.

— Vous jouez avec le feu, déclara-t-il.

— Ne me dites pas que ça vous déplaît !

En guise de réponse, Lucan se pencha et entoura le visage de Kyra de ses mains. Un puissant courant de désir passa entre eux, et là, ce fut plus fort que lui : il l'embrassa.

— Oh ! Pardon…

La voix de Flynn fit sursauter Lucan. Il se redressa et le fusilla du regard.

— Qu'est-ce que tu veux ? lui lança-t-il.

Son frère l'ignora.

— Bonjour, mademoiselle ! Je suis Flynn O'Shay, le frère cadet de cet ours mal léché, et vous devez être Kyra... Ma mère m'a dit que vous seriez là.

— Euh... enchantée..., bredouilla la jeune femme, les joues rouges. Je... j'aidais Lucan à se chausser.

— Je fais la même chose pour ma femme tous les matins. Je précise qu'elle est enceinte, *elle*, mais il faudra que j'essaie votre méthode, demain...

— Qu'est-ce que tu veux ? répéta Lucan pendant que Kyra se dépêchait de lui mettre sa deuxième chaussure.

— Te rendre un grand service : le monospace que nous avions commandé est arrivé, et Whitney insiste pour te prêter sa voiture. Ton véhicule de service est fichu, et je sais que tu ne t'es jamais occupé de remplacer ta vieille guimbarde, alors autant que la voiture de Whitney serve à quelqu'un : elle ne ferait que prendre de la place dans le garage jusqu'à ce que nous la vendions, autrement... Sans compter que tu lorgnes dessus depuis que Whitney t'a laissé la conduire.

— Quel genre de voiture est-ce ? demanda Kyra.

— Un cabriolet Mercedes six cylindres, cinq vitesses avec boîte automatique, et en parfait état. S'il vous intéresse, je suis sûre que Whitney vous fera un prix.

— On verra plus tard ! intervint Lucan. Tout ce que je veux, pour l'instant, c'est partir d'ici ! J'avais envoyé Todd me chercher le Dr Phanlo, mais j'attends toujours, et je vais donc y aller moi-même.

— Inutile ! dit une infirmière en entrant dans le box. Le Dr Phanlo est occupé, mais il a signé votre bulletin de sortie et m'a chargée de vous le remettre, ainsi qu'une ordonnance pour des antalgiques.

*
* *

Kyra ramena Lucan chez lui. Leur baiser avait à peine duré quelques secondes et, pourtant, elle en sentait toujours la chaleur sur ses lèvres. Il y avait aussi quelque chose d'étrange dans l'effroi qui l'avait saisie au moment où Maureen lui avait appris l'accident. Pourquoi un quasi-inconnu provoquait-il en elle des émotions d'une telle intensité ?

Lucan lui plaisait, c'était indéniable, mais elle devrait à l'avenir contrôler ses pulsions. N'ayant même pas encore réussi à faire sortir Simon de sa vie, comment pourrait-elle s'engager dans une relation intime avec un autre homme, aussi séduisant soit-il ?

Elle lança un coup d'œil furtif à Lucan et le surprit en train de la regarder. Son pouls s'accéléra, et elle se hâta de détourner le regard. Puis, pour rompre un silence qui devenait de plus de plus électrique au fil des secondes, elle lui communiqua le résultat de ses recherches sur Jordan Fillmont.

— Aucun des fichiers que j'ai pu consulter à partir de mon ordinateur ne contient cependant sur lui d'informations datant de plus de deux ans, indiqua-t-elle ensuite. J'ai alors demandé de l'aide à mes collègues de Dowling, mais, pas plus que moi, ils n'ont trouvé trace de Fillmont au-delà de ces deux années.

— Vous avez mêlé une entreprise privée à une enquête de police ?

— Dowling a les effectifs et les moyens nécessaires pour mener des recherches de façon à la fois rapide et approfondie, alors pourquoi se priver de son assistance ? Ce qui est fait est fait, de toute façon, et vous auriez tort de vous plaindre : vous pouvez maintenant être pratiquement sûr que le mari de ma sœur se présente sous une fausse identité depuis deux ans.

— Vous en avez parlé au capitaine Walsh ?

— Non, je voulais vous en réserver la primeur, mais je le regrette, à présent, parce que vous m'en êtes bien peu reconnaissant !

Sentant sa colère aller croissant, Kyra inspira à fond, puis elle enchaîna plus calmement :

— Un homme ne change pas de nom s'il n'a rien à se

reprocher, et Fillmont a dû laisser ses empreintes partout dans sa voiture. Il faut les relever et les entrer dans le fichier centralisé de la police. Cela nous permettra de découvrir sa véritable identité.

— Merci, je connais mon métier !

Lucan sortit son portable de sa poche et composa un numéro.

— Todd ? Demande tout de suite à quelqu'un de chercher une correspondance entre les empreintes trouvées dans la berline... Ah ! c'est déjà en cours ? Parfait ! Rappelle-moi dès que tu auras les résultats.

Après avoir raccroché, il se tourna vers Kyra et déclara sèchement :

— Vous devez nous laisser faire notre travail !

— Je ne vous en empêche pas ! répliqua-t-elle. Mais vous, de votre côté, laissez-moi faire ce que je peux pour vous aider à retrouver Casey ! Pour la police, elle n'est qu'une personne disparue parmi d'autres, mais pas pour moi : c'est ma sœur, et la mère de trois enfants qui ont besoin de savoir s'ils la reverront un jour.

— Désolé ! Je n'aurais pas dû vous parler aussi durement... Tournez là ! Ma maison est la quatrième de la rue, sur la droite.

Estimant que les excuses de Lucan arrivaient un peu tard, Kyra fulminait encore intérieurement lorsqu'elle s'arrêta devant un petit pavillon coincé entre des habitations aux façades ornées de guirlandes de Noël et aux fenêtres brillamment éclairées. Il avait l'air triste et abandonné, en comparaison, et l'irritation de la jeune femme céda la place à un élan de compassion. Depuis quand Lucan regagnait-il tous les soirs un domicile où personne ne l'attendait ?

— Je vais aller vous acheter les antalgiques prescrits par le médecin, annonça-t-elle.

— Non, ce n'est pas la peine. Quelques cachets d'aspirine feront l'affaire.

— Les vrais hommes sont durs au mal, c'est ça ?

— C'est ça... Vous voulez entrer ?

Un frisson d'excitation la parcourut à cette idée, mais sa raison l'emporta.

— Non, je ne peux pas.

— C'est vrai, j'oubliais…, marmonna Lucan. Votre petit ami est en ville.

Sur le point de l'informer qu'elle ne considérait plus Simon comme son petit ami, Kyra se borna finalement à déclarer :

— Il avait l'intention de m'emmener dîner ce soir, mais il a annulé. Le décalage horaire, m'a-t-il dit… Nous nous verrons demain.

— Sachant que vous n'êtes pas libre, je n'aurais pas dû vous embrasser, et pourtant, j'ai envie de recommencer…

— Ce ne serait pas raisonnable, observa-t-elle d'une voix dont le calme la surprit elle-même tant son cœur battait fort.

Lucan garda le silence, mais il resta un long moment à la fixer, comme s'il cherchait à lire dans ses pensées. Elle fut alors tentée de lui avouer qu'elle brûlait de l'accompagner à l'intérieur et de lui accorder bien plus qu'un baiser. Il baissa les yeux avant qu'elle n'ait pu se décider, mais cela valait sans doute mieux.

— Vous retrouverez le chemin pour aller chez ma mère ? demanda-t-il.

— Oui, sans problème.

— Merci d'être venue à l'hôpital et de m'avoir ramené chez moi.

— De rien ! Reposez-vous bien, Lucan !

— Je vais essayer. Bonne nuit !

En le voyant descendre péniblement de la voiture, Kyra dut se retenir pour ne pas lui proposer de l'aide. Un souffle d'air glacé s'engouffra dans l'habitacle, et elle frissonna, mais pas seulement de froid.

Ne venait-elle pas de commettre une grave erreur ? songea-t-elle pendant que Lucan s'éloignait à pas lents. Il lui avait donné une chance de découvrir où pouvait les mener une attirance qu'elle savait à présent mutuelle…

Elle ne l'avait pas saisie et, maintenant, il était trop tard.

*
* *

Le lendemain matin, Lucan regretta l'absence des antalgiques que le Dr Phanlo lui avait prescrits : perclus de douleurs, il parvint tout juste à aller de son lit jusqu'au canapé du séjour — où il passa la matinée à répondre aux appels de parents et d'amis anxieux d'avoir de ses nouvelles.

Sa mère insista pour qu'il vienne dîner chez elle. Neil serait là avec toute sa famille, et elle voulait s'assurer que Lucan n'était pas trop mal en point. Whitney, elle, lui annonça que Flynn et elle lui amèneraient la Mercedes dans l'après-midi. Et Ronan téléphona de Seattle, où son avion faisait escale avant de repartir pour la côte Est.

La seule personne qui n'appela pas fut Kyra. Il n'aurait pas dû l'embrasser — sans parler de compliquer encore les choses en lui disant qu'il avait envie de recommencer... Il faillit lui téléphoner pour lui présenter des excuses, mais y renonça parce que le seul fait d'entendre sa voix risquait d'attiser le désir qu'elle lui inspirait.

En début d'après-midi, Todd lui communiqua une information qui lui donna un coup de fouet — et une raison objective pour parler tout de suite à Kyra. Dès que Flynn et Whitney lui eurent amené la Mercedes, il enfila son pardessus, ses gants, et se rendit chez sa mère.

Le ciel était couvert, et le vent glacé de la veille soufflait toujours. Lucan répéta ce qu'il allait dire pendant tout le trajet, mais il trouva la maison vide. Un ragoût mijotait sur la gazinière, deux tartes aux pommes finissaient de refroidir sur le plan de travail, et Lucan s'apprêtait à s'en couper un morceau lorsqu'il entendit deux voitures s'engager dans la contre-allée.

Il sortit sur le perron. Un grand sapin était fixé à la galerie de la Ford de sa mère et, à peine le moteur éteint, cette dernière mit pied à terre, suivie des enfants, de Kyra, et d'un homme de haute taille à la carrure athlétique.

Simon Testier...

La bouche pincée, Lucan le regarda défaire les cordes qui

attachaient l'arbre à la galerie. La deuxième voiture, qui avait elle aussi un sapin sur le toit, était celle de Neil. Sa femme Phyllis et leurs trois enfants en descendirent après lui, et, quand toute la troupe se dirigea vers la maison en riant et en parlant avec animation, Lucan se sentit exclu.

Sa mère l'examina de la tête aux pieds, puis, apparemment satisfaite, elle disparut dans la cuisine.

— Tu devrais te présenter au concours du plus beau bleu, Lucan ! s'écria Neil avec un sourire goguenard. Tu serais sûr de gagner !

— Trop aimable ! Mais qu'est-ce que tu fais là ? Je croyais que tu travaillais le samedi ?

— Je me suis mis en congé pour toute la période des fêtes. Et toi, pourquoi as-tu l'air aussi renfrogné ?

— Pour rien…, grommela Lucan. Bonjour, Phyllis !

Sa belle-sœur l'embrassa sur la joue, puis considéra l'ecchymose qu'il avait à la tempe.

— C'est pire que ce que Sally nous avait dit, observa-t-elle. Tu es sûr que ça va ?

— Tu me connais : j'ai la tête dure… Salut, Sean ! Salut, Duncan ! Salut, Mary Kay ! Alors, c'était bien, cette promenade en forêt ?

— Oui, et Simon nous a trouvé un sapin génial ! répondit Sean, l'aîné de la famille.

Ledit Simon se dirigeait maintenant vers la maison, avec dans les bras un sapin qu'il portait sans effort apparent. Kyra le suivait, la ceinture de son long manteau soulignant sa taille fine, les joues rougies par le grand air, plus désirable que jamais… Lucan s'écarta pour laisser passer Simon, et son geste fut salué par un sourire de remerciement. Kyra, elle, s'arrêta à sa hauteur et leva vers lui un regard inquiet.

— Vous avez l'air fatigué !

— Je suis surtout mort de froid. Entrons ! Il faut que je vous parle en privé.

Quand ils furent à l'intérieur, cependant, Simon s'avança, la main tendue.

— Vous devez être Lucan… Enchanté ! Je suis Simon Testier.

D'un tel athlète, Lucan attendait une poignée de main qui lui écraserait les doigts ; elle fut seulement ferme. Cet homme ne cherchait pas à rabaisser les autres en faisant étalage de sa force physique, et c'était tout à son honneur, admit Lucan à contrecœur.

— Vous avez une famille formidable, déclara Simon. C'est très gentil à vous d'avoir pris Kyra en charge.

— Il se trouve que nous le pouvions, mais, dans le cas contraire, je suis sûr qu'elle se serait très bien débrouillée toute seule !

— Oui, elle a de la ressource… n'est-ce pas, mon chou ?

— Arrête de m'appeler comme ça ! s'écria la jeune femme.

Y aurait-il de l'eau dans le gaz ? se demanda Lucan, intrigué.

— Il faut que j'aide Maureen à préparer le dîner, enchaîna-t-elle avant de s'éloigner.

Imperturbable, Simon se tourna vers Lucan.

— Neil m'a dit que vous étiez un grand sportif… Vous avez déjà pratiqué un sport extrême ?

— Je suis policier.

— Très juste ! s'exclama Simon en riant.

Lucan pensait que sa première rencontre avec le petit ami de Kyra confirmerait ses préjugés contre lui, mais, au bout de quelques minutes de conversation, il commença à comprendre ce qui avait pu lui gagner les faveurs de la jeune femme. C'était un homme chaleureux, ouvert et cultivé, doté d'un regard franc et d'un solide sens de l'humour. Alors que Lucan aurait voulu pouvoir le détester, il se surprit à prendre plaisir à discuter avec lui.

Il y avait malheureusement trop de monde dans la maison pour qu'il ait la possibilité de parler en tête à tête avec Kyra. A la fin du dîner, son portable sonna, et la tablée faisait tellement de bruit qu'il alla répondre sur le perron malgré le froid et la neige qui s'était mise à tomber un peu avant le repas.

— Comment ça va ? lui demanda Todd.

— J'ai l'impression d'être passé sous les roues d'un camion.

— Il s'agissait d'une berline.

— Très drôle ! Tu as retrouvé le jardinier ?

— Oui, et je l'ai interrogé. Il s'appelle Carlos Ruiz, et il a quitté son emploi parce qu'un autre, auquel il avait postulé, lui a été offert peu de temps après son embauche au Green Forest Country Club. Ce nouvel emploi est moins fatigant et mieux rémunéré, ce qui justifie son choix. Il affirme ne jamais avoir rencontré Fillmont, et je le crois. A mon avis, il n'a rien à voir avec notre affaire.

— Dommage !

— Oui, mais j'ai découvert quelque chose d'intéressant, pour compenser : l'ex-mari de Casey Fillmont a disparu, lui aussi.

— Milt Bowman ?

— Lui-même. Son patron l'a licencié pour faute professionnelle il y a six mois : il était ivre et a violemment pris un client à partie. Il a déménagé juste après, et personne n'a plus entendu parler de lui depuis. Quelques mois avant, il avait tout cassé dans un bar du centre-ville, mais il a entièrement dédommagé le propriétaire, ce qui lui a permis de bénéficier d'un sursis avec mise à l'épreuve.

Voilà qui pouvait marquer un tournant décisif dans l'enquête, et Lucan s'apprêtait à le souligner lorsque Todd changea brusquement de sujet :

— Tu as fait la connaissance du petit ami de Kyra ?

— Oui.

— Et alors ?

— Il est sympathique. Tu t'entendrais bien avec lui.

— Mais ça n'arrange pas tes affaires…

— Arrête ! A moins que tes recherches n'aient donné quelque chose d'autre, je raccroche !

— Non, je t'ai déjà dit que Kyra avait raison : Jordan Fillmont n'existe que depuis deux ans.

— Et les empreintes ?

— Un bogue informatique a momentanément interrompu les recherches, mais je devrais avoir une réponse demain.

— Appelle-moi dès que tu l'auras.

— D'accord. A demain !

Lucan referma son portable, et Kyra vint alors le rejoindre sur le perron, enveloppée dans son long manteau noir. Sa cheville ne devait plus la gêner, car elle avait remis ces bottes de cuir à talons hauts qui avaient l'étrange pouvoir d'exciter la libido de Lucan.

Il lui rapporta brièvement ce que Todd venait de lui apprendre, et elle lui annonça ensuite qu'elle allait ramener Simon à son hôtel.

— Non, je m'en occupe, déclara-t-il. Les chaussées sont sûrement glissantes.

— J'habite Boston, O'Shay ! J'ai l'habitude de conduire par temps de neige !

Sur ces mots, la jeune femme sortit de sa poche une grande écharpe en cachemire bleu-vert. Une rafale de vent faillit la lui arracher des mains et, voyant qu'elle avait du mal à la mettre, Lucan s'approcha.

— Laissez-moi faire !

— Je peux me débrouiller toute seule !

— J'en suis sûr, mais puisque je suis là, pourquoi refuser mon aide ?

Kyra cessa de protester, mais, pendant que Lucan lui nouait l'écharpe autour du cou, il la sentit frissonner.

— Vous avez froid ? demanda-t-il.

— Un peu.

Il avait conscience de se tenir dangereusement près d'elle — si près qu'il lui aurait suffi de pencher légèrement la tête pour l'embrasser. Ils restèrent un moment immobiles et silencieux, puis Kyra leva la main et la posa doucement sur la joue de Lucan.

— Qu'est-ce que vous faites ? murmura-t-il, le cœur battant.

— Ces ecchymoses doivent être très douloureuses…

Mais les yeux bleus plantés dans les siens disaient tout autre chose : ils exprimaient un désir qu'elle hésitait à concrétiser en lui tendant ses lèvres.

— Vous jouez de nouveau avec le feu, observa-t-il d'une

voix mal assurée. Votre petit ami peut arriver d'une seconde à l'autre…

Une lueur de regret passa dans le regard de la jeune femme. Elle abaissa sa main, mais ne s'écarta pas, et ce fut au prix d'un effort quasi surhumain qu'il se retint de l'attirer dans ses bras.

— Je ne chasse pas sur les terres d'autrui, souligna-t-il comme pour mieux s'en convaincre lui-même.

— Je ne suis pas un trophée.

— Je le sais, mais j'espère que Simon vous apprécie à votre juste valeur.

La porte se rouvrit alors, et l'intéressé s'y encadra, vêtu de son élégant manteau d'alpaga.

— On y va, mon chou ?

— Oui, mais combien de fois devrai-je te dire de ne pas m'appeler comme ça ?

— Ravi de vous avoir rencontré, Lucan ! déclara Simon, l'air nullement affecté par cette rebuffade.

Puis il passa un bras autour des épaules de Kyra et l'entraîna vers la voiture.

Lucan resta sur le perron jusqu'à ce que les feux arrière de la Ford disparaissent dans la nuit.

Pourquoi fallait-il que Simon Testier soit bien sous tous rapports ? songea-t-il. Il aurait tellement voulu avoir une raison valable d'éloigner Kyra de cet homme !

9

— Qu'est-il arrivé à ta B.M.W. ? demanda Simon.

— Rien. Elle est dans le garage de Maureen et, comme sa voiture était sortie, elle m'a proposé de l'utiliser.

Kyra ne se sentait pas d'humeur à parler de l'incident du centre commercial. Son bref tête-à-tête avec Lucan l'avait laissée frustrée. Une puissante attirance les poussait l'un vers l'autre, mais le moment était spécialement mal choisi pour y céder… La vie était vraiment injuste !

— Hé ! Tu dors ? s'écria soudain Simon.

Il avait dû lui poser une question que, perdue dans ses pensées, elle n'avait pas entendue.

— Non, je réfléchis.

— Et tu ne m'écoutes pas ? Ce n'est pas gentil, mon chou !

— Arrête de m'appeler comme ça !

— Je ne peux pas m'en empêcher.

C'était sans doute vrai, mais il y avait maintenant un moyen radical de provoquer en douceur la rupture définitive que Kyra souhaitait, et elle décida de mettre tout de suite en application l'idée qui lui était venue la veille.

— Je suis contente que tu sois là, susurra-t-elle.

— Tu vois que j'ai eu raison, finalement, d'ignorer tes protestations ! déclara Simon avec un sourire satisfait.

— Ma sœur est sûrement morte.

— Non, ne dis pas ça, mon chou ! Il y a encore de l'espoir, et ton lieutenant m'a l'air compétent. Je l'ai trouvé très sympathique.

— Il l'est, mais je dois me préparer au pire, et comme

mon appartement est trop petit pour nous tous, il va falloir emménager dans une maison.

Le sourire de Simon s'effaça.

— Mais tu adores cet appartement, et moi aussi !

— Il n'en est pas moins trop petit pour nous tous.

— Une seconde ! Qu'entends-tu par « nous tous » ?

— Eh bien toi, moi et les enfants. Et nous devons régulariser notre situation le plus vite possible.

Simon s'agita nerveusement dans son siège, et Kyra faillit éclater de rire.

— Tu comptes recueillir tes neveux ?

— Evidemment ! Ils n'ont pas d'autre parent proche que moi… Nous n'avons pas le temps d'organiser une cérémonie avec des dizaines d'invités et tout le tralala, mais ça m'est égal : je n'ai jamais rêvé d'un mariage en grande pompe.

— Euh… tu me prends un peu de court, Kyra…

— Ne t'inquiète pas : je m'occuperai de tout. On ira acheter des alliances dès mon retour à Boston.

— Je ne me sens pas vraiment fait pour le mariage…

— Peut-être, mais il faut penser aux enfants. Ils ont besoin de grandir dans une vraie famille.

— Je… je ne crois pas être la meilleure des figures paternelles…

— Mais si, tu seras un père de substitution formidable ! Tu devras renoncer aux sports extrêmes, bien sûr, pour que les enfants ne vivent pas dans la crainte permanente de te perdre, mais nous réglerons ce genre de détail plus tard.

— Ecoute, je suis venu à Baltimore pour t'aider, parce que je tiens beaucoup à toi : tu es belle, intelligente, spirituelle… Mais de là à t'épouser et à me retrouver avec trois gamins sur les bras… Franchement, je ne m'y vois pas !

Sentant la victoire toute proche, Kyra eut du mal à cacher sa jubilation. Une petite partie d'elle-même avait honte d'utiliser Casey et les enfants pour servir ses propres intérêts, mais sa sœur lui pardonnerait sûrement — si tant est qu'elle soit encore de ce monde…

Cette dernière pensée la dégrisa, et ce fut d'une voix sincèrement émue qu'elle déclara :

— Ce n'est pas ce que tu voulais, je le sais. Moi non plus, mais la situation a changé : il est de mon devoir de remplacer ma sœur auprès de mes neveux.

Simon excellait dans sa profession et dans de nombreux sports. C'était un grand charmeur, mais aussi un homme doté d'un ego surdimensionné. S'il mettait lui-même fin à leur relation, son amour-propre n'en souffrirait pas, et ils pourraient continuer à travailler ensemble en bonne intelligence.

— Je comprends, dit Simon, mais il faut que je réfléchisse avant de te donner une réponse… Mon hôtel est juste là… Dépose-moi devant !

— Tu ne veux pas que je monte avec toi, pour poursuivre cette discussion ?

— Non. Entre le décalage horaire et la promenade en forêt, je suis épuisé.

— J'espère que la nuit te portera conseil, parce qu'il y a des dispositions urgentes à prendre, comme d'inscrire Kip à l'école, et trouver une place en maternelle pour Brian et Maggie.

— Je t'appelle demain matin.

— Entendu. Dors bien !

— Toi aussi.

Après avoir effleuré la bouche de Kyra d'un baiser, Simon descendit de la voiture et franchit presque en courant la porte de l'hôtel. La jeune femme était sûre de lui avoir fait suffisamment peur pour le convaincre de rompre avec elle.

Un profond sentiment de soulagement l'envahit tandis qu'elle redémarrait, mais s'y mêlait une pointe de tristesse, car Simon possédait plus de qualités que beaucoup d'hommes. Ce n'était cependant pas l'homme de sa vie : jusque dans les meilleurs moments qu'ils avaient vécus ensemble, il avait manqué quelque chose.

Comme la fièvre délicieuse qui l'habitait en présence de Lucan…

Non, elle ne devait pas penser à Lucan ! L'attirance qu'il lui inspirait ne pouvait mener nulle part. Il lui plaisait — comme à toutes les femmes, indubitablement —, mais, quand il se mettait en mode « policier », il l'agaçait autant que Simon.

La comparaison s'arrêtait cependant là : Lucan était sensible, et l'un de ces rares hommes à la virilité affirmée capable de traiter une femme en égale.

Prise d'une impulsion subite, Kyra fit un détour pour passer devant son pavillon.

Y habitait-il déjà du temps de son mariage ? Et pourquoi avait-il divorcé ?

La neige tombait plus fort, maintenant, et elle commençait à tenir, rendant la chaussée de plus en plus glissante. Mieux valait rentrer chez Maureen avant que les conditions de circulation ne deviennent trop dangereuses. La maison de sa sœur était néanmoins si proche que Kyra décida d'aller y jeter un coup d'œil.

— Où es-tu, Casey ? murmura-t-elle après s'être garée devant. Tes enfants ont besoin de toi, et moi aussi…

Des larmes lui piquaient les yeux. Si elle avait entretenu des contacts réguliers avec sa sœur, peut-être aurait-elle aujourd'hui une idée de ce qui avait pu lui arriver…

Elle se raccrochait à l'espoir que Casey était toujours vivante, mais elle était résolue à changer de mode de vie quoi qu'il advienne. Les longues journées de travail et les voyages incessants commençaient de la lasser, de toute façon, et avec ses diplômes et son expérience elle n'aurait aucun mal à trouver un autre emploi.

Son installation chez Maureen lui avait fait mesurer à quel point la chaleur d'une famille lui manquait. Elle avait des amis à Boston, mais, à bien y réfléchir, rien ne la retenait vraiment là-bas. Si, par malheur, ses neveux se retrouvaient orphelins, elle pouvait donc venir habiter à Baltimore : cela leur éviterait un déracinement synonyme de nouveau traumatisme.

Une ombre, dans son rétroviseur, attira soudain son regard et, l'instant d'après, elle vit un homme tout de noir vêtu surgir derrière la voiture. Elle avait laissé le moteur tourner mais, paralysée par la terreur, elle n'eut pas tout de suite le réflexe de démarrer et de s'enfuir. Cela donna à l'homme le temps d'arriver à sa hauteur ; il tira sur la poignée de sa portière — heureusement verrouillée —, mais il leva alors l'objet qu'il tenait à la main. C'était un pistolet, dont il utilisa la crosse pour briser la vitre.

Sortant enfin de son inertie, Kyra passa la première et appuya sur l'accélérateur. Les roues patinèrent, lui faisant craindre un instant de rester bloquée sur place, mais la Ford finit par se mettre en mouvement.

La jeune femme entendit une voix lui crier de s'arrêter, puis des coups de feu retentirent… L'homme lui tirait dessus ! Arrivée au bout de la rue, elle brûla le stop et négocia trop vite le virage. La voiture dérapa, faillit emboutir un pick-up garé contre le trottoir, et Kyra dut ralentir le temps de redresser sa course.

Un rapide coup d'œil dans son rétroviseur lui montra qu'un deuxième homme s'était lancé à sa poursuite. Il avait un pistolet à la main, lui aussi, et les deux individus se mirent alors à tirer en même temps.

Comme ils étaient à pied, elle les aurait facilement semés dans toute autre circonstance, mais, avec une couche de neige que le froid commençait à transformer en verglas, le risque d'accident était trop élevé pour lui permettre de rouler à plus de vingt kilomètres/heure.

Si elle voulait échapper à ses agresseurs, il fallait donc faire en sorte qu'ils la perdent de vue, et elle s'enfonça dans le dédale de petites rues qui sillonnaient cette zone résidentielle. Au bout d'un moment, cependant, elle se trouva complètement désorientée. Où était-elle ? Comment regagner une grande artère, où il y aurait des gens à qui demander de l'aide ?

Les tirs ayant cessé depuis plusieurs minutes déjà, ses poursuivants devaient avoir renoncé à la rattraper, mais comment savoir s'ils n'attendaient pas, tapis quelque part dans l'ombre, qu'elle reparaisse ? Et, pour tout arranger, la neige avait maintenant cédé la place à du grésil, dont le vent rabattait les particules glacées à l'intérieur de la voiture par la vitre cassée de la portière.

Kyra désespérait de jamais retrouver son chemin lorsque soudain, au détour d'une rue, elle reconnut la maison de Lucan. Aucune lumière ne brillant aux fenêtres, il n'était toujours pas rentré chez lui, mais elle pouvait l'appeler… Elle alla se garer sur le parking d'une supérette encore ouverte, coupa le moteur, et elle ouvrait son sac pour en sortir son portable quand un 4x4 se glissa dans la place de stationnement voisine de la sienne. Son cœur s'arrêta de battre, et elle poussa un soupir de soulagement en voyant une femme descendre du véhicule et se diriger à grands pas vers l'entrée de la supérette.

C'était une fausse alerte, mais qui persuada Kyra de ne pas rester là : seule sur ce parking, elle était trop vulnérable — sans compter qu'elle tremblait de peur et de froid au point de ne pas être sûre de pouvoir composer un numéro.

Elle attrapa son sac et se précipita à l'intérieur du magasin. Un souffle d'air chaud et des chants de Noël l'y accueillirent. Une demi-douzaine de personnes faisaient la queue à la caisse, mais Kyra n'avait pas le temps d'attendre : elle dépassa toute la file et écarta sans douceur l'homme qui s'apprêtait à poser ses achats sur le tapis roulant.

— J'ai besoin d'aide ! déclara-t-elle au caissier. C'est une question de vie ou de mort !

Le client qu'elle avait bousculé s'écria alors, les yeux écarquillés :

— Vous !

Il lui fallut quelques secondes pour le reconnaître.

— Monsieur Garber ?

Le sous-directeur du cinéma recula d'un pas, manquant ainsi renverser la personne qui se tenait derrière lui.

— Vous me suivez ? articula-t-il péniblement.

— Bien sûr que non ! lui lança-t-elle avant de reporter son attention sur l'employé. Deux hommes sont à ma poursuite… Appelez la police !

Le caissier se leva d'un bond tandis que Garber s'exclamait :

— Encore !

— Vous croyez que ça m'amuse ? répliqua Kyra.

— Mais qu'est-ce que vous avez fait, pour avoir tout le temps des tueurs à vos trousses ? demanda Garber en laissant tomber sur le tapis roulant son sac de croquettes pour chien et son pack de bières.

Le caissier, qui avait dans l'intervalle verrouillé la porte d'entrée, cria alors à la cantonade :

— Que tout le monde aille se réfugier au fond du magasin ! J'appelle la police !

Les gens obéirent docilement. Ils étaient visiblement effrayés, mais Kyra, elle, était rassurée. Le caissier avait réagi avec beaucoup de sang-froid, et elle se sentait maintenant assez calme — et réchauffée — pour utiliser son portable.

— Lucan ? dit-elle dès qu'elle l'eut en ligne. J'ai été victime d'une agression ! J'étais à l'arrêt, et un homme a essayé d'entrer dans la voiture. Il a brisé la vitre de ma portière, m'a tiré dessus quand je me suis enfuie, et il m'a ensuite poursuivie avec un autre individu, lui aussi armé.

— Où êtes-vous ?

— Dans une supérette proche de chez vous. Le caissier a verrouillé la porte d'entrée, éloigné les clients de la vitrine, et il est en train d'appeler la police.

— A cette heure, c'est Salman, le gérant, qui tient la caisse. Je le connais, et il a eu les bons réflexes, mais dites-lui de s'assurer que la porte de derrière est elle aussi verrouillée… J'arrive !

Le gérant raccrocha son téléphone au même moment que Kyra. Il s'approcha d'elle et lui demanda gentiment :

— Ça va, madame ?

— Oui, merci… Je viens de parler au lieutenant O'Shay. Vous vous connaissez, apparemment, et il veut que vous alliez vérifier si la porte de derrière est verrouillée.

— J'y vais tout de suite !

— Fichus pirates de la route…, grommela un client. On n'est plus en sécurité nulle part !

Kyra garda le silence. Si seulement il pouvait s'agir d'une

simple tentative de vol de voiture… Mais elle ne croyait pas aux coïncidences.

— Je suis sûr que cette femme est une mythomane et qu'elle ne court aucun danger ! déclara Garber haut et fort. Elle a dû casser elle-même la vitre de sa portière, pour rendre son histoire crédible !

Plongée dans ses pensées, Kyra ne lui prêta aucune attention. Et si elle s'était trompée, à propos de l'incident du centre commercial ? Si ce n'était pas à Kip, mais à elle, que l'homme en avait ? Parce que ce soir, elle était seule dans la voiture…

Ses réflexions furent interrompues par une femme plantureuse, qui lui demanda d'une voix inquiète :

— Ça va, madame Fillmont ? Vous êtes encore toute pâle !

Puis, comme Kyra, déconcertée, la fixait sans rien dire, elle enchaîna :

— Vous ne me reconnaissez pas ? Je suis Nancy Riblenowski, la maman de Tommy… J'habite dans la même rue que vous, et nos garçons fréquentent la même école.

— Fillmont ? intervint Garber. Ce n'est pas le nom qu'elle a donné hier à la police !

Kyra l'ignora.

— Vous faites erreur, madame Riblenowski. Je ne suis pas Casey Fillmont mais sa sœur, Kyra Wolfstead.

— Oh ! pardon… Je n'ai pas encore eu l'occasion de parler à votre sœur. J'avoue à ma grande honte que je n'ai pas pris le temps d'aller lui souhaiter la bienvenue dans le quartier. Nous ne nous sommes jamais vues que de loin, et pourtant j'étais sûre… Vous lui ressemblez beaucoup !

— Oui, il paraît.

Et la lumière se fit soudain dans l'esprit de Kyra : les hommes qui la pourchassaient la prenaient pour Casey ! Ils ne s'intéressaient ni à Kip ni à elle, mais à sa sœur… Et cela signifiait que Casey était vivante !

Soulagée au point d'en avoir les jambes molles, Kyra pria pour que les mauvaises conditions de circulation ne retardent pas trop Lucan. Elle avait hâte de lui communiquer la bonne nouvelle.

Son exaltation retomba cependant un peu lorsqu'une autre idée lui vint : Casey adorait ses enfants, et elle ne les aurait pas laissés seuls pendant tout ce temps si quelque chose ou quelqu'un ne l'avait empêchée de rentrer chez elle. Il fallait donc redoubler d'efforts pour la retrouver.

Des sirènes et les feux clignotants de gyrophares annoncèrent l'arrivée de la police, mais c'était Lucan O'Shay que Kyra attendait.

En voyant Kyra saine et sauve, Lucan éprouva un soulagement sans commune mesure avec ce qu'aurait dû lui inspirer le sort d'une quasi-inconnue. Elle avait échappé de peu à la mort, la vitre cassée de la Ford et les impacts de balles, sur la carrosserie, étaient là pour le prouver…

Son coup de téléphone l'avait glacé de terreur, et il avait roulé si vite qu'il aurait pu se tuer dix fois… Les raisons de garder ses distances avec Kyra ne manquaient pourtant pas : elle était partie prenante dans l'enquête qu'il menait, elle avait déjà un petit ami, elle habitait à Boston…

Mais son visage s'illumina dès qu'elle l'aperçut, et, sans plus réfléchir, sans se soucier des gens qui les entouraient, il la prit dans ses bras.

— Ça va ? lui murmura-t-il à l'oreille.

— Oui. Casey est vivante !

— Quoi ? s'écria-t-il en reculant d'un pas.

Tout excitée, Kyra lui donna le motif de son optimisme, et il se demanda ensuite comment tempérer sa joie sans briser ses espoirs.

— Pourquoi ces hommes me poursuivraient-ils, s'ils ne me prenaient pas pour ma sœur ? conclut-elle. C'est la seule explication, et ça prouve qu'elle est vivante !

— Ou qu'ils la *croient* vivante.

— Oui, mais j'ai réfléchi, en vous attendant, et je pense que

Casey, après avoir envoyé ses enfants dans la chambre forte, a réussi à échapper aux cambrioleurs. Elle doit se cacher quelque part, et ne pas oser rentrer chez elle par crainte de se retrouver face à eux. Peut-être s'imagine-t-elle aussi que Jordan y est revenu et a emmené les enfants.

— C'est possible…

— Il faut intensifier les recherches pour la retrouver, en tout cas ! Et si vous diffusiez un message disant que les enfants sont avec moi et qu'elle doit aller se placer sous la protection de la police ? Je suis sûre qu'elle a peur de son mari.

— Lequel ? demanda Lucan.

La jeune femme le considéra d'un air perplexe.

— Les deux ont disparu, Kyra ! Et nous savons que Fillmont a déjà essayé une fois de s'introduire dans la maison.

— C'était pour récupérer l'argent.

— Ou dans un autre but… Il se peut que cet argent appartienne à Bowman, et que votre sœur l'ait caché chez elle à l'insu de Fillmont.

— Oui, vous avez raison.

En parcourant distraitement le magasin des yeux, Lucan aperçut Salman et le salua de la tête. Il remarqua ensuite un homme qui fixait Kyra d'un œil torve, et dont le visage lui parut familier.

— Je me trompe, ou bien c'est le sous-directeur du cinéma, là-bas ?

— Non, vous ne vous trompez pas : c'est bien M. Garber, répondit Kyra.

Elle fit un petit signe ironique de la main à l'intéressé, et éclata de rire en le voyant se détourner vivement.

— Je crois qu'il ne m'aime pas beaucoup, observa-t-elle.

— Que fait-il ici ?

— Il était venu acheter des croquettes pour sa chienne, et de la bière pour lui. Il doit habiter dans le quartier.

— Il n'a décidément pas de chance avec vous ! Je vous ramène chez ma mère, à présent… Les rues ne vont pas tarder à être impraticables.

Elles ne l'étaient même sans doute quasiment plus, se dit Lucan en sortant du magasin. Le parking était couvert de plaques de verglas, et la chaussée, au-delà, devait être à peine moins glissante. La petite voiture de sport de Whitney n'était pas faite pour rouler dans ces conditions extrêmes, et l'inquiétude de Lucan grandit quand il s'engagea dans la rue et dérapa aussitôt. Un coup de volant bien dosé lui permit de rectifier sa trajectoire, et il réduisit ensuite sa vitesse au maximum, mais à ce train-là il lui faudrait des heures pour arriver chez sa mère — à supposer qu'il n'ait pas un accident avant.

— Lucan ?

Ayant besoin de toute sa concentration pour garder le contrôle du véhicule, il n'osa même pas jeter un coup d'œil à sa passagère. Il se contenta de hocher la tête, et elle reprit :

— Comme nous ne sommes pas très loin de chez vous, c'est peut-être là que nous devrions aller. Vous n'avez sûrement pas envie d'abîmer la Mercedes de votre belle-sœur, alors inutile de tenter le destin : la chaussée est une vraie patinoire.

— Oui, j'avais remarqué. Et bien que ma maison ne soit pas très grande, elle comporte deux chambres. J'espère que votre petit ami comprendra la situation.

— Simon n'est plus mon petit ami.

— Il n'a pas l'air de le savoir, sinon il ne serait pas là.

— Il est venu uniquement parce qu'il ne supporte pas qu'on lui résiste.

Lucan dressa l'oreille. Simon Testier n'avait donc pas toutes les qualités ?

— C'est un homme brillant à beaucoup de points de vue, poursuivit Kyra, mais il est vaniteux et a une peur panique de toute forme d'engagement. Je l'aime bien et, sur le plan professionnel, nous formons une bonne équipe, mais quand je lui ai dit, il y a plus d'un mois, que je voulais mettre un terme à notre relation, il a refusé de me croire. Je pense qu'il ne lui était encore jamais arrivé de se faire plaquer.

Stupéfait, Lucan tourna la tête vers Kyra… et se dépêcha ensuite de se concentrer de nouveau sur sa conduite, car cette seconde d'inattention avait manqué lui valoir un nouveau dérapage.

— Regardez devant vous ! s'écria la jeune femme. Vous avez failli nous envoyer dans le décor !

— Oui, désolé… Ainsi, vous avez plaqué Simon ?

— C'était mon intention, mais il est trop orgueilleux pour admettre qu'une femme le quitte. Jusqu'à hier, je ne savais pas quoi faire pour me débarrasser de lui, mais je lui ai fourni ce soir une raison de provoquer lui-même cette rupture.

— Vous lui avez dit que je vous avais embrassée ?

— Non, je lui ai parlé mariage et paternité — les deux mots qui effraient le plus un célibataire endurci.

— Il ne veut pas que vous preniez vos neveux en charge, c'est ça ?

— Exactement.

— Vous êtes une redoutable manipulatrice !

— Oui, mais rassurez-vous : je n'utilise ce talent qu'en cas d'absolue nécessité.

Le reste du trajet se déroula en silence et, une fois arrivé à bon port, Lucan poussa un soupir de soulagement. Il coupa le contact et se laissa aller contre le dossier de son siège.

— Ça va ? demanda Kyra.

— Oui, donnez-moi juste le temps de recouvrer assez de souplesse pour descendre de voiture : j'ai les muscles tellement noués que je peux à peine bouger.

— Je vous masserai, quand nous serons à l'intérieur.

— Je ne crois pas que ce soit une bonne idée.

— Pourquoi ? Ah ! je vois ce que vous voulez dire, mais je ne sais pas si je dois me sentir offensée ou flattée.

— Optez pour la deuxième solution, par pitié, parce que là, je ne suis pas en état d'affronter votre colère.

Kyra esquissa un sourire.

— D'accord, je suis flattée, mais n'espérez pas vous en tirer aussi bien chaque fois : si la balance penche ce soir en votre faveur, c'est uniquement parce que je vous suis reconnaissante de m'offrir l'hospitalité.

Cette femme ne cesserait jamais de l'étonner ! songea Lucan avant de s'extraire difficilement de la voiture. La terrible épreuve qu'elle venait de subir ne lui avait pas fait perdre son sens de l'humour…

Tout en elle l'enchantait, décidément — et de plus en plus au fil des jours.

10

Une minute à peine après être entrée dans le séjour de Lucan, Kyra eut la réponse à la question qu'elle s'était posée en passant devant la maison, deux heures plus tôt : son ex-femme n'y avait jamais vécu. L'ameublement comme la décoration témoignaient d'un sens pratique typiquement masculin : sièges confortables mais dépareillés, tables visiblement choisies pour leur fonctionnalité plus que pour leur esthétique, étagères encastrées qui servaient à la fois de bibliothèque et de vidéothèque, avec une rangée entière de C.D. et une autre de D.V.D... Au-dessus de la cheminée trônait l'écran d'un home cinéma, et sur le manteau s'alignaient des consoles de jeux allant des plus anciennes aux plus récentes... Pas de tableaux aux murs, mais des photos de famille disséminées un peu partout dans la pièce...

De l'extérieur, cette maison avait semblé à Kyra un peu lugubre, mais Lucan s'y était en fait aménagé un intérieur simple et accueillant, où il devait être content de se retrouver le soir après une dure journée de travail.

— Donnez-moi votre manteau, déclara-t-il.

La jeune femme le lui tendit et observa :

— Il vaut mieux que j'enlève aussi mes bottes. Vous avez un beau parquet, et je ne voudrais pas le salir.

— Vous avez besoin d'aide pour vous déchausser ?

Une lueur de malice dansait dans les yeux de Lucan. Sentant ses joues s'enflammer, Kyra espéra qu'il ne le remarquerait pas, ou alors qu'il mettrait cette rougeur sur le compte de la différence de température avec l'extérieur.

— Que feriez-vous, si je vous disais oui ? demanda-t-elle d'un ton faussement léger.

— Je m'agenouillerais devant vous et je vous retirerais vos bottes l'une après l'autre.

— C'est tentant : j'ai toujours adoré avoir un homme à mes pieds.

— Il y a cependant un petit problème : je ne suis pas sûr, ensuite, de pouvoir me relever.

— Laissez tomber, dans ce cas : avec ce temps, les services d'urgence sont trop sollicités pour envoyer une équipe à votre secours.

— Comme vous voudrez ! Maintenant, pour nous réchauffer, je vous propose un chocolat chaud ou un verre de vin rouge… Que préférez-vous ?

— Le chocolat.

— D'accord, mais avant de le préparer, il faut que je téléphone à ma mère pour l'informer du changement de programme.

— Oui, elle s'inquiète sûrement, mais c'est moi qui vais l'appeler et m'occuper du chocolat. Vous, vous allez monter prendre une douche brûlante : entre les séquelles de votre accident d'hier et le stress de ce trajet en voiture dans des rues transformées en patinoires, vous avez besoin d'un moyen plus radical qu'une simple boisson chaude pour détendre vos muscles… Et, pendant que vous serez là-haut, trouvez-moi un T-shirt, ou n'importe quoi d'autre qui puisse me servir de chemise de nuit !

— A vos ordres ! Et vous, pendant que vous serez dans la cuisine, sortez du réfrigérateur le reste des brownies de ma mère que vous y trouverez. Ils sont meilleurs à température ambiante.

— Entendu.

Lucan se dirigea vers l'escalier d'une démarche raide, et Kyra appela Maureen. La vieille dame devait attendre près du téléphone, car elle décrocha à la première sonnerie.

— Tout va bien, lui annonça Kyra. Nous sommes chez Lucan.

— Alors restez-y tous les deux ! Il ne fait pas bon se promener dehors, ce soir, et surtout pas dans la voiture de Whitney !

— C'est aussi mon avis.

— Lucan m'a dit que vous aviez eu un problème… Rien de grave, j'espère ?

La jeune femme raconta son aventure, puis elle proposa de payer la facture des dommages subis par la Ford, mais Maureen protesta aussitôt :

— Vous n'y êtes pour rien, et mon assurance couvrira les frais de réparation, de toute façon. L'essentiel, c'est que vous n'ayez pas été blessée… Les enfants dorment, et je ne vais pas tarder à aller me coucher, moi aussi… Toutes ces émotions ont dû vous secouer, alors reposez-vous bien et, avec un peu de chance, les conditions météo se seront améliorées demain matin.

— Merci, Maureen, mais, si les enfants vous posent le moindre problème, n'hésitez pas à m'appeler.

— Je ne vois pas quel problème ils pourraient me poser ! J'ai élevé quatre garçons, et le sang irlandais qui coule dans leurs veines les rendait autrement difficiles que vos neveux, croyez-moi !

A la fois amusée par le tempérament énergique de la vieille dame et par la sollicitude toute maternelle qu'elle lui avait témoignée, Kyra raccrocha et gagna la cuisine. Comme le séjour, elle était petite mais fonctionnelle, et Maureen avait donné de bonnes habitudes à ses fils, car aucune vaisselle ne traînait dans l'évier, et toutes les surfaces brillaient de propreté.

Le réfrigérateur était loin d'être plein, mais il contenait en quantité suffisante lait, jus de fruits, œufs, fromage et autres produits de base — plus les brownies dont Lucan avait parlé, que Kyra sortit et mit dans une assiette avant de jeter un coup d'œil dans la partie congélateur. Elle était remplie, elle, de restes enveloppés dans des sachets soigneusement étiquetés. Même si le mauvais temps les bloquait dans la maison pendant plusieurs jours, ils ne risquaient pas de mourir de faim !

Un bruit la fit sursauter pendant qu'elle cherchait le chocolat en poudre dans les placards. Mais il s'agissait seulement d'un glouglou d'eau dans la tuyauterie, et elle sourit de sa propre bêtise — avant de se représenter Lucan nu sous la douche et de sentir une onde de désir la parcourir.

Maintenant que l'obstacle d'ordre moral constitué par Simon était écarté, allait-il lui faire des avances ?

Et, dans l'affirmative, y répondrait-elle ?

Ce n'était pas l'envie qui lui en manquait, mais était-il raisonnable de s'engager dans une liaison susceptible de distraire de son enquête le policier chargé de retrouver Casey ?

Une rafale de vent secoua la maison. La lumière vacilla, s'éteignit un bref instant, puis revint. Le grésil devait commencer à former une couche de glace autour des lignes à haute tension et, craignant une coupure d'électricité, Kyra se mit en quête d'une torche. Elle en trouva une sous l'évier et l'emporta dans le séjour, ainsi qu'une boîte d'allumettes.

Des journaux froissés, du petit bois et des bûches étaient déjà disposés dans la cheminée, et comme la maison était équipée d'un chauffage électrique, elle se refroidirait vite en cas de panne de courant. Kyra jugea donc plus prudent de ne pas attendre pour faire du feu. Elle ouvrit le conduit de fumée, craqua une allumette, et de hautes flammes ne tardèrent pas à s'élever.

La jeune femme prit alors le temps d'examiner la bibliothèque de Lucan. Elle ne fut pas étonnée d'y voir des romans policiers, mais il y avait là aussi des œuvres relevant d'autres genres littéraires : grands classiques, science-fiction, fantastique, biographies, et même plusieurs recueils de poésies.

Elle fit ensuite le tour des photographies de famille. Les frères de Lucan, ses neveux, ses nièces, une Maureen jeune au bras de son mari, qui formait avec lui un très beau couple… Leurs fils ne l'étaient pas moins ; chacun avait hérité de leurs parents une combinaison de traits différente, mais ils se ressemblaient assez pour rendre évidente leur appartenance au clan O'Shay.

Un bruit de pas, au-dessus d'elle, l'avertit que Lucan était sorti de la douche. Elle regagna la cuisine, prépara le chocolat et réintégra le séjour avec un plateau sur lequel elle avait mis les tasses et l'assiette de brownies. Elle venait de poser son fardeau sur la table basse quand Lucan s'engagea dans l'escalier.

Aucun homme n'aurait dû avoir le droit d'être aussi séduisant dans une tenue aussi ordinaire — un pantalon de jogging et un sweat-shirt noirs…

Et, en plus, il s'était rasé !

Le pouls de Kyra s'emballa, et ce fut d'une main un peu tremblante qu'elle lui tendit une tasse. Il n'eut heureusement pas l'air de remarquer son trouble.

— Bonne idée ! déclara-t-il avec un geste du menton en direction de la cheminée.

— Oui, j'ai eu peur que le réseau électrique ne finisse par lâcher pour de bon. Et ne me dites pas qu'une fois ces bûches entièrement consumées, il faudra aller en chercher d'autres au fond du jardin !

— Non, j'en ai une réserve sous la véranda, à l'arrière de la maison, et il y a là assez de bois pour nous tenir chaud au moins jusqu'à demain matin.

Kyra tenta d'occulter les pensées érotiques que ces mots pourtant innocents lui avaient fait venir à l'esprit. En vain : sa libido l'emportait sur sa raison… Mais que lui arrivait-il donc ? Ce genre d'emballement ne lui ressemblait pas du tout !

Si seulement Lucan ne s'était pas rasé… Si seulement elle n'avait pas l'impression que, de façon consciente ou inconsciente, il lui transmettait par là un message…

L'air, cette fois, de percevoir son émoi, il la regarda fixement, et l'atmosphère de la pièce se chargea soudain de tension.

— Kyra ?

La lumière vacilla de nouveau, puis s'éteignit. La jeune femme ne voyait plus maintenant de Lucan que les lignes énergiques de son visage, dont la mâle beauté prenait à la lueur dansante des flammes un aspect mystérieux, presque hypnotique.

Avant qu'elle n'ait eu le temps de recouvrer le sang-froid nécessaire pour parler, la lumière revint — mais se remit à trembloter juste après.

— Il vaut mieux que j'aille chercher du bois tout de suite, observa Lucan.

Il semblait lui aussi sortir d'une sorte de transe, mais peut-être se faisait-elle des idées, se dit Kyra.

— Je vais vous donner un coup de main, déclara-t-elle en reposant sa tasse sur le plateau.

Lucan l'imita, et elle le suivit à l'arrière de la maison. La véranda était couverte, mais non chauffée, si bien que, le temps de regagner le séjour les bras chargés de bûches, ils tremblaient tous les deux de froid.

Après avoir épousseté leurs vêtements, ils s'assirent de part et d'autre de la table basse. Le chocolat, brûlant quelques minutes plus tôt, était maintenant à la bonne température, et la première gorgée que but Lucan amena un sourire sur son visage. Un sourire qui n'avait rien de sensuel ni d'enjôleur, mais qui suffit à raviver en Kyra un désir que le retour à des préoccupations terre à terre avait quelque peu éloigné.

— J'ai mis des serviettes propres dans la salle de bains du haut, annonça Lucan sur le ton de la conversation. Je vous ai aussi sorti un bas de survêtement et un sweat-shirt. Le temps ne s'améliore pas, et le risque d'une panne de courant de plusieurs heures est donc bien réel.

Pour se donner une contenance, la jeune femme prit un brownie et mordit dedans. Il était délicieux mais, s'apercevant soudain que Lucan avait les yeux rivés sur sa bouche, elle faillit s'étouffer. Cette fois, le doute n'était plus possible : il avait envie d'elle.

— Moi, je ne sais pas si j'aurai la force de remonter l'escalier, reprit-il. Je crois que je vais passer la nuit dans un fauteuil, devant la cheminée. Ça m'est déjà arrivé plus d'une fois.

Kyra n'eut aucun mal à l'imaginer s'endormir là, épuisé par une longue journée de travail, et comme il n'avait personne pour le réveiller et lui dire de monter se coucher…

— Depuis combien de temps êtes-vous divorcé ? demanda-t-elle.

— Cinq… non, six ans, répondit-il, l'air nullement choqué par cette question indiscrète. Bess m'avait épousé sans comprendre qu'une femme de policier devait accepter certaines contraintes. Elle supportait particulièrement mal que je sois de permanence certains week-ends, ou qu'une enquête difficile me retienne sur le terrain pendant des nuits entières. Au bout de six mois, nous nous sommes tous les deux rendu compte que nous n'étions pas faits l'un pour l'autre : Bess avait besoin d'un homme qui serait toujours chez lui en dehors des heures de bureau, et c'était un besoin que je n'aurais jamais pu satisfaire. Nous avons divorcé par consentement mutuel, et gardé ensuite de bonnes relations. Elle s'est remariée à un de mes amis, un employé de mairie qui rentre tous les soirs à 18 heures, et ils nagent dans le bonheur.

— Vous n'en éprouvez pas un peu d'amertume ?

— Non, aucune. C'est par moi qu'ils se sont connus, et je suis même allé à leur mariage. Ils ont maintenant un petit garçon de deux ans, et Bess attend un deuxième enfant. Je suis très heureux pour eux.

Pendant qu'il parlait, Lucan n'avait cessé de remuer les épaules ; la douche n'avait manifestement pas suffi à relâcher la tension de ses muscles.

— Vous ne voulez vraiment pas que je vous masse ? déclara Kyra.

— Je persiste à penser que ce n'est pas une bonne idée.

Il avait raison et, pourtant, elle ne put s'empêcher de le provoquer :

— Vous avez peur de moi ?

Une lueur sombre s'alluma dans les yeux de Lucan. Il se leva lentement et contourna la table basse.

— S'il y a une intention secrète derrière votre offre, exprimez-la clairement ! ordonna-t-il. Pour se faire comprendre d'un O'Shay, il faut lui mettre les points sur les i, toutes mes belles-sœurs vous le diront.

Les joues de Kyra s'empourprèrent. Elle sauta sur ses pieds et s'écria :

— Je vous proposais juste de vous masser la nuque et

les épaules ! Quand je voudrai coucher avec vous, je vous le demanderai !

— Je sais que vous en avez envie, alors demandez-le-moi !

Ces mots, prononcés d'une voix sensuelle, abattirent toutes ses défenses. Le visage de Lucan était maintenant si près du sien qu'elle distinguait la petite coupure qu'il s'était faite en se rasant.

Pour elle ?

Son cœur battait la chamade, et il s'accéléra encore quand Lucan suivit du bout du pouce la courbe de sa mâchoire.

— Qu'est-ce que vous faites ? chuchota-t-elle.

— Je me prépare à vous embrasser.

— Vous avez besoin de vous préparer ?

— Oui, pour être sûr de ne pas vous décevoir.

Lucan lui enlaça la taille et l'attira lentement vers lui, comme pour lui donner le temps de changer d'avis.

Mais où aurait-elle trouvé la force de le repousser ?

Et, contrairement à ce qu'il avait dit, elle n'eut pas à lui mettre les points sur les i : l'instant d'après, il s'emparait de ses lèvres et l'embrassait avec une ardeur qui la transporta.

Un gémissement de plaisir s'échappa de sa gorge, tandis que ses mains impatientes se glissaient sous le sweat-shirt de Lucan et lui couvraient le dos de caresses fiévreuses.

— Essayons de ne pas brusquer les choses, finit-il par murmurer en s'écartant légèrement d'elle. Nous avons toute la nuit.

Puis, dans un geste doux qui la bouleversa, il lui posa la main sur la nuque et lui cala la joue contre son épaule.

— Je rêve de ce moment depuis des jours, ajouta-t-il, et je veux en savourer pleinement chaque seconde.

Elle leva la tête, lui sourit et, dans le baiser qu'ils échangèrent ensuite, la passion était toujours là, mais s'y mêlait un sentiment proche de la tendresse.

*
* *

Longtemps après, blottie dans les bras de Lucan, Kyra se sentait plus heureuse qu'elle ne l'avait jamais été. Le canapé leur avait servi de couche, et ils contemplaient maintenant en silence la danse des flammes dans la cheminée. Les doigts de la jeune femme se promenaient distraitement sur la cicatrice d'une blessure par balle dont Lucan lui avait dit qu'elle avait failli le tuer. Elle avait embrassé cette cicatrice, et d'autres, quand ils avaient fait l'amour pour la deuxième fois — aussi passionnément que la première, mais en prenant tout leur temps.

Bien qu'il n'y ait pas eu de panne de courant, les vitres étaient à présent couvertes de givre, et Kyra finit par sentir la fraîcheur de l'air sur sa peau nue. Elle se leva et commença à ramasser les vêtements éparpillés sur le sol.

— Tu es si belle…, murmura Lucan, les yeux rivés sur elle.

Rougissante, Kyra lui lança son sweat-shirt.

— Mets ça, et arrête de me regarder de cette manière, sinon je vais venir te rejoindre pour une troisième reprise !

— Je ne suis pas sûr d'en avoir la capacité physique, mais je veux bien essayer, au risque d'avoir une crise cardiaque.

— Alors non ! Je devrais expliquer à ta mère comment je t'ai tué, et ce serait très gênant ! Il vaut mieux que j'aille me doucher, pendant qu'il y a encore de l'électricité et du chauffage.

Sachant que Lucan la dévorait toujours des yeux, Kyra s'amusa à rouler des hanches en se dirigeant vers l'escalier, et il émit un petit sifflement admiratif. Ils éclatèrent tous les deux de rire, et ce fut le cœur en fête que la jeune femme gravit les marches.

Sous la douche, Kyra eut tout le temps de réfléchir à ce qu'elle venait de faire. Elle n'en éprouvait aucun regret, mais de la peur, si, car elle avait beau se dire que cela avait été pour deux adultes consentants un moyen agréable de passer une longue soirée d'hiver, elle connaissait la vérité.

Après un premier contact orageux, le mélange de force et de gentillesse de Lucan l'avait subjuguée. Et ce n'était pas juste un besoin physique qui l'avait poussée à se donner à lui. Jamais encore elle n'avait éprouvé le grand amour dont parlaient les romans, jamais elle n'aurait cru l'éprouver un jour, et pourtant elle était en train de tomber amoureuse…

Au pire moment !

Une fois douchée et habillée, elle s'apprêtait à redescendre au rez-de-chaussée lorsque la sonnerie du portable de Lucan lui parvint.

— O'Shay ! déclara-t-il.

Un petit silence, puis il s'exclama :

— Todd ? Comment se fait-il que tu sois encore sur la brèche à une heure pareille ? Ne me dis pas qu'il y a eu un nouveau cambriolage !

Kyra s'engagea dans l'escalier. Lucan lui tournait le dos, mais elle vit qu'il avait remis ses vêtements — et même ses chaussures. Il devait être allé chercher d'autres bûches.

— Où ? s'écria-t-il. Tu en es sûr ? Il y a combien de temps ? Et c'est seulement maintenant que l'information nous est transmise ?

La tension qui transparaissait dans sa voix donna le frisson à Kyra.

— Grave à quel point ? reprit-il après un long silence. Et il n'y a pas de doute ? Il s'agit bien de Casey Fillmont ?

La jeune femme se figea et s'agrippa à la rampe. Casey serait-elle morte ? Non, ce n'était pas possible…

— D'accord, je vais la mettre au courant, déclara Lucan. Le reste peut attendre demain. Merci, Todd. Bonne nuit !

Il raccrocha, se retourna et aperçut Kyra.

— Tu as entendu ? lui demanda-t-il.

La gorge nouée par l'angoisse, elle bredouilla :

— Que… que se passe-t-il ?

— Ta sœur a été retrouvée.

11

Kyra sentit ses genoux se dérober sous elle, et peut-être serait-elle tombée si Lucan ne s'était précipité pour la soutenir.

— Oh ! mon Dieu, je suis désolé ! s'écria-t-il. Tu as cru que… Mais Casey est vivante, bien vivante !

— C'est vrai ?

— Oui.

— Où est-elle ?

— Je vais te le dire, mais viens t'asseoir, d'abord.

Quand ils se furent installés dans le canapé, Lucan passa un bras autour des épaules de la jeune femme avant d'expliquer :

— Ta sœur est à l'hôpital, mais son état n'inspire aucune inquiétude. Elle a eu un accident, apparemment dû à une vitesse excessive au moment où elle s'engageait dans une bretelle de sortie d'autoroute : sa voiture a plongé dans le fossé rempli de buissons et d'arbustes situé en contrebas. Casey s'est retrouvée coincée dans l'habitacle, mais elle a finalement réussi à s'en extraire et à ramper jusqu'en haut du talus. Là, elle a perdu connaissance, mais, hier matin, un ouvrier venu effectuer des réparations à proximité a noté que la glissière de sécurité portait la marque d'un choc récent. En s'approchant, il a aperçu quelque chose de rouge… C'était le manteau de Casey.

— Oui, elle a toujours aimé le rouge, dit Kyra avec un pâle sourire.

— Et c'est tant mieux, sinon qui sait quand elle aurait été secourue ! On l'a conduite à l'hôpital, toujours inconsciente et avec des blessures multiples, mais dont aucune ne met sa vie en danger : plusieurs côtes cassées, une cheville foulée, plus des bleus et des écorchures un peu partout. Tout bien considéré, elle a eu beaucoup de chance.

— Je veux aller la voir !

Kyra commença de se lever, mais Lucan la força à se rasseoir.

— Nous irons, mais pas maintenant : demain.

— Non, ce soir, je t'en prie ! Et si tu refuses de m'emmener, j'irai par mes propres moyens !

— Ecoute-moi, Kyra... Casey n'ayant repris connaissance que par brefs intervalles depuis son hospitalisation, elle ne risque pas de disparaître une deuxième fois. Et il n'est pas question de sortir par ce temps : il faut attendre que les chaussées aient été sablées, c'est-à-dire demain matin.

— Tu as raison, bien sûr, mais...

— Oui, je comprends. C'est ta sœur, et j'aurais la même réaction s'il s'agissait d'un de mes frères.

La lumière clignota soudain, s'éteignit... et ne se ralluma pas.

— Je crois que, cette fois, le courant ne reviendra pas avant un bon moment, observa Lucan.

Son visage n'était plus éclairé que par la lueur vacillante des flammes, mais cela n'empêcha pas Kyra de voir ses traits se durcir brusquement, et son front se plisser. Sans doute pensait-il que la pénombre ne lui permettrait pas de s'en rendre compte.

— Il y a autre chose, n'est-ce pas ? déclara-t-elle. Tu m'as caché une partie de la vérité ?

— Je l'avoue.

— Dis-moi tout ce que tu sais !

— D'accord, mais tu ne veux pas boire quelque chose, avant ? Sans électricité, impossible de faire du café, mais un verre de vin...

— Non, je n'ai pas besoin de remontant ! Casey est vivante, c'est l'essentiel, mais si elle a été retrouvée hier matin, pourquoi l'information a-t-elle mis tellement de temps à vous parvenir ?

— Ta sœur était inconsciente, et elle n'avait aucun papier d'identité sur elle.

— Les médias ont pourtant diffusé sa photo !

— Elle a le visage très abîmé. Les médecins ont d'abord

cru qu'elle avait la mâchoire fracturée… Ce n'est pas le cas, mais elle a visiblement été brutalisée.

Kyra ne put réprimer un cri d'horreur.

— Ça va ? demanda Lucan en la serrant plus fort contre lui.

— Oui. Continue…

— Les policiers chargés de l'enquête ne l'ont pas reconnue. Ils ont entré le numéro minéralogique de la voiture dans le fichier des cartes grises et, comme elle appartient à une femme à peu près de l'âge de Casey, ils ne sont pas allés chercher plus loin. Une canette de bière vide, sur la banquette arrière, les avait en outre amenés à penser qu'elle était ivre au moment de l'accident. Et quand ils ont découvert que le véhicule n'appartenait pas à Casey…

— Ils l'ont accusée de l'avoir volé !

— Exactement. Ils ont fini par l'identifier et, au lieu de nous prévenir, ils l'ont soumise à un interrogatoire serré au sujet de l'argent retrouvé chez elle.

— Ils l'ont traitée comme une criminelle, alors qu'elle ignore tout de la provenance de cet argent ! s'exclama Kyra, indignée.

— C'est ce qu'elle a affirmé, en effet, et les enquêteurs se sont finalement décidés à prendre contact avec Todd. Casey était dans tous ses états…

— On se demande bien pourquoi !

— … et très inquiète pour ses enfants. Todd a heureusement pu la rassurer ; il lui a dit que tu les avais pris en charge et qu'ils allaient bien.

Encore furieuse, Kyra se leva et se mit à arpenter la pièce.

— Pourquoi Casey ne m'a-t-elle pas appelée ?

— Elle a ton numéro de portable ?

— Evidemment ! Sauf que… Qui se donne la peine de mémoriser les numéros de téléphone, de nos jours ? Casey a dû enregistrer le mien dans le répertoire de son portable…

— Qui est dans son sac, chez elle.

— La pauvre ! Non seulement ses blessures doivent la faire horriblement souffrir, mais elle craint pour sa vie… J'avais raison, Lucan : elle a réussi à s'enfuir, le soir du cambriolage, et c'est à moi que les malfaiteurs s'en sont pris ensuite, parce qu'ils m'ont confondue avec elle. Ils ne veulent pas qu'elle puisse témoigner contre eux, et ils vont de nouveau essayer de la tuer… Il faut la protéger !

— Todd y a pensé : il a demandé à ce qu'elle soit installée dans une chambre individuelle, avec un agent devant la porte.

— Je suis sûre que tout ça est la faute de Jordan ! C'est l'argent caché dans la maison qu'il venait récupérer, l'autre jour…

— C'est possible.

— Quand on l'aura retrouvé, je le tuerai !

— Laisse-moi l'arrêter, au lieu de t'exposer à passer les plus belles années de ta vie en prison : il n'en vaut pas la peine.

— C'était une façon de parler.

— J'espère ! dit Lucan avec un sourire amusé.

Kyra, elle, ne se sentait pas d'humeur à rire.

— Casey va vraiment s'en sortir ? déclara-t-elle avec anxiété.

— Oui, et nous irons la voir demain. En attendant, tu préfères dormir là-haut, ou ici, devant le feu ? Sans chauffage, la pièce va encore se refroidir, mais je peux descendre des couvertures…

— Je suis trop énervée pour dormir.

— Tu devrais au moins essayer mais, si tu ne veux pas te coucher, je vais monter chercher ces couvertures, et nous passerons le reste de la nuit dans le canapé, d'accord ?

— D'accord.

Lucan prit la torche et disparut dans l'escalier. Il semblait convaincu que les conditions de circulation se seraient suffisamment améliorées le lendemain pour leur permettre de se rendre à l'hôpital, mais s'il se trompait ?

Et quand, dans le silence qui suivit son départ, Kyra entendit le grésil tambouriner sur le toit, elle se demanda même si le mauvais temps ne l'empêcherait pas d'aller voir sa sœur pendant des jours et des jours.

*
* *

La tempête de pluie verglaçante s'arrêta au petit matin, laissant derrière elle un paysage que Lucan aurait trouvé féerique s'il avait pu se contenter de le contempler depuis sa fenêtre : tout brillait comme du cristal, malgré un ciel gris et bas. Cela signifiait malheureusement que les rues ne seraient sans doute pas praticables avant plusieurs heures.

Kyra s'était endormie contre l'épaule de Lucan et, quand un besoin pressant l'obligea à bouger, il se dégagea avec précaution, pour ne pas la réveiller. La même raison le persuada d'attendre pour ranimer le feu, maintenant presque éteint : il monta directement à l'étage, en s'efforçant d'ignorer les douleurs diffuses que lui avait causées le fait de se lever après une longue immobilité.

Le courant n'étant toujours pas revenu, une température glaciale régnait dans la salle de bains. Pour ne pas épuiser les réserves d'eau chaude de la maison, Lucan renonça à se doucher : il fit juste une toilette rapide, debout devant le lavabo, et le miroir lui montra que son ecchymose à la tempe avait viré au bleu foncé.

Il s'habilla ensuite chaudement, redescendit au rez-de-chaussée et alla se pencher sur Kyra. Elle ouvrit alors les yeux et posa sur lui un regard ensommeillé.

— Bonjour ! dit-il en l'embrassant sur le front.

— Mmh… Tu sens bon la menthe… Quelle heure est-il ?

— 8 h 30.

Cette information rendit à Kyra toute sa vivacité d'esprit.

— Ce n'est pas possible ! s'écria-t-elle en sautant sur ses pieds. Je ne dors jamais aussi tard ! Il faut tout de suite partir pour l'hôpital !

— Pas d'affolement ! Nous avons du temps devant nous, parce que nous allons rester bloqués ici au moins jusqu'en milieu de matinée. J'ai écouté les nouvelles sur le transistor de ma chambre, et elles ne sont pas bonnes : les feux de signalisation ne marchent plus, il y a partout dans la ville des voitures accidentées ou abandonnées par leurs occupants, et les services des urgences sont remplis de gens qui ont fait une chute et se sont cassé quelque chose. Les autorités demandent aux habitants d'attendre pour sortir de chez eux que les rues aient été sablées. Et nous ne pouvons même pas accéder à la voiture tant que le verglas, devant la maison, n'aura pas commencé à fondre.

Au grand soulagement de Lucan, Kyra n'insista pas. Elle eut un haussement d'épaules résigné et changea de sujet :

— Je vais monter faire un brin de toilette, mais avant…

Elle entoura le visage de Lucan de ses mains et lui donna un long baiser. Elle lui sourit ensuite et se dirigea d'un pas léger vers l'escalier.

Heureux de constater que ne régnait entre eux rien de cette gêne si fréquente après une première nuit d'amour, il la suivit des yeux, puis se rendit dans la cuisine. Ils devraient se passer de café au petit déjeuner, mais la cuisinière marchait au gaz, et il sortit des œufs du réfrigérateur en se disant qu'il ne verrait pas d'inconvénient à se réveiller tous les matins à côté d'une femme comme Kyra.

Cette pensée le surprit, mais son portable sonna avant qu'il n'ait eu le temps de l'approfondir. C'était Todd, qui lui demanda sans préambule :

— Tu as de l'électricité ?

— Non, et toi ?

— Le courant n'était toujours pas revenu quand je suis parti de chez moi.

— Où es-tu ?

— A l'hôpital.

— Ne me dis pas que tu as eu un accident et qu'un autre véhicule de service est bon pour la casse !

— Non, j'ai pris mon 4x4, pour plus de sûreté. Si je suis là, c'est parce que Casey Fillmont a disparu.

— Disparu ? Comment est-ce possible ?

— Il semble qu'elle soit partie un peu après son installation dans une chambre individuelle.

— Et l'agent posté devant la porte l'a laissée passer ?

— Il s'était absenté un moment.

Lucan poussa un juron.

— Casey aurait donc quitté l'hôpital au milieu d'une tempête de pluie verglaçante, et dans l'état où elle est ?

— Oui, je sais que ça paraît improbable, mais elle a bel et bien disparu.

— Et si elle avait été kidnappée ? Tu as visionné les enregistrements des caméras de surveillance ?

— Elles ne marchaient pas à ce moment-là. Le groupe électrogène avait pris le relais, et il ne fait fonctionner que les équipements de première nécessité.

— Les vêtements de Casey sont encore là ?

— Non.

— Vous avez fouillé les alentours ?

— Evidemment ! Avec sa cheville foulée, Casey n'a pas pu aller bien loin à pied, mais elle est restée introuvable.

— Je suis sûr qu'elle a été enlevée !

— Il n'y a aucune trace de lutte dans la chambre.

— Peut-être parce qu'elle était alors inconsciente…

— Peut-être, mais un départ volontaire n'est pas non plus exclu. Andrews et Manacuzzi n'ont pas été tendres avec elle… A cause d'eux, elle a perdu toute confiance dans la police en général.

Les pensées tourbillonnaient dans l'esprit de Lucan. Après avoir affirmé à Kyra que sa sœur ne risquait pas de disparaître de nouveau, il redoutait de lui annoncer que c'était arrivé : elle en serait à la fois furieuse et anéantie.

— J'ai immédiatement donné son signalement par radio, continua Todd, et on pourrait demander aux médias de diffuser un appel à témoin, au cas où quelqu'un aurait vu quelque chose.

— Si Casey a été kidnappée, son ou ses ravisseurs l'auront supprimée bien avant que nous l'ayons retrouvée.

— Tâchons de rester optimistes ! Peut-être a-t-elle appelé un ami pour lui dire de venir la chercher.

— Au milieu de la nuit, et par ce temps ? Même moi, je n'ai pas osé me risquer dehors, alors que Kyra m'a supplié de l'emmener tout de suite voir sa sœur… Et à ce propos, si tu me prêtais ton véhicule de service, puisque tu ne t'en sers pas ? Je n'ai pas envie d'attendre des heures pour poursuivre l'enquête.

— Non ! Le capitaine t'a interdit de reprendre le travail. Tu es censé te reposer.

— Berringer…

— Si Walsh l'apprend, il me tuera !

— Tu n'as qu'à te débrouiller pour qu'il ne l'apprenne pas.

— Bon, d'accord ! Je vais passer te chercher et te conduire chez moi pour récupérer la voiture.

— Merci ! Je te revaudrai ça.

— Tu as intérêt !

Lucan raccrocha, et il s'aperçut alors que Kyra se tenait sur le seuil de la cuisine. Depuis combien de temps ? Qu'avait-elle entendu de sa conversation téléphonique ?

— C'était Todd, n'est-ce pas ? déclara-t-elle. Que voulait-il ?

Cette dernière question rassura Lucan : pour l'avoir posée, Kyra n'était pas là quand il avait parlé de l'enlèvement probable de Casey. Et, comme il ne se sentait pas encore prêt à lui révéler la disparition de sa sœur, il opta pour une échappatoire.

— C'est moi, en fait, qui avais un service à lui demander : il va me prêter son véhicule de service. Il est plus stable que la voiture de Whitney, et ça nous évitera d'attendre pour sortir que toutes les rues aient été sablées.

Kyra fixa sur lui un regard scrutateur, puis elle le rejoignit et posa la main sur la sienne.

— Tu me caches quelque chose.

— Pourquoi dis-tu ça ?

— Parce que, sans avoir le don de double vue, j'ai une expérience d'avocate et d'enquêtrice qui me permet de savoir quand une personne me ment.

— Je ne t'ai pas menti !

— Si, par omission !

Bien qu'à contrecœur, Lucan se résigna alors à annoncer la mauvaise nouvelle :

— Casey a quitté l'hôpital, soit seule, soit avec quelqu'un, mais le fait est qu'elle a disparu.

Le choc laissa Kyra sans voix pendant quelques secondes, puis elle s'écria :

— Mais je croyais qu'il y avait un agent posté devant la porte de sa chambre !

Lucan lui répéta ce que Todd lui avait appris, et il la vit pâlir d'effroi.

— Jordan l'a kidnappée ! s'exclama-t-elle. Lui, ou alors les hommes qui m'ont pourchassée !

— Pas forcément. Elle peut tout aussi bien être partie de son plein gré.

— Tu le penses vraiment ?

— Je pense que c'est possible.

— Si c'est le cas, Casey va retourner chez elle, et nous devons donc y aller tout de suite ! Todd lui a dit que j'avais pris les enfants en charge, mais elle ne sait pas que je les ai emmenés chez ta mère.

— Nous n'irons nulle part avec la voiture de Whitney !

— Allons-y à pied, alors ! Ce n'est pas très loin.

— Regarde dehors… La ville n'est plus qu'une immense patinoire !

— Reste là si tu veux ! Moi, j'y vais !

— Tu n'auras pas fait deux pas que tu te retrouveras par terre, avec une jambe cassée, ou pire… Et c'est d'une Kyra en un seul morceau que ta sœur et tes neveux ont besoin.

Pour mieux la convaincre, Lucan la prit par les épaules et enchaîna d'une voix douce :

— Ecoute, je comprends ton impatience, mais réfléchis ! Admettons que Casey retourne chez elle… En voyant la maison vide, son premier réflexe sera de chercher son portable pour t'appeler, non ?

— Oui, sûrement…

— Et ce portable est dans son sac. Un sac que nous avons laissé dans la chambre de Maggie, et qu'elle n'aura donc pas de mal à trouver.

— C'est vrai…

— Alors tu veux bien attendre pour aller là-bas que j'aie récupéré la voiture de Todd ?

— Oui, mais si Casey n'a pas quitté l'hôpital de son plein gré, si elle a été enlevée…

— Je ne vais pas te mentir : c'est possible et, dans ce cas, elle est en danger. Mais comme nous ne pouvons rien faire pour l'instant, mieux vaut ne pas y penser… Tu as faim ?

— Non.

— Moi non plus, mais nous devons nous forcer à manger : la journée risque d'être longue. Je n'ai pas de café soluble, mais il y a du chocolat en poudre et du thé en sachets… Que préfères-tu ?

— Du thé.

— Alors mets de l'eau à chauffer, pendant que je fais une omelette.

Kyra acquiesça de la tête et alla décrocher l'une des casseroles suspendues au-dessus de la gazinière. Son visage exprimait une profonde inquiétude, mais c'était une femme intelligente et rationnelle. Il y avait de grandes chances pour que sa sœur ait été kidnappée, elle en avait conscience, et le fait d'être réduite à l'inaction la désespérait, mais elle avait fini par l'accepter.

Aurait-il été capable d'un tel self-control, à sa place ? songea Lucan. Il n'en était pas certain.

Quand ils se furent attablés, Kyra avala en silence quelques bouchées d'omelette, mais elle posa soudain sa fourchette.

— Il faut savoir pourquoi Jordan Fillmont n'existe que depuis deux ans, déclara-t-elle. Comment se fait-il que la recherche d'empreintes n'ait encore rien donné ?

— Il y a eu un bogue informatique.

— C'était hier ! La panne a sûrement été réparée depuis.

— Tu as raison. Dès que Todd sera là, on lui demandera si le résultat de cette recherche lui est parvenu.

Le temps qu'ils aient fini de déjeuner et de ranger la cuisine, le soleil avait percé la couche de nuages, et le verglas commençait à fondre. Todd n'étant toujours pas arrivé, Kyra annonça qu'elle allait prendre des nouvelles de ses neveux. Lucan remonta les couvertures pendant qu'elle téléphonait et, en redescendant, il vit à son expression qu'il y avait un problème.

— Un des enfants est malade ? questionna-t-il.

— Non, mais Maggie a fait un cauchemar cette nuit. Elle s'est réveillée en hurlant, et ta mère a eu beaucoup de mal à la calmer. Maggie a en outre constaté ce matin la disparition d'un colifichet que son ours portait autour du cou… Elle est dans tous ses états, et d'après Kip, à qui j'ai parlé, elle ne s'arrêtera pas de pleurer avant que ce collier ait été retrouvé. Il en est lui-même tout retourné… Je m'en veux de ne pas être là-bas ! C'est à moi, et non à Maureen, de gérer ce genre de situation.

— Ne t'inquiète pas pour ma mère : elle en a vu d'autres.

Un bruit de moteur interrompit la conversation. Lucan alla regarder par la fenêtre. Le 4x4 de Todd venait de se garer devant la maison.

— Attends-moi ici, dit-il à Kyra. J'ai l'impression qu'on peut à présent sortir sans risquer de se rompre les os, mais je préfère m'en assurer d'abord.

Deux minutes plus tard, il revenait lui annoncer la première bonne nouvelle de la journée :

— La température s'est beaucoup radoucie. Il n'y a plus que quelques plaques de verglas par-ci par-là, mais comme nous avons maintenant à notre disposition une voiture plus sûre que celle de Whitney, autant en profiter : la Mercedes n'avait pas une éraflure quand elle me l'a prêtée, et c'est dans le même état que je veux la lui rendre.

12

Quand Lucan eut pris possession du véhicule de service de son collègue, il annonça à Kyra son intention d'aller faire un tour au commissariat. Todd lui avait dit que le résultat de la recherche d'empreintes ne lui avait toujours pas été communiqué, et il voulait se renseigner à ce sujet. La jeune femme tenait cependant à passer d'abord voir si sa sœur n'était pas rentrée chez elle, et Lucan accepta.

— La disparition de Casey peut s'expliquer par un enlèvement, ou par sa méfiance à l'égard d'une police qui l'aurait injustement traitée comme une criminelle, déclara-t-il pendant le trajet, mais il y a une troisième possibilité…

— Laquelle ?

— Et si elle n'était pas aussi innocente que tu le crois ? Si elle s'était enfuie de l'hôpital parce qu'elle avait de *vraies* raisons de craindre la police ?

— Non, Casey n'a rien à se reprocher ! Elle n'a d'autre rôle dans toute cette histoire que celui de victime !

— Je l'espère, mais…

Kyra n'entendit pas la fin de la phrase. Son portable venait de sonner et, agacée par le retour des soupçons de Lucan, elle prit tout de suite la communication. La voix de Simon retentit dans l'écouteur, et elle regretta alors de ne pas avoir regardé le numéro qui s'était affiché sur l'écran avant de décrocher, car elle ne se sentait pas d'humeur à lui parler.

— Désolée, Simon, mais tu tombes à un mauvais moment !

— Il y a du nouveau ?

C'était peu dire ! Casey avait été retrouvée, pour disparaître mystérieusement une deuxième fois peu de temps après... Elle, Kyra, avait passé la nuit dans les bras d'un homme dont elle craignait d'être tombée amoureuse... Elle avait l'impression de ne plus rien maîtriser dans une existence jusque-là parfaitement ordonnée...

Mais Simon était la dernière personne à qui elle avait envie de faire ce genre de confidences.

— Non, répondit-elle. Rien de nouveau.

— Ecoute, j'ai réfléchi à notre conversation d'hier soir, et je ne me sens prêt ni pour la paternité ni pour le mariage. Je t'aime beaucoup, mais nous étions convenus dès le départ de vivre notre relation dans un esprit de totale liberté, tu te rappelles ? Et tu mérites mieux qu'un jouisseur comme moi... C'est quelqu'un comme O'Shay qu'il te faut : un homme sérieux, responsable, et qui a le sens de la famille.

La situation prenait soudain un tour si ironique que Kyra faillit éclater d'un rire hystérique.

— Bref, continua Simon, je vais rentrer à Boston dès que l'aéroport sera rouvert... Sauf si tu penses avoir besoin de moi pour retrouver ta sœur.

— Merci, mais tu ne peux rien faire.

— Tu ne m'en veux pas, alors ? Nous restons amis ?

— Bien sûr !

S'apercevant que la voiture venait de s'engager dans la rue de Casey, Kyra dit rapidement au revoir à Simon, raccrocha et se tourna vers Lucan.

— Simon repart pour Boston.

— Tu n'as pas de regrets ?

— Non, je suis soulagée.

Lucan se gara devant la maison des Fillmont et déclara, après avoir jeté un coup d'œil à la façade :

— Inutile de descendre de voiture. Tous les volets sont fermés et, si ta sœur était là, elle les aurait ouverts : les feux de signalisation ne marchant toujours pas dans le quartier, le courant n'y a pas encore été rétabli... Si Casey était libre de ses mouvements, dans quel autre endroit aurait-elle pu aller ?

— Je n'en ai aucune idée…, murmura Kyra, au bord des larmes.

— Il doit pourtant bien y avoir des gens dont elle se sent assez proche pour leur demander l'hospitalité !

— Je ne connais pas ses amis… Mais j'étais tellement sûre qu'elle viendrait ici !

— Ce n'était qu'une possibilité parmi d'autres : peut-être s'est-elle réfugiée chez quelqu'un et attend-elle que les conditions de circulation soient redevenues complètement normales pour retourner chez elle.

— Merci d'essayer de me réconforter… J'aurai besoin de me raccrocher au moindre espoir pour faire bonne figure devant les enfants, tout à l'heure.

— Tu veux que je te dépose tout de suite chez ma mère ?

Kyra avait hâte de décharger Maureen de la responsabilité de ses neveux, mais elle brûlait aussi de savoir si la véritable identité de Jordan Fillmont avait été découverte.

— Tu penses rester combien de temps au commissariat ? demanda-t-elle.

— Le moins possible, pour réduire le risque d'y croiser le capitaine Walsh. Je suis censé être en arrêt de travail et, s'il me voit là-bas, il est capable de me renvoyer à l'hôpital ! Sans compter que Todd aura lui aussi des ennuis, pour m'avoir prêté son véhicule de service… Je tâcherai de ne pas passer là-bas plus de quelques minutes.

— Alors je t'accompagne !

Un quart d'heure plus tard, ils entraient dans le commissariat par une porte latérale qui donnait sur un couloir sombre et désert, et Lucan conduisit Kyra dans une salle remplie de matériel informatique. Un seul des postes de travail était occupé — par un grand Noir qui déclara à Lucan en guise de salutation :

— Tu n'as pas un peu forcé sur le maquillage, O'Shay ?

— Très drôle ! Tu sais si on a trouvé une correspondance

entre des empreintes figurant dans le fichier centralisé et celles de Jordan Fillmont ?

— Oui. C'est même moi qui ai relancé la recherche une fois l'électricité revenue, et le résultat vient de tomber. J'allais appeler Berringer… Mais je te croyais en congé maladie ?

— Tu ne m'as pas vu, Anton, d'accord ? Le capitaine Walsh est dans les parages ?

— Pas à ma connaissance.

— Tant mieux ! Je t'écoute, à présent !

Le dénommé Anton jeta un coup d'œil intrigué à Kyra, que Lucan n'avait pas jugé utile de lui présenter — sans doute parce qu'elle était encore moins censée être là que lui —, mais il ne posa pas de questions.

— Jordan Fillmont, alias Ronnie White, dit-il, est connu des services de police depuis son adolescence. Il a été de nouveau arrêté, dans l'Illinois, il y a deux ans, et compte tenu de ses antécédents, cela lui aurait valu une lourde peine de prison s'il n'avait accepté de témoigner contre un gros bonnet de la pègre, recherché pour plusieurs meurtres. Ensuite, plus personne n'a entendu parler de Ronnie White.

— Il a bénéficié du programme de protection des témoins ? demanda Lucan.

— Exactement ! Il est devenu Jordan Fillmont.

— Quelle était sa spécialité ?

— Cambriolage.

— Tu peux m'imprimer sa fiche ?

— Euh… ça ne risque pas de m'attirer des ennuis ?

— Non, si tu ne le dis à personne.

— D'accord, mais tu es en train de contracter envers moi une dette que je ne manquerai pas de te faire payer un jour !

— Ça ne sera jamais que la deuxième depuis ce matin…, observa Lucan avec un soupir désabusé.

Par discrétion, Kyra s'était gardée d'intervenir dans la conversation, mais quand ils furent retournés à la voiture, elle déclara à Lucan, tout excitée :

— Tu m'as dit qu'il y avait en ce moment de nombreux

cambriolages à Baltimore. C'était la spécialité de Ronnie White, alors s'il ne s'agissait pas d'une coïncidence ? Si, une fois devenu Jordan Fillmont, il avait repris ses activités criminelles ? Cela expliquerait la présence de tout cet argent chez lui…

— Tu lis dans mes pensées, maintenant ?

— Non, pourquoi ?

— Alors tu devrais songer à te reconvertir dans la police, parce que j'ai suivi exactement le même raisonnement.

— Le lien n'était pas bien difficile à établir : simple question de bon sens.

Le compliment de Lucan n'en avait pas moins flatté Kyra…

— Que fait-on, à présent ? questionna-t-elle.

— Je vais te conduire chez ma mère, et j'irai ensuite demander aux gens qui ont été cambriolés s'ils sont membres du Green Forest Country Club.

Lucan n'accompagna pas Kyra à l'intérieur, mais il lui promit de revenir le plus vite possible.

Alors qu'elle s'attendait à trouver la maison en ébullition, le plus grand calme y régnait : les deux garçons jouaient à un jeu vidéo dans leur chambre, et Maggie dessinait à la table de la cuisine avec son ours assis à côté d'elle. L'électricité était revenue, là aussi, et Maureen préparait le déjeuner en fredonnant une ballade irlandaise.

— Je peux vous aider ? lui demanda Kyra.

— Merci, mais il ne reste plus que le couvert à mettre, et ce sont les enfants qui s'en chargeront.

— Le collier disparu a été retrouvé ?

— Oui, par Kip.

— Où était-il ?

— Sous le lit de Maggie. Cette verroterie nous aura causé bien du tracas, mais tout est rentré dans l'ordre depuis qu'elle a repris sa place autour du cou de Nounours.

Kyra enleva son manteau et alla s'accroupir près de la chaise de sa nièce.

— Bonjour, ma puce ! Qu'est-ce que tu dessines ?

— Kip et Nounours.

— Je monte me changer, et je redescendrai ensuite pour t'aider à mettre la table.

— Non, je veux aller avec toi.

Ce témoignage d'affection surprit la jeune femme. Sans doute était-il dû à sa ressemblance avec Casey, car elle n'avait rien fait pour le mériter !

Accompagnée de Maggie et de son inséparable Nounours, elle se rendit dans sa chambre. La fillette s'assit sur le lit et la regarda sans bouger changer de vêtements. En la voyant ouvrir sa boîte à bijoux, cependant, elle se leva, s'approcha et tendit la main vers un collier de lapis-lazulis.

— Tu veux que je te le prête ? dit Kyra.

— On peut le mettre à Nounours, plutôt ?

— D'accord…

Maggie déboutonna le chandail de sa peluche, découvrant le fameux collier, et le cœur de Kyra s'arrêta de battre. Sans être une experte en bijoux, elle en avait eu suffisamment entre les mains dans l'exercice de sa profession pour savoir reconnaître une vraie pierre précieuse d'un simple morceau de verre. Et ce qui étincelait sur la poitrine de Nounours, accroché à un simple bout de ficelle, était un pendentif composé d'une magnifique émeraude et entourée d'une couronne de diamants, le tout serti dans une monture en platine — une pièce unique, et visiblement ancienne.

— Je vais te proposer un marché, déclara la jeune femme en s'efforçant de parler sur un ton dégagé. Je t'échange ce collier contre deux des miens : le bleu, et mon rang de perles.

Il s'agissait de fausses perles, mais ce bijou allait avec presque toutes les tenues, et elle le portait souvent.

Voyant Maggie hésiter, elle sortit de la boîte une paire de boucles d'oreilles dont les pendeloques en cristal jetaient mille feux dans les rayons du soleil qui entraient par la fenêtre.

— Et si je te donne ça en plus ?

Cette fois, l'offre était trop tentante…

— D'accord ! dit la fillette.

Elle enleva le pendentif et le remplaça par les deux colliers. Ils étaient beaucoup trop grands, et Kyra l'aida à les enrouler plusieurs fois autour du cou de son ours. Elle fixa les boucles d'oreilles de chaque côté du chandail, puis Maggie, aux anges, quitta la pièce en courant pour aller faire admirer le résultat à ses frères.

L'examen plus attentif du pendentif auquel se livra alors Kyra confirma sa première impression : les diamants et l'émeraude — la plus grosse et la plus belle qu'elle ait jamais vue — n'étaient pas des faux. Ce bijou avait donc une valeur inestimable… Mais d'où venait-il ?

Kip apparut soudain sur le seuil, le visage décomposé.

— Rends-moi ça ! cria-t-il. C'est à Maggie !

— Calme-toi, mon grand ! J'ai fait un échange avec ta sœur.

— Non, tu peux pas garder ce collier !

— Pourquoi ?

Le petit garçon rougit et ne répondit pas.

— Où Maggie l'a-t-elle trouvé, Kip ?

Il baissa les yeux et fixa ses chaussures d'un air coupable qui suffit à éclairer Kyra.

— C'est toi qui l'as trouvé, n'est-ce pas, Kip ? Il était dans la cachette du placard…

Silence.

— Je suis ton avocate, tu te rappelles ? Je te promets que tu n'auras pas d'ennuis, mais j'ai besoin de savoir la vérité.

— J'ai été obligé de lui donner, murmura le petit garçon. Elle arrêtait pas de pleurer, et maman nous avait dit de pas faire de bruit… Alors j'ai attaché ce truc à un bout de ficelle, je l'ai passé autour du cou de son ours, et ça a marché : elle a arrêté de pleurer.

— Il y avait d'autres bijoux, dans la cachette ?

— Une bague. Verte, elle aussi.

— Qu'est-elle devenue ?

— Brian l'a mise dans sa poche, mais ensuite, quand il est

allé aux toilettes, elle est tombée et a roulé jusque dans une fissure du plancher. J'ai pas réussi à la récupérer.

— Ce n'est pas grave, le lieutenant O'Shay s'en occupera… Il y avait encore autre chose sous le plancher du placard, en plus de l'argent ?

— Non.

— Bien… Maintenant, tu dois comprendre que ce pendentif appartient à quelqu'un, et qu'il faut le lui restituer. Maggie peut garder mes colliers et mes boucles d'oreilles, mais pourquoi m'as-tu caché la découverte de ces bijoux ?

— Je pensais que tu te fâcherais parce qu'on en avait perdu un.

— J'ai l'air en colère ? observa Kyra avec un sourire bienveillant.

— Non, mais Jordan, lui, va pas être content !

La jeune femme tressaillit.

— Jordan ? Et pourquoi ?

— Parce que ces trucs sont à lui. Il les a mis dans une chaussette avec de l'argent, un soir où il est rentré tard à la maison.

— Comment le sais-tu ?

— Je l'ai vu. J'avais entendu maman lui crier dessus, et ça m'avait réveillé… J'ai eu peur.

Peur que Jordan ne frappe sa mère, comme le faisait son père, comprit Kyra.

— Quand j'ai plus entendu aucun bruit, continua Kip, je me suis levé pour m'assurer que maman allait bien. Elle était plus en bas, mais Jordan y était encore. Il regardait à la lumière du lustre ce gros truc vert et la bague… J'ai cru qu'il comptait les donner à maman, parce que papa lui offrait toujours un cadeau après une dispute, mais Jordan les a mis dans une chaussette, avec des billets de banque.

— Il t'a vu ?

— Non.

— Tu en es sûr ?

— Oui.

Kyra poussa un soupir de soulagement. Le témoignage de Kip prouvait que Jordan avait repris ses activités criminelles, et s'il avait surpris son beau-fils en train de l'espionner, le petit garçon aurait été en danger.

— Quand cela s'est-il passé ? demanda-t-elle.

— Il y a une quinzaine de jours, un soir où maman m'avait permis de me coucher plus tard que les petits, pour lui tenir compagnie. Jordan était pas rentré du travail, ce soir-là, et elle était toute triste. Elle pleurait même, par moments, quand elle pensait que je la regardais pas. Ça me donnait envie de pleurer, moi aussi, mais il fallait pas qu'elle s'en aperçoive.

Un élan de pitié souleva Kyra : aucun enfant de huit ans n'aurait dû avoir à faire passer les intérêts de sa mère avant les siens… Elle s'approcha de Kip, mais, craignant qu'il ne la repousse si elle le prenait dans ses bras, elle se borna à lui ébouriffer tendrement les cheveux.

— Tu raconteras tout ça au lieutenant O'Shay quand il reviendra, d'accord ?

— Oui… Tu crois qu'il retrouvera un jour maman ?

— J'en suis certaine ! Et pas « un jour » : très bientôt.

— Tant mieux, parce que je veux rentrer à la maison.

— Tu ne te plais pas, ici ?

— Si, mais c'est pas chez nous, et maman me manque.

— A moi aussi.

— C'est à cause de Jordan qu'elle est partie ? Il la battait, comme papa quand il avait trop bu ?

— Non, je ne pense pas, mais, même si c'était le cas, je peux te garantir qu'il n'aura plus jamais l'occasion de recommencer !

Maureen appela alors depuis le bas de l'escalier pour demander aux enfants de descendre s'occuper du couvert.

— Vas-y ! dit Kyra à son neveu. Je vous rejoins dans cinq minutes.

Une fois seule, elle composa le numéro de Lucan, mais il ne répondit pas. Elle mit le pendentif dans sa poche, puis se ravisa : elle l'attacha à une de ses chaînes en or, le suspendit à son cou et le glissa sous son chemisier.

Elle ne voulait pas risquer de perdre un objet d'une telle

valeur — et d'une telle importance pour la police en tant que pièce à conviction.

Comme Lucan s'y attendait, toutes les victimes des récents cambriolages étaient membres du Green Forest Country Club. Il avait terminé sa tournée de visites avec le mari de Shereen Nestler et, après être remonté dans sa voiture, il appela Todd pour le mettre au courant.

Shereen Nestler était censée être à New York avec son mari, le soir du cambriolage, mais elle avait décidé à la dernière minute de rester un jour de plus à Baltimore pour assister à un gala de bienfaisance organisé au profit de l'une des associations caritatives qu'elle parrainait. Au retour de cette soirée, elle avait surpris les malfaiteurs en pleine action, et ils l'avaient tuée.

Après des jours entiers de vaines investigations, l'enquête allait enfin pouvoir avancer, et Lucan se dit que le capitaine Walsh en serait assez content pour lui pardonner d'avoir enfreint ses ordres.

Mais si Casey Fillmont était impliquée dans le meurtre de cette femme, songea-t-il en démarrant, ce serait un coup dur pour Kyra… Et il préférait de ne pas penser au mal que cela ferait à Kip !

Il décida de retourner jeter un coup d'œil au domicile des Fillmont avant de se rendre chez sa mère. Que ce soit pour retrouver ses enfants ou dans un autre but, Casey finirait sûrement par y revenir.

Cette fois, il ne fit pas le détour pour rien, car les volets étaient ouverts. Il dépassa la maison, se gara au bout de la rue et appela des renforts par radio. Il ne comptait cependant pas les attendre : le ou les personnes qui se trouvaient dans le pavillon pouvaient en repartir à tout moment.

Lucan redescendit la rue à pied. Arrivé dans la cour, il courut jusqu'à la porte d'entrée, l'ouvrit à la volée et cria en dégainant son pistolet :

— Police !

Un bruit de pas précipités lui parvint. Ils s'éloignaient en direction de l'arrière de la maison, et Lucan bondit en avant. Il franchit le seuil de la cuisine au moment précis où un homme tendait la main vers la poignée de la porte qui donnait sur la terrasse.

— Plus un geste, ordonna Lucan !

Il sentit alors une présence, derrière lui, mais trop tard : avant qu'il ait eu le temps de se retourner, quelque chose de lourd s'abattit sur son bras, puis sur sa nuque. Il lâcha son arme, chancela, et entendit vaguement l'homme déclarer : « C'est un policier ! », puis une voix de femme répondre : « Ça, c'est lui qui le dit ! Sauve-toi, Milt ! »

Le sol se déroba ensuite sous ses genoux, et il sombra dans l'inconscience.

13

— Vous aviez ordre de ne pas bouger de chez vous, O'Shay ! tonna le capitaine Walsh. Au lieu de ça, vous allez interroger des gens, vous partez seul à la recherche de dangereux criminels, et vous vous jetez à leur poursuite sans attendre les renforts !

Allongé sur le lit inconfortable d'un box des urgences, Lucan grimaça. Sa tête l'élançait, son bras l'élançait... Il n'y avait en fait aucun endroit de son corps qui ne soit douloureux...

— Vous avez de la chance de vous en tirer sans trop de dommages ! reprit son supérieur. Si cette femme n'avait pas été elle-même blessée, elle aurait pu vous fracasser le crâne, avec sa batte de base-ball ! Je devrais vous rétrograder pour insubordination !

— Je vous suis reconnaissant de ne pas le faire, capitaine... Ils ont réussi à s'enfuir, à ce qu'on m'a dit ?

Seule une bordée de jurons lui répondit, et Todd, qui se tenait derrière le capitaine, eut un mouvement de recul.

— Vous êtes en arrêt de travail, O'Shay, compris ? cria Walsh. Je ne veux pas vous voir au commissariat avant cinq jours ! Berringer va vous conduire chez vous, et soyez raisonnable, cette fois, sinon vous finirez votre carrière à la circulation !

Il quitta ensuite le box en trombe, et faillit ainsi renverser l'infirmière qui arrivait dans l'autre sens, un papier à la main.

— Voilà votre bulletin de sortie, lieutenant, déclara-t-elle à Lucan d'un ton acerbe, mais je vous conseille d'obéir à votre capitaine : si jamais je vous croise dans la rue dans les cinq prochains jours, je préviens votre belle-sœur !

Cette menace eut presque plus d'effet sur lui que celle d'une rétrogradation. En matière de santé, Sally était impitoyable : elle était capable de l'attacher à son lit pour l'empêcher de sortir.

— Heureusement que ta belle-sœur n'est pas de garde aujourd'hui ! observa Todd, comme s'il lisait dans ses pensées.

Il aida ensuite Lucan à se rhabiller, le soutint pendant le trajet jusqu'au parking de l'hôpital et lui attacha sa ceinture de sécurité avant de se mettre au volant. Lucan avait horreur de se sentir dépendant des autres, mais là, il n'avait pas le choix…

— J'ai une bonne nouvelle, annonça Todd après avoir démarré. On va peut-être pouvoir mettre rapidement la main sur Milt Bowman : selon un de ses amis, il aurait emménagé avec sa nouvelle compagne.

— Comment s'appelle-t-elle ?

— Les recherches sont en cours, mais tu gardes ça pour toi, hein ? Si Walsh apprend que je te tiens au courant de la suite de l'enquête, ce sera ma fête ! Il aura peur que ça ne te donne envie de t'en mêler, et que tu ne te retrouves aux urgences pour la troisième fois en deux jours.

— Oui, c'est un vrai père pour moi ! Mais je n'ai pas démoli un autre véhicule de service, c'est déjà ça ! Walsh ne sait pas que tu m'avais prêté le tien, j'espère ?

— Non, je l'ai fait ramener discrètement au commissariat par un des agents qui avaient répondu à ton appel radio.

Todd négocia un virage un peu vite, et Lucan réprima un gémissement — le moindre mouvement lui causait de vives douleurs dans tout le corps —, puis il s'écria :

— Pourquoi as-tu tourné là ? Ce n'est pas la bonne direction pour aller chez moi !

— Mais c'est la bonne pour aller chez ta mère.

— Non, je veux rentrer chez moi !

— Je ne fais qu'obéir aux ordres du capitaine.

— Il t'a demandé de me conduire chez moi !

— Il entendait par là : « chez ta mère ».

— Comment le sais-tu ?

— Il me l'a dit explicitement avant que nous soyons autorisés à venir te voir. Il veut que quelqu'un puisse garder un œil sur toi, au cas où ton état empirerait brusquement. Un coup violent à la tête peut apparemment causer un coma à retardement.

— J'ai juste une bosse, et Walsh a l'air d'oublier que ma mère loge déjà Kyra et ses trois neveux… Elle n'a pas besoin de s'encombrer de moi en plus, et où coucherais-je, d'ailleurs ? Toutes les chambres de la maison sont occupées !

— Demande à la belle Kyra de te faire une place dans son lit !

Le souvenir de la nuit précédente submergea Lucan et le réduisit au silence. Il regretta cependant de ne pas avoir protesté plus vigoureusement quand, cinq minutes plus tard, il vit la voiture de son frère Ronan garée devant la maison de sa mère : Sally n'étant pas de garde aujourd'hui, elle était forcément là, elle aussi.

— Je t'invite à dîner dans un bon restaurant si tu acceptes maintenant de me ramener chez moi, déclara-t-il à Todd.

— Non, je n'ai aucune envie de subir les foudres de Walsh… Sans compter que ta mère va sûrement me proposer de rester dîner, et sa cuisine vaut largement celle des meilleurs restaurants !

Lucan savait son ami si gourmand qu'il renonça à discuter. Il s'appuya sur lui pour gravir les marches du perron, et il s'apprêtait à introduire sa clé dans la serrure lorsqu'elle s'ouvrit toute grande. Kyra apparut dans l'encadrement et s'exclama :

— Que s'est-il passé ?

La sollicitude inquiète qu'exprimait son beau visage agit comme un baume sur les blessures de Lucan.

— Chut ! murmura-t-il. Je ne veux pas que…

Trop tard ! Son neveu Riley surgit sur le perron et lui sauta au cou.

— Oncle Lucan !

— Salut, bonhomme !

— T'as un gros bleu, là, sur la tempe !

— Oui, je suis au courant.

La contusion qu'il avait à la nuque était heureusement invisible, elle…

— Que s'est-il passé ? répéta Kyra.

— La tête de notre valeureux cow-boy irlandais a malencontreusement croisé la route d'une batte de base-ball, répondit Todd.

— Tais-toi ! lui ordonna Lucan.

Encore trop tard : son frère venait de les rejoindre, et il avait entendu Todd.

— Quelqu'un t'a frappé avec une batte de base-ball, Lucan ? C'est pour ça que tu as l'air de tenir à peine debout ?

— C'est quoi, cette histoire de batte de base-ball ? intervint Sally en sortant de la cuisine. Bon sang, Lucan, que t'est-il arrivé ? Tu as eu un autre accident ?

Lucan soupira. Ce qu'il avait voulu éviter était en train de se produire… Et le pire était encore à venir, car sa mère avait emboîté le pas à Sally, et elle se planta devant lui, les poings sur les hanches.

— Tu ne rêves donc toujours que de plaies et de bosses ? Quand tu étais petit, je le comprenais, mais à ton âge… Qu'est-ce que tu as encore fait ?

— Rien, marmonna-t-il.

— Il a reçu un coup de batte de base-ball, dit Todd au même moment.

— Tu me le paieras…, lui murmura Lucan avec un signe de tête en direction des neveux de Kyra, qui se tenaient derrière le groupe d'adultes.

Puis il annonça d'une voix assez forte pour être entendu de tous :

— Je n'ai rien de grave. J'ai juste eu un petit problème en entrant dans une maison que je croyais vide, et qui ne l'était pas.

Kyra tressaillit. Elle avait bien sûr compris de quelle maison il s'agissait.

— J'aimerais quand même bien m'asseoir, ajouta Lucan, alors si vous pouviez me laisser passer…

Une fois installé dans un fauteuil du séjour, il remarqua que toutes les boîtes de décorations de Noël y avaient été descendues du grenier.

— On est venus aider maman à orner le sapin, lui expliqua Ronan. Je craignais aussi que les guirlandes électriques n'aient pris l'humidité et ne provoquent un court-circuit. Il n'y avait en fait que quelques ampoules grillées, et je les ai changées.

Sally s'approcha alors de Lucan, et il se raidit. Comme prévu, elle lui reprocha de ne pas avoir suivi les recommandations du médecin, mais peut-être eut-elle pitié en le voyant si mal en point, car elle s'abstint de tout autre commentaire.

— Tu restes dîner, Todd ! entendit-il ensuite sa mère décréter.

— Je ne voudrais pas vous déranger…, protesta hypocritement l'interpellé.

— Ne te tracasse pas : un de plus, un de moins… Sally a apporté une grosse salade, et comme je fais des spaghettis, il me suffira d'augmenter les proportions.

— Des spaghettis maison ? demanda Todd, les yeux brillants.

— Evidemment ! Ceux qu'on achète dans le commerce ont un goût de plastique…

Lucan nota que sa mère parlait avec un accent irlandais plus prononcé que d'habitude, et c'était chez elle un signe d'anxiété. Ses propos rassurants ne l'avaient donc pas trompée : elle se faisait du souci pour lui.

Les enfants de Casey avaient l'air inquiet, eux aussi. Sans doute avaient-ils espéré le voir revenir avec leur mère… Ronan eut heureusement la bonne idée de solliciter leur aide pour décorer le sapin. Kip et Brian acceptèrent avec enthousiasme, mais Maggie, elle, s'approcha de Lucan et, à sa grande surprise, grimpa sur ses genoux. Kyra voulut intervenir, mais Lucan l'arrêta d'un geste de la main.

La fillette se blottit contre lui, et il observa en montrant les colliers qui ornaient le cou de son ours :

— Je ne les avais pas encore vus… Ils sont très jolis.

— C'est tante Kyra qui me les a donnés.

— Vraiment ?

— Oui, et moi, je lui ai donné celui qu'était dans le placard.

Les enfants avaient trouvé un bijou dans la chambre forte ? Lucan interrogea Kyra du regard, mais elle fronça les sourcils, avant de se détourner et de disparaître dans la cuisine. Quoi qu'il se soit passé, elle ne voulait pas en discuter à portée de voix de ses neveux.

Lucan reporta son attention sur Maggie, qui lui sourit, puis posa la tête sur son épaule et ne bougea plus. Il se cala contre le dossier de son siège, ferma les yeux et se laissa envahir par une douce torpeur. Le bruit qui régnait dans la pièce lui parvint de plus en plus faiblement, et bientôt plus du tout.

En regagnant le séjour, Kyra découvrit Lucan et Maggie assoupis dans le fauteuil, et des larmes lui montèrent aux yeux. Elle ne pouvait imaginer spectacle plus émouvant.

— Lucan ferait un père formidable ! déclara Todd, derrière elle.

Surprise, elle se tourna vers lui. Il l'avait retenue dans le vestibule, tout à l'heure, pour lui raconter ce qui s'était passé, et elle était encore sous le choc. Sa sœur avait essayé de tuer Lucan ! Comment était-ce possible ?

— Seriez-vous en train de jouer les entremetteurs ? demanda-t-elle à Todd, mi figue, mi-raisin.

— Je vais peut-être vous paraître indiscret, mais je connais Lucan depuis l'école primaire, et je ne l'avais encore jamais vu regarder personne comme il vous regarde — même pas sa première femme. Et n'allez surtout pas croire qu'il est encore amoureux d'elle : ils se sont séparés il y a des années, et sans regret ni d'un côté ni de l'autre.

— Je le sais.

— Ah bon ? Il vous a parlé de Bess ?

— Oui, nous avons eu tout le temps de bavarder, hier soir.

Kyra trouvait un peu trop pénétrant à son goût le regard que le lieutenant fixait sur elle. Si seulement quelqu'un pouvait l'appeler pour le charger de quelque tâche…

Mais personne ne l'appela, et il remarqua :

— Pourquoi ai-je le sentiment que vous avez fait plus que bavarder, tous les deux ?

— Parce que vous avez l'esprit mal tourné ? susurra la

jeune femme avant de pivoter sur ses talons et de s'éloigner en direction de la cuisine.

Le rire de Todd la suivit. Il était sympathique, et prenait visiblement les intérêts de son ami à cœur, mais Kyra, tout en se sachant amoureuse de Lucan, ne voyait pas d'avenir à leur relation : Casey allait être arrêtée et envoyée en prison, lui laissant la charge d'élever ses trois neveux... Quel homme — un policier, de surcroît ! — accepterait de fonder un foyer avec la sœur et les enfants d'une criminelle ?

Lucan se réveilla un peu avant le dîner. Pendant le repas, Kyra l'observa discrètement. Il semblait beaucoup souffrir, avala à peine quelques bouchées de spaghettis et ne participa pratiquement pas à la conversation.

Après un dessert auquel il ne toucha même pas, Maureen entraîna Kyra dans la cuisine et lui déclara d'un air soucieux :

— Tâchez de convaincre Lucan de monter tout de suite se coucher. Il essaie de faire bonne figure, mais il a absolument besoin de se reposer. Si c'est moi qui le lui dis, il niera, pour me rassurer, mais vous, il vous écoutera.

— Entendu, et je vais lui laisser mon lit. J'irai dormir avec Maggie.

Quand la jeune femme regagna la salle à manger, Lucan était en train de se lever — péniblement — de table. Elle le prit par le bras et l'attira à l'écart.

— Je peux te parler une minute en privé ? demanda-t-elle.

— Je ne crois pas qu'il y ait dans cette maison un seul endroit où ce soit possible !

— Si, ma chambre.

— *Ta* chambre ? s'écria-t-il. Tu as vite fait de t'approprier les choses !

Le sourire taquin qui avait accompagné ces mots se transforma en une grimace de douleur avant d'avoir atteint ses yeux. Il suivit ensuite Kyra à l'étage et, une fois dans la chambre, il s'assit lourdement sur le lit.

— Enfin seuls…, déclara-t-il avec un entrain forcé.

— Arrête de faire comme si de rien n'était ! Todd m'a raconté ce qui s'est passé : Casey a essayé de te tuer !

— Il s'agissait d'un simple malentendu : elle m'a pris pour un des hommes qui cherchent à l'éliminer.

— Ça prouve qu'elle n'est pas de mèche avec Jordan, non ?

— Je n'en sais encore rien. Elle ne t'a pas appelée ?

Kyra se souvint alors qu'elle avait laissé son sac sur la commode. Elle courut le chercher et en sortit son portable.

— Trois appels en absence ! s'exclama-t-elle. Casey a bel et bien tenté de me joindre !

Après avoir mis le haut-parleur, elle activa le premier message.

« Kyra ? C'est Casey… Rappelle-moi vite, je t'en prie ! Il s'est produit quelque chose de terrible, et je m'inquiète pour les enfants… Où les as-tu emmenés ? Je veux les voir, et j'ai besoin de toi ! »

Les deux autres disaient à peu près la même chose. Kyra appuya sur la touche « Répondre » dès qu'elle eut fini d'écouter le dernier, mais elle tomba sur la boîte vocale.

— Casey ? C'est Kyra… Désolée, je viens juste d'avoir tes messages, mais je vais garder mon portable sur moi, à partir de maintenant… Les enfants vont bien, et tu peux être fière de Kip : il a fait preuve de beaucoup de courage et d'initiative. Rappelle-moi le plus vite possible et, quels que soient tes problèmes, je te promets de t'aider à les résoudre ! Tu es ma sœur, et…

La voix de Kyra s'étrangla, et ce fut les larmes aux yeux qu'elle supplia de nouveau Casey de la rappeler, puis raccrocha.

Dans son désarroi, elle ne s'aperçut que Lucan s'était levé et approché d'elle qu'au moment où il l'attira contre lui. Elle éclata alors en sanglots, et il la berça doucement jusqu'à ce que ses pleurs s'apaisent.

— Il… il ne faudrait que ça devienne une habitude…, bredouilla-t-elle.

— Quoi ? Tu n'aimes pas que je te tienne dans mes bras ?

— Si, bien sûr ! C'est de pleurer sur ton épaule que je parlais.

— Tant mieux, parce que j'aime bien te tenir dans mes bras, moi aussi. Cela dit, j'ai besoin de m'asseoir, maintenant…

— Tu te sens mal ?

— Ne t'inquiète pas : la tête me tourne un peu, c'est tout.

Kyra s'écarta de Lucan et alla rabattre la couette du lit.

— Tu ne vas pas juste t'asseoir, mais te coucher ! décréta-t-elle.

— Non, ce n'est pas la peine.

— Obéis, ou j'appelle ta mère. Et Sally.

— Tu en es bien capable…

— Absolument, alors viens là, que je te retire tes chaussures !

Lucan obtempéra, et il observa quand la jeune femme s'accroupit devant lui :

— J'ai une impression de déjà-vu…

Sur ces mots, Lucan se pencha et couvrit les cheveux de Kyra de petits baisers.

— Arrête ! protesta-t-elle malgré les délicieux frissons qui la parcouraient. Tu n'es pas en état de…

— Je me sens beaucoup mieux, tout d'un coup !

— Tu veux que j'aille demander à Sally si un homme qui vient de recevoir un coup de batte de base-ball sur la tête peut raisonnablement songer à faire l'amour ?

— Non.

— Alors tiens-toi tranquille !

Après avoir enlevé à Lucan ses chaussures et ses chaussettes, Kyra se redressa et ordonna :

— Allonge-toi, à présent ! J'ai à te parler.

Elle attendit qu'il lui ait obéi pour reprendre :

— Kip avait trouvé autre chose que de l'argent, sous le plancher de la chambre forte.

— Un pendentif et une bague ?

— Oui, mais comment le sais-tu ?

— Ce sont des bijoux de famille qui appartenaient à la femme assassinée par les cambrioleurs. Son mari nous a dit qu'ils avaient été volés.

Kyra répéta à Lucan ce que son neveu lui avait raconté, et elle souligna ensuite :

— Je suis sûre que Casey n'était au courant de rien.

— Je commence à le croire moi aussi… Quelqu'un ira récupérer la bague chez elle, mais où est le pendentif ?

— Ici ! répondit la jeune femme en sortant l'objet de sous son chemisier. Je ne voulais pas risquer de le perdre : il vaut une fortune.

— Il est en effet assuré pour la modique somme de sept cent mille dollars, et la bague, pour dix mille… Tu en as parlé à Todd ?

— Non, pas encore.

— Il t'a dit que ta sœur était avec son ex-mari, quand je suis entré dans la maison ?

— Oui, et ça me surprend beaucoup. J'aurais juré que c'était la dernière personne vers qui elle se serait tournée… Quel rôle joue-t-il dans toute cette histoire ?

— Je l'ignore.

— C'est vraiment incompréhensible ! Je sais qu'elle l'avait épousé par amour, mais il s'est mis à boire, ensuite, il est devenu violent… Elle était très remontée contre lui, au moment du divorce, alors pourquoi est-ce à lui qu'elle est allée demander de l'aide ?

— Tu lui poseras la question quand tu la verras, mais ne lui donne pas rendez-vous ici : choisis plutôt un lieu public. Jordan est un homme dangereux, et il ne faut pas prendre le risque qu'il découvre où sont les enfants.

— D'accord. Je vais descendre parler à Todd, maintenant, et lui remettre le pendentif.

— Une dernière chose, Kyra… Même si tu as toute confiance en ta sœur, promets-moi de ne pas aller seule à ce rendez-vous.

La jeune femme faillit protester, mais elle savait, au fond, que Lucan avait raison.

— Je te le promets.

Au rez-de-chaussée, elle trouva tout le monde — sauf Todd — encore réuni autour de la table de la salle à manger, mais les assiettes et les couverts y avaient été remplacés par tout un assortiment de gâteaux de Noël en cours de décoration.

— Où est le lieutenant Berringer ? déclara-t-elle.

— Il a reçu un appel qui l'a obligé à partir, répondit Maureen.

— Il va revenir ?

— Je ne pense pas… Il y a un problème ?

— Non, Lucan m'avait juste chargée de lui transmettre un message.

— J'ai son numéro de portable, si vous voulez lui téléphoner.

Elle emmena Kyra dans la cuisine et referma la porte avant de lui demander :

— Lucan se repose ?

— Oui, j'ai réussi à le convaincre de s'allonger.

— Très bien, mais j'ai réfléchi… Comme j'ai un grand lit, c'est avec moi que Maggie va dormir cette nuit.

— C'est gentil, Maureen, mais…

— Inutile de discuter : c'est comme ça et pas autrement !

— Je m'incline ! s'écria la jeune femme en riant. Mais je ne sais comment vous remercier de tout ce que vous faites pour nous…

— Ne me remerciez pas : c'est tout naturel !

La vieille dame nota un numéro de téléphone sur un bout de papier, qu'elle tendit à Kyra en disant :

— Au fait, où est passé votre petit ami ?

— Simon n'est plus mon petit ami depuis un certain temps déjà, et il devait prendre l'avion pour Boston dès que l'aéroport rouvrirait.

— Bien que Lucan ait eu l'air de le trouver sympathique, je suis sûre qu'il ne le regrettera pas… Et vous allez peut-être me taxer de partialité, parce que je suis sa mère, mais je peux vous assurer que Lucan est un homme de valeur.

Kyra se sentit rougir. Après Todd, c'était Maureen qui lui vantait les mérites de Lucan… L'attirance qu'ils ressentaient l'un pour l'autre était-elle donc si évidente ?

Un sourire satisfait sur les lèvres, la vieille dame quitta la cuisine. Kyra composa alors le numéro de Todd, mais il ne décrocha pas. Elle laissa sur son répondeur un bref message l'informant de la découverte des bijoux et de l'appel de sa sœur. Elle monta ensuite à l'étage pour expliquer la situation à Lucan, mais elle le trouva profondément endormi.

Après avoir rabattu la couette sur lui, elle sortit de la chambre sur la pointe des pieds. Il fallait maintenant attendre que Todd ou Casey rappellent, et elle regagna la salle à manger en s'efforçant d'afficher un calme qu'elle était loin d'éprouver.

La soirée se termina heureusement assez vite. Ronan, Sally et leurs deux enfants partirent vers 21 heures, et Kyra emmena alors ses neveux se laver les dents. Ils étaient tous les trois si fatigués qu'ils ne firent aucune difficulté pour se mettre au lit.

Lorsqu'elle redescendit, Maureen était en train de ranger la cuisine.

— Laissez-moi finir, lui dit la jeune femme. Maggie vous ayant tenue éveillée pendant un bon moment, la nuit dernière, vous devez tomber de sommeil.

— Oui, je ne suis plus aussi résistante que je l'étais autrefois, je dois bien le reconnaître… Je vais me coucher, mais ne tardez pas trop à en faire autant : vous avez besoin de vous reposer, vous aussi.

Une fois seule, Kyra se mit au travail. Le silence qui régnait à présent dans la maison n'évoquait ni la tristesse ni la solitude ; il était au contraire rassurant, empli de la présence d'êtres chers paisiblement endormis. Kyra aimait l'atmosphère chaleureuse de cette maison, où tout parlait du bonheur d'appartenir à une famille unie.

L'odeur fraîche du sapin, qui arrivait jusqu'à la cuisine, finit par l'attirer dans le séjour. Elle s'assit dans le canapé, et le spectacle des guirlandes qui clignotaient gaiement lui rappela les Noëls de son enfance. Des Noëls avec ses parents et Casey…

La pensée de sa sœur chassa le sentiment de bien-être qui l'avait envahie. Elle tenta de nouveau de la joindre, tomba encore sur la boîte vocale et, cette fois, ne laissa pas de message. La mise en garde de Lucan lui revint à la mémoire, et sa nervosité augmenta, tandis que toutes sortes d'hypothèses lui traversaient l'esprit. Peut-être Casey était-elle impliquée dans ces cambriolages, finalement… Ou, si elle ne l'était pas, peut-être les hommes qui la traquaient l'avaient-ils retrouvée, et dans ce cas…

Non, il ne fallait pas laisser ce genre d'idée lui saper le moral ! Mieux valait aller se coucher, en espérant que sa sœur la rappellerait le lendemain à la première heure… Kyra se leva donc et éteignit les lumières du rez-de-chaussée.

Au moment où elle posait le pied sur la première marche de l'escalier, un bruit provenant de la cuisine la cloua sur place. Un objet qu'elle aurait mal rangé serait-il tombé sur le sol ?

Elle s'apprêtait à faire demi-tour quand une bouffée d'air glacé s'engouffra dans le vestibule, et son sang se figea dans ses veines.

Car elle avait maintenant identifié ce bruit : quelqu'un venait d'ouvrir la porte extérieure de la cuisine.

14

Terrifiée, Kyra monta l'escalier quatre à quatre, franchit en courant la porte de sa chambre et, dans la pénombre, faillit se heurter à Kip. Lucan était déjà debout, son pistolet à la main.

— Il y a quelqu'un dehors, tante Kyra ! chuchota le petit garçon.

— Non, à l'intérieur de la maison, rectifia-t-elle.

— Où ? demanda Lucan.

— Dans la cuisine.

— Restez là ! ordonna-t-il avant de quitter la pièce en coup de vent.

Kyra se dirigea vers la commode, attrapa son sac et se mit à fouiller dedans.

— Qu'est-ce que tu fais ? murmura Kip.

— Je cherche… Ah ! La voilà !

— Quoi ?

— Ma bombe lacrymogène… Mais comment as-tu su qu'il y avait quelqu'un dehors ?

— Je regardais par la fenêtre, et j'ai vu une ombre, dans le jardin, alors je suis allé prévenir Lucan.

— Tu ne dormais pas ?

— Non, je m'inquiète trop pour maman.

Sur le point de révéler à Kip que Casey l'avait appelée, la jeune femme y renonça finalement : le moment était mal choisi. Elle décrocha le téléphone posé sur la table de chevet, composa le 911, et elle était en train d'expliquer la situation à l'opérateur quand une détonation déchira le silence.

— Il y a eu un coup de feu ! cria-t-elle. Prévenez la police ! Dites-lui que l'un des siens est en danger !

Plusieurs autres détonations suivirent, à quelques secondes seulement d'intervalle…

— Lucan ! hurla Kip en se ruant dans le couloir.

Lâchant le combiné, Kyra lui courut après, et elle parvint à l'arrêter avant qu'il ne s'engage dans l'escalier. Brian sortit alors de sa chambre, puis Maureen surgit sur le seuil de la sienne, en chemise de nuit et un énorme revolver à la main.

— Venez là, tous les trois ! ordonna-t-elle. Vous savez ce qui se passe, Kyra ?

— Oui, lui répondit la jeune femme en poussant ses deux neveux vers elle. Quelqu'un s'est introduit dans la maison, et Lucan est allé l'affronter.

— Entrez vite, les garçons ! Je vais vous cacher dans le placard avec votre petite sœur.

— Encore ? protesta Brian.

— Je veux descendre voir si Lucan a pas besoin d'aide ! s'écria Kip.

— Ne t'inquiète pas pour lui, déclara Maureen. C'est plutôt son adversaire qui a du souci à se faire !

— Votre revolver est chargé ? demanda Kyra pendant que la vieille dame refermait la porte à clé.

— Bien sûr, sinon à quoi servirait-il ? C'est une bombe lacrymogène, que vous avez là ?

— Oui.

— Une arme à feu est plus efficace.

— J'en possède une, mais Lucan me l'a confisquée.

— J'espère qu'il n'aura pas à le regretter !

Un mugissement de sirènes retentit soudain et se rapprocha rapidement. Kip et Brian se précipitèrent vers la fenêtre, et ni Kyra ni Maureen ne songèrent à les retenir : les secours étaient arrivés si vite qu'il était devenu inutile de mettre les enfants à l'abri.

La vieille dame alla ranger son revolver dans le tiroir de sa table de chevet et, après plusieurs minutes pendant lesquelles des bruits confus montèrent du rez-de-chaussée, quelqu'un frappa à la porte de la chambre.

— Qui est là ? cria Maureen.

— Police !

— Un instant ! Je vous ouvre.

Un agent en uniforme entra, et Kip lui demanda aussitôt :

— Où est Lucan ?

— Qui ?

— Le lieutenant Lucan O'Shay, précisa Kyra. Voici sa mère, à qui cette maison appartient. Il est descendu pour neutraliser l'intrus, et des coups de feu ont été tirés.

— On a fouillé toutes les pièces du bas, madame, et il n'y avait personne.

— Il s'est lancé à la poursuite du malfaiteur ! Et il ne s'était même pas rechaussé !

Kyra sortit de la chambre comme une trombe et dévala l'escalier. Pieds nus, Lucan ne pouvait pas être allé très loin, et si les policiers ne l'avaient pas vu… Peut-être une balle l'avait-elle atteint et était-il allongé quelque part dans le jardin, en train de se vider de son sang…

Arrivée en bas des marches, la jeune femme s'arrêta net : une voix grave venait de s'élever dans la cuisine, et c'était celle de Lucan.

— Si j'avais remis mes chaussures, je l'aurais rattrapé !

Au soulagement de Kyra succéda une bouffée de colère. Elle écarta sans douceur l'agent qui se tenait sur le pas de la porte et cria à Lucan :

— Tu es en congé maladie ! Pourquoi a-t-il encore fallu que tu fasses du zèle, en poursuivant cet individu ?

Puis elle vit qu'il avait le visage et les mains rougis par le froid, que de violents frissons lui secouaient les épaules… Alors elle se sentit fondre et se jeta dans ses bras.

— Vous n'avez pas eu trop peur ? déclara-t-il en la serrant fort contre lui.

— Kip et moi étions très inquiets pour toi, mais ta mère, elle, était certaine que les choses tourneraient à ton avantage.

— Elle n'avait qu'à moitié raison, puisque cet homme est parvenu à s'échapper.

— Comment nous a-t-il retrouvés ?

— Il devait surveiller la maison de ta sœur, et il a ensuite suivi la voiture de Todd de là-bas à l'hôpital, puis ici.

— Oui, c'est sûrement ça… Si tu t'asseyais, maintenant ? Je vais te faire du café.

Maureen et les enfants les rejoignirent deux minutes plus tard. La vieille dame avait apporté à son fils une paire de chaussettes, et elle le força à les enfiler sur-le-champ.

— Tu lui as tiré dessus ? demanda Kip à Lucan.

— Oui.

— Et tu l'as eu ?

— Non. Avec le coup que j'ai reçu sur le bras cet après-midi, je n'ai réussi qu'à le faire fuir… Et à ce propos, maman, il va y avoir quelques travaux de replâtrage à effectuer dans la cuisine… Et j'espère que tu n'étais pas trop attachée au bocal à biscuits qui se trouvait sur le buffet…

Le lendemain, le temps s'était encore refroidi, et des nuages bas cachaient de nouveau le soleil. Lucan, qui craignait une deuxième intrusion, passa tout le début de la matinée à planifier la journée de façon à mettre sa mère et les neveux de Kyra à l'abri du danger : Ronan et Neil emmèneraient tous les enfants déjeuner dans un fast-food, puis voir un film, Flynn accompagnerait Maureen et Whitney, qui voulaient faire leurs achats de Noël, et Phyllis s'était courageusement proposée pour recevoir toute la famille à dîner.

Lucan avait commencé par suggérer à sa mère d'aller s'installer chez un de ses frères, mais elle avait catégoriquement refusé : « Je ne me laisserai pas chasser de chez moi ! avait-elle dit. Si ce misérable est assez bête pour revenir, je ressortirai mon revolver, et je ne le raterai pas, moi ! »

Cette remarque avait arraché un sourire Kyra, mais elle s'inquiétait de n'avoir toujours aucune nouvelle de Casey, et Lucan trouvait lui aussi ce silence alarmant.

Todd sonna à la porte en fin de matinée, alors qu'ils étaient seuls dans la maison depuis cinq minutes à peine. Les yeux brillants d'excitation, il leur annonça que le capitaine Walsh requérait leur présence au commissariat.

— Je croyais qu'il ne voulait plus m'y voir avant quatre jours ? observa Lucan.

— Il a changé d'avis.

— Pourquoi ?

— Parce qu'on a mis la main sur Casey Fillmont et Milt Bowman.

— Quand ?

— Ma sœur va bien ? demanda Kyra en même temps.

— Une question à la fois ! s'écria Todd. J'ai reçu un appel hier soir, après le dîner. Quelqu'un avait repéré la voiture de Bowman dans une rue des quartiers nord. C'est là qu'il habite, dans l'appartement de sa petite amie, et là que Casey a trouvé refuge. On les a cueillis ce matin, au moment où ils sortaient faire des courses, et Casey réclame sa sœur.

— Elle va bien ? répéta Kyra.

— Aussi bien qu'elle peut aller compte tenu de ce qui lui est arrivé. Mais Walsh nous attend… Je vous raconterai toute l'histoire en chemin.

Lucan et Kyra enfilèrent leur manteau, puis ils montèrent dans la voiture de Todd, qui démarra aussitôt.

— Jordan Fillmont a bien appelé sa femme dans la soirée du samedi, déclara alors ce dernier. Il lui a dit qu'il était menacé de mort, et qu'elle devait quitter la maison, au cas où on viendrait l'y chercher. Le courant ayant été coupé juste après, elle a compris que la menace s'était concrétisée, et comme elle n'avait plus le temps de s'enfuir avec les enfants, elle les a cachés dans la chambre forte aménagée par Fillmont. Les deux individus qu'elle a trouvés dans le séjour en redescendant l'ont interrogée de façon assez brutale, mais, comme elle ignorait visiblement tout des activités criminelles de son mari, ils ont fini par la laisser tranquille et se sont mis à fouiller la maison de fond en comble.

— Ils voulaient le pendentif et la bague, nota Lucan.

— Sûrement, car ils se sont intéressés de près aux bijoux de Casey. Et ensuite, faute d'avoir rien trouvé, ils l'ont forcée, sous la menace d'un pistolet, à partir avec eux.

Kyra lança à Lucan un coup d'œil triomphant.

— Je savais bien qu'elle n'était que victime, dans toute cette affaire !

— Ils l'ont ligotée et enfermée dans la cave d'une maison de la banlieue de Baltimore, mais elle a de la ressource : elle a réussi à se libérer, à sortir de la cave et à s'esquiver par la porte de derrière. Une des voitures garées dans la contre-allée avait les clés sur le contact, et elle l'a prise.

— Sans se douter que c'était une voiture volée, précisa Kyra.

— Non, elle ne l'a appris que plus tard, et le bruit du moteur a malheureusement alerté ses ravisseurs, qui se sont lancés à sa poursuite. Elle les a semés sur l'autoroute mais, en s'engageant trop vite dans la bretelle de sortie la plus proche de chez elle, elle a perdu le contrôle du véhicule, qui est tombé dans le fossé. Elle dit ne pas se souvenir de grand-chose entre ce moment et celui où elle s'est réveillée à l'hôpital.

— Et là, vos collègues l'ont rudoyée ! souligna Kyra.

— Andrews et Manacuzzi l'ont traitée durement, en effet… Elle a eu peur qu'ils ne l'arrêtent pour le vol de la voiture et, quand ils ont commencé à l'interroger au sujet des énormes sommes d'argent liquide découvertes chez elle, elle a décidé de s'enfuir de l'hôpital.

— Elle ne voulait pas se retrouver en prison pour des crimes qu'elle n'avait pas commis ! s'exclama Kyra.

— Sans doute… Toujours est-il qu'une fois installée dans une chambre individuelle, elle a téléphoné à Bowman pour lui demander de venir la chercher et de la conduire chez elle. L'appartement de la petite amie de Bowman est cependant plus près de l'hôpital, et comme les routes étaient alors déjà quasiment impraticables, c'est là qu'il l'a emmenée.

— La petite amie en question n'a pas dû être ravie ! observa Lucan.

Kyra le fusilla du regard. Pourquoi les hommes pensaient-ils qu'une femme ne pouvait en considérer une autre que comme une rivale ?

— Tu te trompes, Lucan, déclara Todd. Ils se sont en fait très bien entendus, tous les trois. D'après Casey, la nouvelle compagne de Bowman est une fille remarquable, qui lui a fait suivre une cure de désintoxication et l'a aidé à retrouver du travail. Et il s'en veut tellement de sa conduite passée que, malgré le mauvais temps, il a répondu sans hésiter à l'appel à l'aide de Casey.

— S'il n'a vraiment rien à se reprocher, pourquoi s'est-il enfui, quand Lucan est entré dans la maison ? demanda Kyra.

— Ça a été son premier réflexe, mais il a été horrifié, lorsque votre sœur a assommé Lucan avec sa batte de base-ball... Elle jure l'avoir pris pour un de ses ravisseurs.

— Si elle est en garde à vue, il lui faut un avocat !

— Elle a renoncé à ce droit. Nous avons obtenu son entière collaboration.

— C'est hors de question ! A partir de maintenant, je défends ses intérêts, et j'exige de lui parler en privé avant que la police l'interroge de nouveau !

— Kyra..., commença Lucan.

— Inutile de protester ! Je veux parler à ma sœur !

— C'est pour ça que nous sommes là, souligna Todd en se garant sur le parking du commissariat.

Casey Fillmont était assise sur le banc d'une cellule, un gobelet de café à la main. En voyant Kyra arriver, elle se leva si vivement que le gobelet — heureusement vide — lui échappa des mains.

Les deux jeunes femmes se jetèrent dans les bras l'une de l'autre, et Lucan comprit alors mieux comment les complices de Jordan avaient pu les confondre : elles se ressemblaient à s'y méprendre — même taille, même morphologie, mêmes yeux bleus et cheveux bruns coupés court. Casey avait certes un visage plus marqué que Kyra, mais cette différence n'était visible que de près.

Une fois l'émotion des retrouvailles un peu retombée, cependant, ce fut la plus jeune des deux qui prit les choses en main :

— Tu vas annoncer que tu m'as engagée comme avocate, Casey, et ensuite, tu ne répondras plus à aucune question avant que nous ayons discuté ensemble en privé !

— Mais on m'a promis, si je coopérais, que je ne serais pas poursuivie pour coups et…

— Chut ! Plus un mot !

Le regard de Casey s'attarda alors pour la première fois sur le visage de Lucan, et elle s'écria :

— Oh ! mon Dieu… C'est lui que j'ai…

— Tais-toi ! lui ordonna Kyra. Je te présente le lieutenant Lucan O'Shay, le policier qui m'a aidée à te retrouver.

— Je suis vraiment désolée, lieutenant… J'ai cru…

— Tais-toi ! répéta Kyra.

Lucan ne put réprimer un sourire.

— Rassurez-vous, madame Fillmont, vous ne m'avez pas gravement blessé.

— Vous avez pourtant un énorme bleu à la tempe… C'est moi qui vous ai fait ça ?

— Non. J'avais eu un accident de voiture l'avant-veille.

— Et deux jours plus tard, je vous assomme avec une batte de base-ball ! Je vous présente toutes mes excuses. Je vous ai pris…

— … pour un de vos ravisseurs, je sais, et j'accepte vos excuses.

Les regrets de Casey étaient en effet manifestement sincères, et Lucan était désormais convaincu qu'elle n'avait rien à voir dans les cambriolages. L'ennui, c'était qu'en tant que policier, il ne pouvait se contenter d'en être sûr : encore fallait-il le prouver et, pour cela, confondre les vrais coupables.

— Je veux parler en privé à ma cliente, Lucan ! décréta Kyra.

— Pas de problème ! On va l'emmener chez mon frère Neil,

où vous aurez tout le temps de discuter avant que les enfants de Casey ne reviennent du cinéma.

— Elle est libre de partir ?

— Oui. Le capitaine Walsh m'a dit tout à l'heure que sa garde à vue était levée. Elle doit cependant se tenir à la disposition de la police. Walsh m'a également autorisé à utiliser le véhicule de service de Todd, qui préfère continuer à rouler en 4x4, au cas où il se remettrait à neiger, alors si vous êtes prêtes, mesdames…

— Et Milt ? déclara Casey. Il n'a rien fait de mal, et il a été arrêté, ainsi que sa compagne !

— Aucune charge n'ayant été retenue contre eux, ils ont déjà été relâchés.

Pendant le trajet du commissariat jusqu'au domicile de Neil, Kyra donna à sa sœur des nouvelles des enfants et lui raconta leurs aventures, qu'elle écouta tantôt en riant, tantôt en pleurant.

Le calme régnait dans la maison lorsqu'ils y arrivèrent : Phyllis y était encore seule, et elle les accueillit chaleureusement.

Après le déjeuner tardif qu'elle eut même la gentillesse d'improviser pour eux, Lucan sortit pour appeler Todd. Il venait de raccrocher quand la voiture de Neil et celle de Ronan se garèrent contre le trottoir et déversèrent leurs occupants.

— Qu'est-ce que tu fais là ? lui demanda Ronan.

— J'ai une surprise pour Kip, Brian et Maggie ! répondit-il avec un grand sourire.

Aucun des intéressés n'eut le temps de poser ne serait-ce qu'une question : la porte de la maison s'ouvrit, et Casey s'engagea dans l'escalier du perron aussi vite que le lui permettait sa cheville foulée.

— Maman ! crièrent ses trois enfants d'une même voix avant de courir se jeter dans ses bras.

En se retournant pour rentrer à l'intérieur, Lucan vit Kyra debout sur le seuil, des larmes de joie qu'elle n'essayait ni de cacher ni de retenir ruisselant sur ses joues.

Dans des moments comme ceux-là, il trouvait que le métier de policier était le plus beau du monde.

L'après-midi était déjà bien avancé quand Kyra entraîna Lucan dans une pièce vide, lui passa les bras autour du cou et l'embrassa fougueusement.

— Merci ! dit-elle ensuite en esquissant un pas en arrière.

Mais il l'attira de nouveau contre lui et se pencha pour reprendre ses lèvres.

— Quelqu'un pourrait entrer…, chuchota-t-elle.

— Peu m'importe !

Et lorsqu'ils s'écartèrent finalement l'un de l'autre, c'était juste parce que le souffle commençait de leur manquer.

— Je ne mérite pas tes remerciements, observa Lucan. C'est Todd qui a retrouvé ta sœur.

— Je l'embrasserai plus tard.

— Je te l'interdis ! s'écria Lucan.

Sa véhémence fit ouvrir de grands yeux à Kyra — et le surprit lui-même.

— Je te trouve bien possessif ! s'exclama-t-elle.

— Désolé, je ne sais pas ce qui m'arrive… Tu es la première femme qui m'inspire ce sentiment… Et ça m'effraie autant que toi, tu peux me croire !

Toute une gamme d'émotions passa dans le regard de Kyra, puis son visage se durcit, et elle dit d'une voix ferme :

— Je ne suis pas ta chose, Lucan ! Et si je t'ai amené ici, ce n'était pas juste pour t'embrasser.

— Je pense malheureusement qu'il y a trop de monde dans la maison pour aller plus loin.

— Je suis sérieuse, Lucan !

— Moi aussi, mais vas-y, je t'écoute…

— Je veux que la police tende un piège aux malfaiteurs, avec moi comme appât.

Cette déclaration fit à Lucan l'effet d'une douche froide.

— Il n'en est pas question ! Ces individus ne sont pas des

enfants de chœur, Kyra ! Ils ont déjà commis un meurtre, et ils cherchent maintenant à supprimer ta sœur !

— Oui, et il faut donc les mettre le plus vite possible hors d'état de nuire. Tant qu'ils seront en liberté, Casey sera en danger, et elle ne peut pas se cacher indéfiniment.

— Sans doute, mais je ne te laisserai pas pour autant risquer ta vie en jouant les appâts.

— Nous y revoilà ! Sous prétexte que tu as passé une nuit dans mon lit, tu te crois autorisé à tout décider à ma place !

— Nous n'étions pas dans un lit, si je me souviens bien, et il ne s'agit pas d'autoritarisme de ma part, mais de simple bon sens.

— Je parlerai de mon idée au capitaine Walsh, et on verra ce qu'il en pense, lui !

La porte s'ouvrit alors, et Casey entra dans la pièce, mais elle s'immobilisa aussitôt.

— Oh ! pardon… Je vous dérange ?

— Non, j'allais partir, indiqua Kyra.

— Que se passe-t-il ? déclara Lucan, intrigué par l'expression soucieuse de Casey.

— Je viens de m'apercevoir que Jordan avait tenté plusieurs fois de me joindre, répondit-elle. Il a encore essayé il y a quelques minutes, et là, il a laissé un message me demandant de le rappeler… Que dois-je faire ?

— Donnez-lui rendez-vous quelque part !

— Non ! intervint Kyra. C'est trop dangereux.

— Il s'agit seulement d'attirer Jordan dans un endroit où la police aura pu dresser à l'avance une souricière, précisa Lucan. Elle interviendra avant que ta sœur l'ait rejoint.

— Il n'acceptera pas forcément de me rencontrer, objecta Casey.

— Tout ce qui l'intéresse, souligna Kyra, c'est l'argent qui se trouvait dans la maison, et les bijoux qui prouvent sa participation aux cambriolages et au meurtre d'une femme.

— Tu as remis le pendentif au capitaine Walsh, tout à l'heure, mais ça, Jordan l'ignore, lui rappela Lucan. Il sait seulement que son arrestation lui vaudrait de finir ses jours en prison.

— C'est vrai, et s'il n'a pas encore quitté la ville, c'est sûrement parce qu'il n'a pas un sou en poche… Téléphone-lui, Casey !

— Mais qu'est-ce que je vais lui dire ?

— Que vous voulez divorcer et partir à l'étranger avec vos enfants, répondit Lucan. Si vous parvenez à le lui faire croire, il en déduira que vous avez trouvé le butin des cambriolages, et décidé d'en profiter sans lui. C'est lui, alors, qui insistera pour vous rencontrer, et nous l'attendrons à l'heure et à l'endroit que vous aurez choisis.

— Mais il peut aussi arriver à la localiser avant, l'enlever pour la forcer à lui remettre ce butin, et la tuer après avoir compris qu'elle lui avait menti ! protesta Kyra.

Sa sœur, que Lucan avait d'abord sentie réticente, le surprit alors en déclarant :

— J'accepte ! Je suis prête à tout pour faire sortir définitivement cette crapule de ma vie.

— Non, tu dois penser à tes enfants, et j'irai donc à ce rendez-vous à ta place.

— Il verra tout de suite que ce n'est pas moi.

— Pas de loin, et la police l'aura mis hors d'état de nuire avant que je sois assez près de lui pour qu'il s'aperçoive de la supercherie.

Bien qu'à contrecœur, Lucan dut reconnaître que Kyra avait raison.

— D'accord, lui dit-il, mais promets-moi de ne prendre aucun risque inutile !

— Je te le promets ! Appelle Walsh, maintenant, pour régler les détails de l'opération !

Casey téléphona à son mari depuis le bureau du capitaine Walsh, le lendemain matin, et ses talents de comédienne impressionnèrent Kyra. Lucan lui avait fait répéter son texte plusieurs fois, mais elle le récita à Jordan avec une conviction digne d'une grande actrice.

Elle lui raconta qu'elle avait quitté la maison avec les enfants juste après son coup de téléphone, et l'avait retrouvée saccagée en y revenant. Maintenant, elle avait décidé d'emmener ses enfants au soleil, et d'opérer de grands changements dans sa vie, à commencer par un divorce : elle ne voulait plus entendre parler d'un homme dont les activités louches mettaient toute la famille en danger. Jordan pouvait garder tout ce qu'il y avait dans la maison, sauf les passeports qu'elle comptait aller chercher un peu plus tard dans la matinée. Il la supplia de lui donner une chance de s'expliquer avec elle de vive voix, mais elle refusa et, comme il insistait, elle lui raccrocha au nez.

— Bravo, madame Fillmont ! s'écria le capitaine Walsh.

Casey rougit de fierté, puis elle se tourna vers Kyra.

— Tu es sûre de vouloir prendre ma place ? Je pourrais peut-être…

— Non ! Dépêche-toi plutôt d'aller rejoindre tes enfants : après ce qui s'est passé, il leur faudra du temps pour ne plus s'inquiéter chaque fois que tu les laisseras seuls.

— Ils devront pourtant s'y faire : j'ai besoin de travailler.

— Le mari de Shereen Nestler offre dix mille dollars à la personne qui nous aidera à mettre les meurtriers de sa femme sous les verrous, indiqua Walsh, et je crois que vous venez d'obtenir le droit de toucher cette récompense, madame Fillmont !

— C'est vrai ? Je vais pouvoir gâter les enfants pour Noël, alors !

— Dans combien de temps dois-je me rendre chez ma sœur, capitaine ? demanda Kyra.

Elle vit du coin de l'œil Lucan serrer les mâchoires. Le risque qu'elle allait courir l'effrayait, mais il avait fini par l'accepter, et c'était bon signe : cela signifiait que son désir de la protéger ne l'empêchait pas de lui laisser son libre arbitre. Contrairement à ce qu'elle avait craint, il n'était donc pas homme à vouloir régenter sa vie, et elle commençait en outre à penser qu'il partageait ses sentiments.

— Je pars tout de suite là-bas avec une équipe, répondit-il à la place de Walsh, et il nous faudra environ une demi-heure pour nous mettre en place. Le but de l'opération est d'appréhender Jordan à l'extérieur de la maison. Toi, tu seras à l'intérieur, mais comme des imprévus peuvent faire échouer le plan le mieux conçu, garde ta bombe lacrymogène à portée de main. Car si jamais Jordan arrive à te voir d'assez près, il s'apercevra qu'il y a eu substitution.

— Même dans ce cas, ma vie ne sera pas immédiatement en danger, observa Kyra. Il voudra me parler, pour savoir où est Casey.

— Oui, et c'est pour ça que tu porteras sous tes vêtements un mouchard en plus d'un gilet pare-balles. Je te recommande cependant la plus grande prudence.

Ils échangèrent un long regard, puis Lucan se détourna et quitta la pièce.

— Qu'est-ce qu'un mouchard ? demanda Casey.

— Un micro caché, expliqua Todd. Une fois ses hommes en position, Lucan ira s'installer dans le poste de commandement. Votre sœur ne l'entendra pas, mais il entendra, lui, tout ce qu'elle dira… Ça vous va, Kyra ?

— Parfaitement, répondit la jeune femme.

Une boule d'angoisse était en fait en train de se former au creux de son estomac, mais elle se raisonna : tout se passerait bien. Lucan serait à proximité, prêt à intervenir en cas de besoin, et elle avait toute confiance en lui.

Trois quarts d'heure plus tard, Kyra garait devant la maison la voiture de Casey, qui avait été amenée le matin au commissariat. Jordan n'était pas encore arrivé, sinon les policiers l'auraient déjà arrêté, et l'opération aurait été annulée.

Malgré la présence aux alentours de toute une équipe d'hommes expérimentés, la jeune femme sentit sa nervosité revenir lorsqu'elle entra dans cette maison vide, où les traces encore visibles du saccage rendaient l'atmosphère particulièrement lugubre.

Elle erra sans but dans les pièces du rez-de-chaussée, en priant pour que Jordan ne tarde pas trop. Elle avait hâte d'en terminer avec cette histoire, de savoir Casey et les enfants définitivement à l'abri du danger.

Peut-être aurait-elle dû profiter de cette attente forcée pour rassembler des affaires dont sa sœur pourrait avoir besoin, mais la peur l'empêchait de se concentrer. Ses pas finirent par la conduire dans la cuisine, où elle inspecta distraitement le contenu des placards. Le peu de denrées alimentaires qui avait échappé au carnage n'intéresserait sûrement pas Casey…

Machinalement, elle ouvrit ensuite le réfrigérateur, et un cri de stupeur jaillit de sa poitrine : il était rempli de produits frais — laitue, tomates, oignons, viande froide… Il y avait aussi un pack de bières ouvert, un paquet de pain de mie et une plaquette de beurre entamés…

— Lucan ? dit-elle, la gorge nouée. Le réfrigérateur est plein… Je crois que quelqu'un s'est installé dans la maison…

Au moment où elle refermait la porte, celle du sous-sol s'ouvrit sur un homme qui pointa sur elle un pistolet et lui fit signe en même temps de se taire. C'était celui qui les avait poursuivis, Kip et elle, dans le centre commercial… Il la regardait d'un œil mauvais, visiblement prêt à appuyer sur la détente au moindre mouvement qu'elle esquisserait pour s'enfuir.

Une odeur de bière et d'oignon l'assaillit quand il s'approcha d'elle et lui murmura à l'oreille :

— Vous allez m'aider à sortir d'ici, et me conduire à la cachette de votre mari.

Il la prenait toujours pour Casey ! Lucan l'avait-il entendu ? Allait-elle oser lui dire qu'elle avait un pistolet braqué sur sa tête ? A quoi lui servirait son gilet pare-balles si l'homme tirait maintenant ? Et sa bombe lacrymogène était dans sa poche… Inutile d'espérer avoir le temps de l'en sortir avant de passer de vie à trépas…

— Vous portez un micro, hein ? déclara son agresseur.

A quoi bon mentir ? songea Kyra. Tout indiquait qu'il le savait déjà…

— Oui, répondit-elle avec un calme qui l'étonna elle-même, mais je ne me fais aucune illusion : je sais qu'il ne peut plus me servir à rien.

— Vous avez du cran, je dois le reconnaître ! Mais c'est vous qui allez me permettre de me tirer indemne de ce guêpier, alors pas d'entourloupes ! Tout ce que je veux, d'ailleurs, c'est mettre la main sur votre mari.

— Je vous le laisse bien volontiers !

L'homme émit un petit rire surpris, puis il annonça à haute et intelligible voix — sans doute pour être entendu du poste d'écoute :

— On va maintenant sortir de la maison, madame Fillmont, mais si je vois une seule arme pointée sur moi, vous êtes morte ! La détente de mon pistolet étant très sensible, j'aurai le temps de la presser avant d'être moi-même abattu.

— Tu as compris, Lucan ? dit Kyra. Interdiction absolue de tirer !

— Vous ne manquez décidément pas de sang-froid ! observa le malfaiteur avec l'ombre d'un sourire. Je serais désolé d'avoir à vous tuer, alors espérons qu'aucun de ces cow-boys, dehors, ne sera tenté de jouer les héros… On se bouge, à présent ! Passez devant, je vous suis.

Au moment où Kyra s'apprêtait à obéir, elle entendit la porte d'entrée s'ouvrir. Son agresseur lui passa aussitôt un bras autour de la taille et la plaqua contre lui.

— Casey ? C'est moi, Jordan !

La jeune femme n'en crut pas ses oreilles : comment les policiers postés aux alentours avaient-ils pu laisser Jordan s'introduire dans la maison ?

— Répondez-lui ! ordonna l'homme en resserrant encore son étreinte.

— Je suis dans la cuisine ! cria-t-elle.

Puis, certaine que son agresseur avait maintenant les yeux

rivés sur la porte, elle glissa la main dans sa poche et referma les doigts sur sa bombe lacrymogène.

Avec un peu de chance, elle allait pouvoir s'en servir, finalement…

Le cœur de Lucan s'était arrêté de battre au moment où il avait compris que Kyra avait été prise en otage. Mais, quoi qu'elle en dise, la police se devait d'intervenir avant que son ravisseur ne l'emmène ailleurs, car il la supprimerait sans doute une fois qu'il n'aurait plus besoin d'elle…

Et Lucan n'était pas sûr de pouvoir survivre à la mort de Kyra. Cette femme était d'une opiniâtreté exaspérante, elle n'en faisait jamais qu'à sa tête, mais il l'aimait…

Alors qu'il élaborait un plan d'action, les choses se compliquèrent encore : il reçut de la voiture postée un peu plus loin un message radio l'avertissant qu'une personne correspondant au signalement de Fillmont était en train de se diriger à pied vers la maison.

— Fillmont arrive, mais laissez-le passer ! ordonna-t-il à l'équipe d'assaut après quelques secondes de réflexion. Il ne faut pas risquer un échange de coups de feu : l'homme, à l'intérieur, pourrait paniquer, et il tuerait alors peut-être son otage !

Dès que Jordan fut entré dans le pavillon, Lucan sortit de la camionnette qui lui servait de poste de commandement. Il fit signe à ses collègues de le suivre et traversa en courant le jardin attenant à celui des Fillmont. Pour parer à toute éventualité, ils avaient déverrouillé la porte extérieure de la cuisine, et Lucan la poussa le plus doucement possible.

Une détonation retentit soudain, et Lucan avait alors ouvert la porte juste assez grand pour voir Jordan s'écrouler. Il leva son arme et vit au même moment Kyra sortir quelque chose de sa poche. Son agresseur s'en aperçut, lui aussi, et il braqua sur elle un pistolet encore fumant, mais elle lui envoya en plein visage une giclée de gaz lacrymogène qui lui fit rejeter la tête en arrière avec un hurlement de douleur.

Trois coups de feu éclatèrent ensuite simultanément : Lucan, l'un des policiers qui le suivaient et le malfaiteur avaient tiré en même temps.

Kyra tomba à genoux, puis bascula en avant, les paupières closes.

15

Un cri d'horreur jaillit de la poitrine de Lucan. Il se précipita vers Kyra, et des vapeurs de gaz lacrymogène commencèrent aussitôt à lui piquer les yeux, mais il vit en se penchant vers la jeune femme que des torrents de larmes coulaient sur ses joues. Elle était vivante !

Sans se soucier des policiers qui grouillaient maintenant dans la pièce, il la souleva dans ses bras et l'emmena s'asseoir sur la terrasse.

— Où es-tu blessée ? déclara-t-il anxieusement.

— Je ne le suis pas, mais j'ai peur de devenir aveugle…

— Non, tu as juste reçu des projections de gaz lacrymogène, et les effets de cette substance se dissipent au bout d'environ trois quarts d'heure. Bats des paupières, pour accélérer le processus !

Un agent vint alors les rejoindre avec une casserole remplie d'eau et un torchon humide.

— Mouillez tous les endroits où le spray a touché votre peau, mais sans frotter ! expliqua-t-il à Kyra. Et on dirait que vous en avez aussi reçu votre dose, lieutenant ! Je vais aller vous chercher des glaçons. Ils apaiseront un peu la sensation de brûlure, en attendant que le produit se soit complètement évacué.

— Jordan est mort ? demanda-t-elle pendant que Lucan lui bassinait le visage et les yeux.

— Je ne sais pas… Essaie de te détendre !

— J'essaie, mais ce maudit gaz fait un mal de chien !

— Tu l'as bien cherché ! répliqua Lucan, maintenant

soulagé au point de se sentir de nouveau capable de plaisanter. Je te rappelle que j'étais contre l'idée de te laisser jouer les appâts, au départ !

Elle voulut lui donner un coup de poing mais, comme elle n'y voyait rien, elle tapa dans le vide.

Ce fut Todd, finalement, qui leur apporta les glaçons, et il les informa que les deux hommes, à l'intérieur, étaient morts. Lucan ignorait qui, de l'autre policier et de lui, avait tué le ravisseur de Kyra. Il fallait attendre pour l'établir l'autopsie et l'expertise balistique pratiquée sur leurs armes, mais, si c'était la sienne qui avait tiré la balle mortelle, Lucan savait qu'il n'en éprouverait ni regret ni remords.

Quand une équipe médicale arriva sur les lieux, Kyra et Lucan reçurent des soins plus efficaces, mais ils refusèrent d'être conduits à l'hôpital. La jeune femme pouvait maintenant ouvrir les paupières et, bien qu'elle ait encore les yeux rouges et bouffis, Lucan estimait qu'elle avait eu beaucoup de chance. Il ne pouvait se résoudre à lâcher sa main, comme pour s'assurer qu'elle s'était bien sortie de cette aventure vivante, et à peu près indemne.

Ni l'un ni l'autre n'étant encore en état de prendre le volant, Todd se proposa pour leur servir de chauffeur, et Lucan précisa :

— Direction : chez moi, cette fois, et pas chez ma mère !

— D'accord, mais tu devrais lui téléphoner, sinon elle s'inquiétera de ne pas vous voir revenir.

— Tu as raison. Je l'appellerai.

Lucan trouva Kyra anormalement silencieuse, pendant le trajet. Il espérait que c'était parce que ses yeux la faisaient encore souffrir, mais sans trop y croire. La possibilité qu'il ait tué un homme aujourd'hui l'aurait-elle rendue hostile à son égard ? Il avait pourtant été forcé de tirer, elle devait le comprendre…

A moins qu'elle ne se sente coupable ? C'était elle qui avait eu l'idée d'attirer Jordan dans un piège, après tout ! Et même si le but initial de l'opération consistait juste à l'arrêter, cela lui avait coûté la vie. Kyra était une femme sensible, alors peut-être s'en voulait-elle d'avoir, même involontairement, causé la mort de son beau-frère.

— Va te doucher, lui dit-il quand ils furent arrivés chez lui, et lave-toi bien les cheveux, pour être sûre d'enlever tout le produit qui s'y est collé.

— Il faut que j'appelle Casey.

— Le capitaine Walsh lui racontera ce qui s'est passé.

— Je préfère qu'elle l'apprenne par moi.

— Ça n'a pas l'air d'aller, Kyra… Qu'y a-t-il ?

— J'ai réfléchi, Lucan, et ce n'est pas terminé.

— Comment ça ?

— Eh bien, ils étaient deux, l'autre soir, à me tirer dessus… Cela signifie qu'il y en a encore un en liberté, et nous ne pouvons plus demander à Jordan qui c'est, maintenant.

Les pensées continuaient à se presser dans l'esprit de Kyra pendant qu'elle se séchait les cheveux avec une serviette. Sa sœur avait paru soulagée, au téléphone, mais la douleur et la colère finiraient sûrement par la rattraper. Kyra avait profité de cet appel pour la questionner sur les amis de Jordan, mais Casey n'en avait jamais vu aucun. Elle n'en connaissait même qu'un seul par son nom : Robby Krinegolt. C'était un collègue de Jordan, qui l'avait appelé plusieurs fois à son domicile, et elle savait que les deux hommes se voyaient souvent en dehors du travail.

Après s'être rhabillée, Kyra examina son reflet dans le miroir. Elle avait encore les yeux irrités, mais elle ne pleurait plus comme une fontaine, c'était déjà ça !

Au rez-de-chaussée, elle trouva Lucan accroupi devant la cheminée. Il avait nettoyé l'âtre et était en train d'y remettre des bûches. Elle regarda, fascinée, les muscles de ses épaules jouer sous sa chemise. Pour un homme aussi mince, il était d'une force surprenante : il l'avait soulevée comme une plume, tout à l'heure. Et il avait aussi une force de caractère hors du commun, pour avoir demandé à diriger l'opération malgré la fatigue et les douleurs causées par ses multiples blessures.

En mode policier, il pouvait se montrer dur et autoritaire mais, le reste du temps, il était tendre et attentionné. Il avait su gagner l'affection des enfants de Casey — y compris celle de Kip, la plus difficile à conquérir —, et ses neveux et nièces l'adoraient…

Il était divorcé depuis six ans, mais peut-être serait-il prêt à tenter de nouveau l'expérience du mariage…

La tournure que prenaient ses pensées surprit la jeune femme. Etait-elle vraiment en train d'envisager la possibilité d'épouser Lucan ?

— Ah ! te voilà… Tu commençais à me manquer ! lui dit-il en se retournant.

— Tu vas faire du feu ?

— Ça dépend, déclara-t-il en plongeant les yeux dans les siens. Tu comptes rester ?

Cette question ne portait pas seulement sur ses projets immédiats, Kyra le savait. Elle inspira profondément, consciente de devoir prendre la décision la plus importante de toute son existence, avant de répondre :

— Oui, je compte rester.

— Viens là !

— Et si nous faisions chacun la moitié du chemin ?

— Pourquoi ai-je le sentiment que cette suggestion a une valeur métaphorique ? observa Lucan avec un sourire amusé.

Puis il s'épousseta les mains et alla à la rencontre de Kyra.

— Il faudra qu'on essaie de faire ça dans un lit, un de ces jours ! déclara Lucan en tendant la main vers son pantalon.

— Pour le charme de la nouveauté ?

— Entre autres…

Kyra lui sourit, puis elle s'étira paresseusement, et cela suffit à raviver son désir.

— Arrête de me regarder comme ça ! s'écria-t-elle.

— Comme quoi ?

— Ne fais pas l'innocent ! Je sais très bien ce que tu as en tête, mais il y a plus urgent.

Son visage s'était assombri, et elle reprit en réponse au haussement de sourcils interrogateur de Lucan :

— Il faut enquêter sur Robby Krinegolt.

Ce nom disait quelque chose à Lucan, mais sans qu'il arrive à mettre un visage dessus.

— Qui est-ce ? demanda-t-il.

— Un employé du Green Forest Country Club. D'après Casey, Jordan et lui se voyaient souvent en dehors du travail.

— Ça y est, j'y suis ! Mais pourquoi ne m'as-tu pas parlé de lui avant ?

— J'en avais l'intention, mais tu m'as distraite… Tu le connais ?

— Oui, je l'ai rencontré… Dans les vingt-cinq ans, un mètre quatre-vingts, cheveux châtains, cicatrice à la joue gauche… C'est un peu l'homme à tout faire du club : il y est barman, serveur ou caddie, selon les besoins.

— Il lui est arrivé d'appeler Jordan à son domicile… Et si c'était pour régler les derniers détails d'un prochain cambriolage ?

— Peut-être bien…

Lucan sortit son portable de la poche de son pantalon et composa le numéro de Todd.

— Si tu me téléphones pour parler boulot, je raccroche ! déclara ce dernier dès qu'il l'eut en ligne. J'ai terminé mon service.

— Alors réjouis-toi : tu vas faire des heures supplémentaires qui te permettront d'offrir de beaux cadeaux de Noël à tous tes proches — dont moi.

— N'y compte pas !

— Tant pis, j'aurai essayé ! Mais revenons aux choses sérieuses… Fillmont était l'ami d'un autre employé du Green Forest Country Club, un dénommé Robby Krinegolt, et je me demande si ce n'est pas lui l'un des hommes qui ont tiré sur Kyra, samedi dernier.

— Quoi ?

— Passe me prendre, et je t'expliquerai en chemin. Là, il faut que j'appelle le directeur du club pour avoir les coordonnées de notre homme.

Lucan eut en fait du mal à obtenir l'adresse de Krinegolt. Louis Ventner était absent, et son adjoint, Ralph Montgomery, mit du temps à accepter de communiquer « une information d'ordre privé » sur un membre du personnel : pour l'en convaincre, Lucan dut lui expliquer qu'il voulait juste poser quelques questions à Krinegolt dans le cadre de l'enquête menée sur la disparition suspecte de Jordan Fillmont.

Kyra s'était rhabillée pendant qu'il téléphonait, et elle avait ensuite disparu. Il la trouva dans la cuisine, en train de faire du café.

— Tu devrais manger quelque chose avant de partir, observa-t-elle.

— Non, je n'ai pas le temps. Todd ne va pas tarder à arriver.

Voyant la jeune femme se rembrunir, Lucan fut pris d'une brusque inquiétude.

— Tu seras là, quand je reviendrai ? demanda-t-il.

— Oui, sûrement. J'ai rappelé Casey, et elle m'a dit que ta mère était persuadée que tu allais mourir de faim si elle ne t'apportait pas à manger. Elle sera bientôt là, avec probablement de quoi nourrir une armée, et elle a même parlé de m'apporter ma chemise de nuit et des vêtements de rechange… Casey avait l'air très choquée !

Lucan poussa un soupir de soulagement. Kyra ne lui en voulait pas de la laisser seule.

— Et toi, tu n'es pas choquée ?

— Non. Je suis un peu surprise, mais il est vrai que la place commence à manquer, chez ta mère. Elle ne se doutait pas de ce qui l'attendait, quand elle m'a ouvert sa porte !

— Je ne pense pas que ça lui pèse. Je la soupçonne même

de voir en toi un futur membre du clan O'Shay. Elle t'aime beaucoup.

— Elle aimerait n'importe quelle femme susceptible de satisfaire à sa place les besoins matériels de son dernier fils célibataire. Elle doit être fatiguée de te préparer tes repas, et d'être en plus obligée de te les livrer à domicile !

Kyra avait parlé sur un ton léger, et Lucan lui caressa tendrement la joue. Il savait qu'elle allait s'inquiéter pour lui pendant tout le temps où il serait parti, et, au lieu d'essayer de le retenir, elle s'efforçait de détendre l'atmosphère en plaisantant. C'était décidément une femme formidable !

Un coup de Klaxon retentit, dehors. Kyra lui effleura la bouche d'un baiser, puis elle déclara, les yeux dans les siens :

— Ton chauffeur est là… Ne le fais pas attendre.

Il l'observa attentivement, craignant de voir apparaître dans son regard ne serait-ce qu'un soupçon d'amertume ou de reproche… Il n'y vit que de l'amour.

Ce fut une femme d'une cinquantaine d'années, corpulente et au visage revêche, qui répondit au coup de sonnette de Lucan.

— Madame Krinegolt ? demanda-t-il.

— Oui…

— Je suis le lieutenant…

— Si c'est Robby que vous cherchez, faites le tour de la maison. Il habite au sous-sol, et il a une entrée indépendante, comme ça ses amis ne viennent pas me déranger.

— Nous aimerions d'abord vous poser quelques…

— J'ai pas le temps ! Mon feuilleton va commencer.

— Ça ne prendra pas plus de…

— J'ai pas le temps, je vous dis ! Et Robby n'est pas chez lui. Je n'y mets jamais les pieds, mais j'ai entendu son téléphone sonner, tout à l'heure, et sa camionnette n'est plus là… Mais vous pouvez aller l'attendre, si vous voulez.

— Vous savez quand…

La phrase de Lucan demeura en suspens : Mme Krinegolt venait de lui claquer la porte au nez.

— Quelle femme charmante ! s'écria Todd. Tu crois possible de conclure de ses dernières paroles qu'elle nous autorise à entrer dans l'appartement de son fils ?

— C'est comme ça qu'on va les interpréter, en tout cas !

La porte d'accès au sous-sol n'était pas fermée à clé et, à en juger par les emballages de plats à emporter et les canettes de bière qui jonchaient le sol, la mère de Robby n'avait pas menti en disant qu'elle ne mettait jamais les pieds chez lui.

Lucan n'eut pas à chercher longtemps pour trouver la confirmation de ses soupçons : dans un coin s'entassaient des objets dont il reconnut certains d'après la description fournie par les victimes des deux derniers cambriolages — dont un jeu de clubs de golf gravés aux initiales d'Adrian Fisk.

— Il faut vraiment être débile, pour garder chez soi une preuve aussi manifeste de ses crimes ! observa Todd.

— Et ce n'est pas tout ! dit Lucan en posant les yeux sur un papier abandonné près du téléphone.

Un numéro de portable impossible à identifier d'emblée y était inscrit, mais le nom qui figurait dessous était celui d'un prêteur sur gages déjà plusieurs fois condamné pour recel.

Lucan tendit le papier à Todd, puis il décrocha le combiné, activa la liste des derniers appels… et son sang se figea dans ses veines : le plus récent avait été passé depuis le Green Forest Country Club, moins d'une demi-heure plus tôt ! C'était la raison du départ précipité de Krinegolt : il avait été prévenu par Montgomery que Jordan était sur le point d'être démasqué. Qu'allait-il faire, maintenant ? Effectuer une ultime tentative pour éliminer la seule personne dont le témoignage pouvait l'envoyer directement en prison : Casey Fillmont…

Et si c'était lui l'homme que Lucan avait chassé de la maison de sa mère, l'avant-veille, il savait où trouver Casey — ou du moins la femme qu'il prenait pour elle.

— Que se passe-t-il, Lucan ? demanda Todd. Tu es tout pâle !

— Je comprends, à présent, pourquoi Montgomery était si

réticent à me donner l'adresse de Krinegolt : il est de mèche avec lui… Il faut envoyer immédiatement une escouade d'agents chez ma mère, et nous dépêcher d'y aller nous-mêmes !

Maureen arriva chez Lucan accompagnée de Casey. Neil était venu chercher les enfants en début d'après-midi pour les emmener jouer avec les siens, expliquèrent-elles à Kyra.

— Lucan est parti explorer une nouvelle piste, leur dit-elle après avoir mis au réfrigérateur le repas préparé par Maureen, mais il ne devrait pas tarder à rentrer.

— Il ne s'arrête donc jamais ? soupira la vieille dame. Il est censé se reposer !

— C'est un policier…, souligna Kyra avec un haussement d'épaules désabusé.

— Et ça ne vous ennuie pas ?

— Non. Exerçant moi-même une profession où je ne compte pas mes heures, je le comprends.

— Son ex-femme, elle, ne le supportait pas.

— Les gens n'ont pas tous les mêmes besoins… Lucan adore son métier, et jamais l'idée ne me viendrait de lui reprocher de bien le faire.

Le sourire qui illumina le visage de Maureen la rajeunit de dix ans.

— Il y a longtemps que j'espérais le voir rencontrer une femme comme vous ! s'écria-t-elle.

— Tu songes vraiment à nouer une relation sérieuse avec Lucan ? s'exclama Casey. Il est très séduisant, je te le concède, mais tu le connais à peine, et…

— Je l'aime.

— Comment est-ce possible ? Tu détestes les hommes autoritaires et trop sûrs d'eux, et ce sont des défauts communs à tous les policiers.

— Lucan est une tout autre personne dans le privé.

— Admettons, mais tu te sens prête à abandonner tout ce que tu as construit à Boston pour venir t'installer ici ?

— Avant même de tomber amoureuse de Lucan, je m'étais juré de changer de mode de vie, de me rapprocher de toi. Tes enfants ne m'ont pas reconnue, au début, et ça m'a beaucoup peinée. Les coups de téléphone et les messages électroniques ne suffisent pas : je veux faire partie de leur existence, être la tante un peu farfelue qui s'invite à dîner sans prévenir et leur apporte des cadeaux extravagants.

Casey secoua la tête, l'air mi-amusé, mi-incrédule.

— Et ton travail ?

— J'en trouverai un autre — peut-être moins bien payé, mais plus reposant. J'en ai assez des voyages incessants, des nuits dans des chambres d'hôtel anonymes… Je veux pouvoir passer plus de temps avec ma famille, et en fonder une moi-même, un jour.

— Je ne sais pas quoi dire…

— « Bienvenue à Baltimore » ? suggéra Kyra en riant.

Elle embrassa sa sœur, puis se tourna vers Maureen.

— Vous m'avez apporté des vêtements de rechange ?

— Oui, ils sont dans votre valise, sur la banquette arrière de ma voiture — le garagiste me l'a ramenée ce matin.

La jeune femme sortit, et elle venait de récupérer sa valise lorsqu'une camionnette remonta la rue. Ce véhicule n'aurait pas retenu son attention s'il n'avait soudain ralenti, puis freiné si brusquement que le passager fut projeté en avant. Et elle comprit pourquoi en voyant une cicatrice sur la joue gauche du conducteur : c'était Robby Krinegolt ! Il ne s'attendait pas à la trouver là, mais il l'avait reconnue… Et, comme il la prenait sûrement pour Casey, il allait profiter de l'occasion pour l'agresser de nouveau… Elle se précipita dans la maison et cria :

— L'un des individus qui a déjà tenté de me tuer est dehors, et il a un complice ! Il faut s'enfuir !

— Je ne peux pas courir, avec ma cheville foulée ! objecta Casey. Mais je sais manier une batte de base-ball, et il y a près de la cheminée un tisonnier qui fera tout aussi bien l'affaire.

— Ils sont armés ! souligna Kyra.

— Lucan l'était aussi, et ça ne m'a pas empêchée de le mettre K.O. !

Pendant que Casey s'emparait du tisonnier, Maureen retourna dans la cuisine, et elle en revint avec une poêle en fonte, une bombe de nettoyant pour four et son portable.

— C'est moins puissant que le gaz lacrymogène, déclara-t-elle en tendant le flacon à Kyra, mais ça brûle quand même les yeux.

Elle composa ensuite le 911, expliqua la situation et demanda l'envoi urgent de secours, mais les trois femmes savaient qu'ils arriveraient trop tard : les deux hommes étaient déjà en train de gravir les marches du perron. Elles allaient devoir les affronter seules.

Casey et Maureen se postèrent de part et d'autre de la porte d'entrée tandis que Kyra se plaçait juste en face, le doigt sur le poussoir de l'atomiseur.

La porte s'ouvrit à la volée, et le tisonnier s'abattit sur le crâne du premier homme qui franchit le seuil. Un horrible craquement se fit entendre, et le malfaiteur n'eut même pas le temps de crier : il s'écroula comme une masse.

Son complice reçut simultanément un coup de poêle sur la tête et un jet de détersif en plein visage. Cela ne suffit cependant pas à le neutraliser : bien qu'à demi aveuglé, il posa l'index sur la détente de son pistolet. Casey brandit alors de nouveau le tisonnier, dont l'extrémité légèrement recourbée alla s'enfoncer dans la main qui tenait l'arme. L'homme hurla de douleur, et le pistolet tomba à ses pieds.

Maureen avait entre-temps ramassé celui que le premier arrivé avait lâché dans sa chute et, voyant le deuxième fondre sur Casey, elle tira. Il chancela, une tache rouge apparut sur sa cuisse mais, comme il ne semblait toujours pas décidé à s'avouer vaincu, Kyra se saisit de la poêle abandonnée par la vieille dame et le frappa à la nuque suffisamment fort pour l'envoyer rejoindre son acolyte sur le sol.

Des sirènes de police retentirent alors et, une minute plus

tard, six agents en uniforme s'élançaient vers la maison, pistolet au poing.

Toujours armée du tisonnier, Casey alla se pencher sur celui des deux malfaiteurs qui était encore conscient, et lui lança :

— Il ne faut jamais énerver une Wolfstead !

— Et une O'Shay non plus, ajouta Maureen.

16

Neil était en train de raconter un conte de Noël aux enfants et aux adultes réunis dans le séjour de Maureen, mais Kyra ne l'écoutait que d'une oreille : elle guettait le retour de Lucan, qui avait repris le travail et ne serait maintenant plus de repos avant le 24 décembre — dans deux jours. Il avait de nouveau manqué le dîner, mais elle lui avait gardé sa part au chaud.

Percevant soudain un bruit léger, du côté de l'arrière de la maison, elle quitta discrètement le séjour, et trouva Lucan dans la cuisine. Il lui fit signe de se taire et l'entraîna dehors.

— Que se passe-t-il encore ? chuchota-t-elle.

— Rien. Je voulais juste être seul avec toi.

— Je me demande bien pourquoi…

En guise de réponse, Lucan l'attira dans ses bras et l'embrassa avec une telle ardeur qu'elle ne sentit plus le froid de la nuit : si elle frissonnait, à présent, c'était de volupté.

— Les voisins de ta mère vont être scandalisés, murmura-t-elle lorsqu'ils rompirent leur étreinte.

— Ça leur apprendra à jouer les voyeurs ! Maintenant, que dirais-tu d'aller chez moi et d'y reprendre les choses là où nous venons de les laisser ?

— J'étais sur le point de te le proposer, mais il faut d'abord que je rentre chercher mon manteau.

— Non, je vais te donner le mien, Si nous retournons à l'intérieur, les autres ne nous lâcheront plus.

— Je dois malgré tout prévenir ta mère et ma sœur que nous partons.

— Tu les appelleras plus tard.

— Sois raisonnable, Lucan ! Nous ne sommes pas à cinq minutes près !

— Moi, si !

Le bruit de la porte de la cuisine qui s'ouvrait interrompit la discussion, et Kip apparut, le manteau et le sac de la jeune femme dans les mains.

— Maureen m'a chargé de t'apporter ça, expliqua-t-il en les lui tendant. Et vous devriez aussi emporter la part de dîner de Lucan.

— Merci, mon grand, déclara ce dernier, mais je n'ai pas faim.

— Tu pourras éteindre le four quand tu rentreras, Kip ? dit Kyra.

— D'accord… Est-ce que l'homme sur lequel Maureen a tiré est mort, Lucan ?

— Non, et son complice non plus. Ils seront tous les deux jugés pour avoir kidnappé ta maman et tenté de la tuer, elle, ta tante et ma mère. Ils auront également à répondre du meurtre d'une femme qui les avait surpris en train de cambrioler sa maison. Ils ne sont pas près de sortir de prison, tu peux me croire !

— Tant mieux ! Et je voulais te remercier d'avoir retrouvé maman… Tante Kyra m'avait dit que tu le ferais, et tu y es arrivé !

— C'est mon métier, Kip !

— Je sais, et je serai policier, moi aussi, quand je serai grand.

Lucan sourit et ébouriffa affectueusement les cheveux du petit garçon.

— Retourne à l'intérieur, maintenant, sinon tu vas attraper froid.

— Oui… Bonne nuit, tante Kyra !

— Bonne nuit, mon chéri !

Dès que Kip eut disparu, la jeune femme se tourna vers Lucan et s'écria :

— Tu te rends compte de ce que tu as fait ! Tu lui as donné envie de devenir policier !

— Ça aurait pu être pire : imagine qu'il ait voulu devenir avocat…

— Très drôle !

Le nouveau véhicule de service de Lucan attendait devant la maison. Ils y montèrent, et Kyra observa après que Lucan eut démarré :

— Casey n'y est pas allée de main morte, avec le tisonnier… Montgomery va vraiment s'en sortir ?

— Oui, et Robby Krinegolt s'est montré très loquace — sans doute espère-t-il ainsi obtenir une réduction de peine. Quoi qu'il en soit, nous connaissons à présent toute l'histoire… Montgomery est allé un soir boire quelques bières avec Fillmont, et il lui a dit qu'un de ses amis était prêteur sur gages. Cela a donné à Fillmont l'idée d'utiliser le Green Forest Country Club comme source d'informations en vue de futurs cambriolages et, après avoir tâté le terrain, il a compris que Montgomery était tout disposé à l'aider. Ils étaient tous les deux bien placés pour soutirer sans en avoir l'air aux membres du club des renseignements sur leurs projets de vacances ou de voyage. Ils se sont adjoint les services de Krinegolt, à qui sa position d'homme à tout faire permettait d'écouter discrètement de nombreuses conversations, et qui en avait assez d'habiter chez sa mère ; il rêvait d'acquérir son indépendance, mais ne le pouvait pas avec son seul salaire.

— Ils se sont donc associés, tous les trois…

— Oui, et ils se complétaient très bien : Fillmont s'y connaissait en matière de cambriolage, Montgomery avait accès aux adresses de leurs victimes potentielles, et Krinegolt, en plus de posséder une camionnette, vivait dans un sous-sol où ils pouvaient stocker leur butin. Grâce aux informations recueillies au club, ils n'opéraient que dans des maisons vides… jusqu'à ce que Shereen Nestler décide, à la dernière minute, de rester un jour de plus à Baltimore. D'après Krinegolt, c'est Montgomery qui l'a tuée.

— Et Montgomery, lui, affirme que c'est Krinegolt ?

— Non. Il accuse Fillmont, et comme ce dernier n'est

plus là, c'est la parole de l'un contre celle de l'autre. Je suis cependant enclin à croire Krinegolt. Il dit que Mme Nestler s'est mise à crier, et que Montgomery lui a passé les mains autour du cou pour la faire taire. Dans son affolement, il a serré trop fort, et elle est morte. Fillmont était alors dans une autre partie de la maison, et il n'a rejoint ses complices que plusieurs minutes plus tard.

Kyra ne put réprimer un frisson d'horreur à la pensée qui lui vint soudain à l'esprit.

— Jordan a volé le collier sur le cadavre de cette femme ?

— Non, parce que la chaîne s'était cassée pendant la bagarre. Il a ordonné aux deux autres de finir de charger la camionnette, et attendu d'être seul pour ramasser le pendentif, mais il a bel et bien retiré la bague du doigt de la défunte…

— Quelle crapule !

— Oui, et il lui aurait sûrement pris également ses boucles d'oreilles si Montgomery et Krinegolt n'avaient été aussi pressés de partir : le meurtre de Mme Nestler les avait paniqués. Ils soupçonnaient déjà Fillmont de garder pour lui une partie de l'argent liquide qu'il trouvait, mais ils n'ont appris le vol du pendentif et de la bague qu'après coup, par les médias. Ça les a rendus furieux : non seulement Fillmont avait agi dans leur dos, mais ils savaient que la revente de pièces aussi exceptionnelles mettrait la police sur leur piste. Ils ont sommé Fillmont de s'expliquer, et il s'est efforcé de les rassurer : les bijoux étaient en lieu sûr, leur a-t-il déclaré, et il connaissait un joaillier qui les démonterait et leur en donnerait un bon prix.

— Mais il a senti que ses complices ne lui faisaient plus confiance, et il a donc décidé de disparaître, c'est ça ?

— Non, et c'est là que les choses se compliquent… Krinegolt et Montgomery étaient très en colère contre Fillmont, mais ils avaient encore besoin de lui, parce qu'ils avaient déjà programmé ensemble un autre cambriolage. Ils l'ont exécuté comme prévu, et puis, le samedi suivant, en regardant par la fenêtre, Fillmont a vu le professeur de golf du Green Forest Country Club en train de faire visiter les lieux à une personne qu'il a tout de suite identifiée : c'était l'homme de main du criminel que son témoignage avait envoyé en prison. Comprenant que son nouvel état civil avait été découvert par son pire ennemi, il a quitté le club en toute hâte, et appelé Casey pour la mettre en garde.

— Quelle délicate attention !

— On peut au moins lui reconnaître ce mérite… Mais il ignorait que Krinegolt et Montgomery, de repos ce jour-là, avaient prévu d'aller récupérer les bijoux chez lui. Ils voulaient les détruire, et prendre également l'argent que Fillmont avait « omis » de partager avec eux, ils en étaient maintenant sûrs.

— Ils ont questionné ma sœur, mais elle ne savait pas de quoi ils parlaient…

— Non, et quand la fouille de la maison s'est révélée infructueuse, ils ont décidé d'enlever Casey, dans le but de faire pression sur son mari. Ils étaient venus dans une voiture que Krinegolt avait volée, pour ne pas risquer qu'un voisin note le numéro minéralogique de sa camionnette et le communique à la police.

— La voiture que Casey a ensuite utilisée pour s'enfuir…

— Oui, et le tueur à gages avait lui aussi l'intention de se servir de ta sœur comme otage, pour obliger Jordan à se montrer, mais il t'a prise pour elle. Tu as réussi à lui échapper, dans le centre commercial, et il est ensuite allé s'installer dans la maison des Fillmont, en se disant que Casey ou son mari finirait bien par y revenir.

— Et l'appât du gain y a en effet attiré Jordan… Ma sœur a toujours manqué de discernement, en matière d'hommes.

— Elle a l'air de penser la même chose de toi !

— C'était vrai pour Simon, mais avec toi, j'ai fait le bon choix.

— Ce n'est pas moi qui te contredirai ! s'exclama Lucan en riant.

Quelques minutes plus tard, il se garait devant son pavillon, mais Kyra le sentit nerveux, quand ils gravirent les marches du perron. A moins qu'il s'agisse seulement d'excitation à l'idée de la nuit qu'ils allaient passer ensemble…

Une puissante odeur de résineux l'assaillit dès que Lucan lui eut ouvert la porte. Et lorsqu'il appuya sur l'interrupteur du séjour, ce ne fut pas les lampes qui s'allumèrent, mais les guirlandes d'un magnifique sapin de Noël.

— Quand l'as-tu installé et décoré ? s'exclama-t-elle.

— Ce soir, avec l'aide de Todd. C'est la raison de mon retard.

— Et tu as fait ça pour moi ?

— Oui. J'ai vu tes yeux briller chaque fois que tu regardais le sapin de ma mère… Ça te plaît ?

— J'adore ! Merci, Lucan ! Merci !

Kyra ferma les paupières pour refouler ses larmes. Elle n'arrêtait décidément pas de pleurer, depuis qu'elle était à Baltimore ! Mais là, pour changer, il s'agissait de larmes de joie…

— Hé ! tu pleures ?

— Non, pas encore.

Elle rouvrit les yeux et découvrit Lucan en train de lui sourire avec une telle tendresse qu'une onde de bonheur la submergea. Et puis ce sourire disparut, remplacé par une expression grave.

— Qu'y a-t-il ? demanda-t-elle, alarmée.

— Je suis policier…

— Oui, et alors ?

— Ma mère, ta sœur et mes belles-sœurs nous imaginent déjà mariés…

— Je sais, déclara la jeune femme en s'efforçant de parler d'un ton neutre.

— Mais je ne suis pas certain que tu mesures *tout* ce que cela implique… Je rentre souvent tard le soir, je suis de permanence certaines nuits et certains week-ends, et les horreurs que je suis amené à voir continuent parfois de me hanter pendant des jours… Les policiers n'ont pas toujours la possibilité d'être là pour les fêtes de fin d'année et les anniversaires de leurs enfants… Ce genre de chose pèse lourdement sur les relations d'un couple.

— Serais-tu en train de me dire que tu ne me juges pas capable de le supporter ?

— Non !

— Ça y ressemble pourtant beaucoup !

— Je veux juste que tu comprennes…

— … que partager la vie d'un policier n'est pas toujours une partie de plaisir ?

Kyra s'approcha de Lucan et reprit en lui plantant l'index dans la poitrine :

— Eh bien, je vais te dire, moi, quelque chose que tu sembles ignorer : il n'est facile de partager la vie de personne ! Tu penses m'avoir déjà vue sous mon plus mauvais jour ? Attends de me voir *vraiment* en colère !

Le sourire revint sur le visage de Lucan.

— Ça ne me fait pas peur, déclara-t-il.

— Pourquoi ?

— Je ne sais pas.

— Je suis sûre que si, alors dis-le !

— Dire quoi ?

— Que tu m'aimes.

— Je pensais te l'avoir déjà prouvé.

— Sans doute, mais j'ai besoin de l'entendre.

— Alors… je t'aime, Kyra, et comme l'idée d'avoir un policier comme compagnon n'a pas l'air de t'effrayer, j'espère que tu accepteras de m'épouser. Peut-être pas tout de suite, pour que tu aies le temps de réfléchir…

— C'est tout réfléchi ! Je t'aime, moi aussi, et je serais prête à t'épouser demain si cela ne privait pas ta famille d'un mariage dont elle se fait déjà une fête.

— Demain ? C'est tentant…

— Oui, mais dans ce cas, ce sera à toi de l'annoncer à ta mère !

— Non, je ne suis pas courageux à ce point !

— Tu n'as donc pas peur de moi, mais tu as peur de ta mère ?

— Hé oui !

Lucan prit le visage de Kyra entre ses mains et murmura, les yeux brillants de désir :

— Que dirais-tu de faire l'amour dans un lit, ce soir ?

— Le canapé est plus près, riposta la jeune femme avant d'unir leurs lèvres.

Retrouvez en septembre,
dans votre collection

BLACK ROSE

Pour retrouver Lucy, de Joanna Wayne - N°399

Lucy... Lucy, c'est toi ? D'une voix tremblante, Alonsa questionne en vain la fillette qui, au téléphone, lui a murmuré quelques mots. Toujours les mêmes. Comme une litanie enregistrée, destinée à entretenir son cauchemar... Désespérée, Alonsa raccroche et, consciente qu'elle doit des explications à Hawk, le séduisant détective dont elle vient de faire la connaissance, commence un récit entrecoupé de larmes : deux ans plus tôt, peu après la mort de son mari, sa petite fille de six ans a disparu. Depuis ce jour, l'enquête piétine, mais Alonsa a la conviction que Lucy est vivante. A sa grande surprise, Hawk lui propose alors de reprendre les recherches. D'abord hésitante, Alonsa ne tarde pourtant pas à accepter l'aide de cet homme dont elle ne sait rien mais qui, avec son regard déterminé, la rassure...

La colline des secrets, de B.J. Daniels

Qui a tué Trace Winchester, il y a vingt-sept ans ? Alors que McCall vient d'être nommée adjointe du shérif de Whitehorse, la bourgade où elle a grandi, la dépouille de son père est retrouvée dans les collines. Une découverte qui lève le voile sur la disparition de celui dont elle a toujours cru qu'il les avait abandonnées, sa mère et elle, et qui pousse McCall à reprendre l'enquête. Mais, bientôt, force lui est de constater que ses investigations dérangent. Les portes se ferment à son approche. On la dessaisit du dossier. Enfin, elle est victime d'une série d'agressions violentes. Ne sachant plus vers qui se tourner, elle reçoit pourtant une aide aussi surprenante qu'inattendue : celle de Luke Crawford, son amour de jeunesse, qui est de retour en ville après dix ans d'absence...

La nuit où tout a commencé, de Karen Whiddon - N°400

Reed n'en croit pas ses yeux... Est-ce bien Kaitlyn qui se tient face à lui et le fixe de ce regard bleu qu'il n'a jamais pu oublier ? Luttant contre l'envie de lui claquer la porte au nez, il laisse entrer chez lui la femme à cause de laquelle il vient de passer trois ans en prison. Dans sa tête, les questions se bousculent : pourquoi Kaitlyn a-t-elle disparu la nuit où Tim, le frère de Reed, a été tué ? Pourquoi n'a-t-elle pas révélé qu'elle et Reed étaient ensemble au moment du crime ? Prenant la parole la première, Kaitlyn lui fait alors une stupéfiante révélation : juste après le meurtre, elle a été enlevée par l'assassin de Tim, un fou furieux auquel elle vient seulement d'échapper et qui est à sa recherche car elle est la seule à connaître son identité...

Une dangereuse mission, de Linda O. Johnston

Pour découvrir dans quelles circonstances Brody, son ex-petit ami, a été tué en Afghanistan, Sherra pirate régulièrement les systèmes informatiques du ministère de la Défense. Un soir, elle sent le doute l'envahir : Brody est-il réellement mort, ou sa disparition a-t-elle été orchestrée pour servir quelque objectif ultra-secret ? Mais, tandis qu'elle s'interroge ainsi, elle sent une main se plaquer sur sa bouche et, se retournant, découvre que son mystérieux agresseur n'est autre que Brody. Troublée malgré elle par ces étranges retrouvailles, Sherra comprend que, si Brody est venu chez elle, ce n'est pas uniquement pour la revoir, mais pour lui demander de cesser ses activités clandestines. Des activités qui risquent de compromettre sa mission et de les mettre tous deux en danger de mort...

Retrouvez en septembre,
dans votre collection

BLACK ROSE

Le piège du passé, de Virna DePaul - N°401

La même mâchoire virile, les mêmes yeux d'un bleu intense, les mêmes cheveux bruns… Quinze ans après, Lily reconnaît chaque détail du visage de John, le seul homme qu'elle ait jamais aimé. Celui qui l'a repoussée autrefois sous prétexte qu'elle était trop jeune pour lui… Frissonnant au souvenir de la nuit terrible où Tina, la mère de John, a été tuée et où celui-ci a quitté la région, Lily hésite à lui demander si c'est pour elle qu'il est revenu. Mais sa question reste sans réponse car John, brandissant alors un insigne de policier, lui révèle qu'il est là pour empêcher une erreur judiciaire. En effet, le meurtrier présumé de Tina est sur le point d'être exécuté, et John a l'intime conviction qu'il est innocent…

Opération protection, d'Elizabeth Heiter

En reconnaissant son garde du corps, Chelsie sent la stupéfaction l'envahir. Scott a-t-il sciemment demandé à assurer sa sécurité après l'évasion du tueur qui a juré sa perte ? Et a-t-il vraiment l'intention de cohabiter avec elle dans la résidence sécurisée où on doit la conduire ? Tandis qu'il la fixe, une expression énigmatique sur le visage, elle tente de lutter contre le trouble qui l'envahit malgré elle. Car, en croisant le regard de Scott, elle s'est remémoré chaque détail de l'unique nuit qu'elle a partagée avec lui. Un moment d'abandon qu'elle a tout fait pour oublier depuis et qu'elle est bien décidée à ne pas réitérer avec celui que tous considèrent comme un incorrigible bourreau des cœurs....

La proie, de Nora Roberts - N°402

SÉRIE ENQUÊTES À DENVER - TOME 3/5

Appelée en pleine nuit sur une scène de crime afin d'identifier le corps d'un indic avec lequel elle travaillait, l'inspecteur Althea Grayson ne peut cacher son amertume : cet homme était le seul à pouvoir la renseigner sur la terrible affaire d'enlèvement d'adolescentes dont elle vient d'être chargée. Profondément révoltée par le sort réservé à ces jeunes filles, Althea a décidé de tout mettre en œuvre pour déjouer ce réseau sordide. Et son enquête s'annonce d'autant plus délicate qu'elle doit collaborer avec Colt Nightshade, un détective résolu à retrouver la fille de l'un de ses amis, qu'il pense être victime de ce trafic. Althea peut-elle se fier à cet homme arrogant et mystérieux ? Lui, en tout cas, semble déterminé à ne pas la lâcher d'une semelle. Sans doute parce que personne ne connaît mieux qu'elle les quartiers dangereux de Denver… Des ruelles étroites et sinistres au détour desquelles ils pourraient bien se retrouver tous deux piégés.

Une inconnue dans la tempête, de Rachel Lee

Une jeune femme cachée dans son cabanon de jardin… Clint est stupéfait. Qui est cette inconnue transie, au regard clair, visiblement apeurée, et que fait-elle là par cette froide nuit d'hiver ? Elle s'appelle Kay Young, lui révèle-t-elle, et vient d'échapper à l'homme qui la séquestrait… Saisi bien malgré lui par un étrange instinct protecteur, Clint décide d'héberger Kay pour la nuit. Mais seulement pour la nuit. Car accepter que le séjour de la jeune femme se prolonge serait prendre le risque que son attirance pour elle ne devienne irrésistible…

Composé et édité par HA[illegible]UIN

Achevé d'imprimer en juillet 2016

CPI
BLACK PRINT

Barcelone

Dépôt légal : août 2016

Pour l'éditeur, le principe est d'utiliser des papiers composés de fibres naturelles, renouvelables, recyclables, et fabriquées à partir de bois issus de forêts gérées selon un système d'aménagement durable. En outre, l'éditeur attend de ses fournisseurs de papier qu'ils s'inscrivent dans une démarche de certification environnementale reconnue.

Imprimé en Espagne